Amrûn

Gefangene der Wildnis

Historischer Liebesroman

Gabriele Ketterl

Jürgen Eglseer, Traunstein

Covergestaltung: Claudia Toman
www.autorendienst.net
Lektorat: Simona Turini
Korrektorat: Jessica Idczak

ISBN - 978-3-95869-182-7

Besuchen Sie unsere Webseite:
http://amrun-verlag.de

Bibliografische Information der Deutschen Nationalbibliothek:
Die Deutsche Nationalbibliothek verzeichnet diese Publikation in der Deutschen Nationalbibliografie; detaillierte bibliografische Daten sind im Internet unter http://dnb.d-nb.de abrufbar.

Für
Meinen lieben Lakota-Freund »through all the ages«
Harlan Eagle Bear

Teil 1

»Whenever the white man treats the Indian
as they treat each other, then we will have
no more wars.
We will be alike –
brothers of one father and one mother,
with one sky above us and one country around us,
and one government for all.«

Joseph (Hinmaton Yalakit, Nez Perce, 1830 – 1904)

1.

Derbyshire, Mai 1846

Regen! Regen und graue Wolken, soweit das Auge reichte. Louisa wusste nicht, wann sie das letzte Mal einen ganzen Tag nur mit Sonne erlebt hatte. Das heftige Schaukeln der Kutsche auf den durchweichten Wegen machte es auch nicht besser. Mit schmerzenden Gliedmaßen versuchte Louisa, eine etwas bequemere Sitzposition zu finden. Ihr eng geschnürtes Reisekleid machte diesen Versuch von vornherein zunichte. Sie konnte ein leises Seufzen nicht unterdrücken.

»Louisa, Kind, was hast du denn? Ist dir nicht wohl? Soll ich die Kutsche anhalten lassen?«

»Nein, vielen Dank, liebe Tante. Meine Knochen schmerzen und ich kann kaum noch sitzen. Diese Kutschfahrten bei schlechtem Wetter sind unerträglich. Ich verstehe nicht, warum Vater nicht noch wenigstens einen Tag warten konnte. Was kann denn nur so unendlich wichtig sein, dass er mich so rasch aus London zurückruft?« Louisa sah ihr Gegenüber fragend an.

Tante Francis, die jüngere Schwester ihrer Mutter, lächelte nur nachsichtig. »Louisa, was auch immer dein Vater zu sagen hat, duldet keinen Aufschub. Die Depesche war klar und deutlich. Er forderte den sofortigen Abbruch deines Aufenthaltes bei uns. Ich bedauere dies sehr, du weißt, wie gerne ich dich bei uns habe.«

Erneut rumpelte die Kutsche durch eines der tiefen Schlammlöcher auf den matschigen Straßen. Um ein Haar wäre Louisa von ihrem Sitz geglitten. Im letzten Moment fing sie sich und setzte sich so weit wie möglich aufrecht und steif in die Ecke der nicht sehr weich gepolsterten Lederbank.

»Du musst keine Haltung bewahren, liebe Louisa. In dieser Kutsche musst du niemanden beeindrucken. Hier sind nur du und ich. Locker, Louisa, keine Anspannung. Nun komm schon, Kind, es wird dir guttun und dir die Reise erleichtern.«

Tante Francis lächelte ihr aufmunternd zu.

Nur zögerlich folgte Louisa ihrem Rat. Zu lange war sie dazu erzogen worden, sich gerade zu halten. Stolz und aufrecht! Dies hatte man ihr während der Jahre im Pensionat eingebläut.

Als hätte ihre Tante in ihren Gedanken gelesen, kam erneut der Rat: »Loslassen, Kind. Ich werde es niemandem erzählen.«

Louisa mochte es, wenn ihre Tante diese Wärme in der Stimme hatte. Sie liebte die hübsche, zierliche Frau mit den langen, dunklen Locken sehr. Tante Francis legte nicht denselben großen Wert auf Etikette und Schicklichkeit wie ihre Mutter. Ganz zu schweigen von ihrem Vater. Er hatte seine Töchter mehr als streng erzogen, immer darauf bedacht, dass sie ihren Platz in der Gesellschaft perfekt würden ausfüllen können.

Louisa ließ ihre Schultern langsam nach vorne sinken und atmete tief aus. Ihr Rücken bog sich ein wenig und entspannte sich zum ersten Mal, seit sie vor Stunden London verlassen hatten. Tatsächlich, es war eine Erleichterung. Ihr Körper passte sich dem Rumpeln und Schlingern der Kutsche nun viel besser an und sie wurde bei Weitem nicht mehr so durchgerüttelt.

Dankbar lächelte sie ihre Tante an. »Das tut nicht mehr so weh. Vielen Dank, Tante Francis.«

»Du musst mir nicht danken, Kind, ich gebe nur meine langjährige Erfahrung im Reisen mit der Kutsche weiter. Auch ich musste meine Lektionen lernen, mit blauen Flecken, Muskelschmerzen und einem gepeinigten Knochengerüst. Bleib so entspannt und der Rest der Reise wird viel besser verlaufen.«

Louisa lehnte sich zurück und versuchte, sich bestmöglich in ihre Ecke zu kuscheln. Der Ausblick war nicht besser geworden. Noch immer fiel Regen, zwar nicht mehr in Strömen, aber dennoch ohne Unterlass. Louisa war traurig und enttäuscht losgefahren. Sie hatte sich sehr auf die Bälle und Einladungen in London gefreut. Erst vor zwei Wochen war sie bei ihrer Tante eingetroffen. Das Stadtpalais der Kedlestons, der Zweitwohnsitz ihrer Familie, wurde gerade renoviert, also lebte sie im Haus ihrer Tante und ihres Onkels. Die Farandons liebten das fröhliche, bunte Treiben in London und Onkel Christian lebte gut von seiner Beteiligung an Handelsschiffen.

Louisa dachte mit Schaudern daran, wie ihr Vater seinen Schwager verspottet hatte, als sich dieser entschloss, in Handelsschiffe zu investieren. Als verantwortungslos, leichtsinnig und gutgläubig hatte er ihn hingestellt. Christian Farandon ließ diese Anschuldigungen mit einem gutmütigen Lächeln an sich abprallen – und schon nach wenigen Monaten hatten sich seine Investitionen als gute Anlage für sein Geld erwiesen. Daneben betrieb er noch Handel mit Gewürzen und edlen Stoffen, ein Angebot, dem die Reichen und Edlen Londons nicht widerstehen konnten.

Die Mitgift, die seine Frau mit in ihre Verbindung gebracht hatte, war ebenfalls bestens mit einem kleinen, ertragreichen Landgut in Schottland abgesichert worden. Es war für Louisa nicht weiter verwunderlich, dass die beiden fast immer mit einem Lächeln durch ihr Leben liefen. Gesellschaftliche Konventionen wurden zwar eingehalten, doch ließ Tante Francis ihr Leben nicht davon bestimmen. Es war nur allzu verständlich, warum sich Louisa bei ihren Verwandten so wohl fühlte.

Nun waren auch noch die ersten Einladungen eingegangen, die heiß ersehnten kleinen Kärtchen mit den goldenen Rändern, die herrliche Bälle und fröhliche Tanzabende versprachen. Ausgerechnet für den nächsten Tag hatte das Fest der Brenwoods angestanden. Louisa war glücklich gewesen, als sie gemeinsam mit Onkel und Tante zu dem großen Ball eingeladen worden war. Schließlich waren die Brenwoods eine der angesehensten Familien Englands – und sie hatten einen ausgesprochen gut aussehenden ältesten Sohn. Charles Brenwood würde nicht nur den gesamten Besitz erben, nein, seine Braut würde, da er den Titel Baronet trug, eine Lady. Abgesehen von diesen respektablen Vorzügen sah Charles auch noch blendend aus. Er war in diesem Frühjahr der begehrteste Junggeselle Londons. Und ausgerechnet dieses Geschenk Gottes an die Damenwelt hatte gegenüber Onkel Christian geäußert, wie sehr er sich auf den ersten Tanz mit dessen bezaubernder Nichte freue. Es gelang Louisa gerade noch, ein Seufzen zu unterdrücken. So sehr sie ihre Tante liebte, doch an diesen Tagträumen wollte sie lieber niemanden teilhaben lassen.

Louisa galt allgemein als Schönheit. Ihre hochgewachsene, schlanke Gestalt, ihr langes rotbraunes Haar, dessen Lockenpracht nur mit zahlreichen Haarnadeln und Kämmen in Schach gehalten werden konnte, ihre strahlenden grünen Augen und ihr nicht weniger strahlendes Lächeln ließen ihr die Männerwelt zu Füßen liegen. Louisa war sich des Umstandes nur allzu bewusst, dass sie würde wählen können. Die Mitgift, die ihre Mutter für sie bereithielt, machte sie, neben ihrem Aussehen, ihrer Bildung und der exzellenten Erziehung, zu einer hervorragenden Partie. Louisa schloss die Augen und ein Lächeln zog über ihr Gesicht.

Sie war nun achtzehn Jahre alt und ihre Zukunft sah wahrlich rosig aus. Was auch immer ihr Vater für sie bereithielt, sie würde sich ihre gute Laune nicht verdrießen lassen.

Louisa musste eingeschlafen sein, denn als sie das nächste Mal aus der Kutsche blickte, hatte der Regen wahrhaftig aufgehört. Am Himmel zeigten sich wenige blaue Streifen und einigen Sonnenstrahlen gelang es, ihr Licht bis zum Boden zu schicken.

»Gut geschlafen, mein Kind?« Ihre Tante lächelte sie an. »Siehst du, wenn man es sich ein wenig leichter macht, dann kann man während der Fahrt sogar schlafen. Es ist sinnlos, sich nur der Etikette wegen zu quälen.«

Louisa zupfte die langen Röcke ihres dunkelblauen Reisekleides zurecht. »Habe ich lange geschlafen?«

»Das will ich wohl meinen. Sieh doch einmal hinaus.« Francis bedeutete ihrer Nichte, aus dem rechten Fenster zu sehen – und tatsächlich, direkt vor ihnen erhob sich das hohe, schmiedeeiserne Tor von Kedleston House.

»Wir sind ja schon da!« Louisa freute sich nun doch. Zwar weniger auf ernste Gespräche mit ihrem Vater, aber darauf, ihre Schwester Diana und ihre Mutter zu sehen. Die Kutsche bog direkt hinter dem Tor in die lange, geschwungene Auffahrt zum Herrenhaus ein. Louisa liebte den Anblick, der sich ihr nun bot. Sanft in die Hügel des Parks gebettet lag das stilvolle Haus, das die wenigen, zarten Sonnenstrahlen in weichem Elfenbein erstrahlen ließen. Die beiden Flügel mit den riesigen Fenstern schmiegten sich in die dahinter sanft ansteigenden Rasenflächen, umrahmt von herrlichen Rosenbeeten, die ihre Mutter stets liebevoll pflegte. Direkt vor der Eingangshalle und dem imposanten Tor des Anwesens befand sich neben dem peinlich sauber gehaltenen Kiesweg, auf dem die Kutschen vorfahren konnten, ein eindrucksvoller, runder Springbrunnen, in dessen Mitte die kleine, aus rosa Marmor gehauene Nymphe ihr immerwährendes Bad nahm. Louisa konnte nicht umhin, ein weiteres

Mal festzustellen, dass ihr Zuhause außerordentlich schön war. In der nächsten ausgedehnten Kurve verschwand das Anwesen kurzzeitig hinter einer hohen Baumgruppe, um in neuer Perspektive nur Sekunden später wieder sichtbar zu werden.

Ja, sie liebte dieses Haus.

»Ich bin froh, endlich hier zu sein. Reisen ist sicherlich nicht meine Lieblingsbeschäftigung und wird es auch nicht werden.«

Francis nahm ihr Täschchen und streckte sich kurz. »Ab sofort, mein Kind, kannst du wieder zeigen, was Haltung heißt!«

Ob des verschmitzten Lächelns ihrer Tante musste Louisa, trotz der Aufregung, die sie befallen hatte, lachen. Ihre Tante schaffte es, in den unmöglichsten Situationen die Stimmung zu entspannen. Eine Tugend, die ihr selbst, sehr zu ihrem Leidwesen, fremd war.

Schon als die Kutsche kurz vor dem Aufgang zum Herrenhaus auffuhr, sah Louisa den Diener Frederic die Treppe herabeilen. Kaum kam das Gefährt zum Stehen, öffnete er eilends die Türe und half den beiden Damen heraus. »Miss Kedleston, schön, Sie wiederzusehen!«

»Ach, Frederic, ich war doch nur ein paar Tage weg. So rasch kannst du mich doch gar nicht vermissen.«

Frederic lächelte sie liebevoll an. »Miss Kedleston, ich freue mich seit achtzehn Jahren über jeden Tag, an dem ich Sie sehe.«

»Schmeichler, aber ich muss zugeben, es würde mir auch gefallen, jedes Mal so begrüßt zu werden.«

Frederic sah ihre Tante mit zusammengezogenen Augenbrauen an. Der erfahrene Diener wusste jedoch sehr wohl, dass die Schwester seiner Herrin lediglich mit ihm scherzte. »Mrs. Farandon, es ist mir auch immer wieder eine Ehre, Sie hier begrüßen zu dürfen.«

Weiter kam Frederic nicht mehr, denn nun stürzte mit leuchtenden Augen ein fast schon feengleiches Wesen aus dem Haus und eilte die große Treppe herunter. »Louisa, Tante, ich freue mich so, dass ihr da seid.«

Diana sah mit ihren langen blonden Haaren, die ihr in weichen Wellen bis über den Rücken fielen, dem schönen, zartblauen, verspielten Sommerkleid, den vor Freude geröteten Wangen und den strahlenden blauen Augen aus wie ein Engel, der nur durch einen dummen Zufall auf dieser Erde gelandet war.

»Diana, Schwesterlein! Du wirfst mich ja um. Vorsicht!« Louisa verlor um ein Haar das Gleichgewicht, als sich die jüngere Schwester in ihre Arme warf. Aber niemals hätte sie ihr dafür böse sein können. Diana besann sich gerade noch, auch ihre Tante derart stürmisch zu begrüßen, küsste sie stattdessen auf beide Wangen, und dann schritten die Frauen die Treppe hoch. Sie betraten die großzügige Halle, die stilvoll mit wenigen, aber dafür umso exquisiteren Möbeln ausgestattet und mit dreifarbigem Marmorboden in Grau, Rosa und mattem Weiß ausgelegt war. Trotz der kühlen Materialien und der geschwungenen, steinernen Treppe samt weißem Marmorgeländer strahlte das Ensemble eine einladende Eleganz aus. Über diese Treppe kam nun mit offenen Armen eine sehr gut aussehende Frau gelaufen. Elisabeth Kedleston konnte nicht verleugnen, dass sie Louisas Mutter war. Das Gesicht etwas ernster, das Haar ein wenig strenger gebunden und derzeit ein müder Zug um den Mund – dies waren die einzigen Merkmale, an denen sich Mutter und Tochter unterscheiden ließen.

Louisa sah Elisabeth mit fragendem Blick entgegen. »Mutter, es ist wirklich schön, dich zu sehen, aber du wirkst ...« Louisa suchte nach den richtigen Worten und fand sie rasch. »Müde und besorgt. Was ist hier los? Warum musste ich zurückkommen? Ist etwas geschehen, etwas Schlimmes?«

Elisabeth unterbrach den Redefluss ihrer ältesten Tochter, indem sie ihr leicht die Hand auf den Arm legte. »Kind, bitte, nicht so viele Fragen auf einmal. Dein Vater wird uns in Kürze alles erklären. Ich habe darum gebeten, den Tee im Gartenzimmer zu servieren. Wenn das Wetter schon einmal mitspielt, möchte ich den Blick auf den Park in der Nachmittagssonne genießen.« Elisabeth wandte sich ihrer Tochter zu und entschied, dass sich diese erst etwas frischmachen solle, bevor man sich in einer halben Stunde zum Tee und dem Gespräch mit dem Vater treffen wolle. Diana ergriff den Arm ihrer Schwester und zog sie, ohne auf deren Protest zu achten, die Treppe zu den beiden Räumen hoch, welche die Schwestern bewohnten.

»Diana, bitte nicht so wild. Du weißt doch, dass du nicht gerade die Kräftigste bist.«

Ein Schatten glitt über Dianas fröhliches Gesicht. »Ja, und du weißt auch, warum, nicht wahr, Louisa? Weil ich kaum nach draußen, nur mit einer Anstandsdame reiten und nicht länger als eine halbe Stunde alleine in den Park darf. Es kann doch nicht angehen, dass alle jungen Mädchen dieses Landes andauernd nur in ihrem Zimmer sitzen und irgendwelche sinnlosen Stickereien anfertigen müssen, bis sich ein williger Mann ihrer erbarmt. Einer, der Frau und Mitgift gleichermaßen zu schätzen weiß. Wobei ich oft fürchte, dass die Mitgift der wichtigere Teil ist.«

Louisa konnte sich das Lachen nicht mehr verkneifen. »Diana, du bist ja so im Recht. Nein, nicht bei allen ist das so, aber unser Vater war schon immer etwas, sagen wir einmal, *anders*. Er ist eben überaus streng und möchte, dass wir ‚untadelig' in unsere Zukunft gehen.«

Diana hob hilflos die Arme. »Ach Louisa, weißt du, wie ich dieses Wort hasse? Untadelig – so ein Humbug. Alles, was ich will, ist die Natur genießen, draußen die Welt sehen, frei atmen. Ich habe ja nicht gesagt, dass ich mit einem Freibeuter durchbrennen will.«

Nun musste Louisa lauthals lachen. »Schwesterlein, du und deine Fantasie, ich liebe euch beide!« Sie zog ihre Schwester neben sich auf das breite, elegante Bett in ihrem Zimmer. »Aber jetzt erzähl mir doch lieber, was hier los ist. Was ist so wichtig, dass wir alle anwesend sein müssen?«

Diana zuckte nur ratlos die Schultern. »Ich weiß es nicht, wirklich nicht. Vater läuft seit Tagen mit finsterster Miene durch das Haus. Er beachtet Mutter und mich kaum mehr. Seine Laune ist eine einzige Katastrophe. Die Dienstboten gehen ihm so weit wie möglich aus dem Weg. Nur Frederic lässt Vaters Unmut mit stoischer Ruhe über sich ergehen. Aber es muss etwas wirklich Schlimmes sein. Mutter hat letzte Nacht bitterlich geweint. Ich habe mich nicht getraut, zu ihr zu gehen, um sie zu trösten. Ich glaube nicht, dass sie wollte, dass man sie hört.«

Louisa, die sich gerade die Reisejacke auszog, krampfte sich das Herz zusammen. Ihre stolze, über alles erhabene Mutter hatte geweint? Das verhieß nichts Gutes. Während Diana unbeirrt weitererzählte, was sich in den letzten Tagen zugetragen hatte, war es für Louisa schwer, sich auf die Schwester zu konzentrieren. Ein dunkles Gefühl bemächtigte sich ihrer, eines, das ihr bis zu diesem Zeitpunkt unbekannt gewesen war. Louisa konnte es sich nicht erklären, doch es glich dem Gefühl, als stünde sie am Meer, sähe eine Welle unglaublichen Ausmaßes auf sich zurollen und könne ihr nicht entfliehen.

2.

Als Louisa und ihre Schwester das Kaminzimmer betraten, stand ihr Vater bewegungslos am Fenster und blickte hinaus. Er hatte die Hände hinter seinem Rücken verschränkt und Louisa sah, wie er unruhig mit den Knöpfen an den Ärmeln seiner Jacke spielte. Ihre Mutter und Tante Francis saßen leise miteinander plaudernd in der hübschen, kleinen, aus edlem Teakholz geschnitzten Sitzgruppe mit den weichen weißen Kissen und genossen ihren Tee und den Blick auf den schönen Park. Als seine beiden Töchter den Raum betraten, wandte sich Frank Kedleston langsam um. Louisa sah sofort, dass etwas Schwerwiegendes ihren Vater beschäftigte. Sein Blick war unstet und nervös, seine Haut noch bleicher als sonst. Sein stets ordentlich nach hinten gebürstetes schwarzes Haar ließ die Blässe seiner Haut noch stärker hervortreten. Sein kantiges Gesicht, dominiert von der leicht gebogenen Nase und seinen hellblauen Augen, die, waren sie länger auf jemanden gerichtet, beinahe unangenehm wirken konnten, erschien in höchstem Maße angespannt. Louisa hasste es, wenn sich die Lippen ihres Vaters, so wie in diesem Moment, zu einem schmalen Strich zusammenpressten. Es unterstrich die Härte und Strenge, die er ausstrahlte, noch mehr.

Tiefe Liebe hatte Louisa nie für ihren Vater empfunden. Dazu waren seine herrische Art und die rigorosen Erziehungsmethoden zu sehr in ihrem Kopf eingegraben. Sie achtete und respektierte ihn. Sie beugte sich seinem Willen, da, wann immer sie seine Entscheidungen hinterfragte, sich doch letztendlich herausstellte, dass sie zu ihrem Vorteil waren. Liebe aber, wirkliche Liebe, fand sich in ihr nicht, wenn sie an ihren großen, hageren und nur sehr selten wirklich gut gelaunten Vater dachte.

Als er auf sie zukam, zwang er ein Lächeln auf sein Gesicht.

»Louisa! Schön, dass die Anreise so zügig bewerkstelligt werden konnte. Gut, dass du hier bist.«

»Vater, du hast mich rufen lassen und die Depesche klang so bedrohlich, dass Tante Francis sofort zum Aufbruch drängte. Es ist dir gelungen, uns wirklich zu beunruhigen. Wirst du uns nun erzählen, was vorgefallen ist?«

»Das werde ich, Louisa, das werde ich. Dir, Francis, danke ich von Herzen, dass du sie so schnell hergebracht hast. Die Angelegenheit duldet tatsächlich keinerlei Aufschub. Louisa, Diana, setzt euch bitte. Nimm etwas Tee, Louisa, du hast eine lange Reise hinter dir."

Louisa war etwas verwundert, dass ihr Vater zuerst um ihr Wohl besorgt war, doch sie war wirklich durstig und der warme Tee würde ihr guttun. Also nahm sie ihre Tasse und setzte sich neben Diana auf das kleine Sofa der Sitzgruppe. So hatte sie beide Eltern gleichzeitig im Blick. Ihre Hand zitterte etwas, denn die Anspannung im Raum übertrug sich rasch auf sie.

Ihre Mutter hielt noch immer ihre Tasse in den Händen, ohne auch nur daran genippt zu haben. Mittlerweile war jegliche Unterhaltung im Kaminzimmer erstorben und lediglich das gleichmäßige Ticken der großen Standuhr am anderen Ende des Raumes unterbrach die fast schon gespenstische Stille.

Schließlich räusperte sich ihr Vater und nahm seine unstete Wanderung zwischen Fenster und Kamin wieder auf. Als er dann zu sprechen begann, merkte man, wie schwer es ihm fiel, das nun Folgende seiner Familie kundzutun.

»Was ich euch allen zu sagen habe, fällt mir nicht leicht. Insbesondere da ich es zu verantworten habe, ich alleine. Doch bei dem Geschehenen gibt es keine Möglichkeit zur Beschönigung. Aus diesem Grund bat ich auch dich, Francis, an diesem Gespräch teilzunehmen. Was ich erzähle, wird nicht lange in diesen Mauern geheim gehalten werden können. Unangenehme Dinge haben die Angewohnheit, sehr rasch an die Öffentlichkeit zu dringen. Ich lege Wert darauf, dass auch ihr, die Familie Farandon, gegen Fragen und Anspielungen beizeiten gewappnet seid.« Frank Kedleston unterbrach seine Wanderung am Fenster und sah einige Sekunden hinaus, dann wandte er sich zu den Frauen um und sprach die Worte, die ihrer aller Leben für immer verändern sollten.

»Die Familie Kedleston steht vor dem Ruin. Wie ihr alle wisst, habe ich mich vor vier Jahren bei einem geschäftlichen Besuch in London mit einigen Investoren aus Südamerika getroffen. Gemeinsam mit drei weiteren Herren wurde ich über die Gewinnmöglichkeiten bei Investitionen in Silberminen in Südamerika unterrichtet. Die Zahlen sprachen samt und sonders für sich, die abzuschöpfenden Gewinne waren mehr als beeindruckend. Wir alle entschlossen uns nach reiflicher Überlegung, ein ansehnliches Vermögen in dieses lukrative Geschäft fließen zu lassen.«

Louisas Mutter gab einen erstickten Laut von sich und hielt sich die Hand vor den Mund. Die Teetasse in ihrer anderen Hand zitterte so sehr, dass ihre Schwester sie ihr vorsichtig abnahm und beiseitestellte. Ihr Mann fuhr indessen mit seiner Erklärung fort.

»Das investierte Vermögen wurde als sicher angelegt eingestuft. In den ersten Monaten warf die Mine gute Gewinne ab und daher entschloss ich mich, das Restvermögen ebenfalls in Minengeschäfte zu investieren. Da ich jedoch vorsichtig sein wollte, investierte ich die neue Summe in eine Kupfermine in Frankreich. Dies aber stellte sich bereits nach wenigen Wochen als katastrophaler Fehler heraus. Der Kupferpreis fiel ins Bodenlose, mein Geld war verloren. Ich aber wusste den Rest gut in stabilem Silber angelegt und daher sah ich auch keine Notwendigkeit, euch zu beunruhigen.« Als ihr Vater eine Weile schwieg, ahnte Louisa schon, dass der Rest der Erzählung keine gute Wendung nehmen würde. »Über zwei Jahre ging alles gut. Dann wurden die Gewinne magerer und schließlich versiegte der Geldfluss aus Südamerika gänzlich. Ich fuhr nach London, um mich mit den anderen Investoren zu treffen. Zu meiner Überraschung hörte ich, leider erst zu diesem Zeitpunkt, von zweien, dass sie bereits vor mehreren Monaten reagiert hatten. Sie waren, ebenso wie ich, auf die enorme Verminderung der Gewinne aufmerksam geworden und hatten in einer schnellen Aktion ihr Geld abgezogen, was ich zu meinem Bedauern versäumte, da ich auf Besserung gehofft hatte. Was nun geschah, ist schnell erklärt: Die Betreiber der Mine, offenbar aufgeschreckt durch den Verlust der Investitionen, hatten augenscheinlich ihr eigenes Wohl mehr im Sinn als das ihrer Geldgeber im fernen England. Sie schöpften die letzten Gewinne ab, nahmen das noch vorhandene Geld und verschwanden auf Nimmerwiedersehen in einem der Nachbarländer. Alle Versuche, den Schaden in irgendeiner Form zu begrenzen, blieben ohne Erfolg. Irgendwann mussten wir uns eingestehen, dass der schlimmste Fall eingetreten und alles Geld verloren war.

Mein Partner hatte noch zwei Landgüter in Devonshire, die ihn einmal durch Verkauf und im anderen Fall durch eine exzellente Verpachtung vor dem Ruin retteten. Dies ist mir leider nicht vergönnt. Mein Erbe war nur Kedleston House mit seinen Ländereien. Ich kämpfe nun seit einem Jahr gegen den drohenden Bankrott, doch ich habe diesen Kampf verloren. Ich muss zugeben, dass ich die Augen geschlossen und versucht habe, die Tatsachen zu ignorieren. Ich lebte weiter, als sei nichts geschehen, um unseren Status aufrechterhalten und nichts an die Öffentlichkeit dringen zu lassen. Jetzt jedoch ist mir das unmöglich geworden. Ihr erinnert euch wahrscheinlich an den Zusammenbruch des Handelshauses Morgan in Liverpool? Dort hatte ich mein letztes Vermögen investiert. Die illegalen Geschäfte der Herren Morgan kamen auch für mich vollkommen überraschend ans Tageslicht. Nun, meine liebe Familie, haben wir keinerlei Rücklagen mehr. Unser Vermögen ist nicht mehr existent.«

Die Stimme von Louisas Mutter zitterte zwar etwas, aber dennoch klang sie relativ gefasst, als sie sprach. »Dann werden wir das Stadtpalais verkaufen. Das sollte uns eine Weile über Wasser halten. Wenn wir mit diesem Geld gut haushalten, kann es mehrere Jahre reichen. Wir müssen eben unseren Status etwas herabsetzen.«

Die Blicke aller Anwesenden, die noch deutlich damit beschäftigt waren, das eben Gehörte zu verarbeiten, waren auf Frank Kedleston gerichtet.

Der klang nicht mehr so gefasst wie im ersten Teil seiner Rede, als er leise antwortete: »Es tut mir wirklich sehr leid, ausgerechnet dir, meine Liebe, das sagen zu müssen, weiß ich doch, wie sehr du an dem Palais hängst, doch es gehört uns nicht mehr. Die Renovierungsarbeiten, die dort durchgeführt werden, wurden bereits vom neuen Eigentümer veranlasst. Es tut mir sehr leid.« Seine Stimme war leise geworden, als er den letzten Satz aussprach.

Alle Blicke richteten sich auf Elisabeth Kedleston, der es sichtlich nur mit Mühe gelang, einigermaßen Haltung zu bewahren. »Aber wenn das Palais veräußert wurde, dann müssen wir doch wieder ein wenig an Vermögen haben. Es ist ein Juwel!«

»Das war es, meine Liebe, doch der Verkauf deckte gerade unsere größten Schulden und derzeit fließt mir das letzte Geld für unser tägliches Leben zwischen den Fingern davon.« Louisas Vater wanderte wieder zum Kamin und stützte sich müde auf den breiten Sims. »Aber nicht alles, was ich euch heute zu sagen habe, ist so furchtbar. Es gibt einen kleinen

Silberstreif, der uns noch einmal retten könnte. Morgen Abend werden wir eine Gesellschaft geben. Unsere Gäste sind niemand anderes als Sir Martin Rushton mit seiner Gattin Adele und deren Sohn Maximilian.«

»Mein lieber Mann, du sprichst von Gesellschaften im Angesicht des Ruins unserer Familie. Ich verstehe dich nicht.« Inzwischen konnte man an der Stimme ihrer Mutter mehr als nur erahnen, dass sie bereits mit den Tränen kämpfte. Auch Louisa war verwirrt und als sie das Gesicht ihrer Tante sah, wusste sie, dass sie mit dieser Verwirrung nicht alleine war.

»Es ist keine herkömmliche Gesellschaft. Vor einiger Zeit besuchte mich überraschend Sir Martin und bot mir ein Geschäft an, das unsere Familie mit etwas Glück retten könnte, ja nicht nur das. Es wäre dafür gesorgt, dass unser gesellschaftlicher Stand keinerlei Schaden nähme.«

»Die Familie Rushton lässt uns seit Jahren links liegen. Wir erhalten keine Einladungen mehr und ich selbst wagte keine auszusprechen, da ich mir sicher war, eine Absage zu erhalten. Woher also dieser plötzliche Sinneswandel?«, fragte Elisabeth erstaunt.

»Lass es mich so sagen, meine Liebe, Sir Martin und Lady Adele befinden sich in einer familiär und gesellschaftlich höchst prekären Situation, aus der ich ihnen unter Umständen heraushelfen könnte. Dazu muss ich euch nun alle auffordern, euch morgen Abend untadelig zu benehmen. Ich darf diesen Wunsch insbesondere an meine Töchter und hier ganz besonders an dich, Louisa, richten. Ich weiß, wie schnell du mit deiner spitzen Zunge Unheil anrichten kannst. Wenn wir morgen Abend die Gäste empfangen, wünsche ich – hörst du mich – ich *wünsche,* dass du dich von deiner allerbesten Seite zeigst. Es liegt mir viel daran, dass die Familie Rushton einen hervorragenden Eindruck von unserer Familie gewinnt. Nichts Geringeres als unsere Existenz hängt von diesem Eindruck ab. Ich hoffe, ich habe mich klar ausgedrückt?«

Louisa nickte zaghaft. Diesen herrischen, bestimmten Ton ihres Vaters kannte sie zur Genüge und wusste, dass es dann besser war, seinen Befehlen zu folgen. »Ja, Vater, ich habe dich durchaus verstanden und werde mich von meiner besten Seite zeigen. Wenn ich damit der Familie helfen kann, wird es mir leichtfallen.«

»Ich darf euch auch bitten, mir derzeit keine Fragen zu stellen. Ich werde alles Weitere mit euch besprechen, sobald der morgige Abend erfolgreich verlaufen ist.«

Tante Francis hüstelte leise, um ihren Schwager auf sich aufmerksam zu machen. »Frank, ich denke, meine Anwesenheit wird morgen nicht vonnöten sein? Christian kommt im Laufe der nächsten beiden Tage zurück und ich möchte in London sein, um ihn zu empfangen. Ist das für dich ein Problem?«

»Nein, nein, Francis, fahre nur. Ich bitte dich lediglich darum, die traurigen Neuigkeiten, die ich heute eröffnen musste, solange für dich zu behalten, bis du Nachricht darüber erhältst, was der morgige Abend gebracht hat. Dies wäre meine einzige Bitte an dich.«

Francis Farandon lächelte verhalten. »Gerne, lieber Schwager. Von mir wird niemand etwas erfahren, das darf ich dir versprechen.«

3.

Es hatte lange gedauert, bis ihre Mutter und Tante Francis endlich die Treppe hinaufgestiegen waren. Louisa konnte ihr leises Flüstern nicht verstehen, doch ihre Mutter seufzte so traurig, dass sie sich denken konnte, worum sich das Gespräch drehte. Auch Diana war weinend eingeschlafen und das belastete Louisa fast mehr als ihre eigene Verwirrung. Immer wieder geisterte ihr der erste Satz ihres Vaters durch den Kopf.

»Die Familie Kedleston steht vor dem Ruin.«

Die Härte dieser Worte war erst nach und nach in ihr Bewusstsein gedrungen. Die Tragweite dessen, was sie heute erfahren hatte, wollte sich ihr nicht erschließen. Möglicherweise wollte sie es auch nicht begreifen. Es konnte und durfte nicht sein, dass das Leben, das so voller Versprechungen, voller schöner Verlockungen vor ihr ausgebreitet gelegen hatte, nun plötzlich von Schatten umhüllt sein sollte. Nein, es war einfach unmöglich. Wie konnte sie, sobald sie zurück nach London reiste, Charles oder seiner Familie unter die Augen treten? Als Tochter aus bettelarmem Hause? Niemals! Wenn ihre Zukunft und die ihrer Familie davon abhingen, dass sie sich am nächsten Abend ausgezeichnet benahm, dann würde sie das tun – ohne zu murren. Welchen Handel auch immer ihr Vater mit dem reichen Adligen ausgehandelt hatte, sollte dies alles wieder in die gewohnten Bahnen lenken, würde sie sich perfekt betragen.

Müde und verwirrt von den Geschehnissen des Tages fiel Louisa wenig später in einen unruhigen Schlaf.

Als sie erwachte, war die Sonne schon aufgegangen und stand als leuchtender gelber Ball am blauen Himmel. Louisa entschied, dass sich an einem solch schönen Tag alles zum Guten wenden musste. Noch immer war in ihrem Leben alles gelungen, warum nicht auch dieses Mal?

Sie rief nach der Kammerzofe, die ihr und ihrer Schwester zu Diensten stand, und ließ sich bei der Morgentoilette und beim Ankleiden helfen. Keyla wusste genau, wie Louisa ihr Haar zu tragen wünschte, und sie kannte auch stets den neuesten Klatsch aus der Umgebung. Während sie Louisas lange Mähne bändigte und in kunstvollen Flechten hochsteckte, erzählte sie ihr von den neuesten Gerüchten im Dorf. Der Sohn der benachbarten Familie Shandon war mit einer Bürgerlichen auf und davon. Den Wunsch seines Vaters, die Tochter eines langjährigen Freundes zu heiraten und damit die Ländereien ansehnlich zu vergrößern, hatte David nicht einmal in Erwägung gezogen. Man sagte, er würde nun in London leben und als Anwalt seinen Lebensunterhalt verdienen. Für seine Familie eine regelrechte Schande.

Louisa verstand nicht, warum man sich so darüber echauffierte. »Warum bestehen seine Eltern zuerst darauf, dass er in Oxford Rechtswissenschaften studiert, wenn später dieser Beruf nicht gut genug für ihren Sohn ist?«

Keyla wusste natürlich mehr. »Aber Miss, der alte Lord wollte doch, dass sein Sohn ihn in Rechtsdingen auf dem Gut und bei all den Problemen mit den Pächtern unterstützt. Damit, dass der junge Herr sein Wissen nimmt und auf und davon geht, hätte seine Lordschaft niemals gerechnet. Er sah die Zukunft seines Sohnes immer auf seine ganz eigene Weise.«

»Ich kann David verstehen. Wie kann man mittels seiner Kinder das eigene Vermögen sichern wollen? David ist seinem Herzen gefolgt. Ich finde das sehr romantisch, und Keyla, stell Dir doch vor, welch eine Liebeserklärung an die Frau an seiner Seite! Er gab alles auf, nur aus wahrer Liebe zu ihr. Für mich ist David Shandon ein regelrechter Held.«

Keyla kicherte leise. »Nun Miss, das sieht sein Vater etwas anders. Er hat allen Kontakt abgebrochen und ließ ihm mitteilen, er wolle ihn nie wieder sehen. Sein Sohn ist für ihn gestorben.«

Louisa schüttelte fassungslos den Kopf. »Wie kann ein Vater nur so grausam sein? Selbst wenn mein Vater sehr streng und fordernd ist, niemals würde er mich oder Diana verstoßen. Ein Vater liebt doch seine Kinder?«

Keyla zuckte nur die Schultern. »Miss, ich glaube, dass Geld in vielen dieser Familien das Wichtigste ist. Bitte verstehen Sie mich nicht falsch. Doch sobald das Geld weg ist, scheint oft auch die Liebe weit weg zu sein. Es ist traurig, finden Sie nicht, Miss?«

Louisa nickte. »Ja, das ist allerdings sehr traurig.« Tief in ihrem Herzen war sie sehr froh darüber, bis zum heutigen Tage von Geldsorgen verschont geblieben zu sein.

Als sie kurz darauf, fertig angekleidet, hübsch und frisch für den Tag vorbereitet, die Freitreppe hinab in die Halle stieg, sah sie unten bereits Tante Francis mit ihrem kleinen Gepäck, wie sie sich von ihrer Mutter verabschiedete. Als ihre Tante sie erblickte, lächelte sie erfreut. »Louisa, wie schön, Dich noch zu sehen. Ich hatte schon befürchtet, abreisen zu müssen, ohne Dich noch einmal in den Arm nehmen zu können. Komm her, Kind, und umarme deine Tante.«

Louisa wurde angesichts der Rührung ihrer Tante etwas seltsam zumute.

»Aber Tante, ich werde doch gewiss bald nach London zurückkehren. Dann sehen wir uns wieder täglich. Du wirst mich nicht lange entbehren müssen.«

Ein seltsamer Wandel ging nach Louisas Worten mit der Miene ihrer Tante vor sich. Es war, als würde sich ein dunkler Schatten vor ihr Gesicht schieben. Das Lächeln wich von ihren Lippen und aus den Augen sprach eine Traurigkeit, wie Louisa sie bei ihrer fröhlichen Tante noch nie gesehen hatte. Sie schien die Worte, die sie bereits auf der Zunge hatte, rasch und widerstrebend zu schlucken. Dann trat sie auf ihre Nichte zu und schloss sie fest in die Arme.

»Ach Louisa, wir müssen alles so nehmen, wie es kommt. Das Leben hält oftmals Überraschungen bereit, die uns in andere Richtungen schicken, als wir es uns erhoffen. Doch behalte immer im Sinn, dass du eine starke junge Frau bist und dass du dein Leben in beide Hände nehmen musst, um es dorthin zu lenken, wo du es für richtig befindest.«

Tante Francis schob Louisa ein kleines Stück von sich. »Versprich mir, dass du dein Leben weitestmöglich leben wirst, wie du es dir wünscht. Achte dabei auch auf Andere, verletzte nie die Gefühle derer, die dir nahe stehen, doch vergiss niemals: Es ist dein Leben. Deines!«

»Francis, mach es dem Kind doch nicht noch schwerer.«

Die leise, müde Stimme ihrer Mutter beunruhigte Louisa ebenso sehr wie die Worte ihrer Tante. Diese ließ Louisa nun widerstrebend los und wandte sich an ihre Schwester. »Elisabeth, du kennst meine Meinung.

Was auch immer du oder Frank hier denken – ich habe meiner Nichte nur das gesagt, was *ich* denke und woran *ich* glaube. Jetzt sage ich dazu nichts mehr. Bitte sendet mir Nachricht, sobald alles entschieden ist. Was auch immer das Ergebnis sein wird, du weißt: Ich stehe hinter Dir und hinter den Kindern.«

Dass ihre Tante so explizit betonte, hinter ihrer Schwester und ihren Nichten zu stehen, irritierte Louisa nur wenig. Ihr war bekannt, dass das Verhältnis zu ihrem Schwager sich sehr abgekühlt hatte, nachdem er Christian Farandon und seine wirtschaftlichen Unternehmungen der Lächerlichkeit preisgegeben hatte. Als sein Schwager sich entschloss, in Handelsschiffe zu investieren und mit den Waren auch selbst zu handeln, hatte Frank sich schrecklich aufgeregt: »Ein Händler in der Familie, ein Krämer, der am Ladentisch stehend mit den Kunden feilscht. Er sollte sich schämen. Wie kann man nur in den Handel investieren?« Wo immer sich eine Gelegenheit bot, hatte er sich über die neue Beschäftigung und über die Geldanlage seines Schwagers abfällig geäußert. Die Entwicklung der Dinge verdammte Frank Kedleston letztendlich zum Schweigen. Die Einnahmen seines Schwagers waren sicher und hoch und er erwies sich als gewiefter Kaufmann, der bei seinen Kunden durch die hohe Qualität seiner Waren und die Zuverlässigkeit, mit der er arbeitete, großes Ansehen genoss.

Nun war er es, dem das Wasser bis zum Halse stand. Louisa dachte mit Schaudern an die lästerlichen Reden ihres Vaters. Wie sehr mussten sich einige der Menschen, die damals nur mit gerunzelter Stirn zugehört hatten, nun freuen. Frank Kedleston hatte sich wahrlich nicht viele Freunde gemacht. Bei Menschen mit Herz und Verstand war Überheblichkeit nicht unter den Eigenschaften, die sie sich in ihrem Freundeskreis wünschten.

Tante Francis strich ihr nochmals über den Kopf, drückte auch die mittlerweile zu ihnen gestoßene Diana fest an ihre Brust und verließ rasch, so als ob sie fürchte, noch etwas Falsches zu sagen, das Haus. Nur wenig später hörte Louisa die zweispännige Kutsche ihrer Tante abfahren. Sie eilte hinaus auf die Treppe, die von der Halle zur Auffahrt hinunter führte, und winkte der Kutsche nach, bis sie nicht mehr zu sehen war.

Es sollte das letzte Mal für sehr, sehr lange Zeit gewesen sein, dass sie die geliebte Tante sah.

Nach einem schweigsamen gemeinsamen Frühstück, in dessen Verlauf der Vater darum bat, bei den Vorbereitungen für den Abend nicht gestört zu werden, verließen die beiden Schwestern fast fluchtartig das Haus. Beide hatten sich ihre Reitkleidung angezogen und ihre Pferde satteln lassen. Gemeinsam mit ihrer Schwester war es Diana jederzeit erlaubt zu reiten. Die beiden kleinen, wohlerzogenen Stuten, die Louisa und Diana besaßen, wurden viel zu wenig bewegt. Man merkte an der Freude und dem Ungestüm, mit dem sie lostrabten, wie sehr auch die Tiere die Bewegung in der Natur genossen.

Die Mädchen ließen die Pferde artig bis zur großen Hecke des Parks traben, doch sobald sie außer Sichtweite des Hauses waren, bedurfte es nur eines Blickes und sie galoppierten, so schnell die beiden Pferde sie tragen konnten, hinaus auf das freie Feld hinter dem Park. Erst als sie Kedleston House weit hinter sich gelassen hatten, zügelten sie ihre Pferde und fielen zuerst in einen leichten Trab und schließlich in Schritttempo.

»Louisa, was denkst du, was könnte das für ein Geschäft sein, bei dem Vater den Rushtons helfen könnte? Diese Familie hat Geld und Ansehen im Überfluss. Wozu brauchen sie jemanden wie unseren Vater?«

»Ich weiß es wirklich nicht, Diana. Ich tappe genauso im Dunklen wie du auch. Mutter scheint etwas mehr zu wissen, aber auch sie wird wohl von unserem Vater nicht ganz aufgeklärt. Du kennst ihn doch. Man wird immer nur mit den Häppchen gefüttert, von denen er glaubt, sie seien nötig. Wir können jetzt zwei Dinge tun. Wir können uns den Kopf über Vaters Probleme zerbrechen oder wir können diesen herrlichen Tag gemeinsam genießen. Komm, kleine Schwester, lass uns die zweite Möglichkeit wählen. Ich befürchte, die erste holt uns noch früh genug ein.«

Diana gab ihrer Schwester gerne recht und so genossen die beiden den weiteren Ritt über die endlosen Wiesen Derbyshires, freuten sich an den freundlichen Gesichtern der Menschen im Dorf, die beim Anblick der beiden hübschen, fröhlichen Mädchen gar nicht anders konnten, als lächelnd zu grüßen, und genossen ein einfaches Picknick, zu dem sie von Mrs. Meeds, der Frau des Pastors, spontan eingeladen wurden.

Über der Schönheit der Natur, den anregenden Gesprächen im hübschen kleinen Garten des Pastors und der Freundlichkeit der

Dorfbewohner hätten sie um ein Haar die Zeit vergessen. In gestrecktem Galopp jagten die beiden jungen Damen schließlich am frühen Nachmittag zurück nach Kedleston House. Glücklich und erhitzt erreichten sie die Stallungen, wo sie sich liebevoll von ihren treuen Pferden verabschiedeten und sie den Stallburschen überließen. Fröhlich schwatzend eilten sie in die Halle, wo ihre Mutter ihnen bereits entgegenkam.

»Louisa, Diana, wie seht ihr denn aus? Ihr seid ja ganz erhitzt. Diana, du wirst krank werden.«

»Ach Mutter, ich bitte dich!« Louisa konnte nicht mehr an sich halten. »Diana hat diesen Tag in frischer Luft und mit viel Bewegung genossen. Es tut ihr gut, draußen zu sein. Keine von uns wird krank werden.«

Ehe ihre Mutter antworten konnte, kam ihr Vater herbei. »Das möchte ich euch auch empfehlen, meine lieben Töchter. Ihr seht aus wie Jungfern vom Land. Rotbackig und überhitzt, als kämt ihr vom Feld. Ich wünsche, dass ihr sofort auf eure Zimmer geht und euch von Keyla für den heutigen Abend fertig machen lasst.«

Sowohl Louisa wie auch Diana war klar, dass, schlug ihr Vater diesen Ton an, Widerspruch sinnlos war. Nach einem bedeutungsvollen Blick auf ihre Mutter, die lediglich schweigend danebenstand, liefen die beiden Misses Kedleston hinauf in ihre Räume.

»Louisa, hast du gesehen, wie prunkvoll unten eingedeckt wird? Hast du die vielen Blumenbouquets gesehen? All das für die Rushtons? Ich kann Dir nicht sagen, wie neugierig ich bin.«

Louisa kam nicht mehr dazu, ihrer Schwester zu antworten, denn Keyla kam zusammen mit einem der Hausmädchen herbeigelaufen, um die Wünsche ihres Herrn in die Tat umzusetzen.

Eine gute Stunde später hatte Louisa sich zu der Ballschönheit gewandelt, die ihr Vater zu sehen wünschte. Ihr langes weißes Kleid wurde unter der Brust von einem Band in der Farbe ihres Haares gerafft. Der doppelte Rock war am Rand mit edelster Spitze besetzt und ihre nagelneuen Schuhe waren mit kleinen Perlen geschmückt. Ihr schönster Schmuck aber war das von Keyla kunstvoll zur Hälfte hochgesteckte und zur anderen Hälfte in Locken über ihren Rücken flutende, glänzende dunkle Haar. Nur wenige kleine Perlen in ihren Haaren dienten als dezenter Schmuck und passten zu der ebenso dezenten Perlenkette, die sie von ihrer Großmutter zum achtzehnten Geburtstag erhalten hatte.

Keyla seufzte beim Anblick ihres fertigen Kunstwerkes. »Miss, Sie sind wunderschön.«

»Danke, Keyla, das habe ich zu einem Großteil dir zu verdanken.«

Keyla errötete erfreut und verließ nach einem kleinen Knicks eilends das Zimmer. Sie wurde nun unten erwartet, um die Ankunft der Gäste vorzubereiten. Louisa blickte an sich herunter, betrachtete sich dann noch eine Weile nachdenklich im Spiegel und resümierte, dass Keyla recht hatte. Sie sah tatsächlich sehr annehmbar aus. Wenn sie nun mit diesem Aussehen und dem Benehmen, in welches ihr Vater in Form des teuren Pensionats ein Vermögen investiert hatte, ihrer Familie helfen konnte, dann würde sie das natürlich tun.

Mit Wehmut dachte sie daran, dass heute der große Ball bei den Brenwoods stattfinden würde, leider ohne sie. Doch dafür würde sie bei ihrer Rückkehr nach London mit Sicherheit großzügig entschädigt werden. Charles Brenwood würde sie gewiss beim heutigen Tanz vermissen. Die Blicke der anderen jungen Damen der Gesellschaft wären sicherlich voll von Neid gewesen. Wie schade! Jetzt jedoch hieß es, ihrer Familie unter die Arme zu greifen, danach würde sie, sobald es ihr möglich war, nach London reisen. Im äußersten Notfall könnte Keyla sie begleiten und am nächsten Tag zurückfahren. Alles würde sich fügen. Louisa atmete tief ein, zupfte ihr Haar noch einmal zurecht und machte sich auf den Weg nach unten, um sich auf den Empfang der wichtigen Gäste vorzubereiten.

Im Foyer herrschte noch immer ein solch hektisches Treiben, dass Louisa ihre Mutter zuerst gar nicht entdecken konnte. Neben dem Eingang wurden zu beiden Seiten lachsfarbene Rosen in riesigen bauchigen Vasen arrangiert, eine teure Seltenheit dieser Tage. Vor dem Eingang erspähte sie die beiden Feuerschalen, die soeben mittels eiserner Stangen aufgerichtet wurden und bereits munter flackerten. Auch im Foyer des Hauses waren zahllose Kandelaber verteilt, deren hohe weiße Prunkkerzen gerade von Keyla und zwei weiteren Dienstmädchen entzündet wurden. Endlich entdeckte sie neben dem Eingang zum Kaminzimmer ihre Mutter, die in ihrem herrlichen grünen Ballkleid und mit den zu einer kunstvollen Frisur hochgesteckten Haaren traumhaft schön aussah. Erst als Louisa näher kam, sah sie die Müdigkeit und die Anspannung in den Augen der Mutter.

»Mutter, du hättest dich ein wenig schonen sollen, du bist wunderschön, aber in Deinen Augen kann ich die Müdigkeit sehen.«

Elisabeth Kedleston überging den Einwand ihrer Tochter mit einem leisen Lächeln. »Sorg dich nicht Louisa, das ist nur die Aufregung. Nach dem heutigen Abend werde ich wieder in der Lage sein, mich zu entspannen. Ich verspreche es dir.«

Sie ignorierte den zweifelnden Blick ihrer Ältesten und zog sie stattdessen mit sich in den Salon. »Sieh es dir an, Louisa. Gibt es noch etwas zu verbessern oder findest du es für die hohen Gäste angemessen?«

Es gab mit Sicherheit nichts zu verbessern. Die lange Tafel im Salon war mit dem teuersten Silber und dem edelsten Porzellan eingedeckt, das die Vitrinen hergaben. Auch hier standen duftende bunte Blumenarrangements in hohen, kostbaren Vasen. Die Blumen verströmten einen zarten Duft, der das herrliche Gesamtbild auch für jede empfindsame Nase zu einem Genuss machte. Die Kerzenhalter an den Wänden waren alle bestückt und die Kerzen verbreiteten ein geradezu märchenhaftes Licht, das sich in den Kristallgläsern der Tafel tausendfach spiegelte.

Louisa ergriff die Hand ihrer Mutter, die trotz der Wärme im Salon kalt war. »Mutter, all das hier wäre genug für einen Fürstenempfang. Es wird bei Weitem das übersteigen, was Sir Martin und Lady Rushton erwarten. Was Maximilian erwartet, kann ich dir nicht sagen. Ich habe ihn nur zwei Mal in meinem Leben gesehen und muss gestehen, dass er nichts als Leere in meiner Erinnerung hinterlassen hat. Ich kann nicht sonderlich beeindruckt von ihm gewesen sein.«

Ihre Mutter unterdrückte ein Lächeln, bevor sie antwortete. »Auch Maximilian ist nun älter und hat sich sicherlich weiterentwickelt. Vielleicht wird sich heute Abend ein besserer und auch bleibender Eindruck von ihm ergeben.«

Louisa zuckte nur die Schultern. »Wir werden es sehen. Allerdings muss ich gestehen, dass ich in dieser Beziehung keine allzu große Hoffnung habe ...«

Das Gespräch der beiden Frauen wurde von Frank Kedleston unterbrochen, der in seinem schwarzen Abendanzug mit dem weißen Seidenhemd, das aus dem streng geknöpften Gehrock sah, noch unnahbarer wirkte als sonst. Louisa konnte nicht umhin, festzustellen, dass ihr Vater ein eindrucksvoller Mann war.

»Darf ich den beiden Damen sagen, dass sie außerordentlich gut aussehen? Ich bin sehr zufrieden.« Ihr Vater ließ seinen Blick durch den Salon schweifen und warf auch einen auf das prächtig geschmückte Foyer. »Exzellent, wirklich exzellent. Elisabeth, ich muss dich ein weiteres Mal zu deinem vorzüglichen Geschmack beglückwünschen.«

Es grenzte an ein Wunder, doch ihr anspruchsvoller Vater sah sehr zufrieden aus. Als nun noch Diana, fertig angekleidet und mit einem erwartungsvollen Strahlen auf dem hübschen Gesicht, herbeikam, schienen seine Erwartungen auf das Vollkommenste erfüllt. »Meine Lieben, ich kann sagen, dass ich meine Familie heute voller Stolz präsentieren werde.« Mit diesen Worten strebte er dem Eingang zu, um zu überwachen, ob alles für die Ankunft seiner Gäste vorbereitet war.

»Meine Lieben! Diana, kannst du dich erinnern, wann unser Vater das zum letzten Mal zu uns gesagt hat?« Louisa flüsterte zwar, doch ihre Mutter hatte sie dennoch verstanden.

»Louisa, tu ihm nicht Unrecht. Du weißt, dass er mit aller Härte erzogen wurde. Er ist, wie er ist. Und doch tut er immer alles nur für die Familie.«

»Ja, darum hat er diese Familie auch an den Rand des Ruins gebracht!« Die Worte waren ihr über die Lippen geschlüpft, ehe sie darüber nachdenken konnte. Als sie die Traurigkeit im Gesicht ihrer Mutter sah, hätte sie es gerne zurückgenommen, doch dazu war es jetzt zu spät.

»Louisa, es war sicher nicht seine Absicht, dieses Unglück herbeizuführen. Er wollte wie immer das Beste für uns. Er hatte auf eine gute Investition gehofft. Solche Dinge geschehen leider. Es ist ihm aus den Händen geglitten. Dass er nun mit allen Kräften versucht, es wieder gut zu machen, sollte uns zufriedenstellen.«

Louisa war diese Erklärung bei Weitem nicht genug, doch sie zog es vor, jetzt zu schweigen und ihren Teil in diesem seltsamen Spiel auf das Beste zu erfüllen. Je schneller alles wieder in geordneten Bahnen lief, desto schneller konnte sie auch in ihr gewohntes Leben zurückkehren.

Während ihre Mutter noch einen prüfenden Blick auf die festliche Tafel warf, zupfte Diana ihre Schwester am Ärmel. »Ich bin so aufgeregt. Den ganzen Nachmittag habe ich mir den Kopf zermartert, was unser Vater ausgehandelt hat. Es tut mir fast leid, es sagen zu müssen, aber ich habe Angst, dass es nichts Gutes ist.«

»Kleines, Diana, bitte zerbrich dir jetzt nicht deinen hübschen Kopf. Genieß den Abend und lass die Dinge einfach geschehen. Wir werden von ausgesuchter Höflichkeit sein, wir werden exzellente Manieren an den Tag legen und wir werden der Familie Kedleston die Ehre machen, die Papa so rüde behandelt hat. Doch jetzt ruhig! Ich glaube, es geht los.« Tatsächlich hörte man in der Stille des frühen Abends das Knirschen der Räder einer Kutsche auf dem Kiesweg. Ihr Vater winkte sie bereits herbei und eilends liefen die drei Kedleston-Frauen hinaus, um nun endlich die so ungeduldig erwarteten Gäste zu begrüßen.

4.

Es war eine eindrucksvolle, vierspännige Kutsche, die über die Auffahrt heranrollte. Die vier weißen Pferde waren edle und ausgesprochen schöne Tiere, was vor allem der pferdebegeisterten Diana sofort auffiel. »Louisa, sieh doch, was für wundervolle Tiere!«

»Diana, still jetzt!« Sofort brachte ihr Vater sie zum Schweigen, was Diana ein wenig betreten dastehen ließ. Rasch drückte Louisa aufmunternd die Hand der Schwester und war ein weiteres Mal zornig auf den so wenig einfühlsamen Vater. Als die Kutsche anhielt, eilten sofort Frederic und der Hausdiener Thomas heran, öffneten die Türen, klappten das kleine Treppchen an der Kutsche herunter und halfen den Gästen beim Aussteigen. Zuerst verließ Lady Adele Rushton die Kutsche, gefolgt von ihrem Gatten Sir Martin und als Letzter stieg Maximilian heraus.

Lady Rushton war eine eindrucksvolle, angenehme Erscheinung. Ihr schwarzes Haar war in einem dicken, geflochtenen Knoten auf dem Kopf drapiert und mit nur wenigen, mit glänzenden Steinchen besetzte Kämmen geschmückt. Ihrem Gesicht konnte man noch heute, obwohl sie bereits einen erwachsenen Sohn hatte, ansehen, welch eine außergewöhnliche Schönheit sie einmal gewesen sein musste und im Grunde noch immer war. Ihr elfenbeinfarbenes Kleid war nach der neuesten Mode gefertigt und der Schmuck dezent und sehr edel. Bis zu den Oberarmen reichende Spitzenhandschuhe machten den Eindruck der Grande Dame perfekt. Um die Schultern war kein üppiges, prunkvolles Cape geschlungen, wie so viele es derzeit liebten, sondern sie schützte sich nur mit einer zarten Seidenstola vor der kühlen Abendluft.

Lady Rushton war in der ganzen Grafschaft schon immer für ihre ausgesprochen schönen Augen berühmt gewesen, schwarz und mandelförmig. Diese ruhten nun der Reihe nach auf den Mitgliedern der Familie Kedleston und verweilten schließlich längere Zeit auf Louisa. Als ein Lächeln auf dem Gesicht der Lady erschien, kam Louisa zu dem Schluss, dass Lady Rushton offenbar eine warmherzige und sehr angenehme Person sein musste. An ihr war, obwohl sie es sich wahrlich hätte leisten können, nichts Großspuriges oder Überhebliches. Ihr war eine natürliche Würde zu eigen, die ihr den Respekt, der ihr zustand, von Anfang an sicherte.

Sir Martin war ein großer, etwas beleibter Mann mit einem freundlichen, von der Sonne gebräunten Gesicht. Man sah ihm an, dass er viel Zeit in Freien verbrachte. Louisa glaubte sich erinnern zu können, dass Sir Martin dafür berühmt war, nicht nur hervorragende Reitpferde zu züchten, sondern diese auch ausgiebig und mit Freuden zu reiten. Im Gegensatz zu ihrem glatt rasierten Vater trug Sir Martin einen wohlgestutzten Bart, der ihn ein wenig den alten Bildern eines Freibeuters gleichen ließ. Louisa warf einen raschen Seitenblick auf ihre Schwester, und das stille Lächeln in deren Gesicht ließ sie absolut sicher sein, dass sie beide gerade den gleichen Gedanken hegten. Der dunkelgraue Gehrock mit den schwarzen Abschlüssen und die schwarzen, eleganten Schuhe unterstützen die Fantasie der Schwestern noch zusätzlich. Dass das graue Haar an den Schläfen schon etwas weniger zu werden begann, tat dem guten Gesamteindruck, den Sir Martin bei den Mädchen machte, keinen Abbruch. Schon wollte Louisa bedauern, dass die beiden Familien nicht öfter Kontakt hatten, als ihr Blick auf Maximilian Rushton fiel. Sofort konnte sie sich wieder erklären, warum er seinerzeit keinerlei Eindruck bei ihr hinterlassen hatte.

Er war groß, außergewöhnlich hager, sehr blass und schlicht nichtssagend. Zwar hatte er das dunkle Haar seiner Mutter geerbt, aber ansonsten mangelte es ihm an deren Schönheit. Seine Züge waren hart und das Gesicht entbehrte jeglicher Ausdruckskraft. Louisa fragte sich, wie ein Mensch so unendlich blasiert aussehen konnte. Gleichzeitig betrachtete Maximilian seine Umgebung mit einer geradezu unbeschreiblichen Überheblichkeit. Hochgezogene Augenbrauen musterten abschätzend alle Mitglieder der Familie Kedleston, um letztendlich sehr ungnädig über Louisa zu streifen und dann mit gelangweilter Miene wieder auf seine Hände gerichtet zu werden. Während seine Eltern ihre Gastgeber formvollendet begrüßten, bestand sein Gruß lediglich aus einem kurzen Nicken. Zu einem Wort der Begrüßung konnte er sich nicht überwinden.

Umso freundlicher waren die Worte, die Sir Martin nach der Begrüßung durch Louisas Vater an sie richtete. »Mein lieber Mr. Kedleston, ich muss schon sagen. Wie können Sie Ihre beiden bildhübschen Töchter nur so vor der Öffentlichkeit verstecken? Ich kenne sie beide noch als kleine Mädchen und nun habe ich zwei entzückende, reizende Damen vor mir.« Louisa glaubte, sehen zu können, wie ihrem Vater bei diesen Worten die Brust schwoll. Doch noch ehe er antworten konnte, ergriff Lady Rushton das Wort.

»Hier müssen wir wohl die Schuld bei uns suchen, lieber Sir Martin. Wenn wir es nicht schaffen, unsere eigenen Nachbarn öfter zu sehen, dann ist dies nur uns anzulasten.« Sie ergriff Louisas Hand und sah sie mit einem überraschend freundlichen, offenen Lächeln an. »Miss Kedleston, im Grunde mag ich es, meinem Mann zu widersprechen, alleine um ihn ein wenig zu necken. Aber hier muss ich ihm uneingeschränkt zustimmen. Ich bin sehr angenehm überrascht. Ich darf so frei sein und behaupten, Sie sind das hübscheste Wesen, das mir in Derbyshire jemals über den Weg gelaufen ist.«

Diese freundliche Ansprache nahm Louisa endgültig für Lady Rushton ein. Die Frau war ihr überaus sympathisch. Die Aufforderung ihres Vaters, doch nun hineinzugehen, um das Dinner nicht warten zu lassen, wurde gerne angenommen. Ein unangenehmer Punkt war lediglich die seltsam scharfe Aufforderung von Sir Martin an seinen Sohn, er möge die beiden jungen Damen zu Tisch begleiten. Maximilian erfüllte zwar den Wunsch seines Vaters und reichte beiden Kedleston-Mädchen den Arm, doch worüber sich wahrscheinlich jeder andere junge Mann der Grafschaft glücklich geschätzt hätte, schien ihm eine regelrechte Last zu sein. Mit nach wie vor ausdrucksloser Miene führte er Louisa und Diana zu Tisch, half beiden dabei, ihren Platz einzunehmen, und setzte sich dann – auf Anweisung seines Vaters – mit einem anklagenden Seufzen neben Louisa.

Es war Louisas Glück, dass ihr Sir Martin direkt gegenüber saß und er sichtlich mehr an ihr interessiert war als sein Sohn. So fragte er sie über ihre Zeit im Pensionat aus, über London, über die Gesellschaften dort und noch so vieles mehr. Louisa zeigte sich von ihrer allerbesten Seite. Sie erzählte freundlich und höflich, wählte ihre Worte mit großer Vorsicht, war fröhlich, doch nicht zu überschwänglich – kurz, sie war die formvollendete junge Dame. Auch Diana wurde von Sir Martin und Lady Rushton freundlich und aufmerksam in die Gespräche mit einbezogen. Ein Blick auf ihren Vater zeigte Louisa, dass er mit dem Verlauf des Abends hochzufrieden war.

Die Köchin hatte gezaubert, die Suppe war laut Lady Rushton eine »Offenbarung«, der Rehrücken schmolz auf der Zunge, der Trifle übertraf alle Erwartungen. Der Tee, der im Anschluss gereicht wurde, kam mit handgefertigten Pralinés, die Sir Martin zu der scherzhaften Bemerkung veranlassten, er müsse daran denken, die Köchin mitzunehmen.

So angetan wie Louisa von den Rushtons war, so abgestoßen fühlte sie sich von deren Sohn. Während der gesamten Mahlzeit hatte er kaum ein Wort gesprochen. Wenn, dann war er kurz und unpersönlich. Louisa fühlte sich in seiner Gegenwart unwohl und sie fand sein Benehmen schlicht rüde und unhöflich. Während sie sich eine Tasse Tee einschenkte, überwand sie sich, Maximilian direkt anzusprechen.

»Ich habe das Gefühl, dass Sie sich bei uns nicht wohlfühlen. Darf ich fragen, was Ihr Missfallen so sehr erregt, dass Sie uns alle ganz offensichtlich zu ignorieren suchen?«

Maximilian zuckte bei dieser unverblümt geäußerten Kritik an seinem Verhalten kurz zusammen. Er hatte sich jedoch rasch wieder gefasst und seine Miene war so kalt und abweisend wie zuvor.

»Ich bedaure, dass Sie diesen Eindruck gewinnen. Doch ich kann nicht umhin, festzustellen, dass ich in der Tat meine Gesellschaft sehr gerne selbst zu wählen pflege. Wird mir dies ermöglicht, kann ich durchaus auch anders erscheinen. Heute jedoch erfülle ich einzig und alleine den Wunsch meines Vaters. Bitte entschuldigen Sie mich.« Mit diesen Worten ließ er Louisa einfach stehen und schenkte ihr keinerlei weitere Beachtung.

Louisa blieb keine Zeit, sich zu ärgern, denn sie sah, wie Sir Martin aufsprang, kurz mit ihrem Vater flüsterte und sich dann zornig an seinen Sohn wandte.

»Maximilian, Mr. Kedleston und ich haben etwas sehr Wichtiges zu besprechen. Ich wünsche, dass du dabei bist. Bitte folge uns. Mr. Kedleston, bitte.«

Frank Kedleston wies Sir Martin eilends den Weg ins Kaminzimmer und leise schlossen sich die Türen hinter den drei Männern. Während im Salon die Damen fröhlich plauderten, zog sich die Besprechung der Herren fast über eine Stunde. Den Damen drohte gerade der Gesprächsstoff auszugehen, als plötzlich die Türe des Kaminzimmers aufgerissen wurde und ein gänzlich aufgelöster Maximilian herausstürmte. Ohne die anwesenden Damen eines Blickes zu würdigen, rannte Maximilian durch den Salon hinaus ins Foyer, von wo aus er direkt ins Freie lief. In wesentlich langsamerem Tempo und sichtlich entspannt erschienen dann Sir Martin und Frank Kedleston im Eingang des Kaminzimmers. Louisa hörte, wie Sir Martin zu ihrem Vater sagte: »Wir sind uns also einig?«

Ihr Vater nickte zustimmend. »Selbstverständlich, Sir Martin. Ich freue mich sehr über Ihre Entscheidung. Es ist uns eine Ehre, dessen dürfen Sie versichert sein.«

Worüber auch immer die beiden Herren gesprochen hatten, es musste Maximilian Rushton gänzlich aus der Bahn geworfen haben. Der eintretende Frederic vermeldete, dass der junge Herr sich nicht wohl gefühlt habe und die Gesellschaft bat, sein fluchtartiges Aufbrechen zu entschuldigen. Er habe sich bereits zu Fuß auf den Heimweg gemacht und könne dann von seinen Eltern unterwegs aufgenommen werden. Das betretene Gesicht von Lady Rushton und die verärgerte Miene von Sir Martin zeigten klar, was sie vom Benehmen ihres Sohnes hielten. Nur kurze Zeit später verabschiedeten sie sich auf das Freundlichste von ihren Gastgebern. Zu ihrer Überraschung sprach Sir Martin Louisa noch einmal direkt auf die seltsamen Ereignisse des heutigen Abends an.

»Bitte verzeihen Sie meinem Sohn, Miss Kedleston. Ich darf Ihnen versprechen, dass er sich beim nächsten Mal wesentlich besser benehmen wird.«

Louisa versicherte Sir Martin, dass sie es durchaus verstünde, wenn man sich nicht wohl fühlte und sie seinem Sohn nichts nachtragen würde. Zum Abschied schloss Lady Rushton Louisa sogar kurz in die Arme, was diese sich gerne gefallen ließ. Die Freundschaft dieser wichtigen und so eindrucksvollen Persönlichkeit zu genießen, behagte ihr sehr.

Nachdem die Kutsche vorgefahren war und die Rushtons bereits zum Tor von Kedleston House fuhren, entspannte sich auch Louisas Mutter wieder. Die Vier gingen gemeinsam zurück in den Salon, wo Frank Kedleston sich mit einem befreiten Seufzen in einen Sessel fallen ließ.

»Wunderbar! Ich bin überaus stolz auf meine Töchter, was für ein perfekter Abend. Liebe Elisabeth, liebe Louisa, liebe Diana, dieser Abend hat exakt das bewirkt, was ich mir erhofft hatte.« Louisa hegte ihre ganz eigenen Zweifel an dieser Aussage. »Nicht allen scheint der Abend behagt zu haben. Maximilian schien zuerst nur gelangweilt, doch als er aus dem

Kaminzimmer kam, konnte man den Eindruck gewinnen, der Teufel persönlich würde ihn jagen. Ein unangenehmer Mensch. Wie können so charmante Eltern einen solch unhöflichen, abweisenden, ja geradezu beleidigenden Spross in die Welt setzen?«

Ihr Vater stützte sein Kinn auf die zusammengefalteten Hände. »Zügle deine Zunge, liebe Louisa. Ich möchte dir, nachdem du dich heute so beispielhaft benommen hast, keine Predigt halten. Und doch, sei umsichtiger mit deinen Äußerungen.«

»Vater, bitte, ich denke, dass Sir Martin und Lady Rushton durchaus von uns angetan waren. Maximilians Meinung ist mir denkbar egal. Was immer du auch sagen magst. Er ist mir zuwider.«

»Vielleicht ändert sich deine Einstellung ihm gegenüber, wenn du erfährst, dass die Frau, die Maximilian Rushton einmal ehelichen wird, nicht nur die nächste Lady Rushton wird. Nein, sie wird auch noch von seinem Vater mit 4.000 Pfund jährlich ausgestattet. Dies neben allen Annehmlichkeiten und allem Luxus, den das Leben auf Halston Manor zu bieten hat.«

»Wohl kaum, Vater. Wer auch immer diesen unpersönlichen, nichtssagenden Mann heiraten wird, die Frau tut mir schon heute leid.«

Louisa bemerkte, wie sich das Gesicht ihres Vaters verhärtete. Der kurzzeitig fast freundliche Ausdruck wich wieder der angespannten Härte und als Frank Kedleston dann sprach, waren seine Worte klar und deutlich.

»Dann solltest du deine Meinung rasch ändern, mein Kind. Denn heute hat Sir Martin entschieden, dass niemand anderes als du, meine liebe Louisa, die neue Herrin auf Halston Manor werden sollst. Er will dich als Frau seines Sohnes. Und dies ist für uns eine große Ehre. Ich hoffe, dass du dir dessen bewusst bist!«

Louisa wurde es plötzlich sehr kalt.

»Aber Vater, du hast doch hoffentlich nicht angenommen? Ich kann doch unmöglich diesen schrecklichen Mann heiraten. Bitte, sag mir, dass das nicht dein letztes Wort ist. Das kann und darf nicht dein Ernst sein!« Sie war schlicht entsetzt.

Als ihr Vater jetzt seinen Blick hob, zerschlug sich die letzte Hoffnung, dass all das ein schrecklicher Irrtum sein könnte.

Der Blick ihres Vaters war kalt und fordernd.

»Nein, Louisa, ich habe das Angebot von Sir Martin sogar mit Freuden angenommen. Nicht nur, dass er dir ein Leben in Luxus bieten wird. Er wird auch unsere kompletten Schulden tilgen. Mit den 4.000 Pfund im Jahr werden wir ansehnlich leben können und dir wird es an nichts fehlen. Sir Martin ist vollkommen entzückt von dir. Deine Familie ist vor dem Ruin bewahrt, du machst eine der besten Partien Englands und unsere Ehre wird niemals in Frage gestellt werden.«

»Vater, nein, bitte, tu das nicht, bitte, zwinge mich nicht dazu!«

Ungeachtet der Tränen, die nun über Louisas Wangen liefen, ungeachtet des Schmerzes im Gesicht seiner Frau und des Entsetzens, das aus den Augen seiner jüngsten Tochter funkelte, erhob sich Frank Kedleston von seinem Sessel und sein letzter Satz, bevor er den Raum verließ, war unwiderruflich.

»Louisa, ich wünsche, ohne weitere Kommentare, dass du Maximilian Rushtons Frau wirst. Wir sind am nächsten Samstag zum Gegenbesuch auf Halston Manor geladen. Dabei kannst du dich mit deinem neuen Zuhause vertraut machen.«

Daraufhin eilte er aus dem Zimmer und ließ eine fassungslose Louisa zurück, deren Leben gerade drohte, in tausend Scherben zu zerspringen.

5.

Noch nie in ihrem Leben war Louisa ein Tag so lang erschienen. Dass der Samstag kommen musste, dessen war sie sich bewusst, doch er kam viel zu schnell. Seit sie am frühen Morgen durch das laute Zwitschern der Vögel draußen im Park geweckt worden war, hatte sie ihr Zimmer nur verlassen, um ihrer Mutter zuliebe eine Tasse Tee zum Frühstück zu sich zu nehmen. Nur mit Mühe war es ihr gelungen, ein kleines Gebäckstück hinunter zu würgen. Appetit verspürte sie schon lange nicht mehr. Nun saß sie seit Stunden auf ihrem Zimmer, die Hände zu Fäusten geballt und immer wieder flossen die Tränen.

Warum?

Warum musste sie all das auf sich nehmen, wo es doch ihr Vater gewesen war, der dieses ganze Unheil durch seine Überheblichkeit und Selbstherrlichkeit heraufbeschworen hatte? Immer wieder schob sich das Bild von Maximilian Rushtons bleichem, zu Tode gelangweiltem Gesicht vor ihr inneres Auge. Wie sollte sie einen Mann heiraten, der sie, wie er nur zu deutlich durchscheinen ließ, verachtete?

Louisa erhob sich und trat mit müden Schritten ans Fenster. Ihr Blick huschte traurig über den Park und fing die schmale Gestalt ihrer Mutter ein, die dort in einem kleinen Beet Rosen beschnitt. Durch ihre Heirat würde sie der Familie all das erhalten, sie selbst aber würde alles verlieren: Ihre Freiheit, ihre Träume und ihre Zukunft. Eine Zukunft, die sie sich so gänzlich anders ausgemalt hatte. Im Park richtete Elisabeth sich auf und ließ ihren Blick über das Anwesen gleiten. Louisa versuchte mit Nachdruck, sich einzureden, dass sie dies alles nur für Mutter und Diana tat. Es half jedoch überhaupt nicht gegen das Toben in ihrem Inneren. Als es leise klopfte, wusste sie, dass Keyla gekommen war, um sie für den kommenden Abend vorbereiten.

Wo sie sonst kichernd und fröhlich plaudernd, voller Erwartung auf das kommende Fest, unruhig und aufgeregt auf ihrem Stuhl umherrutschte, saß sie heute steif und schweigend da. Keyla schien zu ahnen, was in ihr vor sich ging. Wortlos frisierte sie ihre Herrin, legte ihr den passenden Schmuck an und half ihr dann dabei, das schöne weiße Ballkleid mit den goldenen Streifen anzuziehen. Sie zupfte den schmalen Gürtel um die Taille zurecht, half Louisa noch, dabei ihre weißen, geschnürten Lederstiefelchen anzuziehen, und verabschiedete sich eilends.

Louisa betrachtete ihr Spiegelbild und erschrak, als sie ihr Gesicht genauer in Augenschein nahm. Ihre Augen waren verquollen vom Weinen und dank diverser durchwachter Nächte lagen dunkle Schatten darunter. Seufzend griff sie nach der Puderquaste und beseitigte die Spuren ihrer Trauer, so gut sie es eben vermochte.

Sekunden später klopfte es erneut und ihre Mutter steckte ihren Kopf ins Zimmer.

»Wie schön, Kind, du bist ja schon fertig.«

Louisa wandte sich zu ihr um und neigte den Kopf leicht zur Seite. »Nein, Mama, das täuscht. Wie kann man für den Weg zur eigenen Hinrichtung jemals fertig sein?«

»Louisa, Kind, bitte mach es uns und dir doch nicht so schwer. Versteh doch, dies ist wirklich unsere einzige Möglichkeit, den drohenden Ruin der ganzen Familie abzuwenden.«

Louisa wandte sich um, griff nach dem kleinen Täschchen, das sie mitnehmen würde, stopfte fast schon wütend ihr Taschentuch, einen kleinen Spiegel, ihre Puderdose und einen zarten Kamm aus Elfenbein hinein. Es kostete sie viel Mühe, ihrer Gefühle Herr zu werden.

»Ja, Mama, ich weiß sehr wohl. Ich weiß, dass die einzige Möglichkeit Vaters, Fehler ungeschehen zu machen, die ist, mich zu verkaufen. Mein Preis beläuft sich auf etwas über 50.000 Pfund und weitere 4.000 pro Jahr. Ich kenne meinen derzeitigen Wert sehr genau.« Eilends schob sie sich an ihrer Mutter vorbei, um die erneut aufsteigenden Tränen zu verbergen.

Nachdem sie mehrmals im Laufe der vergangenen Tage das Gespräch mit der Mutter gesucht hatte, war sie sich bewusst geworden, dass diese ihr nicht helfen konnte. Selbst wenn sie es nicht gut hieß, niemals würde sie die Entscheidung des Vaters in Frage stellen.

In der Halle erwartete sie eine blasse und in sich gekehrte Diana. Ihre Schwester war die Einzige, die wirklich mit ihr litt. Nicht umsonst hatte ihr Vater sie die letzten Nächte voneinander getrennt, wahrscheinlich, um wie auch immer geartete Absprachen unter den Schwestern zu unterbinden. Welch ein Unsinn! Als ob sie irgendetwas gegen das heraufziehende Unheil unternehmen könnten.

Diana griff sanft nach ihrer Hand. »Komm, Louisa, die Kutsche wartet schon.«

Sie nickte und folgte der Schwester wortlos ins Freie, wo bereits ihr Vater ungeduldig neben der geöffneten Kutsche stand.

»Louisa, ich bitte dich, so gib dir doch wenigstens ein wenig den Anschein, als ob du dich auf das, was kommt, freuen würdest.«

Sie glaubte, sich verhört zu haben. »Freuen? Vater, das kann nicht dein Ernst sein. Ich habe keine Wahl, daher gehorche ich, aber bitte, verlange keine Freude von mir.« Rasch wollte sie in die Kutsche steigen, als ihr Vater sie hart am Arm ergriff.

»Louisa, ich warne dich. Solltest du heute Abend einen wie auch immer gearteten Fauxpas begehen, dann werde ich dir das niemals verzeihen. Behalte das bitte gut im Gedächtnis, egal, wie du all das empfinden magst.«

Diese mehr als eindeutige Warnung genügte ihr. Sie schüttelte die Hand des Vaters ab und kletterte mit zusammengebissen Zähnen in die Kutsche, gefolgt von Diana. Sofort spürte sie deren zarte Hand tröstlich auf der ihren, doch auch wenn sie der Schwester dankbar für die Anteilnahme war, trösten konnte sie sie nicht. Während die Pferde antrabten und das Gefährt langsam über die Auffahrt rollte, zog sich ein eiserner Ring um Louisas Brustkorb und drohte, ihr die Luft abzuschnüren. Sie hatte das Gefühl, lauthals schreien zu müssen, und war dennoch zum Schweigen verdammt.

»Meine liebe Louisa. Du glaubst nicht, wie sehr ich mich freue, dich wiederzusehen.«

Sir Martin höchstpersönlich öffnete ihre Kutsche und hielt ihr freundlich lächelnd die Hand entgegen. Zu jeder anderen Gelegenheit hätte sie sich über diese Geste sehr gefreut, doch heute brachte sie nur ein höfliches Lächeln und mit Müh und Not eine freundliche Begrüßung zustande. Offensichtlich bemerkte ihr zukünftiger Schwiegervater das nicht, denn er bot ihr, nachdem er auch ihre Eltern und Diana freundlich willkommen geheißen hatte, vor Freunde strahlend seinen Arm und geleitete sie ins Haus.

Sie war ein Kind gewesen, als sie das letzte Mal hier zu Gast gewesen waren. Dass Halston Manor so bezaubernd schön war, daran konnte sie sich nicht mehr erinnern. Während nun auch Lady Adele sie alle erfreut begrüßte, glitt ihr Blick immer wieder durch die edle, weitläufige und in hellen, ansprechenden Farben gestaltete Halle. Zugegeben, es war wirklich wunderschön hier und doch würde es ihr Gefängnis werden, wenn auch ein sehr prunkvolles. Fast schon wollte sich etwas wie zaghafte Zustimmung zu ihrer Situation einstellen, als Maximilian kam. Sein Gesichtsausdruck brachte sie sehr schnell in die Realität zurück. Kalt und ohne jede Regung ergriff er ihre Hand, verbeugte sich leicht und führte sie an seine Lippen, ohne sie zu berühren. »Willkommen auf Halston Manor, liebe Louisa.«

Als sie, wenn auch nur kurz, in seine Augen sah, glaubte sie, dort für den Bruchteil einer Sekunde etwas von dem zu erblicken, was auch sie fühlte. Noch war ihr überhaupt nicht in den Sinn gekommen, dass Maximilian sich ähnlich fühlen könnte wie sie. Offenbar waren sie beide Gefangene der Entscheidungen ihrer Väter. Trotz dieser Überlegungen traf sie die Kälte und Ablehnung, die Maximilian ausstrahlte, doch tiefer, als sie sich eingestehen wollte.

Während um sie herum alle fröhlich plauderten und Lady Adele gar mehrmals das Wort an sie richtete, stieg in ihr schon wieder der altbekannte Zorn auf. Eigentlich sollte dieser Mensch sich glücklich schätzen, dass sein Vater sie gewählt hatte. Schließlich war sie es, die eine glänzende Zukunft, ganz zu schweigen von zahllosen Träumen aufgeben musste, um ihr Leben mit ihm zu teilen. Als Lady Adele den Arm um ihre Schultern legte und sie durch die Räumlichkeiten im unteren Bereich des Hauses führte, musste sie sich überwinden, der Dame die gebührende Aufmerksamkeit zu schenken. Was nutzten all die Schönheit und all der Luxus, wenn sie hier mit einem Mann leben sollte, der sie ebenso verabscheute wie sie ihn?

Als sie und Lady Adele in den Salon zurückkehrten, erkannte sie zu ihrem großen Erstaunen, dass weitere Gäste eingetroffen waren. Louisa erkannte die wichtigsten Familien der ganzen Umgebung. Das konnte nichts anderes bedeuten, als dass das große Ereignis schon heute offiziell bekannt gegeben werden sollte. Ihr Blick suchte nach Maximilian, doch der unterhielt sich, mit deutlich freundlicherer Miene als zuvor, mit Lady Kirkbridge und deren Sohn.

Louisa kannte Anthony Kirkbridge, seit er ein Kind war. Er war ein hübscher junger Mann geworden und seine Mutter strahlte ihn immer wieder voller Stolz an. Seit Jahren war bekannt, dass Anthony das väterliche Anwesen samt der ausgedehnten Ländereien und der Pferdezucht übernehmen sollte. Schon als sein Sohn gerade einmal vierzehn Jahre alt gewesen war, tönte sein Vater, dass er gedenke, eines Tages mit seinen Enkelsöhnen über sein Anwesen zu reiten. Wenn sie sich Anthony heute ansah, dann konnte sie sich gut vorstellen, dass dieser Tag nun nicht mehr in allzu weiter Ferne lag. Ehe sich Louisa weitere Gedanken zum Spross der Kirkbridges machen konnte, wurde mitgeteilt, dass das Dinner aufgetragen sei. Mit einem auffordernden Stirnrunzeln rief Sir Martin Maximilian an ihre Seite, der sie wortlos zu ihrem Platz führte und sich neben ihr niederließ.

Das Dinner war gewiss köstlich. Pasteten aus frisch gefangenen und geräucherten Flussfischen, zarter Braten, junges Gemüse und dünne Teigtaschen, gefüllt mit duftenden Erdbeeren und dazu frisch aufgeschlagene Sahne konnten Louisa jedoch nicht über Maximilians Benehmen ihr gegenüber hinwegtrösten.

Während des gesamten Essens wechselte er kaum mehr als zehn Worte mit ihr und sie konnte von Glück sagen, dass Sir Martin zu ihrer anderen Seite bei Weitem gesprächiger war als sein Sohn.

Wesentlich besser lief die Unterhaltung zwischen Anthony und Maximilian, die sich, wohl ob der langjährigen Vertrautheit, die Bälle so gut zuspielten, dass ihre zum Besten gegebenen Anekdoten für viel Amüsement in der erlesenen Runde sorgten.

Louisa kaute auf den süßen Erdbeeren herum, als sei es Haferstroh. Ihr wollte heute einfach nichts schmecken. Das Beste an diesem Dinner waren die Freundlichkeit und Warmherzigkeit, die ihr Sir Martin entgegenbrachte. So war sie froh, als die Tafel aufgehoben wurde und die Herren sich anschickten, sich eine Weile in die benachbarte Bibliothek zurückzuziehen, um sich ein Glas Sherry und eine edle Zigarre zu gönnen. Sie erblickte ihren Vater, der zu seinem gewohnt selbstsicheren Auftreten zurückgefunden hatte und sich angeregt mit Anthonys Vater unterhielt.

Einige der Herren waren ihr zwar vorgestellt worden und sie wusste, dass es einflussreiche Adlige waren, doch sie konnte sich keinen Reim darauf machen, warum die Zahl der Gäste zu diesem ja eigentlich nicht wirklich fröhlichen Anlass nicht ein wenig geringer gehalten worden war. Erst als sie einige Gesprächsfetzen der sich gemächlich zurückziehenden Herren aufschnappen konnte, verstand sie. Man besprach zukünftige Geschäfte. Geschäfte, die zustande kommen konnten, weil sie sich dem Willen des Vaters beugte und die es nie hätte geben können, wäre Frank Kedleston nicht diese Möglichkeit in den Schoß gefallen.

Während sich die große, zweiflügelige Türe hinter den Herren schloss, begaben die Damen sich in den Salon der Gastgeberin, in dem bereits Tee und duftendes Gebäck auf sie warteten. Louisa aber spürte zunehmend, wie sich das nur kurz abgelegte Beklemmungsgefühl wieder in ihr ausbreitete. Sie wandte sich sehr höflich an Lady Adele.

»Lady Adele, wäre es sehr unhöflich von mir, wenn ich bitte, mich kurz in den herrlichen Park zurückziehen zu dürfen?«

Sofort ruhte der Blick der Lady besorgt auf ihr.

»Keinesfalls, liebe Louisa, du kannst hier gehen, wohin es dir beliebt. Bitte, fühl dich wie zu Hause. Möchtest du, dass jemand dich begleitet?«

Sie wehrte lächelnd ab. »Nein, das wird nicht nötig sein. Ich denke nicht, dass in Eurem Park Gefahren drohen, denen ich mich nicht stellen könnte.«

Lady Adele schmunzelte amüsiert. »Das ist sicher richtig. Doch bitte bleib nicht zu lange fort. Wenn die Herren zurückkommen, soll ein sehr schönes, in Kürze anstehendes Ereignis verkündet werden.«

Sofort sank ihr Herz noch tiefer. Sie konnte sich lebhaft vorstellen, auf welches Ereignis die Lady hier anspielte. Sie zumindest schien sich aufrichtig über die anstehende Verlobung zu freuen. Immerhin, zumindest eine, der das scheinbar mühelos gelang. Louisa knickste formvollendet vor Lady Adele und zog sich mit einem entschuldigenden Blick auf ihre Mutter und Schwester durch eine der geöffneten Terrassentüren in den Park zurück.

Noch war es nicht dunkel und so konnte sie den Garten in seiner ganzen Schönheit genießen. Es tat ihr gut, über die weiten Rasenflächen zu wandern, in die schön gebauten Zierfischteiche zu blicken und ihre Nase an die herrlichen Blüten in den diversen Blumenrabatten zu halten.

Während sie auf ein winziges Laubwäldchen am Ende des Rasens zu schlenderte, war ihr plötzlich, als höre sie leise Stimmen. Neugierig schlich sie näher und spähte um den Stamm einer kleingewachsenen, aber ausladenden Weide herum. Dort, auf einer steinernen Bank, im Schutz der Bäume, saß kein anderer als Maximilian und ihm gegenüber Anthony Kirkbridge.

6.

Anthony redete mit Nachdruck auf Maximilian ein. »Nun komm schon. Warum wehrst du dich denn noch immer mit Händen und Füßen gegen das von deinem Vater ausgehandelte Arrangement?«

Maximilian richtete seinen Blick auf ihn und schüttelte nur leicht den Kopf. »Verstehst du denn gar nichts? Es ist ja nicht damit getan, dass ich die junge Dame eheliche. Nein, mein holder Vater fordert auch noch Enkel.«

Sein Gegenüber zuckte die Schultern. »Ja und? Sie ist doch ganz nett anzusehen. Das schaffst du doch nun auch noch.« Anthony zauberte hinter seinem Rücken eine Flasche hervor, aus der er sich eine ansehnliche Menge in das Glas in seiner Hand goss. Auffordernd hielt er sie Maximilian entgegen. »Na, jetzt komm schon. Mit etwas Alkohol im Blut überstehst du das nachher sicher wesentlich gelassener.«

Seufzend reichte Maximilian ihm sein Glas, das randvoll gegossen wurde. »Du hast leicht reden. Du wirst ja nicht wie ein Schaf zur Schlachtbank geführt.«

Anthony stellte die offene Flasche vorsichtig neben sich ins Gras. »Du übertreibst, mein Lieber, Louisa Kedleston mag vieles sein, aber sie ist nicht unansehnlich und sie hat eine exzellente Erziehung genossen. Sie wird dir der perfekte Schutzschild gegen dummes Gerede und den Argwohn der Leute hier sein. Du hättest es schlimmer treffen können.« Er nahm einen großen Schluck aus und betrachtete eine Weile nachdenklich die dunkelbraune Flüssigkeit. »Eigentlich solltest du dankbar sein. Hätte dein Vater seine erste Drohung wahr gemacht und dich enterbt, dann stündest du jetzt ein klein wenig übler da, habe ich nicht recht?«

»Ja, das schon. Aber wenn ich mir vorstelle, mein Leben mit diesem verzogenen, eingebildeten Wesen teilen zu müssen, dann bereitet mir das nicht gerade Freude.«

»Ach, hör doch auf damit. Was wirst du denn schon tun müssen? Ihr ab und an in der Öffentlichkeit die Hand zu küssen oder sie liebevoll an dich zu ziehen, das wirst du doch wohl bewerkstelligen können.

Ansonsten musst du ihr eben beizeiten beibringen, dass sie ihre Bedürfnisse in dieser Richtung anderswo wird stillen müssen.«

Ein böses Lächeln erschien auf Maximilians Zügen. »Wenn ich mir ansehe, wie mein Vater sie anhimmelt, dann kann ich mir lebhaft vorstellen, wo sie sich diese Befriedigung und Selbstbestätigung ohne Probleme holen kann.«

Anthony kicherte leise. »Das wäre sicher die optimale Lösung für alle Beteiligten, wenn ich bedenke, wie lange es her ist, dass deine Mutter ihren Gemahl in ihr Bett gelassen hat, sofern deine Erzählungen der Wahrheit entsprechen.« Er streckte seine Hand aus und legte sie auf Maximilians Arm. »Wir beide können unser Leben unbehelligt weiterführen. Ja, die hübsche Louisa wird dafür sorgen, dass wir alle Lästermäuler zum Schweigen bringen können. Mit einer Frau an deiner Seite bist du über Gerüchte endgültig erhaben. Los, trink, du siehst noch immer zu blass aus. So kannst du dich nachher nicht als glücklichen Verlobten präsentieren.«

Maximilian leerte sein Glas in einem Zug. »Dafür braucht es mehr als ein paar Gläser Whisky. Nun komm, schenk nach, damit ich diese Farce einigermaßen würdevoll hinter mich bringe.«

Anthony füllte ihm sein Glas auf und erneut stürzte er es in einem Zug hinunter. Daraufhin stellte Anthony die Flasche und sein eigenes Glas ab, nahm Maximilian das seine, das er so fest umklammerte, dass seine Fingerknöchel sich weiß färbten, aus den Händen und rutschte näher an ihn heran.

»Maximilian, lieber Freund, wir werden all das meistern und deine zukünftige Braut fügt sich perfekt ein. Gut, ihr Leben wird wohl kaum jemals von Liebe erfüllt sein, doch das soll nicht deine Sorge sein.«

Anthony umfasste zärtlich Maximilians Gesicht. Sanft zog er ihn zu sich hinüber und blickte ihm lange in die Augen. Dann erschien ein weiches Lächeln auf seinen Zügen und in der nächsten Sekunde legten sich Anthony Kirkbridges Lippen zärtlich auf die Maximilians.

Louisa schlug sich die Hände vor den Mund, um den Laut, der aus ihrer Kehle aufstieg, zu unterdrücken. Sie war den beiden so nahe, dass sie deren heftiges Atmen hören konnte. Ihr Herz klopfte so laut, dass sie befürchtete, es könne sie verraten. Ihr würde übel. Wie es ihr gelang, sich lautlos zurückzuziehen, war ihr im Nachhinein ein Rätsel. Aber die beiden Männer waren so mit sich selbst beschäftigt, dass sie wahrscheinlich sowieso nichts wahrgenommen hätten. Erst, als sie auf dem Kiesweg war, der den Rasen begrenzte, wagte sie wieder, frei zu atmen.

Mühsam versuchte sie, ihre Fassung zurückzugewinnen. Das war das Geheimnis der Familie Rushton. Das also war Sir Martin 50.000 Pfund und auf unbestimmte Zeit jährlich weitere 4.000 Pfund wert. Der Ruf seines Sohnes und damit auch der seiner Familie standen auf dem Spiel. Louisa war schlicht sprachlos. Ihr Vater wusste davon, er musste davon wissen, denn nur im gegenseitigen, stillen Einvernehmen konnte diese Vereinbarung getroffen worden sein.

Sie wurde verkauft. Verkauft für die Ehre und das Ansehen ihres eigenen Vaters und für die Ehre der Rushtons.

Dass ihr ein Leben ohne Liebe, ohne Zuneigung bevorstand, schien niemanden zu kümmern. Während sie langsam über die Wege zurück zum Haus ging, rief sie sich nochmals Maximilians Aussage ins Gedächtnis: »Wenn ich mir ansehe, wie mein Vater sie anhimmelt …« Konnte es tatsächlich möglich sein, dass dies Teil des irrwitzigen Arrangements war? Inzwischen war sie bereit, alles zu glauben, und sei es noch so wahnsinnig. Mit schweren Schritten stieg sie die wenigen Stufen zur Terrasse hinauf, die in den hell erleuchteten Salon führten. Es fühlte sich an, als liefe sie sehenden Auges in eine nur für sie aufgestellte Falle und doch tat sich kein Ausweg auf.

Im Haus empfingen sie fröhliches Gelächter und gut gelaunte Menschen. Man ahnte bereits, was folgen würde, und offenbar freute man sich mit ihr und Maximilian. Obwohl sie ihre Wut und Verzweiflung am liebsten laut hinausgeschrien hätte, trat sie leise und äußerlich gefasst neben ihre Schwester und ergriff deren Hand.

»Bitte halt mich fest, Kleines, sonst geschieht ein Unglück.«

Dianas schlanke Finger schlossen sich mit erstaunlich festem Griff um die ihren.

»Ich bin da, ich lass dich nie im Stich.«

Diana konnte sich ganz sicher nicht ansatzweise vorstellen, wie viel Louisa dieser Satz der Jüngeren in diesem Moment bedeutete.

Aus der Halle schlenderte Maximilian herbei. Seine Wangen waren ausnahmsweise nicht bleich, sondern leicht gerötet und seine Augen glänzten verräterisch. Offenbar hatte er dem Whisky ein wenig mehr zugesprochen, als es gut für ihn war. Jemand, der das nicht wusste, konnte eventuell sogar glauben, dass er sich auf das freute, was nun kommen sollte. Anthony erspähte sie weit hinten im Raum, wo er, ganz der perfekte Sohn, den Arm um seine stolz strahlende Mutter legte. Ihr eigener Vater lehnte mit zufriedenem Gesichtsausdruck an einer der Säulen und scherzte mit Lady Adele. Ihre Mutter saß auf einer der kleinen, zierlichen Bänke, die im Raum verteilt standen, und unterhielt sich mit einer ihr fremden Dame.

Man schien sie vergessen zu haben, vergessen, dass sie existierte, vergessen, dass sie Wünsche, Träume und Hoffnungen hegte. Ihr ganzes bisheriges Leben zählte nicht mehr.

»Louisa, du tust mir weh. Ich verstehe dich ja, aber meine Finger benötige ich wahrscheinlich zukünftig doch noch.«

»Verzeih mir, Diana.« Schuldbewusst lockerte sie den Klammergriff um die Hand der kleinen Schwester.

Als Sir Martin sich von seinem Sessel erhob und um Aufmerksamkeit bat, verstummten die Anwesenden in freudiger Erwartung.

Louisa hingegen wich alle Kraft, alle Freude aus dem Körper. Hilfesuchend huschte ihr Blick zu ihrer Mutter, doch deren Augen ruhten bewegungslos auf Sir Martin, der den kleinen Absatz hinaufging, der den Salon vom Ausgang zur Terrasse trennte. Mit freudigem Lächeln wandte er sich den Gästen zu.

»Meine lieben Freunde. Heute haben wir nicht nur zu einem einfachen, unterhaltsamen Zusammensein geladen, heute haben wir eine, vor allem für unsere Familie, erfreuliche Überraschung zu verkünden. Sicherlich ahnen einige von Ihnen bereits, worum es sich handeln könnte. Daher möchte ich nicht allzu viele Worte machen. Zu meiner großen Freude darf ich am heutigen Abend die Verlobung meines Sohnes Maximilian mit der Tochter meines Freundes Frank Kedleston bekannt geben. Meine liebe Louisa, mein lieber Maximilian, bitte seid doch so gut und kommt zu mir.«

Einladend streckte Sir Martin ihr die Hand entgegen.

Einen Sekundenbruchteil schoss der Gedanke durch ihren Kopf, dass, würde Sir Martin dort als ihr zukünftiger Gemahl stehen, das Ganze sogar durchaus erträglich wäre. Doch schon während sie mit schweren

Schritten auf ihn zuging, verließ dieser Gedanke sie eilends. Sie erblickte aus dem Augenwinkel Maximilian, der sich mit fast schon ärgerlicher Miene seinem Vater näherte. Unter Aufbringung all ihrer verbliebenen Selbstbeherrschung gelang ihr ein Lächeln, das ihr allerdings auf den Lippen zu gefrieren drohte, je näher sie dem Adligen kam. Maximilian war mittlerweile bei seinem Vater angelangt und Louisa glaubte zu sehen, wie der seinem Sohn einen warnenden Blick zuwarf. Mit vor Aufregung zu Fäusten geballten Händen trat sie neben die beiden Männer, die wohl ab sofort ihre Zukunft bestimmen sollten.

»Liebes, willst du mir bitte deine Hand reichen?«

Es dauerte eine Weile, ehe sie in der Lage war, ihre Hand aus der verkrampften Haltung zu lösen und sie Sir Martin hinzustrecken. Der ergriff nun auch die Rechte seines Sohnes und legte sie in ihre.

»Liebe Louisa, mein lieber Maximilian, heute erfüllt ihr mich nicht nur mit Stolz, heute macht ihr beide mich auch sehr glücklich. Dich, meine allerliebste Louisa, darf ich hiermit herzlich in meiner Familie willkommen heißen.«

Genau in jenem Augenblick, gerade, als sie sich so leer fühlte, dass sie beinahe bereit war, sich in ihr Schicksal zu fügen, genau da machte Maximilian den alles entscheidenden Fehler. Wahrscheinlich hatte ihm der Alkohol die Sinne soweit vernebelt, dass er die in dieser Situation dringend notwendige Diplomatie schlicht vergaß. Er zog mit deutlich sichtbarer Geringschätzung die Augenbrauen hoch und musterte seine Verlobte.

»Meine liebe Louisa, es erscheint mir, als würde dir die Anwesenheit deines dich liebenden Verlobten nicht über die Maßen erfreuen. Wäre es nicht an der Zeit mir ein Lächeln zu schenken? Auch wenn es möglicherweise die Rührung ist, die dich soeben übermannt, würde ich mich doch über ein Zeichen deiner Zuneigung freuen. Ansonsten sollte ich mir wohl die Sache noch einmal durch den Kopf gehen lassen und mir den Verlobungskuss versagen.«

Sie fühlte, wie etwas in ihr zusammenbrach, konnte fühlen, wie ihr die Situation entglitt und vor allem spürte sie in diesem Augenblick hellen Zorn in sich aufsteigen. Sie entriss Maximilian ihre Hand und warf erneut einen sehr schnellen Blick in die Runde, doch sie war sich dessen bewusst, dass sich just in dieser Sekunde ein Tor geöffnet hatte, das sie nicht ungenutzt lassen konnte – nein, nicht ungenutzt lassen durfte.

Sie dachte nicht nach, die Worte stiegen ihre Kehle hoch, krabbelten durch ihren Mund und erreichten ihre Lippen, ehe sie sich dessen gewahr wurde. Ihre Stimme war leise, jedoch klar und deutlich.

»Nun, mein lieber Maximilian, ich stimme dir uneingeschränkt zu. Rührung vermag ich beim besten Willen nicht zu verspüren. Was ich fühle, ist schwer zu beschreiben, denn nur ganz langsam kehrt überhaupt irgendein Gefühl in meinen Körper zurück. Ich bedaure zutiefst, dass ich nicht deinen Vorstellungen zu entsprechen vermag. Doch den Verlobungskuss darfst du dir sehr gerne versagen, heute und in alle Zukunft. Mein Rat: Geh hin und küsse Anthony, so wie vorhin draußen im Park. Geh und liebe weiterhin Männer, denn das ist es, was du wirklich begehrst: Die Liebe eines Mannes und alle hier wissen das. Alle bis auf mich, deine ach so von Herzen geliebte Verlobte!« Sie spie ihm diese Worte regelrecht ins Gesicht. Bebend vor Zorn, der sich nun endlich Bahn brach, stand sie neben den beiden Rushton-Männern, die sie fassungslos anstarrten.

Im ganzen Raum herrschte betretenes Schweigen und endlich hob Louisa den Kopf und warf einen entschlossenen Blick hinüber zu der Säule, wo sie ihren Vater wusste. Sie erhaschte einen Blick auf ein Gesicht, aus dem jegliche Farbe gewichen war und es bereitete ihr eine unbeschreibliche Befriedigung, ihn dort stehen zu sehen, der Situation gänzlich hilflos ausgeliefert. Ihre Genugtuung währte nur wenige Sekunden. Aufgeregtes Gemurmel wurde im Saal laut. Sie sah, wie Anthonys Mutter sich in aller Eile ihr Schultertuch umwarf und sein Vater, mit versteinerter Miene den Sohn an der Schulter fassend, dem Ausgang zustrebte. Anthony warf ihr einen Blick zu, der so voller Hass war, dass sie zum ersten Mal erschrak. Auch Maximilian stand steif und bleich neben seinem sichtlich entsetzten Vater. Der behielt, offenbar nur unter Aufbringung seiner ganzen Kraft, gerade noch soweit seine Beherrschung, dass es ihm gelang, sich in einigermaßen gefasstem Ton an Louisa zu wenden.

»Louisa, mag auch die Wortwahl meines Sohnes mehr als unglücklich gewesen sein, so entbehrt Ihr Ausbruch doch jeglicher Grundlage. Das, was Sie hier eben andeuteten, ist eine ungeheure Anschuldigung, die ich so nicht dulden kann.«

Nun vermochte sie sich überhaupt nicht mehr zu zügeln.

»Ungeheure Anschuldigung? Entbehrt jeglicher Grundlage? Verzeihen Sie bitte, Sir Martin, doch das ist schlicht eine Lüge und Sie wissen das sehr wohl. War es denn nicht der Grund dafür, dass mein Vater mich an Sie und Ihre Familie verkauft hat? Ihr Sohn entspricht nicht Ihren Vorstellungen, er passt nicht in Ihr Bild und das dieser Gesellschaft: Er liebt Männer. Ich war ausersehen, diesen Makel auf Dauer zu vertuschen. Ich bedaure, doch ich bin nicht käuflich!« Zornig straffte sie ihre Schultern und sah Sir Martin mit festem Blick in die Augen. Sie konnte nicht sagen, was sich in diesen Augen alles widerspiegelte, Enttäuschung, Wut, Hilflosigkeit, doch langsam gewann deutlich der Zorn die Oberhand.

Er drehte sich von ihr weg und wandte sich mit gefährlich leiser Stimme an ihren Vater. »Frank, Sie sollten nunmehr ihre Tochter, ja Ihre ganze Familie, von hier fortbringen. Sehen Sie unsere Abmachung mit sofortiger Wirkung als nichtig an. Ich muss Sie nun bitten, mein Haus zu verlassen, für immer.« Er warf sie hinaus.

Louisa spürte, wie sich eine Hand in ihre schob.

»Komm, lass uns gehen, wir sind hier nicht mehr willkommen.« Dianas Stimme war leise, aber sehr gefasst.

Kaum waren die zwei Stufen überwunden, spürte sie eine andere Hand, die sich wie die Klaue eines Greifvogels in ihre Schulter bohrte.

»Das wirst du mir büßen, Louisa, du ahnst nicht, wie sehr du das büßen wirst.« Ihr Vater zerrte sie regelrecht aus dem Haus, stieß sie vor den Augen der anderen Gäste, die mit neugierigem Blick auf die Freitreppe getreten waren, in die Kutsche, half ihrer weinenden Mutter und ihrer verängstigten Schwester hinein und gab Befehl loszufahren.

Louisa erhaschte einen letzten Blick auf das große Herrenhaus, das ihr Zuhause hatte werden sollen, ehe sie sich, den Blick auf ihre Hände gesenkt, zurücklehnte.

Sie hatte gewonnen. Doch zu welchem Preis?

7.

Während der ganzen Fahrt sprach ihr Vater kein einziges Wort. Man konnte zwar am Mahlen seiner Kiefer erkennen, wie sehr es in ihm rumorte, doch noch schwieg Frank Kedleston. Als die Kutsche vor Kedleston House vorfuhr, eilte ein sichtlich überraschter Frederic herbei und öffnete den Wagenschlag. Ihr Vater sprang aus der Kutsche und wandte sich mit steinerner Miene an seine Familie.

»In den Salon, sofort!« Er rief Frederic noch zu, dass er nicht gestört werden wolle, und stürmte die Stufen zum Eingangsportal hoch.

»Mama ...« Louisa suchte den Blick der Mutter, doch die winkte ab.

»Nein, nicht jetzt, Kind. Bitte, nicht jetzt. Gehen wir hinein, es wäre fatal, ihn noch mehr zu reizen.«

Ernüchtert folgten Louisa und Diana der voraneilenden Mutter. Louisa hatte einige Hoffnung darauf gesetzt, nun, da die Fakten auf den Tisch gelegt worden waren, ein klein wenig Unterstützung zu erfahren. Wie es aussah, war dies nicht der Fall.

»Schließ die Tür.« Ihr Vater hielt sich nicht mit Höflichkeitsfloskeln auf.

»Setzt euch. Was ich nun zu sagen habe, wird, wie ich befürchte, sowieso dafür sorgen, dass es euch allen den Boden unter den Füßen wegzieht.« Sein Blick fiel auf Louisa, die noch immer unentschlossen neben der Türe stand. »Verdammt noch einmal! Ich sagte, du sollst dich setzen. Kannst du einmal, nur ein einziges Mal, das tun, was man von dir verlangt? Ist es denn wahrlich so schwierig, klaren Anweisungen Folge zu leisten?«

Der heftige Ausbruch ihres Vaters veranlasste sie dazu, sich sehr schnell und ohne Widerspruch in einen der Korbsessel zu setzen.

»Nun sieh einer an, habe ich dieses Mal den richtigen Umgangston für mein verwöhntes, fortwährend aufbegehrendes Töchterlein gefunden? Hätte ich das doch nur schon gewusst, ehe wir zu den Rushtons aufgebrochen sind. Vielleicht wäre diese Katastrophe dann nicht geschehen. So aber darf ich euch hiermit mitteilen, dass wir endgültig und dank der jungen Dame hier unwiderruflich vor den Trümmern unserer Existenz stehen.«

Zaghaft meldete sich ihre Mutter zu Wort. »Aber, Frank, mein Lieber, ist es denn nicht möglich, auch wenn mir alleine der Gedanke daran das Herz bricht, Kedleston House zu veräußern, ein kleineres Anwesen zu erwerben und in einer anderen Grafschaft neu zu beginnen?«

Ihr Vater lachte höhnisch auf. »Liebste Elisabeth, hast du mir denn nicht zugehört? Dieses Haus ist bis unters Dach verschuldet. Sobald ich einen Käufer für Kedleston House gefunden habe, geht fast die ganze Summe an unsere Gläubiger. Ich wage es noch nicht, eine Schätzung kundzutun, doch ich rechne nicht mit mehr als 5.000 Pfund, die uns bleiben.«

Louisa sah, wie ihre Mutter noch ein wenig bleicher wurde.

»Nur 5.000? Davon können wir, selbst bei sparsamster Lebensführung, keine zwei Jahre leben, wenn wir dazu noch die Miete für ein Haus aufbringen müssen.«

»Du sagst es, Elisabeth. Doch vertraue auf meine Worte: Nach dem heutigen Skandal wird es uns unmöglich sein, gesellschaftlich auch nur annähernd anerkannt zu werden. Ab heute darfst du dich getrost als Ausgestoßene sehen. Auch wenn die Rushtons fürs Erste genug damit zu tun haben werden, das, was heute an die Öffentlichkeit kam, einigermaßen zu verarbeiten, werden sie irgendwann, dank ihres Vermögens und ihres Einflusses, wie Phönix aus der Asche auferstehen. Glaube mir, uns wird dies nicht vergönnt sein. All meine Pläne und all meine Hoffnungen wurden heute binnen weniger Minuten zunichtegemacht.« Langsam, fast bedrohlich kam ihr Vater auf sie zu.

»Dir, Louisa, möchte ich nur noch Folgendes sagen: Alles, was jetzt geschehen wird, alles, was wir auf uns nehmen müssen, haben wir alleine dir und deinem Starrsinn, deinem unbeschreiblichen Egoismus, zu verdanken. Ab sofort wirst du deine Ansprüche auf ein Minimum reduzieren. Du wirst nun auf dein Zimmer gehen. Diana, ich verbiete dir, deiner Schwester in den nächsten Tagen nahe zu kommen. Du, Louisa, wirst dieses Haus in den kommenden Tagen nicht verlassen. Deine Mahlzeiten wirst du auf deinem Zimmer einnehmen. Du wirst uns allen deinen Anblick ersparen.«

Schwer atmend setzte er sich neben seiner Frau auf das schmale Sofa.

»Ich werde mich rasch umkleiden, alle notwendigen Papiere zusammensuchen und dann unverzüglich nach London aufbrechen. Voraussichtlich werde ich einige Tage unterwegs sein. Sobald ich weiß, was zu tun ist, setze ich euch davon in Kenntnis.« Er hob sein Haupt und zum ersten Mal erkannte Louisa, wie fahl und müde ihr Vater wirkte. Fast bedauerte sie ihn und doch wollte ihr dies nicht gänzlich gelingen. Nach wie vor war da die Tatsache, dass all ihr Unglück sich auf die von ihm gemachten Fehler begründete und nunmehr sie für alles die Verantwortung aufgebürdet bekam. Gerade wollte sie zu sprechen ansetzen, als ihr Vater wütend aufsprang.

»Schweig, Louisa! Sei einfach nur still. Ich sagte, ich will *nichts* von dir hören. Du wirst dich nun unverzüglich auf dein Zimmer zurückziehen und dort verbleiben. Nochmals, ich wünsche, dass meine Anweisungen hier strikt befolgt werden, denn ansonsten könnte ich mir Gedanken in gänzlich anderer Richtung machen.«

Was immer ihr Vater damit sagen wollte, es klang nicht gut und so erhob sie sich schweigend, warf einen letzten Blick auf ihre eingeschüchtert wirkende Schwester und verließ den Salon. In ihrem Zimmer warf sie sich auf ihr Bett und endlich begannen die Tränen zu fließen, die sie so lange hatte zurückhalten können.

Sie konnte hören, wie ihr Vater mit schweren Schritten die Treppe nach oben kam und sich die Türe zum elterlichen Schlafzimmer lautstark hinter ihm schloss. Etwa eine Stunde später wurde erneut die Kutsche vorgefahren und er brach, ungeachtet der nächtlichen Stunde, auf. Louisa konnte im schwachen Licht der Laternen neben dem Eingang nur vage erkennen, dass er, in einen langen Mantel gehüllt, seine Mappe unter dem Arm, eiligst in die Kutsche stieg und diese rasch losfuhr.

Sie setzte sich an ihr hübsches Toilettentischchen und bürstete ihr langes Haar. Was würde ihr Vater wohl in London tun? Sicherlich das Haus verkaufen, aber was dann? Wenn er tatsächlich die Wahrheit gesagt hatte und ihnen, nachdem er alle Gläubiger ausbezahlt und alle Schulden getilgt hatte, nur mehr 5.000 Pfund verbleiben sollten, wie sollten sie davon existieren? Die einzige Lösung, die sie sah, war, dass ihr Vater eine Anstellung würde annehmen müssen. Das Geld würde für ein vernünftiges, wenn auch keinesfalls großes Haus die Miete sichern. Wenn sie weit genug von Derbyshire wegziehen und unbelastet ganz von vorne anfangen konnten, dann könnten sie es schaffen. Zwar wäre die Mitgift für sie und Diana wohl sicherlich sehr gering, doch bestand so denn nicht auch die Möglichkeit, einen Mann zu finden, der sie aus Liebe heiraten würde?

Louisa schöpfte tief Atem, wand sich das dicke Haar zu einem Zopf und trat erneut ans Fenster. Falls er verlangen sollte, dass seine Töchter einer bezahlten Arbeit nachgingen, dann würde sie ihm dies verweigern. Je mehr sie darüber nachdachte, desto ärgerlicher wurde sie. Ihr eigener Vater war Willens gewesen, seine Tochter zu verkaufen, um die eigenen Schwächen und die der Rushtons zu verschleiern. Es war ihr gutes Recht gewesen, dies zu vereiteln.

Ein Leben mit Maximilian – unmöglich. Alles würde sich fügen, sie waren ja nicht gänzlich mittellos und wenn ihr Vater, wovon sie ausging, eine gut bezahlte Stelle in der Verwaltung finden würde, dann sah die Zukunft gar nicht so dunkel aus.

Louisa krabbelte müde in ihr Bett und löschte die Kerze. In ihren letzten Gedanken sah sie ein kleines, beschauliches Landgut im Süden und einen liebenswerten, gut aussehenden jungen Mann, dessen Gesicht nicht ganz überraschend die Züge von Charles Brenwood annahm.

Vier Tage später starrte Louisa übellaunig und sehr gereizt aus dem geöffneten Fenster auf den in der Nachmittagssonne liegenden Park. Zu ihrer großen Überraschung war ihre Mutter unerbittlich geblieben. Zwar war sie drei Mal täglich persönlich mit dem Tablett zu ihr gekommen, um ihr ihre Mahlzeiten zu bringen, doch sie bestand darauf, dass sie den Raum nicht verlassen durfte. Auf ihre verwirrte Frage, warum sie diese übermäßige Strenge des Vaters so offensichtlich billigte, bekam sie eine nicht von der Hand zu weisende Erklärung.

»Liebe Louisa, glaube mir, ich schlafe kaum noch und es geht mir wirklich sehr schlecht. Der Plan deines Vaters hat mir keineswegs behagt, doch wo war denn unsere andere Möglichkeit? Ich konnte keine sehen. Außerdem war ich der Meinung, dass Sir Martin und Lady Adele dir so wohlgesonnen seien, dass du es gut bei ihnen haben würdest. Meine Hoffnung ging auch dahin, dass du vielleicht irgendwann Zuneigung zu Maximilian hättest fassen können. Bitte glaube mir, von seiner Neigung zu Männern wusste ich nichts. Was dann aber geschah, war dir wahrscheinlich in dem Augenblick gar nicht wirklich bewusst. Deine unbedachte Handlung, dein Ausbruch in aller Öffentlichkeit waren einfach nicht zu tolerieren. Versteh doch, Kind, ich bin mir sicher, hättest du, nachdem du hinter Maximilians Geheimnis gekommen bist, Sir Martin um ein persönliches Gespräch gebeten, so wäre alles anders gekommen.«

Ihre Mutter musterte sie mit unendlicher Traurigkeit im Blick. »Doch das, was du getan hast, so unüberlegt, so wenig Weitblick beweisend, die Familie Rushton vor allen Gästen in solch unglaublicher Weise zu brüskieren, das ist nicht zu entschuldigen.«

»Aber es wäre zu entschuldigen gewesen, mich und mein Glück zu verschachern?«

»Kind, von ‚verschachern' kann keine Rede sein. Das Arrangement hätte dir ein Leben in großem Luxus garantiert. Und wie gesagt, von den Hintergründen wusste ich nichts. Nun aber sehe ich dunkle Wolken heraufziehen. Ich ahne, tief in meinem Herzen, was dein Vater plant. Glaube mir, wenn ich Recht behalte, dann wirst du dir wünschen, dein Handeln rückgängig machen zu können.«

Sie hatte zornig ihre Serviette zu Boden geworfen und ihre Mutter ärgerlich angefunkelt.

»Nein, gewiss nicht. Nichts kann so schlimm sein, wie mein Leben an der Seite von Maximilian Rushton zu vergeuden. Ich bin keine Ware, die man nach Belieben verkaufen kann. Ich habe in London ein Leben kennengelernt, das ich sehr schätze und das aufzugeben ich nicht so einfach gewillt bin. Meine Zukunft dort sah wirklich hell und erfolgversprechend aus. All das habt ihr mir nun zerstört.«

Es war nun Stunden her, dass ihre Mutter wieder ins Erdgeschoss gegangen war, und sie langweilte sich unbeschreiblich. In ihrem Kopf sah die Zukunft mittlerweile, dank ihrer Tagträume, recht akzeptabel aus und sie würde lernen, sich damit zu arrangieren. Was also sollte so schlimm werden? Schließlich gab es noch immer Tante Francis, die ihre Nichte kaum einfach im Stich lassen würde. Sie setzte sich ans Fenster und legte den Kopf auf die Arme. Als die über den Kiesweg heranrollende Kutsche sie aus einem leichten Halbschlaf riss, dämmerte es bereits. Sie sah ihren Vater mühsam aus der Kutsche klettern. Sogar von hier oben aus konnte sie erkennen, wie erschöpft er aussah. Sie empfand kein Mitleid für ihn, doch während sie ihn betrachtete und er kurz den Blick hob und sie dort oben am Fenster ausmachte, verdunkelte sich seine Miene in einer Weise, die sie beunruhigte. Frank Kedleston verschwand im Haus, sie vernahm, wie er darum bat, dass ihm frische Kleidung bereit gelegt werden möge und die Dienerschaft sich in einer halben Stunde in der Küche versammeln solle. Was konnte er nur vorhaben? Was hatte die Dienerschaft mit all dem zu tun?

Alles Grübeln half nichts, sie würde warten müssen, bis man sie rief. Eine halbe Stunde später war es soweit. Ihr Vater öffnete die Türe zu ihrem Zimmer und wies sie unwirsch an, mit ihm und der Familie in die Küche zu gehen.

In dem großen, hellen Raum mit der schönen, offenen Feuerstelle und dem riesigen Holzofen drängte sich das ganze Personal und sah höchst beunruhigt drein. Dass sie dazu auch allen Grund hatten, zeigte sich rasch.

Frank Kedleston redete nicht lange um den heißen Brei.

»Vielen Dank, dass ihr alle gekommen seid. Was ich euch heute mitzuteilen habe, bekümmert mich selbst sehr, doch ich kann es leider nicht mehr ändern. Ich muss euch eine traurige Mitteilung machen: Kedleston House hat seit gestern einen neuen Besitzer. Der Sohn eines Admirals der Königlichen Marine kannte das Anwesen bereits und entschied sich sofort zum Kauf. Meine Familie wird das Haus binnen einer Woche verlassen und nach London reisen. Der neue Besitzer bat darum, euch mitzuteilen, dass ihr vorerst alle eure Arbeitsplätze behalten werdet. Nach seiner Ankunft, die genau heute in vierzehn Tagen sein wird, werdet ihr mit ihm gemeinsam alles besprechen. Ich danke euch für eure Treue unserer Familie gegenüber und wünsche euch für die weitere Zukunft von Herzen Glück.«

Louisa sah, wie ihre Mutter sanft die Hand auf den Arm des Vaters legte. »Aber mein Lieber, werden wir denn nicht wenigstens Frederic und eines der Mädchen mitnehmen können, wohin immer wir auch gehen werden?«

Ihr Vater schüttelte bedauernd den Kopf. »Nein, dorthin können wir niemanden mitnehmen.« Er erkannte, dass seine Frau den Mund öffnete, um weitere Fragen zu stellen, und gebot ihr mit einer leichten Handbewegung, zu schweigen.

»Nicht jetzt und nicht hier, Elisabeth. Gleich, im Salon.«

Sie verabschiedeten sich von ihrer sichtlich erschrockenen Dienerschaft und ihr Vater bugsierte sie wortlos aus der Küche hinauf in den Salon.

»Ich darf euch auch jetzt wieder bitten, euch zu setzen. Was ich zu sagen habe, hat sicherlich eine gewisse Tragweite für unsere Zukunft.«

Erst, als sie alle drei Platz genommen hatten, fuhr er fort.

»Ich muss euch bitten, rasch und sorgsam zu packen. Wir müssen das Mobiliar hier lassen, der Käufer hat es übernommen. Uns erwarten in sechs Tagen zwei Hotelzimmer in Liverpool, von wo aus wir am 8. Juli auf der *Princess of Ayden* England verlassen werden.«

»Verlassen? Wir sollen unsere Heimat verlassen?«

Louisa konnte die Tränen in der Stimme der Mutter hören.

Ihr Vater nickte mit grimmiger Miene.

»Ja, wir haben keine Wahl. Nachdem ich alle Schulden beglichen hatte, blieben uns, wie ich schon vorhersah, nur noch knapp 4.000 Pfund.

Ferner hat sich die traurige Geschichte um Louisas ruinierte Verlobung inzwischen bis London herumgesprochen, was zeigt, wie schnell sich derartige Ereignisse verbreiten. Glaubt mir, ich habe gut zugehört. Das, was ich zu hören bekam, zeigte mir deutlich, dass wir auf lange Zeit gesellschaftlich erledigt sind. Sir Martin Rushton hat ganze Arbeit geleistet.«

Dianas Stimme war so ängstlich und leise, dass man sie kaum verstehen konnte.

»Aber, Vater, wohin sollen wir denn dann?«

»Nun, meine Kleine, dank deiner lieben Schwester stehen uns nur wenige Türen offen. Eine davon ist allerdings die meines Bruders Marcus. Seine Firma steht bestens da und er sucht nach einem Geschäftsführer, da er sich vergrößern möchte. Er hat mir bereits vor einiger Zeit angeboten, mich sofort in gehobener Position in seinem Unternehmen anzustellen. Nun habe ich angenommen.«

»Aber, Frank, dein Bruder lebt doch …« Die Stimme ihrer Mutter brach ab.

»Ja, Marcus lebt in Amerika. Die *Princess of Ayden* wird uns nach New York bringen, von wo aus Marcus für die Weiterreise nach Chicago sorgen wird. Meine Entscheidung ist endgültig.«

8.

Louisa fühlte nichts, als sie an diesem 8. Juli 1846 auf den Hafen von Liverpool zurückblickte. Verzweifelt horchte sie in sich hinein, suchte Trauer, Zorn, Furcht – schlicht irgendein menschliches Gefühl, das man doch hätte fühlen müssen, angesichts der Tatsache, dass sich der Pier immer weiter entfernte und mit ihr das Land, das ihre Heimat war. Doch so sehr sie es versuchte, da war nichts als Leere in ihr. Vor ihr wurden Menschen, Häuser, Schiffe und die großen Gebäude am Hafen von Sekunde zu Sekunde kleiner und hinter sich vernahm sie die Geräusche der sich im Wind blähenden Segel. Ihr Vater hatte die *Princess of Ayden* gewählt, da sie einer der schnellsten und neuesten Klipper ihrer Zeit war. Sie war wenig geneigt gewesen, seinen Erklärungen zu dem angeblich so wundervollen Schiff zu lauschen.

Gut, sie musste eingestehen, dass die Kabine, die sie sich mit Diana teilte, sauber und behaglich war. Sie konnten durch ein kleines Fensterchen hinaus aufs Meer sehen und es war alles vorhanden, was man brauchte, um sich annähernd wohlzufühlen. Aber sie *wollte* sich nicht wohlfühlen, sie *wollte* nicht zuhören. Man riss sie aus ihrer Welt, aus einem Leben, auf das sie vorbereitet gewesen war, dem sie voller Freude entgegengeblickt hatte. Amerika, was sollte sie in diesem fremden Land, von dem sie nur seltsame Dinge vernommen hatte? Ihr Leben war hier, hier in England.

Sie griff nach der Hand der Schwester. »Komm, Diana, lass uns nach unten gehen.«

Die aber warf ihr nur einen fragenden Blick zu. »Louisa, warum denn? Sieh doch, es ist so ein schöner Tag, die Sonne scheint, das Meer ist blau, der Fahrtwind erfrischend und es ist schön, einfach nur auf das Wasser zu sehen. Vor allem erlaubt Vater es uns, hier zu sein. Ich möchte noch nicht hinunter. Es ist recht angenehm, aber hier oben habe ich endlich das Gefühl, frei zu sein.«

Nachdenklich musterte sie die kleine Schwester. Sie kam erstaunlich gut mit der veränderten Situation zurecht. Keine einzige Klage war über ihre Lippen gekommen, seit sie Kedleston House hinter sich gelassen hatten. Sie war freundlich und höflich gegenüber allen und ihre stille, zurückhaltende Art gewann ihr rasch alle Herzen. Als Louisa in die Augen ihrer Schwester sah, konnte sie das Funkeln darin erkennen. Es war offensichtlich – nun, da es unabwendbar war, freute ihre Schwester sich auf das Abenteuer. Louisa hoffte von ganzem Herzen, dass dies so bleiben möge. Sie selbst verabscheute das Leben, das sie dort erwartete, schon jetzt.

»Das ist unerträglich!«

Vier Tage später wälzte sich eine zutiefst verärgerte Louisa in ihrem Bett herum. Soweit man bei dieser engen Koje von »Bett« sprechen konnte. An jeder Wand der kleinen Kabine waren je zwei dieser Kojen, wie man hier die Betten nannte, eingelassen. Sie waren aus dunklem Holz gefertigt, das mit einer Farbe gestrichen war, die man noch immer riechen konnte. Der Klipper war so gut wie neu. Vor jeder Koje war ein kleiner, bunter Vorhang gespannt, den man auf- und zuziehen konnte. Reiste also eine komplette Familie, so bot dies zumindest einen Hauch von Privatsphäre für jeden Einzelnen.

An der Wand befand sich ein kleiner, robuster und fest mit dem Schiff verbundener Tisch, um den man eine schmale, sehr schön gedrechselte Holzleiste gelegt hatte, um zu verhindern, dass herunterfiele, was immer auf dem Tisch stand. In der Ecke stand ein Regal, in dem täglich zuoberst ein großer Krug mit frischem Wasser, ebenso eine Waschschüssel aus edlem Porzellan und duftende Seife für sie vorbereitet wurden. Es stimmte schon, man kümmerte sich wirklich um die Gäste dieser Klasse.

Louisa mochte sich gar nicht vorstellen, wie es im Zwischendeck sein mochte. Gesehen hatte sie es wohl, als schon am zweiten Tag ihrer Reise der Kapitän höchstpersönlich ihr und Diana einen großen Teil des Schiffes gezeigt hatte. Sie verstand, dass er stolz auf sein Schiff war, was aber noch lange kein Grund war, dass sie es auch mögen musste. Dort unten im nächsten Deck lagen die Kabinen für nicht so gut betuchte Auswanderer, Menschen, die hofften, dort im fernen Amerika ihr Glück zu finden. Die Räume, die man ihnen zudachte, waren bei weitem nicht so komfortabel wie der ihre. Auch um einiges kleiner, beengter. Jede Koje war belegt.

Vierköpfige Familien wurden zwar zusammen in einer Kabine untergebracht, passte jedoch die Zahl der Reisenden nicht, dann mussten sich die Männer ihre Unterkunft mit anderen Männern teilen, ebenso die Frauen und Kinder, wobei Kinder bis zu fünf Jahren keine eigene Koje bekamen, sondern sich entweder zu zweit eine teilten oder, falls es nur ein Kind war, sich zur Mutter zwängen mussten.

Dennoch hörte sie keine Klagen. Im Gegenteil! Bei einem kurzen Spaziergang an Deck erzählte ihr eine der Frauen, wie es auf anderen Auswandererschiffen zuging. Im Gegensatz zu diesen sei die Überfahrt auf der *Princess* zwar etwas teurer, aber selbst dort im zweiten Deck ein wahres Vergnügen.

Louisa konnte an dieser Reise nichts Vergnügliches finden. Erneut wälzte sie sich seufzend herum.

»Louisa, was hast du denn? Ist dir übel?« Diana klang so besorgt und liebevoll wie immer. Sie bewunderte die jüngere Schwester für diese beispiellose Gelassenheit. Diana ertrug ihre stetigen Launen, ihre Nörgeleien und ihre ungehaltenen Ausbrüche mit stetigem Gleichmut und versuchte dann sogar noch, sie zu trösten. Louisa bedauerte es aufrichtig, sie schon wieder geweckt zu haben. Es war noch dunkel draußen, das konnte man durch den winzigen Spalt im Vorhang vor dem kleinen Bullauge erkennen.

Sie drehte sich zur Seite, stützte sich auf den Ellbogen und schob den Sichtschutz beiseite. Jeden Abend schloss sie ihn, demonstrativ, damit jeder sehen konnte, wie sie sich in ihr persönliches Elend zurückzog. Leider war das ziemlich sinnlos, denn außer ihr und Diana war niemand hier. Die beiden anderen Kojen waren leer und boten ihnen viel Stauraum für ihre persönlichen Dinge. Ihr Vater war so weitsichtig gewesen, zwei Kabinen zu reservieren, um ihnen allen die Überfahrt so angenehm wie möglich zu gestalten. Diana fand das sehr freundlich von ihrem Vater, Louisa hingegen vertrat die Auffassung, dass dies nach all seinen unentschuldbaren Handlungen das Mindeste sei, was er habe tun können.

Sie versuchte, Diana dort oben in ihrer Koje zu erkennen. Abenteuerlustig war diese am ersten Tag sofort nach oben geklettert. Das nur, um kurz darauf zu verkünden, dass sie es sehr wagemutig fände, die nächsten drei Wochen ihre Nächte in der hochgelegenen Koje zu verbringen. Louisa konnte nur das helle Haar und das weiße Nachthemd ausmachen.

»Tut mir leid, Kleines, habe ich dich geweckt?«

»Ja, das hast du. Wie auch nicht? Seit Stunden wirfst du dich herum, seufzt, stöhnst. Louisa, ist es denn wirklich so schlimm für dich? Es ist doch nun einmal, wie es ist. Wäre es denn nicht auch für dich leichter, wenn du einfach versuchen könntest, dich mit dem Gedanken an das neue Leben, das auf uns wartet, anzufreunden?«

Dianas Worte ließen sie die bittere Bemerkung, die sie sich bereits zurechtgelegt hatte, wieder schlucken. Es stimmte ja. Tief in ihrem Herzen wusste sie das, aber der Groll saß einfach noch zu tief. Sie wollte sich nicht *anfreunden* – noch nicht. Wann sie wieder ein wenig freundlicher und aufgeschlossener zu ihren Eltern sein würde, das lag immer noch bei ihr. Diana aber konnte sie nicht auch noch auf Dauer mit ihrem Missmut belasten.

»Es tut mir leid, meine Liebe, ich wollte nicht schon wieder deinen Schlaf stören. Es nagt einfach so sehr an mir.«

Sie konnte erkennen, wie Diana sich aus der Koje beugte.

»Louisa, ich kann dich gut verstehen, das weißt du. Bitte, halt mich nicht für vorlaut oder altklug, aber ich habe einfach Angst. Nicht um mich, sondern um uns alle, und Mama ergeht es ähnlich. Wir alle wissen, dass Papa einen Fehler gemacht hat. Einen großen Fehler. Er hat unser Vermögen aufs Spiel gesetzt und verloren. Dies mit einer erkauften Heirat wieder gut machen zu wollen, und das auf deine Kosten, war sein nächster Fehler. Aber, Louisa, du kennst ihn doch. Diese Kabine nur für uns, seine Gesten und Zugeständnisse in letzter Zeit, all das ist seine Art, um Verzeihung zu bitten.«

Verärgert reckte Louisa ihr Kinn in die Höhe.

»Ich will es aus seinem Mund hören, will hören, dass er mich um Verzeihung bittet.«

Dianas Stimme war sehr leise. »Du weißt, das wird nie geschehen.«

»Dann wird er mit dem Resultat leben müssen.«

In der Nacht vom 17. auf den 18. Juli erwachte Louisa vom heftigen Schlingern des Schiffes. Es verwunderte sie selbst, dass ihr nicht übel war, doch abgesehen von einem leichten Schwindelgefühl ging es ihr eigentlich gut. Nicht so ihrer kleinen Schwester. Nachdem am Vorabend bereits der Wind aufgefrischt und die Wellen sich mit weißen Schaumkronen geschmückt hatten, fanden sie bei ihrer Rückkehr in ihre Kabine zwei dezent neben dem Regal platzierte Eimer. Spätestens jetzt wussten sie auch, wofür diese gedacht waren. Diana versuchte, tapfer zu sein, doch sie übergab sich in einem fort. Mehrmals sah ihr Vater nach ihnen, wobei seine Sorge vor allem der sichtlich leidenden Diana galt. Louisa empfand wahrlich Hochachtung vor der kleinen Schwester, als sie beim dritten Besuch des Vaters, bereits vollkommen geschwächt, flüsterte, dass sie schon zurechtkäme und er sich nicht so sehr sorgen solle.

Dass dem nicht so war, konnte ein jeder sehen, und offenbar tat das auch der Vater, denn die Sorge stand ihm ins Gesicht geschrieben, was bei Frank Kedleston nun wahrlich eine ganze Menge hieß.

Louisa, die sich schon mehrmals bis zur Treppe an Deck gekämpft hatte, um dort den Eimer einem Matrosen zu übergeben, der ihn ihr kurz darauf leer und mit Meerwasser gespült zurückreichte, fühlte, als sie ihn neben Diana stehen sah, ohne dass sie etwas dagegen hätte tun können, schon wieder Zorn aufsteigen.

»Es wird dir besser gehen, sobald dieser Sturm nachlässt, dann erholst du dich rasch, du wirst sehen, Kleines.«

Die gut gemeinten Worte ihres Vaters taten ein Übriges und sie vermochte nicht mehr ihre Zunge im Zaum zu halten.

»Wenn sie leidet, so wissen wir beide ja, wer die Schuld daran trägt, nicht wahr?«

Ihr Vater drehte sich sehr langsam zu ihr um und musterte sie eine Weile schweigend. Sein Blick glitt von ihrem Gesicht hinab zu dem wieder einmal frisch gespülten Eimer, den sie wie einen Schutzschild und gleichzeitig anklagend vor ihrer Brust hielt.

Als er wieder nach oben blickte, war da nur noch die gewohnte Härte in seinem Blick. »Louisa, ich warne dich. Überspanne den Bogen nicht. Ich habe einiges getan, um dir zu zeigen, dass ich bedaure, was geschehen ist. Doch von deiner Seite kamen nur Klagen und Beschwerden. Du benimmst dich deiner Mutter und mir gegenüber unerträglich. Dein ganzes Handeln zeigt mir, dass du zwar bei anderen die Schuld sehr gut erkennen kannst, eigene Verfehlungen scheinen jedoch nicht zu existieren. Daher ein letztes Mal: Lerne, auch deine Fehler zu sehen, ehe du sie nur bei anderen suchst.«

Sie hätte ihm nur allzu gerne geantwortet, doch Diana kam ihr zuvor.

»Bitte, bitte hört auf euch zu streiten. Wenn dieses Schiff heute Nacht sinkt, dann werdet ihr bedauern, euch nicht die Hand gereicht zu haben …« Diana wollte weiter reden, doch ein erneuter Würgeanfall schüttelte ihren schmalen Körper und so riss ihr Vater seiner Tochter mit einer wütenden Bewegung den Eimer aus den Händen und reichte ihn seiner Jüngsten. Unbeholfen strich er über Dianas schweißnasses Haar, ehe er sich abwandte und ohne eine von ihnen anzublicken murmelte: »Ich komme später wieder, nun muss ich zu eurer Mutter. Auch ihr geht es sehr schlecht.«

Diana schob den Eimer von sich. »Ich habe nichts mehr in meinem Körper, das ich noch in diesen Eimer spucken könnte, und doch ist mir so schrecklich übel.«

Endlich gelang es Louisa, den Ärger auf den unbelehrbaren Vater von sich zu schieben.

»Kleines, soll ich dir etwas Wasser bringen? Irgendetwas, um dir all dies zu erleichtern?«

»Um Himmels willen, nur nichts, das ich dann sofort wieder von mir geben muss. Das Einzige, das helfen würde, wäre festes Land.« Erschöpft fiel Diana zurück in die Kissen.

Das Gesicht ihrer Schwester war genauso weiß wie der Bezug ihres Kopfkissens und auf ihrer Stirn und ihren Wangen glänzte Schweiß. Hilflos irrte Louisas Blick durch die Kabine. Das Einzige, was ihr blieb, war, mit dem letzten Rest Wassers, das noch nicht in hohem Bogen aus dem Krug geschwappt war, ein Tuch zu befeuchten und damit Dianas Gesicht zu kühlen und ihr den Schweiß abzutupfen.

Der Sturm wütete die ganze Nacht und erst als der Morgen graute, beruhigte sich die See so weit, dass man an Deck damit beginnen konnte, die Schäden der vergangenen Nacht zu beseitigen.

Diana fiel endlich, nach Stunden der erlittenen Qualen, in einen unruhigen Schlaf, aus dem sie bei der geringsten Bewegung sofort hochschreckte. Als sich am späten Nachmittag noch keine Besserung ihres Zustandes abzeichnete, holte ihr Vater den Schiffsarzt. Bis auf ein Pulver gegen die Übelkeit konnte der aber nicht viel für sie tun, ihm blieb lediglich die Empfehlung, sich ordentlich auszuschlafen und zu erholen.

Die nächsten vier Tage konnte Diana das Bett nicht verlassen. Der Kapitän erschien höchstpersönlich, um das Bullauge aufzuschrauben und ihr durch die frische Seeluft zumindest ein klein wenig Erleichterung zu verschaffen. Am fünften Tag nahm ihre kleine Schwester sichtlich all ihre verbliebene Kraft zusammen, stand auf und wusch sich gründlich, um sich dann mit Louisas Hilfe anzukleiden. Danach äußerte sie den Wunsch, an Deck zu gehen. Als Louisa den Arm stützend um sie legte, erschrak sie, wie schmal und zerbrechlich die Schwester sich anfühlte. An Deck brachte einer der Offiziere ihnen sofort eine Liege, die so gestellt wurde, dass niemand sie stören konnte und Diana einigermaßen windgeschützt saß. Schweigend verweilte diese dann an Deck, ein weiches Tuch über die Beine gebreitet und genoss endlich wieder die frische Luft.

»Wie fühlst du dich?«

Diana zuckte die Schultern. »Müde, schwach, aber es tut gut, endlich wieder aus der Kabine zu kommen.«

Louisa streichelte ihr sanft die Schultern. »Wenn unser Vater eine Überfahrt auf der *SS Great Britain* in Erwägung gezogen hätte, wären wir bereits in New York und dir wäre dieses Leid erspart geblieben.«

Zu ihrer großen Überraschung reagierte die Schwester auf diese Aussage gänzlich entgegen ihrer Erwartung. Sie wandte ihr das blasse Gesicht zu, in dem die Augen jedoch entschlossen funkelten.

»Louisa, ich bitte dich. Er hat bereits für diese Passage sehr viel von unserem letzten verbliebenen Geld aufgewandt. Bist du dir bewusst, was eine Überfahrt auf der *SS Great Britain* gekostet hätte? Versteh doch, wir sind keine reichen Leute mehr. So hör doch endlich auf mit den Vorwürfen. Ich flehe dich an, vertragt euch wieder. Es kann so nicht weitergehen.«

»Nun, ich dachte lediglich an dein Wohl. Nicht ich war es, die krank wurde.« Es klang spitzer als beabsichtigt und sie ärgerte sich über sich selbst, doch zurücknehmen wollte sie es auch nicht. Allerdings schwieg Diana nur, atmete die salzige Seeluft tief in ihre Lungen und schien mit ihren Gedanken weit weg zu sein.

In den nächsten Tagen besserte sich der Zustand ihrer Schwester nur langsam, viel langsamer als erhofft, und sowohl der täglich mehrmals bei ihr vorsprechende Arzt wie auch die gesamte Familie waren sehr besorgt. Sie aß kaum etwas, trank wenig und auch die Meerluft konnte keine Farbe auf ihre Wangen zaubern. Über eine Woche nachdem sie das erste Mal wieder aufgestanden war, standen sie beide an der Reling und Diana beobachtete mit großem Vergnügen einige große Fische, die versuchten, mit dem Schiff mitzuhalten. Immer wieder sprangen sie aus dem Wasser, die silbernen Fischleiber glänzten in der Sonne.

»Sieh doch! Sind sie nicht wunderschön?« Freudestrahlend zeigte Diana auf die Wasseroberfläche. »Was das wohl für Fische sind?«

Louisa sah nach unten, vermochte aber nicht zu erkennen, um welche Art es sich handelte. Ihr Interesse an Fischen hielt sich in erträglichen Grenzen.

»Das kann ich dir leider auch nicht sagen, Kleines.«

»Atun, eso es Atun.«

Die Stimme war tief, rau und klang seltsam warm. Als Louisa sich auf dem Absatz zu dem Sprecher umwandte, gefror ihr das Lächeln auf den Lippen. Vor ihnen stand ein Mitglied der Mannschaft, ganz offenbar einer dieser seltsamen Eingeborenen, von denen ihr schon einiges zu Ohren gekommen war. Sie waren ungetaufte Heiden, die unerklärlichen urtümlichen Ritualen frönten. Einige der Reisenden schworen Stein und Bein darauf, dass eine Mehrzahl dieser seltsamen Lebewesen sogar Kannibalen waren. Unbewusst schob sie sich sofort vor Diana. Sie sprach ein wenig Spanisch, da man es ihr im Pensionat mit vielen anderen Dingen eingebläut hatte.

»Diana, er sagt, es sind Thunfische.« An den Fremden gewandt brachte sie immerhin ein sehr kühles, reserviertes »Danke« zustande.

Sie kam allerdings nicht umhin, dieses fremdartige Wesen etwas genauer zu betrachten. Er trug eine grobe Kniebundhose, wie alle einfachen Matrosen hier an Bord, dazu ein helles Hemd, das er an den Ärmeln achtlos nach oben gekrempelt hatte. Es gab den Blick auf zahllose, wohl selbst gefertigte Kettchen an seinen sehnigen, dunklen Armen frei. Bunte Perlen wechselten sich mit unterschiedlichen Muscheln und seltsamen hellen Röhrchen ab. Er mochte etwa einen halben Kopf größer sein als sie selbst und er sah ziemlich kräftig aus. Zumindest konnte man, da er sein sehr nachlässig geschnürtes Hemd halb offen trug, nicht anders, als seinen breiten, muskulösen Brustkorb zu sehen. Sein pechschwarzes, langes Haar war im Nacken zu einem Zopf gebunden und gab den Blick auf sein kantiges Gesicht frei, aus dem zwei dunkle Augen sie neugierig musterten. Louisa hatte noch nie solch ein Gesicht erblickt. Auf der linken Wange prangte eine kleine Narbe auf der kupferfarbenen Haut.

Für einen Mann waren seine schwarzen Wimpern eigentlich viel zu lang und …

Gerade noch begriff sie, dass sie den Fremden schon viel zu lange anstarrte. Was bildete sich dieser Kerl eigentlich ein, dass er sie so einfach ansprach? Es war den einfachen Matrosen verboten, sich an die Reisenden zu wenden, es sei denn sie wurden von ihnen mit etwas beauftragt. Verärgert, wahrscheinlich mehr über sich selbst als über seine Unverfrorenheit, wedelte sie ihn wie ein lästiges Insekt fort. »Danke, du kannst wieder gehen.«

»Louisa, nun sei doch nicht so unhöflich.« Diana schob sie ein wenig zur Seite und besaß tatsächlich den Nerv, diesen Urzeitmenschen anzusprechen.

»Vielen Dank, mein Spanisch ist leider sehr schlecht. Ich wüsste gerne, ob es viele von diesen faszinierenden Fischen hier gibt.«

Er rollte das Seil, das er in Händen hielt und das er wohl aufräumen sollte, betont langsam zusammen.

»Ich verstehe eure Sprache leidlich. Ja, hier gibt es sehr viele davon. Die Matrosen fangen sie oft und dann werden sie den Gästen serviert.«

»Die Armen.«

»Die Gäste?«

»Aber nein«, lachte Diana, »die Fische.«

Louisa verstand die Welt nicht mehr. Wie konnte ihre Schwester denn tatsächlich eine Konversation mit ihm beginnen? Solange man sich nicht vorgestellt war, war es ja schon bei einem Mann aus ihren Kreisen unschicklich, dann erst dieser Wilde.

»Diana, nun genügt es, wir gehen jetzt wieder in unsere Kabine.«

»Ach, Louisa, lass uns doch noch ein wenig hier oben bleiben. Es ist so schön hier und es tut mir gut.«

»Nein, ich denke, du solltest mitkommen und versuchen, eine Kleinigkeit zu essen.«

Der Mann war mit dem Aufrollen des Taues fertig und legte es ordentlich neben der Bordwand ab.

»Du bist krank?«

»Was erlaubst du dir? Wie kannst du es wagen, meine Schwester zu duzen?« Wutentbrannt funkelte Louisa ihn an.

Er ignorierte sie schlicht und einfach.

»Ich fragte, ob du krank bist, Mädchen.«

Ehe sie auffahren konnte, antwortete Diana bereits.

»Ja, seit dem Sturm. Mein Magen behält kaum Nahrung bei sich und ich habe gar keinen Appetit.«

»Hm.« Er steckte beide Daumen in seinen Hosenbund, legte den Kopf leicht schief und musterte Diana sehr genau. »Vielleicht kann ich helfen.«

»Wir bedürfen keiner Hilfe. Deiner schon gar nicht. Der Arzt kümmert sich um meine Schwester. Und nun verabschieden wir uns endgültig, da du ja nicht gedenkst, dich zurückzuziehen, wie sich das gehört.«

Sein breites Grinsen war eine beispiellose Unverschämtheit. Er verneigte sich tief vor ihnen, so tief, dass klar sein musste, dass er sich über sie lustig machte.

»Ihr müsst nicht fliehen. Ich gehe.«

Lachend ging er mit langen Schritten davon, nicht ohne zuvor Diana noch ein freundliches Lächeln geschenkt zu haben.

»Louisa, du benimmst dich unmöglich.«

Sie glaubte, sich verhört zu haben. »Ich? Bitte entschuldige, doch du bist es, die jegliche Anstandsregel außer Acht lässt. Wie kannst du mit diesem Wesen sprechen?«

»Wesen?«

»Aber ja doch, dieser Wilde ist hier, um zu arbeiten, nicht, um dich zu belästigen.«

Dianas Blick war wieder so traurig wie vorhin unten in der Kabine. »Louisa, hörst du dich eigentlich reden? Was wurde aus meiner fröhlichen, freundlichen Schwester? Der Mann wollte nur helfen. Er war hilfsbereit und wollte sogar wissen, wie es mir geht.«

Sie schüttelte den Einwand der Jüngeren ärgerlich ab. »Das mag ja alles sein, trotzdem wirst du nicht mit diesem Kerl sprechen. Und unterstehe dich und nimm irgendetwas von ihm an, das er dir einflößen will. Ich habe keine Lust zuzusehen, wie du von einem Eingeborenen vergiftet wirst, ehe wir überhaupt Land erreichen.« Damit war das Thema für sie abgeschlossen. Nachdem beide noch eine Weile in unbehaglichem Schweigen auf die Wellen geblickt hatten, gingen sie unter Deck, wo im Speiseraum am Heck bereits ihre Eltern auf sie warteten. Da Diana nichts erzählte und es Louisa nur recht war, wenn sie nicht mit ihrem

Vater reden musste, widmete sie sich nach einer kurzen Begrüßung und wenigen, eher erzwungenen Worten an die Mutter ihrem Dinner und einem exzellenten Rotwein.

9.

Diana war traurig. Sehr traurig. Es war so schwer, all das nicht an die Oberfläche dringen zu lassen. Sie vermisste ihr Zuhause, alles, das Haus, die Bediensteten, die sie zum großen Teil kannte, seit sie ein kleines Kind gewesen war. Wie gerne wäre sie noch ein wenig Kind geblieben. Viel zu schnell zwangen die Umstände sie nun, erwachsen zu werden. Viel schlimmer jedoch waren die schleichenden Veränderungen in ihrem Umfeld.

Louisa war schon immer sehr selbstbewusst und stark gewesen. Sie liebte die Schwester so, wie sie war. Nun aber war sie nicht mehr nur stolz, sondern verbittert. Gegen die Eltern und alle, die ihr begegneten. Diana war sich der Tatsache bewusst, dass die Schwester sich bei ihr große Mühe gab, aber sie war zu feinfühlig, um den Wandel nicht zu spüren. Louisas Reaktion am Nachmittag gegenüber dem freundlichen Indio war – zumindest in Dianas Augen – unentschuldbar. Sie mochte es nicht, wenn Menschen so behandelt wurden und dann noch von der eigenen Schwester.

Sie wollte lieber gar nicht daran denken, wie ihr Vater reagiert hätte, doch das stand auch nicht zur Debatte. Vorsichtig richtete sie sich in ihrer Koje auf. Mit angehaltenem Atem lauschte sie auf die Atemzüge der Schwester. Sie waren tief und gleichmäßig. Louisa schlief fest. Ausnahmsweise – in vielen Nächten war ihr Schlaf unruhig und von wilden Träumen unterbrochen gewesen. Wahrscheinlich taten die zwei Gläser Wein, die sie getrunken hatte, ein Übriges, doch das konnte ihr egal sein, Hauptsache war, dass Louisa schlief. Diana selbst konnte nicht schlafen. Sie hatten das Bullauge wieder schließen müssen, vor allem in den Nächten war es zu gefährlich, wenn hohe Wellen gegen das Schiff schlugen. Leise kletterte Diana aus ihrer Koje, suchte auf dem unteren Bett nach ihrem großen Schultertuch, fand es und schlang es sich um den Körper. Auf bloßen Füßen, um nur ja keinen Laut zu verursachen, schlich sie leise aus der Kabine. Dass sie das nicht tun sollte, dessen war sie sich vollauf bewusst, doch die sternenklare Sommernacht lockte zu sehr. Sie merkte allerdings auch, wie schwach sie noch war. Um ein Haar wäre sie an der Treppe gestrauchelt. Es bereitete ihr tatsächlich Mühe, die kleine Stiege hochzulaufen und oben die Türe zum Deck aufzustoßen.

Wie sie erwartet hatte, lag es leer und verlassen vor ihr. Nur die Matrosen, die zur Nachtwache eingeteilt waren, standen hinten am Heck und unterhielten sich angeregt. Sie schloss die Türe so leise wieder, dass niemand bemerkte, wie sie über das Deck huschte. Schwer atmend ob der Anstrengung, die sie schon der kurze Sprint kostete, kletterte sie über den kleinen Aufbau kurz vor dem Bug und setzte sich so, dass sie direkt in Fahrtrichtung blicken konnte. Oh, wie war das schön … und kalt. Sie zog das Tuch enger um ihre Schultern, doch der bei Nacht kalte Fahrtwind ließ sich durch den leichten Stoff nicht abhalten. Schon bedauerte sie, herauf gekommen zu sein, denn eine Lungenentzündung fehlte ihr nun gerade noch, da nahm sie direkt neben sich eine Bewegung wahr.

»Das ist unbesonnen. Du bist nicht kräftig, du könntest noch kränker werden.«

Sie erkannte die Stimme sofort wieder. Er setzte sich neben sie und hielt ihr eine Jacke aus Wildleder entgegen. »Hier, zieh das an, mir ist nicht kalt.« Er flüsterte, da soeben unter ihnen die Wache vorbeischlenderte.

Offenbar hatte er sie gerade eben erst ausgezogen, denn die Jacke war noch warm, und als sie vorsichtig daran schnupperte, konnte sie seinen ganz eigenen Duft riechen.

»Vielen Dank, aber ich möchte nicht, dass du dich erkältest.«

Sein unterdrücktes Lachen amüsierte sie. Es klang lustig. »Wieso lachst du? Ich meine das ernst.«

»Darum lache ich ja. Eine junge, weiße Frau, die sich sorgt, dass *ich* krank werden könnte. Das ist selten, weißt du?«

»Hm.« Diana musterte ihn eine Weile schweigend. Er blickte stur nach vorne auf den Ozean.

»Darf ich dich etwas fragen?«

»Warum nicht?«

»Darf ich deinen Namen wissen? Ich heiße Diana, Diana Kedleston.«

Er schwieg sehr lange, ehe er endlich antwortete. »Meinen wahren Namen kannst du nicht aussprechen. Hier nennen mich alle nur Miguel.«

»Aber wenn das nicht dein wahrer Name ist, wieso nennen sie dich dann so?«

Er zuckte die Schultern. »Weil die Spanier, die mich als Kind einfingen und in ihre Mission steckten, der Meinung waren, das sei ein christlicher Name.«

»Oh. Du bist in einer Mission aufgewachsen?«

»Sag es anders. Ich war in einer Mission gefangen. Als ich siebzehn wurde, bin ich geflohen und über tausend Umwege drei Jahre später auf diesem Schiff gelandet.«

»Willst du nicht mehr nach Hause?«

Nun war das Lachen bitter. »Da ist nichts mehr. Die Spanier waren sehr gründlich. Und warum bist du hier auf dem Schiff, ‚Mädchen, das viele Fragen stellt'?«

»Ich heiße Diana.«

»Das habe ich nicht gefragt.«

Sie schaute ihn von der Seite an.

»Meine Geschichte ist auch nicht schön. Wir mussten England verlassen, da mein Vater bei Spekulationen sein gesamtes Vermögen verloren hat. Meine Schwester sollte durch eine reiche Heirat alles noch einmal retten, doch sie wehrte sich, brüskierte die Familie ihres Verlobten und nun sind wir auf dem Schiff.«

»Brüskiert?«

»Sie hat vor allen deren Geheimnis offenbart und sie damit in große Schwierigkeiten gebracht.«

»Ah, danke.«

»Gern geschehen.« Sie unterdrückte mit Mühe ein Husten.

Nun sah er sie an und sein Blick war besorgt.

»Wie lange isst du schon nicht mehr?«

»Zu lange. Ich merke ja selbst, dass ich zu schwach bin, aber ich kann einfach nicht.«

»Darf ich dich anfassen? Nur deine Haut am Arm. Ich muss wissen, wie sie sich anfühlt.«

Diana zuckte mit den Schultern und reichte ihm ihren Arm. »Natürlich, warum nicht?«

Er berührte sie vorsichtig und blickte sie dabei immer wieder an, als fürchte er, sie könnte im nächsten Moment lauthals losschreien.

»Deine Haut ist zu trocken und zu warm. Vertraust du mir, Mädchen?«

»Diana.«

»Stur wie ein Esel. Also, vertraust du mir, Diana?«

Sie lächelte. »Ja, ich vertraue dir.«

»Dann komm mit mir, schnell, wenn sie dich bei mir sehen, werde ich kielgeholt und ich denke, deine Schwester würde dich für den Rest der Reise einsperren.«

»Das könnte stimmen.«

Er half ihr dabei aufzustehen, nahm ohne irgendwelche Umschweife ihre Hand und zog sie mit sich. Kurz darauf fand sie sich in der Kombüse wieder. Er entfachte ein kleines Feuer im Ofen und erhitzte sauberes Wasser. Währenddessen wühlte er in einem der Regale herum. Von ganz hinten zog er einen Beutel heraus, aus dem er diverse getrocknete Blätter in eine Trinkschale warf. Als das Wasser kochte, goss er es über die Blätter und wartete. Mehrmals schnupperte er daran. Endlich schien er zufrieden.

»Jetzt ist es fertig. Trink das, es wird dir dabei helfen, gesund zu werden.«

»Gerne, darf ich trotzdem fragen, was das ist?« Offenbar mangelte es ihrem Blick an der Zuversicht, die sie in ihre Stimme gelegt hatte, denn er grinste sie breit an.

»So viel zu deinem Vertrauen, was? Aber ich verstehe dich ja. Das ist eine Mischung aus Salbei, Weidenrinde und wilder Schafgarbe. Das ist gut für dich. Ein wenig bitter, aber sehr heilsam. Wenn du das mehrmals trinkst, dann wirst du spüren, wie es deinen Körper reinigt und heilt.«

Sie vertraute ihm, so einfach war das. Zaghaft nippte sie das heiße Gebräu. Es schmeckte weit weniger schrecklich, als sie erwartet hatte, und schon, während sie es trank, spürte sie die wärmende und entspannende Wirkung. Sie trank den letzten Schluck, spuckte vorsichtig ein Blatt aus und reichte ihm die Schale zurück.

»Vielen Dank, das ist sehr freundlich von dir gewesen.«

Er musterte sie lange, während er seine Kräuter sorgsam wieder verstaute.

»Du hast ein gutes Herz, Mädchen Diana. Gib gut darauf Acht. Es zerbricht sehr leicht.«

Ehe sie ihn fragen konnte, was er damit meinte, drängte Miguel zum Aufbruch.

»Wenn sie merken, dass du fort bist, schlagen sie Alarm. Das sollten wir verhindern. Falls die Kräuter dir guttun, sieh zu, dass du morgen wiederkommst. Ich stelle dir die Schale dort auf das Regal. Ich habe morgen

Nachtwache und kann nicht hier sein. Wenn jemand dich sieht, dann sag einfach, du seist durstig. Und nun geh. Versuch zu schlafen.«

Obwohl nun vier Mann an Deck waren, schaffte sie es ungesehen zurück in ihre Kabine. Lautlos zog sie die Türe hinter sich zu. Louisa schlief noch immer fest und Diana atmete erleichtert auf. Sie dachte sogar daran, sich die Fußsohlen zu waschen, um sich nicht durch die schmutzigen Füße zu verraten. Als sie sich in ihre Koje kuschelte, war ihr letzter Gedanke Miguels ernstes, fremdartiges und doch so schönes Gesicht. Zum ersten Mal seit vielen Tagen fühlte sie wieder so etwas wie Freude in ihrem Herzen.

An drei aufeinander folgenden Nächten huschte sie aus ihrer Kabine und trank erneut Miguels Gebräu. Am vierten Tag endlich wachte sie des Morgens mit knurrendem Magen auf. Unfähig, zu begreifen, was sie da vernahm, legte Diana ihre Hände auf den Bauch. Auf der anderen Seite der Kabine reckte und streckte sich Louisa in ihrer Koje. Sie bemerkte, dass ihre Schwester bereits wach war, und sah sogleich besorgt zu ihr hinauf.

»Diana, was ist los? Geht es dir nicht gut?«

»Oh doch!« Sie nickte heftig, während sie erneut über ihren Bauch strich. »Mir geht es gut.«

»Aber was hast du denn dann? Warum hältst du dir deinen Bauch, der sowieso nicht mehr sichtbar ist. Ich befürchte, er wölbt sich nach innen.«

Sie lachte. »Was los ist? Ich habe Hunger. Und zwar so richtig Hunger.«

Während sie sich gegenseitig beim Ankleiden halfen, gingen Diana die letzten vier Nächte nicht mehr aus dem Kopf. Sie hatten sich immer nur sehr kurz gesehen, um nur ja kein Aufsehen zu erregen und nicht ertappt zu werden. Sie schmunzelte gedankenverloren vor sich hin. Was wohl ihre Mutter oder ihr Vater sagen würden, wenn sie wüssten, dass ihre stets so behütete Tochter sich heimlich mit einem der Matrosen traf, noch dazu mit einem ganz besonderen Matrosen.

In der wenigen Zeit, die sie hatten, während Miguel ihre Medizin zubereitete und sie diese dann langsam, zumeist extra langsam, sodass sie wenigstens ein paar Minuten gewinnen konnte, trank, hatte er ihr so viel erzählt. Mochten andere denken, er sei wortkarg, sie wusste es besser. Nicht immer muss man in vielen Worten sprechen, um viele und gute

Dinge zu sagen. Auf diese Weise hatte sie in den letzten Nächten einiges über ihn, sein Volk und seine Geschichte erfahren.

Hinter jedem Satz, den sie ihm entlocken konnte, steckte eine ganze Menge mehr. Diana begriff, dass sie hier mit dem Herz hören musste. Aber sie wusste auch, dass sie, sobald sie dieses Schiff verließ, Miguel niemals wiedersehen würde. Als er ihr erzählte, dass die nächste Fahrt der *Princess* nicht wieder zurück nach Liverpool, sondern weiter nach Südamerika gehen sollte, wurde ihr bewusst, dass auf lange Sicht ganze Kontinente zwischen ihnen liegen würden.

»Wer weiß, vielleicht bleibe ich dort. Dort soll es noch Stämme geben, die dem meinen nicht unähnlich sind.«

»Willst du denn nicht wieder in deine Heimat?«

»Nein, seit dem Jahr 1836 schon töten die Siedler und ihre Milizen unser Volk. Wir haben die Hoffnung verloren, dass es jemals wieder besser werden könnte. Ich denke, es wird damit enden, dass unsere Völker unterdrückt und unser Land gestohlen und die Menschen darauf vernichtet werden. Wohin also soll ich zurück?«

Ihr fiel beim besten Willen keine Antwort ein.

Louisa war erfreut und beruhigt. Endlich war wieder Leben in Dianas Gesicht zurückgekehrt. Ihre Wangen waren gerötet, sie aß wieder und trank Unmengen von Tee. Dem Himmel sei Dank, was auch immer ihre Schwester geheilt hatte, sie dankte Gott dafür. Gerne erfüllte sie Dianas Wunsch, sobald das Wetter es zuließ, soviel Zeit wie möglich an Deck zu verbringen. Es war schön, zu sehen, wie sie es genoss, wie sie ihr vorwitziges Näschen in den Wind hielt und jede noch so winzige Kleinigkeit, die das Meer und der Himmel ihr boten, mit Begeisterung in sich aufsaugte.

Der einzige Wermutstropfen war dieser fast schon überheblich wirkende Eingeborene. Woher nahm er die Frechheit, sie mit diesem herablassenden Lächeln zu grüßen? Als sie sich darüber bei Diana beschwerte, lachte diese nur.

»Louisa, nun aber wirklich. Du weißt auch nicht, was du willst. Grüßen muss er uns, wenn er uns begegnet, das ist seine Pflicht. Andererseits hast du ihm bei dem Treffen letztens sehr deutlich mitgeteilt, dass du ihn nicht in der Nähe haben willst. Was erwartest du denn? Dass er sich unsichtbar macht, um seine Arbeiten an Deck zu verrichten?«

Louisa runzelte nur die Stirn. Gut, dass diese Fahrt nun bald vorüber war. Ganz offensichtlich war der Aufenthalt an Bord für ihre Schwester nicht zuträglich. Jedoch musste sie sich eingestehen, dass diese endlich wieder gut aussah. Sehr gut sogar. Ach, was sollte es. Diana schwärmte schon immer für die ausgefallenen, die ausgestoßenen Menschen. Manchmal war Louisa sich nicht sicher, ob Diana nicht doch weniger Romane lesen sollte – irgendwie schienen diese ihr auf Dauer nicht gut zu bekommen.

Es war ein schöner Tag und so waren viele der Reisenden an Deck gekommen, um die frische Luft zu genießen. Man saß in den von der Mannschaft eilig herbeigetragenen Stühlen und auf den wenigen Holzliegen, die an Bord waren.

»Komm mit«, Louisa zupfte die kleine Schwester sacht am Ärmel, »wir setzen uns auch ein wenig in die Sonne. Da du einen Sonnenhut trägst, wird es dir kaum schaden.« Sie schob Diana vorsichtig zu zwei eng zusammen stehenden Stühlen und sie ließen sich darauf nieder.

»Louisa?«

»Ja?«

»Bist du traurig, wenn die Überfahrt vorüber ist?«

Sie schüttelte heftig den Kopf. »Aber nein, gut, es mag ganz angenehm sein für uns und man kümmert sich wirklich sehr gut um die Passagiere, aber ich freue mich darauf, wieder festen Boden unter den Füßen zu haben.«

Diana seufzte theatralisch. »Ich könnte durchaus noch länger hierbleiben. Mir gefällt es auf See.«

Sie musterte ihre kleine Schwester nachdenklich. »An dir ist eben doch eine Freibeuterin verloren gegangen.« Schmunzelnd strich sie Diana eine der vorwitzigen blonden Locken aus der Stirn. Die lächelte nur verträumt, steckte ihre Hand unter Louisas Arm hindurch und kuschelte sich an sie.

»Das könnte durchaus sein. Ich überlege, wie ich mich nennen könnte.« Sie legte den Kopf leicht schief und strahlte Louisa an. »Wie wäre es denn mit ‚die schwarze Diana'? Klänge das bedrohlich genug in deinen Ohren?«

Liebevoll drückte sie den Arm der Jüngeren. »Nun ist es aber genug, das geht nun doch ein klein wenig zu weit. Wie wäre es denn, wenn ‚die schwarze Diana' langsam ein paar Gedanken darauf verwenden würde, was sie heute zum Dinner tragen möchte?«

Während Diana lachend den Kopf an ihre Schulter lehnte, wanderte Louisas Blick unweigerlich zu dem schwarzhaarigen Matrosen. Er sah nicht ein einziges Mal zu ihnen herüber und doch hätte sie schwören können, dass es ein unsichtbares Band zwischen Diana und ihm gab. Es wurde wahrlich Zeit, dass sie New York erreichten.

Heute schrieb man endlich den 29. Juli 1846 und sie waren schon vor Sonnenaufgang munter gewesen. Die Einfahrt in den Hafen wollten sie sich nicht entgehen lassen. Kapitän Weaver, der neben ihrem Vater an Bord stand, winkte sie und Diana zu sich.

»Miss Kedleston, das müssen Sie sehen, dort.« Strahlend wies er in Richtung der Kais und dort sah Louisa ein wahrlich edles Schiff. Langgestreckt, schmal und sehr elegant lag es dort vor Anker.

»Was ist das für ein Schiff? Es sieht wirklich sehr schön aus.«

Kapitän Weaver nickte mit strahlenden Augen. »Dies, verehrte Miss Kedleston, ist der ganze Stolz der McKays Schiffswerft, das ist die *Flying Cloud.* Sollten Sie einmal in Richtung San Francisco aufbrechen wollen, ich kann Ihnen diesen herrlichen Klipper nur ans Herz legen.«

Louisa nickte und lächelte pflichtschuldig. In ihren Gedanken aber sah sie sich mit einem ähnlich schönen Schiff zurück nach England segeln – und das in nicht allzu ferner Zukunft. Ihre Tante würde sie aufnehmen, dessen war sie sich sicher. Ebenso sicher war sie sich, dass es ihr gelingen würde, falls der Vater es schaffte, sich in Amerika finanziell zu konsolidieren, dort wieder an ihr altes Leben anzuknüpfen. Tief in ihrem Herzen dachte sie keine Sekunde daran, sich mit diesem neuen, fremden Land anzufreunden. Als ihre Mutter auf sie zutrat und ihr liebevoll die Hand auf den Arm legte, unterdrückte sie den spontanen Impuls, sie abzuschütteln.

»Siehst du, Kind, nun haben wir bereits die erste Etappe unseres neuen Lebens gut gemeistert. Denkst du denn nicht, dass wir auch den Rest schaffen werden? Gemeinsam?«

Sie wollte nicht lügen, wollte aber auch der Mutter in diesem Augenblick keinen Kummer bereiten und so lächelte sie nur und nickte erneut. Ihrer Mutter schien es zu genügen, denn sie drückte erfreut ihren Arm und zog sie an sich. Als sie versuchte, in der Menge der Reisenden, die sich versammelt hatten, Diana zu erspähen, fand sie die Schwester nicht.

»Werde ich dich irgendwann wiedersehen?« Diana vermochte kaum noch, ihre Enttäuschung, die sie angesichts der Tatsache, dass sie in wenigen Augenblicken das Schiff verlassen musste, zu verbergen.

»Willst du das? Mich wiedersehen? Was brächte es dir denn?« Miguel wickelte seelenruhig die Taue auf und hängte sie der Reihe nach an die Bordwand.

»Natürlich will ich dich wiedersehen. Unsere Gespräche werden mir fehlen. Du hast mir viel beigebracht.«

Ein erstaunter Ausdruck erschien auf seinem Gesicht. »Ich danke dir dafür, doch bitte, denk vernünftig. Dein Vater würde mich davon jagen, deine Schwester würde dir erzählen, wie schrecklich es ist, sich mit einem wie mir abzugeben. Nein, vertrau mir, es ergibt keinen Sinn.«

»Doch!« Sie wusste selbst, dass sie sich wie ein kleines Kind benahm, und doch wollte sie ihn nicht einfach so zurücklassen.

Tatsächlich konnte er sich ein Lächeln nicht verkneifen.

»Ich sage doch, stur wie ein Esel. Gut, ich verspreche dir etwas. Wenn das Schicksal es will, dann werde ich zu dir kommen.«

Sie strahlte. »Versprochen? Wirst du das auch nicht vergessen?«

Er wandte sich ihr nun gänzlich zu und ließ das Tau, das er in Händen hielt, sinken. »Ich sagte doch, ich verspreche es. Diana, ich bin ein Navajo, wir halten unsere Versprechen seit Jahrhunderten. Ganz im Gegensatz zum Weißen Mann, der es nicht schafft, seine eigenen Verträge auch nur wenige Wochen einzuhalten.«

»Bitte verzeih, ich wollte dich nicht kränken.«

»Schon gut. Und nun geh zu deiner Familie, Diana. Dein Vater beginnt wohl, dich zu suchen.«

Ein Blick verriet ihr, dass er recht hatte. Frank Kedleston wanderte über das Deck und schaute suchend über die Menge.

»Hier, nimm das mit, es wird dich beschützen.«

Etwas wurde in ihre Hand gesteckt, etwas Weiches, Kleines. Fest schlossen sich ihre Finger darum.

»Und nun verschwinde, ehe wir beide Ärger bekommen.«

Nach einem letzten Blick auf Miguel drehte sie sich um und hastete durch die Menge, um sich dann von der Seite ihrem Vater zu nähern.

»Vater, suchst du mich? Ich bin hier.«

»Na endlich, ich suche dich schon eine ganze Weile. Komm mit, Diana, ich möchte, dass die Familie zusammenbleibt. Wir werden gleich anlegen und von Bord gehen.«

10.

Louisa hasste New York vom ersten Augenblick an. Es war laut, zumindest am Hafen und der näheren Umgebung viel zu schmutzig und die Menschen, die sie zu sehen bekam, waren alles andere als liebenswürdig. Kaum waren sie am Pier angekommen, entdeckte der Vater einen Mann in einer ledernen Hose, die in hohen, derben Stiefeln steckte, einem groben Leinenhemd und einer braunen Jacke, der sich suchend umblickte und dabei ein Schild hochhielt, auf dem in großen, schön geschriebenen Lettern der Name »Kedleston« stand. Ihr Vater trat auf den Mann zu, der ihn mit einem kurzen Nicken und einem Handschlag begrüßte. Zwar erkannte sie die Verblüffung des Vaters ob der ungewöhnlichen Begrüßung, doch er ließ es sich gefallen und nach einem kurzen Wortwechsel mit dem Fremden winkte er sie alle zu sich.

»Darf ich euch Samuel Haynes vorstellen? Er ist der Vorarbeiter der neuen Fabrik meines Bruders und wird, sobald ich meine Stelle antrete, meine rechte Hand sein. Vorerst aber wird er Sorge tragen, dass wir alle und unser Gepäck heil nach Chicago gelangen.«

Immerhin wusste dieser Mr. Haynes, wie man sich Damen gegenüber benahm, denn er verbeugte sich höflich und deutete bei ihnen allen einen dezenten Handkuss an. Allerdings schien er sie dabei alle nachdenklich zu mustern. Fast als versuche er abzuschätzen, ob sie für dieses neue Leben tauglich seien. Umgehend straffte Louisa ihre Schultern und setzte den stolzesten Blick auf, zu dem sie derzeit in der Lage war. Egal, wie es in ihr aussah, niemand hatte das Recht anzuzweifeln, dass sie sich jeder Herausforderung würde stellen können.

Schon ergriff Haynes das Wort, offenbar hatte er es eilig.

»Ladies, Mr. Kedleston, ich würde die Damen gerne zu einem Gasthaus ganz in der Nähe begleiten, dort könnten sie in Ruhe eine Kleinigkeit essen und trinken. In der Zwischenzeit zeigen Sie mir die Kisten, die Ihnen gehören, meine Leute verladen sofort, sodass der Transportwagen schnell fertig ist. Alles, was Sie und Ihre Familie während der Reise benötigen, kommt in die zweite Kutsche. Für Sie und die Damen hat

Ihr Bruder eine sehr bequeme Reisekutsche gewählt. Sie mag im ersten Augenblick ein wenig grob erscheinen, doch für die lange Strecke ist sie hervorragend geeignet.«

Louisa sah ihren Vater nicken, während ihre Ressentiments gegen diese Reise schon jetzt ins Unermessliche wuchsen.

»Mr. Haynes?«

Wohl überrascht, dass sie sich an ihn wandte, hob der Mann den Kopf.

»Ja, Miss?«

»Wenn Sie sagen, es sei eine lange Strecke, von welcher Entfernung sprechen Sie dann in etwa?«

Er runzelte nachdenklich die Stirn. »Nun, Miss, es sind gut tausend Kilometer, da wir einige Umwege werden machen müssen. Wegen Überflutung oder weil die Gegend nicht ganz sicher ist, kommen da noch mal ein paar drauf.«

»Wie lange werden wir dafür benötigen?«

Sie sah, wie er ihrem Vater einen entschuldigenden Blick zuwarf, ehe er antwortete.

»Miss, da die Kutsche kaum mehr als fünfzig, höchstens sechzig Kilometer am Tag schafft, da sonst die Pferde zu schnell ermüden, werden wir wohl drei Wochen unterwegs sein.«

Er wandte sich nach dieser Aussage rasch wieder ihrem Vater zu, so als wolle er nicht der Überbringer weiterer Hiobsbotschaften sein. Ihr Vater gebot ihr dann auch mit einer raschen Handbewegung zu schweigen und so konnte Mr. Haynes sie ohne weitere Einwände ihrerseits zu einem kleinen Hotel bringen, das tatsächlich von innen weitaus ansprechender aussah, als es von außen den Anschein gehabt hatte.

Ihre Mutter ließ den Blick erleichtert durch die kleine, hübsch eingerichtete Empfangshalle schweifen.

»Mr. Haynes, bitte, werden wir diese Nacht hier verbringen?«

»Bedaure, Madam, aber wir müssen noch heute aufbrechen. Bitte vertrauen Sie ihrem Schwager, wenn er denkt, es sei auch in Ihrem Sinne, so schnell wie möglich an Ihrem Ziel anzukommen.«

Ihre Mutter nickte, doch sie konnte die Enttäuschung nur schlecht verbergen. Immerhin wurden sie, nachdem Haynes sich entschuldigte, da er so schnell als möglich zurückwollte, um die Wagen zu beladen, von einem netten Dienstmädchen in einen hellen, freundlichen Speiseraum geleitet, wo man ihnen sehr guten Tee und frisches Gebäck servierte. Etwas später wurde noch eine ausgesprochen schmackhafte Suppe gereicht und Louisa gewann den Eindruck, dass sie es hier durchaus auch über Nacht ausgehalten hätte. Als der Nachmittag anbrach, erschien ihr Vater in Begleitung von Mr. Haynes und beide sahen sehr zufrieden aus.

»Alles ist verladen. Die Kisten mit unserer Habe sind wohlverstaut auf der großen Transportkutsche und haben sich auf den langen Weg in unser neues Domizil gemacht. Unsere persönlichen Dinge sowie die Kleiderkoffer, die ihr während der Überfahrt in den Kabinen hattet, sind in der zweiten Kutsche, die uns folgen wird.«

Louisa zog eine ärgerliche Grimasse.

»Aber, Vater, war es denn nicht möglich, ein paar unserer Dinge aus den Transportkisten zu nehmen? Einige unserer Kleidungsstücke sind nicht mehr ganz sauber. Schließlich waren wir ja bereits eine ganze Weile auf See.«

»Bedaure, Louisa, um in Kisten zu kramen, war nun wahrlich keine Zeit. Ihr werdet euch mit dem behelfen müssen, was ihr in den Koffern mit euch führt.« Er warf Haynes einen langen Blick zu, ehe er fortfuhr. »Glaubt mir, wenn ich euch versichere, dass die Kleidung die ihr zur Verfügung habt, für diese Reise vollauf genügt.«

Louisa unterließ es, diese Aussage zu hinterfragen. Die beiden Männer setzten sich zu ihnen, tranken so wie sie Tee und ließen sich jeder einen großen Teller Suppe schmecken, ehe der Vorarbeiter zum Aufbruch drängte. Ihr Vater fügte sich ohne Widerspruch und hielt auch seine Familie zur Eile an. »Bitte macht rasch, laut Mr. Haynes haben wir heute noch gute dreißig Kilometer vor uns. Wir werden das Gasthaus wohl kaum vor Einbruch der Nacht erreichen.«

Sie erhob sich und hakte die schweigsame Diana unter. »Komm, Schwesterlein, fügen wir uns in das Unvermeidbare.«

Vor dem Hotel erwartete sie ein den üblichen Postkutschen nicht unähnliches und doch etwas wuchtigeres Gefährt. Im Inneren waren die breiten Sitzbänke sogar vergleichsweise gut gepolstert, ebenso lagen weiche Decken bereit, wohl, falls es in der Nacht kühl werden sollte. Sie kletterten in die Kutsche und Mr. Haynes, der es vorzog, neben dem Kutscher zu sitzen, schloss hinter ihnen sorgfältig den Wagenschlag.

»Meine Damen, leider ist es nicht so luxuriös, wie Sie es sicher gewohnt sind, doch Sie werden dieses Gefährt zu schätzen wissen, sobald wir auf freies Gelände kommen. Sollten Sie Durst bekommen, so finden Sie dort in dem kleinen Korb in der Ecke unter den Sitzen stets frisches Wasser. Ich wünsche Ihnen eine gute Reise.«

Kaum setzte sich das Gefährt in Bewegung, ahnte Louisa, was er gemeint hatte. Die Kutsche reagierte sehr behäbig auf Unebenheiten wie Löcher, Steine und ähnliche Dinge. Man wurde weniger durchgerüttelt als in einer edlen, schnellen Kutsche.

Während ihre Eltern sich leise miteinander unterhielten, hatte Diana ihre Stirn an den Seitenholm gelehnt und blickte irgendwo in die Ferne.

Seufzend richtete sie sich so bequem wie irgend möglich ein, stopfte sich eine der Decken in den Rücken und schaute dann ebenfalls hinaus, um zumindest ein wenig von ihrer neuen Heimat zu sehen.

Wieder einmal war es bereits stockdunkel und doch fuhren sie noch immer.

Am Nachmittag des 17. August 1846 waren sie in eine Art Fort eingefahren, um dort die Pferde zu wechseln. Man hatte sich wirklich reizend um sie bemüht, während draußen abgespannt wurde. Weder Kaffee noch der selbstgebackene Kuchen konnten Louisas Laune für längere Zeit heben. Immerhin bedankte sie sich sehr erfreut bei der Frau des Posthalters, die sich hier so mütterlich um sie alle kümmerte. Auf die besorgte Frage der Frau, wie lange sie denn schon unterwegs seien, konnte sie nur ehrlich antworten, dass sie es nicht mehr genau wisse.

Während sie am heißen, süßen und mit viel Milch versetzten Kaffee nippte und tatsächlich mit viel Appetit den noch leicht warmen Apfelkuchen aß, stellte sie erneut fest, dass es keine Position mehr gab, in der ihr das Sitzen nicht wehtat. Diana erging es wohl ebenso, denn auch sie rutschte während des Essens mehrmals vorsichtig umher. Doch die Jüngere jammerte nicht. Kein Laut der Klage war seit ihrer Abreise aus New York über ihre Lippen gekommen. Sie begegnete allen gleichmäßig freundlich und unterhielt sich mit den Menschen, die in der Zwischenzeit ihre Wege gekreuzt hatten. Besitzer von Gasthöfen und deren Frauen, die Männer, die am frühen Morgen die Pferde wieder anspannten, Reisende, die so wie sie unterwegs durch dieses offenbar endlose Land waren.

Ganz im Gegensatz zu ihr. Niemand konnte sagen, sie habe es nicht versucht. Doch tagtäglich von früh bis spät durchgerüttelt zu werden, mochte die Kutsche das auch ein wenig abfedern, war eine Zumutung. Einen halben Tag hatten ihnen Mr. Haynes und ihr Vater vergönnt, an dem sie – mitten im Nirgendwo – in einem schönen Gasthof hielten und dort der Reihe nach ein herrliches Bad nehmen konnten. Endlich die schmerzenden Glieder ausstrecken und die Entspannung genießen, die ihnen das warme Wasser verschaffte. Louisa wäre am liebsten nie wieder aus der Wanne gestiegen.

An den anderen Tagen mussten sie sich zumeist mit Waschschüsseln behelfen. Einmal war gar hinter dem Haus ein Verschlag aus Brettern aufgebaut gewesen, wo man sich aus einem an einem Haken hängenden Eimer kaltes Wasser über den Körper kippen konnte. Sie hatte empört abgelehnt und traute ihren Augen kaum, als sie sah, wie Diana mit fröhlichem Lächeln auf den Lippen, ein großes Tuch unter dem Arm, dorthin spazierte. Kurz darauf hörte sie den spitzen Aufschrei der Schwester, als diese sich das zu dieser frühen Stunde sicherlich eiskalte Wasser über den zarten Körper fließen ließ. Sofort im Anschluss höre man Diana lauthals lachen und zu ihrer aller Überraschung verlor sie die gute Laune den ganzen Tag nicht mehr. Ihre kleine Schwester steckte wahrlich voller Überraschungen.

Einmal bekam sie durch Zufall mit, wie Diana eine Wirtin darum bat, ihr einen Tee aus wildem Salbei zu bereiten, was diese gerne tat. Auf ihre neugierige Nachfrage, was das denn bewirken solle, antwortete Diana lediglich, dass sie wisse, dass dieser Tee gut für ihren Magen wäre, der von dem ganzen Schaukeln ein wenig in Mitleidenschaft gezogen sei.

Die Dunkelheit war fast undurchdringlich hier draußen auf dem Land und so unterließ Louisa es, andauernd nach draußen zu starren, was ihr sonst einen guten Anlass bot, nicht sprechen zu müssen. Es fiel ihr zunehmend schwerer, ihren Vater nicht mit Vorwürfen ob der Strapazen, denen er sie alle aussetzte, zu überschütten. Lediglich der Umstand, dass ihre Mutter und Diana das alles mit bewundernswertem Gleichmut ertrugen, ließ sie schweigen. Sehnsüchtig wanderte ihr Blick zu dem Korb, in dem sie einige wohlverpackte Stücke des Apfelkuchens wusste, der ihnen eingepackt worden war. Leider wusste sie inzwischen, dass es ihr nicht allzu gut bekam, während der Fahrt zu essen. Ein kurzer Blick ins

Freie kündigte jedoch den Ort an, in welchem sie heute die Nacht verbringen würden. Seufzend rutschte sie ein wenig nach vorne und streckte den Rücken. Zumindest für diesen Tag war die Tortur endlich vorüber.

Man führte sie in zwei kleine, nicht sehr komfortable, aber dafür sehr saubere Zimmer und Louisa warf sich sofort auf das breite Bett, das sie sich mit der Schwester teilen würde.

»Tu das nicht, Louisa, du kommst nachher nicht mehr hoch und wir bekommen doch noch ein warmes Abendessen.«

Sie war so müde, dass es ihr sogar Mühe bereitete, den Kopf zu drehen. »Diana, Liebes, kannst du mir bitte sagen, wo in deinem zarten Köper diese unglaubliche Energie versteckt ist, die dich all dies klaglos ertragen lässt?«

Ihre Schwester zog sich das Tuch, das sie sich gegen die Kühle der Nacht umgelegt hatte, von den Schultern und streckte sich, ehe sie zu der gut gefüllten Waschschüssel trat und sich gründlich das Gesicht wusch. Erst nachdem sie sich abgetrocknet und das Tuch wieder sauber aufgehängt hatte, antwortete sie ihr.

»Das kann ich dir nicht sagen, Louisa. Ich denke, es liegt einfach daran, dass ich mich gegen nichts sträube. Weißt du, ich habe beschlossen, alles so anzunehmen, wie es nun einmal ist. Ich kann nur hoffen, dass dir das auch gelingt, denn dann haben auch wir beide die Gelegenheit, an unser altes Leben anzuknüpfen. Zumindest, soweit es in unserer Macht liegt.«

Verärgert runzelte Louisa die Stirn. »Ach, Kleines, ich wollte, das wäre so leicht. Alleine der tägliche Anblick unseres Vaters, sein teils seltsames Schweigen, wenn eine von uns Fragen stellt, wie wir wohnen werden, was uns alles erwartet, macht mich wütend.«

Diana seufzte leise. »Bitte, versuch, das zu ändern. Wirklich, ich habe Angst, wenn du so weiter machst, bringst du Vater noch gänzlich gegen dich auf.«

Verärgert warf sie den Kopf auf das Kissen, was ihrem steifen Hals gar nicht gut bekam. Mit schmerzvoller Miene massierte sie ihren Nacken.

»Diana, noch schlimmer kann es ja kaum werden, nicht wahr?«

»Doch, ich fürchte, das geht wohl.«

Als man ihnen wenige Minuten später unten in einem kleinen, mit wenigen Tischen und Stühlen ausgestattetem Raum einen wirklich guten, sehr appetitanregend duftenden Braten samt gestampften Kartoffeln und einer schmackhaften, sämigen Soße servierte, vergaß sogar Louisa kurz ihren Groll und langte hungrig zu.

Mit einem Ohr vernahm sie, wie ihr Vater ihrer Mutter von seiner zukünftigen Stellung erzählte. Er und sein Mitarbeiter sprachen oft von der neuen Fabrik und was man alles mit ihr machen könne. Seine zunehmende Begeisterung und auch die sichtliche Freude der Mutter darüber, dass ihr Mann wieder auflebte, konnte und wollte sie nicht teilen. Sie zumindest würde sich dem neuen Diktat des Lebens in diesem seltsamen Land nicht unterwerfen. Was würde er denn sein? Ein Angestellter in einer Fabrik, die nicht einmal seine eigene war. Ein Arbeiter.

Sie schluckte den letzten Bissen des butterweichen Bratens, spülte mit der von der Köchin frisch zubereiteten Limonade nach und legte ihre Serviette auf den Tisch.

»Ich bin müde, darf ich nach oben gehen?« Sie wusste, dass ihr Blick die Eltern wohl kaum dazu bewegen würde, sie zum Bleiben aufzufordern.

So warf ihr Vater ihr auch tatsächlich nur einen fragenden, recht anklagenden Blick zu, ehe er antwortete.

»So geh schon. Die Deutlichkeit, in der du täglich zeigst, wie zuwider dir unsere Gesellschaft ist, ist ja wieder einmal kaum zu überbieten.«

Erst als sie schon lange in ihrem Bett lag, stahl sich der letzte Satz ihrer Schwester wieder in ihr Bewusstsein:

»Doch, ich fürchte, das geht wohl.«

Vielleicht lag Diana ja wie so oft richtig. Doch es war schlicht zu spät für sie. Nun zurückzurudern; nach allem, was sie bisher auf sich genommen hatte, und allem, was gesagt worden war, die Rolle der fügsamen Tochter wieder aufzunehmen, war einfach unmöglich. Alles in ihr sträubte sich dagegen, nun klein beizugeben – es käme ihr vor, als würde sie damit den letzten Rest ihres Stolzes und ihrer Selbstachtung fahren lassen.

11.

Ihr dürft aufatmen. Heute erreichen wir Chicago. Mr. Haynes denkt, dass es wohl am späten Nachmittag soweit sein wird.« Die Stimme ihres Vaters klang erwartungsvoll, ja freudig. Auch das Gesicht ihrer Mutter zeigte deutliche Erleichterung.

»Ich bin sehr froh, das zu hören. Diese Strapazen dürfen nun wahrlich ein Ende haben.«

Frank Kedleston nahm die Hand seiner Frau und küsste sie. »Mit dem heutigen Abend, meine Liebe, werden wir wieder ein angenehmes Leben haben. Ich habe es dir doch versprochen.«

Er wandte sich seinen Töchtern zu. »Diana, freust du dich nicht auch? Du warst so tapfer und das, nachdem du auf dem Schiff so ernsthaft krank warst.«

Diana lächelte tatsächlich erfreut. »Ich muss zugeben, ich bin froh, wenn ich wieder in einem Haus wohne, in dem ich daheim bin. Es war wirklich anstrengend, aber doch auch irgendwie schön. Wir haben schon so vieles von unserer neuen Heimat zu sehen bekommen.«

Es kam selten vor, dass ihr Vater sich zu Zärtlichkeiten gegenüber seinen Töchtern hinreißen ließ, doch nun tätschelte er liebevoll Dianas Wange.

»Es freut mich aufrichtig, dass du es so sehen kannst. Ich wünschte, deine Schwester hätte nur einen Funken dieser positiven Einstellung.«

Schon wallte wieder Zorn in ihr auf. Konnte er es denn nicht einfach gut sein lassen? Musste er immer wieder in offene Wunden stechen?

»Ich bedauere sehr, Vater, dass ich ein weiteres Mal nicht deinen Vorstellungen und Wünschen entsprechen kann. Sobald wir angekommen sind, werde ich versuchen, mich angemessen zu freuen.«

Auf der Stirn ihres Vaters war eine steile, ärgerliche Falte erschienen. »Louisa, spare dir deinen Spott, gib ein wenig mehr Acht auf das, was du sagst. Meine Geduld ist endlich, das solltest du langsam begreifen.«

Gerne hätte sie ihm scharf geantwortet, doch der flehentliche Blick ihrer Mutter brachte sie dann doch zum Schweigen. So schluckte sie mühsam die letzte Bemerkung hinunter und beließ es bei einem leichten Nicken. Der Rest der Reise verlief in erwartungsvollem Schweigen und als nach einer kurzen mittäglichen Rast die Umrisse einer vergleichsweise großen Stadt näherkamen, befiel sie alle doch ziemlich große Aufregung.

Es dämmerte bereits, als sie Chicago erreichten, und doch sah Louisa mehr, als sie sehen wollte. Die Stadt war bei Weitem nicht so groß, wie sie geglaubt hatte, und doch waren es zu viele Menschen, die hier auf den staubtrockenen Straßen durcheinanderliefen. Jeder war in Eile, manche hasteten regelrecht durch die teils engen Gassen. Es roch seltsam und ein Blick zeigte Louisa, dass längs der Straße Rinnen an den höher gelegten Pfaden vorbeiführten, auf denen die Leute entlang eilten. Das Wasser darin stank bis zu ihnen in die Kutsche hinein. Dennoch sah sie Kinder im Morast spielen und war schlicht entsetzt.

Sollte dies etwa das vielgepriesene Chicago sein? Die aufstrebende Stadt, in der ihr Onkel es zu einem Vermögen gebracht hatte? Sie wagte einen kurzen Blick zu ihrer Mutter, doch auch die musterte mit sorgenvoll gerunzelter Stirn das, was sich vor ihren Augen abspielte.

Sie fuhren eine ganze Weile, ehe der Anblick sich veränderte. Die Straßen wurden breiter und sauberer. Schöne Kutschen mit elegant gekleideten Menschen kamen ihnen entgegen und dann erblickte Louisa an einer hell erleuchteten Straße ein großes Theater. Hier rannten die abendlichen Spaziergänger auch nicht, sondern flanierten entspannt, lächelnd und plaudernd nebeneinander her. Louisas scharfe Augen erkannten Restaurants, die bestens besucht waren, wenige, aber schöne, gepflegte Hotels, und auch hübsche Läden vermochte sie zu erkennen. Nun, vielleicht war ihr erster Eindruck ja doch falsch gewesen. Was aber mochte das gewesen sein? Im Vergleich zu dem hier erschien es als Vorhof zur Hölle.

Die Kutsche fuhr in eine Seitenstraße und langsam entfernten sie sich wieder von den hellen Straßen mit den öffentlichen Gebäuden. Sie bogen mehrmals ab, ehe sie vor einem Haus anhielten, das in einer Reihe mit diversen anderen stand. Louisa fühlte sich an die Stadthäuser in London erinnert, wobei sie sich etwas weitaus Größeres erhofft hatte. Als Mr. Haynes vom Kutschbock sprang und ihnen den Wagenschlag öffnete, wurden ihre Hoffnungen, dass sie hier nur kurz halten würden, endgültig zunichtegemacht.

»Bitte, steigen Sie aus, wir sind angekommen. Wenn Sie mir folgen wollen, der Kutscher und das Mädchen werden Ihre Sachen nach oben bringen.«

Haynes ging voran und stieg die diversen Stufen vor ihnen hinauf. Oben angekommen, läutete er nicht, sondern zog einen Schlüssel aus seiner Jacke und schloss die aus dunklem Holz gefertigte Haustüre auf. In dem schmalen Flur, von dessen Anfang aus eine Treppe nach oben führte, entzündete Haynes eine kleine Laterne, in der sich zwei dicke weiße Kerzen befanden. Auf dem Boden lag ein langer dunkelroter Teppich, die Wände glänzten leicht und erst als sie näher kam, konnte sie in dem dämmrigen Licht erkennen, dass sie mit zart cemefarbenem Material bespannt waren. Als sie mit der Hand darüber fuhr, konnte sie spüren, dass kleine, erhabene Muster eingearbeitet waren. Zu beiden Seiten des Flures führten weiße, hohe Türen in die dahinter liegenden Räumlichkeiten. Im Haus herrschte vollkommene Stille.

»Mr. Haynes, ist denn niemand hier? Ich hatte gehofft, wir würden in ein etwas … belebteres Haus kommen.« Ihre Mutter sprach aus, was sie dachte.

Haynes aber zuckte nur bedauernd mit den Schultern. »Es tut mir sehr leid. Sowohl das Mädchen wie auch die Haushälterin sollten eigentlich hier sein. Ich befürchte, meine Depesche ist nicht rechtzeitig eingetroffen oder auf dem Weg verlorengegangen.«

»Haben wir denn nur zwei Bedienstete?« Louisa war entsetzt. Wie sollte man so leben? Schließlich waren sie vier Familienmitglieder.

Der Vorarbeiter wandte sich zu ihr um und blickte sie mit großen Augen an.

»Aber ja, Miss, selbst Mr. Marcus Kedleston hat in seinem Haushalt nur vier Bedienstete.«

Als sie seinen fast schon fassungslosen Blick sah, zog sie es vor, zu schweigen. Es war, als müsse man sich hier noch an so einiges gewöhnen. Der Mann stieß eine Türe auf und bat sie einzutreten. Sobald er mehrere Kerzen entzündet hatte, ebenso eine hohe Petroleumlampe auf einem Tisch in der Ecke, sahen sie, dass sie sich wohl im Salon des Hauses befanden. Er war sehr schön und stilvoll eingerichtet.

An den beiden gegenüberliegenden Wänden stand jeweils eine mit Leder überzogene Couch mit einem kleinen, runden, schön gedrechselten

Tischchen daneben. Nahe dem Fenster befand sich ein ovaler Tisch, um den sich sechs bequeme Sessel gruppierten, und an der rechten Wand ein sehr schöner Kamin, neben dem in einem Korb bereits fertiges Feuerholz wartete. Louisa, die ein wenig fröstelte, blickte Mr. Haynes auffordernd an, doch der fühlte sich offenbar nicht für ihren Kamin zuständig. Im Gegenteil, er setzte sich seine Kappe wieder auf, wandte sich an ihren Vater und verabschiedete sich mit den Worten: »Mr. Kedleston, Sir, ich werde rasch Ihren Bruder von Ihrer Ankunft in Kenntnis setzen und danach sofort der Haushälterin und dem Mädchen Bescheid geben, dass sie hier aufzutauchen haben.«

Sie sah, wie ihr Vater eilig nickte, ehe ihm wohl eine bessere Idee kam.

»Haynes, warten Sie, ich komme mit zu meinem Bruder. Ich möchte Marcus gerne überraschen. Er soll mich dann hierher begleiten, um meine Familie zu treffen.«

An seine Frau gewandt setzte er hinzu: »Meine Liebe, das ist dir doch recht, hoffe ich. Ich kann mir nicht vorstellen, dass du schon wieder in eine Kutsche steigen willst. Ihr habt so auch die Möglichkeit, schon einmal das Haus zu erkunden. Die Kutsche mit unserer persönlichen Habe wartet vor der Tür. So könnt ihr hereinholen, was ihr benötigt. Ich bin so schnell wie möglich zurück.«

»Natürlich, geh nur, wir richten uns einstweilen hier schon ein wenig ein.«

Die Geduld ihrer Mutter war wahrlich bewundernswert. Doch wenn sie nicht aufbegehrte, so wollte Louisa es in diesem Augenblick auch nicht tun.

Frank Kedleston küsste seine Frau auf die Stirn und verschwand zusammen mit Samuel Haynes aus dem Salon. Sekunden später hörten sie die Eingangstüre ins Schloss fallen und danach nur noch gespenstische Ruhe, lediglich unterbrochen vom Ticken einer Standuhr neben der Türe.

Ihre Mutter trat ans Fenster und spähte kurz hinaus, bis man vernahm, wie draußen die Kutsche anfuhr. Erst als das Geräusch der großen Räder verklungen war, wandte Elisabeth Kedleston sich langsam zu ihren Töchtern um.

»Nun, meine Lieben, so ist es wohl an mir, dies zu sagen: Willkommen in eurem neuen Zuhause, willkommen in Chicago.«

Mit fast schon grimmiger Genugtuung beobachtete Louisa, wie das Mädchen ihre Wäsche in den Schrank schichtete. Mit Vehemenz hatte sie sich dagegen gesträubt, ihre Sachen eigenhändig aufräumen zu müssen. Genau vier Tage war ihr Vater in der Lage gewesen, ihren fortwährenden Klagen und ihrem ständig zur Schau gestellten Unmut mit einigermaßen aufrechterhaltener Gelassenheit zu begegnen. Aus einem kurzen, aber heftigen Streit, in dem sowohl Diana wie auch ihre Mutter händeringend darum baten, dass sie doch Vernunft annehmen möge, war sie als Siegerin hervorgegangen. Vater hatte einen Hausdiener eingestellt, der die Haushälterin, die gleichzeitig auch ihre Köchin war, entlastete und sich um den Ablauf im Hause kümmerte.

Dennoch empfand sie es noch immer als wahre Zumutung, mit drei Bediensteten auskommen zu müssen. Diana, die sich schon seit ihrem Eintreffen in Chicago mit der Geschichte und den derzeitigen Gegebenheiten in ihrer neuen Heimat befasste, versuchte vergebens, ihr zu erläutern, dass sie zu einer wahrlich privilegierten Schicht zählten. Was kümmerte sie das alles? Ihr einziges Ziel war, diesen Vorhof zur Hölle so rasch wie möglich wieder verlassen zu können. Alleine auf den wenigen Fahrten zu ihrem Onkel, der ein weitaus größeres und schöneres Haus sein Eigen nannte, oder aber bei den zwei Besuchen an der neuen Wirkungsstätte ihres Vaters war sie sich dessen bewusst geworden. Die schmutzigen Straßen, die überall entstehenden Fabrikhallen, in denen dafür gesorgt wurde, dass die mit unbeschreiblicher Geschwindigkeit wachsende Stadt versorgt werden konnte, waren ihr ein Gräuel.

Die Menschen, die dort ihrer Arbeit nachgingen, waren ärmlich gekleidete, teilweise zerlumpte Gestalten, die es sichtlich nicht schafften, den Traum, mit dem sie über den großen Ozean gekommen waren, zu verwirklichen. Sie kam nicht umhin, zuzugeben, dass dies ihrem Onkel sehr wohl gelungen war. Nachdem bereits seine ersten Geschäfte sehr gewinnbringend gewesen waren, investierte er nunmehr seit mehreren Jahren in den Bau des Illinois- und Michigankanals und seit etwa zwei Jahren belieferte er auch die Bautrupps entlang der Strecke mit allem, was sie zum Leben benötigten. Eine wahre Goldgrube. Im nächsten Sommer sollte das gigantische Bauvorhaben fertig und damit für die Stadt Chicago eine weitere, höchst attraktive Verkehrsroute verfügbar sein.

All dies würde den Aktionsradius ihres Onkels noch weiter ausdehnen.

Damit unweigerlich auch den ihres Vaters, denn, so sehr sie auch mühte, ihm Erfolge abzuerkennen, so kam sie nicht umhin, zuzugeben, dass er vom ersten Tag an für seinen Bruder eine große Hilfe war und fortwährend die richtigen Entscheidungen traf. Im Gegensatz zu seinen Geschäften in England erwiesen sich die Partner, die er für die neue Firma von Marcus Kedleston mit ins Boot holte, als Gewinn für alle. Sie produzierten Lebensmittel, die sodann verpackt und zu den Bautrupps gebracht wurden, und ein weiterer Zweig der Firma fertigte Schaufeln und Spitzhacken, die in Mengen über den Ladentisch gingen.

Louisa ekelte sich vor den Hallen, in denen unter anderem vorgekochtes Gemüse und gepökeltes Fleisch verpackt wurden. Obwohl man sich nach Kräften mühte, die Hallen zu kühlen, roch es dort grauenhaft und als ihr Vater sie zum ersten Mal voller Stolz durch die großen Fertigungsräume geführt hatte, hielt sie sich ihr parfümiertes Taschentuch unter die Nase. Diana und selbst ihre Mutter schienen die Freude des Vaters über das Erreichte zu würdigen, sie aber konnte das nicht. Auch wenn er gutes Geld nach Hause brachte und es ihnen zumindest für das tägliche Leben an nichts fehlte – welch ein Abstieg, dachte sie an ihr altes Leben zurück.

Das Mädchen war mit seinen Arbeiten in ihrem Zimmer fertig und zog sich mit einem leise gemurmelten Gruß zurück. Dass niemand hier im Haus sie wirklich mochte, war ihr einerlei. Da sie nicht auf lange Zeit hier zu verweilen gedachte, konnte ihr der Umstand, dass man sie als hochnäsig und selbstverliebt bezeichnete, schlicht egal sein. Heute aber war ein besonderer Tag, denn heute, am 16. November, war Dianas siebzehnter Geburtstag.

Im Gegensatz zu ihr war es Diana gelungen, in kurzer Zeit eine Freundin zu finden. Jane, die Tochter von Vaters Geschäftspartner Callum McLeary, war ein liebes, nettes Mädchen im gleichen Alter wie Diana. Wann immer es ging, verbrachten sie Zeit zusammen und seit einigen Tagen wurden sie sogar gemeinsam von einem Hauslehrer unterrichtet, da Elisabeth Kedleston großen Wert darauf legte, dass auch Diana eine vernünftige Bildung zuteilwerden sollte. Der Umzug in die Neue Welt durfte in ihren Augen nicht mit Nachlässigkeit einhergehen.

Louisa seufzte, als sie daran dachte, wie sie letzte Woche ihre kleine Schwester im Hause der McLearys abgeholt hatte, da ihre Mutter aufgehalten worden war. Ein Haus, nicht unähnlich dem ihren, doch die ungnädig dreinblickende Frau, die ihr die Türe geöffnet hatte, stellte sich als die einzige Dienstbotin der Familie heraus. Sie half der Herrin des Hauses dabei, den Haushalt zu bewältigen, und kochte für die Familie.

Dafür, das Haus sauber zu halten, waren Jane und ihre Mutter zuständig. Louisa war einigermaßen fassungslos ob der Tatsache, dass dies Mrs. McLeary nicht im Geringsten zu stören schien. Im Gegenteil, sie hatte Louisa fröhlich und guter Dinge begrüßt und sie, ehe sie sich mit Diana auf den Heimweg machte, auf einen Tee eingeladen, den sie selbst zubereitete, während sie mit ihr plauderte.

Gut, sie musste zugeben, dass sie die Frau bewunderte, jedoch befand sie spontan, dass die Familie sich wohl gesellschaftlich weit unter der ihren befände. Allerdings war sie wohl die Einzige, die das so sah. Als sie beim Dinner mit leicht spöttischem Unterton ihren Besuch bei den McLearys angesprochen hatte, fuhr ihr Vater ihr scharf über den Mund.

»Hüte deine Zunge, Louisa! Die McLearys sind sehr ehrbare Leute. Callum stand mit fast nichts da, als sie hier ankamen, und nun sieh dir an, was er erreicht hat. Er arbeitet hart und mit bemerkenswertem Erfolg. Seine Kinder schätzen das, was ihr Vater für sie tut, hoch ein. Ganz im Gegensatz zu dir kennen sie Dankbarkeit. Louisa, ich warne dich erneut: Sei nicht so überheblich. Ich arbeite von früh bis spät, um euch allen ein gutes Leben zu ermöglichen, doch von dir schlägt mir nur Undank entgegen. Wenn du nicht endlich umdenkst, dann wird deine Hochnäsigkeit dich irgendwann zu Fall bringen.«

Sie kaute schweigend auf ihren Teller starrend und antwortete erst nach einer guten Weile.

»Ihr habt mich zu einer Dame erzogen, habt mich in ein Pensionat geschickt, das uns zu perfekten Mitgliedern einer Gesellschaftsschicht formte, für die wir ausersehen waren. Nun forderst du, dass ich das alles wieder vergessen und mich an die Arbeiterklasse anpassen soll. Das scheint mir nun doch ein wenig viel verlangt. Ich habe nie behauptet, dass ich die McLearys verachten würde, doch ich kann und will nicht akzeptieren, dass ich tagtäglich einen weiteren Schritt nach unten tun soll.«

Sie zuckte erschrocken zusammen, als ihr Vater sein Besteck auf den Porzellanteller warf. »Nach unten? Sagtest du tatsächlich: nach unten? Bist du noch bei Trost? Hast du denn nichts verstanden? Habe ich denn tatsächlich ein dermaßen begriffsstutziges Kind in die Welt gesetzt? Louisa, zum allerletzten Mal: Nimm dich zusammen und akzeptiere dieses neue Leben, das wahrlich nicht so übel ist.« Er riss sich zornig die Serviette vom Schoß und warf sie neben den Teller. »Ich habe es schon jetzt zu mehr gebracht, als ich jemals zu hoffen wagte. Du wirst dich einfügen, ohne Wenn und Aber. Darf ich dich daran erinnern, dass du inzwischen Herrin auf Halston House sein könntest? Nicht ich habe letztendlich dafür gesorgt, dass unser Leben in England in einer Katastrophe endete.«

Als ihr Vater sah, dass sie aufbegehren wollte, unterbrach er sie mit einer brüsken Handbewegung. »Halt den Mund, Louisa! Halt einfach einmal den Mund!«

Ohne ein weiteres Wort schob er heftig seinen Stuhl zurück und verließ bebend vor Zorn das Esszimmer.

Ehe sie sich sammeln konnte, mischte sich auch noch ihre Mutter ein.

»Louisa, es reicht wahrlich. Steig von deinem hohen Ross herunter. Jetzt, bevor es zu spät ist. Wir haben unsere Vergangenheit hinter uns gelassen und wir alle tun unser Möglichstes, um uns ein angenehmes Leben aufzubauen. Deinem Vater bieten sich hier Möglichkeiten, auf die er nie zu hoffen gewagt hatte. Schon heute ist er, vollkommen zu Recht, stolz auf das Erreichte. Daher bitte ich dich inständig: Hör mit diesem Theater auf. Kind, siehst du denn nicht, dass du unser Leben unerträglich machst?«

Erst da war ihr in den Sinn gekommen, einen Blick auf Diana zu werfen. Ihre kleine Schwester saß weinend auf ihrem Platz. Die ständigen Streitereien gingen ihr sehr nahe und sie litt ganz offensichtlich darunter. Doch anstatt sich zu erheben und Diana in den Arm zu nehmen, war sie aufgesprungen und auf ihr Zimmer geeilt, wo sie sich auf ihr Bett geworfen und wie so oft bittere Tränen vergossen hatte.

Heute jedoch war alles anders. Heute würde sie sich von ihrer besten Seite zeigen, wobei sie zugeben musste, dass ihr schon kaum mehr bewusst war, was das bedeutete. In jedem Fall würde sie ihrer kleinen Schwester den Geburtstag nicht verderben. Sie erhob sich von ihrem Stuhl und begann, sich für die kleine Feier vorzubereiten.

Außer ihrer eigenen Familie, ihrem Onkel und ihrer Tante waren nur die McLearys eingeladen und so kam sie wohl nicht umhin, heute auch das letzte Familienmitglied kennenzulernen: Callums Sohn Malcolm.

Zum wiederholten Male zupfte Diana ihr nachtblaues Kleid in Form. Ihre Mutter war der Meinung gewesen, dass es wunderschön zu ihren blonden Haaren aussehen würde. Wie immer behielt ihre kluge Mutter natürlich Recht und sie fühlte sich in dem herrlichen Kleidungsstück ein klein wenig wie eine Prinzessin. Ihr Blick wanderte zu ihrer Schwester, die sich angeregt mit Mrs. McLeary unterhielt. Zumindest heute gab Louisa sich aufrichtig Mühe und endlich blitzte bei ihr wieder die freundliche und gut gelaunte Louisa durch, die sie früher stets gewesen war. Diana versuchte zu verstehen, was in der Schwester vor sich ging. Die Geschehnisse in England lagen weit hinter ihnen und das neue Leben hier bot so viele Möglichkeiten. Louisa aber sträubte sich gegen alles. Die ständigen Reibereien, die ständigen Scharmützel zwischen ihrer Schwester und ihrem Vater und die Tatsache, dass kein Friede in Sicht war, zerrten an ihren Nerven. Ihr Blick huschte hinüber zu Jane, die sich soeben ein Glas Saft holte und dann sofort wieder zu ihr kam.

Als ob sie sich abgesprochen hatten, trug die Freundin ebenfalls ein blaues Kleid, allerdings sehr hoch geschlossen und mit weißen Aufschlägen an den Ärmeln. Sowohl Jane wie auch ihr Bruder konnten von Glück sagen, dass sie nicht das rote Haar des Vaters, sondern das glänzende dunkelbraune ihrer Mutter geerbt hatten. Immerhin blitzten in Janes Gesicht die gleichen, fröhlichen grünen Augen, die auch Callum McLeary so sympathisch machten. Diana mochte die ganze Familie sehr und war gerne bei ihnen zu Gast. Die Harmonie und fröhliche Gelassenheit der McLearys taten ihr gut. Wie oft wünschte sie sich, dass auch bei ihnen dieser wohltuende Friede einziehen möge. Es grämte sie, dass es ausgerechnet die geliebte Schwester war, die diesen Wunsch stets erneut zunichtemachte.

»Diana, komm. Lass uns deine Geschenke ansehen, ehe wir alle zu Tisch gehen. Ich bin doch so neugierig.« Janes fröhliche Stimme holte sie aus ihren traurigen Gedanken, sie hakte sich bei der Freundin unter und voller Vorfreude gingen sie auf den Tisch zu, den Mutter für die Geschenke aufgebaut hatte.

»Mama, darf ich denn schon ein paar Geschenke öffnen?«

Ihre Mutter nickte lächelnd. »Aber natürlich. Nimm einige jetzt und den Rest nach dem Essen, einverstanden?«

Diana nickte strahlend und, den Familienzwist endlich für eine Weile vergessend, öffnete sie mit erwartungsvollem Blick das erste Paket.

Ihre Schwester so vergnügt und voller Vorfreude zu sehen, stimmte auch Louisa ein wenig fröhlicher. Es fiel ihr sogar fast schon leicht, eine angenehme Konversation zuerst mit Mrs. McLeary und dann auch mit ihrem Mann zu führen. Aus dem Augenwinkel musterte sie, während sie mit seinem Vater sprach, Malcolm, Callums Sohn, den ihr Vater schon kurz nach Ankunft der Familie in ein angeregtes Gespräch verwickelt hatte. Der Sohn war, wie auch der Vater, eine ansprechende und angenehme Erscheinung. Fast schon bedauerte sie es, dass die Familie aus solch einfachen Verhältnissen stammte. Der junge Mann wäre andernfalls durchaus einen zweiten Blick wert gewesen. Wie seine Schwester hatte er dichtes dunkelbraunes Haar, das ihm, eigentlich kurz geschnitten, an der Stirn in einer ungebändigten Tolle ins Gesicht fiel, was ihm einen leicht verwegenen Ausdruck verlieh. Im Gegensatz zu seiner Schwester hatte Malcolm die sanften braunen Augen seiner Mutter, aber die eindrucksvolle Körpergröße des Vaters.

Dass er wenig Zeit für Müßiggang hatte, zeigte sich auch darin, dass sein Körper schlank und muskulös war – man konnte ihm ansehen, dass er es gewohnt war, mit anzupacken. Die Art, wie er sie begrüßt hatte, war durchaus die eines Gentlemans gewesen. Vielleicht fand sie in Malcolm McLeary zumindest einen netten und anregenden Gesprächspartner. Sein offenes, freundliches Lächeln verhieß zumindest schon einmal Gutes.

»Sehen Sie doch, Miss Louisa, wie glücklich Ihre Schwester ist.«

Ertappt wandte sie sich wieder ihrem eigentlichen Gesprächspartner zu. Callum zeigte schmunzelnd auf Diana, die mit vor Aufregung geröteten Wangen soeben ein großes Paket öffnete. Es war das von Tante Claire und Onkel Marcus. In geheimer Absprache mit ihrer Mutter war Claire schon in der letzten Woche mit Diana zu einem Einkaufsbummel in einer der schöneren Gegenden Chicagos aufgebrochen. Die Tante hatte aufmerksam gelauscht, wenn Diana etwas besonders gut gefiel und sie eine Tasche oder einen Schal länger als etwas anderes bewunderte. Letztendlich waren sie mit einem Paar schöner Handschuhe zurückgekommen, über die Diana sich sehr freute. Die große Überraschung aber folgte heute, denn Claire war zu all den Läden gegangen und hatte genau die Dinge, die ihrer Nichte so sehr gefallen hatten, erstanden. Freudestrahlend zog Diana die Herrlichkeiten nun eine nach der anderen aus dem riesigen Paket. Lächelnd ließen Claire und Marcus es sich gefallen, dass ihre Nichte ihnen stürmisch um den Hals fiel.

»Es ist schön, zu sehen, dass sie heute ihren Kummer einmal vergessen zu haben scheint.«

Louisa glaubte zuerst, sie habe sich verhört, doch Callum ließ keinen Zweifel an seinen Worten.

»Aber, Miss Louisa, ich bitte Sie. Diana ist nun doch öfter bei uns zu Gast, und schon oft habe ich sie dabei beobachtet, wie sie traurig und nachdenklich vor sich hin brütet. Ich habe sie einmal sehr vorsichtig gefragt, ob sie denn Kummer habe, aber sie hat das vehement verneint. Sie erzählte nur, dass die Familie sich eben noch nicht so gut eingelebt habe. Was mich verwundert, denn Ihr Vater hat ja wohl einen unglaublichen Einstieg geschafft. Nicht umsonst lässt sein Bruder ihm schon jetzt, nach so kurzer Zeit, weitestgehend freie Hand.« Callum schnaubte leise. »Wenn ich mir da die armen Kerle unten in den Arbeitersiedlungen ansehe, dann sage ich mir schon sehr oft, dass es uns ausgesprochen gut geht.«

Das Gespräch nahm eine Wendung, die ihr gar nicht behagte, und so lenkte sie geschickt ab.

»Oh, sehen Sie, das ist doch Ihr Geschenk, nicht wahr?«

Tatsächlich öffnete Diana soeben eines der zwei Pakete, die ihr die McLearys mitgebracht hatten.

Aus dem ersten holte sie mit einem überraschten Ausruf zahlreiche unterschiedliche Pinsel und Farben. Im zweiten verbarg sich ein handgefertigter, großer Kupferbecher, dessen wunderschöne Ausführung großes handwerkliches Geschick erahnen ließ.

Diana hob den Blick und sah Callum lächelnd in die Augen. »Darf ich Ihnen dafür danken? Er ist wunderschön. So viele Utensilien für meine Malereien und dann auch noch dieses schöne Behältnis, um alles ordentlich aufzuräumen.«

Der aber wehrte lachend ab. »Nein, liebe Diana, dafür musst du dich bei meinem Sohn bedanken. Der fand, dass du ein Aufbewahrungsgefäß für deine Pinsel brauchst.«

Louisa runzelte ob der vertrauten Art, in der Callum sich an ihre Schwester wandte, die Stirn, doch das sollte heute nicht ihre Sorge sein. Offenbar schlummerten diverse Fähigkeiten in Malcolm, so etwas konnte er also auch. Sie kam nicht dazu, noch länger darüber zu sinnieren, denn ihre Mutter rief zu Tisch und dort fand sie sich zu ihrer Überraschung neben dem Objekt ihrer diversen Überlegungen wieder.

»Miss Louisa, darf ich?«

Höflich zog er ihren Stuhl zurück und half ihr, sich zu setzen, ehe er sich neben ihr niederließ. Während das Essen aufgetragen wurde, entspann sich zwischen ihnen eine angeregte Unterhaltung. Der junge McLeary hatte viel Humor und erwies sich als ausgesprochen eloquent. Ehe sie beim Dessert angelangt waren, kannte sie bereits die halbe Familiengeschichte und er verstand es, so amüsant zu erzählen, dass sie mehr als einmal auflachte. So wusste sie nun, dass sie aus den schottischen Lowlands stammten, dass sein Großvater eine große Farm mit einem ansehnlichen Gutshaus drauf besessen hatte und dass Malcolm die ersten Jahre seines Lebens damit verbracht hatte, sich auszumalen, eines Tages ein wilder Highland Chief zu werden und Schottland in die Unabhängigkeit zu führen.

Als der Großvater dann starb, hatte es sich mit der Unabhängigkeit erledigt, ganz zu schweigen vom siegreichen Highlander. Leider erbte sein Onkel als ältester Sohn das Anwesen und seinem Vater blieb nur eine zwar nicht zu kleine, aber doch nicht allzu üppige Summe Geldes, die er nicht in die Highlander-Ausbildung des Sohnes, sondern in eine Reise ins gelobte Land zu investieren gedachte. Vor über sechs Jahren waren sie dann hier in Chicago angelangt und seither sah er die Stadt in einem Tempo wachsen, das ihn, wie er offen zugab, fast ein wenig erschreckte.

Was er auch nach der Reise in die Neue Welt nicht aufgeben wollte, war die Schmiedekunst, die ihm ein exzellenter Waffenschmied aus dem Clan der MacDonalds schon von frühester Jugend an nahegebracht hatte. Malcolm erzählte mit sichtlichem Stolz, dass er sein erstes Schwert im Alter von nur zwölf Jahren geschmiedet hatte und Maestro MacDonald sehr zufrieden mit ihm gewesen sei.

Louisa war fast traurig, als das Essen vorüber war und ihr Vater die Tafel aufhob, um mit den anwesenden Herren in seine kleine Bibliothek zu verschwinden. Die Damen begaben sich in den Salon, wo ein warmes Feuer im Kamin brannte und heißer, duftender Tee auf sie wartete. Ihre Mutter verstand sich offensichtlich blendend mit Mrs. McLeary und auch Diana und Jane trugen in ihrer fröhlichen Art zu dem Gespräch bei. Mit Claire war Elisabeth von der ersten Sekunde an bestens ausgekommen und so herrschte eine ausgesprochen angenehme, entspannte Atmosphäre. Ab und an trug auch sie ihren Teil zur Unterhaltung der Damen bei, doch hauptsächlich beschränkte sie sich aufs Zuhören.

Wenn sie ihren Blick über die gut gelaunte Runde schweifen ließ, dann war es fast schon wie damals, als sie auf Kedleston House ihre Gesellschaften ausgerichtet und danach in Mutters herrlichem Gartenzimmer geplaudert hatten. Nur wurde ihr nach einem kurzen Blick nach draußen, wo man im Licht der Straßenlaternen die gegenüberliegende Häuserreihe erkennen konnte, schmerzlich bewusst, dass dies nicht mehr der herrliche Park ihres einstigen Zuhauses, sondern die Milton Street in Chicago war.

Etwas später stießen auch die Herren wieder zu ihnen und für eine Weile nahmen sie und Malcolm ihre vorhin unterbrochene Konversation wieder auf. Zu guter Letzt brachte ihre Unterhaltung Diana das Versprechen zu einer Schwertkampfstunde für zukünftige Freibeuterinnen ein und ihr selbst eine weitere Einladung zu den McLearys, mit dem Versprechen der Hausherrin, selbst gebackene Scones mit frischer Erdbeermarmelade und geschlagener Sahne zu servieren.

Als alle aufbrachen, fiel ihr auf, wie freundlich sich ihr Vater von Malcolm verabschiedete. Er war ganz offensichtlich der Sohn, den er immer so gerne gehabt hätte. Schon lange hatte Louisa ihr Familienoberhaupt nicht mehr so zufrieden und entspannt erlebt. Aber auch für sie selbst war der Abend nach langer Zeit wieder einmal wirklich angenehm gewesen. Dazu kamen eine überglückliche Diana und eine erleichterte und zufriedene Mutter. Blieb nur zu hoffen, dass all das eine Weile anhalten würde.

12.

Der Nachmittag im Hause McLeary verlief überaus interessant und unterhaltsam. Tatsächlich servierte die Gastgeberin von ihr und Jane selbst gebackene, ausgesprochen wohlschmeckende Scones und ihre Mutter, die Louisa nur zu gerne begleitete, war voll des Lobes ob der angebotenen Leckereien. Zwar ließ Louisa sich sowohl das köstliche Gebäck wie auch die fruchtige Marmelade und die mit Zucker aufgeschlagene Sahne schmecken, doch eines verlor sie dabei nie aus den Augen: Sie selbst würde sich nie soweit herablassen und sich in eine Küche stellen, um für Gäste zu backen – niemals!

Als Malcolm endlich von der Arbeit nach Hause kam, sprangen Diana und Jane sofort auf und forderten die versprochene Lektion im Schwertkampf ein. Auf die Rüge der Mutter, dass sie dem armen Kerl doch erst einmal eine Tasse Tee und wenigstens ein wenig Gebäck gönnen sollten, winkte dieser lachend ab.

»Nein, lass gut sein, Mutter. Versprochen ist versprochen. Stell dir vor, demnächst läuft ihr Piratenschiff aus und die Damen können sich nicht angemessen verteidigen. Ich würde mir das niemals verzeihen.«

Lachend ließ er sich von den beiden Mädchen hinters Haus ziehen, von wo aus man kurze Zeit später lautes Klirren vernehmen konnte, als die Klingen der Schwerter aufeinandertrafen.

»Machen Sie sich keine Sorgen, Malcolm hat das im Griff. Der Junge hat eine Engelsgeduld. Also von mir hat er das nicht.« Der Stolz auf den Sohn stand Mrs. McLeary ins Gesicht geschrieben.

Elisabeth nickte zustimmend. »Ja, Sie dürfen mit Fug und Recht stolz auf diesen wohlgeratenen, jungen Mann sein.«

Der Blick, den sie dabei ihrer Tochter zuwarf, beunruhigte Louisa nur kurzzeitig. Schließlich benahm sie sich seit Tagen fast schon vorbildlich. Sie war sich einfach darüber klar geworden, dass ihr Wunsch, zurück nach England reisen zu dürfen, wohl schneller in Erfüllung gehen würde, wenn sie sich vernünftig betrug.

Erst fast eine Stunde später kehrten die beiden aufgekratzten Mädchen mit ihrem breit grinsenden Lehrer in den kleinen Salon zurück. Malcolm hatte sich die Ärmel seines weißen Hemdes nach oben gekrempelt und blies sich nun lachend eine seiner dunklen Locken aus der Stirn.

»Nun denn, verehrte Mrs. Kedleston, liebe Mutter, ich darf vermelden, dass beide Damen nun für die Seefahrt gerüstet sind. Oder wie ‚die schwarze Diana' sich so schön ausdrückte: Nun fürchte ich weder Tod noch Teufel.« Er ließ sich schwer atmend in einen Sessel neben seiner Mutter fallen. »Jetzt würde ich zu einer Tasse Tee nicht nein sagen. Und falls noch einer deiner köstlichen Scones übrig ist, so würde ich auch den nicht ablehnen. Und bitte verzeiht mir meinen Aufzug, doch mit einem Gehrock an Deck zu fechten, erschien mir nicht ratsam.«

Lachend reichte seine Mutter ihm das Gewünschte und während das Gespräch weitergeführt wurde, ertappte sich Louisa dabei, wie sie mehrmals zu ihm hinüber spähte. Als habe er ihre neugierigen Blicke bemerkt, hob er den Kopf und lächelte ihr zu. Spontan erwiderte sie sein Lächeln. Schade, wirklich schade, dass er ihr gesellschaftlich nicht ebenbürtig war. Er sah richtig gut aus. Jedoch, auch wenn es hier sicherlich angenehm war und er äußerst attraktiv – dies war nun einmal nicht die Welt, in die sie gehörte.

Sie blieben bei den McLearys, solange es ihre Zeit zuließ, und als Malcolm sich anbot, sie in seiner Kutsche nach Hause zu fahren, nahmen sie dankend an.

Als sie in der Milton Street aus dem Gefährt kletterten, reichte Malcolm ihr galant seine Hand, um ihr behilflich zu sein. Louisa stellte zum ersten Mal, nun da er ihr so nahe war, fest, dass selbst seine Augen zu lächeln vermochten. Während sie die Stufen zu ihrem Eingang emporstieg, sinnierte sie darüber nach, dass, wenn er schon nicht als ihr Gemahl in Frage kam, sie ihn doch wenigstens gerne als Bruder hätte. Abgesehen davon, ein wenig zu flirten tat gut. Sie war sich absolut sicher, dass Malcolm klug genug war, zu erkennen, dass er sich keine falschen Hoffnungen machen durfte.

Zwei Abende später kehrte ihr Vater mit exzellenten Nachrichten aus der Fabrik zurück. Er bat sie alle in den Salon und nachdem er sich einen großen Sherry eingegossen hatte, informierte er seine Familie über die guten Neuigkeiten. Das Ende des Kanalbaus war in greifbare Nähe gerückt und er, sein Bruder und Callum waren so vorausschauend gewesen, in eine kleine Schifffahrtsgesellschaft zu investieren. Schon heute waren sie so in der Lage, Handelsverträge mit Städten abzuschließen, die dann durch den neuen Wasserweg schnell und sicher zu erreichen waren. Erste Schätzungen ergaben laut ihrem Vater eine fünfstellige Summe an Gewinn, alleine im ersten Jahr, sollten ihre Pläne auch nur annähernd funktionieren.

Frank Kedleston beugte sich zufrieden strahlend zu seiner Frau hinunter.

»Liebes, du siehst, ich habe mein Wort gehalten. Unser Leben hier ist bestens gesichert und es wird uns an nichts fehlen.«

»Wenn nun doch so viel Geld verdient wird, bietet das denn dann nicht auch die Möglichkeit, mich zurück zu Tante Francis zu schicken? Das sollte nun doch kein Problem mehr sein«, fragte Louisa rasch.

Schon als ihr Vater sich zu ihr umdrehte, wusste sie, dass das die denkbar dümmste Frage gewesen war. Sein gerade noch glückliches, zufriedenes Gesicht nahm einen ablehnenden, kühlen Ausdruck an.

»Ich höre wohl nicht richtig? Louisa, wie bitte kommst du auf den ganz und gar aberwitzigen Gedanken, ich könnte dich nach England zurückschicken?«

Etwas vorsichtiger und zurückhaltender als vorhin antwortete sie dem Vater. »Nun, weil dies mein größter Wunsch ist, seit wir an Bord der *Princess of Ayden* gingen?«

Er richtete sich nun zu seiner ganzen, eindrucksvollen Größe auf.

»Ich frage dich noch einmal, Louisa. Warum sollte ich dir erlauben zurückzukehren? Letztendlich warst du es, die uns dank deiner unentschuldbaren Reaktion dazu zwang, diesen Schritt zu tun. Dass er sich als goldrichtig herausgestellt hat, dies, meine liebe Tochter, ist nun in keinster Weise dein Verdienst.«

»Vater, du trägst es mir noch immer nach? Obwohl du hier so erfolgreich bist, wie du es in England nie gewesen wärst?«

Die Augen ihres Vaters verengten sich auf unangenehme Weise.

»Louisa, ich trage dir nach, dass du uns gesellschaftlich unmöglich gemacht hast. Ich trage dir nach, dass du mit deinem egoistischen Benehmen die Rushtons auf eine Art und Weise beleidigt hast, die unentschuldbar ist. Ich selbst habe einmal versagt, dazu stehe ich. Ich habe in enormer Selbstüberschätzung geglaubt, ich könne mir alles erlauben, und ich bekam für diesen Hochmut die Rechnung. Hier ernte ich die Früchte meiner Arbeit und ich bin stolz darauf. Von dir aber kommen weder Dank noch Anerkennung.« Er wandte sich um und trank einen großen Schluck, ehe er weitersprach. »Louisa, bitte vertrau auf meine Worte: Du wirst England nie wieder sehen. Es sei denn, du suchst dir eine Arbeit und bezahlst sowohl deine Überfahrt wie auch dein zukünftiges Leben. Denn wenn du auf den abwegigen Gedanken verfallen solltest, dieses Haus verlassen zu wollen, erhältst du von mir keinen einzigen Cent. Hast du das verstanden?«

»Laut und deutlich, Vater. Und wie, denkst du, soll ich mein Leben hier verbringen?«

Er musterte sie, als habe er eine Schwachsinnige vor sich.

»So wie alle anderen jungen Frauen auch. Finde einen erfolgreichen und guten Mann, lerne, ohne ein ganzes Heer von Dienstboten hinter dir einen Haushalt zu führen, und akzeptiere endlich deine Situation. Ich wagte in den letzten Wochen zu hoffen, du seist hier auf einem guten Weg.«

Ihr war sofort klar, worauf er anspielte.

»Aber Vater, du denkst doch nicht etwa an … Malcolm McLeary?«

Sein Blick hatte sich nicht verändert. Er zweifelte offenbar tatsächlich an ihrem Verstand.

»Selbstverständlich denke ich an den McLeary-Jungen. In einer Stadt wie dieser kann ein Mann wie Malcolm an jedem Finger zehn Frauen haben. Er ist eine exzellente Partie. Vor ihm liegt eine vielversprechende Zukunft und er stammt aus einer guten, zwar schottischen, doch – da bin ich inzwischen auch anderer Meinung als noch vor einem Jahr – ordentlichen Familie. Er ist fleißig und zielstrebig. Abgesehen davon sieht er auch noch ausnehmend gut aus. Behaupte jetzt nicht, dass das nicht sogar dir aufgefallen ist.«

»Das sage ich doch gar nicht. Dennoch ist er nicht die Partie, die ich mir wünsche.«

»Ach, und was ‚wünscht' sich meine hochwohlgeborene Tochter? Louisa, wenn du nicht endlich Vernunft annimmst, dann läufst du sehenden Auges in dein Verderben. Und glaube mir bitte, wenn ich dir versichere, dass ich dir dabei nicht im Wege stehen werde.«

Ohne sie eines weiteren Blickes zu würdigen, wandte er sich an ihre Mutter und an Diana, die, nachdem sie vorhin ihrer Freude über seinen Erfolg Ausdruck verliehen hatte, nun wieder schweigend und mit traurigen Augen auf ihrem Stuhl saß.

»Ich mache mich rasch ein wenig frisch. Es wäre gut, wenn dann das Abendessen fertig wäre. Ich habe einen Bärenhunger nach diesem Tag.«

Allein der Umstand, dass ihre Mutter sofort aufstand, um in die Küche zu eilen, verärgerte sie. Ihr Vater nahm die hier allgegenwärtigen Arbeitermanieren in zunehmendem Maße an. Und von ihr forderte er gar, alles aufzugeben, wofür sie gelebt hatte und diesen Weg wissentlich zu wählen. Wie konnte er nur?

Auch als Vater und Mutter den Raum schon verlassen hatten, verharrte sie noch immer in ihrem Sessel.

»Louisa?«

Die Stimme der Schwester war so leise, dass sie sie kaum hören konnte.

»Ja, Kleines?«

»Bitte, mach das alles, was wir uns bis jetzt aufgebaut haben, nicht kaputt. Bitte, ich könnte das nicht ertragen.«

»Diana, ich mache nichts kaputt, ich kämpfe um meine Träume.«

Diana erhob sich und warf ihr einen langen, nachdenklichen Blick zu. »Das mag wohl so sein, doch gleichzeitig drohst du die Träume anderer zu zerstören. Das Schlimme ist, ich glaube, du bemerkst es nicht einmal.«

Ehe Louisa ihr antworten konnte, schlüpfte die kleine Schwester auch schon aus dem Raum.

Nach der doch sehr deutlichen Ansprache ihres Vaters gelang es Louisa, sich weitgehend zu mäßigen. Ja, sie versuchte sogar, der neuen Situation etwas Positives abzugewinnen. Einen großen Anteil daran, dass ihr dies leidlich gelang, trug auch Malcolm. Er lud sie, meist zusammen mit ihren Eltern oder ihrer Schwester, ins Theater ein, ging mit ihr in Konzerte, und auf Festen in ihrem Haus oder in der großen Villa ihres Onkels waren die stets unterhaltsamen und sehr fröhlichen Gespräche mit ihm eine willkommene Abwechslung. Sie musste zugeben, dass sie die Zeit mit ihm regelrecht genoss.

Letztendlich half er ihr dabei, ihre trüben Gedanken und die Sehnsucht nach der Heimat, wenn schon nicht gänzlich zu verscheuchen, so doch zumindest ein wenig zu mildern. Oftmals beobachtete sie ihn sehr genau, um zu erkennen, ob er mehr in ihre gemeinsame Zeit hineininterpretierte, als ihr lieb sein konnte. Sie sah sich jedoch stets in ihrer Meinung bestätigt, dass Malcolm ihr lediglich ein guter, verständnisvoller Freund sein wollte. Zu jeder Zeit begegnete er ihr mit der gleichen gelassenen, offenen Freundlichkeit, die sie sehr genoss.

Es war ein kalter Tag Ende November, als sie gemeinsam mit Malcolm, seinen Eltern, Jane und Diana von einem sehr unterhaltsamen Theaterbesuch zurückkehrten. Malcolm geleitete sie bis vor ihre Türe und lief dann rasch durch den einsetzenden Schneefall zurück zur Kutsche. Gemeinsam winkten sie und Diana den McLearys nach, ehe diese um die nächste Ecke verschwanden und die Dunkelheit sie verschluckte.

Gerade wollte Louisa den Schlüssel einstecken, als ihre Schwester sie daran hinderte.

»Louisa, bitte, nur ganz kurz. Es ist mir wichtig.«

»Was ist denn los, Kleines?«

Diana lächelte. »Zuallererst, so klein bin ich gar nicht mehr. Aber darum geht es mir heute nicht. Hör zu, ich beobachte dich und Malcolm nun schon eine ganze Weile. Bist du dir eigentlich bewusst, dass er in dich verliebt ist?«

Sie blickte die Schwester nur höchst verwundert an. »Aber, Diana, Liebes, das ist doch gar nicht wahr. Er ist ebenso wenig in mich verliebt wie in dich.«

»Du bist meine große Schwester und doch bin ich es, die dir sagen muss, dass du dich irrst? Im Ernst, Louisa, bitte, so blind kannst du doch gar nicht sein. Alleine all die kleinen Gesten, die Vertrautheit beweisen, die Blicke, die er dir zuwirft, alles.«Louisa schlug den Kragen ihres warmen Wintermantels hoch, da sie zu frösteln begann.

»Noch einmal, Diana, da ist nichts als eine gute Freundschaft.«

Diana schüttelte beharrlich den Kopf. »Du irrst dich, du verstehst es einfach nicht. Janes Bruder ist rettungslos in dich verliebt, akzeptiere das bitte. Je rascher du dir dessen bewusst wirst und dich entsprechend verhältst, desto schneller wird Unheil abgewandt, das sicherlich kommen wird, wenn du so weitermachst.«

Ein wenig verärgert steckte sie nun endlich den Schlüssel in das Schloss und sperrte auf. »Du hast einen ganz falschen Eindruck gewonnen, liebe Diana. Du schießt gerade weit übers Ziel hinaus. Ich weiß sehr wohl, was ich tue.«

»Das glaube ich nicht. Denn eines weiß ich: Wenn du Malcolm weiterhin solche Hoffnungen machst, dann wird dies unweigerlich zu einem Zerwürfnis unserer Familien führen und das darf keinesfalls geschehen.«

Ungeduldig tätschelte Louisa die kalte Wange der Schwester.

»Das wird nicht passieren, vertrau mir.«

In dieser Nacht lag sie lange wach und dachte angestrengt nach. Nein, Diana hatte Unrecht. Die lustigen Gespräche, die Scherze, aber auch die ernsthaften Diskussionen mit Malcolm wollte sie nicht mehr missen. Es war einfach unmöglich, dass er glaubte, sie könnten je ein Paar werden. Schon mehrmals hatte sie ihm von Derbyshire erzählt, von Bällen und Empfängen, vom gesellschaftlichen Leben dort. Zwar hatte er sich immer interessiert gezeigt, aber niemals auch nur andeutungsweise erkennen lassen, dass dies etwas sei, das er erstreben könnte.

Wie auch? Ihm war dieses Leben, das ihr so viel bedeutete, ja schließlich vollkommen fremd. Wie sollte ein schottischer Junge aus den Lowlands jemals Zugang zur guten englischen Gesellschaft finden? Nein, sie musste sich nicht sorgen, auch nicht darum, ihm eventuell Kummer zu bereiten. Ganz sicher war er sich darüber im Klaren, dass er nicht als Heiratskandidat in Frage kam.

Beruhigt schlief sie ein.

13.

Das erste Weihnachtsfest im neuen Land Amerika stand vor der Türe, schneller als sie alle sich umschauen konnten. Gemeinsam mit Diana, des Öfteren begleitet von Jane und Malcolm, durchstreifte Louisa auf der Suche nach schönen Geschenken die schneebedeckten und mit Weihnachtsschmuck dekorierten Straßen der Innenstadt. Dank der überraschenden Großzügigkeit ihres Vaters waren die Schwestern in der Lage, sehr schöne Geschenke auszuwählen. Einmal, als sie nur mit Diana unterwegs war, fand sie in einem kleinen Laden ein wunderschön gebundenes Buch über die Kunst des Schmiedens, das sie für Malcolm erstand.

»Er wird sich sehr darüber freuen.« Diana bestaunte mit großen Augen das alte Buch, das der Landeinhaber gerade sorgfältig in goldenes Geschenkpapier verpackte.

»Das will ich hoffen, es war teuer.« Sie lächelte die Schwester liebevoll an und strich ihr eine blonde Locke, die sich unter der warmen Mütze hervor stahl, aus dem Gesicht. »Ich bin neugierig, ob auch er ein Geschenk für mich hat.«

Diana seufzte leise. »Dessen bin ich mir absolut sicher.«

Da Diana offensichtlich nicht über das Geschenk sprechen wollte, drang sie nicht weiter in sie. »So komm, Kleines, gönnen wir uns doch dort vorne in dem Café eine heiße Schokolade, ehe wir uns auf den Heimweg machen.« Die Aussicht auf das leckere, süße Getränk zauberte in Sekundenschnelle ein Lächeln auf das Gesicht ihrer Schwester und so strebten sie Arm in Arm zu dem hübschen, kleinen Café an der Ecke.

Es war behaglich warm im Salon des Hauses und Louisa bestaunte zum wiederholten Male den herrlichen Weihnachtsbaum, den ihr Vater gemeinsam mit Callum McLeary aufgestellt hatte. Ihre Mutter jagte sie alle aus dem Zimmer und schmückte den Baum zusammen mit dem Vater. Es war eine wahre Pracht, fast so schön wie zu Hause in Derbyshire. Dazu das große, anheimelnd knisternde Kaminfeuer, große Tassen mit heißem, dampfendem und verheißungsvoll duftendem Tee, die herrlichen Kekse, die ihre Mutter zusammen mit der Köchin und Diana gezaubert hatte, ja, es versprach tatsächlich ein schöner Abend zu werden.

Schon seit Tagen war selbst zwischen ihr und dem Vater kein böses Wort mehr gefallen und sie musste sich eingestehen, dass es ihr guttat. Die ständigen Reibereien waren ihr langsam ein Gräuel geworden und diese Entwicklung erfreute sie sehr. Bestand doch tatsächlich die Möglichkeit, dass sich alles in eine erfreuliche Richtung entwickelte. Louisa nahm sich eine der Teetassen und setzte sich vor den Kamin, während Mutter und Diana noch damit beschäftigt waren, sich umzukleiden. Ihr Blick huschte hinüber zu dem langen Sideboard aus dunklem Kirschholz, auf dem zahlreiche, kunstvoll gestaltete Weihnachtsgrüße aufgereiht waren.

Die edlen Schriftstücke, mit Goldumrandung und schönen Bildern geschmückt, ließen erkennen, wie anerkannt ihr Vater in der hiesigen Gesellschaft bereits war. Er und Callum hatten sich einen sehr guten Namen gemacht, was ihn zwar ab und an ein wenig selbstherrlich werden ließ, doch das war leicht zu ertragen. Die Gewissheit, dass er dabei war, sich wieder ein stattliches Vermögen aufzubauen, zauberte ein zufriedenes Lächeln auf ihre Lippen. Je schneller er der Familie wieder zu Ansehen und finanzieller Sicherheit verhalf, desto schneller bestand die Möglichkeit, dass er ihr den ersehnten Schritt doch noch gestatten könnte: Zurück nach England.

Vorsichtig nippte sie am heißen Tee und rief sich den gestrigen Abend in Erinnerung. Die Einladung bei Onkel Marcus konnte sich mit jeder der Londoner Gesellschaft messen. Dass er sie im Verlauf des Abends zu ihrer sicherlich erfreulichen Zukunft beglückwünschte, schürte in ihr nur noch mehr Hoffnung dahingehend, dass er vielleicht mit Vater gesprochen hatte und man ihren Wünschen in nächster Zukunft nachzugeben gedachte.

Daher gab es keinerlei Grund, dem heutigen kleinen Fest mit den McLearys nicht ebenso erfreut und entspannt entgegenzublicken. Schmunzelnd stibitzte sie sich einen der köstlichen Kekse aus dem kunstvoll aufgebauten Arrangement auf der silbernen Platte und ließ sich das butterzarte Backwerk genüsslich auf der Zunge zergehen. Gerade als sie den letzten Schluck Tee trank, vernahm sie die Stimmen von Mutter und

Schwester auf der Treppe aus dem Obergeschoss. Fröhlich plaudernd traten beide kurz darauf in den Salon.

»Louisa, du bist ja schon fertig. Du siehst bezaubernd aus, mein Kind.« Ihre Mutter musterte sie mit sichtlichem Stolz. Louisa blickte an sich hinunter und lächelte zufrieden. Ja, das cremefarbene Musselinkleid stand ihr wirklich sehr gut zu Gesicht, betonte ihr dunkles Haar und brachte ihre Haut zum Leuchten.

»Danke, liebe Mama, aber auch ihr beide seid eine richtige Augenweide und ich übertreibe nicht.« Sie stellte ihre leere Tasse beiseite, stand auf und schloss zuerst Elisabeth und dann Diana zärtlich in die Arme.

Diana in ihrem zartblauen Kleid mit der schönen Hochfrisur, aus der nur einige Locken keck heraus spitzten, sah aus wie eine Elfe, direkt aus einem alten Märchen entschlüpft. Ihre Mutter in ihrem schokoladenbraunen Kleid mit dem dezenten Goldschmuck wirkte so glücklich und entspannt wie schon seit Langem nicht mehr.

Selbst ihr Vater, der in seinem nagelneuen schwarzen Anzug, nach der neuesten Mode von einem der teuersten verfügbaren Schneider Chicagos gefertigt, in den Raum trat, wirkte zufrieden. Auch auf seinem Gesicht konnte man endlich wieder einen gelassenen Ausdruck erkennen. Louisa konnte sich nicht mehr daran erinnern, wann sie ihn zum letzten Mal so gesehen hatte. Als er gar auf sie zutrat, ihre Wange tätschelte und, nachdem er sie zufrieden lächelnd gemustert hatte, erklärte, dass sie dem Anlass entsprechend einfach wundervoll aussähe, war sie fast schon glücklich. Endlich schien Vater ihr alles verziehen zu haben. Was sie selbst fühlte, das ging niemanden etwas an.

So sehr sie sich auch mühte, die Sache mit Maximilian Rushton konnte sie nicht so einfach vergessen. Doch all das zählte im Augenblick nicht. Wichtig war nur, dass der Vater ihr gegenüber wieder aufgeschlossen und offensichtlich freundlich gesonnen war. Zwar wagte sie es noch kaum wirklich zu hoffen, doch das neue Jahr verhieß bisher nur Gutes. Schon morgen würde sie einen Brief an Tante Francis schreiben und sie behutsam darauf vorbereiten, dass die Möglichkeit bestünde, im Laufe des Frühlings zurückzukehren. Sie bezweifelte, dass ihr Vater die Überfahrt in den Wintermonaten gestatten würde. Ganz zu schweigen von der beschwerlichen Reise zum nächstliegenden Hafen. Doch nachdem nun ja der Illinois- und Michigankanal befahrbar war, sollte auch dies leichter zu bewerkstelligen sein. Freude breitete sich in ihr aus, Freude, die sie wärmte und erstrahlen ließ.

Als dann noch ihre Mutter den Arm um sie legte und ihr zuflüsterte, wie sehr sie sich für sie freuen würde, bestand für sie kein Zweifel mehr: Alles würde gut werden.

Wie üblich brachten die McLearys noch mehr Fröhlichkeit ins Haus. Callums gute Laune war stets ansteckend und Claire verstand es, wo immer sie auftauchte, Wärme zu verbreiten. Jane und Diana verschwanden sofort tuschelnd in der Ecke neben dem wärmenden Kamin, während Malcolm und sein Vater sich bei einem Gläschen Sherry angeregt mit dem Hausherrn unterhielten. Nur zu gerne schloss Louisa sich ihrer Mutter und Claire McLeary an, die sich lachend und plaudernd zur anderen Seite des Kamins niederließen.

Ab und an warf sie einen verstohlenen Blick zu Malcolm hinüber, der in seinem schwarzen Jackett mit dem blütenweißen Hemd und der passenden schwarzen Schleife am Kragen wirklich gut aussah. Sicherlich hatte ihr Vater recht, wenn er sagte, dass Malcolm an jedem Finger zehn Frauen haben könnte. Schade, wirklich schade, dass er heute hier stand und nicht in England als junger Baron lebte. Louisa rief sich sofort zur Räson, solche Gedanken waren ihren Plänen nun wirklich nicht förderlich. Wenige Augenblicke später brachte sie der Ruf des Hausdieners, der sie alle zu Tisch bat, auf andere Gedanken.

Feinste Fleischbrühe mit wohlschmeckenden Klößchen, Rehrücken mit Preiselbeeren, Butterkartoffeln an jungen Gemüsen, gefolgt von noch warmem Apfelkuchen mit kühler, geschlagener Sahne begeisterten sie alle. Die Köchin ebenso wie ihre Mutter, die viel zu diesem köstlichen Dinner beigetragen hatte, ernteten Komplimente im Überfluss. Malcolm, den ihr Vater ihr wie immer als Tischherrn zugeführt hatte, legte nach dem letzten Bissen des unvergleichlich leckeren Kuchens sein Besteck beiseite und seufzte leise.

»Gütiger Himmel, die nächsten Tage werde ich wohl alle Wege zu Fuß bewältigen. Noch ein paar dieser wunderbaren Speisen und ich werde nicht mehr laufen, sondern rollen.«

Louisa hielt sich kichernd die Serviette vor den Mund. »Sie übertreiben, lieber Malcolm, ehe das geschieht, müssen viele derartige Abende stattfinden.«

»Nun, darauf will ich doch hoffen. Also gilt es beizeiten Vorkehrungen zu treffen.« Den Blick, den er ihr bei diesem Satz zuwarf, konnte sie genauso wenig einordnen wie das warme Lächeln. So beschränkte sie sich darauf, das Lächeln möglichst unverbindlich zu erwidern, und wechselte eilig das Gesprächsthema. Nachdem Callum gerade davon erzählte, wie sehr sich die Arbeiter in der Fabrik über ihre Weihnachtsgeschenke gefreut hatten, galt ihre Aufmerksamkeit sofort seinen Worten.

»Mr. McLeary, haben Sie denn einem jeden Mitarbeiter etwas geschenkt? Wie ungewöhnlich.«

Der Geschäftspartner ihres Vaters wehrte lächelnd ab. »Aber nein, Miss Louisa, Sie dürfen sich nun nicht vorstellen, dass wir tagelang Geschenke einkaufen mussten. Nein, Ihr Vater und ich haben uns darauf geeinigt, einem jeden der Arbeiter zu Weihnachten den Lohn einmalig um ein Viertel aufzustocken. Damit ist den Leuten am meisten geholfen. Die Löhne sind nicht allzu üppig, wenn man es vernünftig betrachtet, und die Menschen haben teilweise viele Mäuler zu stopfen. Daher haben wir uns gedacht, wir machen ihnen eine Freude und haben dazu noch Arbeiter, die gerne für uns tätig sind und ihre Sache gut machen.«

»Das ist wirklich großzügig von euch gewesen. Ist das in allen Fabriken so?«

Callum schüttelte mit traurigem Lächeln den Kopf. »Leider nicht, Miss Louisa. Im Gegenteil, einige der Inhaber sollen, wenn man den Gerüchten Glauben schenken darf, sogar im November die Löhne gekürzt haben, da im Winter in manchen Sparten einfach geringere Erträge eingefahren werden können.«

Das leuchtete ihr ein. »Das ist aber doch durchaus verständlich. Wenn keine Geschäfte gemacht werden können, so hätte ja auch der Inhaber kein Geld.«

»Das sehen Sie falsch, liebe Louisa. Das Geld wäre schon da, nur sehen viele Chefs leider immer zuerst das eigene Wohl, und zwar auf eine sehr kurzsichtige Art und Weise. Die Erträge der Unternehmen sind noch immer hoch genug, auch zu dieser Zeit. Aber nur wenigen Männern scheint es bewusst zu sein, dass unzufriedene, hungrige und teilweise kranke Arbeiter nicht förderlich für den Erfolg des Ganzen sein können.«

»Mr. McLeary, Ihre Gedanken sind ja fast schon revolutionär?« Louisa war überrascht über die offenen Worte.

Callum lächelte nur zufrieden vor sich hin. »Das muss das schottische Blut in mir sein. Ehre und Gerechtigkeit, und das bitteschön für alle.«

Ihr Vater hob sein Glas und prostete Callum McLeary daraufhin schmunzelnd zu. »Ein wahres Wort und eine gute Meinung. Auf unsere gemeinsame Zukunft.«

Nachdem man sich erhoben hatte, strebten die Herren der sichtlich ersehnten Zigarre und einem guten Whisky entgegen, während die Damen es sich wieder im Salon gemütlich machten.

»Sobald Vater und Mr. McLeary zurückkommen, packen wir aber die gemeinsamen Geschenke aus, nicht wahr?« Diana konnte es wohl kaum mehr erwarten.

Claire McLeary beugte sich zu Diana hinüber und legte ihr beruhigend die Hand auf den Arm.

»Ganz gewiss, liebe Diana. Doch nun lass die Männer erst einmal ihre Pläne besprechen, dann hat das Warten sicher rasch ein Ende.«

Louisa sah, wie ihre Schwester unruhig auf dem Stuhl herum rutschte. »Darauf will ich aber auch stark hoffen.« Offensichtlich überrascht von der eigenen Kühnheit, schlug Diana sich die Hände vor den Mund.

»Bitte verzeiht! Das klang anders, als ich es meinte.«

Dass sowohl ihre Mutter wie auch Claire schallend lachten, schien sie umgehend zu beruhigen. »Ich möchte ja nur wissen, ob ich die richtigen Geschenke für euch gewählt habe. Ihr wisst doch, wie neugierig ich nun einmal bin.«

Liebevoll ergriff ihre Mutter Dianas Hand. »Bewahr dir deine Neugierde. Sie wird dich im Leben mehr voranbringen als so vieles andere.«

Die Tatsache, dass es sich bei den angeregten Gesprächen zwischen ihrer Mutter und Claire hauptsächlich um Haushaltsdinge drehte, zeigte Louisa, dass ihre Mutter voll und ganz in ihrem neuen Leben angekommen war. Schweigend genoss sie ein kleines Gläschen Likör, das die Mutter ihr gerne erlaubt hatte, und lauschte den beiden, im Stillen darauf hoffend, dass ihre eigenen Themen in nächster Zukunft dann doch wieder andere sein würden.

Es dauerte fast eine Stunde, ehe die Herren in allerbester Laune, eingehüllt in eine Wolke Zigarrenrauch, in den Salon zurückkehrten. Erwartungsvoll stellte Louisa ihr Glas beiseite und auch Diana und Jane erhoben sich mit leuchtenden Augen. Die Geschenke waren fein säuberlich auf dem Sideboard aufgebaut worden und so begannen nun die Eltern, zuerst die Geschenke für die Jugend zu verteilen.

Diana war überglücklich über zwei wunderbare Halsketten, eine neue Staffelei, einen weichen, wunderschönen Schal aus feinster Wolle und diverse Bücher, wobei sie sich ganz besonders über eines mit Namen »Freibeuter der Meere« freute, das Malcolm ihr schenkte.

Louisa freute sich über ein komplettes Set für ihre Frisierkommode, bestehend aus Bürsten, Kämmen, Haarnadeln, duftendem Puder und zarten kleinen Schmucknadeln für ihre Frisuren. Dazu überraschte Claire sie noch mit einem ausgesprochen geschmackvollen Halsband, das perfekt zu ihrem blauen Abendkleid passte. Als sie das liebevoll verpackte Geschenk ihrer Mutter öffnete, kamen ihr beinahe die Tränen. Es war die wundervolle Süßwasserperlenkette ihrer Großmutter, mit passenden Ohrringen und einem Armband.

»Ich denke, heute ist es an der Zeit, dass du Großmutters Schmuck bekommst.« Ihre Mutter schloss sie fest in die Arme und warf dabei Malcolm einen verstohlenen Blick zu.

Sollte Malcolm etwa ein passendes Schmuckstück gekauft haben? Hoffentlich war ihr Büchlein dagegen nicht zu ärmlich. Sie wollte sich gegenüber den McLearys keine Blamage einhandeln. Doch auch als sie bereits alle Geschenke ausgepackt hatte, und Malcolm bereits mit großem Interesse ihr Buch durchstöberte, fand sich nichts von ihm unter den Gaben.

Als sich die Türe öffnete und der Diener begleitet von dem Mädchen den Punsch brachte, empfing ihn ein freudiges Hallo. Louisa, noch ein wenig verwirrt von dem Umstand, dass Malcolm sie vergessen zu haben schien, wollte auch zum Tisch gehen, da spürte sie dessen Hand an ihrem Oberarm.

»Liebe Louisa, darf ich Sie darum bitten, Ihnen mein Geschenk im Büro Ihres Vaters überreichen zu dürfen?«

Noch verwirrter als zuvor sah sie zu ihrem Vater, der lächelnd nickte. »Geht nur, wir werden euch genügend von dem Punsch übriglassen, versprochen.« Malcolm ließ ihr, wie immer ganz Gentleman, den Vortritt, und schweigend geleitete er sie in das Zimmer ihres Vaters, in dem noch der Geruch der teuren Zigarren in der Luft lag.

Ehe sie weiter nachsinnen konnte, ergriff Malcolm bereits das Wort.

»Louisa, bitte setzen wir uns doch. Ich denke, es fällt mir leichter, all das, was ich zu sagen habe, auch herauszubringen, wenn wir etwas entspannt beisammen sitzen.«

Langsam, ganz langsam kroch es ihr kalt den Rücken hinauf.

Trotzdem setzte sie sich auf das wuchtige dunkelbraune Ledersofa ihres Vaters. Malcolm positionierte sich so, dass er sie ansehen konnte und nun endlich erblickte sie das kleine Päckchen in seiner Rechten.

Die Kälte erreichte ihren Nacken und unangenehmes Prickeln begann langsam aber stetig, ihre Kopfhaut zu überziehen.

»Louisa, nach den letzten Wochen und Monaten bin ich mir sicher, dass Sie wissen, was ich Ihnen heute sagen möchte. Als Sie hier ankamen, waren Sie tieftraurig und ich zermarterte mir den Kopf, wie ich Ihnen ein klein wenig Freude bereiten könnte. Ich versuchte nach Kräften, mich Ihnen nicht aufzudrängen, und tief in meinem Herzen glaube ich, dass es mir gelungen ist, Sie aus der Trauer um Ihr zurückgelassenes Leben zu holen.«

»Schweig! Ich flehe dich an zu schweigen!« Sie wollte es aussprechen, doch kein einziges Wort kam über ihre Lippen. Langsam verkrampften sich ihre Hände in ihrem Schoß, schweißnass waren ihre Handflächen, als sie sie unwillkürlich zu Fäusten ballte.

»Die letzten Wochen insbesondere machten mir Mut. Ihre Aufgeschlossenheit mir gegenüber, die vielen Gespräche, die Geheimnisse, die wir uns anvertrauten.«

Langsam glitt Malcolm von seinem Sitzplatz und ging vor ihr auf die Knie. Mit noch unsicherem, aber doch sichtlich hoffnungsvollem Lächeln hielt er ihr das edel verpackte Päckchen entgegen. Ihre Finger ergriffen es wie von selbst und nachdem sie die goldene Schleife und das raschelnde Papier entfernt hatte, hielt sie ein kleines, mit Samt überzogenes Döschen in Händen. Als sie es zitternd öffnete, steckte in einem kleinen Kissen ein wunderschöner, funkelnder Diamantring.

»Louisa, ich liebe Sie. m ersten Augenblick an bin ich in Sie verliebt. Zuerst lebten Sie in Ihrer eigenen Welt, doch Tag für Tag, Schritt für Schritt, kamen Sie aus der selbst gewählten Isolation und im selben Maß wuchs meine Hoffnung. Bitte, Louisa, machen Sie mich zum glücklichsten Mann der Welt. Bitte, sagen Sie doch ja.«

Ihr Mund war staubtrocken und ihre Kehle brannte. Wovon? Sie wusste es nicht. Langsam und mit Bedacht verschloss sie das Döschen.

»Malcolm, der Antrag ehrt mich, wirklich, ich bin sehr überrascht. Aber, Malcolm, warum? Ich verstehe Sie nicht.«

Sein Blick wirkte verwirrt, fragend glitt er über ihr Gesicht.

»Louisa, nach allem, was uns nun schon seit Wochen verbindet, bitte ich Sie, meine Frau zu werden. Was könnte man daran missverstehen?«

Aufgewühlt suchte sie nach Worten, nach Worten, die ihn nicht zu sehr verletzen würden.

»Malcolm, wie oft haben wir darüber gesprochen, wie sehr mir England fehlt? Wie sehr ich mein Leben dort vermisse. Habe ich denn nicht mehr als einmal deutlich anklingen lassen, dass es mein sehnlichster Wunsch ist, dorthin zurückzukehren?«

»Ja, zu Anfang. Doch ich war mir vollkommen sicher, dass Sie sich inzwischen wohlfühlen. Nicht nur in dieser Stadt, sondern auch in unserer Mitte.«

»Ja, die McLearys haben einen großen Teil dazu beigetragen, dass mein Leben hier erträglicher wurde …«

»Erträglicher?«, unterbrach er sie bitter, »Sagten Sie wirklich erträglicher? Louisa, sowohl Ihre Familie wie auch die meine tat alles, um Ihnen dabei zu helfen, sich hier einzugewöhnen und das Leben in Amerika, wenngleich auch langsam, lieben zu lernen.«

Das Prickeln auf ihrer Kopfhaut nahm zu und während sie ihm ungestüm den Ring zurück in die Hand drückte, schüttelte sie abwehrend den Kopf.

»Nein, nein und nochmals nein. Habe ich denn je ein Geheimnis daraus gemacht, wo meine wahre Sehnsucht liegt? Habe ich je erwähnt, dass ich mich mit meinem Leben hier abgefunden habe?«

Er erhob sich und trat einen Schritt zurück. »Nicht direkt. Doch mit jeder Geste, mit jedem Lächeln, mit jedem Scherz, der von Ihren Lippen kam, mit jedem Satz unserer langen Gespräche zeigten Sie mir, dass Sie das neue Leben zu schätzen wüssten. Louisa, ich bitte Sie, Sie können doch unmöglich nicht bemerkt haben, was ich für Sie empfinde.«

Der verwirrte Ausdruck auf seinem Gesicht war mittlerweile vollkommener Fassungslosigkeit gewichen.

»Malcolm, ich begreife wahrlich nicht, woher Sie auch nur im Ansatz den Glauben nehmen, ich könnte Sie heiraten wollen. Sie sind mir ein lieber Freund geworden, aber … gütiger Himmel … Malcolm, ich habe nie einen Hehl daraus gemacht, dass ich gedenke, in England zu heiraten, in den Kreisen, für die ich geboren wurde.«

Auf seiner Stirn erschien eine steile Falte. »Was genau versuchen Sie mir zu sagen? Dass ich Ihrer nicht würdig bin? Ist Ihnen meine Familie denn nicht wohlhabend genug?«

»Ich schätze Ihre Familie. Das wissen Sie doch. Aber ich habe niemals in Betracht gezogen, in diese Familie einzuheiraten. Wie kommen Sie auf diesen absurden Gedanken?«

Malcolm drehte das Döschen mit dem Ring zwischen seinen schlanken Fingern. »Absurd, ja, das ist wohl das richtige Wort für diese Situation.«

»Genau, gänzlich absurd. Auch wenn ich derzeit nicht so leben kann, wie ich es mir erträume. Ich werde nicht aufgeben und ich werde nicht weit unter meinem Stand heiraten. Das verstehen Sie doch, nicht wahr?«

Er musterte sie eine Weile schweigend und ausdruckslos, ehe sich seine Miene zunehmend verfinsterte.

»Unter Ihrem Stand, sagen Sie. Das ist interessant. Vor allem aus dem Grunde, da ich darum kämpfen musste, um Ihre Hand anhalten zu dürfen.«

»Mein Vater …«

Er unterbrach sie ungehalten. »Ihr Vater hatte damit nichts zu tun. Es war *mein* Vater, der mir ins Gewissen redete. Er wünschte sich für seinen einzigen Sohn eine kompetente, gute junge Frau, die mit beiden Beinen im Leben steht und mir eine ebenbürtige Partnerin ist. So wie meine Mutter es für ihn war und immer ist. Nicht dass mein Vater Sie nicht mögen würde, nein, das ist es nicht, doch er sah Sie als das, was Sie wohl tatsächlich sind: Er sah Sie als verwöhntes Kind aus hohen Kreisen, das sich mit Vehemenz weigert, anzuerkennen, dass sich sein Leben grundlegend verändert hat.« Sichtlich erregt drehte sich Malcolm kurz zum Fenster und blickte schwer atmend hinaus in die Winternacht.

Gerade wollte sie das Wort ergreifen, als er sich umdrehte und weiter sprach.

»Louisa, nur um Ihnen bewusst zu machen, auf welch hohem und sehr abschüssigem Ross Sie hier sitzen. Ist Ihnen denn klar, dass es Marcus Kedleston und mein Vater waren, die Ihrer Familie diesen Neustart in Amerika ermöglicht haben? Ich kann an Ihrer erschrockenen Miene erkennen, dass Sie das nicht wussten. Doch was wundert es mich. Es ist

Ihnen sicherlich ebenso einerlei wie die vielen Stunden, die es mich und Ihren Vater kostete, meinem Vater eine Heirat mit Ihnen schmackhaft zu machen.«

Nun begehrte sie doch endlich auf, ein beängstigendes Déjà Vu zog vor ihrem inneren Auge auf.

»Ach, hat mein Vater Ihnen denn auch die ganze Geschichte erzählt? Hat er Ihnen erzählt, dass er mich verkaufen wollte? Und nun soll dies offenbar schon wieder geschehen. Ich fasse es nicht!«

»Sie fassen es nicht? Louisa, Sie amüsieren mich fast schon. Ihr Vater hat uns alles erzählt, er erzählte auch, dass er es mittlerweile bedauert und er die Entwicklung begrüßen würde, da er sähe, dass sich alles zum Guten wendet. Dazu gehörte für ihn auch der Umstand, dass ich Sie aus tiefstem Herzen liebe. Und was tun Sie, die, die doch wohl wissen müsste, was es heißt, getäuscht und hinters Licht geführt zu werden? Sie tun das Gleiche nun mit mir.« Mit wütend funkelnden Augen beugte er sich zu ihr hinunter. »Wissen Sie denn, dass ob der Vertrautheit, mit der Sie mit mir in der Öffentlichkeit aufgetreten sind, meine Familie inzwischen gefragt wird, wann denn die Verlobung anstünde? Aber das ist Ihnen sicherlich egal, so wie Ihnen das Leben aller anderen egal ist. Ich erkenne Sie nun, Louisa, in Ihrem Leben zählt nur ein einziger Mensch und das sind Sie selbst. Sie sollten sich schämen.« Seine Hand umklammerte die Schmuckdose und einen Augenblick sah es aus, als wollte er sie ihr vor die Füße werfen.

Durcheinander und nicht mehr wirklich fähig, einen klaren Gedanken zu fassen, sagte sie das Falscheste, was sie in diesem Moment sagen konnte: »So verstehen Sie doch bitte, dass ich mein Leben nicht wegwerfen kann.«

Er hielt in der Bewegung inne und wandte sich ihr sehr, sehr langsam zu.

»Wegwerfen? Ein Leben mit mir, in dem ich vorhatte, Sie auf Händen zu tragen, bedeutet für Sie, Ihr Leben wegzuwerfen? Vielen Dank! Eine noch unverfrorenere Beleidigung dürfte Ihnen nun nicht mehr einfallen, daher empfehle ich mich. Vertrauen Sie auf meine Worte: Auf Hochmut folgt fast immer ein sehr tiefer Fall.«

Er rannte fast zur Türe und sie hinter ihm her, im verzweifelten Versuch, die Situation zu retten. Malcolm lief so schnell, dass er die Türe zum Salon bereits aufriss, als sie gerade auf der Hälfte des Flures angelangt war. Kaum erreichte sie, nach Luft ringend, den Eingang, blickten ihr bereits sechs Augenpaare vollkommen entsetzt entgegen und sie hörte ihn sagen: »Frank, Mrs. Kedleston, liebe Diana, Mama, Vater, Jane, ich bedaure, doch ich denke, wir müssen dieses Fest verlassen. Miss Louisa ist der Meinung, dass sie durch eine Verbindung mit mir, und damit mit uns allen, ihr Leben wegwerfen würde und sie zu weitaus Höherem geboren sei. Daher bitte ich darum, jetzt unverzüglich aufzubrechen.« Er war bereits wieder zur Türe geeilt, als er auf das kreidebleiche Gesicht der Herrin des Hauses aufmerksam wurde. Er drehte sich auf dem Absatz um, ging zu ihrer Mutter, ergriff ihre Hand und küsste sie formvollendet.

»Bitte vergeben Sie mir, Mrs. Kedleston, doch jetzt gerade kann ich nicht anders.«

Nach diesen Worten rannte er an Louisa vorbei, wobei er sie fast umstieß, und lief ohne Mantel hinaus in die eisige Winternacht.

Callum erhob sich bedächtig von seinem Sitzplatz, reichte der sichtlich ärgerlichen Claire die Hand, schob seine Tochter in Richtung Ausgang und wandte sich ebenso wie zuvor sein Sohn noch einmal an Elisabeth.

»Liebe Elisabeth, ich danke Ihnen für die Einladung. Den etwas überstürzten Aufbruch bitte ich zu entschuldigen, doch der Grund liegt auf der Hand.«

An ihren Vater gewandt meinte er lediglich noch: »Frank, ich denke, wir haben morgen ein sehr wichtiges Gespräch zu führen.«

Die McLearys waren so rasch aus dem Haus, dass der Diener es nur mit Mühe schaffte, ihnen rechtzeitig die Garderobe zum Eingang zu bringen. Ein eisiger Luftzug wehte hinein und dann herrschte gespenstische Stille, wo noch vor wenigen Minuten fröhliches Lachen zu vernehmen war.

Sie konnte erkennen, dass ihr Vater mit aller Kraft versuchte, sich zu beherrschen. »Warum?«

»Warum? Vater, das kann doch nicht wahr sein. Ist es denn möglich, dass du tatsächlich geglaubt hast, ich würde mich auf lange Sicht mit diesem Leben anfreunden? Wir kannst du auf den Gedanken kommen, ich würde einen schottischen Lowlandjungen heiraten? Wären wir noch in England, wäre selbst dir dieser Gedanke niemals gekommen. Vater, das ist absurd!«

»Louisa, das einzige Absurde hier bist du. Du und deine irrealen Träume. Glaube mir, hätte ich Callum und Malcolm schon in England so kennengelernt, wie ich sie heute kenne, dann wäre mir durchaus der Gedanke an eine Heirat zwischen euch in den Kopf gekommen. Malcolm ist fleißig, ehrlich, intelligent, charmant und gutaussehend. Sein Vater ist, neben meinem Bruder, der geschäftstüchtigste Mann, der mir jemals begegnet ist. Die Familie ist ehrbar und ihr Vermögen wächst beständig, wozu Malcolm einen nicht unerheblichen Beitrag leistet. Sie haben mich mit offenen Armen aufgenommen und mir geholfen, hier schnell Fuß zu fassen. Die Gefühle des Jungen waren für alle deutlich sichtbar. Wie blind musst du sein, um nichts davon mitzubekommen, wie kalt und gefühllos musst du sein? Wir alle waren der Meinung, dass du, so wie du dich ihm gegenüber verhalten hast, diese Gefühle teilst.«

Zornig setzte ihr Vater sich und vergrub die Finger in der weichen Lehne des Sessels.

»Wie konntest du so mit ihm spielen? Wie konntest du ihm solche falschen Hoffnungen machen? Hast du eine Vorstellung davon, wie sich das auf unsere Familie auswirken kann?«

»Warum denkt ihr eigentlich fortwährend an euch, wenn ich es bin, die schon wieder als Unterpfand eingesetzt werden sollte?«

»Du egoistisches, kleines Miststück. Hast du mir eigentlich zugehört? Wir *alle* haben das nur zugelassen, da du alle Signale ausgesandt hast, die für jemanden mit gesundem Menschenverstand bezeugen, dass du Malcolm aufrichtig zugetan bist. Dass du mit ihm gespielt hast wie mit einer Marionette, daran hat keiner von uns gedacht.«

Ihre Hände ballten sich zu Fäusten und sie versuchte, ruhiger zu atmen.

»Wenn ihr mich schon alle verurteilt, dann schick mich doch endlich zurück nach England, dann stelle ich für euch und euer Leben keine Gefahr mehr da.«

Bebend vor Zorn sprang ihr Vater auf, streckte die Hand aus und umschloss den Hinterkopf seiner Ältesten. Ganz nah zog er ihr Gesicht vor seines.

»Hör mir zu, hör mir gut zu. Du wirst England nie wiedersehen. Du wirst endgültig nie wieder einen Fuß auf englischen Boden setzen, so wahr ich hier stehe. Und ich warne dich, Louisa, sollte es mir morgen nicht gelingen, zumindest annähernd wieder mit Callum ins Reine zu kommen, dann wird das für dich Konsequenzen haben, die du dir in deinen dunkelsten Träumen nicht auszumalen vermagst. Und nun verschwinde. Ich denke, keiner will dich im Augenblick hier sehen.«

Louisa wandte sich hilfesuchend zu ihrer Mutter um, doch die schüttelte nur müde den Kopf und ging zu Diana, die zitternd und leise weinend, die Hände im Schoß gefaltet, auf dem Sofa verharrte. Zärtlich legte ihre Mutter den Arm um Dianas Schultern und zog ihre Jüngste an sich.

»Nicht weinen, meine Kleine, bitte nicht weinen. Alles wird gut – irgendwie.«

Die wütende Stimme ihres Vaters drang wie durch dichten Nebel an ihr Bewusstsein.

»Louisa, ich sagte verschwinde!«

Eilig drehte sie sich wieder um und hastete aus dem Salon, stolperte die Treppe nach oben und warf die Türe ihres Zimmers hinter sich ins Schloss.

Was für ein schrecklicher Abend! Am schlimmsten war aber für sie, dass sie sich inzwischen wirklich fragte, ob sie nicht dieses Mal tatsächlich einen Fehler begangen hatte. Malcolm war so ganz anders als Maximilian, außerdem schien er sie tatsächlich zu lieben. Wobei sie das wohl gründlich verdorben hatte. Nie würde sie seine zornige Miene vergessen, als er aus dem Zimmer stürmte. Wieder war ein Freund verloren, wieder hatte sich eine Türe in ihrem Leben geschlossen. Nahm der Albtraum denn niemals ein Ende? Wütend und enttäuscht zugleich entledigte sie sich ihrer Kleidung, zerrte die Haarnadeln aus der Frisur und warf sich weinend auf ihr Bett. Nein, sie würde nicht zulassen, dass ihr die letzten Träume, die sie sich bewahrt hatte, auch noch entglitten. Niemals!

Schon in den frühen Morgenstunden des 26. Dezember war ihr Vater aufgebrochen. Sie wusste nicht, ob es ihm gelingen würde, Callum, der seinen Sohn ebenso schätzte, wie er ihn liebte, zu besänftigen. Als sie gegen zehn Uhr morgens endlich, noch immer mit verquollenen Augen, nach unten tapste, fand sie sich bis auf den Diener und die Köchin alleine im Haus. Ihre Mutter sei mit der Schwester ausgegangen, wurde ihr mitgeteilt, sie solle mit dem Essen nicht auf die beiden warten. Lustlos trank sie zwei Tassen Tee und kaute verdrießlich auf einem Stück des restlichen

Apfelkuchens herum. Mittag zog vorüber und noch immer keine Spur ihrer Mutter oder Dianas.

Louisa versuchte zu lesen, doch sie musste jede Seite mindestens zweimal umblättern, ehe sie verstand, was sie eigentlich las. Als es Nachmittag wurde und offenbar niemand einen Gedanken darauf verschwendete, das Feuer im Kamin neu zu beleben, zog sie sich ein wärmeres Kleid über und setzte sich trotzig wieder neben den kalten Kamin. Wenn alle gedachten, sie in irgendeiner Form zu bestrafen, dann sollte es wohl so sein.

Es dämmerte bereits, als sie die Kutsche vorfahren hörte. Kurz darauf vernahm sie die Stimmen von Vater und Mutter im Flur. Sie setzte sich aufrecht in ihren Sessel und wappnete sich für das, was nun kommen würde.

Als ihr Vater als Erster den Raum betrat, rief er sogleich nach dem Diener und bat darum, den Kamin wieder anzuheizen. Er musste sie gesehen haben und doch setzte er sich, während das Feuer neu entfacht wurde, wort- und grußlos in die Ecke des großen Sofas und wartete, bis der Diener den Raum wieder verließ. Da dieser auch gleich die Kerzen und die Lampe in der Ecke angezündet hatte, erfüllte nun ein warmer Schein den Raum, der den Zügen des Vaters ein wenig die Härte nahm. Zumindest glaubte sie das, bis sich die Türe öffnete und ihre Mutter leise den Raum betrat.

Sie wandte sich ebenfalls sofort an den Vater. »Diana hat sich hingelegt. Das alles war zu viel für sie. Sie bittet dich, sie heute Abend zu entschuldigen.«

»Selbstverständlich, ich hoffe, es geht ihr bald besser. Ich zumindest werde meinen Teil dazu beitragen«, knurrte ihr Vater.

Nun endlich setzte sich auch Elisabeth neben ihren Mann und beide richteten ihren Blick auf Louisa. Es war ihr Vater, der zu sprechen begann, und sie konnte den Ärger in seiner Stimme regelrecht fühlen.

»Nun denn, Louisa, ich hoffe, du hast den Tag genutzt, um über das nachzudenken, was du angerichtet hast. Und dass du einiges angerichtet hast, das durfte ich heute erfahren. Es kostete mich über sechs Stunden, um Callum begreiflich zu machen, dass all das lediglich von dir ausgeht. Dass nur du es bist, die sich mit aller Macht dagegen wehrt, endlich zu akzeptieren, was nicht mehr zu ändern ist.« Frank Kedleston erhob sich, ging zum Sideboard und schenkte sich aus einer bauchigen Karaffe ein Glas Sherry ein.

Kaum saß er wieder, heftete sich sein Blick wieder auf Louisas Gesicht.

»Ich bezweifle ernsthaft, dass du die Tragweite deiner dummen, kindischen Handlung erfassen kannst, doch vielleicht begreifst du, dass Callum nur, nachdem ich einige Zugeständnisse machte, zu einer weiteren Zusammenarbeit bereit war.«

»Zugeständnisse? Welche …«

Ihr Vater brachte sie mit einer ungeduldigen Handbewegung zum Schweigen.

»Seine Forderungen waren durchaus vernünftig und erscheinen mir, vor allem im Hinblick auf dich und deinen Bezug zur Realität, sehr sinnvoll. Er will, dass du dir dein eigenes Geld verdienst. Du sollst Schreibarbeiten übernehmen und kleinere Besorgungen erledigen. Dafür wirst du vernünftig entlohnt, so wie die anderen Angestellten des Verwaltungstraktes auch. Du wirst gemeinsam mit den anderen Frauen am Abend, ehe ihr nach Hause geht, deinen Arbeitsplatz aufräumen und die kleine Küche, die wir dort eingerichtet haben, säubern. Diese Arbeit fällt jeden Tag einer anderen zu und du wirst es ebenso gewissenhaft erledigen wie jede andere. So arbeitest du für deinen Lebensunterhalt und tust endlich einmal etwas Sinnvolles.«

Sie war schlichtweg entsetzt. Sie sollte tagtäglich in den engen Büroräumen, die neben den Fertigungshallen untergebracht waren, arbeiten? Ja, es wurde sogar erwartet, dass sie den Schmutz anderer wegmachte. Das konnte nur ein schlechter Scherz sein.

»Bitte entschuldige, doch das ist ja wohl nicht dein Ernst? Ich soll putzen für andere? Ich soll durch die Stadt laufen und eure Bestellungen zusammensuchen? Vater, bitte, das ist nicht wahr. Sag, dass das nicht wahr ist.«

Der aber nickte stoisch. »Es ist absolut wahr, Louisa. Und ich bin voll und ganz auf Callums Seite.« Er erkannte wohl, dass sie sich der Mutter zuwandte, in der Hoffnung hier auf Verständnis zu treffen. »Lass deine Mutter aus dem Spiel, sie stimmt unserem Plan ebenso zu wie ich.«

»Mama, warum? Ich könnte doch ebenso gut Gesellschafterin bei einer älteren Dame sein, wenn ich denn schon Geld verdienen muss.«

Ihre Mutter schüttelte bedauernd den Kopf. »Nein, Louisa, das kommt nicht in Frage. Seit wir hier wohnen, bringen Diana und ich uns mit Freuden in der Küche und im täglichen Haushalt ein. Ich habe dich noch kein einziges Mal in der Küche gesehen, es sei denn, du wolltest etwas haben. Nicht einmal, als wir die Kekse für Weihnachten gebacken haben, hast du dich herabgelassen, dich uns anzuschließen. Bis zum heutigen Tag hast du keinen Handschlag getan. So leid es mir tut, doch ich muss mich deinem Vater anschließen. Du musst endlich lernen, was es heißt, zu arbeiten.«

Irgendetwas in ihr zerplatzte mit einem lauten Plopp, das in ihren Ohren widerhallte. Die Worte, die aus ihrem Mund kamen, waren wütend und unbedacht, doch sie war nicht in der Lage sie zurückzuhalten.

»Nun, Mutter, nur weil du und Diana offenbar Gefallen daran finden, sich wie Dienstboten zu benehmen, nur weil ihr die niederen Sitten und Gebräuche der Menschen hier offensichtlich erstrebenswert findet, muss ich das noch lange nicht tun. Ich weigere mich, mich auf das Niveau zu begeben, auf dem ihr euch sichtlich wohl fühlt. Ihr könnt gerne die Mägde spielen, doch ich werde mich dazu nie und nimmer herablassen.«

Ehe ihre Mutter auch nur annähernd zu reagieren vermochte, stand ihr Vater vor ihr, sein Gesicht verzerrt in grenzenlosem Zorn.

»Wie kannst du nichtsnutziges Wesen es wagen, so mit deiner Mutter zu sprechen?«

Er holte zum Schlag aus und Sekunden später brannte ihre Wange wie Feuer. Sie versuchte, sich loszureißen, doch er hatte seine Finger in ihrem Haar verkrallt und hielt sie unbarmherzig fest.

»Du bist endgültig zu weit gegangen. Der Bogen ist überspannt. Ich ziehe jetzt sofort die Konsequenzen aus deinem Handeln, aus deiner bodenlosen Unverfrorenheit.« Die Hand in ihrem Haar ruckte schmerzhaft nach hinten und ihr Kopf wurde in den Nacken gezwungen.

Seine Stimme klang kalt und schneidend.

»Louisa, ich sehe dich nicht mehr als meine Tochter an. Du gehst sofort auf dein Zimmer. Ich gestatte dir, das Nötigste zu packen und mit dir zu nehmen. Wähle weise, was du mitnimmst, denn ab dieser Stunde sind die Türen dieses Hauses für dich verschlossen.«

»Das ist nicht wahr …«

»Sehe ich aus, als würde ich scherzen? Sag mir, sehe ich so aus?« Ein letztes Mal zerrte ihr Vater an ihrem dicken Haarknoten, dann ließ er abrupt von ihr ab.

»Du hast eine halbe Stunde, Louisa. Wenn du bis dahin nicht gepackt hast, verweise ich dich ohne alles des Hauses.

»Frank ...« Die Stimme ihrer Mutter war leise und unendlich traurig.

»Nein, Elisabeth, nicht jetzt. Bitte, komm mit mir.« Er streckte die Hand aus und nach kurzem Zögern ergriff ihre Mutter sie und verließ mit ihm den Raum.

Ein Traum. Ein sehr schlechter, böser Traum. Sie rannte wie von Sinnen auf ihr Zimmer. Er konnte es nicht so meinen. Es war undenkbar, dass ihr Vater sie mitten im Winter, so mir nichts dir nichts auf die Straße setzte. Obwohl sie es nicht glauben wollte, zerrte Louisa einen Koffer aus dem Schrank und warf wahllos alles hinein, was ihr in die Finger kam. Da sie nicht gedachte, wirklich hinaus in die Nacht zu gehen, ließ sie allen Schmuck zurück. Auch wenn sie wirklich ginge, würde er sie nach kürzester Zeit zurückholen. Schließlich war sie seine Tochter. Angestrengt lauschte sie. Im ganzen Haus herrschte Totenstille. Sicherlich wollte er sie nur erschrecken, ihr einen Denkzettel erteilen. Niemals würde sie das Haus verlassen müssen. Trotz regte sich in ihr. Sie würde ihm zeigen, dass sie durchaus bereit wäre, hätte er es ernst gemeint.

Eilig zog sie ihren dicken Wintermantel an, schlang sich den warmen Schal um den Hals und schlüpfte in ihre Fellstiefelchen. Ihr warmer Muff aus Kaninchenfell und eine Mütze vervollständigten die Ausrüstung. Sie legte den Koffer neben sich aufs Bett, setzte sich auf die Bettkante und wartete.

Wie sie es sich gedacht hatte, ihr Vater kam nicht. Ein Blick auf die Uhr zeigte ihr, dass genau dreißig Minuten vergangen waren, seit sie in ihr Zimmer gestürzt war.

Sie sollte Recht behalten.

Es war nicht ihr Vater, der kam, sondern der Diener.

»Miss, Ihr Vater schickt mich. Ich soll Sie hinausbegleiten.«

»Du scherzt doch wohl?« Ungläubig musterte sie den Mann, der mit ausdrucksloser Miene im Türrahmen stand.

»Mir ist ganz und gar nicht nach Scherzen, junges Fräulein. Ich bitte Sie, mir zu folgen.«

Er griff nach ihrem Koffer und ging vor ihr die Treppe hinunter. Unten im Flur stand ihr Vater und ließ seinen Blick abschätzend über sie gleiten.

»Ich wünsche dir, dass du ab sofort die richtigen Entscheidungen triffst, ansonsten könntest du in sehr, sehr große Schwierigkeiten geraten. Und nun, verlass bitte unser Haus, Louisa.«

Der Diener öffnete die Eingangstüre, stellte ihren Koffer davor auf den Treppenabsatz und zog sich dann mit leichtem Kopfnicken zurück. Ihre Füße bewegten sich wie von selbst, sie trat durch die Türe, hörte, wie sie sich hinter ihr schloss, bückte sich, nahm den Koffer auf und schritt aufrecht die Stufen hinab. Sie drehte sich nicht mehr um. Niemand sollte ihre Tränen sehen.

14.

Ein Albtraum. Es war nichts als ein böser Traum. Niemand, nicht einmal ihr gestrenger Vater, war in der Lage, die eigene Tochter an einem kalten und windigen Winterabend des Hauses zu verweisen. Sicher würde sie jeden Augenblick erwachen, sie läge in ihrem warmen, weichen Bett, neben ihr die flackernde Kerze, die fast schon heruntergebrannt war. Aus dem Erdgeschoss würde der Duft von frisch gebackenem Kuchen zu ihr hinaufziehen und sie würde genussvoll schnuppern, um herauszufinden, mit welch köstlichem Gebäck die Köchin und ihre Mutter sie heute überraschten. Es war nichts Ehrenrühriges daran, zu backen, sie war sich dessen durchaus bewusst. Warum sie ihrer Mutter so beleidigend gegenüber getreten war? Sie vermochte es nicht zu erklären.

Louisa war nicht in der Lage, einen klaren Gedanken zu fassen. Sie kannte niemanden außer den McLearys. Alle Menschen waren ihr ganz einfach egal gewesen. Selbst von Vaters rechter Hand, Mr. Haynes, wusste sie nur den Namen. Und das, obwohl sie gemeinsam mit ihrer Mutter und Diana ihm und seiner Familie ein Weihnachtsgeschenk vorbei gebracht hatte. So verzweifelt sie es versuchte, aber es gelang ihr nicht, sich an das Viertel oder gar die Straße zu erinnern. Warum nur hatte sie nicht darauf geachtet, wohin sie fuhren? Ganz einfach: Weil es ihr ebenso egal gewesen war wie alles andere auch. So wie alles, was mit diesem Land und diesem Leben zu tun hatte. So einfach war das.

Sie glaubte, schon ewig weit gelaufen zu sein, doch tatsächlich war sie erst am Ende der Straße angelangt. Ein zaghafter Blick zurück ließ ihr die in Reih und Glied stehenden Häuser plötzlich in einem gar nicht mehr so üblen Licht erscheinen. Es war eine breite, saubere Straße. Vor einigen der Häuser standen wartende Kutschen, die auf Gesellschaften hindeuteten. Warmer Lichtschein fiel aus den Fenstern hinaus auf die von einer langsam dicker werdenden Schneedecke überzogenen Gehwege. Am anderen Ende der Straße öffnete sich die Türe eines Dienstboteneinganges, und eine dick vermummte Gestalt mit zwei Hunden trat heraus.

Es *war* eine gute Gegend, um hier zu leben. Warum erkannte sie das erst jetzt?

So sehr sie sich den Kopf zermarterte, ihr fiel nicht ein, wohin sie hätte gehen können. Die McLearys kamen nicht in Frage, folglich blieb nur Mr. Haynes. Sie musste sich doch zumindest an die Richtung erinnern können. Auf jeden Fall waren sie in diese Richtung gefahren. Vielleicht kam ja die Erinnerung, wenn sie einfach nur loslief.

Louisa wandte sich nach links und bog in die nächste Straße ein, von der sie immerhin wusste, dass sie zu einer der Gegenden führte, in der sich zahlreiche Geschäfte befanden. Zumindest ein kleiner Punkt, um sich zu orientieren. Der Koffer in ihrer Hand fühlte sich an wie Blei. In der kleinen Tasche, in die sie im letzten Moment noch rasch eine Börse mit Geld und eine winzige Bürste gesteckt hatte, war auch ihr Taschentuch. Sie stellte den Koffer in den Schnee und zog es heraus. So wie sie sich fühlte, wäre es wohl sinnvoll gewesen, mehrere davon einzustecken. Als sie es zurückstopfte, fiel ihr Blick auf die Börse. Viel Geld befand sich darin nicht. Immerhin könnte es ausreichen, um eine Mietkutsche zum sehr bescheidenen Heim der Haynes zu bezahlen. Dazu aber hätte sie wissen müssen, welche Straße sie dem Kutscher nennen sollte. Seufzend zog sie das Täschchen wieder zu, nahm den Koffer auf und lief weiter.

Auf der großen Straße traf sie endlich auch wieder auf Menschen. Sie verließen Restaurants, kamen aus Theatern oder führten ihre Hunde aus. Wenige Blicke trafen sie, ansonsten war jeder hier mit sich selbst beschäftigt oder in angeregte Gespräche vertieft. Zahlreiche Kutschen passierten sie, ebenso wie so mancher Reiter zu Pferd. Louisa war so damit beschäftigt, das rege Treiben zu beobachten, dass es ihr erst nach einer Weile auffiel, dass die Umgebung sich wandelte. Die Straße wurde dunkler, offenbar waren die Laternen hier nicht so kräftig wie noch weiter vorne. Aber waren sie hier nicht abgebogen, war das nicht tatsächlich der richtige Weg? Sie war sich alles andere als sicher.

Die Überlegung, ein Zimmer in dem schönen Hotel gegenüber dem Theater zu nehmen, wurde sofort verworfen. Die Zimmer mussten im Voraus bezahlt werden und dann hätte sie keinen Cent mehr. Abgesehen davon käme ihr Vater vielleicht sogar von selbst auf den Gedanken, sie bei den Haynes zu suchen.

Sie schöpfte tief Atem und lief weiter. Ihre Stiefelchen fanden auf dem ständig rutschiger werdenden Boden nur noch schwer Halt und das Laufen wurde immer mühsamer. Inzwischen war sie in die Straße abgebogen, von der sie hoffte, dass es die war, in die sie vor wenigen Tagen auch mit der Kutsche gefahren waren. Die bruchstückhaften Erinnerungen, die sie hatte, waren nicht sehr hilfreich. Auch hier waren Menschen auf der Straße, doch mit der Zeit merkte sie, dass alles sich veränderte. Die Straßen wurden schmaler, die Häuser kleiner, die Laternen wurden weniger und die, die es noch gab, spendeten bei weitem nicht das schöne, helle Licht wie die vor ihrem Haus. Zum wiederholten Mal wechselte sie den Koffer von einer Hand in die andere. Er wurde von Minute zu Minute schwerer.

Einige Schritte vor ihr eilte eine kleine, sichtlich kräftige, warm eingepackte Frau über die Straße. Mit der einen Hand umfasste sie die eines etwa drei Jahre alten Mädchens, in der anderen hielt sie einen großen Korb, in dem wohl Essen war, doch Louisa kannte die Dinge nicht, die dort zu einem Teil aus dem Korb ragten. Der Blick der Frau huschte zu ihr herüber, sichtlich verwundert über ihr Auftauchen. Sie legte den Kopf leicht schief, zog das Kind näher und musterte Louisa fragend.

»Miss, haben Sie sich verlaufen?«

Kurzfristig überlegte sie, ob sie dieser Geschichte ein Ende machen und der Frau alles erzählen sollte. Ihr war schrecklich kalt und sie fühlte sich zunehmend erschöpft. Doch zum einen war es ihr sehr unangenehm und zum anderen hatte die Frau es wohl eilig. Daher entschied sie sich für das Naheliegendste.

»Richtig verlaufen nicht, aber ich suche das Haus meines Onkels. Können Sie mir sagen, wo ich die Familie Haynes finde?«

Die Frau legte den Kopf leicht schief und dachte angestrengt nach. »Haynes, sagen Sie? Kommt mir bekannt vor, aber das hat heutzutage nichts mehr zu sagen. Tagtäglich werden es hier mehr Menschen. Man verliert den Überblick. Haynes, Donnerwetter, woher kenn ich denn den Namen?«

»Samuel Haynes, Vorarbeiter bei Kedleston, Marcus Kedleston?« Louisa blickte ihr Gegenüber hoffnungsfroh an.

Die Augen der Frau leuchteten auf.

»Aber klar doch. Samuel und Maggie, sicher. Kind, da haben Sie noch 'ne Weile zu laufen, ist aber machbar. Sie gehen einfach weiter die Straße lang. Passen Sie dabei ein bisschen auf, die Gegend wird nicht gerade besser. Wenn Sie ganz nach hinten durchgehen, dann teilt die Straße sich. Sie müssen nach rechts, merken Sie sich das gut, Mädchen. Am Ende nach rechts, ja? Da kommen Sie dann an einem Milchladen vorbei und einem Pub der Iren, gehen Sie da auf die andere Seite, ist um die Zeit nicht ratsam, für so'n hübsches Ding, den Jungs in die Quere zu kommen. Nach dem Pub sind es noch etwa hundert Schritte, dann finden Sie Samuels Haus. Kriegen Sie das hin?«

Dazu sollte sie ja wohl in der Lage sein. »Ja, vielen Dank, das finde ich schon.«

»Gut, Mädchen, dann passen Sie mal gut auch sich auf.« Die Frau war so schnell wieder verschwunden, wie sie aufgetaucht war. Hier bewegte man sich nicht mehr schlendernd fort. Die Bewohner hatten es deutlich eiliger. Die Frau war sehr einfach, aber sauber gekleidet gewesen. Sicher eine der Bediensteten der Häuser weiter oben in der Stadt. Den Rat der Frau befolgend, ging sie auf die Seite der Straße, auf der die wenigen Laternen zumindest ein bisschen Licht spendeten.

Ihre Schuhe waren inzwischen gänzlich durchnässt und sie fror trotz des warmen Mantels erbärmlich. Die Nächte waren hier eindeutig kälter als in Derbyshire. Mühsam, aber zielstrebig stakste sie voran, die seltsamen Blicke der wenigen Menschen, die ihren Weg kreuzten, ignorierend. Zwei Mal musste sie Halt machen, ehe sie das angekündigte Ende der Straße erblickte. Tatsächlich mündete sie in eine noch Kleinere, die sich nach links und rechts fortsetzte. Wieder stellte sie ihren Koffer ab und putzte sich erneut die inzwischen eisigkalte Nase. Was hatte die Frau gleich wieder gesagt? Die Straße würde sich teilen und dann kämen ein Milchladen und ein Pub, dann nur noch ... Wie viele Schritte genau, wusste sie schon wieder nicht mehr. Sie musste wirklich lernen, den Leuten, die mit ihr sprachen, besser zuzuhören.

Seufzend nahm sie ihren Koffer wieder auf und bog nach links in die düstere Straße ein.

Wo war denn nun dieser Milchladen? Gut, es war Nacht und er hatte geschlossen, doch zumindest ein Schild oder ein Schaufenster müsste doch zu sehen sein? Auch der Pub war nicht zu sehen. Obwohl sie sich nicht besonders danach sehnte, an einem Ort vorbei zu müssen, in dem angetrunkene Arbeiter sich den Abend versüßten, wäre es doch immerhin beruhigend gewesen, ihn zumindest endlich zu finden. Mit zusammengebissenen Zähnen lief sie weiter. Inzwischen spürte sie ihre Füße kaum mehr und sehnte sich nur noch nach einer trockenen Stube, einem warmen Feuer und einer Tasse heißen Tee. Egal wo!

Endlich erspähte sie Licht und dort waren auch Menschen. Sicher war es der angekündigte Pub, auch wenn sie mittlerweile sicher das Dreifache von dem gelaufen war, was die Frau beschrieben hatte. Es wurde aber auch Zeit. Die Straße war in katastrophalem Zustand. Unter dem Schnee spürte sie Steine und unsteten Untergrund. Tief sank sie mit ihren Schuhen in den schlammigen Boden. Langsam kam zu ihrer Müdigkeit Wut hinzu. Konnte denn nichts einfach einmal ganz normal ablaufen?

Müde und erschöpft kämpfte sie sich auf die Lichtquelle zu. Seltsam, seit längerer Zeit schon war sie niemandem mehr begegnet. Wo waren denn alle, die hier wohnten? Ein zaghafter Blick auf die Häuser zeigte ihr, dass das keine stabilen, guten Behausungen sein konnten. Sie erblickte Bretterwände, winzige Fenster mit fast blinden Scheiben und teils schiefe, wild zusammengezimmerte Stufen, die zu den komischen Bauten hinauf führten. Jetzt, da sie sich endlich konzentrierte, vernahm sie aus einigen dieser Hütten Kindergeschrei. Wo war sie hier? Das war nicht die Straße, in der die Familie Haynes lebte, dessen zumindest war sie sich absolut sicher. Selbst mit ihrer inzwischen verstopften Nase nahm sie den beißenden Rauchgeruch wahr, der in der Luft lag. Doch nicht nur das, es stank und das trotz Schnee und Eiseskälte. Wo war sie hier hingeraten? Sie hatte doch genau die Anweisungen der Frau von vorhin befolgt?

Es half alles nichts, sie konnte nicht mehr und dort vorne waren eindeutig Leute. Vielleicht war es doch der Pub und dieser Abschnitt der Straße war einfach nur sehr heruntergekommen. Es war mühsam, hier zu laufen. Schon mehrmals war sie umgeknickt und ihr Knöchel schmerzte. Ihr war inzwischen alles egal. Wer auch immer dort vorne war, sollte sie, falls das Haus der Haynes doch nicht hier war, sofort zurück nach Hause bringen. Und das auf dem schnellsten Wege. Sie würde ihrem Vater erklären, dass sie ihre Lektion gelernt hatte und sich alle Mühe geben würde, sich vernünftig zu benehmen. Er würde nicht so unmenschlich sein, sie mitten in der Nacht erneut auf die Straße zu setzen. Sie näherte sich entschlossen dem Lichtschein und damit den Menschen, die sich dort befanden.

Lautes, raues Männerlachen drang an ihre Ohren. Zumindest schienen sie sich zu amüsieren. Entschlossen umklammerte sie den Griff ihres Koffers, der mittlerweile wie ein Eisengewicht an ihrem Arm hing, und trat auf das Haus zu. Nun, ein Haus war das nicht. Es war eine Art Bretterverschlag, in dem roh gezimmerte Bänke standen. In der Mitte loderte ein Feuer, das in einem riesigen Gefäß entzündet worden war. Um dieses Feuer standen Männer, lachend, schwatzend und große Krüge in den Händen haltend.

Je näher sie kam, umso mehr wurde ihr klar, dass sie es hier nicht mit Leuten wie Mr. Haynes zu tun hatte. Diese hier sahen anders aus: sehr ärmlich gekleidet, teils schmutzig. Nun, da sie nahe genug war, konnte sie die fast schwarzen Hände der Männer sehen. Es waren Hände, die sehr hart arbeiten mussten. Das waren Hände wie die, welche die Männer hatten, die ihr Vater ihr präsentiert hatte, als er ihnen die Fabrik gezeigt hatte, nur noch abgearbeiteter, noch schwärzer.

Louisa rümpfte die Nase, als eine Windböe ihr den scharfen Geruch von ungewaschenen Körpern in die Nase trieb. Sie schienen direkt von ihrem Tagwerk zu kommen.

Als einer sich kurz umwandte, um sich an einem aus zusammengenagelten Brettern bestehenden Tresen seinen Krug erneut füllen zu lassen, bemerkte er sie.

»Männer, seht doch mal, was der Nachtwind hier anweht.«

Sein Blick wollte ihr gar nicht gefallen. Es kostete sie einiges an Überwindung, doch sie konnte ihr Hiersein nur mit der Wahrheit erklären.

»Guten Abend. Ich habe mich verirrt. Es wäre mir eine große Hilfe, wenn einer der Herren mich nach Hause bringen könnte.«

Der Mann, der sie als erster gesehen hatte, schüttelte ungläubig den Kopf.

»Ach geh, so'n feines Mädel, das mitten in der Nacht alleine rumläuft. Da stimmt doch was nicht.« Seine fast schwarzen Augen unter den buschigen, schon leicht ergrauenden Brauen musterten sie fragend. Sein graues Hemd war schmutzig, doch Louisa sah, dass es Ruß war. Die dünne Jacke, die er darüber trug, war voller Flicken und ein um den Körper gebundenes Seil hielt eine verschlissene, in staubige und löchrige Stiefel gesteckte Hose. Ihre Beobachtungsgabe war schon immer gut gewesen, wenn sie sich denn für etwas interessierte, und zu wissen, mit wem sie es hier zu tun hatte, interessierte sie durchaus. Der Mann sprach zwar Englisch, jedoch mit einem ihr unbekannten Akzent.

»Was soll hier nicht stimmen? Unterstellen Sie mir etwa, dass ich lüge?« Mit wachsendem Unbehagen stellte sie fest, dass sich ihr immer mehr der müden, ausgelaugten Gesichter zuwandten.

Der Fremde nickte bedächtig. »Genau das unterstelle ich dir, Lady. So eine wie du ‚verirrt' sich nicht einfach so in diese Gegend. Also, woher kommst du und was willst du hier?«

Sie holte tief Luft, um diese Frechheit erst einmal zu verdauen. »Ich habe wohl die Kutsche, die man mir schicken wollte, verpasst. Nun versuchte ich, zu Fuß meinen Weg zu finden. Woher ich komme, geht Sie nicht das Geringsten an.«

Der Mann stellte seinen Krug ab und kam langsam näher. »Nicht ich bin in deinem Revier, junge Lady, sondern du in unserem. Sich hierher zu verlaufen ist absolut unmöglich, sofern man über gesunden Menschenverstand verfügt.«

Er grinste böse in die Runde. »Weißt du, nicht einmal wir kommen freiwillig hierher, nur haben wir leider keine andere Wahl. Also hör auf zu lügen und probier's mit der Wahrheit.«

»Sie sind ziemlich unverschämt. Doch ich will darüber hinwegsehen, wenn Sie mich zu meinem Vater fahren. Sie werden auch dafür bezahlt werden.«

Der Mann, ebenso wie einige der anderen, lachte bitter auf. »Wenn Sie mich zu meinem Vater fahren.« Er schüttelte unschlüssig den Kopf. »Siehst du hier irgendwo Kutschen herumstehen? Denkst du, wir haben unsere Diener nach Hause geschickt, während wir uns einen Krug Bier genehmigen? Da wirst du schon umdrehen müssen und dahin gehen, woher du gekommen bist.«

»Das können Sie nicht tun. Sie können mich doch nicht einfach wieder in die Nacht schicken. Wissen Sie denn nicht, wer ich bin?«

Dass das möglicherweise falsch gewesen sein könnte, fiel ihr sehr schnell auf. Die Blicke, die zuvor noch gleichgültig, müde oder verwirrt auf sie gerichtet waren, wurden nun deutlich grimmiger.

»Lady, uns ist ziemlich egal, wer du bist. Wir haben andere Probleme und hier gelten andere Regeln.«

Louisa hatte nie gelernt, was es heißt, diplomatisch zu sein.

Vor allem aber war ihr eines zu Eigen: das Wissen darum, dass es diesem Kerl nicht zustand, so mit ihr zu sprechen.

»Ich bin Louisa Kedleston und sollte mir etwas zustoßen, dann würde das für den, der das zu verantworten hat, sicherlich weitreichende Folgen nach sich ziehen.«

Das seltsame Schweigen, das nun folgte, wusste sie nicht einzuordnen. Sie hatte gehofft, die Drohung würde sitzen. So kannte doch fast ein jeder die Familie Kedleston. Wenn schon nicht ihren Vater, dann doch zumindest ihren Onkel. Der Name musste also auch hier Gewicht haben. Die Kerle sahen so aus, als könnten sie ein wenig Belohnung dafür, sie heil zurückzubringen, durchaus gut gebrauchen. Warum also dieses plötzliche, fast schon bedrohliche Schweigen? Erst jetzt merkte sie, dass keiner mehr sprach. Jeder einzelne der Männer starrte sie unverhohlen feindselig an.

Es war wieder der, der schon vorhin gesprochen hatte, doch sein Tonfall war plötzlich ein anderer. Klang er zuvor abschätzig und fragend, so war nun deutlich bedrohlich, was aus seinem Mund kam.

»Kedleston? Habe ich richtig gehört? Kedleston? Sieh an, seit wann hat der alte Sklaventreiber eine Tochter? Ich dachte, Marcus Kedleston hätte keine Kinder?«

»Ich bin ja auch die Tochter von Frank Kedleston, seinem Bruder, obwohl ich nicht wüsste, was Sie das angeht.«

Er zuckte lässig die breiten Schultern. »Nun, mir ist es eigentlich vollkommen egal, doch ich glaube, dass Jaro und Tom hier sehr viel Interesse aufbringen können. Was denkst du, Jaro? Ist das nicht interessant? Ausgerechnet das Töchterlein des Mannes fällt uns in die Arme, der für so viel Unheil verantwortlich ist?«

»So ein Unsinn. Ich muss mir diesen Unfug nicht anhören. Meine Familie ist für gar nichts verantwortlich. Im Gegenteil, sie sorgt dafür, dass Menschen wie Sie eine Arbeit haben.«

Ein mittelgroßer Mann mit langen braunen Haaren schob sich nach vorne. Seine Kleidung stand der des anderen in Nichts nach, im Gegenteil, er sah eher noch zerlumpter aus.

»Unfug? Weißt du eigentlich, was du da sagst? Du dummes, verzogenes Weib hast ja keine Ahnung, wovon du redest. Dein feiner Onkel hat, gemeinsam mit deinem Herrn Vater, die ganze Fabrik neu ‚geordnet', hat uns erklärt, unsere Arbeit wäre nicht das wert, was uns bezahlt wird.« Er machte eine ausladende Handbewegung. »Uns allen wurde der Lohn gekürzt. Wenn wir zuvor gerade noch so unsere Familien satt bekommen haben, so ging das von einem Tag auf den anderen nicht mehr. Es sei denn, wir würden noch länger arbeiten.« Sein wütendes Gesicht war dem ihren nun ganz nah. »Weißt du, was das heißt? Das heißt arbeiten von sieben Uhr am Morgen bis acht Uhr am Abend. Wir schuften uns die Seele aus dem Leib und doch schaffen wir es nicht, für die Unseren zu sorgen.« Er sah sich suchend um. »Dort, schau gut hin, du hohes Töchterlein, das dort ist unser Tom. Seit über fünf Jahren malocht er für deinen edlen Onkel. Es sind auch seine Hände, mit deren Hilfe dieser Dreckskanal gebaut wurde. Und dann hat er ihn für die Vorbereitungen für die Eisenbahn eingesetzt, meilenweit musste er weg. Es ging alles solange gut, bis sein Sohn krank wurde. Tom hat es nicht ausgehalten, wollte nur für ein paar Tage zu seinem Kind. Weißt du, was dein feiner Onkel zusammen mit deinem edlen Vater gemacht hat? Er hat Toms Lohn einbehalten und ihn auf der Stelle gefeuert. Es war kein Geld da für einen Doktor, auch keins für Medizin – wie auch, wenn selbst das Essen nicht mehr bezahlt werden kann.« Die kräftige, schwielige Hand griff nach dem Kragen ihres Mantels. »Soll ich dir sagen, was passiert ist? Zuerst ist sein Sohn gestorben, dann seine Frau. Weißt du, wie es ist, zusehen zu müssen, wie die Menschen, die du liebst, regelrecht verrecken? Nein, woher solltest du auch.« Kurz nur sah er ihr mit einem seltsam brennenden Blick in die Augen, dann stieß er sie nach vorne.

»Na komm, Lady, vielleicht kannst du ja den armen Tom trösten. Nötig hätt' er's, bei Gott.«

Der Griff des Koffers entglitt ihrer Hand und sie versuchte verzweifelt, Halt zu finden. Der einzige Halt war jedoch die fiebrig heiße Hand des besagten Tom. Ein wahrscheinlich noch junger Mann, der aber durch die eingefallenen Züge älter wirkte, als er war. Sie roch den Alkohol und sein leicht glasiger Blick verriet, dass sie sich sicher nicht täuschte und der Mann ziemlich betrunken war. Sie versuchte die Hand abzuschütteln, doch Tom griff mit der Kraft eines Schraubstocks zu, was sie dem Kerl mit dem verhärmten Gesicht unter dem dunklen Haarschopf kaum zugetraut hätte. Noch schien der nicht ganz zu verstehen, was eigentlich geschah, und das gedachte sie zu nutzen.

»Ich warne Sie, wenn Sie es wagen, mich anzufassen, werden Sie das alle bitter bereuen.«

Toms verschleierter Blick irrte fragend zu Jaro. Der lächelte nun, doch es war ein sehr, sehr böses Lächeln.

»Lady, das war jetzt ganz sicher das Dümmste, das du in deinem Leben jemals von dir gegeben hast.«

Während Tom noch immer ihr rechtes Handgelenk umklammerte und einfach nicht losließ, zupfte Jaro in einer flinken Bewegung ihre Mütze vom Kopf und warf sie in die Menge. Ihr langes, dunkles Haar flutete über ihre Schultern herab.

»Sieh einer an, sowas Feines.« Jaro war sichtlich zufrieden mit dem, was er sah.

Ihr wurde noch kälter, als es ihr sowieso schon war. Verzweifelt huschte ihr Blick über die Männer. »Bitte, lassen Sie mich los. Lassen Sie mich einfach gehen und es wird nichts geschehen.«

Jaro schüttelte nachsichtig den Kopf. »Nein, Lady, dazu ist es jetzt zu spät. Wenn eine wie du es wagt, uns zu drohen, dann ist das schon arg derbe. Da kommst du nicht mehr raus, und es tut mir tatsächlich nicht mal leid.«

»Was soll das? Was wollen Sie ...« Die Worte blieben ihr im Hals stecken, denn Tom erwachte wohl gerade aus seiner Trance. Seine andere Hand fasste in ihre Haare und er ballte sie darin zur Faust. Sie verstand ihn zuerst nicht, erst als er die Worte zum zweiten Mal murmelte, konnte sie ihn verstehen.

»Tess, das sind Tess' Haare.«

Jaro tätschelte ihm die Wange. »Nein, keine kommt an Tess ran. Aber als Ersatz ist die Kleine hier allemal in Ordnung. Na komm, keine falsche Scheu. Ihr Vater hat dafür gesorgt, dass Tess Hungers gestorben ist. Da kann sein Töchterlein dir schon ein wenig den Bauch wärmen.«

Langsam ahnte sie, was sie erwartete, auch wenn alles in ihr sich gegen diese Erkenntnis sträubte. Sollten denn die schlimmsten Dinge, die sie jemals in ihren Romanen gelesen hatte, nun wirklich wahr werden? Entsetzt versuchte sie einen Blick auf die anderen Männer zu werfen, doch bis auf den Großen, der sie zuerst gesehen hatte, Jaro und einen kleinen, drahtigen Kerl mit kurzen blonden Haaren, hatten alle sich abgewandt. Toms Hand verkrampfte sich in ihrem Haar.

»Hilfe, bitte, so lasst mich doch gehen. Ihr werdet sonst alle dafür büßen.«

Jaros Lächeln war bitter und heimtückisch zugleich. »Wohl kaum, wie schon gesagt. Du bist zur falschen Zeit am falschen Ort.«

Toms Hand löste sich aus ihrem Haar und glitt über ihre Wange, er schwankte, während er vor ihr stand, unschlüssig und augenscheinlich nicht ganz Herr seiner Sinne. Es war ein Reflex, eigentlich wollte sie es nicht, doch sie biss zu, ohne nachzudenken. Und Tom reagierte ebenso. Er schlug sie so schnell und so heftig, dass ihr Kopf dröhnte.

»Ah, schaut an, Tom wacht wieder auf.« Jaro schien zu gefallen, was er sah.

Tom ließ ihr Handgelenk los, dafür vergrub er seine Linke wieder in ihrem Haar, und das so fest, dass sie keine Möglichkeit hatte, sich zu befreien. Seine Rechte versuchte, ihren Mantel zu öffnen, doch für die vielen Knöpfe und Ösen war er eindeutig zu betrunken. Jaro kam ihm zu Hilfe, indem er ihren Kragen griff und den Mantel einfach mit einem kräftigen Ruck aufriss. Im gleichen Augenblick zog er ihn ihr schon nach hinten von den Schultern.

Toms Augen weiteten sich, als er sie nun vor sich stehen sah. Ein leichtes Lächeln erschien auf seinem Gesicht. »Das ist gut. Du gefällst mir.«

Mit unerwarteter Schnelligkeit hob er sie hoch und warf sie auf einen Tisch, der hinter ihr stand. Sie erwartete, hart zu liegen zu kommen, doch sie fand sich auf ihrem ausgebreiteten Mantel wieder. Im selben Augenblick schob Tom ihre Röcke hoch. Als sie die Hände hob, um ihre Beine wieder zu bedecken, griff von hinten der bis dahin schweigend daneben stehende blonde Mann nach ihren Handgelenken. »Halt still, es hilft dir eh nicht. Du machst es nur schlimmer. Tom ist noch jung und gar nicht übel, genieß es doch wenigstens, du dummes Weib.«

Im gleichen Moment riss Jaro ihr Mieder auf und entblößte ihre Brüste. Sie hörte Tom seufzen und fühlte seine harten Hände auf ihrem Körper. Ekel überflutete sie und sie wand sich wie eine Schlange unter dem Griff des Blonden. Es brachte ihr einen erneuten Schlag ins Gesicht ein, woraufhin ihr vor Schmerz und Verzweiflung die Tränen in die Augen schossen. Als sie zu schreien begann, fühlte sie, wie ihr Kiefer auseinandergezwungen und ein stinkender Knebel zwischen ihre

Zähne geschoben wurde. Das Atmen fiel ihr schwer, vor allem, da sie nahe am Feuer waren und der Wind den beißenden Rauch in ihre Augen und Nase trieb. Was sie trotz des Tränenschleiers noch immer erkennen konnte, war, wie Tom sich seiner Hose entledigte und sie dann zu sich nach vorne zog. Seine Hände griffen unter ihren Rock und bekamen ihr Unterkleid zu fassen. Sie spürte, wie sich seine Finger in den Stoff und alles, was darunter war, gruben und es mit festem Griff herunterrissen. Sie wehrte sich, doch das bescherte ihr erneut einen heftigen Schlag auf den Oberkörper, der sie schmerzerfüllt aufkeuchen ließ. Toms heiße Hände fuhren über ihre Beine und zwangen ihre Schenkel auseinander. Dann verspürte sie einen stechenden Schmerz, während Tom aufstöhnte und sie Jaro und den anderen lachen hörte. Ungeachtet ihrer Schmerzen oder ihrer Tränen stieß der Mann immer und immer wieder in sie, bis er mit einem Schrei über ihr zusammensank.

Sie zitterte am ganzen Körper, vermochte fast nicht mehr zu atmen und hoffte nur, dass das Martyrium nun vorbei sein möge, doch fast unfähig, einen klaren Gedanken zu fassen, erkannte sie, dass Tom sich aufrichtete und mit unsicherem Schritt neben den Tisch trat. Jaro hingegen nahm nun seinen Platz ein. Instinktiv bäumte sie sich verzweifelt auf, doch das führte lediglich dazu, dass Jaro ihr seine Faust so fest in die Seite schlug, dass ihre Rippen krachten. Sie röchelte hilflos und Tom zog ihr den Knebel aus dem Mund. Sie konnte es nicht mehr kontrollieren, die Angst war zu groß und wider besseres Wissen holte sie Luft, um erneut zu schreien. Der Schlag war hart und er kam zeitgleich mit Jaros erstem Stoß in ihren gepeinigten Körper. Etwas in ihrem Kopf schien zu explodieren und eine unbeschreibliche Welle von Schmerz überrollte sie. Sie spürte Jaro zwischen ihren Beinen und sie fühlte, wie Toms Hände gleichzeitig ihre Brüste umfingen.

»Hey, lasst mir was von der Kleinen übrig. Ich halt sie ja nicht umsonst hier fest, schon klar, oder?«

Sie hörte die Worte wohl, aber sie wollte sie nicht verstehen. Das Letzte, das sie begriff, war, dass dies gewiss ihre letzte Nacht auf dieser Erde sein würde. Ihr ganzer Körper bestand nur noch aus Schmerzen, unbeschreiblichen, bestialischen Schmerzen.

»Wohin sollen wir sie denn bringen?«

»Keine Ahnung. Sie ist zäh. Wer das, was wir heute mit ihr angestellt haben, über drei Stunden durchhält, der kann was wegstecken.«

»Hat sie ja auch, und das ein paar Mal.«

»Mann, Jaro, du Schwachkopf. Du hattest deinen Spaß. Irgendwohin müssen wir mit dem Mädel. Ich bin wieder soweit nüchtern, dass ich kapiere, dass sie das wahrscheinlich nicht übersteht.«

Jaro kratzte sich nachdenklich an seinem mit Bartstoppeln übersäten Kinn. »Also, mein Vorschlag wär, sie, soweit's geht, wieder anzuziehen. Dann bringen wir sie runter zum Fluss. Möglichst ein Stück weiter rauf in Richtung See. Ich hab da 'n altes Boot, damit rudern wir sie raus. Das eisige Wasser überlebt sie nicht. Bis die gefunden wird, glauben, wenn wir Glück haben, alle, sie wär irgendwie ausgerutscht und in den Fluss gefallen. Die Unsrigen halten eh das Maul und sonst hat's keiner mitbekommen.«

Toms Blick glitt über die leblose Gestalt auf dem Tisch.

»Schade eigentlich. Ist ein verdammt hübsches Mädel, also zumindest gewesen. Hat Spaß gemacht mit ihr.«

Jaro hieb ihm kräftig auf den Rücken. »Jetzt werd mal nicht sentimental. Ihr Vater und sein rücksichtsloser Bruder haben Schuld, dass du Frau und Kind auf einem Armenfriedhof besuchen kannst.«

Tom zuckte die Schultern. »Stimmt auch wieder.«

Jaro nickte zustimmend. »Genau, und darum packen wir die Kleine jetzt wieder zusammen, verstauen sie auf meinem alten Leiterwagen und dann geht's runter ans Wasser.«

Sie ruderten lange und soweit sie eben konnten. Gott sei Dank war der Fluss nicht komplett gefroren, dazu war es nicht kalt genug gewesen. Gemeinsam mit Tom hob Jaro die alte Decke, in die sie das Mädel gewickelt hatten, an. Vorsichtig lauschte er auf ihren Atem. Er zog eine bedauernde Grimasse.

»Lang macht sie's nicht mehr. Los, komm jetzt, wir müssen sie loswerden. Schmeiß ihren Koffer auch rein, dann schaut es noch mehr nach einem Unfall aus.«

Nach einem vorsichtigen, wachsamen Blick in die Runde, und erst nachdem sie sich ganz sicher waren, dass niemand sie beobachtete, warfen sie zuerst das leblose Mädchen und dann ihren Koffer in die eisigen Fluten.

Aus dem Augenwinkel sah Jaro, wie Tom sich bekreuzigte.

»Mann, das nutzt doch alles nichts.«

Der Mantel der Kleinen blähte sich um ihren Körper, der Koffer trieb neben ihr.

Jaro schüttelte seufzend den Kopf.

»Tja, armes, reiches Mädel. In dem Zustand sind wir alle gleich.«

»Mann, ich friere mir den Hintern ab. Los rudern wir zurück.«Er ergriff die Ruder und das Boot bewegte sich langsam wieder auf das Ufer zu.

Teil II

»I am poor and naked, but I am the chief of a nation.
We do not want riches, but we do want to train our children right.
Riches would do us no good.
We could not take them with us to the other world.
We do not want riches. We want peace and love."

Red Cloud, Sioux Chief

15.

Und du bist dir ganz sicher, dass du nicht mit uns zurück in unser Winterlager willst?« Sein Vater musterte ihn neugierig.

Jacques schüttelte den Kopf. »Nein, ich bleibe hier, es ist gut, so wie es ist.«

Wanbli Waste seufzte leise. »Du weißt, dass du willkommen bist.«

»Natürlich weiß er das, aber es ist ihm egal. Er weiß auch, dass wir jeden Mann gebrauchen könnten, aber das ist ihm genauso egal.«

Jacques fuhr auf. »Wie kannst du es wagen? Du weißt sehr wohl, warum ich hier bin.«

Wanbli Waste hob gebieterisch die Hand und sofort schwiegen seine Söhne.

»Sunk'Pala, du solltest still sein. Es war auch deine Mutter, die bei diesem Angriff ihr Leben verlor.«

»Als ob ich das nicht wüsste. Aber sie war bei *uns.* Obwohl sie eine *Wasicu,* eine Weiße war, lebte sie bei uns. Und was macht mein eigener Bruder?«

Langsam wurde es Wanbli Waste zu dumm. »Schluss jetzt, alle beide. Niemand konnte damit rechnen, dass das geschieht. Und keinen trifft daran die Schuld.« Er sah sofort, wie Jacques sich versteifte.

»Oh doch. Und das wisst ihr sehr wohl. Ich war es, den die Soldaten am Fluss gesehen haben. Ich war es, der sie zu unserem Lager geführt hat. Wäre ich aufmerksamer gewesen, so wäre das nie geschehen und Mutter wäre noch am Leben. Ich war zu sorglos. Das wird mir nie wieder passieren.«

Wanbli Waste schüttelte nur erneut den Kopf. »Mein eigener Sohn lebt nun seit über einem Jahr wie ein wildes Tier alleine mitten im Wald. Du hast viel gelernt in dieser Zeit, das will ich nicht verneinen und doch will ich, dass du weißt, dass dein Zuhause immer bei uns sein wird.« Er erhob sich von dem dicken, warmen Büffelfell, auf dem er sich niedergelassen hatte, und wickelte seine Decke um sich, ehe er sein wärmendes Bärenfell über die Schultern legte. Sein langsam ergrauendes, langes Haar band er sich mit einem Lederriemen im Nacken zusammen. Schweigend musterte er seine beiden Söhne.

»Euch beiden habe ich Ehrfurcht vor dem Leben gelehrt, euch beiden hat eure Mutter die Liebe zur Natur beigebracht und gemeinsam wurdet ihr zu Männern. Sunk'Pala, ich weiß wohl, warum du so hart gegen deinen Bruder bist. Ich weiß, wie sehr du ihn vermisst. Habe ich euch denn nicht auch etwas anderes beigebracht? Habe ich euch nicht stets erklärt, dass es stark sein kann, Schwächen zuzugeben? Die Liebe eines Bruders hat nichts mit Schwäche zu tun. Wenn schon Zwist unter Brüdern herrscht, wie sollen wir überleben in einem Land, das von einer Welle der Habgier, der Unwissenheit und der Zerstörung überrollt wird? Mehr habe ich dazu nicht zu sagen. Jacques, wann immer du bereit bist, komm zu uns zurück. Du bist ein herausragender Krieger und wir sind nur noch wenige. Vergiss das niemals.«

Jacques warf einen Ast in den von ihm selbst gebauten Kamin in der Ecke seiner Hütte und nickte. »Ja, Vater, ich weiß. Aber ich kann noch nicht zurück. Noch sehe ich überall ihr Gesicht.«

Sein Bruder stand nun ebenfalls auf, klopfte sich die ledernen Beinkleider ab und hüllte sich fest in seine Jacke aus Leder und Wolfsfell. Seine langen schwarzen Haare fielen ihm in sein noch immer etwas verärgert wirkendes Gesicht. Er musterte den Älteren eingehend.

»Ich warne dich: Wenn dir hier draußen in der Wildnis etwas zustößt, dann bringe ich dich Sturschädel eigenhändig noch einmal um.«

Wanbli Waste schmunzelte erleichtert, als er sah, wie seine Söhne sich umarmten. Es war für seinen Jüngsten nicht leicht gewesen, über seinen Schatten zu springen, doch er hatte es getan.

»Wir sollten aufbrechen. Es wird stockfinster sein, ehe wir im Lager ankommen.«

Sunk'Pala grinste. »Ich kann ja meinen brillanten Geist ein wenig leuchten lassen.«

»Untersteh dich, mein Sohn. Das Einzige, das hier zu leuchten hat, sind die Sterne. Sie werden uns den Weg so zuverlässig weisen, wie sie es seit Jahrhunderten tun. Und du, Jacques, gib gut auf dich Acht. Wobei ich denke, ich muss mich um dich nicht sorgen.«

»Nein, das musst du nicht, ich komme zurecht. Ich liebe euch beide und ihr fehlt mir mehr, als ich sagen kann, aber ich kann noch immer keine Menschen um mich haben. Doch es wird besser, mit der Zeit, hoffe ich.«

Als sie in die Dämmerung ritten, wusste Wanbli Waste, dass er einen kleinen Sieg errungen hatte. Sophies Söhne konnten endlich mit einem Teil der Vergangenheit abschließen. Es würde der Tag kommen, an dem auch Jacques wieder zu seinem ausgeglichenen, starken Ich zurückfände. Er wusste nicht wann, doch er wusste, es würde geschehen.

Er sah seinem Vater und seinem Bruder nach, bis die anbrechende Nacht sie beide verschluckte. Sorgsam schloss er die Türe seiner Blockhütte hinter sich. Auf seine Behausung war er sehr stolz. Gut, Maroque war ihm eine große Hilfe gewesen. Der dunkelhäutige Franzose, der regelmäßig mit kleinen Geschenken für seine Mutter im Lager aufgetaucht war, stand ihm auch nach deren Tod bei. So sehr er die Mutter bewunderte, so sehr bedauerte er nun offensichtlich deren Sohn.

Ohne Maroque wäre die Hütte wohl ziemlich windschief und provisorisch geworden. Er hatte von Anfang an darauf bestanden, dass es etwas Ordentliches werden musste, wenn Jacques schon im Wald leben wollte. Wenn er heute an die schweißtreibende Arbeit zurückdachte, dann fühlte er sofort wieder den Schmerz in den Armen. Maroque ließ ihn schuften wie ein Pferd, doch es war gut so. Nicht nur rückte die schwere, körperliche Arbeit den Schmerz um den Verlust und das grauenhafte Schuldgefühl in den Hintergrund, sie half ihm dabei, sich in diesem neuen Leben zurechtzufinden. Der Freund errichtete nicht nur die Hütte mit ihm, er nahm ihn mit in die letzten Teile der unberührten Wildnis, zeigte ihm neue Jagdtechniken und lehrte ihn das Eisfischen.

Doch Maroque war ein rast- und ruheloser Geist. Kaum stand die Hütte, kaum war sie vernünftig eingerichtet – auch hier war Maroque hart geblieben – mit einem selbst gebauten Ofen, einer Feuerstelle mit Abzug über das Dach, selbstgezimmerten Möbeln und vielen schönen Fellen von ihren Jagdausflügen – war er eines Tages einfach verschwunden. Doch irgendwann würde der Freund wieder hier auftauchen, irgendwann.

Jacques umkreiste das Blockhaus, das sich unter riesigen Bäumen sanft an einen Hügel schmiegte. Es war so klug errichtet worden, dass man, sofern man den Rauch nicht sah, erst nach sehr genauem Hinsehen erkennen konnte, dass dort ein Haus stand. Direkt daneben, halb in den Hügel hinein gegraben, um sie vor wilden Tieren zu schützen, fand sich eine kleine Räucherkammer. Er überprüfte kurz, ob das Holz noch gut rauchte, legte ein paar Äste nach und schnupperte. Das würde guter Räucherfisch werden, das Holz duftete herrlich und das Fleisch nahm immer ein wenig des Duftes an. Zwar lief ihm das Wasser im Mund zusammen, doch die Fische waren noch nicht soweit. So verriegelte er die wuchtige kleine Türe, die selbst einem Bären einiges an Geschicklichkeit abverlangen würde, und ging nach einem letzten Blick auf die Umgebung, in der man nur noch die Schatten der Bäume im ab und an durchschimmernden Mondlicht erkennen konnte, zurück in sein warmes Haus.

Jacques drückte die Türe zu, legte den schweren Holzbalken quer davor in seine eiserne Halterung und zog dann seine dicke Felljacke aus. Wieder eine Erinnerung an seine Mutter. Mit welcher Geschicklichkeit die Frau, die einst ein behütetes Leben in ihrer französischen Familie geführt hatte, später aus Fellen und Häuten wunderschöne Kleidungsstücke genäht hatte, erstaunte ihn noch heute.

Zwar wusste er, dass es ihm wehtun würde, aber es half nichts: Sich dem Schmerz zu entziehen, ihn zu leugnen, brachte ihn keinen Schritt weiter. Also ging er nach hinten an die Wand und hob vorsichtig die große Holzscheibe, die er aus einem Baum geschnitten hatte, herunter. Das Feuer und die kleine Öllampe erweckten die sanften, schönen Züge seiner Mutter zum Leben.

Ihre Familie war aus Frankreich gekommen. Ganz verstand er nie, warum sie das Land auf dem fernen Kontinent hatten verlassen müssen. Es ging wohl um Glaubensfragen und darum, dass ihrem Vater dort der Tod durch den Strang gedroht hatte. Raue Sitten, wahrlich. Er schüttelte sich und zärtlich fuhren seine Finger die Linien ihres Gesichtes nach. Er war schon als Kind gut darin gewesen, die Gesichter anderer auf eine Art und Weise auf Holz, Leder oder dickes Papier zu bannen, die manche schaudern ließ.

»Du siehst den Menschen in ihre Seelen, Jacques.« Seine Mutter war so stolz auf ihn gewesen.

Als einzige war sie am Leben geblieben, nachdem ihre gesamte Familie über den eisigen Winter 1819 am Fieber gestorben war. Dem Tod näher als dem Leben, hatten die Männer seines Stammes sie dort in dem Haus gefunden.

In einem Geisterhaus, in einem Geisterdorf. Die Weißen wagten sich in Gegenden, in denen selbst sie, die Lakota, die sich gut auskannten und die mit der Natur zu leben verstanden, sich nur mit viel Respekt bewegten. Der Winter ließ die Auswanderer sterben wie die Fliegen, sie hatten den Gewalten der Natur nichts entgegenzusetzen.

Ein Lächeln kräuselte seine Lippen, wenn er an die Geschichte dachte. Oft genug hatte man sie sich im Dorf erzählt. Die anderen Männer wollten die halbtote junge Frau zurücklassen. »Eine fremde, todkranke Frau, dann auch noch eine Weiße? Das bedeutet nichts als Ärger.«

Sein Vater war ihnen über den Mund gefahren. Als Schamane des Stammes war ihm Leben heilig, selbst das einer Weißen. Und ganz besonders das einer so hübschen Weißen, wie er später gerne grinsend eingestand. Sie nahmen die Frau mit. Als ihnen auf dem Rückweg dann auch noch das Jagdglück in Form eines kapitalen Hirsches hold war, hatte Sophie gewonnen. Wer es schaffte, die Jagdgeister milde zu stimmen, konnte gar nicht so übel sein.

Die junge Frau wurde nur langsam gesund und kaum war sie wieder bei klarem Verstand, überraschte sie alle.

Nein, sie wollte nicht zum nächsten Fort gebracht werden. Nein, sie wollte nicht zurück zu den Weißen. Das Grauen, das sie erleben musste, seit sie an diesen Ufern angekommen war, reichte ihr für den Rest ihres Lebens. Sie bat darum, bleiben zu dürfen. Lange musste sie wohl kaum bitten, denn um Wanbli Waste war es schon seit dem ersten Blick auf die schöne Fremde geschehen gewesen.

Sophie blieb, gewann das Vertrauen ihrer neuen Familie und im Sommer 1821 brachte sie ihren ersten Sohn zur Welt: ihn – Jacques Demeraux. Dass er den Mädchennamen seiner Mutter trug, fand er vollkommen in Ordnung. Ihr Wissen über Heilkunde, die aus der Natur kam, gab sie ebenso an ihre Söhne weiter wie die Geschichten aus der Alten Welt. Gleichzeitig saugte sie alles in sich auf, was ihr sein Vater über ihre neue Heimat erzählte.

Wieder strich er über die hölzerne Scheibe. Die großen, sanften Augen, das schmale, schön geschnittene Gesicht, die vollen, sanft geschwungenen Lippen, die edlen Bögen der Augenbrauen, die langen Wimpern, die er mühsam mit einem winzigen Messer eingedrückt hatte. Das wallende hellbraune Haar, das immer ein wenig an Honig in der Sonne erinnerte.

Erst als ein kleiner Tropfen neben den Augen seiner Mutter landete, bemerkte er, dass er weinte. Verdammt!

Würde das denn nie aufhören? Ärgerlich auf sich selbst, wischte er sich die Tränen fort und hängte Sophies Bildnis sorgsam wieder an der Wand auf.

Er war durstig und auch sein Magen meldete sich zaghaft. Jacques schürte das Feuer kräftiger an, holte aus einem Korb ein wenig geräuchertes Fleisch, fädelte es geschickt auf einen eisernen Spieß und steckte ihn neben dem Feuer in eine kleine Halterung am Boden. Dann machte er Feuer in seinem selbstgemauerten Ofen, goss frisches Wasser aus dem Eimer in eine Kanne, warf eine Handvoll getrockneter Salbeiblätter hinein und stellte sie auf die eiserne Herdplatte. Gerade jetzt, im Winter, war er Maroque doch verflixt dankbar, dass der so stur darauf bestanden hatte, all das hier einzubauen. Ein ausgesprochen kluger Kopf, der Franzose.

Während er prüfte, ob das Fleisch schon gut war, fiel sein Blick unweigerlich auf das breite, in mühsamer Arbeit gezimmerte Regal an der Wand. Die bauchige Flasche glänzte leicht im Schein des Feuers. Der Whiskey würde ihm zwar für eine kurze Zeit Vergessen schenken, doch das konnte er sich nun wahrlich verkneifen. Das einzige Mal, als er versucht hatte, sich mit dem Zeug aus der Wirklichkeit zu stehlen, hatte er damit bezahlt, dass er sich am nächsten Morgen stundenlang die Seele aus dem Leib kotzte. Vielen Dank, das war sicher nicht der richtige Weg. Aber zumindest eignete sich die braune Brühe hervorragend dafür, Wunden zu reinigen. Ein Grinsen zog über seine Züge. Maroque würde ihn bei lebendigem Leib vierteilen, wenn er wüsste, was er mit seinem geliebten Whiskey machte.

Endlich war sein Abendessen fertig und auch der Tee war soweit. Er band sein langes schwarzes Haar, das ihm bis zur Hälfte des Rückens reichte, mit einem breiten Wildlederriemen zusammen, setzte sich ans Feuer und genoss sein Mahl. Nach einem letzten Becher des heißen, wohlschmeckenden Gebräus zog er sein Hemd aus, entledigte sich seiner handgenähten, mit Fell überzogenen Lederstiefel und warf sich auf sein breites, bequemes Bett. Eines der Dinge, die sein Vater ihm heute übergeben hatte, war das Wolfsfell gewesen, auf dem Sophie immer gesessen hatte.

»Sie hätte gewollt, dass du es bekommst.«

Jacques zog es sich unter den Kopf und vergrub seine Nase darin. Irgendwann musste der Schmerz aufhören … irgendwann.

16.

Der nächste Morgen begrüßte ihn mit Sonnenschein und klirrender Kälte. Zwar machte es ihm nichts aus, mit blankem Oberkörper hinauszugehen, doch dass er zuerst einmal eine Eisschicht auf seinem Wasserfass durchstoßen musste, ehe er sich damit waschen konnte, gab ihm dann doch zu denken. Vielleicht sollte er den heutigen Ausflug zum Ufer des Sees doch unterlassen? In einer blitzschnellen Bewegung tunkte er beide Arme bis zum Ansatz ins Wasser. Es war wirklich verdammt kalt. In Windeseile wusch er sich Gesicht und Oberkörper, um dann sofort zurück ins Warme zu gehen. Nachdenklich braute er sich einen mehr oder weniger genießbaren Kaffee. Zumindest würde der ihn nach den seltsamen Träumen der letzten Nacht wieder anständig aufwecken. Jacques durchwühlte den Korb neben dem Herd und förderte das letzte Stück seines selbst gebackenen Brotes zutage. Obwohl schon zwei Tage alt, schmeckte es noch immer hervorragend. Fragend lugte er hinter den Korb. Die noch von Maroque angelegten Mehlvorräte gingen langsam zur Neige. Es war wohl an der Zeit, sich wieder einmal ins nächste Dorf zu begeben.

Deutsche und Schotten, die die Nase voll davon hatten, für die Illinois-Michigankanal-Gesellschaft zu arbeiten, lebten nun dort in bescheidenem Wohlstand. Die einen arbeitsam, gewohnt auch Entbehrungen zu ertragen, wie auch die anderen, die in ihrer Heimat von den Engländern ungefähr genauso freundlich behandelt worden waren wie die Ureinwohner hier. Zwar wurde er dort seltsam beäugt, doch zumindest verkaufte man ihm nicht solchen ungenießbaren Dreck wie im Handelsstützpunkt im Fort. Vor allem freute man sich über die schönen Felle, die er des Öfteren dort anbot. Aber auch wenn man ihm dort nicht feindselig begegnete, so vermied er es doch, wann immer er konnte, dort hinzureisen. Menschen!

Er hatte so seine Probleme mit ihnen.

Jacques spülte mit dem letzten Schluck Kaffee den Bissen Brot hinunter, den er noch kaute, wusch seine Tasse aus und warf einen Blick durch das winzige Fenster nach draußen. Eigentlich wäre er wirklich gerne hiergeblieben, doch es war, als zöge ihn eine unsichtbare Hand hinaus ins Freie. Arrow musste sowieso ein wenig bewegt werden. Andauernd im Stall herumzustehen, war nicht gut für den Hengst. Seufzend zog er sich so warm wie möglich an, wählte mit Bedacht die besten Leinen und einige gute Köder, nahm seine Axt mit, falls das Ufer vereist sein sollte, und trat wieder vor die Türe. Arrow schnaubte, als er ihn hörte und Sandy, die hübsche goldbraune Stute, wieherte leise.

»Na, ihr beiden, geht es euch gut?«

Wie zur Bestätigung steckte Sandy ihre weichen Nüstern in sein Haar und schnaubte. Jacques musste lachen, wie jedes Mal, wenn sie das tat. »Sandy, das kitzelt.« Liebevoll streichelte er der Stute über das weiche, empfindliche Maul.

Arrow stampfte zur Begrüßung mit den Vorderhufen. »Schon gut, schon gut. Ich habe verstanden. Du willst raus, was, mein Großer? Na gut. Dann komm schon.« Er führte den für ein Indianerpferd riesigen Hengst aus dem Stall, der mit der Hinterseite direkt an die Räucherkammer anschloss, so immer ein wenig gewärmt wurde und ebenfalls geschützt direkt an den Hügel gebaut war.

Beim Aufsatteln wurde ihm dann auch gleich wieder wärmer und er fragte sich zum wiederholten Mal, warum er nicht wie Vater und Bruder nur mit weichen Decken ritt. Die Antwort gab er sich, leise fluchend, selbst. Weil an so einem Sattel einfach vieles untergebracht werden konnte. So zum Beispiel die Axt und die Leinen, die er nun sorgfältig in den Satteltaschen verstaute. Sein Gewehr band er an der Seite fest und sein langes Jagdmesser steckte griffbereit in seinem Stiefel. Rasch legte er Sandy noch ein wenig Heu hin, ehe er den Stall ordentlich verschloss. Noch immer gab es Wölfe in der Gegend. Jacques fürchtete sie nicht, nein, er respektierte die Tiere, die schon lange vor ihm diese Wälder durchstreift hatten. Im Stall aber hatten sie wahrlich nichts verloren. Er führte den dunkelbraunen Hengst vor das Blockhaus, versicherte sich noch einmal, dass alles gesichert war, und schwang sich dann auf Arrows Rücken.

»Also, dann, mal sehen, wie weit wir kommen.«

Während Arrow gemächlich lostrabte, überlegte Jacques, wo er wohl die meisten Chancen haben würde, etwas zu fangen. Den ganzen vergangenen Tag über war es windig und verhangen gewesen, erst am späten

Nachmittag riss die Wolkendecke auf. Wind bedeutete eine stärkere Strömung an den Zuläufen zum See. Also könnte er in der kleinen Bucht, die relativ weit ins Land hinein reichte, Glück haben. Dort fing er im Winter immer wieder Fische, da sie sich aus dem weitläufigen See in die kleinen, geschützten Gefilde zurückzogen, wo sie auch Futter fanden. Ein Blick zum nach wie vor vollkommen blauen Himmel beruhigte ihn. Das sah gut aus, weder nach plötzlichem Schneesturm noch nach Regen oder ähnlich unerwünschtem Nass. Der Schnee lag nicht besonders hoch und Arrow kam gut voran. So blieb ihm nur noch, die Schönheit der Winterlandschaft zu bewundern. Auf dieser Seite des Sees fand man sie noch – die unberührte Natur.

Drüben, jenseits des Wassers, in der Stadt – Chicago – war es damit endgültig vorbei. Die paar Male, die es ihn zwangsweise dorthin verschlagen hatte, als er mit Maroque diverse Dinge für seine Bleibe besorgen musste, waren ihm in keiner guten Erinnerung geblieben. Tausende von Menschen. Lärmend, wahlweise mit versteinerten Gesichtern oder aber mit einer Überheblichkeit, die ihresgleichen suchte. Maroques Worte, dass dies erst der Anfang sei, beunruhigten ihn außerordentlich. Als hätten sie nicht schon genug mit denen zu tun, die jetzt hier waren. Wie weit sollten sie sich denn noch zurückziehen? Schon lange waren sie zurückgewichen, weg von dem Land, das seine Leute seit alters her bewohnten. Nun waren sie schon am Fuß der Berge und in den Wäldern. Aber das würde wohl kaum genügen, wenn diese Stadt in solch beängstigendem Tempo weiter wuchs.

Er schüttelte die beunruhigenden Gedanken ab und wandte seine Aufmerksamkeit wieder der atemberaubenden Schönheit seiner Umgebung zu. Kleine Dampfwolken drangen aus Arrows Nüstern und auch sein Atem kondensierte an der kalten, klaren Winterluft. Hier konnte man noch frei atmen, ohne den Rauch und den Gestank der Stadt. Tief sog er die frische Luft in seine Lungen. Jacques freute sich auf das Fischen, denn frischer Fisch war und blieb – in jeder Variation – eine Köstlichkeit. Ziemlich genau dreißig Minuten später tauchte vor ihm, umrandet von zahlreichen Bäumen und Büschen, die kleine und gut geschützte Bucht auf. Vorsichtig lenkte er Arrow zwischen den tief hängenden Zweigen einiger Laubbäume hindurch, sprang ab und band dem Hengst mit einem weichen Wildlederriemen die Vorderhufe so zusammen, dass er sich bewegen konnte, aber in Notfall nicht weit käme. So konnte er nach Gräsern unter der Schneedecke suchen und gelangte auch ans Wasser.

Jacques griff sich seine Angelutensilien und stapfte über das steinige Ufer hinunter zum See. Durch die Stürme der letzten Tage und die Strömung hatte es ganz schön viel Treibholz in die Bucht getrieben. Das jetzt im Winter fast braune Schilf am Ufer war durchsetzt mit Ästen und zerfaserten Brettern, die es wohl vom anderen Ufer angeschwemmt hatte. Immer wieder fand sich auch Abfall darunter. Jacques war verärgert. Mussten sie denn ihren Unrat ins Wasser werfen? Konnten sie ihn denn, wenn sie ihn schon produzierten, nicht wenigstens verbrennen oder was auch immer? Mit ärgerlichem Stirnrunzeln suchte er sich einen Platz, an dem es sauber war und an dem auch kein Holz trieb. Sorgsam bereitete er seine Angel vor, bestückte sie mit zwei Ködern, warf sie mit kraftvollem Schwung aus und rammte dann das Ende in das steinige Ufer. Das würde halten. Nun mussten die Fische nur noch hier sein und dann auch anbeißen.

Er überließ die Angel sich selbst und stapfte über die Steine zurück zu der kleinen Schilfinsel, wo er den Unrat hatte treiben sehen. Zumindest herausholen konnte er das Zeug ja, ehe es im Wasser verrottete. Seufzend kletterte er bis zum Rand des Sees und streckte die Hand aus, um ein großes Lumpenbündel herauszuziehen. Unwirsch hob er den obersten Fetzen an.

Mit einem lauten, erschrockenen Schrei prallte er zurück.

Vor ihm im eisigen Wasser trieb der Körper einer toten Frau. Ihr Kopf lag auf einem breiten Brett, in das sich ihre Hände, wohl im verzweifelten Versuch, an der Oberfläche zu bleiben, gekrallt hatten. Langes, dunkles Haar lag zur Hälfte über dem teils weißen, teils von dunklen Schwellungen und Blutergüssen überzogenen Gesicht. Auf der anderen Seite hatte sich ihr Haar im Schilf verfangen. Bei jeder noch so geringen Bewegung des Wassers ruckte auch ihr Kopf, was erschreckend und gespenstisch wirkte, als nicke sie ihm zu.

Er konnte sie unmöglich hier im Wasser lassen, so unheimlich das auch sein mochte. Egal, wer sie war, sie hatte ein ordentliches Begräbnis verdient. Zwar graute ihm davor, den Leichnam der Frau aus dem Wasser zu ziehen und sie zu berühren, doch er musste sich überwinden. Sie sollte eine Ruhestätte finden und jemand – in diesem Fall wohl oder übel er – musste ihre Seele der Ewigkeit übergeben. Konnte denn nicht irgendjemand anderes sie finden? Weiße zum Beispiel, die ihr das hier sicherlich auch angetan hatten. Denn so, wie ihr Gesicht aussah, war sie nicht einfach ertrunken. Entschlossen stellte er einen Fuß auf einen großen Stein, langte nach dem Brett und zog. Der Kopf der Toten bog sich geisterhaft nach hinten und er erkannte, dass er zuerst ihr Haar aus dem Schilf befreien musste, wollte er es ihr nicht einfach ausreißen. Selbst bei einer Toten brachte er das nicht übers Herz. Also zog er sein langes Messer aus der Scheide an seinem Bein, beugte sich vor und trennte ihr Haar direkt am Schilf mit der langen Klinge sauber ab. Nun gelang es ihm, die Frau samt ihrem Brett, von dem sie sich wahrscheinlich Rettung erhofft hatte, ans Ufer zu ziehen. Nur mit Mühe konnte er ihre eisigen Finger, die sich tief in das modrige, nasse Holz gegraben hatten, befreien. Vorsichtig drehte er sie auf den Rücken. Sie war so jung. Die weiße Haut erschien da, wo sie unversehrt war, fast durchscheinend blau. Gesicht und Hals waren von offenbar schweren Schlägen gezeichnet. Er hatte bereits Männer gesehen, die so ausgesehen hatten, noch nie aber eine Frau, nein, ein junges Mädchen. Er fasste an ihren Hals, um ihr Haar nach hinten zu streichen und den Mantel, den sie trug, um sie zu ziehen. Als er den Punkt zwischen Ohrläppchen und Hals berührte, zuckte er zurück.

Das war vollkommen unmöglich.

Erneut streckte er zaghaft seine Hand aus und zögerlich legte er die Kuppen von Zeige- und Mittelfinger auf den Punkt.

Das konnte nicht sein, das war gegen jede Vernunft.

Fast schon panisch befreite er die Frau aus dem triefnassen Mantel. Irgendjemand war wohl besorgt darum gewesen, ihre Kleidung normal aussehen zu lassen, doch Bänder waren schief gebunden und die Bluse war zerrissen. Ungläubig legte er nun beide Hände an ihren Hals und sein Ohr auf ihren Mund. Sekundenbruchteile später zuckte er zurück.

Sie atmete. Wider jede Vernunft und Logik atmete sie. Flach, kaum wahrnehmbar, genau wie ihr Herzschlag, der kaum zu erfühlen war und doch – sie lebte.

Er war darauf vorbereitet gewesen, sie zu begraben. Eine halbtote, offensichtlich schwer misshandelte weiße Frau vor sich liegen zu haben – *darauf* war er nicht vorbereitet. Hinter sich vernahm er das Klimpern der Muschelkettchen an der Angel.

»Ach verdammt!«

Aber was sollte es. Verhungerte er, würde sie wohl erst recht nicht überleben. In Windeseile zupfte er zwei große Fische von der Angel, rannte stolpernd zu Arrow, verpackte sie schnell in den Satteltaschen und eilte zurück zu der Frau.

Sie atmete noch immer. Sie war zäh.

Fast schon schämte er sich seiner Gedanken, doch vernünftig zu denken wollte ihm gerade einfach nicht gelingen. Da plötzlich, in dem Augenblick, als er sich erneut zu ihr hinab beugte und ihren gequälten Körper anhob, dämmerte es ihm.

War dies die Antwort des Schicksals? War dies die Möglichkeit, seinen tödlichen Fehler wieder gut zu machen? Sophie konnte er nicht mehr zurückholen, aber vielleicht konnte er diese Unbekannte retten, so unwahrscheinlich das auch ob der gegebenen Umstände erscheinen mochte. Er riss sich seine Felljacke vom Körper und hüllte die Fremde darin ein. In aller Eile befreite er Arrow von den Fußfesseln, warf die Verletzte, sich bei ihr für die rüde Behandlung leise entschuldigend, über den Sattel, stieg auf, platzierte sie vor sich und trieb Arrow zwischen den Bäumen hindurch hinaus auf den schmalen Pfad. Sorgsam sondierte er die Lage, doch weit und breit war niemand zu sehen. So drückte er dem Hengst die Fersen in die Flanken und ritt, so schnell es ihm mit der bewusstlosen Fremden in den Armen eben möglich war, zurück zu seiner Behausung.

Nach einem Ritt, der ihm mit der wahrscheinlich sterbenden Frau vor sich wie eine Ewigkeit erschien, erreichte er sein Zuhause. Geschickt glitt er vom Pferd und legte sich das Mädchen vorsichtig über die Schulter. Er schob Arrow noch gesattelt in den Stall. Darum musste er sich später kümmern.

Mit der Linken seine unheimliche Last festhaltend, öffnete er mit der Rechten die Türe und bückte sich leicht, um sie nicht noch zusätzlich zu verletzen. Sacht legte er sie auf seinem Bett ab und schälte sie aus seiner Jacke. Im Kamin glühten die letzten Scheite und so schnell er konnte, entfachte er ein großes, warmes Feuer.

Dann stand er ratlos vor der Schwerverletzten. Er suchte erneut ihren Puls und fand ihn. Allerdings keinen Deut kräftiger als zuvor.

»Schwachkopf! Du musst sie warm bekommen.« Verärgert über sein eigenes Zögern begann er nun entschlossen damit, die junge Frau zu entkleiden. Ihre Kleider waren sichtlich edel, jedoch fast alle zerrissen. Er hoffte inständig, dass sie nicht ausgerechnet jetzt zu sich kam. Wie müsste es für sie sein, zuerst misshandelt und dann wahrscheinlich in den See geworfen worden zu sein, um dann aufzuwachen, während ein wildfremder Mann sie entkleidete? Jacques beeilte sich, so gut er konnte.

Als sie nackt vor ihm auf dem Bett lag, stieg unbeschreiblicher Zorn in ihm auf.

Riesige Blutergüsse überzogen ihren ganzen Körper. An ihrer rechten Seite waren die Rippen seltsam verformt. Vorsichtig tastend erkannte Jacques, dass mehrere von ihnen gebrochen sein mussten, was auch die fast schwarzen Flecken darüber erklären würde. Ihr linkes Auge war zugeschwollen, der rechte Wangenknochen war dunkelblau und ebenso kräftig angeschwollen. Ihre Lippen waren aufgerissen und dick. An ihrem Hals prangten die Abdrücke von Fingern, jemand musste sie gewürgt haben. Was ihm die Tränen in die Augen trieb, waren die offenen Wunden, die tiefen Kratzer und die Spuren von eingeprägten Fingernägeln vor allem an der Innenseite ihrer Oberschenkel.

Jacques wusste, was das zu bedeuten hatte.

Diese Dreckschweine.

Rasch holte er eine Schüssel, füllte sie mit warmem Wasser aus der Kanne, goss ein wenig kühleres nach, um sie nicht zu verbrühen, und wusch sie, so gut er konnte. Stets darauf achtend, dass sie auch wirklich noch in tiefer Bewusstlosigkeit lag, um seine Hände dann nicht ausgerechnet am falschen Ort zu haben, falls sie zu sich kam, trocknete er sie ab und verstrich eine heilende, abschwellende Salbe auf ihren Beinen und den Wunden im Gesicht. Danach umwickelte er ihren Brustkorb mit festen Stoffstreifen, um zu verhindern, dass sie sich zu heftig bewegte. So konnten ihre Rippen besser heilen. Zu guter Letzt hüllte er ihren gepeinigten Körper in eine leichte Decke und legte die warmen Felle über sie. Sanft strich er ihr das Haar zurück. Sicher war es einmal sehr schön gewesen, jetzt war es verfilzt und da, wo er es aus dem Schilf geschnitten hatte, um ein ganzes Stück kürzer als auf der anderen Seite. Sicherheitshalber fühlte er nach ihrem Puls, schwach, aber regelmäßig verspürte er das zarte Pochen.

Mehr konnte er im Augenblick nicht für sie tun. Leise trat er zum Kamin, legte erneut zwei große Scheite nach und ging, nach einem letzten

Blick auf die Fremde, hinaus in den Stall. Dort kümmerte er sich um den in stoischer Ruhe abwartenden Arrow, sattelte ihn ab, fütterte ihn und angelte dann die beiden Fische aus den Satteltaschen.

Draußen durchstieß er mit der Faust die dünne Eisschicht auf dem Wasserfass und kippte ein wenig davon über die Fische. Danach schlitzte er sie geschickt auf, entfernte die Innereien und warf sie in hohem Bogen in Richtung Wald, ehe er sich einen Eiszapfen vom Dach brach und die Fische damit innen reinigte. Er spießte sie auf zwei Haken, öffnete die Tür der Räucherkammer und holte den vordersten heraus. Die zwei neuen hängte er dafür hinein. Jacques fachte das Feuer in der Räucherkammer wieder an und verschloss sorgfältig die Türe.

Mit dem geräucherten, duftenden Fisch in der Hand betrat er zaghaft sein Haus. Nein, sie war nicht erwacht. Noch immer lag sie da wie tot. Doch sie lebte. Warum sie nicht zu sich kam, das konnte er nicht sagen. Allerdings wäre es möglich, dass die tiefe Bewusstlosigkeit auch ein Schutz davor war, zu früh zu sich zu kommen und sich dem, was geschehen war, stellen zu müssen. Er bedauerte es, dass sein Vater nicht heute gekommen war. Der erfahrene Schamane wüsste sicher Rat.

Jacques war nervös und sehr unruhig. Mit einer fremden Weißen in seinem Bett könnte eine eventuelle Erklärung etwas problematisch werden. Allerdings würde wohl kaum jemand so dumm sein und sich bei der Eiseskälte hier herumtreiben. Apropos Eiseskälte: Es war ihm ein Rätsel, wie sie die Temperaturen im kalten Wasser überlebt hatte. Ging man vernünftig an diese Frage heran, blieb nur eine Möglichkeit: Es war ein Wunder.

Um sich abzulenken, entschloss er sich, frisches Brot zu backen. Das Brot, das seine Mutter sie alle zu backen gelehrt hatte, war köstlich. Nicht aus gemahlenen Eicheln, sondern aus dem weißen Mehl ihrer Landsleute oder aus Mehl, das sie aus Mais machten. Dieses Brot schmeckte köstlich, duftete herrlich und war wunderbar knusprig. Als gute eineinhalb Stunden später die zwei Laibe im Ofen buken, verbreitete sich der Duft schnell in dem kleinen Blockhaus.

Jacques dachte zuerst, er habe sich verhört, doch dann wiederholte sich das Kratzen an der Türe. Mit hochgezogenen Augenbrauen entriegelte er sie und öffnete einen Spalt. »Ach nein. Kaum riechst du etwas zu essen, kommst du alter Streuner auch mal wieder vorbei?« Er öffnete die Türe etwas weiter und ein dunkler Schatten schob sich an ihm vorbei.

»Wage es, dich hier drin zu schütteln. Dann wirst du umgehend zu einem weiteren wärmenden Fell verarbeitet, nur dass das klar ist. Haben wir uns verstanden?« Seine Hand glitt liebkosend durch das feuchte Fell des Wolfshybriden. »Tatanka, hast du mich gehört?«

Das Tier blickte mit wachen, klugen Augen zu ihm auf. Alleine ob seiner Größe war der Name, den ihm Sunk'Pala vor knapp zwei Jahren gegeben hatte, durchaus berechtigt. Viel fehlte tatsächlich nicht mehr zu einem kleinen Büffel. Tatanka knurrte ihn leise an, stupste ihm mit der Schnauze gegen den Oberschenkel und wandte sich dann um. Langsam und hörbar schnuppernd ging er auf das Bett zu, in dem die noch immer bewegungslose Frau lag. Jacques ließ ihn gewähren, da er wusste, dass er ihr nichts tun würde. Tatsächlich stellte Tatanka sich auf die Hinterpfoten und brachte seine Nase nahe an das Gesicht der Fremden. Ein seltsames, tiefes Grollen drang aus seiner Brust.

»Ja, du sagst es. Sie sieht nicht gut aus. Wer immer das getan hat, dessen Respekt vor Leben kann nicht allzu groß sein.«

Der Hund wandte den mächtigen Kopf und sah ihn eine Weile an. Dann zog er behutsam seine Vorderpfoten zurück und rollte sich auf der dicken Decke, die am Fußende des Bettes auf ihn wartete, zusammen. Lächelnd musterte Jacques seinen treuen Begleiter.

»Ja, so ist es gut, gib auf sie Acht. Sieht so aus, als bräuchte sie Freunde.«

Kurz bevor die Nacht anbrach, ging er nach draußen, um die Pferde zu versorgen. Es würde eine kalte Nacht werden, denn der Himmel war sternenklar, das bedeutete frostige Temperaturen. Er sorgte dafür, dass Arrow und Sandy genug frisches Stroh in ihrem Stall hatten, verschloss sehr sorgsam die Türe und stand dann eine Weile unschlüssig zwischen Stall und Blockhaus. Der Zustand seines Gastes war noch immer unverändert. Gut, sie war nicht mehr eiskalt, aber sie war weder erwacht, noch ließ sie irgendeine Regung erkennen.

Für ihn war die Situation beängstigend, denn er war sich nicht sicher, ob er mit einer Sterbenden dort drinnen war oder ob sie nicht doch Chancen hatte, all das zu überleben. Über ein wenig mehr Gewissheit, in welcher Richtung auch immer, hätte er sich gefreut. Er schöpfte tief Atem und ging wieder hinein. Angesichts der leicht stickigen Luft, ließ er eine Weile die Türe offen. Erst als Tatanka anklagend knurrte, schloss er sie wieder.

»Stell dich nicht so an. Tagelang in der Wildnis herumstromern und dann auf einmal empfindlich werden.« Grinsend warf er dem Hund einen Streifen getrocknetes Wildfleisch zu, welchen dieser geschickt auffing und zufrieden darauf herumkaute.

Vorsichtig näherte er sich dem Bett, noch immer keine Regung, nicht einmal ein Muskel zuckte, nichts. Seufzend wandte er sich ab, tunkte ein sauberes Tuch in kaltes Wasser und betupfte damit sanft ihr geschwollenes Auge, ehe er es erneut mit kühlem Wasser tränkte und es ihr behutsam auf die Schwellung legte. Es war gegen jede Regel der Natur, warum hielten sich die Schwellungen, obwohl sie, als er sie fand, im eisigen Wasser getrieben hatte? Auch wenn er sich angesichts der Frau etwas hilflos fühlte, zumindest essen musste er und das Brot duftete einfach zu verführerisch. Er holte es aus dem Ofen, ließ es eine Weile auskühlen, schnitt von einem der Laibe ein anständiges Stück ab und wickelte den Rest in Leinentücher, ehe er sie in Körben auf dem Regal verpackte. Das würde wieder für ein paar Tage reichen. Er setzte sich an seinen kleinen Tisch und verspeiste das noch warme Brot mit dem köstlichen, geräucherten Fisch. Dabei ließ er die Frau nur selten aus den Augen.

Jacques räumte die Überreste seines Essens fort, warf Tatanka den letzten Bissen Brot zu und stellte dem Hund eine Schale mit frischem Wasser bereit. Dann zog er sich bis auf seine Hose aus, löste das Band aus seinen Haaren und setzte sich, eingewickelt in eine dicke, weiche Decke in einen seiner beiden Holzsessel. Eine Kerze ließ er brennen, falls sie aufwachte. Undurchdringliche Dunkelheit um sich zu haben, war wenig beruhigend, falls sie entgegen seiner Erwartung doch zu sich kommen sollte.

17.

So ganz genau wusste er später nicht mehr, was er geträumt hatte, auf jeden Fall war der Traum gar nicht übel gewesen und die kalte, feuchte Hundeschnauze wollte so überhaupt nicht hinein passen.

»Tatanka, du Plagegeist. Willst du denn schon wieder raus?« Jacques versuchte, sich aufzurichten, doch sein großer, nur mit Mühe in den kleinen Stuhl gezwängter Körper reagierte erst einmal mit Taubheit und dann mit Schmerz.

»Au, verdammt!« Er zog eine schmerzerfüllte Grimasse, die ihm zu allem Überfluss auch noch aus dem kleinen Spiegel an der Wand entgegen starrte. Nur langsam verteilte sich das Blut wieder in allen Körperteilen. Wahrscheinlich war es gut, dass der Hund ihn geweckt hatte. Nur stand der nicht wie sonst, wenn er hinaus wollte, an der Türe, sondern verharrte leise knurrend neben dem Bett. Mit noch etwas steifen Gliedern trat Jacques neben ihn und erschrak. Wo zuvor kalte Haut gewesen war, standen nun Schweißperlen. Das Gesicht des Mädchens war feuerrot und kleine Schweißströme rannen an ihren Wangen und am Hals hinunter.

»Um Himmels willen.« Er war entsetzt. Sie fieberte. Ein prüfender Griff an ihre Wange bestätigte es ihm. Sie glühte förmlich. Wenn er das Fieber nicht herunter bekam, war das ihr Ende. Sie trank ja auch nichts. Dank seinem Vater wusste er, was zu tun war, auch wenn das wahrscheinlich schrecklich unschicklich war. Das aber war Jacques gerade einerlei. Ungeachtet der Kälte lief er mit blankem Oberkörper und bloßen Füßen ins Freie. Eilig häufte er Schnee auf, bis er einen Haufen von etwa einem halben Meter Höhe und zwei Metern Länge vor sich hatte. Das musste genügen. Er rannte zurück ins Haus, wickelte die Frau vorsichtig aus den Decken, lud sie nackt auf seine Arme und trug sie nach draußen. Dort ging er auf die Knie und legte sie behutsam in den Schneehaufen. Während er ihren Kopf festhielt, schaufelte er mit der anderen Hand den Schnee um und auf ihren Körper.

»Es tut mir leid, Mädel. Es tut mir so unendlich leid, aber ich wüsste nicht, wie ich dir ansonsten helfen könnte.«

Immer wieder schob er den Schnee um sie zurecht. Sie war so heiß, dass er schneller schmolz, als er ihn auf ihr verteilen konnte. Es musste eine gute Stunde gedauert haben und durch die Anstrengung und die Angst, dass sie ihm unter den Fingern wegsterben könnte, war auch ihm warm. Endlich wies ihre Stirn wieder eine einigermaßen vernünftige Temperatur auf. Stöhnend erhob er sich und trug sie wieder ins Haus. Er trocknete sie nicht ab, sondern wickelte sie nass und mit den Schneeresten in ein großes Leintuch und legte sie ohne weitere wärmende Decke, unter das Fell. Ihr Atem ging stoßweise, aber zumindest regelmäßig.

Weidenrindentee. Das war genau das Richtige, nur wie sollte er den in sie hinein bekommen? Irgendetwas musste er tun, also kochte er den Tee, von dem er wusste, dass er Fieber bekämpfen konnte. Nach einem prüfenden Blick auf die Frau versetzte er ihn mit einem Löffel seines kostbaren Honigs und setzte sich neben sie auf das Bett. Sie erneut anzufassen war gewagt, aber wie sonst sollte er die Flüssigkeit in ihren Mund bekommen?

»Hör zu, Mädchen, ich will dir nichts Böses. Bitte, hab keine Angst, falls du mich hören kannst. Ich muss dich berühren, du musst ein wenig davon trinken. Das geht nicht, wenn ich dir nicht den Kopf hochhebe. Ich bin so vorsichtig wie möglich. Hab keine Angst!« Er sprach leise, deutlich und so ruhig wie möglich, in der vagen Hoffnung, irgendwie zu ihr durchzudringen. Dann schob er langsam und sehr, sehr vorsichtig, seine Hand unter ihren von Schnee und Schweiß noch immer nassen Haarschopf und hob ihren Kopf sehr sachte an. Jacques hielt die Tasse mit dem heilenden Tee vorsichtig an ihre Lippen. Wie aber sollte eine Bewusstlose wissen, was zu tun war? Wie sollte sie richtig reagieren? Zwar waren ihre Lippen leicht geöffnet, doch der Tee lief am Mundwinkel wieder heraus.

»Bitte, du musst schlucken. Wenn du keine Flüssigkeit zu dir nimmst nach dem heftigen Fieber, wird es nicht besser. Wenn du mich doch hören könntest.«

Erneut setzte er die Tasse an ihre Lippen. Der Tee floss tropfenweise in ihren Mund und dann geschah das, was Jacques nicht mehr zu hoffen gewagt hatte:

Das Mädchen schluckte.

Mit geschlossenen Augen trank sie fast eine halbe Tasse, ehe sich die Lippen wieder fest verschlossen. Erleichtert setzte Jacques die Tasse auf dem Boden ab und ließ ihren Kopf zurück aufs Kissen gleiten.

»Mädel, kannst du mich hören? Verstehst du mich?«

Keine Regung, nur ein leichtes Zucken der Augenlider, aber er konnte sich auch getäuscht haben. Vielleicht konnte sie es doch schaffen.

Noch einmal wusch er ihr, so sacht wie es ihm eben möglich war, das Gesicht mit kühlem Wasser, strich heilende Salbe auf einen sauberen Leinenfetzen und legte ihr diesen auf die noch immer starke Schwellung an Wange und Auge.

Den restlichen Tee wegzukippen ergab wenig Sinn. Also füllte er ihre Tasse erneut und trank den kläglichen Rest selbst. Besorgt fühlte er ihre Stirn. Sie war zwar zu warm, aber bei Weitem nicht mehr so heiß wie vorher.

»Mädchen, wenn du mich hören kannst. Ich habe keine Ahnung, wer du bist oder woher du kommst, aber du sollst wissen, dass du hier in Sicherheit bist. Niemand wird dir etwas tun, solange du hier bist.«

Er sah sich suchend um, entdeckte seine zuvor im ersten Schreck fallen gelassene Decke und hob sie auf. Leise zog er den Stuhl näher an das Bett, wickelte sich wieder ein und setzte sich, wobei er es sich dieses Mal herausnahm, die Füße am Ende des Bettes abzulegen. Er verspürte keine Lust, noch einmal halb bewegungsunfähig zu erwachen, falls er denn schlafen konnte. Die Kerze sorgte nur für einen sanften, hellen Schein und so war es ihm gerade noch möglich, ihr Profil zu betrachten. Dachte man sich die Schwellungen weg, dann wäre sie wahrscheinlich wirklich hübsch. Ihr gequälter Körper auf jeden Fall war ausgesprochen schön geformt.

Er seufzte leise. Da zog er eine Schwerverletzte aus den eisigen Fluten des Sees und dann machte er sich Gedanken darüber, ob sie hübsch war oder nicht? Ein klein wenig zweifelte er kurzfristig an seinem Verstand, doch gegen den ganz normalen Mann in ihm kam er in solchen Momenten eben auch nicht an.

Was aber sollte er tun? Was könnte ihr helfen?

Sophie hatte immer behauptet, er habe eine schöne, beruhigende Stimme. Schaden konnte es nicht. Er holte tief Luft und sang leise das Lied vom Adlermann, der seine Liebste in einer sternenklaren Frühlingsnacht aus ihrem Dorf entführte. Da er sich ziemlich sicher war, dass die Fremde kein Lakota verstand, konnte sie der Text wohl kaum aufregen. Die Melodie hingegen war langsam und sehr beruhigend – nur das zählte.

Nach den letzten Tönen zog er die Decke ein wenig enger um sich, warf einen prüfenden Blick auf sie und schlief dann vollkommen erschöpft ein.

Schmerz und Feuer!

Feuer! Es war in ihrem Kopf, in ihrem Körper, es war überall. Das Feuer tobte, verzehrte und brannte sich durch ihre Adern, ihre Venen. Es ließ ihre Muskeln zu Staub zerfallen und ihr Blut kochen. Schmerz! Überall war roter, pochender, wütend zupackender Schmerz, der nach ihren Gliedern griff, sich ausbreitete und wieder zusammenzog. Das Feuer war nach dem Eis gekommen, nach der beißenden Kälte. Der Schmerz war schon zuvor da gewesen. Bestialisch und bohrend war er über ihren ganzen Körper gekrochen, so lange, bis ihr Kopf, ihr Denken, ihr rationaler Verstand aufgegeben hatten. Das »Warum« war nicht mehr wichtig – nur das »Jetzt« war gegenwärtig.

Ein »Jetzt«, das die Hölle war.

Eine Stimme war in ihren Kopf eingedrungen, eine Stimme, die es verstand, das Toben leiser werden zu lassen, doch nicht viel. Die Hitze wurde wieder schlimmer, das Feuer fraß sich weiter. Doch da war plötzliche Kühle und da war auch wieder die Stimme. Angst waberte kurz auf, ließ sie innerlich zittern, doch die Stimme vermochte zu beruhigen, ein wenig nur, doch es gelang. Auf die Kühle folgte angenehme Wärme, das Feuer war viel kleiner geworden, flackerte nur noch leicht. Der Schmerz aber war da, stark und übermächtig. Nicht bewegen, nicht denken, nicht erinnern.

Alles, nur nicht erinnern.

Wärme an den brennenden Lippen, sanfte, nasse Wärme. Leichte Süße und ein angenehmes Gefühl, das sich in ihrem Mund ausbreitete. Schlucken war gut und dennoch jeder Schluck eine unvorstellbare Qual. Trotzdem trank sie, denn die Stimme half ihr dabei. Nicht die Augen öffnen, nicht sehen müssen – nur lauschen. Sanfte Töne, Töne, die zu streicheln verstanden. Töne, die den Schmerz ein wenig erträglicher machten. Dann kam Stille. Wahre Stille.

Nicht die Augen öffnen – nie wieder die Augen aufmachen.

Im Dunkel verharren – weit weg von allem.

Sein erster Blick, als er von draußen kam, galt der Fremden. Sie lag noch immer in der gleichen Position, wie er sie letzte Nacht, nachdem es ihm gelungen war, ihr Fieber zu senken, abgelegt hatte. Und sie atmete. Doch das sagte nicht allzu viel aus. Jacques schüttelte sich. Vor der Türe war der Winter entschlossen, eine Weile seine Macht zu zeigen. Dichter Schneefall und Sturmböen, die ihm die Tränen in die Augen trieben, so kalt war die Luft, die sie vor sich her jagten. Er sah das Gute am Schnee – Wasser gab es genug. Frisches, klares Wasser.

Rasch setzte er den Kessel auf den Herd und legte Holz nach. Es knackte und knisterte in dem kleinen Ofen und er rieb sich die klammen Hände in der rasch aufsteigenden Wärme. Gleich am Morgen, in der Dämmerung hatte das Mädchen noch ein paar Schlucke zu sich genommen. Nach wie vor aber blieben ihre Augen fest geschlossen. Inzwischen war er sich sicher, dass sie – zumindest ab und an – etwas wahrnahm. Vorhin, als er ihr die Tasse mit dem Weidenrindentee wieder an die Lippen hielt, da gruben sich ihre Finger in das Fell, auf dem ihre Hand ruhte. Eine winzige Bewegung, aber ihm war sie nicht verborgen geblieben. Warum wollte sie nicht aufwachen?

Gedankenverloren brühte er sich Kaffee auf und stippte ein Stück Brot in Ahornsirup.

»Jacques, du Idiot!« Dem Himmel sei Dank war ihm diese Aussage nur leise entschlüpft. Natürlich wollte sie nicht aufwachen. Wie grauenvoll mussten die letzten Eindrücke gewesen sein, ehe sie das Bewusstsein verlor? Was musste sie gesehen haben? Was erduldet? Wie konnte er denn erwarten, dass sie so einfach die Augen aufschlug?

Wenn er sie sich so ansah mit ihren ganzen Verletzungen, dann konnte er sich lebhaft vorstellen, dass es für sie unerträglich sein musste, nicht zu wissen, was sie erwartete, was sie sehen würde. Gut, er war nicht ihr Peiniger oder einer ihrer Peiniger, denn ob ein einziger Mann dazu in der Lage war, wagte selbst er zu bezweifeln, aber dennoch.

Er goss sich den Kaffee in seinen Becher, zuckerte kräftig, rührte nachdenklich um und setzte sich mit seinem kleinen Frühstück an den Tisch, wobei er sie kaum eine Sekunde aus den Augen ließ. Während er sein Brot kaute und sich dazu noch ein wenig von dem Blaubeermus gönnte, das zu kochen ihn Maroque gelehrt hatte, glitt sein Blick über die bewegungslose Gestalt unter den Fellen.

Aufzuwachen in einem fremden Blockhaus mitten in der Wildnis, mit einem wildfremden Mann, der auch noch so gar nicht dem Ideal der Weißen entsprach. Ein Grinsen huschte über sein Gesicht, als er das dachte. Alleine sein schwarzes, langes Haar und seine dunklen Augen erschreckten die Leute meist genug, dazu seine Größe, die finstere Miene, die er an den Tag legte, wenn er unter Fremden war. Die Umstände luden selten dazu ein, lächelnd durch die Welt zu laufen.

Sein scharf geschnittenes Gesicht, die dank seinem Vater hohen Wangenknochen und die ganz leicht schräg stehenden Augen – er konnte seine Herkunft nicht verleugnen und das war auch gut so. Aber dass eine Weiße ihn als ungefährlich oder gar beruhigend ansehen könnte, das konnte er getrost vergessen. Noch dazu eine Weiße, die fast zu Tode gequält worden war.

Er stellte seine Tasse ab, schluckte den letzten Bissen und räumte gewissenhaft auf. Ein Blick durch den Raum beruhigte ihn. Ordentlich zumindest war es, das Feuer im Kamin flackerte, nur ab und an durch eine der um das Dach fegenden Böen aufgewirbelt, gemütlich vor sich hin. Jetzt gerade roch es nach Kaffee, ein Geruch, den er selbst als sehr angenehm empfand … na gut, ein wenig nach Hund, aber Tatanka war nun einmal vor ihr hier gewesen. Er zog sich seine Jacke über das Hemd und öffnete zaghaft die Türe. Große Unternehmungen konnte er heute getrost unterlassen, Pferde füttern allerdings nicht. Dann konnte er sie auch ein wenig striegeln, wenn sie schon nicht raus kamen.

»Tatanka, pass auf sie auf, hörst du mich? Hol mich, wenn sie aufwacht, ja?«

Der Hund war klüger als so mancher Mensch, daher konnte er sich auch auf ihn verlassen. Jacques wusste, er würde Laut geben, sollte es nötig sein.

Nach einem letzten Blick auf die bewegungslose Gestalt im Bett verließ er das Haus und zog leise die Tür ins Schloss.

Ruhe, vollkommene Ruhe. Nein, ein Atmen, seltsam und schnell. Beängstigend und doch irgendwie vertraut. Etwas berührte sie, warm und dann ein wenig kühl. Wieder der Atem, nein, das war etwas anderes. Nicht beängstigend, es war beruhigend. Fell an ihrer Hand. Vorsichtig, ganz vorsichtig. Es ging nicht, noch nicht – ihre Augen weigerten sich.

Nur ein winziger Spalt im linken Auge. Ein riesiger Kopf, helle Augen die neugierig musterten, und ehe Angst aufkommen konnte, eine warme, raue Zunge, die ihre Hand leckte. Ein Hund. Ein sehr großes Tier und doch spürte sie, dass er hier war, um sie zu beschützen. Warum? Ihr Verstand arbeitete zu langsam, zu schwerfällig, hätte zu viel preisgegeben, wenn er schneller gewesen wäre.

Der Hund war nicht böse. Er legte die Vorderpfoten über ihre Beine und sein mächtiges Haupt ruhte neben ihrer Hand. Sicherheit? Er war da, neben ihr, würde sie warnen, wenn Gefahr drohte. Vorsichtig bewegte sie ihre Hand, legte sie auf das warme Fell.

Es kostete ihn Mühe, gegen die heftigen Sturmböen das Tor zum Stall zu schließen. Letztendlich gewann er den Kampf und lächelte den Naturgeistern zu. »Der Punkt ging an mich.«

Sorgsam suchte er das Gelände ab. Keine Wolfsspuren, das war gut, dann fanden sie genug Futter in den Wäldern. Das bedeutete auch für ihn, dass Wild in der Nähe war. Irgendwann würde er losmüssen, um zu jagen. Nicht heute, das war selbst ihm, der sonst jedem Wetter die Stirn bot, zu unfreundlich. Vielleicht lag es auch an dem Mädchen, das er nicht zu lange alleine lassen wollte. Dann gab es eben heute wieder Fisch, egal, Hauptsache, etwas Nahrhaftes und Gutes zwischen die Zähne. Alle Fische waren inzwischen fertig und bereit gegessen zu werden und der Räucherfisch war allemal besser als das getrocknete Wildfleisch.

Zurück im Haus bewegte er langsam die Finger. Verflucht, war das kalt. Er sollte wirklich die Fellhandschuhe tragen, die Sophie ihm genäht hatte. Mochte Sunk'Pala auch noch so oft behaupten, sie wären unmännlich. Was war wohl männlich daran, sich die Finger abzufrieren?

Sein Blick fiel auf das Mädchen und lächelnd registrierte er die schmale Hand auf dem großen Hundekopf. Ein Fortschritt, ein kleiner, aber immerhin schien sie Tatanka schon mal nicht zu fürchten. Vielleicht kannte sie Hunde und lebte mit einem großen Hund in einem Haus? Vollkommen egal, zumindest brachte sie dem Tier Vertrauen entgegen. Er schüttelte sich den Schnee aus den Haaren und von der Kleidung, entledigte sich seiner Jacke und hängte sie an den Haken neben der Türe. Leise beugte er sich über sie. Die Schwellung war ein wenig zurückgegangen, allerdings konnte sie das eine Auge sicher noch nicht öffnen.

Er wollte sie nicht beunruhigen, indem er wieder Salbe darauf schmierte. Wenn sie schon so wach war, dass sie Tatanka bemerkte, würde sie sicherlich erschrecken, wenn er sie berührte.

Also nahm er einen kleinen Kessel vom Regal, füllte ihn mit Schneewasser und setzte ihn auf den Herd. Irgendwo mussten doch noch welche sein. Jacques räumte einige Krüge aus dem Schrank, dann fand er den Beutel. Wilde Kamille, das half sicher. Er warf eine Handvoll der getrockneten Blüten in das langsam siedende Wasser und wartete ab. Nachdem es einmal aufgekocht war, tunkte er einen der Leinenstreifen hinein, wartete, bis er eine angenehme Temperatur hatte und ging dann zu ihr hinüber.

»Nicht erschrecken, hörst du mich, Mädchen?« Er ging neben dem Bett in die Knie. »Ich lege dir ein Tuch mit Kamillensud auf dein Gesicht. Es heilt und wirkt abschwellend, verstehst du? Hab keine Angst, ja?«

Er wusste zwar nicht, ob sie ihn überhaupt hörte, doch versuchen musste er es. Sehr behutsam legte er ihr den warmen Lappen auf die wunden, in allen Farben schillernden Partien ihres Gesichtes. Verärgert schürzte er die Lippen, eigentlich müsste er sie in Kamillenabsud baden.

»Hey, Tatanka, du solltest tatsächlich auch mal wieder was fressen. Komm doch mit.«

Doch der Wolfshybride bewegte sich keinen Millimeter. Unbeweglich verharrte er neben der Kranken, noch immer deren Hand auf seinem Kopf.

»Auch gut, dann eben später, ich kann mir nicht denken, dass du freiwillig verhungerst.«

Jacques bereitete sich seine Mahlzeit zu und machte sich dann satt und einigermaßen zufrieden daran, sein neues Wildlederhemd fertig zu nähen. Er seufzte leise vor sich hin. Eigentlich war das Frauenarbeit, aber in Ermangelung eines Exemplars, das seiner Mutter auch nur annähernd das Wasser reichen konnte, musste er es eben selbst tun. Sophie hatte die Latte verflixt hoch gelegt. Selbst Sunk'Pala, dem die Mädchen reihenweise zu Füßen lagen, schaffte es nicht, sich für eine zu entscheiden. Aber er gab die Hoffnung nicht auf und derzeit war er sowieso für niemanden eine vergnügliche Gesellschaft. Es wurde sehr früh dunkel und bei Lampenlicht zu nähen hielt er nicht lange durch. Tatanka verließ seinen Wachposten und setzte sich mit leisem Jaulen neben ihn.

»Ach, auch mal wieder bei mir? Ja, schon gut, sieh mich nicht so vorwurfsvoll an.« Grinsend griff er in den Topf mit den Fleischstreifen und gab ihm eine Hand voll. »Etwas anderes gibt es gerade nicht. Das muss für heute genügen. Morgen gehe ich jagen, dann sehen wir weiter.«

Während der Hund sein Futter verspeiste, sah er erneut nach dem Mädchen. Dieses Mal wagte er es, sich neben sie auf die Bettkante zu setzen.

»Wenn ich nur wüsste, ob du mich hören kannst. Ganz zu schweigen davon, ob du mich verstehen kannst. Was sprichst du? Englisch oder Französisch? Deutsch? Wenn du mir doch wenigstens ein wenig helfen könntest. So wie es jetzt ist, weiß ich nicht, was ich tun kann. Ich müsste den Verband um deine gebrochenen Rippen neu anlegen, habe aber Angst, dass dich das erschreckt. Wie soll ich dir denn nur beibringen, dass ich dir nichts Böses tue?«

Er nahm das Tuch von ihrem Gesicht, tränkte es noch einmal und legte es ihr wieder auf. Ihr Hals machte ihm Sorgen, die Würgenmale waren noch immer deutlich zu sehen und an den Rändern blau verfärbt. Kein Wunder, dass sie kaum etwas trank. Das Schlucken musste ihr ziemliche Qualen bereiten.

»Tut mir echt leid, aber für deinen Hals müssen wir auch noch etwas tun. Sonst nimmt das mit den Schmerzen so rasch kein Ende.«

Nach längerer Suche fand er einen Leinenstreifen in genau der richtigen Größe, tränkte ihn mit dem lauwarmen Absud, verstrich Salbe auf ihrem Hals und umwickelte ihn dann mit dem feuchtwarmen Tuch. Dazu musste er wohl oder übel ihren Kopf anheben.

»Verzeih mir, aber wenn ich das nicht tue, dann dauert es ewig, ehe du wieder ohne Schmerzen schlucken kannst«, entschuldige er sich flüsternd, während er den Verband anlegte.

Diese Nacht verbrachte er auf einigen Fellen auf dem Fußboden vor dem Kamin. Stühle waren für ihn denkbar ungeeignet, er war einfach zu groß für solche Experimente. Nachdem Tatanka, kurz bevor er sich schlafen legte, ziemlich eindeutig klarmachte, dass er hinaus wollte, war es nun bis auf das Knacken des Holzes im Kamin vollkommen still. Jacques lauschte eine Weile in die Dunkelheit und schlief dann beruhigt ein.

Zu wem auch immer die Stimme gehörte, er konnte ihr nichts Übles wollen. Wenn er sie berührte, folgte darauf jedes Mal Erleichterung. Das schreckliche Brennen in ihrem Hals war leichter geworden, das wilde

Pochen an ihrer Stirn war einem starken, aber erträglichen Druck gewichen. Was er nicht vertreiben konnte, war der schreckliche, brennende Schmerz im Innern ihres Kopfes. Sie wagte nicht, sich zu bewegen, denn jede Bewegung, war sie auch noch so winzig, verursachte eine erneute Schmerzwelle. Die beruhigende Wärme an ihrer Hand war verschwunden, der Hund war weg. Wer mochte das sein, der hier immer wieder zu ihr kam? Was wollte er und wie kam sie hierher? Was war geschehen? Warum wollte die schwarze Wand in ihrem Kopf nicht verschwinden? Eine Wand, die sich beharrlich zwischen Gegenwart und Vergangenheit schob. Woher kam die Sicherheit, dass sie die Augen nicht öffnen durfte?

Woran würde sie sich erinnern? Wollte sie sich erinnern?

Die Schmerzen sagten »nein«, der Verstand flüsterte leise: »Du musst«.

Viel einladender als am vergangenen Tag zeigte sich Mutter Natur auch heute nicht. Eigentlich würde er sich bei solchen Temperaturen gerne im Haus waschen, aber sollte sein geheimnisvoller Gast doch erwachen, war das weniger ratsam. Zumindest wurde man sehr schnell munter, wenn man sich bei grob geschätzt zwanzig Grad minus wusch. Jacques schaufelte sich todesmutig das Eiswasser ins Gesicht.

»Bei allen guten Geistern! Warum tu ich mir das an? Es muss mich doch eh niemand riechen.« Prustend und bibbernd trocknete er sich ab, als ihn ein Geräusch hinter ihm herum fahren ließ.

»Danke, Tatanka. Beinahe erfroren und dann auch noch halb zu Tode erschrocken. Was hab ich eigentlich verbrochen?« Täuschte er sich oder grinste der Hund? Ehe sein Verstand gänzlich einfror, raffte er seine Sachen an sich und verschwand im Haus. »Los, rein mit dir, schnell.«

Eilig schloss er die Türe hinter dem Tier und zog sich in Windeseile an. Sein morgendlicher Kaffee war fertig und vom Fisch war noch ein kleines Stück übrig, das er auf einer Scheibe Brot verspeiste. Kaum war der letzte Bissen verschwunden, erhob er sich, spülte alles rasch ab und suchte seine Jagdausrüstung zusammen.

Obwohl er ein gutes Gewehr sein Eigen nannte, wollte er nicht auf Pfeil und Bogen verzichten. In der fast absoluten Stille der Wälder war ein Pfeil einfach die bessere Waffe. Das Knallen eines Gewehres schreckte die Natur auf, die Tiere wurden unruhig und vor allem hörten einen auch Wesen, die man nicht auf sich aufmerksam machen wollte. Jacques packte sich warm ein. Eigentlich wäre er gerne zu Fuß losgezogen, aber Sandy musste wieder einmal hinaus. Trotz der Kälte würde ihr die Bewegung guttun – sie war ein Indianerpferd – sie war diese Temperaturen gewöhnt. Seinen Gast hatte er bestmöglich versorgt. Salbeitee innerlich und frischer Kamillenabsud vermischt mit etwas Arnikasalbe äußerlich – mehr Möglichkeiten blieben ihm nicht. Sie trank sowieso viel zu wenig, ging das so weiter, würde sie vor seinen Augen verdursten und verhungern. Nun aber musste er zuallererst etwas Wild erlegen. Es war an der Zeit. Mit einem schlechten Gewissen warf er ihr einen letzten Blick zu. »Tatanka, du bleibst bei ihr. Achte auf sie, lass ja niemanden ins Haus, hörst du mich? Ich beeile mich.«

Die Tatsache, dass der Hund sich sofort neben dem Bett zusammenrollte, beruhigte ihn.

Draußen empfing ihn eisiger Wind, dafür aber wenigstens blauer Himmel. Der weiße Schnee blendete seine Augen und er band sich seine schwarze Bandana um die Stirn, zog sie so tief, dass er gerade noch darunter hindurchsehen konnte, sattelte Sandy, warf ihr noch eine wärmende Decke über und stieg auf. Sollte er wirklich weg? Durfte er sie alleine lassen? Ihm blieb nur das Vertrauen in die Geister, die sie hoffentlich schützen würden, solange er jagte.

Der Schnee war ungefähr einen halben Meter hoch und er kannte die Gegend, kein Problem also. Sandy wieherte voller Vorfreude und so schnalzte er leise mit der Zunge. »Na dann, meine Schöne, beeilen wir uns.« In schnellem Schritt strebte die Stute auf die schmalen Pfade in den Wald zu. Jacques lächelte. »Kluges Mädchen, na komm, suchen wir uns ein lohnendes Ziel.«

18.

Ihr Wächter war zurückgekommen. Seine warme Schnauze stupste zart gegen ihre Hand. Es war gänzlich still im Raum, niemand sprach, nur der Hund atmete neben ihr. Es knisterte mal leiser, mal lauter. Jemand hatte Feuer gemacht und es war angenehm warm. Ihr Verstand verweigerte noch immer jedes klare Denken, jeden Versuch, ein Bild heraufzubeschwören. Nichts als Schwärze, doch die Schwärze war bedrohlich, machte ihr unbeschreibliche Angst. Wenn das schon so beängstigend war, was mochte dann die schwarze Wand vor ihrem Geist verbergen? Sie verfolgte den Lauf des Schmerzes in ihrem Körper. Der Kopf dröhnte, doch ihr Gesicht war wohl besser geworden.

Vor einer Weile war das feuchte, warme Tuch weggenommen und erneuert worden. Es duftete nach Kräutern und tat sehr gut auf der Haut. Hände hatten etwas auf ihrem Hals verteilt, das, kaum aufgetragen, sehr angenehm kühlte. Das Atmen fiel schwer, jeder Atemzug verursachte Schmerzen in der Brust, die sich verstärkten, sobald sie versuchte, sich zu bewegen. Aber bewegen musste sie sich jetzt. Alles in ihr wehrte sich dagegen, tatsächlich zu erwachen. Obwohl sie schrecklich durstig war, hatte sie vorhin nur sehr wenig getrunken, wohl wissend warum. Ein ganz normales, menschliches Bedürfnis kündigte sich schon seit langer Zeit an und sie wusste, dass sie nicht nur aufwachen, sondern auch aufstehen musste. Die Augen öffnen.

Sie hatte Angst, große Angst und das, ohne zu wissen, wovor. Doch ihr blieb keine Wahl.

Zaghaft versuchte sie, die Augen aufzumachen. Tatsächlich ging es viel besser als noch beim letzten Mal. Das eine Auge ging nur zur Hälfte auf und es tat weh. Sie zwinkerte, wandte mühsam den Kopf, versuchte, etwas zu erkennen. Dämmerlicht umgab sie, das nur langsam heller wurde, der glänzende Fleck entpuppte sich als Fenster, durch das Sonnenlicht schien. Sie hatte sich nicht getäuscht, sie war alleine.

Zuerst erschrak sie, als der große Schatten neben ihr auftauchte, doch da war sofort wieder die warme Schnauze – der Hund. Erneut stupste er fast schon liebevoll gegen ihre Hand. Alleine das Drehen des Kopfes war schmerzhaft gewesen – wie würde es sein, wenn sie aufstünde? Ihr Körper machte ihr unmissverständlich deutlich, dass ihr keine Wahl blieb. Sie musste aus dem Bett, in dem sie hier lag.

Ein seltsames Bett, Felle statt einer Decke, nein, halt, darunter war eine Decke und darunter war sie … nackt. Was sollte sie denn nun tun? Was, wenn der Bewohner wiederkam?

Da war immer nur eine Stimme gewesen – die eines Mannes. Keine böse Stimme, sondern sanft und ruhig, aber dennoch. Sie spürte, wie ihr die Tränen in die Augen traten. Als sie sich langsam aufrichtete, schossen unbeschreibliche Schmerzen durch ihren Oberkörper und alles begann, sich zu drehen. Mühsam schluckte sie, was das Brennen im Hals verstärkte. Doch das war gerade nicht von Belang. Irgendwie musste sie zu einer Toilette gelangen – so klar war sie in ihrem Kopf – und das schnell. Egal wie weh es tat, egal wie sich alles drehte. Nur wie? Wo war sie denn überhaupt?

Der Raum war nun besser zu erkennen, sie konnte wieder etwas sehen. Ein großer, viereckiger Raum, alles aus Holz, auch der Boden, auf dem Felle und bunte Decken lagen. Sie erkannte den Kamin, in dem ein Feuer flackerte, und sie sah den Tisch, die Stühle und die hölzernen Regale. Das war kein Haus, wie sie es kannte. Obwohl jede Bewegung Feuerstöße durch ihren Körper jagte, schob sie langsam und mühsam die Felle von sich. Die Decke war angenehm dünn, vielleicht … Ja, es gelang ihr, sie unter den Fellen herauszuziehen. Etwas fiel von ihrer Stirn in ihren Schoß. Ein Tuch, noch leicht feucht, das nach Kamille roch. Das musste das Warme gewesen sein, das den Schmerz im Gesicht gelindert hatte. Der Mann musste das getan haben. Der, zu dem die warme, beruhigende Stimme gehörte.

Der Hund betrachtete sie mit schief gelegtem Kopf und seine klugen Augen schienen in ihre Seele zu blicken. Sie öffnete den Mund, wollte etwas zu dem Tier sagen, doch bis auf einen stechenden Schmerz, der ihr durch die Kehle schoss, erfolgte keinerlei Reaktion.

Sie konnte nicht sprechen.

Mit unendlich langsamen Bewegungen, um die Pein nicht noch mehr herauszufordern, zog sie die Decke weiter zu sich. Ganz langsam ließ sie die Beine aus dem Bett gleiten. Waren das ihre Beine? Übersät von dunklen Flecken, zitternd vor Schwäche? Ihre Schenkel brannten, kaum dass sie die Füße auf dem Boden absetzte.

Vorsichtig versuchte sie, die Decke um sich zu wickeln, was immer wieder Feuerstöße durch ihren Körper jagte. Um ihre Rippen lag ein straffer Verband aus rauem Tuch. Nur langsam verstand sie; gebrochene Rippen, daher der stechende Schmerz. Endlich gelang es ihr, die Decke zumindest einmal um sich zu ziehen, die Anstrengung trieb ihr die Tränen in die Augen, ohne dass sie es hätte verhindern können. Sehr langsam versuchte sie, sich zu erheben, doch sie fiel sofort zurück auf das Lager. Ihre Beine zitterten so sehr, dass sie ihr nicht gehorchen wollten. Aber sie musste hinaus. Verzweiflung und Angst überfluteten sie in einer riesigen Welle, die sie zu ersticken drohte.

Noch einmal stemmte sie sich mit einem Arm vom Bett hoch, den anderen das dünne Tuch umklammernd fest an den Körper gepresst, um ihre Blöße zu bedecken. Dann war da der mächtige Hundekopf, der sich neben sie schob. Sollte sie tatsächlich? Da sie es nicht schaffte, sich aufzurichten, griff sie mit der Linken, so fest sie konnte, in sein dichtes Fell. Das riesige Tier bewegte sich sehr, sehr langsam, als könne es fühlen, wie es ihr erging. Schritt für Schritt schleppte sie sich, in gebückter Haltung, neben ihm zur Türe. Dort blieb er stehen, jaulend und gegen einen Gegenstand stupsend, der neben der Türe lehnte. Ein Speer oder eine Lanze, wie auch immer man es nennen wollte. Er leitete sie bis ganz an die Wand und so rasch sie konnte, ergriff sie den festen, stützenden Stab.

Die Türe aufzubekommen, kostete sie viel Zeit und Mühe, fast schon befürchtete sie, dass sie von außen verriegelt sei, doch zuletzt stellte sich heraus, dass sie einfach keine Kraft hatte. Immerhin war sie nun offen. Eisige Kälte ließ sie zurückschrecken und doch musste sie hinaus. Im Haus hatte es keinen weiteren Raum gegeben, also auch kein Badezimmer.

Zitternd stützte sie sich auf den Speer, sich so an der aus dicken Baumstämmen gezimmerten Wand des Hauses entlangtastend. Die Kälte ließ ihre Gliedmaßen noch steifer werden, sie musste sich beeilen, wenn sie das hier überleben wollte – wollte sie das?

Ihr schwarzer Wächter war offenbar der Auffassung, dass sie es wollte, also steckte sie das Tuch fest und schleppte sich, eine Hand in sein Nackenfell gekrallt, die andere um den Speer, zu ein paar Büschen, die sich neben einem Hügel, an den die Blockhütte gebaut war, dem rauen Wind trotzend, an den Boden klammerten. Immerhin boten sie ihr etwas Schutz und Zeit blieb ihr nun keine mehr.

Sie schaffte es nicht, in die Hocke zu gehen, stattdessen fiel sie auf die Knie, wobei ihr der Speer entglitt. Wenigstens konnte sie sich endlich erleichtern. Doch der Weg zurück erschien ihr als ein unüberwindliches Hindernis. Mehrmals versuchte sie, das Feuer in ihrem Körper ignorierend, sich zu erheben, doch ihre wackligen Beine versagten endgültig den Dienst. Der Hund drückte sich immer wieder jaulend an sie, schien ihr sagen zu wollen: »Du musst zurück, sonst erfrierst du.«

Nur wie? Ihre mühsam aufgebrachte Kraft war wohl endgültig erschöpft. Auf allen vieren, wie ein Tier, kroch sie hinter den Büschen hervor, doch selbst das war unendlich mühsam.

Als der Hund begann zu knurren und dann zu jaulen, begriff sie zuerst nicht, was geschah. Dann erst erblickte sie den großen, dunklen Schatten, der aus dem Sonnenlicht langsam auf sie zukam.

Ein Bär? Nein, ein Pferd und darauf ein Mensch, ein großer, dunkler Mensch. Einen Sekundenbruchteil musterte der sie sichtlich verwirrt, dann sprang er ab und kam mit großen Schritten auf sie zu. Schützend hob sie die Arme vor ihr Gesicht.

»Gütiger Himmel, Mädel, was tust du denn hier draußen im Schnee? Willst du dich endgültig umbringen?«

Das war die Stimme, die sie kannte, die schon vertraut war. Und doch, er war so groß, wirkte so bedrohlich, so dunkel. Sie verbarg ihr Gesicht in den Armen und schüttelte mühsam den Kopf.

»Ich trage dich jetzt wieder ins Haus, hörst du? Es geschieht dir nichts, aber ich muss dich anfassen. Du kannst das nie alleine. Es grenzt an ein Wunder, dass du es bis hierher geschafft hast. Verstehst du mich?«

Sofort nach dem letzten Wort fühlte sie seinen Arm unter ihren Achseln und spürte, wie er sie anhob, dann seinen anderen Arm unter ihren Schenkeln, was schmerzte, aber erträglich war. Er trug sie zurück zum Haus. Dass sie einfach die Türe offengelassen hatte, schien ihn nicht zu erfreuen.

»Mädel, offene Türen sind in dieser Gegend und um diese Jahreszeit keine gute Idee. Aber ich nehme zu deinen Gunsten an, dass es ein Notfall war.«

Er legte sie sehr sanft wieder auf ihrem Lager ab und sie spürte, wie er ihre Füße abtrocknete. Dann breitete er die warmen Felle über sie.

»Alles ist gut. Ich bringe nur das Pferd in den Stall und dann kümmere ich mich um das Feuer und um dich.«

Die Augen offen zu halten bereitete viel Mühe und doch musste sie die Kraft dazu aufbringen. Nun, da sie wusste, dass er wieder hier war, musste sie sehen, was er tat. Er flößte ihr Furcht ein, allein durch seine dunkle Ausstrahlung. Das war dumm, denn er hatte ihr bis jetzt nur Gutes getan, warum also dann ihre Angst? Sie hörte in der Stille, wie etwas draußen zu Boden geworfen wurde, dann kam er herein und trat neben sie.

»Mädchen, hör mir zu. Ich muss den erlegten Hirsch ausnehmen und wegpacken, sonst wimmelt es hier bald von Wölfen. Bleib bitte liegen, ja? Ich bin nicht weit weg. Niemand tut dir etwas. Verstehst du das?«

Sein Blick aus den dunklen Augen ruhte fragend auf ihr und es gelang ihr zu nicken. Gut, es schien ihm zu genügen, denn wortlos wandte er sich um und stapfte nach draußen, zog die Türe hinter sich zu und überließ sie ihren wirren Gedanken.

Was mochte sie zu dieser aberwitzigen Handlung veranlasst haben? Da zog er sie mehr tot als lebendig aus dem See, dann lag sie über drei Tage ohne Bewusstsein in seinem Bett und jetzt schaffte sie es, sich aus dem Haus zu schleppen, nur weil sie offensichtlich eine Möglichkeit suchte, sich zu erleichtern?

Eines war schon mal sicher, in der Frau schlummerte ein starker Wille. Sie so hilflos dort im Schnee knien zu sehen, mit Tränen im Gesicht, die Wunden noch nicht verheilt, hatte ihn tief berührt. Dass sie ertrug, von ihm berührt zu werden, war erstaunlich.

So schnell er konnte, zerlegte er das Wild, entfachte in einem alten Kessel ein Feuer, stellte die schon ziemlich malträtierte Pfanne, die er bei solchen Gelegenheiten nutzte, darauf und warf die Innereien hinein. Gut, er hätte sie Tatanka auch roh zum Fressen geben können, doch den Wolf in ihm noch mehr zu wecken, als es sowieso schon der Fall war, wollte er nicht riskieren. Ihm genügte schon die Gewissheit, dass jedes Mal, wenn der Wolfshybride alleine loszog, er sich wohl kaum von Beeren ernährte. Hier bekam er sein Futter gekocht oder getrocknet. Frisches Blut war tabu.

Als er damit fertig war, das Wild zu portionieren, war auch Tatankas Futter gar. Er schubste die heiße Pfanne vorsichtig mit dem Fuß in den Schnee, damit sie auskühlen konnte, und hängte das Fleisch in den festen

Verschlag neben der Räucherkammer. Ein schönes Stück nahm er mit, prüfte die Wärme der Pfanne und stellte fest, dass es wirklich kalt sein musste. Der Inhalt war gerade noch angenehm warm. Mit dem Fuß stieß er die Türe auf und bugsierte die Pfanne direkt neben den Eingang. Den Geruch wollte er der Kranken nicht zumuten.

»Tatanka, komm raus, dein Futter wartet.«

Der schwarze Schatten schoss schnell und elegant an ihm vorbei und machte sich sofort über sein Fressen her.

Jacques schloss die Türe leiser und vorsichtiger, als er sie geöffnet hatte. Nach dem noch immer gleißend hellen Licht im Freien brauchten auch seine Augen eine gewisse Zeit, ehe sie sich an das wenige Licht im Haus gewöhnten.

»Mädchen, bist du wach?«

Kein Laut, drang zu ihm, doch als er zu ihr hinüber ging, empfing sie ihn mit weit offenen, angstvollen Augen.

Er seufzte. »Du fürchtest mich und ich kann es dir nicht verdenken. Aber noch einmal und ich sage dir das auch gerne noch öfter: Hier droht dir keine Gefahr.« Er legte das Fleisch in eine Schüssel, wusch sich die Hände in dem dafür vorgesehenen Eimer und ging zu ihr zurück. Langsam, den Blick auf sie gerichtet, entledigte er sich seiner dicken Felljacke und hängte sie wieder neben die Türe. Dass sie jeden seiner Schritte beobachtete, bemerkte er sehr wohl. Das war auch der Grund, warum er sich so langsam bewegte. Es war wie mit verschreckten Tieren, keine zu schnelle Bewegung, sonst flohen sie.

Behutsam zog er sich den Stuhl näher an ihr Lager.

»Ist dir wieder warm? Ich mache gleich ein Feuer.«

Keine Reaktion, nur der ängstliche Blick, der ihn ziemlich mitnahm. Was war es, das sie entweder hinter dieser geschundenen Stirn verbarg oder das ihr Geist noch gar nicht wieder freigegeben hatte? Wenn sie jetzt schon so verstört war, wollte er sich gar nicht vorstellen, was los sein würde, wenn die Erinnerung wiederkam.

»Du hast große Angst, Mädchen, das ist unnötig. Ich habe dich gerettet, dazu musste ich dich berühren, verstehst du das?«

Sie nickte, kaum merklich, aber sie tat es. Immerhin.

»Gut. Um deine Wunden heilen zu lassen, muss ich dich verbinden und Salbe darauf tun, verstehst du das auch?«

Wieder ein Nicken.

Er versuchte ein beruhigendes Lächeln und konnte nur hoffen, dass es auch so wirkte.

»Sehr gut. Ich bin mir ziemlich sicher, dass ich weiß, warum du dich nach draußen gequält hast. Das musst du nicht, wenn du zur Toilette musst, so heißt das doch bei euch, dann sag es mir oder zeig es mir. Ich helfe dir.«

Gut, das war ein gefährliches Thema. Flammende Röte überzog ihr Gesicht.

»Ganz ruhig. Das ist doch etwas ganz Natürliches. Nichts, für das man sich schämen müsste. Ihr Weißen, ihr seid ab und an wirklich seltsam. Noch mal, daran ist nichts Schlimmes. Einmal, als meine Mutter krank war, hat mein Vater sie auf seinen Armen nach draußen getragen. Das macht man so. Verstehst du das?«

Endlich ein Nicken, wenn auch sehr, sehr zaghaft.

»Es tut mir sehr leid, dass ich kein Weißer bin und dich damit, wie ich aussehe, wahrscheinlich noch zusätzlich beunruhige. Wenn du das möchtest, dann bringe ich dich sofort, wenn es dir besser geht und du reiten kannst, zurück zu deinen Leuten.«

Was war denn nun geschehen? Seine Worte hätten sie beruhigen sollen, doch das Gegenteil war der Fall. Sie schüttelte so heftig den Kopf, dass es ihr die Tränen in die Augen trieb, und hob abwehrend die Hand.

»Wie? Möchtest du gleich zurück? Du bist noch nicht soweit. Ich sagte doch, dass du bei mir sicher bist.«

Wieder schüttelte sie den Kopf. Tränen liefen über ihre Wangen.

»Augenblick, das ist zwar seltsam, aber willst du mir etwa sagen, dass es nicht schlimm ist, dass ich kein Weißer bin? Das wäre ja nun das erste Mal.«

Er glaubte es selbst kaum, doch sie nickte zögerlich.

Jacques war ein wenig überrumpelt.

Mit Bedacht lehnte er sich nach vorne, stützte seine Ellbogen auf den Knien ab und musterte sie eingehend.

»Verstehe ich das richtig, dass du auch nicht schnellstmöglich zu den Weißen zurückwillst?«

Riesige, zumindest soweit die noch immer vorhandene Schwellung das zuließ, angstvoll aufgerissene Augen sahen ihn an. Dann nickte sie wieder.

Heftig sog Jacques die Luft ein. »Du überrascht mich. Ich hätte erwartet, dass du nur den Wunsch hast, zurück zu deiner Familie zu kommen.«

Ihr Kopfschütteln war eindeutig.

»Gut, das habe ich dann schon mal verstanden. Sehe ich das richtig, dass du entweder nicht sprechen möchtest oder aber nicht sprechen kannst?«

Nicken, ein zögerliches Nicken mit niedergeschlagenen Augen.

»Hey, ist gut. Mach dir darüber keine Gedanken. Ich bin sowieso eher schweigsam … normalerweise. Weißt du was? Es wird kühl hier drin, leg dich hin und deck dich warm zu, dann mach ich noch mal kurz die Türe auf, lasse frische Luft herein und dann sehe ich zu, dass es wieder warm wird und du was zu essen bekommst, in Ordnung?«

Der Umstand, dass sie mit leicht schmerzverzerrter Miene sofort ganz unter die Felle krabbelte, sprach dafür, dass sie die Idee gut fand.

Zuerst kochte er frischen, heißen Salbeitee, den er mit Ahornsirup leicht süßte.

»Hier, trink das. Dein Abenteuer draußen in der eisigen Kälte muss ja nun kein böses Nachspiel haben, nicht wahr?« Er stellte den großen Becher neben sie auf den Stuhl, schob ihn in Reichweite und ging sofort weg. Ihm war bewusst, dass sie die Möglichkeit brauchte, ihre Angst abzubauen. Je weniger er sich ihr näherte, je weniger sie sich bedrängt fühlte, desto schneller könnte sie auch mit ihren Ängsten fertig werden – hoffte er.

Was aber sollte er ihr zu essen geben? Hartes Fleisch konnte sie nicht kauen, die Blutergüsse an ihrem Kiefer schimmerten in Dunkelblau und Lila. Das durfte er ihr nicht zumuten. Brühe. Gute Idee. Er setzte Wasser auf, suchte alle Kräuter zusammen, die dafür geeignet waren, und warf sie in den Topf, dazu ein wenig Salz. Die Hälfte des Fleisches opferte er für die Brühe, schnitt es klein und gab es zu dem Kräutersud. Im hintersten Korb lag noch wilder Knoblauch. Jacques schnupperte daran und ein Lächeln huschte über seine Züge. Sophie hatte das Zeug geliebt und Mann und Söhnen rasch klar gemacht, was man damit alles tun konnte. Und sie hatte Recht behalten, Knoblauch würzte so vieles einfach herrlich.

Während die Brühe auf dem kräftig angeschürten Herd vor sich hin köchelte, machte er sich an seinen Eintopf. Das restliche Fleisch, Kartoffeln, Knoblauch, Kräuter, Salz und ab auf den Ofen. Langsam und bedächtig ging er zum Kamin, legte etwas trockenes Heu hinein, schichtete einige trockene Scheite darüber, nahm einen kleinen Span zur Hand, holte Feuer aus dem Ofen und schon kurz darauf flackerte das Feuer wieder hell und fröhlich vor sich hin. Nach einigem Suchen fand er eine neue Packung Streichhölzer und zündete zwei Kerzen an, die er auf den kleinen Tisch stellte. Dann griff er sich ein Buch aus dem hintersten Regal, setzte sich, nach einem prüfenden Blick in die Töpfe, auf einen Stuhl und begann zu lesen.

Der warme Tee tat ihrer Kehle gut, auch ihrem Mund. Er erfüllte ihn mit wohltuender Wärme und streichelte den Hals, während sie schluckte. Die Schmerzen wurden weniger. Den Fremden ließ sie keine Sekunde aus den Augen, während sie trank. Er machte es ihr leicht, da er sie kaum beachtete. Das war gut. Er gab ihr die Möglichkeit, ihn genau zu betrachten.

Fremdartig, ja das war das richtige Wort, er sah fremdartig aus. Kam er ihr zu nah, bekam sie Angst, obwohl ihr Verstand sehr wohl begriffen hatte, dass er ihr nichts antun würde. Im Gegenteil, er kümmerte sich um sie. Bevor er anfing zu kochen, band er sich seine langen schwarzen Haare ordentlich zusammen und krempelte sein Hemd an den Unterarmen hoch. Kräftige, sehnige Arme kamen zum Vorschein, die dunkle Haut hob sich von dem hellen Stoff deutlich ab. Er wusste offenbar genau, was er tat.

Aus den beiden Töpfen duftete es sehr appetitanregend, vielleicht aber hatte sie auch einfach nur großen Hunger. Als er am Kamin hockte und das Feuer entzündete, fiel der helle gelbrote Schein auf seine markanten Züge. Er war eindeutig einer der – sie schämte sich fast, den Gedanken zu Ende zu denken – *Wilden,* die in den Berichten über die Neue Welt wortgewaltig beschrieben wurden. Ja, er sah ziemlich wild aus, doch er beherrschte nicht nur ihre Sprache, sie hörte auch noch einen leichten französischen Akzent heraus. Allerdings schien er die Gepflogenheiten der Gesellschaft nicht zu kennen, denn er duzte sie fortwährend, obwohl sie sich doch fremd waren.

Außerdem war er ihr nun mehrmals sehr nahe gekommen. Nahe genug, dass sie hatte feststellen können, dass er entgegen aller Erzählungen und Beschreibungen nicht stank. Nein, er roch angenehm, nach Natur, nach Seife, Rauch und ein wenig nach Pferd. An seinen Unterarmen prangten diverse Lederbänder, auf denen weiße und seltsam blaue Perlen aufgefädelt waren. Als er sich dann noch ein Buch griff und im Licht der Kerzen las, war sie gänzlich verwirrt. Er sprach nicht nur Englisch und wahrscheinlich Französisch, er konnte auch noch lesen.

Die Geschichten aber besagten, die Ureinwohner Amerikas lebten noch in der Steinzeit, allerdings in Zelten und das hier war ja nun einmal ein Haus. Ein sehr kleines, ein sehr seltsames, aber doch ein festes Haus. Verwirrt stellte sie die leere Tasse zurück auf den Stuhl und zog sich die Felle hoch. Dass sie noch immer nur in die Decke gewickelt war, bereitete ihr zunehmend mehr Sorge. Was würde geschehen, wenn sie aufstehen wollte oder musste? Wie sollte sie ihm begreiflich machen, dass sie Kleidung benötigte? Vor allem aber, wie sollte sie diese anziehen? In ihrem Zustand brachte sie es ja kaum fertig, die Arme zu heben.

Erst als er sicher war, dass das Essen gut durchgegart war und auch die Brühe fertig sein musste, erhob er sich wieder. Er warf ihr einen prüfenden Blick zu, sie schlief. Kaum aber kratzte der Stuhl leicht über den Boden, als er aufstand, öffnete sie sofort die Augen.

Jacques legte das Buch beiseite und trat neben sie.

»Na, ein wenig geschlafen? Das Essen ist fertig. Für dich habe ich Brühe gemacht, die müsstest du vertragen. Hast du Hunger?«

Sie nickte leicht.

»Für deinen Kreislauf wäre es sicher gut, wenn du aufstehen und dich an den Tisch setzen würdest. Glaubst du, du kannst das?«

Sie sah ihn mit großen, hilflosen Augen an. Was hatte er denn nun Falsches gesagt? Dann zupfte sie eine Ecke der Decke unter den Fellen heraus und zeigte sie ihm. Sie brauchte etwas zum Anziehen.

»Du fragst dich, wo deine Kleider sind, nicht wahr? Es tut mir wirklich leid, aber dein Mantel war komplett ruiniert, also nicht mehr zu benutzen. Dein Kleid sah auch gar nicht mehr gut aus. Aber den Rest, also dein Unterkleid und das, was du sonst noch so am Leib hattest, habe ich versucht, wieder sauber zu bekommen. Das hängt … äh … im Stall. Ich wusste ja nicht, wann du zu dir kommst.« Er blickte sich suchend um. »Wie wäre es mit einem meiner Hemden? Das ist lang genug und du kannst dir die Decke zusätzlich um dich wickeln. Meinst du, das ginge fürs Erste?«

Ihr zaghaftes Nicken wirkte zwar nicht überzeugt, aber wenigstens kam es überhaupt. Tatsache war ganz einfach, dass in ihren Kleidern, obwohl sie wer weiß wie lange mit ihnen im Wasser gelegen hatte, noch immer dunkle Schatten waren. Jacques hätte schwören können, dass das Blut war.

Er kramte in der Truhe herum, in der er einen Teil seiner Kleidung aufbewahrte und zauberte ein Hemd hervor, das Maroque ihm von einer seiner Reisen mitgebracht hatte. Es war bei Weitem nicht so grob wie die anderen und vorne an der Brust zu schnüren. Es war weit und bequem, vor allem aber war es sauber. Grinsend hob er es hoch und drehte sich zu ihr um.

»Wie wäre es damit? Fast neu und ... ähm … wirklich sauber.«

Ohne weitere Reaktion streckte sie die Hand aus, um das Kleidungsstück entgegenzunehmen.

Er zog eine bedauernde Grimasse. »Mädchen, im Ernst, du wirst Hilfe brauchen. Ich bin vorsichtig. Versprochen.«

Wie sollte sie ihm nur verständlich machen, dass es nicht an ihm lag? Es war eine tief in ihr gärende Angst, sobald er auch nur die Hand nach ihr ausstreckte. Andererseits, sie wollte ja etwas anzuziehen und das Hemd war zumindest ein Anfang. Daher atmete sie ein, so tief der Schmerz in ihrem Oberkörper es zuließ, zog die Beine an und schob sie unter den Fellen nach draußen. Ihre Hand tastete über den Verband um ihren Oberkörper, fragend blickte sie zu ihm hinauf.

»Du hast gebrochene Rippen. Ich musste sie fest umwickeln, sonst hätte es noch mehr wehgetan und vor allem wäre es möglich gewesen, dass du dir selbst bei einer falschen Bewegung innere Organe verletzt hättest. Verstehst du? Soll ich ihn abnehmen oder erneuern?«

Sie verneinte sofort. Es fiel ihr schwer genug, ihm das Hemd wieder hinzuhalten und ihn abwartend anzusehen. Wäre sie dazu in der Lage gewesen, dann würde in dieser Sekunde alles in ihr »Flucht« schreien. Daran aber war sowieso nicht zu denken.

»Gut, na dann komm, wir schaffen das schon. Ich bin sehr vorsichtig, ja?« Seine Stimme schaffte es, sie ein wenig zu beruhigen. Ganz sanft streifte er ihr einen Ärmel über, zog dann das Hemd über ihren Kopf, hob ihren anderen Arm an und steckte ihn in den zweiten Ärmel. Das alles tat er so behutsam und mit solcher Ruhe, dass sie nicht einmal genug Zeit fand, um richtig Angst zu verspüren. Sehr sachte zog er das Hemd herunter und zupfte es in Form. Dann kniete er vor ihr nieder und schloss die Schnürung unterhalb ihrer Halsbeuge. Nur ganz kurz berührte er sie dabei und das war erträglich. Seine Berührung war etwas gänzlich Natürliches und bereitete ihr weder Schmerz noch Furcht. Dankbar sah sie ihn an. .

Er war offenbar zufrieden mit seinem Werk, denn ein leichtes Lächeln huschte über seine dunklen Züge.

»Na also, das ist doch schon mal ganz passabel. Komm, steh auf, ich helfe dir. Keine Angst, ich fasse dich nicht an. Leg du deine Hand auf meinen Arm, halte du dich an mir fest, so wie du es ertragen kannst.«

Mit leisem Stöhnen erhob sie sich und legte ihre Hand fest auf den dargebotenen Arm. Ihre Fingerspitzen berührten die Perlen an seinen Armbändern. Sie fühlten sich glatt und kühl an. Sie hatte gar nicht mitbekommen, wie er ein weiches Fell in den Stuhl gelegt und ihn für sie zurecht geschoben hatte. Der Fremde half ihr, sich zu setzen, dann hob er die Hand und schien ihr Haar berühren zu wollen. Doch er überlegte es sich anders, lächelte flüchtig und ging zum Herd. Er hantierte ein wenig mit Geschirr und schließlich stellte er eine kleine Schüssel mit sehr lecker duftender Brühe vor ihr ab. Dann erst stellte er eine größere Schale ihr gegenüber, legte zwei Löffel bereit und setzte sich. Einladend zeigte er auf ihre Schüssel. »Na komm, iss. Es ist nicht mehr zu heiß und es wird dir guttun.«

Sie griff nach dem Löffel und tauchte ihn in die Suppe. Ihre Hand zitterte vor Schwäche so unglaublich, dass sie es kaum schaffte, den Löffel zum Mund zu führen. Sie schämte sich so sehr, dass sie am liebsten aufgehört hätte zu essen. Doch der Hunger war stärker und so wuchs sie über sich selbst hinaus und schaffte es, fast die halbe Schüssel zu leeren.

Bedauernd blickte sie auf den Inhalt, er hatte extra das weiche, gekochte Fleisch sehr klein geschnitten, um es ihr leicht zu machen, doch inzwischen zitterte ihr Arm so, dass sie es nicht schaffte, weiter zu essen. Ehe sie reagieren konnte, zog er wortlos seinen Stuhl neben sie, griff nach ihrem Löffel, tauchte ihn in die stückige Brühe und hielt ihn ihr vor den Mund. Sie spürte, wie ihr vor Scham das Blut ins Gesicht schoss. Es war unmöglich, sich von ihm füttern zu lassen.

Bevor sie den Kopf abwenden konnte, vernahm sie seine warme, leise Stimme.

»Kein Grund, sich zu schämen. Du bist sehr tapfer. Bitte glaube mir, selbst unsere gefährlichsten Krieger lassen sich im Notfall füttern. Das ist keine Schmach, denn niemand möchte gerne Hunger leiden, nur weil er zu stolz ist, sich helfen zu lassen. Also komm, mach den Mund auf. Es sieht ja auch niemand und ich werde schweigen wie ein Grab.«

Er war sehr überzeugend, vor allem aber vertraute sie ihm. Langsam öffnete sie den Mund und er schob behutsam den Löffel zwischen ihre Lippen. Er fütterte sie mit stoischer Ruhe und einer Selbstverständlichkeit, die es schaffte, ihr die Scheu zu nehmen. Bald war die Schüssel leer und sie warf einen bedauernden Blick hinein. Offenbar war das irgendwie komisch, denn er lachte.

»Du hast noch Hunger, was? Gleich morgen früh bekommst du wieder etwas. Aber vergiss nicht, dass du eine ganze Weile keine Nahrung zu dir genommen hast. Ich möchte vermeiden, dass dein Magen rebelliert. Aber Tee bekommst du noch.«

Sie runzelte anklagend die Stirn, doch er blieb unerbittlich. »Nichts da. Ehe du Bauchkrämpfe bekommst, sind wir lieber vorsichtig. Aber warte, vielleicht tröstet dich das.«

Misstrauisch folgte sie ihm mit dem Blick. Er öffnete einen Krug und tunkte den Löffel hinein. Als er zurückkam, setzte er sich und hielt ihn ihr lächelnd entgegen. Ihr Blick war offenbar schon wieder amüsant, denn er lachte erneut.

»Na komm, Mund auf. Als kleiner Trost, damit du nicht böse auf mich bist.«

Zögernd sah sie auf die dunkelbraune Masse, doch dann siegte die Neugier. Zuckersüß und köstlich füllte die sirupartige Flüssigkeit ihren Mund.

»Ahornhonig. Kennst du das?«

Sie schüttelte den Kopf.

»Meine Vorfahren gewinnen ihn seit ewiger Zeit schon aus den alten Ahornbäumen. Schmeckt gar nicht so übel, was?«

Sie verneinte erneut und ohne es zu wollen, ruhte ihr Blick bedauernd auf dem leeren Löffel.

»Na gut, einen noch, aber dann geht's zurück ins Bett.«

Ihr Blick war herzerweichend gewesen. Diesem bittenden Blick zu widerstehen, war ihm nicht gelungen. Wenn sie doch nur gesprochen hätte. Aber noch immer kam kein Wort über ihre Lippen. Nachdem er die Reste der Mahlzeit kühlgestellt und alles aufgeräumt hatte, bereitete er rasch neuen Kamillensud und frischen Tee. Vorsichtig stellte er das Schälchen mit dem Kamillensud zusammen mit einem sauberen Leinenlappen neben ihr ab.

»Hier, tauch es ein und leg es dir auf dein Gesicht, so wie es dir eben guttut, ja. Ich gehe raus, sehe nach den Pferden und danach, wo sich Tatanka herumtreibt. Das dauert nicht lange. In Ordnung?«

Draußen atmete er die kalte Luft tief in seine Lungen. Während er die Pferde mit Heu versorgte und frisches Wasser in ihren Eimer füllte, schossen ihm zahllose Gedanken durch den Kopf. Er war sich ziemlich sicher, dass das noch nicht alles gewesen war. Es war zu befürchten, dass sie den Grund für ihre tief empfundene Angst derzeit noch gar nicht benennen konnte. Im Gegensatz zu ihr konnte er sich lebhaft vorstellen, was ihr – zumindest teilweise – widerfahren war. Alle Spuren an ihrem Körper deuteten darauf hin, dass sie brutal vergewaltigt worden war. Kein Wunder, dass sie sich fürchtete, wenn er nur auf sie zukam. Doch irgendwann musste sie sich diesen Ereignissen stellen. Ihm graute vor diesem Tag.

Bei seiner Rückkehr fand er sie bis zur Nasenspitze zugedeckt im Bett. Über ihrem blau-lila verfärbten Auge lag das feuchte Tuch und sie schlief. Tatanka, der mit ihm zurückgekommen war, rollte sich an seinem Platz am Fußende des Bettes ein.

Gerade als Jacques sich sein Lager am Kamin fertig machte, hörte er sie. Das Mädchen versuchte, aufzustehen.

»Was ist, musst du raus? Oder hast du noch Durst?«

Sie schüttelte heftig den Kopf, zeigte zuerst auf sich, dann auf sein Lager.

»Nichts da, du nimmst weiterhin das Bett. Ich bin es gewöhnt, auf dem Boden zu schlafen. Das macht mir nichts aus.« Jacques zog sich sein Hemd über den Kopf und musterte sie nachdenklich.

Schließlich schlug er sich mit der flachen Hand an die Stirn.

»Verzeih mir, Mädchen, ich bin ein wenig unerfahren im Umgang mit Fremden. Ich habe dir noch nicht einmal meinen Namen genannt.« Er trat etwas näher und verbeugte sich ein wenig.

»Darf ich mich vorstellen? Mein Name ist Jacques, Jacques Demeraux. Zur Hälfte Lakota, zur Hälfte Franzose. So, und nun bin ich dir nicht mehr ganz fremd und somit kannst du unbesorgt in meinem Bett schlafen. Gute Nacht, Mädchen. Schlaf gut.«

Nach einem letzten Blick auf sie ging er zurück zum Kamin, entledigte sich seiner Fellstiefel, zog die Decke über sich und rollte sich auf dem weichen Bärenfell zusammen.

19.

Jacques hieß er also. Kein Wunder, dass er ihr dafür, wie er aussah, doch sehr zivilisiert erschienen war. Zur Hälfte Franzose hatte er gesagt. Welche Hälfte mochte das wohl sein? Sein Gesicht wies edle Züge auf, doch das konnte sowohl vom Vater wie auch von der Mutter kommen. Seufzend verkroch sie sich weiter unter die Decke. Wenn doch nur diese seltsame schwarze Wand in ihrem Kopf endlich verschwinden würde. Was verbarg sich dahinter? Jacques war wirklich freundlich zu ihr und dennoch, jedes Mal, wenn er sich ihr näherte, zog sich etwas in ihr voller Angst zusammen. Es machte sie schier verrückt. Nicht zu wissen, was tatsächlich geschehen war, nicht zu verstehen, woher ihre ganzen, doch ziemlich schweren Verletzungen kamen, es war furchtbar.

Ihr Auge schmerzte weniger, seit er sie mit dem Kamillenabsud versorgte. Zur Hälfte ein Lakota. Zur Hälfte ein … Wilder? Nein, sie mochte so nicht denken, woher kam das? Wer nannte jemanden wie ihn nur so? Noch einmal tunkte sie das Tuch in die Schüssel, legte es sich über Stirn und Auge. Die feuchte Wärme tat sehr gut. In Ihrem Magen rumorte es ein wenig. Er war wohl eindeutig klüger als sie, denn sie hätte hungrig weiter gegessen. Sie zog sich die Decke bis zum Kinn und schloss müde die Augen. Es war so leise, dass sie die gleichmäßigen Atemzüge von Mann und Hund hören konnte. Es war beruhigend und sie fühlte sich sicher … sicher bis auf das seltsame Gefühl tief in ihr. Irgendwann würde die schwarze Wand einstürzen und dann, so hoffte sie zumindest, verschwände auch diese unerklärliche Furcht.

»Mädchen, hörst du mich? Wach auf, bitte, ich will nicht einfach verschwinden.«

Was er sagte, musste offensichtlich sehr bedrohlich geklungen haben, denn kaum, dass sie die Augen öffnete und begriff, dass er vollbekleidet und in seine Felljacke gehüllt neben ihrem Lager stand, weiteten sich ihre Augen erschrocken.

»Nein, nein, du musst keine Angst haben. Ich muss ins nächste Dorf, heute spielt das Wetter mit, kein Schneesturm, klare Sicht und blauer Himmel. Das muss ich ausnutzen. Wir brauchen in paar Dinge, sonst könnte es eng werden, verstehst du das?«

Immerhin nickte sie, wenn auch sehr zögerlich.

»Es dauert nur ein paar Stunden, dann komme ich wieder. Damit du dich nicht zu sehr ängstigst, lasse ich Tatanka zu deinem Schutz zurück. Er wird auf dich achten. Dort auf dem Herd ist Kaffee und auf dem Tisch habe ich dir Brot hingestellt. Nimm ein wenig Honig dazu, das wirst du gut vertragen. Ich sehe zu, dass ich etwas Gutes für dich im Dorf finde. Also, iss, trink, tu, was du möchtest, aber geh nicht hinaus und wenn es sich nicht vermeiden lässt, zieh die Türe hinter dir zu und achte darauf, dass Tatanka immer bei dir ist, ja?«

Dieses Mal fiel ihr Nicken schon etwas kräftiger aus, was ihn zumindest ein wenig beruhigte.

»Dann gehe ich jetzt und du versprichst mir, dass du keine unüberlegten Dinge tust, ja?«

Deutlich schmollend verzog sie sich unter die Decke und Jacques schulterte breit grinsend sein Gewehr und hängte sich seinen Bogen über die Schulter. Nach einem letzten Blick auf die zusammengekauerte Gestalt unter der Decke verschwand er nach draußen, wo ihn ein klarer, kalter Morgen empfing.

Sein Fortgehen ließ Kälte zurück, nicht nur die, die durch die Türe strömte, als er hinausging. Sie musste sich eingestehen, dass Jacques tatsächlich Wärme verbreitete. Wärme und Sicherheit, allein durch seine ruhige, überlegte Art. Bei jedem Handgriff schien er genau zu wissen, was er tat. Auch wusste er viel, sie konnte sich nicht vorstellen, dass sie alleine hier draußen überlebt hätte. Er aber handhabte alles mit traumwandlerischer Sicherheit und mit einer Ruhe, die sich auf sie übertrug.

Sie riskierte einen kurzen Blick und erspähte den riesigen Hund, der neben dem Kamin auf einem von diesen getrockneten Fleischstreifen herumkaute, die Jacques auch schon einmal gegessen hatte. Es schüttelte sie ein wenig. Davor ekelte sie sich nun doch etwas.

Ganz im Gegensatz zu dem lecker duftenden Kaffee. Leider war der heute schwarz wie die Nacht. Hoffentlich dachte er daran, Milch mitzubringen. Immerhin fand sich genügend Zucker, um ihn erträglich zu süßen.

Das Brot schmeckte köstlich und der Honig war süß, zäh und aromatisch. Sie kaute genüsslich und spülte dann mit dem süßen Kaffee nach. Gar nicht so übel. Als sie Brot und Honig bis zum letzten Krümel verspeist und auch den Kaffee bis fast zur Neige geleert hatte, spülte sie in der Schüssel unter dem Fenster ihre Tasse, den Teller und das Messer ab. Sie wusste, wie man das machte, da sie Jacques dabei zugesehen hatte. Vergeblich durchforstete sie ihr Gedächtnis, um herauszufinden, ob sie das auch früher schon gekonnt hatte, doch hier stand sehr zu ihrem Bedauern schon wieder die undurchdringliche Wand im Weg.

Ziemlich gereizt räumte sie ihr Geschirr in das Regal. Langsam wäre es wahrlich an der Zeit, wieder klar und vernünftig denken zu können. Der Umstand, dass sie alleine war, eröffnete ihr die Möglichkeit, sich zu waschen, ohne sich Gedanken darüber zu machen, wann er wohl lange genug das Haus verlassen würde. Kaum öffnete sie die Haustüre, strömte eisige Luft ins Innere. Heute war es zwar schön, aber definitiv nicht erstrebenswert, im Freien herumzulaufen. So rasch sie sich eben bewegen konnte, schaufelte sie Schnee in ihre Waschschüssel und lief wieder ins Warme. Sie stellte die Schüssel auf dem Herd ab und beobachtete, wie der Schnee schmolz. Das Wasser war danach angenehm warm und sie wusste, wo Jacques die Seife aufbewahrte, die er immer nahm, wenn er sich waschen wollte.

Zufrieden schnupperte sie an sich. Das war aber auch nötig gewesen. So gut sie konnte, zupfte sie sein Hemd wieder zurecht, hob unter ziemlichen Schmerzen die Arme und kämmte sich mit den Fingern durch die Haare. Augenblick! Was war denn mit ihren Haaren los? Kaum hob sie erneut die Hände, um ihren Kopf zu betasten, schon taten die Rippen wieder weh. Durfte sie sich denn gar nicht mehr bewegen? Und was war das auf ihrem Kopf? Ihr Blick irrte durch den Raum und blieb an einem kleinen Spiegel in einem ovalen Holzrahmen hängen. Mühsam erhob sie sich, sehr genau darauf achtend, sich nicht zu unvorsichtig zu bewegen. Es war schwerer als gedacht, bis zu dem Spiegel zu gelangen, besonders nach der Anstrengung, sich zu waschen. Schließlich schaffte sie es, unter Zuhilfenahme aller Stuhllehnen und Regale, ihr Ziel zu erreichen. Jacques war groß und so hing auch der

Spiegel ziemlich hoch, sie musste sich strecken, was ihren Rippen nicht gut bekam.

Eine Fremde.

Wer war die Frau im Spiegel? Wem gehörte dieses zerschundene, verkratzte und mit Blutergüssen übersäte Gesicht? Was bedeuteten diese Male am Hals? Sie streckte die Hand aus, wollte die seltsame Frau im Spiegel anfassen, doch diese hatte den gleichen Gedanken. Die Hand näherte sich ihr, zögernd und unsicher.

»Wer bist du?«

Die Fremde antwortete nicht auf die lautlose Frage. Wie sollte sie auch. Soweit war sie nun doch klar im Kopf, dass sie verstand, dass die gequälte Kreatur dort im Spiegel sie selbst war. Ihr Haar war auf der einen Seite viel kürzer als auf der anderen. Mühsam betastete sie die verfilzten Strähnen. Was hatte Jacques ihr erzählt? Er habe sie aus dem See gezogen? Sie ekelte sich vor sich selbst. Wie konnte Jacques es nur ertragen, sie anzusehen, ohne sich vor Abscheu zu schütteln?

So konnte sie ihm nicht erneut unter die Augen treten. Der Weg zur Türe erschien ihr weiter als vorhin und doch musste sie ihn bewältigen. Sie füllte die Schüssel bis zum Rand mit Schnee und schleppte sich mit ihr noch einmal zum Herd.

Die Schmerzen waren fast unerträglich, aber es gelang ihr, den Kopf in die Schüssel zu tauchen und ihr Haar einzuseifen. Es tat so weh, dass ihr die Tränen kamen, doch darauf durfte sie jetzt keine Rücksicht nehmen. Das dreckige Wasser bewies ihr, wie dringend nötig die Haarwäsche gewesen war. Noch einmal für sauberes Wasser zu sorgen, um sich das Haar auszuspülen, überstieg beinahe ihre Kraft, aber sie biss die Zähne zusammen und nach einer gefühlten Ewigkeit war sie tatsächlich fertig.

Und nun? Sie schaffte es nicht mehr, die Arme zu heben, um das Chaos auf ihrem Kopf einigermaßen in den Griff zu bekommen. Immerhin war sie wenigstens sauber.

Sie zog sich unter Tränen den Stuhl mit dem nun immer darin liegenden Fell an den Kamin, legte ein großes Stück Holz nach und setzte sich vorsichtig ob der durch den Körper schießenden, stechenden Schmerzen vor das wärmende Feuer. Zumindest konnten hier ihre Haare trocknen, denn mit den nassen Haaren zurück ins Bett, das wagte sie nicht.

Bewegungslos starrte sie in die züngelnden Flammen.

Wer war sie? Die Frau im Spiegel, wer um Himmels willen war das?

Sie musste Schreckliches erlebt haben, so wie sie aussah. War das die schwarze Wand? Verbarg sich dahinter all das Entsetzliche, an das sie sich nicht erinnern konnte? Ihr letzter Gedanke, ehe sie vor Erschöpfung einschlief, war, dass sie diese Schwärze nicht durchdringen *wollte* – nein, sie wollte nicht wissen, was dahinter lag. Nicht jetzt, noch nicht.

Als sie wieder erwachte, war das Feuer bis auf ein wenig Glut niedergebrannt. Mit steifen Gliedmaßen schob sie sich im Sessel nach vorne und griff stöhnend nach ein paar Spänen. So, wie sie es bei Jacques beobachtet hatte, legte sie die Späne auf die Glut und als sie Feuer fingen, schob sie zuerst einen kleinen, trockenen Ast nach und erst dann einen etwas größeren. Sehr gut. Das Feuer brannte zumindest wieder. Wenn er zurückkam, würde es hier drin schön warm sein. Aufgeräumt hatte sie auch alles. So würde er nichts finden, das ihn verärgern konnte.

Wie spät mochte es sein? Wenn sie in sich hinein fühlte, alleine schon wie steif ihre Glieder waren, dann musste sie eine Weile geschlafen haben. Ihre Hand glitt zu ihren Haaren, sie waren fast trocken. Aber da war auch noch etwas anderes. Der Kaffee wollte ganz offensichtlich wieder hinaus und damit blieb ihr nur, entweder den kleinen Eimer zu benutzen, wie Jacques es ihr so dringend angeraten hatte, oder aber doch das Haus zu verlassen.

Schließlich war es ihr auch gelungen, Schnee zu holen und sogar, sich das Haar zu waschen. Zwar wollte sie das Ergebnis gar nicht sehen, aber immerhin war es wieder sauber. Folglich sollte es doch machbar sein, kurz hinter das Haus zu gehen und sich dort zu erleichtern. Es war ja auch nicht möglich, fortwährend hier drinnen herumzusitzen und zu liegen. Was waren seine Worte gewesen? Nimm Tatanka mit.

Gut, das sollte sie doch schaffen. Mühsam stemmte sie sich aus dem Stuhl hoch und versuchte sich gerade aufzurichten, was noch immer nicht so leicht war. Gebückt schlurfte sie zur Eingangstüre, wandte sich um und suchte den Blick des Hundes. Der schien nur darauf gewartet zu haben, denn sofort stand er, erwartungsvoll mit dem Schwanz wedelnd, neben ihr.

»Na, da scheinen wir ja wohl beide das gleiche Bedürfnis zu haben.« Sie zog an der Klinke und öffnete die Türe. Wärmer war es nicht geworden. Eisige Luft empfing sie und soweit sie das zu erkennen vermochte, stand die Sonne doch schon ziemlich tief. Er würde sie schelten, wenn er sie so sähe, doch er war ja nicht hier und wenn sie sich beeilte, dann würde er nicht einmal bemerken, dass sie im Freien gewesen war. Sein Hemd war zwar kein vernünftiges Kleidungsstück, aber immerhin reichte es ihr bis zu den Knien. Ihr Blick irrte an der Wand entlang und sie fand, wonach sie suchte. Der Speer stand dort, wo er immer war, also benötigte er ihn heute nicht. Seufzend dankte sie dem Himmel, denn ohne das Hilfsmittel würde es ihr schwerfallen, nach hinten zu kommen. Sich auf den Speer stützend, schleppte sie sich um das Haus, was ihr heute schon leichter fiel als beim letzten Mal. Zum einen, weil ihre Verletzungen weiter geheilt waren, zum anderen, weil sie heute den Weg bereits kannte.

Gütiger Gott, musste denn alles so schwer sein? Mussten ihre Beine denn bei jedem Schritt einen Stromstoß durch ihren Körper schicken? Woher kam das denn nur? Warum wusste sie nichts von dem, was ihr widerfahren war, ehe Jacques sie zu sich geholt hatte?

Es war mühsamer als erhofft, aber immerhin fand sie die Büsche hinter dem Haus. Sich hinzuhocken wollte ihr noch immer nicht gelingen, ihre Oberschenkel brannten wie Feuer. Alles war so schmerzhaft, dass ihr, obwohl sie tapfer dagegen ankämpfte, schon wieder die Tränen in die Augen traten. Sich am Speer hinunter hangelnd, ging sie auf die Knie. Tatanka umrundete sie wie ein Wolf, der auf sein Junges achtet.

Die beißende Kälte kroch ihr in alle Glieder, und erneut rief sie sich ins Gedächtnis, das nächste Mal endgültig nicht mehr mit bloßen Füßen in den Schnee zu laufen.

Die Stille war vollkommen. Man hörte nichts außer dem Rauschen der Bäume im Wind, ab und an ein Knacken aus der Ferne sowie die Rufe von Vögeln, die über ihr schwebten. Gerne hätte sie den Kopf soweit gehoben, dass sie die majestätisch dahingleitenden Tiere besser hätte betrachten können, doch das ließ der stechende Schmerz in ihrem Nacken nicht zu. Zu ihrem Schreck vernahm sie nun aber noch etwas anderes. Das Geräusch von Hufen auf dem harten Schnee vor dem Haus. Oh weh, Jacques war zurück. Und sie saß hier auf ihren Knien, barfuß im Schnee und zu allem Überfluss fiel ihr ausgerechnet jetzt ein, was er ihr noch so dringend nahegelegt hatte: Schließ immer die Türe.

Ihr wurde noch kälter. Nun würde er richtig wütend werden. Tatanka zog es offenbar vor, sich zu seinem Herrn zu begeben, denn er verschwand sofort nach vorne und begrüßte Jacques mit lautem Jaulen.

Nein, nein, nein. Nicht ausgerechnet jetzt. Und schon gar nicht wollte sie, dass er sie schon wieder in dieser Situation antraf. Mit aller ihr noch zur Verfügung stehenden Kraft stemmte sie sich mit dem Speer wieder in eine einigermaßen aufrechte Position und tapste zaghaft um die Büsche herum nach vorne.

Nanu, das war seltsam. Sonst brachte Jacques doch sein Pferd immer sofort in den Stall, wenn er nach Hause kam. Auch war er beim letzten Mal auf einem anderen Tier zurückgekommen. Das gescheckte Pferd, das vor dem Haus stand und sie aus neugierigen Augen betrachtete, trug auch keinen Sattel. Lediglich ein großes Fell war über seinen Rücken gebreitet. Sehr verwunderlich. Sie hörte Jacques drinnen mit Tatanka sprechen. Er redete in der fremden Sprache, in der er oft mit ihm sprach, wenn er glaubte, dass sie schlief. Das Donnerwetter hinauszuzögern war sinnlos, vor allem, da sie mittlerweile vor Kälte zitterte und ihre Füße bereits taub wurden. Kleinlaut schob sie sich durch die noch offene Türe … und erstarrte: Das war nicht Jacques.

20.

Die Natur machte ihm heute Freude. Klare, reine Luft, Sonne, blauer Himmel und dazu der im Sonnenlicht glitzernde Schnee. Unberührt, nur hier und da von einer Wildfährte durchzogen, erstreckte sich vor ihm eine fast endlose schimmernde Fläche. Dieses Land war herrlich. Wie aber würde es sich in den kommenden Jahren verändern? Jacques zog die Jacke enger um sich. Weniger das kalte Wetter, als vielmehr seine nicht besonders erfreulichen Zukunftsvisionen ließen ihn schaudern. Sophies warnende Worte klangen noch immer in seinen Ohren nach.

»Viele sind bereits hier, doch es werden noch viel mehr, mehr als ihr werdet zählen können. Ihr müsst darauf vorbereitet sein, sonst werdet ihr untergehen und nicht nur unser Volk wird sterben.«

Die Tatsache, dass seine weiße Mutter von »unserem Volk« sprach, wenn sie die Lakota meinte, zeigte überdeutlich, für wen sie sich entschieden hatte. Und nun war sie tot. Erschossen von englischen Soldaten, die nicht fragten, ehe sie wahllos Frauen und Kinder töteten. Sie war in seinen Armen gestorben und ihr letzter Gedanke hatte ihren Söhnen und dem Mann, den sie über alles liebte, gegolten.

Ob es auch Soldaten gewesen waren, die der jungen Frau, die nun seit geraumer Zeit in seinem Haus Schutz fand, das angetan hatten? Solange sie sich nicht erinnerte, solange sie nicht sprach, würde er es wohl nicht erfahren. Aber wahrscheinlich war es gar nicht so schlecht, dass sie derzeit noch in geistigem Dunkel verweilte. Zumindest erholte sie sich langsam. Dass sie endlich sogar wieder etwas essen konnte, war beruhigend.

Er band den kleinen Mehlsack etwas fester und trieb Arrow ein wenig an. Der Besuch im Dorf war sowieso schon länger ausgefallen als geplant. Der deutsche Bäcker war gerade dabei gewesen, Kuchen zu backen, und davon wollte er der Fremden gerne etwas mitbringen. Der saftige Kuchen steckte wohlverpackt in der Satteltasche, ebenso wie das restliche Mehl, Zucker, Salz, Kaffee und ein Krug sahnige Milch, die er dem Bäcker abgeschwatzt hatte. Dazu Kartoffeln und ein paar Rüben – die Bäckersfrau fand sichtlich Gefallen daran, ihm zu erklären, was man damit alles machen konnte. Zum ersten Mal war es ihm gelungen, über seine Mutter zu sprechen, und Mrs. Wenger war sichtlich entsetzt gewesen. Immerhin brachte ihm die Tatsache, dass er eine höchst bedauernswerte, wenn auch ziemlich große Halbwaise war, noch einen kleinen Krug mit Marmelade ein. Jacques grinste in sich hinein. Ab und an gar nicht übel, einigermaßen passabel auszusehen.

Irgendwie war da ein seltsames Gefühl in seiner Magengegend und Hunger konnte es ganz sicher nicht sein. Dafür war von Mrs. Wenger gesorgt worden. Hoffentlich war mit seiner geheimnisvollen Patientin alles in Ordnung. Nicht, dass das Mädchen wieder in Eis und Schnee herumkrabbelte. Besorgt ließ er Arrow in einen flotten Trab verfallen.

Seit wann beherbergte sein Bruder Waldgeister bei sich? Denn was sonst sollte dieses seltsame Wesen sein, das ihm da gegenüberstand? Braunes Haar stand ihr zu einem Teil wirr vom Kopf ab und hing zum anderen in langen Strähnen über Schultern und Rücken. Sie stützte sich auf einen Speer, da sie sich ganz offensichtlich kaum aufrichten konnte. Als er sie genauer betrachtete, wusste er auch, warum. Ihr ganzer Körper – soweit sichtbar – war von Blutergüssen und Wunden übersät. Ihr Gesicht wies Kratzer, Prellungen und blaue Flecken auf. Die diversen Blautöne zeigten an, dass es bereits wieder verheilte. Wie musste sie zuvor ausgesehen haben?

Wenn er sich nicht sehr täuschte, dann war sie noch jung, ziemlich jung sogar. Warum bei allen Göttern war sie hier und was hatte Jacques damit zu tun? Im Moment schien ihm aber doch am wichtigsten, ihr zu verdeutlichen, dass sie den Speer, den sie ihm zitternd vor Angst entgegenhielt, wieder herunternehmen konnte.

Ihre Augen waren weit aufgerissen und der Schreck stand darin, so groß und so deutlich, dass sie ihm spontan leidtat, was eher selten vorkam. Also hob er die Hände, um ihr zu zeigen, dass er keine Waffe darin hielt.

»Ich habe keine Ahnung, wer du bist oder was du hier machst, aber zum einen solltest du dir angewöhnen, Türen zu schließen, und zum anderen will ich dir nichts tun. Na komm, nimm den Speer runter, ehe du dich noch schlimmer verletzt.«

Nein, das war ganz gewiss nicht Jacques. Ein wildfremder Mann stand mitten in dessen Haus. Die Angst, die in ihr hochkroch, schnürte ihr die Kehle zu. Was wollte der Fremde hier? Er musterte sie mit unverhohlener Neugier aus dunklen Augen. Langes schwarzes Haar fiel ihm über eine wuchtige helle Felljacke und seine Beine steckten in einer Art lederner Hosen, die am Unterschenkel ebenfalls mit Fell umwickelt waren. An den Füßen trug er halbhohe Lederstiefel, aus denen oben auch Fell heraus spitzte. Um den Hals wand sich eine der Ketten, die sie auch bei Jacques schon gesehen hatte. Weiße Röhrchen reihten sich an hellblaue Steine. Er sah Jacques ähnlich, und doch war er anders, so ganz anders.

Der Blick war bedrohlich und finster geworden, eindeutig war es ihm nicht angenehm, sie hier vorzufinden. Ohne nachzudenken hob sie den Speer, obwohl ihre Hand so sehr zitterte, dass sie ihn kaum ruhig halten konnte. Was sollte sie denn nun tun? Jetzt redete er auch noch mit ihr, aber in der Sprache, die sie nicht verstand. Und es klang so bedrohlich. Was sollte es bedeuten, dass er die Hände hob? Würde er sie schlagen? Bitte nicht! Den Speer noch immer umklammernd riss sie die Arme nach oben.

Die junge Frau hob schützend die Arme und zog den Kopf ein. Die typische Bewegung, wenn jemand erwartete, geschlagen zu werden.

Sunk'Pala hielt in der Bewegung inne. Eigentlich hätte es ihm ja auch klar sein sollen, dass die Fremde kein Lakota verstand. Aber wie kam sie bitteschön auf die vollkommen verrückte Idee, dass er sie schlagen wollte?

»Frau, was lässt dich glauben, dass ich dich schlagen will? Das mag ja vielleicht bei euch Weißen Brauch sein, Frauen zu schlagen, mir liegt der Gedanke fern. Und nun noch mal in deiner Sprache. Nimm doch bitte den Speer runter. Ich habe wirklich Angst, dass du dich mit dem Ding verletzt.«

Mit zusammengekniffenen Lippen schüttelte sie den Kopf.

Die Bewegung kam fast gleichzeitig mit einem heftigen Zittern und einem Stöhnen, das die Farbe aus ihrem Gesicht weichen ließ. Der Schaft des Speers entglitt ihren Händen und er sah, wie ihre Knie wegknickten. Rasch fasste er mit der einen Hand nach der fallenden Waffe und mit dem anderen Arm fing er die taumelnde Frau auf.

»Mal im Ernst. Es wäre wirklich sinnvoll, mir zu vertrauen, denn viele andere Möglichkeiten scheinst du nicht zu haben, wenn ich das richtig sehe.«

Er stellte den Speer an der Wand ab und lud sich die Frau auf die Arme.

»Ich leg dich dann mal wieder ins Bett, wo du offenbar auch hingehörst. Wie kommst du eigentlich auf die dumme Idee, im Hemd in der eisigen Kälte rumzulaufen?«

Sie zuckte nur die Schultern.

»Hast du was gesagt?«

Ganz klein machte sie sich in seinem Arm.

Erneutes Schulterzucken und ein leichtes Kopfschütteln.

»Wenn du wegen dem da draußen warst, was ich denke, warum nimmst du nicht einen Eimer oder sonst was?«

Jetzt weinte sie auch noch.

»Das ist unvorsichtig und dumm. Du bist ganz offenbar schwach und nicht in der Lage, schnell zu laufen. Was, wenn ein Wolf oder ein Bär auftaucht?«

Schulterzucken.

»Das dachte ich mir. Na, los, leg dich wieder hin. Sag mal, du hast eiskalte Füße. Das kann wirklich gefährlich werden.«

Er legte sie auf das Bett, rieb kurz ihre kalten Füße und deckte sie dann zu.

Seufzend sah er mit gerunzelter Stirn zu ihr hinab. Eine Weiße! Erwas Dümmeres konnte Jacques wohl nicht mehr einfallen.Andererseits musste da schon irgendetwas Größeres dahinter stecken, das er nicht erahnen konnte, denn wenn sein Bruder etwas nicht war, dann mit Dummheit geschlagen.

»Frau, du verstehst mich aber schon? Kannst oder willst du nicht mit mir reden?«

Ganz langsam hob sie ihre Hände zu ihrer Kehle und erst da sah er die zwar verblassenden, aber noch immer sichtbaren Würgemale an ihrem Hals.

»Also kannst du nicht sprechen. Wer hat das getan?«

Schulterzucken.

»Du weißt es nicht?

Kopfschütteln.

»Kannst du dich nicht erinnern?«

Erneutes Kopfschütteln unter Tränen veranlasste ihn dazu, einzuhalten.

»Schon gut, ich will dich nicht bedrängen. Ach, und ehe du mir hier vor lauter Angst durchdrehst, ich bin Sunk'Pala, Jacques' Bruder.«

Sein Bruder. Daher die große Ähnlichkeit. Zwar sah er weitaus finsterer aus als Jacques, aber immerhin bestand die Möglichkeit, dass er ihr nichts Böses wollte. Sie verwünschte sich und ihre Schwäche. Ihm hilflos in die Arme zu fallen, hätte genauso gut böse enden können. Dass er nun die Felljacke ablegte und darunter lediglich ein langes Wildlederwams ohne Ärmel zum Vorschein kam, verwunderte sie schon kaum mehr. Er war sichtlich mehr Indianer als sein Bruder, zumindest was die Kleidung anbetraf. Sunk'Pala war ebenso groß wie Jacques und genauso muskulös, allerdings trug er am einen Arm statt Schmuck eine auffällige Zeichnung, eine Schlange, die sich um seinen Unterarm wand. Am anderen sah sie, wie bei seinem Bruder, die bunten Kettchen und Lederbänder. Es mutete fast schon ein wenig seltsam an, dass dieser Mann nun nach dem Teekessel griff, ihn füllte, den Herd neu anheizte und Wasser aufsetzte.

»Ich mach dir mal einen heißen Tee, kann sicher nicht schaden. Weißt du, wo Jacques hin wollte?«

Sie hob den Arm und deutete auf das Vorratsregal. Er war schnell im Mitdenken.

»Ah, ins Dorf, Lebensmittel besorgen?«

Sie nickte zustimmend.

»Hm, dann wirst du mich jetzt ertragen müssen, bis er wieder da ist und wohl auch die nächste Nacht.«

Er trat wieder näher an ihr Bett, worauf sie sich, ohne darüber nachzudenken, sofort weiter unter die Decke verkroch.

»Frau, ich sagte doch, ich tue dir nichts. Ich meinte das auch so.«

Plötzlich ging ein Grinsen über sein Gesicht.

»Sag mir, Frau, ich habe einen Hasen geschossen. Du kannst nicht zufällig Tiere ausnehmen?«

Sie spürte förmlich, wie ihr das Blut aus dem Gesicht wich.

»Ich nehme das als ein ‚Nein'. Hätte mich auch gewundert.«

Zurück am Herd hantierte er eine Weile herum und brachte ihr dann eine große Tasse mit Salbeitee. »Da, trink, Frau, damit wieder Wärme in deine Glieder kommt. Ich bin dann mal draußen und bereite den Hasen vor.« Er zeigte auf ihren Hals. »Kannst du schon wieder etwas essen?«

Sie zog eine unsichere Grimasse und hob zögernd die Schultern.

»Ach, was soll's, wir versuchen das nachher einfach mal. Frisches Fleisch ist sicher gut für dich. Doch dazu ziehe ich dem Kerl jetzt erst mal das Fell über die Ohren.«

Er grinste ihr noch einmal zu, zog sich die Jacke wieder an und verschwand dann ohne ein weiteres Wort.

Sie nippte an dem dampfenden Tee und rümpfte die Nase. Er war eindeutig nicht so weitsichtig wie sein Bruder. Das Getränk war ungesüßt, sicher sehr gesund, aber eben ohne Honig, Zucker oder sonst was. Da sie ihn aber weder enttäuschen noch verärgern wollte, trank sie tapfer alles aus. Durch das Fenster drang nur noch spärliches Licht und langsam machte sie sich ernsthaft Sorgen um Jacques' Verbleib.

Lange blieb ihr nicht für ihre sorgenvollen Gedanken, denn die Türe öffnete sich und zusammen mit einem eisig kalten Windstoß betrat Sunk'Pala den Raum. In seinen Händen trug er ein Ding, das im entfernten einer toten Katze ohne Fell ähnelte. Wenn sie auch nur daran dachte, dass sie das essen sollte, dann drehte sich ihr der Magen um. Der Indianer kümmerte sich nicht darum. Er legte das ausgeweidete Tier in die Schüssel unter dem Fenster, zog sich seine Jacke wieder aus, warf seine langen Haare zurück und blickte sich suchend um.

Endlich fand er wohl, was er suchte, denn er griff nach einem eisernen Spieß, der neben dem Kamin an der Wand lehnte. Danach wusch der den Hasen noch einmal ab und rieb ihn mit irgendwelchen Kräutern ein, die er in Jacques' Regal fand. Als Nächstes spießte er das Tier sehr gekonnt auf, schürte das Feuer im Kamin kräftig an und hängte den Festbraten über die Flammen. Er trat einen Schritt zurück und betrachtete sein Werk, dann nickte er fast schon grimmig, ging zur Türe und öffnete sie ganz kurz, als wolle er frische Luft einlassen. Tatanka nutzte diese Chance und schlüpfte ins Freie. Sunk'Pala rief ihm etwas in der fremdartigen Sprache nach und schloss hinter ihm die Haustür.

Unentschlossen wanderte sein Blick durch den Raum und blieb an ihr hängen, was ihr ein wenig unangenehm war. Selbst wenn sie es gewollt hätte, sie konnte nun einmal nicht sprechen. Vielleicht wäre es gar nicht dumm gewesen, mit ihm zu reden. Sicherlich konnte sie so vieles in Erfahrung bringen. Anscheinend dachte er ähnlich, denn er zog sich den Stuhl näher zu ihr, setzte sich und blickte ihr forschend in die Augen.

»Um noch mal auf unser Gespräch von vorhin zurückzukommen. Du kannst dich also nicht erinnern, wer dir das angetan hat?«

Es blieb ihr keine Wahl, als zerknirscht den Kopf zu schütteln.

»Hmpf … das ist nicht gut. Wer auch immer einer Frau so etwas zuleide tut, muss bestraft werden. Doch solange dir jede Erinnerung fehlt, kann das nicht geschehen.«

Da lag er sicher richtig, doch sie konnte nicht mehr tun, als sich den Kopf zu zermartern und zu versuchen, die schwarze Mauer darin zu überwinden. Ihr blieb nur, eine traurige Grimasse zu ziehen.

Der Mann rutschte in seinem Stuhl etwas tiefer und musterte sie misstrauisch. »Na, dann bin ich aber mal neugierig, was es mit dir auf sich hat.«

Ein Blick in seine leicht schräg stehenden Augen zeigte ihr, dass sie ihm offenbar nicht ganz geheuer war. Sie konnte es ihm nicht verdenken.

Ein paar Augenblicke später hörte sie das Schnauben eines Pferdes und das aufgeregte, freudige Bellen Tatankas. Das konnte nur eines bedeuten: Jacques war zurück.

Es hatte wohl wieder zu schneien begonnen, denn als er das Haus betrat, war auf seiner warmen Lederjacke eine dünne Schicht Schnee und auch in seinen Haaren hingen Schneeflocken.

Verwirrt blickte er von Sunk'Pala zu ihr und dann wieder zurück.

»Oh, da ist man mal einen Tag weg und schon treten sich hier die Gäste auf die Füße. Bruder, das ist ja eine Überraschung – eine schöne, aber trotzdem habe ich dich nicht erwartet.«

Mit knurriger Miene trat sein Bruder auf ihn zu. »Glaub mir, ich reite nicht freiwillig durch Eis und Schnee. Vater bat mich, dir zu sagen, dass es unserer Tante von Woche zu Woche schlechter geht. Er befürchtet, sie wird den Winter nicht überleben. Nur darum bin ich hier. Dass du auch eine Neuigkeit zu verkünden hast, wusste ich nicht.« Fragend wanderte sein Blick zu ihr hinüber. »Kannst du mir bitte erklären, wie eine misshandelte weiße Frau in dein Bett kommt?«

Jacques zog eine fast schon amüsierte Grimasse. »Also, das ist jetzt etwas sehr zusammengefasst ausgedrückt. Zwischen dem ‚wie' und meinem Bett lagen schon ein paar wesentliche Schritte.« Er warf ihr einen besorgten Blick zu.

»Mädchen, willst du die Geschichte ganz hören? Denkst du, dass du das verkraftest? Ich glaube nämlich, dass es einen guten Grund gibt, warum du dich noch nicht erinnern kannst.«

Zuerst war ihr danach, entschlossen zu widersprechen und hören zu wollen, was er erzählte, andererseits ergaben seine Worte Sinn. Da war etwas in ihr, das nicht zuließ, dass sie sich erinnerte – das musste einen Grund haben. Also schüttelte sie den Kopf. Nein, lieber warten, bis die Erinnerung von selbst kam, auch wenn sie wirklich gerne die Geschichte, wie er sie gefunden hatte, einmal ganz gehört hätte. Das Wenige, das er ihr bis heute erzählt hatte, war nicht dazu angetan, zu verstehen, was geschehen war.

Als Jacques daraufhin nickte, war seine Miene genauso grimmig wie zuvor die seines Bruders.

Während er Sunk'Pala in der Sprache seines Volkes erzählte, wie und wo er sie gefunden hatte, wanderte sein Blick immer wieder zu ihr hinüber, so als befürchte er, sie könne doch begreifen, was er sagte. Alleine die Tatsache, dass sich während Jacques' Erzählung die Augen des grimmigen Kriegers mehrmals entsetzt weiteten, verdeutlichte ihr, dass es ganz offensichtlich ein Wunder war, dass sie noch lebte.

Als Jacques seinen Bericht beendet hatte, herrschte eine Weile absolute Ruhe im Raum, nur das Feuer knackte und knisterte leise vor sich hin.

»Wer immer das getan hat, verdient den Tod.«

Sunk'Palas finstere Miene unterstrich seine Worte eindrucksvoll. »Kann mir bitte jemand erklären, warum die Weißen, egal wohin sie ihre Nase auch stecken, nur Ärger bringen? Nimm das nicht persönlich, Frau, aber so ist es doch. Sie verdrecken das Land, reißen die Erde auf, vergiften die Flüsse und Seen, töten das Wild, einmal ganz davon abgesehen, dass sie auch uns töten, wo immer sie unserer habhaft werden können, und dann machen sie nicht einmal vor ihresgleichen Halt.« Der große Mann schüttelte sich voller Abscheu. »Im Ernst, ihr seid ein seltsames Volk.«

Sie musterte den eindrucksvollen Indianer mit großen Augen. Wie kam er dazu, so über die Weißen zu sprechen? Waren denn nicht sie es, die endlich die Zivilisation in ein wildes Land gebracht hatten? Sunk'Palas Worte aber erzählten eine gänzlich andere Geschichte.

Zwischenzeitlich war Jacques damit beschäftigt, den über dem Feuer brutzelnden Hasen mehrmals zu drehen. Entgegen ihrer vorherigen Annahme, dass sie niemals etwas davon würde essen können, ließ ihr der Duft nun das Wasser im Munde zusammenlaufen.

Jacques sprang plötzlich wie von der Tarantel gestochen auf.

»Ich sollte die restlichen Einkäufe noch holen, ehe mir alles einfriert. Ich war vorhin doch etwas abgelenkt, da ich nicht genau wusste, wie ihr beiden aufeinander reagieren würdet.«

Auf den Zügen seines Bruders erschien ein breites Grinsen.

»Du weißt doch, ich fresse keine Weißen, sie sind zu bitter.«

»Sehr gut, mach ihr doch bitte noch mehr Angst, als sie sowieso schon hat. Sieh sie dir doch an.«

Zwei dunkle Augenpaare wandten sich ihr zu und verunsichert zog sie die Decke bis zum Kinn. Allerdings fand sie es an der Zeit, einmal mit entschlossenem Kopfschütteln anzudeuten, dass sie nun doch nicht befürchtete, hier als Dinner herhalten zu müssen.

Jacques war erleichtert. Sunk'Pala war jemand, der eher wenig Gnade gegenüber den *Wasicu,* den Weißen, die das Land überfluteten, zu zeigen pflegte. Dass er das verletzte Mädchen, zwar ein wenig zähneknirschend, aber doch zustimmend akzeptierte, beruhigte ihn sehr. Allerdings war es ein Ding der Unmöglichkeit, sie schon jetzt auf ein Pferd zu setzen und zum Winterlager seiner Familie zu reiten. Andererseits kam es für ihn keine Sekunde in Frage, sie alleine hier zurückzulassen. Das wäre viel zu gefährlich.

Das Mädchen heute zu beobachten, wie sie mit hochrotem Kopf unter der Decke hervorkam, als er sie bat, zum Essen an den Tisch zu kommen, war wirklich niedlich gewesen. Sie hatte sich das Haar gewaschen, was ihr sicherlich viel Kraft abverlangt hatte. Recht viel besser sah es allerdings auf ihrem Kopf auch nicht aus. Gerne würde er ihr helfen, doch er ahnte, dass diese Art der Berührung für sie zu viel sein könnte. Nun gut. Irgendwann würde man auch das wieder in den Griff bekommen können. Wichtiger war, dass ihre Seele heilte.

Das Abendessen, der gebratene Hase, dazu ein paar Kartoffeln und danach der frisch gebackene Kuchen von Mrs. Wenger bereiteten ihr zwar ganz offensichtlich noch immer Schmerzen beim Schlucken, da sie mehrmals gequält das Gesicht verzog, doch es schmeckte ihr sichtlich. Der Teller war gänzlich leer und auf die Frage, ob es gut gewesen sei, war ein sehr deutliches Nicken gefolgt. Sie hatte, soweit er das erkennen konnte, sogar versucht zu lächeln. Jetzt schlief sie tief und fest und die Brüder lauschten eine Weile ihren gleichmäßigen Atemzügen.

»Was hast du denn mit der Frau vor? Habe ich das richtig verstanden: Sie will nicht zurück zu den Weißen?«

Er zuckte ratlos die Schultern. »Sie hat vehement verneint, als ich sie fragte, ob ich sie in die nächste Siedlung bringen soll.«

»Mhm, und sie kann sich an nichts erinnern? Du hast also auch keine Ahnung, wer sie ist?«

»Nicht die Geringste. Sie scheint aus einer Familie zu kommen, in der man nicht allzu viel selbst machen musste. Also abspülen musste sie wohl noch nie in ihrem Leben.« Ein Lächeln huschte über sein Gesicht, als er daran dachte, wie sie das erste Mal versucht hatte, das Geschirr zu spülen.

»Kein Wunder, dass sie fast in Ohnmacht fiel, als ich sie fragte, ob sie einen Hasen ausnehmen kann.« Sunk'Pala kratzte sich sichtlich nachdenklich am Kinn. »Dir ist aber schon klar, dass sie zu einem Problem werden kann? Die Weißen werden denken, du hast das getan.«

»Da ich nicht oft Besuch hier habe, könnte es noch etwas dauern, ehe jemand auf sie stößt. Ganz davon abgesehen, ist mir noch kein Suchtrupp unter die Augen gekommen. Niemand scheint sie zu vermissen.«

»Das ist traurig, selbst für eine *Wasicu*.«

»Mensch ist Mensch. Wenn jemand in Not ist und dann noch dazu in einem solchen Zustand wie sie, dann überlegt man nicht allzu lange.«

Sein Bruder zog eine spöttische Grimasse. »Sag das nicht mir, sag es den Weißen.«

»Ich bin froh, wenn ich denen so wenig wie möglich sagen muss.« Jacques nahm noch einen letzten Schluck von dem kühlen, klaren Wasser, dann erhob er sich mit einem langen, müden Gähnen. »Lass uns schlafen, es war ein langer Tag. Wir werden sehen, wie es ihr morgen oder übermorgen geht. Sie muss auf jeden Fall mitkommen. Wir können sie unmöglich alleine lassen. Wenn diese Kerle noch in der Gegend sind, könnten sie leicht vollenden, was sie begannen.«

»Ich bin dafür, sie mit dem Hund und ausreichend Nahrung hier zu lassen. Sie könnte uns jede Menge Ärger bereiten.«

Er drehte sich fast schon wütend zu seinem Bruder um. »Ich sagte, sie kommt mit.«

Sunk'Pala hob nur die Hände und verzog unwillig das Gesicht. »Tu, was du nicht lassen kannst.«

Jacques stellte den Kessel mit dem Eiswasser auf den Ofen, während Sunk'Pala große Scheiben von dem frisch gebackenen Brot abschnitt. Einige Tage hatte Sunk'Pala nun schon bei ihnen verbracht. Noch immer war Jacques sich sicher, dass die Fremde noch nicht soweit war zu reisen. Immerhin schien sie sich an ihn und seinen Bruder gewöhnt zu haben. Als das Mädchen durch die Türe trat, konnten beide Männer sich ein Grinsen nicht verkneifen.

»Was denkst du, Bruder, ob es draußen wohl kalt ist?«

Das Mädchen schnitt den Brüdern nur eine Grimasse und zog sich die Felljacke, die Sunk'Pala ihr großzügig für ihren kurzen Ausflug überlassen hatte, wieder aus.

»Ging das ohne zu große Schmerzen? Wie geht es denn deinen Rippen?«

Sie nickte und zuckte leicht mit den Schultern.

»Darf ich?« Sehr langsam näherte sich Jacques und streckte seine Hände aus. Zwar zuckte sie im ersten Augenblick deutlich zurück, doch dann nickte sie zustimmend. Vorsichtig legte er seine Hände um ihre Rippen und übte sehr sanft Druck aus.

»Du musst es mich wissen lassen, wenn der Schmerz zu stark wird, verstanden?«

Nicken.

Er verstärkte den Druck ein wenig und noch immer erfolgte keine Reaktion. Erst als er erneut kräftiger drückte, sog sie erschrocken die Luft ein.

»Tut es jetzt weh?«

Nicken.

»Gut, oder vielmehr eigentlich nicht gut. Aber immerhin bedeutet das, dass du wohl doch langsam mit uns reiten kannst.«

Als er sah, wie ihre Augen sich erschrocken weiteten und sie heftig den Kopf schüttelte, zog er seine Hände zurück und musterte sie eindringlich.

»Hör mir zu, Mädchen, leider haben wir keine Wahl. Du musst mit uns reiten. Es tut mir leid, dass ich dir keinen anderen Ausweg bieten kann, doch alles andere ist zu gefährlich.«

»Natürlich. Weil es ja absolut ungefährlich ist, mit einer Weißen durch die Gegend zu reiten, deren Gesicht und Körper noch immer Spuren von Misshandlungen tragen.«

»Sunk'Pala, halt bitte einfach den Mund. Das ist alleine meine Entscheidung.«

»Aber sicher. Ich bin ja nur der, der neben dir reitet. Aber bitte, du bist der Ältere, also mach nur.«

Er warf seinem Bruder einen giftigen Blick zu und brachte ihn so zum Schweigen, ehe er sich erneut an sie wandte.

»Hör mir zu. Die andere Möglichkeit wäre, dich hier zu lassen. Aber bedenke, du kannst dich noch immer nicht erinnern, was dir widerfahren ist. Was, wenn die, die dich überfallen und so zugerichtet haben, noch hier irgendwo sind und beschließen, dich nun endlich zum Schweigen zu bringen?« Er betrachtete sie eingehend. »Ich bin sicher, du wirst den Ritt meistern.«

Ihr Gesichtsausdruck sprach eine deutliche Sprache.

»Doch, vertraue mir einfach. Wenn du tatsächlich darauf bestehst, dann kannst du bleiben, doch denke gut darüber nach, was ich soeben sagte.«

Sie setzte sich auf das Bett, das sie mittlerweile nur noch zum Schlafen nutzte und ihr Blick wanderte unsicher zwischen ihm und Sunk'Pala umher.

»Wenn du bleibst, dann können wir dich nicht schützen. Du bist auf dich alleine gestellt. Tatanka mag Schutz bieten, doch wenn es mehrere sind, dann wird es gefährlich.« Er lehnte sich an den inzwischen nicht mehr heißen, sondern nur noch angenehm warmen Ofen. »Du entscheidest, Mädchen.«

Es dauerte eine Weile, in der sie nur auf ihre im Schoß gefalteten Hände blickte. Dann hob sie den Kopf und ein entschlossener Zug erschien um ihren Mund. Sie stand auf und nickte ihm zu.

Erfreut stieß er sich vom Ofen ab und trat zu ihr. »Eine gute Entscheidung, du wirst sehen. Jetzt müssen wir nur noch vernünftige Kleidung für dich finden.«

Sie sah an sich hinunter und spürte, wie ein schiefes Lächeln ihr die Lippen verzog. Die seltsame Kombination, in die die Brüder sie gesteckt hatten, war sicherlich warm und trug sich auch gar nicht schlecht, doch sie fühlte sich wie ein in Leder gehüllter Fellball. Jacques hatte ihr über das extra noch einmal gewaschene Hemd eine dicke, mit Fell gefütterte Wildlederjacke gezogen, an der sogar eine weite Kapuze angenäht war. Obwohl sie einmal kräftig hochgekrempelt waren, bedeckten die Ärmel noch immer ihre Hände, worüber sie gar nicht unglücklich war. Die Beinkleider, die sie ihr gaben, waren nicht nur schwer anzuziehen, sondern auch viel zu groß, doch das hielt die beiden nicht davon ab, sie ihr mit einem breiten Lederriemen fest um den Bauch zu schnüren. Immerhin waren sie mollig warm und das innen liegende Fell, Hase, wie Sunk'Pala ihr mit ernster Miene erklärte, fühlte sich angenehm auf der Haut an. Ihre nackten Füße steckten in Lederstiefelchen, die Jacques aus irgendeiner Ecke gezogen hatte. Dass sie seiner Mutter gehörten und nun sie sie tragen durfte, empfand sie als Ehre. Es war früher Morgen und die Brüder packten eilig alles zusammen, was sie mitnehmen wollten.

Sie verwünschte zum wiederholten Male den Umstand, dass sie nicht sprechen konnte, doch ihre Stimme wollte ihr einfach nicht gehorchen. So oft sie es auch versuchte, es kam nichts als ein seltsames Krächzen aus ihrer Kehle. In diesen Momenten fühlte sie sich unbeschreiblich hilflos. Nicht zu wissen, wer man war oder was einem zugestoßen war, ja, nicht einmal reden zu können, war einfach nur grausam. Sie war Jacques unendlich dankbar dafür, dass er sie mit so viel Geduld pflegte und ertrug.

Inzwischen war sie alle Schreckensszenarien in ihrem Kopf durchgegangen. Vielleicht war sie ja gar nicht das alleinige Opfer? Vielleicht war sie es, die jemanden angegriffen und dann lediglich dessen Gegenwehr zu spüren bekommen hatte? Was, wenn sie eine Verbrecherin war? Das Gesicht, das ihr regelmäßig aus dem Spiegel entgegenblickte, wollte ihr nicht vertrauter werden. Wer mochte diese fremde Frau mit den stets ängstlichen Augen wohl sein?

Für Jacques war es offenbar nicht von Bedeutung oder zumindest zeigte er es nicht. Ihr war es sehr wohl wichtig. Die Brüder waren so weit gegangen, ihr erneut anzubieten, sie in die nächste Siedlung der Weißen zu bringen, doch wie schon beim ersten Mal sträubte sich alles in ihr gegen diesen Gedanken und so zog sie es vor, auf dieses Gefühl zu vertrauen. Auch wenn sie vor Furcht davor, was sie in einem Indianerdorf erwarten würde, schier umkam, so schien es ihr doch die klügere Lösung zu sein.

Jacques half ihr behutsam auf ihr Pferd, band ihre Beine an beiden Seiten fest und fragte sie mehrmals, ob sie auch bequem sitzen würde. Ja, die dicke Kleidung polsterte gut ab und der Sattel, den er für sie gewählt hatte, war wirklich angenehm. Sie beobachtete ihn, wie er das Haus verriegelte, breite Holzbalken vor das Fenster legte und dann noch ein letztes Mal seinen Blick über alles schweifen ließ. Ihr war ein wenig bang bei dem Gedanken, diese schützende, warme Blockhütte vielleicht nie wiederzusehen. Wer konnte schon ahnen, was sie dort draußen erwartete? Jacques und Sunk'Pala ließen ihr nicht viel Zeit, ihren Gedanken nachzuhängen. Sie trieben ihre Pferde an und so ritt sie mit den beiden Männern in die soeben aufgehende Sonne.

Heute war der 17. Januar 1847. Ein Tag, den Diana wohl nie vergessen würde. Sie sah zu, wie ihre Mutter die Hände auf den kalten Erdhügel legte, so als könne sie dadurch erfühlen, was ihrer Tochter widerfahren war. Doch die Erde würde schweigen, das wusste Diana nur zu gut. Wie sollte ein leeres Grab auch ein Geheimnis preisgeben, das niemand zu ergründen vermochte? Und doch waren sie wohl beide erleichtert darüber, hier zu stehen und auf den kleinen Hügel zu blicken, die bereits gefrierenden Blumen zu betrachten. Zumindest gab es nun endlich einen Ort, an dem sie Louisas gedenken konnten. Seit dem Tag, an dem man ihnen den Koffer brachte, den sie mit sich genommen hatte, als sie das Haus verließ, war für ihre Mutter klar, dass ihr Kind tot sein musste. Die Polizei fand den Koffer am Ufer des Sees, gänzlich aufgeweicht, alles vollkommen durchnässt.

Es blieb nur eine Schlussfolgerung: Louisa war bereits kurze Zeit, nachdem sie ihr Elternhaus verlassen hatte, gestorben. Tagelang war die Uferregion durchsucht worden, doch der See wollte ihren Körper nicht mehr preisgeben. Nach fünf Tagen war die Suche eingestellt worden und die Welt ihrer Mutter brach endgültig in tausend kleine Stücke.

Heute, am frühen Morgen, waren einige von Louisas Besitztümern hier in diesem kleinen Grab bestattet worden, an ihrer statt. Das Buch, das noch aufgeschlagen neben ihrem Bett lag, die Halskette, die sie so sehr liebte, einige getrocknete Blumen, die sie sorgsam zwischen Papier aufbewahrt hatte, all dies hatte Elisabeth in eine schön geschnitzte Schatulle gelegt und sie selbst dem Bestatter gebracht. Nun gab es zumindest ein Grab, auf dem ein schlichtes Holzkreuz darauf hinwies, dass Louisa Kedleston einmal gelebt hatte.

Sachte legte Diana eine Hand auf die Schulter ihrer Mutter.

»Mama, bitte weine nicht mehr. Louisa hätte das nicht gewollt.«

»Doch, Diana, das hätte sie wohl. Ich habe sie im Stich gelassen, ich habe zugelassen, dass mein eigen Fleisch und Blut verstoßen wird, habe zugesehen, wie sie in die Nacht gejagt wurde. Es ist auch meine Schuld, dass sie nun irgendwo dort draußen in diesem See liegt – in Eiseskälte, einer Kälte, die ihr auch von ihren eigenen Eltern entgegengebracht wurde.«

»Du weißt, dass das nicht richtig ist. Ich war die ganze Nacht bei dir, ich weiß, wie sehr du gelitten hast, und ich war auch dabei, als wir schon wenige Stunden nach Mitternacht die Stadt abgesucht haben. Ich bin unendlich traurig darüber, dass meine Schwester nicht mehr bei mir ist, und doch bin ich ganz sicher, dass Louisa nicht tot ist.«

Elisabeth drückte die Hand ihrer Jüngsten. »Ach, Kleines, es nützt uns doch nicht, wenn wir die Wahrheit verleugnen.«

»Nein, Mama, ich nenne das auch nicht die Wahrheit verleugnen, ich nenne es Hoffnung.«

»Die habe ich verloren, ich hatte sie bis zum Morgen des 29. Dezember, bis zu der Stunde, in der man uns ihre Habseligkeiten brachte. Du selbst sagst doch, sie habe sonst nichts mit sich genommen. Nein, Diana, sie ist tot. Niemals könnte Louisa dort draußen in diesem Land, das sie so sehr hasste, jenseits aller Zivilisation, überleben.«

Liebevoll strich Diana über ihr Gesicht. »Lass mich doch hoffen. Was außer der Hoffnung habe ich denn noch?«

»Wach auf, Mädchen, wach auf. Du hast einen Albtraum.« Vorsichtig schüttelte Jacques das Mädchen an der Schulter. Sie schreckte hoch, als habe man ihr ein Brenneisen auf die Haut gedrückt.

»Ruhig, ganz ruhig.« Jacques war sehr beunruhigt. Als sie auf dem Pferd eingeschlafen war, hatte er sie vor sich auf Arrow gesetzt, wo sie in seinen Armen einfach weitergeschlafen hatte. Doch jetzt war sie vollkommen aufgelöst und verschreckt. Er konnte sie ja schlecht einfach loslassen und vom Pferd fallen lassen.

»Verzeih, dass ich dich kurzerhand zu mir genommen habe, aber du warst so erschöpft und ich dachte, es täte dir gut, eine Weile zu schlafen. Habe ich dich erschreckt?«

Mit Nachdruck schüttelte sie den Kopf und Jacques entspannte sich sofort.

»Das beruhigt mich. Ich dachte kurz, du hättest vor mir Angst.«

Sie sah niedlich aus, als sie, unter der Fellkapuze, die Nase krauste und erneut den Kopf schüttelte.

»Möchtest du wieder zurück auf dein Pferd? Ja? Komm, ich helfe dir. Sunk'Pala, bring doch bitte Sandy neben uns.«

Er half ihr dabei, wieder auf Sandys Rücken zu klettern, und band sie erneut gut fest. »Wieder alles in Ordnung? Können wir weiter reiten?«

Das Lächeln war noch immer etwas halbherzig, aber zumindest versuchte sie es.

Nach einem letzten, besorgten Blick auf sie, schnalzte er mit der Zunge und sie setzten ihren Weg fort. Ein Blick zum Himmel zeigte ihm, dass sie noch gut in der Zeit lagen.

Was war das denn gewesen? Welch grausamer Traum, welch schreckliches Gefühl. Lebendig begraben hatte man sie. Menschen, deren Gesichter sie nicht erkennen konnte, deren Züge zu einer fleischfarbenen Masse verschwammen, sobald sie sich ihr zuwandten.

Warum tat man ihr das an?

Meldete sich hier ihr Unterbewusstsein und teilte ihr mit, dass sie den Tod verdiente? Sie musste etwas Schreckliches getan haben, wenn sie solch eine Strafe verdiente. Vielleicht aber war es – so wie Jacques sofort argwöhnte – ein Albtraum gewesen, ein ganz normaler Albtraum. Sie hoffte es zumindest.

Sie mochten wohl eine gute Stunde geritten sein, seit sie in Jacques' Armen hochgeschreckt war, als sich am Horizont drei Gestalten abzeichneten, die in ihre Richtung kamen.

»Muss das sein? Können diese Menschen denn bei dieser Kälte nicht in ihren Häusern bleiben?« Sunk'Pala klang ziemlich verärgert.

»Wir können nicht erwarten, vollkommen ungestört zu sein. Es ist eher erstaunlich, dass bis jetzt noch niemand unseren Weg gekreuzt hat.« Jacques' Stimme klang ruhig und fest wie immer.

Woher die Brüder schon auf diese Entfernung sagen konnten, dass es Weiße waren, die ihnen entgegenkamen, war ihr unerklärlich. Doch sie sollten Recht behalten. Es waren eindeutig weiße Männer, die auf sie zuritten.

»Mädchen, zieh dir die Kapuze ein wenig weiter ins Gesicht. Mit ein bisschen Glück erkennen sie nicht, dass du eine Weiße bist. Es sei denn, du willst erkannt werden.«

Eilig schob sie ihr Haar fest unter die Kapuze und bedeckte ihr Gesicht.

»Seid mir nicht böse, aber sie ist so blass, dass sie sogar so noch darunter hervorleuchtet. Ihre Hautfarbe verbergen zu wollen ist so unsinnig, wie den Kerlen dort zu erzählen, ich sei ihr unseliger Präsident.«

»Ist das denn nun in irgendeiner Form hilfreich, Bruder?«

»Nein, nur die Wahrheit. Aber es war ja auch nur meine unbedeutende Meinung, als ich anmerkte, dass es gewagt sei, sie mitzunehmen.«

»Sei still, atme tief ein und dann werden wir das hier genauso meistern wie alles andere auch.«

»Hmpf ...« Sunk'Pala schien nicht sehr überzeugt, folgte aber den Anweisungen seines Bruders.

So gut sie konnte, schielte sie unter der dicken Kopfbedeckung hervor und versuchte, einen Blick auf die fremden Reiter zu erhaschen. Sie waren mittlerweile so nah, dass auch sie erkannte, dass es drei bärtige weiße Männer waren. Dass sie nicht sehr vertrauenerweckend wirkten, war das eine, doch was ihr mehr Sorge bereitete, war, dass alle drei ihre Gewehre in den Händen hielten. Jacques jedoch blieb die Ruhe selbst. Er zog sie und Sandy direkt neben sich, während Sunk'Pala auf ihre andere Seite ritt. Sie bemerkte aus dem Augenwinkel, dass er sich in einer fließenden Bewegung nach dem in seinen Stiefeln steckenden Dolch bückte, und sah, wie dieser in seinem Ärmel verschwand.

Während die Indianer mit einem Kopfnicken an den Weißen vorbeigeritten wären, verspürten diese wohl das Bedürfnis zu reden.

»Wohin des Weges, in dieser Kälte, falls ihr mich versteht?«

Die Stimme allein ließ sie zittern. Sie klang grob, derb und deutlich misstrauisch.

In Jacques' Stimme lag ein Lächeln, als er antwortete: »Wir verstehen euch sehr gut. Wir sind unterwegs, um Verwandte zu besuchen, die unserer Hilfe bedürfen.«

»Verwandte? Ach, gibt es hier denn noch Indianerlager?«

Sie hörte deutlich, wie Sunk'Pala zischend die Luft einzog.

Aber wieder war es Jacques, der antwortete. »Das kann ich euch leider nicht sagen. Unsere Tante ist Französin, ob sie in einem Lager zu leben wünscht, ist mir nicht bekannt. Ich kann sie ja fragen, wenn wir auf ihrer Farm ankommen.«

Der Reiter in der Mitte war wohl mit der Antwort nicht ganz zufrieden. »So, Franzosen also? Du siehst aber verdammt nach einem Roten aus.«

Sie sah, wie Jacques sich nun im Sattel zu seiner vollen, beeindruckenden Größe aufrichtete.

»Das mag darin begründet liegen, dass meine Mutter sich für einen ‚Roten' als Ehemann entschieden hat. Kann ich euch sonst noch irgendwelche Fragen beantworten? Zum Beispiel, wie ihr überleben könnt, wenn ihr noch weiter nördlich zieht?«

»Wie soll ich denn das jetzt verstehen?«

»Sehr einfach. So, wie ich es sage. Ihr seid etwa zwei Meilen vom Weg ins Dorf abgekommen. Da ich nicht annehme, dass ihr die Nacht im Freien verbringen wollt, solltet ihr euch wieder mehr Richtung Westen halten. Dann habt ihr etwa zwei Stunden nach Einbruch der Dunkelheit auch ein Dach über dem Kopf.«

»Und was, wenn du uns hier in die Wildnis schickst, damit wir dort verrecken?«

»Ach, zieht ihr das denn in Betracht? In diesem Fall müsstet ihr nur weiter in die Richtung, in die ihr gerade reitet.« Sunk'Palas tiefe, knurrige Stimme schien die Männer zu verunsichern.

Sie erkannte, wie einer sein Gewehr fester umklammerte.

»Wer hat dich denn etwas gefragt?«

»Niemand. Das war eine ganz einfache Feststellung. Es liegt an euch, was ihr damit anstellt. Wir jedenfalls müssen weiter, denn wir nächtigen im Winter dann doch ungern draußen, selbst wenn wir es überleben würden … im Gegensatz zu anderen.«

»Deine Unverschämtheit ist bemerkenswert und ich muss sagen, dass ich dir gerne Manieren beibringen würde.«Die Stimmen der weißen Männer und das, was sie sagten, löste Übelkeit in ihr aus. Sie wusste nicht genau weshalb, doch ihr wurde zunehmend kälter.

Sunk'Palas Antwort war ruhig und gelassen. »Danke, das ist nicht nötig. Das hat meine Mutter bereits für euch erledigt. Und jetzt würden wir wirklich gerne weiter. Unser kleiner Bruder hier ermüdet schnell und es wird Zeit für uns.«

»Kann denn der ‚kleine Bruder' auch für sich selbst sprechen?« Einer der Drei trieb sein Pferd näher an sie heran.

»Das könnte er sicher, wenn er nicht krank wäre und daher rasch wieder ins Warme muss.«

»Ach nein. Ich denke, ihr seid so herrlich zäh und überlebt alles Mögliche.«

Das Zittern war inzwischen so heftig geworden, dass sie die Lippen aufeinanderpressen musste, damit ihre Zähne nicht klapperten. Mit aller Kraft umklammerte sie den Sattelknauf, sorgsam darauf achtend, dass ihre weißen Hände nicht darunter hervor blitzten. Ihr Blut rann so kalt durch ihre Venen, als sei es mit Eiskristallen versetzt. Diese Männer – sie waren ihr ebenso unheimlich wie auch … verhasst. Wie konnte das sein? Das waren Leute ihres Volkes, Menschen ihrer Hautfarbe und doch fühlte sie sich abgestoßen. Und es lag sicher nicht nur an den unverfrorenen Worten, die sie Jacques und Sunk'Pala entgegenschleuderten. Sie riefen etwas in ihr wach, etwas, das sie schaudern ließ. Übelkeit stieg in ihr hoch, so mächtig, dass sie würgte. Das Würgen wiederum schmerzte in ihrem Hals, und als sie es zu unterdrücken versuchte, endete das Ganze in einem starken Hustenanfall, der ob ihrer noch immer rauen Kehle schrecklich klang.

»Hey, hey, was hat der Kerl denn? Bleib mir bloß vom Leib.«

Sie bemerkte, wie sich der Abstand zwischen den Pferden wieder vergrößerte. Noch immer konnte sie nicht aufhören zu husten.

Sunk'Palas Stimme troff vor Hohn.

»Hm, wir wissen nicht so genau, was er hat. Doch seit einigen Tagen hustet er Blut … sieht nicht schön aus, aber wird schon wieder werden.«

»Mann, haut bloß ab. Von euch kommen doch nichts als Krankheiten und Dreck. Los, verschwindet schon. Ihr könnt von Glück sagen, dass wir so gutherzig sind.«

Sie fühlte Jacques' Hand auf ihrem Bein. Er wollte sie beruhigen, dessen war sie sich bewusst, und doch bewirkte die Berührung, dass sie sich versteifte. Sofort verschwand die Hand von ihrem Körper. Wortlos passierten sie die Reiter, die sie nun ungehindert vorbeiließen.

Erst als sie außer Hörweite waren, wandte Jacques sich ihr mit höchst besorgtem Blick zu.

»Was ist mir dir, Mädchen? Du zitterst wie ein neugeborenes Fohlen.«

Sie hob nur abwehrend die Hand.

»Kannst du weiter reiten? Bist du sicher?«

Sie nickte. Alles konnte sie, nur weg von diesen fremden Männern, die sie vollkommen aus der Fassung brachten.

Jacques zog eine Wasserflasche aus der Satteltasche. »Hier, trink, das wird dir guttun. Vorsicht. Es ist eiskalt.«

Sein Bruder betrachtete sie mit seltsamer Miene. »Frau, so wie du reagierst, sag mir, waren das die Männer, die dir das angetan haben? Und lüg mich nicht an.«

Sie reichte Jacques die Flasche zurück und zuckte hilflos die Schultern.

»Du weißt es nicht? Schlecht. Allerdings würde ihnen das, sollten sie mir nochmals unter anderen Umständen begegnen, auch nicht helfen. Alleine für ihre Unverschämtheiten haben sie es verdient, gebührend bestraft zu werden.«

Sie trieben die Pferde zuerst in einen langsamen, dann schnelleren Trab und dann, nach einem prüfenden Blick auf sie, in einen leichten Galopp. Während sie so über die schneebedeckten Flächen ritten, beruhigte sie sich langsam. Die Luft war zwar klirrend kalt, aber frisch und alles war ruhig und sah im Licht der untergehenden Wintersonne sehr schön aus.

Sie entspannte sich zwar, doch jedes Mal, wenn sie in sich hinein fühlte, war da etwas, das ihr nicht gefiel. Erst als sie auf einen Wald zuritten und sich zwischen die verschneiten, tief hängenden Äste schlängelten, begriff sie: Die Mauer in ihr hatte Risse bekommen und das fühlte sich gar nicht gut an. Es fühlte sich sogar sehr bedrohlich an.

21.

Jacques sah mit großer Erleichterung, dass vor ihnen, nachdem sie aus dem zweiten Waldstück kamen, endlich das kleine Tal auftauchte, in dem sich ihr Winterlager befand. Gut verborgen zwischen dichten Wäldern, am Fuß eines Berges, in der Nähe eines sehr sauberen Flusses und von allen Seiten geschützt standen die wenigen Zelte. Es versetzte ihm einen heftigen Stich. Ihm war bis zu diesem Augenblick nicht mehr bewusst gewesen, dass sie so wenige geworden waren.

Kaum waren sie in Sichtweite, schon regten sich die Ersten im Lager. Zuerst erklangen aufgeregte, dann, als man sie erkannte, freudige Rufe. Kaum dass sie die ersten Zelte erreicht hatten, griffen bereits einige Krieger nach den Zügeln der Pferde, um ihnen beim Absteigen behilflich zu sein.

Das Mädchen schien all dies eher als bedrohlich zu empfinden. Er konnte deutlich sehen, wie sie versuchte, sich in ihrer dicken Kleidung möglichst unsichtbar zu machen. Nur half ihr das denkbar wenig. Die ersten Kinder zogen an ihren Beinkleidern und zupften an ihren Stiefeln. Jacques suchte ihren Blick und fand ein Paar angsterfüllte Augen.

»Du musst dich nicht fürchten, Mädchen. Sie sind einfach nur neugierig. Komm, steig ab und bleib hinter mir.«

Er scheuchte lachend die aufgeregten Kleinen zur Seite. »Los, verschwindet, ihr kleinen Plagegeister. Seht ihr nicht, dass unser Gast erschöpft und müde ist? Ab mit euch, ans warme Feuer in euren Zelten.«

Er reichte ihr seine Hand und nur zögernd griff sie danach. Was mochte sie so schrecklich verstört haben? Es mussten die Weißen gewesen sein, die ihnen über den Weg gelaufen waren. Die vierschrötigen Kerle waren ihm vom ersten Moment an nicht geheuer gewesen.

Kaum, dass sie abgestiegen war und verunsichert neben ihm stand, tat sich ein neues Problem auf. Mit finsteren Gesichtern kamen die Frauen des Dorfes auf sie zu.

»Jacques, was soll das? Was tut sie hier?« Little Deer, die bei dem letzten Massaker ihren Mann verloren hatte, stand mit verärgerter Miene vor ihm.

»Guten Abend, sei du mir auch gegrüßt.«

Jacques strahlte die kleine, wutschnaubende Frau entwaffnend an. »Ich kann dir gerne sagen, was das soll. Das Mädchen hier steht unter meinem persönlichen Schutz. Sie alleine in meinem Haus zurückzulassen, hätte ihren Tod bedeuten können.«

Little Deer war nicht überzeugt. »Und warum sollte dem so sein?«

Jacques wandte sich zu dem Mädchen um. »Bitte, hab keine Furcht. Sie sind einfach sehr misstrauisch gegenüber allen Weißen. Das schließt dich mit ein. Sie müssen sehen, was dir zugestoßen ist, sie müssen begreifen, dass du unseren Schutz benötigst. Verstehst du das?«

Sie nickte zaghaft.

»Gut, dann werde ich ihnen deine Blutergüsse und das, was noch von deinen Wunden übrig ist, zeigen, wenn du einverstanden bist.«

Ein erneutes Nicken bekundete ihre Zustimmung und er zog ihr vorsichtig die große Kapuze vom Kopf. Als sie zögerlich den Kopf hob, veränderte sich Little Deers Gesichtsausdruck schlagartig.

»Wie lange schon?«

»Ich fand sie sterbend, vier Tage vor Ende des alten Jahres.«

»Wenn das Kind heute noch so aussieht, dann kann ich mir vorstellen, wie sie aussah, als du sie gefunden hast.«

Little Deer warf einen langen Blick in das Gesicht der Fremden. »Ihre Seele ist zerbrochen. Ihr Blick mag wach scheinen, doch ihre Seele ist tot. Sie hat ihr altes Leben zurückgelassen.«

In diesem Augenblick war Jacques recht froh darüber, dass sie schon die ganze Zeit auf Lakota sprachen. Dass das Mädchen Little Deers Worte hören sollte, wagte er zu bezweifeln.

»Sie spricht nicht, kein Wort. Aber sie hat es schon mehrmals versucht. Ihre Stimme will ihr nicht gehorchen. Wir denken, es ist deswegen.« Sanft schob er den Kragen der Felljacke nach unten und Little Deers Augen weiteten sich erneut. Obwohl die Male an ihrem Hals schon verblasst waren, konnte man sie noch immer sehen.

»Wer immer das war, hatte keinen Respekt vor dem Leben. Doch ich sage es noch einmal. Solange sie es nicht schafft oder es nicht schaffen will, ihre Seele zu heilen, wird sie in diesem Zustand bleiben. Das ist nicht gut.« Sie wandte den Kopf lauschend zur Seite. »Ah, aber das ist gut. Sie kommen zurück. Die Jäger und euer Vater sind losgezogen, um Wild zu finden. Soll euer Vater sich des Mädchens annehmen. Er wird wissen, was zu tun ist.« Ihr Blick huschte kurz über die anderen Frauen, die schweigend hinter ihr standen. »Sie soll uns also willkommen sein. Sag ihr das.«

»Vielen Dank, Little Deer, das ist sehr freundlich von euch allen.« Jacques konnte nur mühsam ein Schmunzeln unterdrücken. An den kühl und hart gesprochenen Worten konnte er deutlich erkennen, dass Little Deer gerne noch ein wenig verärgert gewesen wäre. Angesichts des erbarmungswürdigen Zustandes der Fremden misslang ihr das jedoch.

»Hmpf, ich weiß nicht, wo ihr das Mädchen unterbringen wollt. Wenn sie sich ohne euch fürchtet, dann behaltet sie bei euch. Wenn sie einen Platz braucht, dann bringt sie zu mir. Ich habe genug davon. Jetzt verschwindet in euer Zelt, wenn ihr euch nicht alle Gliedmaßen erfrieren wollt. Ich bringe euch etwas zu essen.«

Er lächelte sie gewinnend an. »Little Deer, gib es doch zu. Tief in deinem Herzen bist du sanft wie ein junges Kitz.«

Schon zum Gehen gewandt, drehte sie sich noch einmal zu ihm um. »Hör gut zu, mein Junge. Um dich übers Knie zu legen, so wie früher, bist du mir inzwischen leider zu groß, aber wenn du es wagst, mich noch ein Mal als ‚Kitz' zu bezeichnen, dann jage ich dich mit dem Holzknüppel durchs Dorf, hast du mich verstanden?«

Grinsend hob Jacques die Hände. »Schon gut, schon gut. Ich habe verstanden.«

»Dein Glück, mein Lieber, und nun verschwindet endlich. He, Wanbli Waste, nimm dir deine ungeratenen Söhne mal ein wenig zur Brust.«

»Wie oft habe ich euch schon gesagt, dass ihr Little Deer nicht aufregen sollt?«

Er und Sunk'Pala zuckten gleichzeitig die Achseln.

»Vater, ich habe nur versucht, ihr ein Kompliment zu machen. Ich dachte immer, ein Kitz sei etwas sehr Schönes.«

Das Prusten aus der Richtung seines Vaters bezeugte, dass der verzweifelt versuchte, Fassung zu bewahren. Sunk'Pala machte dem Ganzen rasch ein Ende, indem er auf Little Deer zutrat, sie kurzerhand in die Arme schloss und ihr, obwohl sie sich vehement wehrte, unter dem Gelächter und Gekicher der anderen Frauen, einen Kuss auf die Wange drückte.

»Du weißt doch, dass wir dich lieben.«

»Ich gehe jetzt, ehe ich noch zur Mörderin an deinen Söhnen werde.« Leise vor sich hin brummelnd stapfte Little Deer kopfschüttelnd davon.

Jacques musste sie nicht sehen, um zu wissen, dass ein Lächeln ihre Lippen umspielte.

Wenn Louisa doch nur ein Wort der fremden Sprache verstünde. Zuerst klang alles sehr beängstigend. Die Frau war ganz sicher nicht erfreut darüber, dass man sie hierher mitgebracht hatte. Erst nachdem Jacques ihr die verbliebenen Blessuren an ihrem Körper gezeigt hatte, entspannte sich die kleine, aber sichtlich starke Frau ein wenig. Erst als Sunk'Pala die sich windende Frau lachend umarmte und küsste, begriff Louisa, dass nun wohl alles gut war. Ob das jedoch den Mann einschloss, der sie nachdenklich musterte, dessen war sie sich noch nicht so ganz sicher.

Er war mit vier anderen gekommen, die ihr eher wenig Aufmerksamkeit schenkten, er aber betrachtete sie sehr eingehend. Ein Blick in sein Gesicht genügte, um ihr zu zeigen, wer vor ihr stand. Jacques und Sunk'Pala waren ihm wie aus dem Gesicht geschnitten. Sie hatte sich, soweit sie sich zu erinnern vermochte, Indianer immer anders vorgestellt. Kleiner, gebeugter, einfach, wie man sich unzivilisierte Wilde nun einmal so ausmalte. Sie sah sich gewaltig im Irrtum. Gut, einige der Männer waren kleiner als sie und doch machten sie das durch ihre stolze, aufrechte Haltung wieder wett. Auch die Frauen waren so ganz anders, als sie erwartet hatte. Diese Frauen strahlten Würde aus, sie waren stolz und auf ihre ganz eigene Art tatsächlich schön.

»Mädchen, hörst du mich? Dies ist unser Vater, Wanbli Waste. Bitte, komm mit uns in unser Zelt, das Tipi meines Vaters. Hab keine Furcht vor ihm. Vater ist ein weiser Mann, ein Schamane. Er wird dir kein Leid zufügen und er wird nichts tun, was du nicht gutheißt. Hast du das verstanden?«

Sie war so in ihre Gedanken versunken gewesen, dass sie zuerst gar nicht bemerkte, dass Jacques mit ihr sprach. Daher beeilte sie sich nun, rasch zu bekunden, dass sie verstanden habe.

»Dann komm mit.«

Sie spürte Jacques' leichte Berührung an ihrem Ellbogen, als er sie in das große Zelt führte, das wohl seiner Familie gehörte. Sie musste sich bücken, als Sunk'Pala vor ihr die mit Holzstöcken verstärkte Lederplane, die den Eingang markierte, zurückschlug. Zögernd betrat sie vor Jacques das Tipi. Sie kannte Jacques und sie kannte Sunk'Pala, daher erwartete sie nicht mehr, in eine schmutzige Behausung zu kommen, und doch war sie erstaunt über das Innere. Es wirkte größer, als es von außen aussah, und es war warm und behaglich.

Links neben dem Eingang stand eine Art Truhe und darüber ein Gestänge aus kleinen Ästen, an dem alle möglichen Dinge hingen, die ihr alle fremd waren. Der Boden war mit großen, dunklen Fellen ausgelegt und darauf, etwas weiter hinten, erblickte sie weitere Felle, die wohl als Betten dienten. In der Mitte des Tipis befand sich eine Feuerstelle, die in den Boden gegraben und mit Steinen sauber umfasst war. Darin brannte bereits ein wärmendes Feuer und auch wenn es leicht nach Rauch roch, war es bei Weitem nicht so unangenehm, wie sie befürchtet hatte. Das mochte auch daran liegen, dass der Rauch nach oben abzog und Jacques' Vater von diversen getrockneten Kräuterbündeln, die an einer quer durch das Zelt führenden Stange hingen, einige Stängel abbrach und ins Feuer warf.

Ihr war nicht entgangen, dass sowohl Jacques wie auch Sunk'Pala ihre Speere vor dem Zelt in den harten Boden rammten, Pfeil und Bogen jedoch hängten sie ordentlich über eine Vorrichtung aus kleinen Stangen rechts neben dem Eingang. Ihre Jacken legten sie über die Truhe und ihre Stiefel stellten sie davor. Jacques streckte ihr einladend die Hand entgegen und es dauerte eine Weile, ehe sie verstand. Erst dann ließ sie sich von ihm dabei helfen, sich ihrer dicken Felljacke zu entledigen und schlüpfte aus den wärmenden Stiefelchen.

Obwohl sie nun mit bloßen Füßen da stand, fror sie nicht. Die Felle am Boden waren warm und angenehm unter ihr und als sie Wanbli Wastes tiefe, ruhige Stimme vernahm, erschrak sie nicht.

»Willkommen, Mädchen. Ich würde dich gerne mit deinem Namen ansprechen, doch das kann ich leider nicht. Was ich kann, ist, dir meinen Namen zu nennen. Wanbli Waste, der Vater der beiden hier.«

Sie sah, wie er seine Söhne voller Stolz und Liebe betrachtete. Es war schön, diesen Blick zu sehen.

»Bitte, komm doch zu mir. Fürchtest du dich?«

Nein, das tat sie nicht. Ein Umstand, der sie selbst verwunderte.

»Setz dich doch, Mädchen.« Er hielt ihr eine hölzerne Schüssel hin, in der etwas lag, das wie kleine Kuchen aussah. »Nimm, es ist zwar mit

Eichelmehl gebacken, aber doch süß und ich denke, man kann es ganz gut essen. Du musst doch hungrig sein.«

»Guter Punkt, das mit dem Hunger. Lang zu, Frau, und iss. Du bist hier mit drei hungrigen Männern in einem Zelt. Da heißt es, schnell zu sein, wenn man nicht verhungern will.« Sunk'Pala grinste sie auffordernd an.

Sie kannte den stets etwas knurrigen Krieger mittlerweile gut genug, um zu wissen, dass er diese Worte nicht ernst meinte. So holte sie nur tief Atem und schüttelte missbilligend den Kopf.

Wanbli Waste lachte nur. »Gut so, weise ihn in seine Schranken. Aber nun nimm, du musst wirklich etwas essen. Du bist selbst für eine Weiße sehr bleich. Du brauchst Kraft, Mädchen.«

Zögernd langte sie zu und schnupperte an dem kleinen braunen Kuchen. Vorsichtig nahm sie einen Bissen, kaute neugierig und stellte fest, dass es tatsächlich schmeckte. Gut, es war gröber als das mit dem ihr bekannten Mehl gefertigte Gebäck, doch es war, wenn auch weniger süß, durchaus schmackhaft. Als Nächstes reichte er ihr einen Becher mit einem heißen Gebräu, dessen Geruch ihr irgendwie bekannt vorkam.

»Trink, das ist heißer Beerensaft mit Ahornhonig. Sehr gut für dich, vertrau mir.«

Ihm nicht zu vertrauen war ihr unmöglich. Jacques' Vater blickte ihr offen und freundlich direkt in die Augen und sein Blick tat ihr gut. Er vermittelte Geborgenheit. Sie konnte es nicht anders erklären. Unter seinem Blick entspannte sie sich zunehmend und fühlte sich tatsächlich wohl. Das schreckliche Gefühl, das sie am Nachmittag befallen hatte, war fast ganz verschwunden.

»Hör zu, Mädchen, ich möchte nun gerne von Jacques die ganze Geschichte hören, doch wie er mir schon sagte, hat er sie dir noch nie zur Gänze erzählt. Möchtest du es hören? Möchtest du es verstehen? Mein Sohn wollte deine Gefühle schonen, da er nicht wusste, wie du reagieren würdest. Doch ich denke, dass du es sogar hören musst. Mein Gefühl sagt mir, dass du es nicht immer von dir schieben kannst. Was denkst du? Lass dir ruhig Zeit, doch bedenke meine Worte gut.«

Bedenken. Ja, es war nicht das erste Mal, dass sie darüber nachdachte, was wohl mit ihr geschehen war. Auch hoffte sie, es würde der Tag kommen, an dem sie die Frau im Spiegel wieder erkennen würde. Nur, was würde diese ihr erzählen? Ja, sie hatte Angst, große Angst. In diesem Moment aber nahm sie allen Mut zusammen, setzte sich aufrecht neben Jacques und stupste ihn in die Rippen, um ihm zu zeigen, dass er erzählen sollte.

Der sah sie erstaunt an. »Mädchen, bist du dir sicher?«

Sie nickte mit Nachdruck. Besser sie erfuhr es hier, umgeben von Menschen, die ihr ganz sicher nichts Böses wollten und ihr das Gefühl von Sicherheit vermittelten. Außerdem würde das Wissen über die Umstände ihrer Rettung noch lange nicht bedeuten, dass auch ihre Erinnerung wiederkam.

»Gut, dann soll es so sein.«

Obwohl sein Vater darauf beharrte, jede Einzelheit zu erfahren, erzählte Jacques in behutsamen Worten, dessen war sie sich durchaus bewusst. Dennoch erschrak sie zutiefst. Was für ein Mensch war sie, dass man ihr etwas Derartiges antat? Wieso trieb sie geschlagen und halbtot im See? Als er ihre Verletzungen und die genauen Umstände ihres Auffindens schilderte, schauderte es sie. Ja, er hatte recht, wenn er erklärte, dass es ein Wunder war, dass sie lebte. Eigentlich sollte sie tot sein, und wäre er nur wenige Augenblicke später gekommen, dann wäre sie das sicherlich auch. Wer auch immer sie ins Wasser geworfen hatte, hätte dann sein Ziel erreicht.

Plötzlich stockte Jacques und sprach hastig auf Lakota weiter, was seinen Vater zu einer unmutigen Äußerung veranlasste, doch sein Sohn antwortete ihm mit heftiger Bestimmtheit. Sie verstand, dass da noch immer etwas war, das er vor ihr verheimlichte.

Sie zupfte fragend an seinem Ärmel.

Er wandte ihr sein Gesicht zu.

»Nein, Mädchen, das, was du soeben gehört hast, ist schwer genug zu verstehen. Es wird der Tag kommen, an dem du auch den Rest erfahren wirst – doch nicht heute und nicht hier.«

»Hm, vielleicht tust du das Richtige. Ich kann es nicht sagen. Was ich aber sagen kann, ist, dass es sehr spät geworden ist.« Wanbli Waste streckte sich. »Sicher ist es gut, wenn du erst einmal über das Gehörte schläfst. Möchtest du, dass wir dich zu Little Deer bringen, damit du bei einer Frau schlafen kannst?«

Der Gedanke, bei einer Fremden zu schlafen, entfernt von Jacques, entfernt von den Menschen, denen sie vertraute, erschreckte sie.

Vielleicht war es ja ungebührlich, hier in einem Tipi mit Männern zu schlafen. Trotzdem wollte sie es versuchen. Zaghaft zeigte sie auf die Felle am anderen Ende des Zeltes.

»Du möchtest hierbleiben? Bei uns? Bist du dir ganz sicher?« Jacques war nicht überzeugt.

Ihr Nicken fiel hingegen sehr sicher aus.

Es war Wanbli Waste, der entschied. »Wenn sie sich hier sicher fühlt, dann soll es so sein, schließlich bin ich hier der Schamane und Heiler. Jacques, Sunk'Pala, ihr schlaft neben dem Eingang. Mädchen, du schläfst dort hinten, warte, wir sorgen dafür, dass du es warm hast.«

Er legte erneut Holz auf das Feuer, streute noch einmal Kräuter hinein und breitete dann ein großes, dichtes Fell über das am Boden liegende. »Bärenfell hält sehr warm.«

Jacques bedeutete ihr, ihre Beinkleider auszuziehen und sich hinzulegen. Obwohl es ihr ein wenig unangenehm war, vor den drei Männern nur in seinem Hemd zu stehen, tat sie, wie ihr geheißen wurde. Keiner der drei jedoch musterte sie in unangenehmer Art und Weise und so schlüpfte sie aufatmend unter die bunte Decke, die Jacques für sie über die Felle gebreitet hatte. Als er dann noch ein etwas dünneres Fell über sie legte, musterte er sie besorgt.

»Ist es so angenehm für dich?«

Ja, es war sogar sehr angenehm und als auch die Brüder und ihr Vater sich in ihre Felle vergruben, nicht ohne sich noch einige ziemlich derbe Neckereien zuzuraunen, wie sie an deren Lachen erkannte, fühlte sie sich tatsächlich wohl.

Es war zwar sonnig, aber dennoch klirrend kalt. Sie lief am Ufer des Flusses entlang, an ihrer Seite Tatanka. Sowohl Jacques' wie auch Sunk'Palas Angebot, sie zu begleiten, war von ihr abgewiesen worden. Es war an der Zeit, eigenständig Dinge zu tun, eigene Entscheidungen zu treffen und sei es nur ein Spaziergang am Fluss in der Wintersonne.

Die Gegend hier war auf fremdartige Weise schön. Der kristallklare Fluss schlängelte sich durch sein steiniges Bett, direkt am Ufer eine zarte Eisschicht bildend, die in der Sonne glitzerte. Wenn sie ihren Kopf hob, vermochte sie die schneebedeckten Berge zu sehen, die sich groß und majestätisch gegen den blauen Himmel abhoben. Hier unten lag auch

Schnee, eine fast unberührte weiße Fläche, die, wo immer sie auf das Flussufer traf, die seltsamsten Formen annahm. Eiszapfen hingen daran, deren Tropfen funkelnd in die Fluten fielen. Fasziniert betrachtete sie das schöne Naturschauspiel.

Dank Jacques' dicker, langer Felljacke und den unvermeidlichen ledernen Hosen fror sie nicht und konnte ihre Umgebung in vollen Zügen genießen. Das Laufen bereitete ihr keine Probleme mehr, ihre Beine gehorchten ihr wieder, lediglich, wenn sie husten musste, bezeugten die stechenden Schmerzen in ihrem Brustkorb, dass ihre Rippen noch nicht verheilt waren.

Tatanka schnüffelte ausgiebig am Ufer herum. Was mochte er alles riechen? Wilde Tiere? Andere Menschen? Da er immer wieder zu ihr zurückkam, war sie beruhigt. Solange er hier so entspannt durch die Gegend sprang, konnte er wohl kaum etwas Gefährliches wittern. So lief sie weiter als eigentlich geplant und als sie sich umwandte, war das Lager nicht mehr in Sichtweite. Zuerst erschrak sie, doch da sie nur am Ufer zurücklaufen musste, erschien es ihr nicht als tragisch. Hoffentlich sah Jacques das ebenso, denn mehrmals hatte er ihr eindringlich erklärt, sich nicht zu weit von den Zelten zu entfernen. Urplötzlich drangen Stimmen zu ihr und sie erstarrte im ersten Augenblick, doch es war nur ein junges Paar, das sich gegenseitig neckend so wie sie selbst am Ufer entlang spazierte. Der junge Mann, abgesehen von der Größe Sunk'Pala nicht unähnlich, lachte und stupste das Mädchen immer weder spielerisch in Richtung Ufer. Fast schien es, als wolle er sie ins Wasser stoßen. Sie lachte, duckte sich unter seinen Fingern weg und wehrte sich. Ein Spiel, ein liebevolles Spiel, wie man an den entspannten Mienen der beiden erkennen konnte.

Die zwei Turteltäubchen konnten sie nicht sehen, da sie sich in angemessener Entfernung und hinter einem halbhohen Felsen, neben dem ein knorriger, windschiefer Baum aus dem Boden ragte, verbarg. Plötzlich umfasste der Junge das Mädchen von hinten und hob sie unvermittelt in die Höhe, was ihr einen lauten Schreckensschrei entlockte. Es war dieser Schrei, der sie selbst erzittern ließ. Ein kalter Schauder lief durch ihren Körper und während sie schützend ihre Arme um sich schlang, veränderte sich ohne ihr Zutun die Szenerie vor ihren Augen.

22.

Die Mauer existierte nicht mehr, war ohne Vorwarnung eingestürzt.

Sie sah sich selbst, von groben Händen hochgehoben und nach hinten auf eine harte Tischplatte geworfen, sie fühlte, wie schwielige Hände über ihre Wangen strichen, roch den Schweiß der Männer, die ihr viel zu nahe waren.

Obwohl sie sich verzweifelt wehrte, wurden ihre Röcke hochgeschoben, ihre Kleidung zerrissen und sie spürte tastende Finger überall an ihrem Körper. Eine raue Hand umfasste grob ihre Brust und ein Bart kratzte an ihren Lippen, die unerbittlich aufgezwungen wurden, während saurer Atem in ihre Nase kroch. Sie hörte sich schreien und spürte den heftigen Schmerz nach einem harten Schlag in ihr Gesicht.

Kräftige Hände zwangen ihre Beine auseinander und zerrissen ihre Unterröcke. Als sie erneut versuchte, sich zur Wehr zu setzen, fühlte sie den heftigen Hieb in ihre Rippen. Die Luft wich aus ihren Lungen und sie rang verzweifelt nach Sauerstoff. Sie vergingen sich an ihr. Drei Männer, grob, wütend, voller Zorn, ihre Schmerzen schienen ihnen Freude zu bereiten und mit jedem Schlag in ihr Gesicht oder Hieb an ihren Körper, mit jedem Stoß in sie, mit jedem trunkenen Grölen der Männer, wuchs in ihr ein schrecklicher Verdacht: Ich habe all das verdient.

Louisa wehrte sich mit aller Kraft gegen die heraufziehende Schwärze. Tatankas feuchte Schnauze half ihr dabei, sich in der Realität festzuhalten.

Das also war die fremde Frau im Spiegel?

Das war sie? Louisa Kedleston, ein selbstherrliches, überhebliches Geschöpf, das anderen ihren Willen aufzwang und zu guter Letzt erfahren musste, was sie tatsächlich war? Ein Niemand, ein Wesen, das niemand liebte, da man sie nicht lieben konnte? Sie fiel neben dem Felsen auf die Knie und würgte. Louisa übergab sich, bis nichts mehr in ihr war, außer gallig schmeckendem Schaum. Tatanka leckte über ihre Wange, jaulte, wollte sie wieder auf die Beine bringen und sie streichelte ihm mit einer müden Bewegung über das dichte Fell.

»Lass mich, Tatanka. Bitte. Ich weiß, du willst mir helfen, doch mir kann niemand helfen.« Ihre Stimme klang rau und verzerrt in ihren Ohren.

Wie von selbst glitt ihre Hand zu ihrem Schoß. Sie hatten sie vergewaltigt und ihr damit ihre Unversehrtheit genommen. Louisa fühlte sich entsetzlich schmutzig, benutzt, wie ein Tuch, mit dem man Dreck abwischte und das man dann einfach wegwarf. Sie schlug sich mit den geballten Fäusten an die Stirn.

»Und ich habe es herausgefordert. Ich bin schuld. Wie kann Jacques mich nur ansehen, ohne vor Ekel geschüttelt zu werden?«

Mit Schrecken dachte sie an ihre Worte, als sie auf der Überfahrt die ‚Wilden' beschrieb. Kein Wort davon traf zu und sie schämte sich in Grund und Boden für ihre Anmaßung gegenüber Menschen, von denen sie nichts wusste. Hier zu sein, bei Wanbli Waste, bei Sunk'Pala und bei Jacques hatte sie ebenso wenig verdient, wie noch am Leben zu sein. Alles, was ihr widerfahren war, war nur das folgerichtige Ergebnis ihres eigenen Verhaltens. Jacques hätte sie sterben lassen sollen. Nach der Nacht in der Bretterhütte, nach dem, was diese Männer ihr angetan hatten, gab es für sie keine Zukunft. Wenn Jacques und die anderen wüssten, was sie getan hatte, was man mit ihr getan hatte, dann würden auch sie sich von ihr abwenden und Louisa konnte es ihnen nicht verdenken.

Zögernd hob sie den Kopf und spähte über den Felsen. Das junge Paar war verschwunden, sie war vollkommen alleine. Sie zog sich an der Kante des Steins in die Höhe. Der Fels ragte etwa eineinhalb Meter in den Fluss hinein. Dort konnte man keinen Grund mehr erkennen. Der Tod durch Ertrinken, sie wusste nicht, wie er sein würde und doch erschien er ihr als gute Wahl. Weiterleben? Wofür? Als Ausgestoßene? Nein, lieber ein rasches Ende. Fast wünschte sie sich, die Mauer wäre niemals in sich zusammengebrochen oder Jacques hätte sie im eiskalten Wasser sterben lassen.

Sie mochte die Indianer, selbst die stets übel gelaunt wirkende Little Deer war ihr nicht böse begegnet. Während sie sich der Jacke, der Beinkleider und der Stiefel entledigte und sie ordentlich neben dem Fels ablegte, so dass Jacques sie finden würde, stiegen Tränen in ihr auf. Nun würde sie ihn nie wiedersehen, doch das war gut so. Er war ihr stets offen, freundlich und hilfsbereit begegnet. Sie würde es nicht ertragen, den

Abscheu in seinen Augen zu sehen, sobald er wüsste, wen er vor sich hatte und was passiert war.

Die Schmerzen in ihrer Seite und die beißende Kälte, die ihr in die Glieder fuhr, ignorierend, kletterte sie auf den Fels, erhob sich schwankend und trat an das äußerste Ende. Ja, sie hatte richtig gesehen. Das Wasser war hier tief, tief genug, um darin zu sterben. Als sie sich fallen ließ, huschten Gesichter durch ihren Geist, Diana, Mutter, ihre Tante, Miguel, Malcolm, Sunk'Pala ... Jacques. Ihr Körper durchstieß die dünne Eisschicht und sie versank im eisigen Wasser des Flusses.

Unruhig spähte Jacques immer wieder in Richtung Fluss. »Ich mache mir Sorgen, sie sollte längst wieder hier sein.«

»Ach Unsinn. Was soll ihr passieren? Tatanka ist bei ihr und hier ist außer uns weit und breit keine Menschenseele.«

»Hmpf …« Jacques war nicht überzeugt. »Vielleicht sollte ich sie suchen.«

»Vielleicht solltest du ans Lager deiner Tante verschwinden. Sie hat schon wieder nach dir gefragt. Wenn es dich beruhigt, Bruder, dann gehe ich mal am Ufer entlang. Ist das in deinem Sinne?«

Er nickte dankbar. »Das würde mich beruhigen. Dann setze ich mich etwas zu unserer Tante.«

Sunk'Pala hüllte sich seufzend in seine mächtige Felljacke. »Was tut man nicht alles für das Seelenheil des eigenen Bruders?«

Jacques grinste ihn wissend an. »Dann verschwinde und tu etwas für mein Seelenheil. Finde sie.«

Brummelnd stapfte der große Krieger in Richtung Flussufer. »Frauen, dann auch noch weiße. Ich sage doch, sie bringen nichts als Ärger.«

Louisa öffnete den Mund und schluckte das Eiswasser. Es würde rasch vorbeigehen. Niemand konnte hier drin überleben. Den zweiten Schluck schaffte sie nicht mehr. Starke Arme fassten nach ihr und zogen sie unerbittlich an die Oberfläche. In ihren Ohren rauschte es und die Welt um sie lag in einem gleißend weißen Schleier. Eine Faust presste sich an ihren Magen und drückte zu. Wasser schoss aus ihrem Mund und sie hustete sich die Seele aus dem Leib, während immer mehr Wasser aus ihr herausgepresst wurde.

»Gründlich bist du, das muss man dir lassen. Aber vollkommen verrückt bist du auch.«

Sunk'Palas Stimme drang wie aus weiter Entfernung an ihre Ohren.

»Nein, lass mich sterben, bitte. Es soll so sein.«

»Oh, wer hat denn da seine Stimme wiedergefunden? Nein, Frau, ich kann und will nicht glauben, dass das so sein soll. Ansonsten ist es mir denkbar egal, was mit eurem Volk geschieht, du aber stirbst nicht. Zumindest nicht hier und heute.«

Sie fühlte, wie er sie in die Jacke wickelte und ihr die Kapuze tief in die Stirn zog.

»Ich bin nicht gut. Glaub mir, ich bin nicht gut.«

»Lass es, Frau. Was ich glaube, das entscheide immer noch ich. Und jetzt kommst du mit mir zurück. Vielleicht gelingt dein Plan ja noch. Es kann gut sein, dass du dieses Mal deinen Ausflug in eisiges Wasser nicht überstehst.«

Er nahm sie ohne weiteres Federlesen auf die Arme, drückte sie an seinen warmen Körper und rannte mit ihr zurück zum Dorf.

Wie aus weiter Ferne hörte sie ihn laute Rufe ausstoßen, die sie nicht verstand. Doch schon wenige Augenblick später bückte er sich und brachte sie in das Tipi, gefolgt von seinem Vater. Die beiden zogen ihr die Jacke wieder aus, Wanbli Waste nahm ihr Gesicht in seine Hände und suchte ihren Blick.

»Kind, du musst aus den nassen Sachen. Dazu muss ich dich berühren. Es tut mir leid, aber ich werde dich nicht sterben lassen, verstehst du mich?«

Louisa schüttelte den Kopf. »Nicht anfassen, bitte.«

»Ich muss, Kind, es geht nicht anders.«

»Nein, ich bin … schmutzig.«

Wanbli Wastes Blick ruhte fragend auf ihr.

»Du hast deine Stimme wiedergefunden? Das ist gut. Doch glaube mir, du bist nicht schmutzig.«

Sie wollte widersprechen, doch der Indianer gebot ihr zu schweigen. »Ich denke, ich weiß, wovon du sprichst. Alles wird wieder gut. Und nun lass dir helfen.«

Er schälte sie, ohne auf ihre schwache Gegenwehr zu achten, aus ihren wenigen Kleidern und rieb ihren Körper mit etwas Rauem ab, das ihre

Haut sehr schnell trocken und warm werden ließ. Während sie aus dem Augenwinkel sah, wie Jacques und Sunk'Pala das Feuer kräftig anfachten, wagte sie es nicht, Jacques anzublicken. Sie hatte ihn enttäuscht und hintergangen. Hätte er gewusst, wer da vor ihm im Wasser lag, er hätte sie sterben lassen, vollkommen zu Recht. Und nun hatte sie sich auch noch seiner Anordnung widersetzt.

Sein Vater verstrich eine wohlriechende Salbe auf ihrer Haut. Der Balsam wirkte sofort und sorgte dafür, dass sich ihre Haut heiß anfühlte.

»Erschrick nicht, Kind, das ist eine Salbe aus wilder Arnika, sehr gut für dich und deine Muskeln. Und nun trink das.«

Jacques reichte ihm einen Becher mit einer dampfenden Flüssigkeit, den er ihr an die Lippen hielt. Der vertraute Geschmack von Salbei verbreitete sich in ihrem Mund. Der Tee war sehr heiß, doch sie trank ihn zur Gänze aus. Sofort wickelte Wanbli Waste sie in eine warme Decke und steckte sie unter das Bärenfell.

»Bitte, Sie wissen nicht, was geschehen ist. Ich kann hier nicht bleiben, ich kann nirgendwo bleiben.«

»Das, mein Kind, lass doch bitte uns entscheiden.« Seine Stimme duldete keinen Widerspruch und so grub Louisa ihren Kopf in das Fell unter ihr, während sie verzweifelt mit den Tränen kämpfte.

»Meine Söhne, ich muss mit dem Mädchen alleine sprechen. Jetzt.«

Sie vernahm, wie die Plane am Eingang zurückgeschlagen wurde und das Rascheln, als die Männer das Tipi ohne Widerworte verließen.

»Und nun, mein Kind, möchte ich, dass du mir das erzählst, woran du dich erinnern kannst. Niemand wird es jemals aus meinem Munde hören. Vertraue mir. Du musst darüber reden, ansonsten wird dich dieser böse Geist von innen auffressen. Du wolltest sterben – das alleine zeigt, wie nahe du der Dunkelheit stehst.«

Louisa spürte, wie er eine Hand unter ihre Wange schob und ihr Gesicht sanft in seine Richtung drehte.

»Hab Vertrauen zu mir, sieh mich an, bitte.«

Sie hob den Blick und verschwommen erschien das Antlitz des erfahrenen Medizinmannes vor ihr.

Mehrere Male musste sie ansetzen, ehe sie es schaffte vernünftig und verständlich, ohne von dauernden Schluchzern geschüttelt zu werden, zu sprechen.

»Ja, ich kann mich wieder erinnern. Aber es ist eine schreckliche Erinnerung. Bitte, Sie müssen mir glauben, wenn ich sage, ich hatte es verdient, dort im See zu sterben. Ich war ein furchtbarer Mensch.«

Er seufzte hörbar. »Mädchen, ich habe viele Menschen und viele Jahre kommen und gehen sehen. Daher bitte ich dich, *mir* Glauben zu schenken, wenn ich sage: Du magst Zurechtweisung verdient haben, für die Dinge die du in deinem Leben getan hast – worüber ich nichts sagen kann, da ich dich nicht kenne. Doch den Tod hast du sicherlich nicht verdient. Und nun erzähle mir deine Geschichte.«

»Das ist eine lange und schlimme Geschichte. Ich möchte Ihnen nicht Ihre Zeit stehlen.«

Ein Schmunzeln umspielte die Lippen Wanbli Wastes, als er antwortete: »Es ist ein kalter Tag, ich habe viel Zeit und hier ist es trocken und warm. Und nun sprich, mein Kind.«

Louisa zögerte lange und er ließ ihr Zeit, strich ihr aufmunternd über ihr struppiges Haar und suchte immer wieder ihren Blick, während sie krampfhaft versuchte, einen vernünftigen Anfang zu finden. Als er ihre Hand in seine nahm und sachte drückte, war es, als bräche in ihr ein Damm. Plötzlich sprudelte, wenn auch immer wieder von Weinkrämpfen geschüttelt, ihre ganze Geschichte aus ihr heraus. Und er hörte zu, bis zum Ende, ohne sie ein einziges Mal zu unterbrechen.

Sie endete mit dem Augenblick, als sie dort in der Bretterhütte das Bewusstsein verlor. »Und nun verstehen Sie doch sicher, dass ich nicht hier bei Ihnen und Ihren Söhnen bleiben kann. Alles, was ich getan und gesagt habe, das Unglück, das ich durch meinen Eigensinn und meine Überheblichkeit ausgelöst habe und das, was diese Männer dann mit mir gemacht haben – all das ist einfach zu viel.«

Er wiegte nachdenklich sein Haupt. »Du hast vieles falsch gemacht, das will ich nicht verneinen. Doch es gab einen Grund für dein Handeln: den Wunsch deines Vaters, deine Freiheit, dein Leben einzutauschen, um sein eigenes unbehelligt weiter leben zu dürfen. Du bist ein Mädchen, das ganz offensichtlich seine eigene Freiheit weit über alles andere stellt. Niemand darf dir aber dafür all das antun, was geschehen ist.« Vorsichtig wischte er einige der immer wieder über ihre Wangen rollenden Tränen fort. »Dass ich dich dafür verachte, wie du über uns dachtest, ist nicht wahr. Wusstest du denn etwas über uns? Oder hörtest du nur Geschichten, die andere erzählten? Mir ist durchaus bewusst, dass die meisten Weißen uns verteufeln, um ihr Handeln und ihre Verbrechen hier zu rechtfertigen. Wie hättest du diese Lügen durchschauen sollen?«

»Aber diese Nacht, als ich mich verirrt hatte und dort bei den betrunkenen Arbeitern ankam. Sie haben gesagt, dass meine Familie sie in den Ruin triebe. Ich weiß es wieder sehr genau. Es sind mein Vater und mein Onkel, die ihnen ihr Leben zur Hölle machten, so wie ich es bei meiner eigenen Familie getan habe.«

»Was diesen Menschen angetan wurde, ist nicht gerecht. Dennoch: Sie haben dir in unmenschlicher und unverzeihlicher Weise Gewalt angetan. Sie nahmen deinen Tod in Kauf, warfen dich, soweit ich das verstehe, sterbend in den See, um sich deiner zu entledigen. Diese Handlungsweise ist unverzeihlich und barbarisch.«

»Nein, sie haben mich einfach wie das behandelt, als das sie mich sahen, als Abfall. Wie könnte ich es ihnen verdenken.«

Wanbli Waste rutschte näher zu ihrem Lager, zog sie mit einem sanften und doch kräftigen Ruck zu sich hoch und schloss sie fest in die Arme.

»Nie wieder, hörst du, nie wieder wirst du das Leben, das dir der Große Geist gab, als Abfall bezeichnen. Du bist eine kluge Frau. Lerne aus dem, was du getan hast und auch aus dem, was dir widerfahren ist, jedoch tritt nie wieder das Geschenk des Lebens mit Füßen.«

»Aber ich habe Angst, unbeschreibliche Angst vor dem Leben, das auf mich zukommt. Und ich habe ebenso große Angst davor, wie Jacques, Sunk'Pala und die anderen reagieren, wenn sie hören, was mit mir geschehen ist. Ich bin … besudelt, benutzt, ich bin nichts mehr wert.«

»Hast du mir zugehört? Hör auf, dein Leben zu verdammen. Nimm es wieder in die Hände und forme es, sodass es zu einem guten Leben wird. Das kann und wird lange dauern, sei dir dessen gewahr und habe Geduld mit dir. Die Angst wird lange bleiben und niemand kann sie dir nehmen, nur du alleine kannst dagegen ankämpfen.«

»Ankämpfen? Ich weiß nicht einmal, wohin ich soll. Jacques kann mich nicht mehr mitnehmen, er wird mich verabscheuen. Wie soll ich ein Leben in die Hand nehmen, das es nicht mehr gibt?«

Nun war sein Blick fast schon verwirrt. »Kind, Jacques wusste vom ersten Augenblick an, dass dir Gewalt angetan worden war. Er kennt diese Art von Verletzungen nur zu gut. Die weißen Soldaten vergewaltigen unsere Frauen und Mädchen fortwährend. Denkst du wirklich, dass wir sie daraufhin ausstoßen?«

Sie lehnte sich ein wenig zurück. »Bitte, Wanbli Waste, darf ich es Jacques selbst erzählen? Wenn ich soweit bin? Bitte, ich möchte nicht, dass er meine Geschichte von jemand anderem erfährt. Er hat die Wahrheit von mir selbst verdient.«

»Ich sagte doch, meine Lippen sind versiegelt. Du entscheidest, wann du über deine Vergangenheit sprichst. Und hab keine Angst, niemand wird dich verurteilen.« Er legte sie vorsichtig zurück auf ihr Lager. »Vorerst macht es mir größere Sorgen, dass du offenbar Fieber bekommst. Dein Sprung in den kalten Fluss war eine sehr dumme Tat.«

Mit gerunzelter Stirn betastete er ihre Wangen. »Ich werde dir einen Trank aus Weidenrinde bereiten und dann versuchst du zu schlafen.«

Als er gerade aufstehen wollte, griff Louisa nach seiner Hand. »Danke.«

Wortlos streichelte er ihre heiße Hand, ehe er endgültig das Zelt verließ.

»Mädchen, na komm, aufwachen. Du musst etwas trinken.«

Sie blickte verwirrt in das lächelnde Gesicht. Nur langsam ordneten sich die Gedanken in ihrem Kopf. Die Erinnerung an alles, was ihr widerfahren war, der gescheiterte Versuch, sich zu töten, das lange Gespräch mit Wanbli Waste. Dann erinnerte sie sich nur noch an Gesprächsfetzen und daran, dass ihr schrecklich heiß war.

»Was ist geschehen? Habe ich lange geschlafen?«

»So könnte man es ausdrücken. Zwei Tage und zwei Nächte hast du gegen hohes Fieber gekämpft. Aber dank Vater geht es dir wieder besser. Deine Stirn glüht nicht mehr. Wenn du nun noch etwas trinkst, dann bist du bald wieder ganz gesund.« Jacques' Gesicht verzog sich zu einer leicht anklagenden Grimasse. »Sofern du nicht wieder in zugefrorene Flüsse springst.«

Schuldbewusst zog sie die Decke über die Schultern. »Verzeih, das war sehr dumm von mir.«

»Da kann ich dir nicht widersprechen.« Er streckte die Hand aus, um ihr aufzuhelfen, was sie zurückschrecken ließ.

Sofort erschien ein besorgter Ausdruck auf seinem Gesicht.

»Du kannst dich erinnern. Hast du nun wieder Angst vor mir? Du weißt doch, dass ich dir nichts tun will, oder?«

Louisa nickte zögerlich. »Das weiß ich. Aber es ist etwas anderes. Ich werde versuchen, es in Worte zu fassen, sobald ich kann. Was ich schon heute sagen kann, nein, ich habe keine Angst. Ich kann nur hoffen, dass du mich verstehst. Ich wollte nicht unhöflich sein.«

»Das bist du nicht, ich verstehe dich sehr gut. Und nun trink endlich, denn heute lässt Little Deer sich wohl kaum mehr zurückhalten.«

Misstrauisch sah sie zu ihm auf. »Wieso?«

Sein breites Lächeln beruhigte sie umgehend. »Sie hat Vater dabei geholfen, dich zu pflegen, da er nicht wusste, ob es dir recht ist, wenn ich das tue. Dabei hat sie andauernd darüber geschimpft, dass wir dich haben verwildern lassen. Sie ist sehr wütend auf mich, da ich mich nicht um dein Haar und deine Haut gekümmert habe. Vertrau mir, sie wird jeden Moment hier sein, dann solltest du mit ihr gehen und dir von ihr helfen lassen. Widerworte duldet Little Deer nicht, ich spreche aus vielen Jahren Erfahrung.«

»Oh weh. Ich will aber doch niemandem zur Last fallen.«

»Sie benimmt sich zwar andauernd so, als sei sie schrecklich schlecht gelaunt, doch sie tut das sehr gerne. Gebraucht zu werden, bereitet ihr Freude. Sie wird dir helfen, dich auch wieder besser zu fühlen.«

»Gut, auch wenn es mir unangenehm ist, dass sie ihre Zeit an mich verschwendet.«

»Lass sie einfach machen und du, Mädchen, hör auf, dich so geringzuschätzen.«

Jacques erhob sich und streckte seine langen Beine. »Oh, ich höre sie. Wappne dich lieber.«

Little Deer betrat mit gestrenger Miene das Tipi, warf Jacques einen vernichtenden Blick zu und hielt Louisa auffordernd eine bunte Decke entgegen.

»Sie will, dass du dich darin einwickelst und mit ihr kommst.«

»Wohin bringt sie mich?«

»Ganze drei Tipis weiter. Du kannst ihr wirklich vertrauen.«

Seufzend und mit leicht schrägem Seitenblick auf die erwartungsvoll dort stehende Indianerin, schälte sich Louisa aus ihrem Bett und wickelte sich gehorsam in die Decke. Zu ihrem Entsetzen stellte sie fest, dass sie wahrlich nicht gut roch. Wahrscheinlich war es eine weise Entscheidung, mit Little Deer zu gehen und sich wieder in ein menschliches Wesen zu verwandeln. Eine andere Möglichkeit blieb ihr auch gar nicht mehr, denn die kleine, selbstbewusste Frau bugsierte sie bereits unter einem für sie vollkommen unverständlichem Wortschwall aus dem Tipi. Aus dem Augenwinkel erhaschte sie einen letzten Blick auf den mit breitem Grinsen vor dem Zelt stehenden Sunk'Pala, dann wurde sie schon unerbittlich in Richtung von Little Deers Zuhause geschoben.

Die Dämmerung war schon lange hereingebrochen und Jacques spähte immer wieder in Richtung Eingang.

»Nun sei doch nicht so unruhig. Sie ist ja nicht bei Fremden. Vielleicht will sie ja auch bei Little Deer bleiben.«

»Das halte ich für unwahrscheinlich. Sie ist noch immer sehr verunsichert. Ihre Angst ist fast greifbar. Sie wird zurückwollen.«

»Das bleibt abzuwarten.«

Jacques biss genussvoll in den köstlichen Braten, den es heute dank Sunk'Pala und einigen Jägern gab. Hirsch schmeckte ihm immer wieder gut. Dass sie stets von den Frauen des Dorfes mitversorgt wurden, machte die Sache noch einmal um einiges besser. Zufrieden verspeiste er seine Mahlzeit und wischte sich satt und müde den Mund ab.

»Bedeutet sie dir etwas?«

Zuerst verstand er die Frage nicht, doch Sunk'Palas eigenartiger Blick rückte sie rasch ins rechte Licht.

»Wer, die Fremde?«

»Natürlich, Little Deer meine ich ja wohl kaum.«

»Hm, sie tut mir leid und ab und an, wenn sie mich mit ihren großen Augen ansieht, dann ist da vielleicht ein klein wenig mehr, aber das war es auch.«

»Ach.«

»Was heißt hier ‚ach'?«

»Nun, eben einfach ‚ach'. Du hast mit der Frau wochenlang unter einem Dach gelebt.«

»Ja, und? Davon war sie tagelang mehr tot als lebendig. Außerdem war sie so grün und blau geschlagen, dass man das Mädel selbst kaum erkennen konnte.«

»Ach?«

»Bruder, wenn dir dein Leben lieb ist, dann hör mit diesem Unsinn auf.«

»Na ja, du erzählst mir doch wohl nicht, dass dir nicht aufgefallen wäre, dass sie einen schönen Körper hat. Egal, welche Farbe der auch gerade aufweist. Außerdem hat sie schöne Augen.«

»Schon gut. Ja, hat sie. Aber glaube *meinen* Worten, wenn ich dir sage, dass es mir vor allem darum ging, dass sie überlebt. Wie sie aussieht, ist hier nicht wichtig.«

»Ach?«

»Noch ein Mal und du lernst mich kennen.« Verärgert stieß er seinem Bruder die Faust in die Rippen.

Ehe dieser reagieren konnte, sorgte ihr Vater für Ordnung.

»Ihr benehmt euch wie die Kinder. Ruhe jetzt, sofort! Sunk'Pala, du hörst auf der Stelle damit auf, deinen Bruder zu necken. Was ist denn nur los mit euch?«

Sein Bruder grinste ihn breit an. »Man wird ja noch fragen dürfen, oder?«

»Fragen ja, aber meine Beweggründe in Zweifel zu ziehen, das steht dir nicht zu, Kleiner.«

»Wir warten einfach mal ab, was Little Deer zum Vorschein bringt. Ich habe da so eine Ahnung.«

»Behalt sie für dich.«

Sunk'Pala hob nur lachend die Arme, warf sich auf sein Fell und griff nach einem der alten, schon sehr abgegriffenen Bücher, die Sophie ihnen hinterlassen hatte. »Abwarten.«

Jacques kam nicht mehr dazu, ihm zu antworten, denn in just diesem Moment wurde die Plane zurückgeschlagen und Little Deer schob sich durch den Eingang.

Als die Frau sich aufrichtete, sah er zu seiner eigenen Überraschung ein zufriedenes Lächeln auf ihrem Gesicht.

»So, ihr Barbaren, ich bringe euch euren Gast zurück. Sie musste einiges ertragen, doch das Ergebnis kann sich sehen lassen. Nun komm schon herein, du weißt doch, sie beißen dich nicht.« Sie schlug sich leicht gegen die Stirn. »Es wird Zeit, dass das Mädel unsere Sprache lernt.« Energisch langte sie nach draußen und zog die Frau in das Tipi. Ohne

Umschweife schob sie sie zum Feuer, sodass die drei Männer sie sehen konnten.

Im nächsten Moment stockte Jacques der Atem.

War das die Frau, die er aus dem See gezogen hatte? War dies das verhärmte, unscheinbare Mädchen, das er tagelang gepflegt, gewaschen und umgekleidet hatte? Er erkannte die Frau, die dort stand, kaum wieder.

Ihr dunkles Haar war gebürstet und entweder mit etwas Öl oder Fett wieder zum Glänzen gebracht worden. Little Deer hatte es ihr ein wenig geschnitten und es dann zu zwei dicken, schimmernden Zöpfen geflochten, die links und rechts ihr Gesicht umrahmten. Kleine türkisfarbene Perlen schmückten ihre Frisur und an den Enden waren die Zöpfe mit Lederriemen umwickelt. Auch ihr Gesicht war offenbar einer ausgiebigen Behandlung unterzogen worden. Ihre Haut, zwar noch immer blass, sah nahezu strahlend aus. Die vollen Lippen nicht länger rissig und trocken, die Augenbrauen ebenfalls gebürstet.

Little Deer war aber noch weiter gegangen. Das Mädchen trug ein Lederkleid, das ihr fast perfekt passte. Dann erkannte Jacques das Kleid. Es war eines von Sophies Kleidern und sah aus, als sei es nur für das fremde Mädchen geschneidert worden.

Weiches hellbraunes Wildleder umfloss ihren schlanken Körper. An der Taille mit einem breiten, bestickten Gürtel zusammengefasst, reichte es ihr fast bis zu den Knöcheln. Die Ärmel gingen ihr zu den Ellbogen, von wo aus lange Fransen ihre Arme umspielten. Am rechten Handgelenk trug sie ein Armband aus weißen Knochenröhrchen und türkisfarbenen Perlen. Ihre Füße steckten wieder in Sophies Lederstiefelchen.

»Du kannst den Mund wieder zumachen, Bruder. Du gibst kein besonders kluges Bild ab.«

Er hätte Sunk'Pala für die Frechheit gerne einen Hieb versetzt, doch er musste sich eingestehen, dass der Jüngere tatsächlich recht hatte. Immerhin war die Aufforderung in Lakota ausgesprochen worden und sie konnte das – so hoffte er zumindest – nicht verstanden haben.

»Danke für den Ratschlag«, fauchte er daher nur, schaffte es aber tatsächlich, den Unterkiefer wieder hochzuklappen.

»Für dich doch immer wieder sehr gerne, hochgeschätzter Bruder.«

»Und, was sagt ihr? Sieht die Kleine nicht ganz reizend aus?« Little Deer warf einen auffordernden Blick in die Runde.

Es war Wanbli Waste, der aufstand, auf die junge Frau zuging, sie bei den Armen fasste und anerkennend seinen Blick über sie gleiten ließ. Zu sehen, wie sie dabei errötete und scheu den Blick senkte, machte sie nur umso anziehender.

»Kind, du siehst einfach wunderbar aus. Wir hatten ja keine Ahnung, wer da tatsächlich in dem kleinen, wilden Waldgeist steckte. Sag mir, wie fühlst du dich?«

Sie hob den Blick und sah seinen Vater unsicher an. »Ich fühle mich wirklich sehr gut und ich bin sehr dankbar dafür. All das habe ich doch gar nicht verdient, ich mache Ihnen allen so viel Mühe.«

Lächelnd warf sein Vater Little Deer einen beruhigenden Blick zu. »Sie bedankt sich von Herzen und ist der Auffassung, all das doch nicht verdient zu haben.«

Little Deer machte nur eine wegwerfende Handbewegung. »Das soll sie mal meine Sorge sein lassen. Ich freue mich, wenn ich helfen konnte. Wenn es ihr lieber ist, bei einer Frau zu schlafen, so kann sie auch bei mir unterkommen.«

Wanbli Waste legte einen Finger unter ihr Kinn und hob es leicht an. »Sie fragt, ob du lieber bei einer Frau wohnen möchtest. Sie bietet dir ihre Gastfreundschaft an.«

Als sie leise, aber sehr sicher antwortete, dass sie das Angebot sehr freundlich fände, aber es sich nicht vorstellen könnte, anderswo zu schlafen, es sei denn, sie müsse das Tipi verlassen, breitete sich in Jacques' Körper eine ungewohnte Wärme aus.

»Natürlich kannst du hierbleiben. Wenn du es weiterhin mit uns dreien aushältst.« Sein Vater erklärte Little Deer, dass das Mädchen sich bei ihnen sicher fühle und daher hierbleiben wolle.

»Schon gut. Passt mir gut auf die Kleine auf. Sie hat wohl sehr viel mitgemacht. Ich geh dann mal wieder. Seht bitte später noch mal nach eurer Tante. Ich weiß, ihr wart fast den ganzen Tag bei ihr, doch sie wird zunehmend schwächer.«

Sofort erhob sich Sunk'Pala. »Ich gehe zu ihr.« Sein Seitenblick auf ihn sprach Bände. »Kümmer du dich darum, dass die Frau etwas zwischen die Zähne bekommt.«

»Das hat Little Deer sehr gut gemacht. Du siehst aus wie ein neuer Mensch. Hat denn der neue Mensch auch Hunger?«

Sie nickte ein wenig zögernd. »Ja, ich bin ihr auch sehr, sehr dankbar. Sie hat so lange mit meinen Haaren gekämpft, nur um sie zu retten. Ein wenig musste abgeschnitten werden, aber nicht viel. Sie hat mich auch … gewaschen … nachdem sie mich in eine Hütte am Ende des Dorfes gesteckt hat, in der es schrecklich heiß war.«

»Ah, du hast Bekanntschaft mit unserer Schwitzhütte gemacht? Das ist gesund und gut für deinen Körper.«

Sie zog eine leichte Grimasse. »Ja, ganz gewiss, doch man muss erst einmal lernen, dort zu atmen. Sie hat mein Gesicht so lange bearbeitet, bis ich dachte, ich hätte keine Haut mehr. Aber jetzt fühlt es sich wunderbar an, es prickelt ein wenig, aber das ist angenehm. Was mir sehr unangenehm ist, ist der Umstand, dass sie mich in dieses schöne Kleid gesteckt hat. Ich hoffe, dass ich es niemandem wegnehme.«

Jacques schüttelte leicht den Kopf. »Nein, das nimmst du niemandem weg. Im Gegenteil, es ist schön, dass du es trägst. Dieses Kleid gehörte meiner Mutter, es steht dir sehr gut, Mädchen.«

Erschrocken sah sie an sich hinab. »Deiner Mutter? Und ich darf es wirklich tragen?«

»Sie würde es sogar so wollen«, mischte sich Wanbli Waste ein. »Und nun setz dich, Kind, und iss etwas, du musst halb verhungert sein.«

»Little Deer hat mich mit Stockbrot gefüttert, aber das Fleisch riecht wirklich gut.«

Sie bekam eine vernünftige Portion in ihre Schale und aß mit sichtlicher Freude. Immer wieder wanderte Jacques' Blick zu ihr hinüber. Der Schein des Feuers zauberte rötliche Lichtreflexe auf ihr Haar und ihre Augen spiegelten die Flammen wider. Aus dem kleinen, verwunschenen Waldgeist war eine wunderschöne junge Frau geworden. Er musste sich gehörig zusammennehmen, um ihr mit der gleichen Ruhe und Gelassenheit wie zuvor zu begegnen.

»Möchtest du noch ein wenig?«

»Vielen Dank, ich bin satt. Um der Wahrheit Genüge zu tun, bin ich sehr müde. Es war schön und ich bin wirklich glücklich darüber, wieder wie ein normaler Mensch auszusehen, doch es hat mich auch angestrengt.«

»Das kann ich mir vorstellen. Little Deer ist nicht zimperlich. Dann leg dich schlafen. Wir bleiben bei dir.«

»Ich danke euch beiden. Ich weiß noch immer nicht, womit ich so viel Freundlichkeit verdient habe.«

Er spürte ihren fragenden Blick auf sich ruhen. »Darüber reden wir nicht noch einmal, du weißt, wie wir denken, wie ich denke. Das muss genügen.« Er zeigte auf ihr Lager. »Gute Nacht, Mädchen.«

»Louisa.«

»Wie bitte?«

»Louisa, mein Name ist Louisa.«

Ihre Welt war eine andere geworden. Doch nicht nur ihre Welt, auch sie selbst war nicht mehr der Mensch, der vor einer gefühlten Ewigkeit im Hafen von New York an Land gegangen war. Sie wollte es auch nicht mehr sein. Nie wieder! Der Tag in den ebenso liebevollen wie resoluten Händen der Indianerin führte ihr erneut vor Augen, mit welcher Überheblichkeit sie auf andere Menschen herabgeblickt hatte. Sie schüttelte sich unter der warmen Decke.

Sophies Kleid lag in Griffweite neben ihr. Wie viel hätte sie von dieser mutigen Frau lernen können. Wie gerne hätte sie es getan. Vorsichtig streckte sie die Finger aus und streichelte das weiche Wildleder. Vielleicht wäre Sophie in der Lage gewesen, ihr die tiefen Zweifel zu nehmen, die in ihr sitzende Furcht, dass ihre Strafe noch nicht vorbei war. Sie lauschte den leisen Stimmen von Jacques und seinem Vater, die sich in der warmen Sprache ihres Volkes unterhielten. Irgendwann legten sie sich schlafen und in der vollkommenen Stille dieser Nacht hörte sie nur die tiefen Atemzüge der beiden Männer. Louisa lauschte in sich hinein, suchte nach Angst, nach Unsicherheit – doch alles, was sie fand, war ein Gefühl von grenzenloser Geborgenheit.

23.

Zwei Tage später starb Grey Dove, Jacques' und Sunk'Palas Tante. Sie hätte die Männer gerne getröstet, doch zum einen wusste sie nicht, wie, und zum anderen legten sie eine außergewöhnliche Selbstbeherrschung an den Tag. Wanbli Waste hatte ihr gesagt, dass sie, wenn sie es wolle, bei der Begräbniszeremonie dabei sein könne. Sie wollte gerne dabei sein. Nicht immer nur zu nehmen, sondern auch endlich einmal zu geben, und sei es nur der somit gezeigte Respekt vor der Verstorbenen, fühlte sich richtig an.

Jacques gab ihr eine dicke Felljacke und sorgte dafür, dass sie warm eingepackt war, dann folgte sie ihm und den anderen. Wanbli Waste als Grey Doves Bruder, ihre beiden Neffen und einer der Krieger trugen den in Leder gewickelten Leichnam der Frau aus dem Dorf hinauf zu einer Lichtung im tief verschneiten Wald. Ehe sich Louisa fragen konnte, wie man bei diesen Temperaturen ein Grab ausheben wollte, erblickte sie die Holzgerüste. Es waren bereits mehrere dort aufgebaut, auf denen die Toten der letzten Jahre lagen. Auf solch ein Gerüst legten die Männer nun den Körper ihrer Verwandten.

Im Anschluss sprachen einige der Männer und auch Jacques' Vater einige Worte, die sie nicht verstand. Ob es Gebete waren, das wusste sie nicht, es klang traurig und doch schön. Sie hatte sich in den letzten Tagen an die Sprache gewöhnt. Heute klang sie weicher, vertrauter in ihren Ohren. Viele der Anwesenden legten daraufhin kleine Gaben unter dem Gerüst nieder. Federn, kleine Schmuckstücke, winzige Lederbeutelchen, die sie an die Stangen hängten. Sie folgte dem, was dort geschah, so gebannt, dass sie Jacques zuerst gar nicht wahrnahm. Erst als er sie sachte in die Seite stupste und ihr ein kleines Beutelchen in die Hand drückte, verstand sie.

Aufgeregt stolperte sie nach vorne, doch kaum war sie dort angelangt, spürte sie die tiefe Ruhe an diesem Ort. Das Zittern ihrer Hände hörte auf und es gelang ihr, die Abschiedsgabe an Grey Dove, die sie nur zwei Mal gesehen hatte und die ihr doch auf ewig im Gedächtnis bleiben würde, an den dünnen Stangen zu befestigen.

Als Wanbli Waste sich neben dem luftigen Grab seiner Schwester in den Schnee setzte, zogen sich die anderen leise zurück. Sie folgte Sunk'Pala und Jacques, die, nachdem sie sich ein letztes Mal verabschiedet hatten, ihren Vater seiner Trauer überließen. Zurück im Zelt aß Sunk'Pala nur rasch ein wenig, um sich dann sofort wieder zu verabschieden.

»Ich gehe jagen, ich möchte ein wenig alleine sein.«

Schweigend beobachtete sie, wie Jacques nickte und dann nachdenklich im Feuer herumstocherte.

»Louisa, nun, da unsere Tante tot ist und es auch dir besser geht, wäre es für mich wieder an der Zeit aufzubrechen.«

So etwas hatte sie erwartet. »Ja, ich verstehe. Ich werde dann zusehen, wo ich bleiben kann.«

Er hob den Kopf und musterte sie eindeutig verwirrt. »Wie? Wo willst du denn hin?«

»Nun, ich werde mir ja wohl irgendwann eine Bleibe suchen müssen. Ich kann dir ja nicht weiter zur Last fallen.«

»Du wirst schon wieder seltsam, Mädchen. Warum solltest du mir zur Last fallen?«

Sie war überrascht. »Nun, weil ich eine Fremde bin. Jemand, der dir dein Bett weggenommen und dir so viel Arbeit gemacht hat.«

Sein Seufzer kam aus tiefster Seele. »Hör mir zu. Ich habe dich dort aus dem See gefischt und damit fühle ich mich auch für dich verantwortlich. Wenn ich mich richtig erinnere, willst du nicht zu den Weißen ins Dorf gebracht werden. Vater meinte, dass du ihm das Versprechen abgenommen hast, dass er nicht erzählen dürfe, wer du bist und was mit dir geschehen ist. Ich respektiere deinen Wunsch, es mir, sobald du es möchtest, selbst zu erzählen. Doch bis dahin, bis du dich wieder sicher fühlst, bis du selbst eine vernünftige, hörst du, ich sagte *vernünftige,* Entscheidung treffen kannst, was aus dir wird, bleibst du bei mir. Es sei denn, du möchtest hierbleiben. Little Deer hat angeboten, dich bei sich aufzunehmen.«

Louisa glaubte, sich verhört zu haben. »Wie bitte? Sagtest du, sie würde mich bei sich wohnen lassen?«

Er nickte zustimmend.

»Das kann ich kaum glauben. Ich bin doch eine Wildfremde für sie, noch dazu eine ... eine Weiße, eine Wuschiku ...«

Sein schallendes Lachen unterbrach ihren Redefluss.

»Was ist so komisch?«

»Little Deer hat vollkommen recht. Es wird Zeit, dass du Lakota lernst.«

»Ich verstehe nicht, was du meinst.«

»Es heißt ‚*Wasicu*', nicht, dass das andere nicht auch nett klingen würde … aber die Götter wissen, was ‚Wuschiku' heißen mag.«

Sein Lachen war ansteckend, zwar wollte ihr noch kein Lachen gelingen, doch sie spürte, wie sich ihre Lippen zu einem Lächeln verzogen. Als er es sah, veränderte sich sein Gesichtsausdruck. Er wirkte erfreut, ja, sie konnte es nicht anders beschreiben. Offenbar lag sie richtig.

»Mädchen, Louisa, es ist schön, dich lächeln zu sehen. Ich denke, wir haben die Frage deines Verbleibs damit geklärt, nicht wahr? Es sei denn, du entscheidest dich doch, hier zu leben.«

»Nein, ich freue mich sehr über das Angebot, doch wenn ich dir wirklich keine allzu große Last bin, dann würde ich gerne mit dir kommen, wenn ich darf.«

»Du darfst.«

Dass zwei so einfache Worte einmal eine solch beruhigende Wirkung auf sie haben würden, hätte sie sich niemals träumen lassen.

»Du bist sehr schweigsam heute. Geht es dir nicht gut?« Er musterte sie schon eine ganze Weile.

Sie schüttelte abwehrend den Kopf. »Nein, es geht mir gut. Bitte sorg dich nicht, das ist unnötig. Ich muss zugeben, ich bin traurig. Der Abschied ist mir nicht leicht gefallen. Dein Vater, Little Deer und auch dein Bruder, sie waren alle so freundlich zu mir. Vor allem dein Vater, obwohl er meine Geschichte kennt.«

»Nun, vielleicht gerade darum. Und Sunk'Pala hat dich oft genug bis aufs Blut geneckt.«

»Ja, aber er hat es nie böse gemeint, denke ich.«

»Nein«, Jacques grinste zu ihr hinüber, »er ist einfach so, wie er ist.«

In den nächsten Stunden ritten sie schweigend nebeneinander her und die Gedanken in seinem Kopf überschlugen sich. Sie hatte es sich zur Gewohnheit gemacht, ihr Haar zu tragen wie eine Indianerin. Stets trug sie entweder zwei geflochtene Zöpfe oder aber zwei lose Zöpfe, die langen dunklen Flechten nur mit Lederbändern umwickelt. Little Deer hatte dafür gesorgt, dass sie mit einer Kräuterpaste für ihre zarte Haut versorgt war und ihm hatte sie das Rezept mehrmals eingebläut. »Wenn sie die Salbe aufgebraucht hat, dann mach ihr gefälligst frische, sie hat feine Haut.«

Sicherlich würde er das tun, doch wer konnte vorhersagen, wie alles kommen würde? Noch immer war sein Vater der Einzige, der ihre Geschichte kannte, und der schwieg eisern. Sie gab sich offenbar Mühe, doch bei unerwarteter Berührung zuckte sie erschrocken zusammen und in den Nächten quälten sie immer wieder Albträume. Ihre körperlichen Wunden waren verheilt. Doch wie es in ihrer Seele aussah, das wusste nur sie alleine. Solange sie diese Qual nicht teilen wollte, konnte er nichts mehr für sie tun, als einfach nur da zu sein.

Als sie das Haus nach Einbruch der Nacht erreichten, erwartete ihn ein Haufen Arbeit. Die Türe hatte sich verzogen, sodass er sie zuallererst mit Gewalt aufdrücken und sie dann mit der Axt wieder in Form bringen musste, wollte er verhindern, dass es durch die Ritzen zog. Im Innern war es eisig kalt und auch das rasch entzündete Feuer schaffte es zuerst nicht, die beißende Kälte zu vertreiben. Erst als er auch den Ofen anheizte, wurde die Temperatur langsam annehmbar. Immerhin war alles unversehrt, was bedeutete, dass weder die unangenehmen Gesellen, die ihnen auf ihrem Hinweg begegnet waren, noch wilde Tiere sich an seinem Eigentum zu schaffen gemacht hatten. Die Fische in der Kammer waren ebenso gefroren wie das Fleisch, was gut war, nur so blieb es wirklich frisch. Er erwärmte zwei der Fische in der Pfanne, während Louisa auf seine Bitte hin die aus dem Lager mitgebrachten Vorräte auspackte und im Regal verstaute. Zwei Stücke Stockbrot legte sie auf Teller und stellte sie auf dem Tisch zurecht.

»Hast du großen Hunger?«

Sie zuckte die Schultern. »Um der Wahrheit die Ehre zu geben, weiß ich nicht, was schlimmer ist, mein Hunger oder meine Müdigkeit.«

Jacques lächelte. »Dann kümmern wir uns am besten um beides. Zuerst den Hunger, komm, die Fische sind fertig, reich mir deinen Teller.«

Sie aßen schweigend, bis auf wenige Worte, die sich auf die gemeinsame Mahlzeit bezogen. Kaum war er fertig, sprang sie auf und griff nach seinem Teller.

»Louisa, was tust du?«

»Ich möchte mich zumindest etwas nützlich machen, ich bin nicht mehr krank, ich kann mich bewegen, selbst meine Rippen tun kaum mehr weh. Lass mich die Teller abwaschen und aufräumen, bitte.«

Er war überrascht, ließ sie aber gewähren. Offensichtlich war sie Hausarbeit nicht gewohnt, doch sie bemühte sich nach Kräften und nachdem er ihr wenigstens noch zeigen durfte, wo sie die Tücher und die neue Seife suchen musste, fand sie sich gut zurecht. Während sie den Tisch abwischte, bereitete Jacques ihr das Bett vor, wohingegen er für sich selbst wieder das Lager vor dem Kamin bereitete. Hier aber erlebte er eine weitere Überraschung.

»Nein.«

»Wie? Nein?«

»Nein, du wirst ab sofort wieder in deinem eigenen Bett schlafen. Das Fell vor dem Kamin genügt mir. Ab heute schlafe ich dort auf dem Boden.«

»Was bitte wäre ich denn für ein Mann, wenn ich eine Frau, noch dazu im Winter, auf dem Boden schlafen ließe?«

»Ein Mann, der mehr tut, als man erwarten darf. Lässt du mich nicht auf dem Boden schlafen, werde ich zum Schlafen in den Stall gehen.«

Er musterte sie aufmerksam.

»Das ist dein Ernst, nicht wahr? Du würdest das tun. Kann es sein, dass du verdammt stur sein kannst?«

Kaum sah er, wie ihr bei diesen Worten die Tränen in die Augen stiegen, schon bereute er sie. »Ich hab das nicht so gemeint.«

»Aber es ist wahr. Ja, ich bin stur und ich habe damit viel Leid verursacht. Ich wollte dich nicht ärgern. Alles, was ich möchte, ist, dass ich mich nicht noch schuldiger fühlen muss, als ich es sowieso schon tue. Verstehst du das?«

»Ein klein wenig.«

»Dann erfülle mir bitte meinen Wunsch, dort vor dem Feuer schlafen zu dürfen. Ich möchte es wirklich so.«

»Na gut, aber wenn es zu unbequem für dich ist, dann wird getauscht, hast du mich verstanden?«

Sie nickte, wenn auch zögerlich. »Wenn es für dich über Wochen nicht zu unbequem war, dann ist es das für mich auch nicht.«

So konnte er nur noch das Feuer neu anfachen und sich schlafen legen. Als er sie ein wenig hilflos neben ihrem Lager stehen sah, fragte er, ob sie noch etwas bräuchte. Ihr Lächeln war entwaffnend.

»Ja, ich warte nur darauf, dass du dich kurz umdrehst. Ich würde gerne in mein Hemd schlüpfen.«

»Oh, natürlich, verzeih.« Er drehte sich zur Wand und verbot sich die Bemerkung, dass er sie schon so oft nackt gesehen habe, dass es kaum mehr etwas gäbe, das er noch nicht mitbekommen hatte. Wahrscheinlich war es besser so, denn alleine der Gedanke an ihren Körper sorgte dafür, dass ihm wärmer wurde, als es ihm lieb war.

»Fertig, du kannst dich wieder umdrehen.«

Sie lag zusammengerollt unter der Decke, die sie bis hoch zum Kinn gezogen hatte.

»Gute Nacht, Jacques, und vielen Dank für alles.«

»Ich habe es gerne getan und tue es immer noch. Du musst dich nicht fortwährend bedanken. Schlaf jetzt, dir fallen doch eh schon die Augen zu.«

Eine Antwort erhielt er nicht mehr. Sie war eingeschlafen, noch ehe er ausgesprochen hatte. Das Feuer zauberte rotgoldene Schatten in ihr Haar. Er starrte sie so lange an, bis auch ihm die Lider schwer wurden und ihn der Schlaf übermannte. Stunden später erwachte er von ihrem Stöhnen. Ihre Hände zuckten durch die Luft, als versuche sie, jemanden abzuwehren.

»Nein, bitte nicht, bitte, es tut so weh. Es tut so schrecklich weh.«

Er war sofort auf den Beinen und kniete sich neben sie. Vorsichtig fing er ihre Hände ein.

»Louisa, wach auf. Mädchen, du musst aufwachen. Du hast wieder einen bösen Traum.«

Sie wusste nicht, wo sie war, als sie die Augen aufschlug, darüber war er sich im Klaren. Noch immer gefangen in ihrem Traum blickte sie ihn voller Angst an.

»Bitte, nein, bitte nicht mehr weh tun.«

»Louisa, Mädchen, ich bin es, Jacques. Komm zu dir, es war nur ein Traum, erkennst du mich denn nicht?«

Langsam wurde ihr Blick klarer, Erkennen stand in ihren Augen und Angst, grenzenlose Angst.

»Verzeih, ich habe dich geweckt.«

»Unsinn. Da gibt es nichts zu verzeihen. Es ist nicht deine Schuld, wenn dich böse Träume quälen.«

Wie gerne hätte er sie in die Arme genommen, doch das würde alles nur noch schlimmer machen, das spürte er.

Sie schniefte leise. »Doch, es ist meine Schuld, es ist alles meine Schuld.«

Hilflos sah er auf sie hinab, sah ihre Tränen und konnte doch nichts für sie tun, außer sie erneut zuzudecken und bei ihr zu bleiben, bis sie wieder in einen unruhigen Schlaf hinüberdämmerte.

»Es wird wärmer.« Louisa schnupperte in die Luft. Sechs Wochen waren vergangen, seit sie hierher zurückgekehrt waren. »Ich glaube, ich kann den Frühling riechen.«

»Deine Nase möchte ich haben. Wenn du den Frühling tatsächlich jetzt schon riechen kannst, dann bist du wirklich gut.« Er lächelte sie aufmunternd an, während er an ihr vorbei das Holz ins Haus trug. Es war noch immer kalt und auf den Ebenen lag jede Menge Schnee, doch immerhin schaffte die Sonne es, sobald sie sich durch die Wolken stahl, dass sich die Luft ein paar Grad erwärmte. Verstohlen beobachtete er sie, während er die Scheite neben dem Kamin stapelte. Ein wenig entspannter war sie geworden, doch noch immer sprach sie wenig bis gar nicht. Ganz zu schweigen von ihrer Geschichte, von der er ahnte, wie wichtig es für sie wäre, sie endlich zu erzählen.

Wo immer sie helfen konnte, tat sie es. Sie wusch seine Wäsche, wobei das zu Beginn mehrmals kräftig schief gegangen war, sie räumte auf und putzte das Haus. Mittlerweile tat sie das mit zunehmendem Erfolg. Ganz im Gegensatz zum Kochen, das sie auch in Angriff genommen hatte, hier waren ihre Versuche nicht immer genießbar. Es war ihr schrecklich unangenehm gewesen, als sie das erste Fleisch zu einem zähen, schwarzen Klumpen verzaubert hatte. Er wusste bis heute nicht, wie sie das hinbekommen hatte.

Noch immer quälten sie des Nachts fürchterliche Träume. Nicht selten schrie sie im Schlaf oder wälzte sich verschwitzt und zitternd auf ihrem Lager. Ab und an, wenn sie sich unbeobachtet glaubte, dann weinte sie lautlos vor sich hin. Gegen all das war er machtlos, solange sie nicht bereit war, sich helfen zu lassen.

Wie sie nun dort stand und die Becher und Töpfe reinigte, den Blick leer ins Nirgendwo gerichtet, tat sie ihm so unendlich leid, doch er wusste nicht, was in aller Welt er tun sollte.

»Magst du eigentlich Pferde?«

Ihre Augen strahlten. »Oh ja, ich hatte früher selbst ein Pferd. Ich habe es geliebt zu reiten. Wahrscheinlich habe ich mich beizeiten daran erinnert, denn auf einem Pferd konnte ich mich ja auch hier halten.«Er schien etwas gefunden zu haben, mit dem er sie begeistern konnte.

»Du weißt, dass Sandy demnächst ihr Fohlen bekommen wird?«

Sie nickte eifrig. »Ja, ich habe gesehen, dass es bald soweit sein muss. Ich freue mich schon auf das Kleine.«

Jacques hätte das Gespräch gerne fortgeführt, doch sie begann bereits wieder damit, alles abzutrocknen. Zumindest war nun ein Lächeln auf ihren Lippen.

Nur sieben Tage später erwachte er von kläglichen Tönen, die aus dem Stall drangen. Sofort war er auf den Beinen, zog sich seine Hosen an, fuhr in die Stiefel und verließ so leise er konnte das Haus.

Im Stall erwartete ihn eine böse Überraschung. Das Fohlen drängte auf die Welt, doch so sehr Sandy sich auch quälte, die Geburt wollte nicht vorangehen. Suchend betastete er den Bauch der Stute. Ebenso versuchte er, mit der Hand zu tasten, ob sich der Muttermund bereits gedehnt hatte. Er war fast gänzlich geöffnet, daran konnte es also nicht liegen, dass die Geburt stockte. Endlich verstand er. Das Fohlen lag falsch. Egal, wie sehr Sandy sich mühte, das Kleine bewegte sich keinen Millimeter. Irgendwo hing das kleine Wesen fest. Er hatte keine Riesenhände und doch waren sie zu groß, um in die Stute hinein zu fassen. Jacques befürchtete, ihr nur noch weitere Pein zuzufügen. Er zögerte lange, doch letztendlich ertrug er es nicht mehr, dabei zuzusehen, wie das Tier sich quälte. Louisa sagte, sie würde Pferde mögen. Vielleicht hatte er Glück.

»Louisa, wach auf. Bitte nicht erschrecken. Bitte entschuldige.«

Natürlich erschrak sie, das sah er an ihren Augen, doch sie fasste sich rasch.

»Es ist schon gut. Was ist passiert?«

»Es ist Sandy, das Fohlen kommt, vielmehr es würde gerne, doch etwas stimmt nicht. Das Kleine hängt fest. Louisa, ich weiß, ich verlange viel, aber denkst du, du könntest mir helfen? Ich habe Angst, dass weder die Stute noch das Fohlen das durchstehen.«

Sie war rascher auf den Beinen, als er sich wieder erheben konnte.

»Natürlich helfe ich.«

»Gut, dann zieh dir deine Hosen an und komm mit mir. Keine Angst, im Stall ist es warm.«

Als sie hinter ihm in den Stall schlüpfte, war sie sofort bei Sandy. Die Stute lag nicht mehr, sondern stand nun wieder und gab Laute von sich, die er noch nie gehört hatte.

»Jacques, was kann ich tun, das klingt beängstigend.«

»Das ist es auch. Es ist sicherlich abstoßend für dich, doch sieh dir meine Hände an, deine sind kleiner, zarter. Könntest du bitte versuchen, das Fohlen zu ertasten, und falls du etwas von ihm zu fassen bekommst, daran ziehen?«

Sie war zwar sehr blass geworden, aber sie nickte tapfer. »Ich versuche es.«

Vorsichtig hob sie den Schweif an und schob ihre Hand in die Stute. Als sie bereits bis zum Ellbogen in dem Tier steckte, warf sie ihm einen ratlosen Blick zu. »Ich kann nichts ertasten. Ja, das Fohlen ist da, doch entweder habe ich die Hinterhand vor mir oder die Schultern. Ich kann keine Hufe fühlen und auch keinen Kopf.«

»Das ist nicht gut.« Ihm wurde heiß, so heiß, dass sein Hemd ihm nass an Brust und Rücken klebte. »Warte, lass uns etwas versuchen.« Er reichte ihr eine Hand voll Stroh. »Massieren wir ihren Bauch. Nicht zögerlich, sondern kräftig.«

Mit vereinten Kräften kneteten sie den prallen Bauch des Tieres, das sich unter starken Schmerzen wand. Endlich ging ein heftiges Zucken, gefolgt von einem knackenden Geräusch durch die Stute und Louisa schrie auf.

»Es hat sich bewegt, es hat sich sogar sehr kräftig bewegt.«

Er ließ das Stroh fallen. »Willst du es noch einmal versuchen, bitte, würdest du das tun?«

Ihre Hand steckte wieder in der Scheide der Stute, ehe er eine entsprechende Anweisung geben konnte. Mit geschlossenen Augen ertastete sie sich ihren Weg und schließlich erschien ein fast schon triumphierendes Lächeln auf ihrem Gesicht.

»Hab ich dich.«

Er konnte sehen, wie sie sich mit der einen Hand an der kräftigen Hinterhand abstützte und mit der anderen langsam, aber stetig zog. Plötzlich warf Sandy den Kopf zurück, stieß einen schrillen Laut aus und im selben Augenblick rutschte samt einem Schwall von Fruchtwasser das kleine Lebewesen heraus und purzelte in das Bett aus Stroh und Heu.

Louisa sank neben dem Fohlen zu Boden und betrachtete es unter Tränen. »Jacques, es ist so klein. Es wird doch leben, nicht wahr?«

»Das wird es, komm, Sandy ist noch zu schwach, lass es uns trocken reiben, damit der Kreislauf in Schwung kommt und es regelmäßig atmet.«

Mit weichem Heu trockneten sie das kleine, hilflose Wesen ab, solange, bis weiche Nüstern ihrer beider Hände zur Seite schoben und eine warme raue Zunge damit begann, den Bauch des Fohlens abzulecken.

Erschöpft, aber glücklich sanken sie beide ins Heu neben der Stute, die wieder soweit bei Kräften war, sich um ihr Junges kümmern zu können.

»Es ist so bildschön. Sieh doch, es hat eine kleine weiße Blesse und diese schöne helle Farbe. Fast wie Gold. Ist es ein Junge oder ein Mädchen?«

Ihre Begeisterung und Aufregung rührten ihn.

»Es ist ein Mädchen, eine kleine Stute. Und ohne dich wären wahrscheinlich Mutter und Kind gestorben.«

Er musste nicht lange überlegen, es kam spontan und es war eine Entscheidung, die er aus dem Bauch heraus traf.

»Das Fohlen, gib ihm einen Namen.«

Sie sah ihn mit großen Augen an. »Ich? Wirklich?«

»Aber natürlich, oder willst du, dass dein Pferd ohne Namen aufwächst?«

Sie sah verwirrt von dem kleinen Lebewesen, das bereits versuchte aufzustehen, zu ihm und wieder zurück.

»Mein Pferd?«

»Aber ja, es gehört dir. Ich schenke es dir. Du hast es dir wahrlich verdient.«

»Ich habe es mir verdient?« Ihre Stimme war so leise, dass er sie kaum verstand.

»Ja, das hast du. Ohne dich gäbe es das Kleine wohl nicht.«

»Weißt du, dass ich das erste Mal etwas wirklich Gutes und Sinnvolles getan habe?«

»Du hast etwas getan, auf das du stolz sein kannst.«

»Stolz.« Sie flüsterte das Wort, so als sei es ihr fremd. »Jacques, ich habe noch nie etwas getan, auf das ich stolz sein konnte.«

»Nun hast du es.«

Sie blickte auf ihre blutverschmierten Arme und Hände und dann auf ihr ebenfalls blutbeflecktes Nachthemd.

»Wie lautet das Lakotawort für kleine Schwester?«

Er lächelte. »*Tanka*. Das bedeutet so viel wie ‚meine kleine Schwester'.«

»So soll sie heißen. *Tanka*. Ich möchte, dass das ihr Name ist, und ich verspreche, mich um sie zu kümmern. Ich werde sie nie im Stich lassen, nicht so, wie ich es bei meiner kleinen Schwester tat.«

Er sah, wie sie zitterte, sah, wie sie hilflos und nach Halt suchend die Hände ausstreckte. Instinktiv griff er danach und hielt sie fest.

»Jacques, ich war ein schrecklicher Mensch. Ich habe dieses wunderbare kleine Geschöpf nicht verdient.«

»Louisa, hör auf damit. Das ist nicht wahr.«

Sie schüttelte wild den Kopf. »Oh doch, das ist es.« Ihre Hände klammerten sich an die seinen, als ob sie befürchtete, er würde sich in Luft auflösen, sobald sie ihn losließe.

»Mädchen, dann sprich endlich mit mir. Rede!«

Und sie redete.

Sie redete, als sei plötzlich alle Furcht von ihr abgefallen, als müsse sie jetzt reden oder nie. Sie erzählte, ohne zu stocken, ohne nachzudenken. Wie ein Wasserfall brach die traurige Geschichte ihres Lebens aus ihr heraus. Als sie mit der genauen Beschreibung ihrer Vergewaltigung, soweit sie sich daran erinnern konnte, endete, musste er mehrmals schlucken, ehe er ihr antworten konnte.

»Oh mein Gott, Louisa.«

»Siehst du, nun bist du entsetzt. Nun weißt du, wer ich bin und was ich bin. Wenn du es möchtest, dann verlasse ich sofort dein Haus. Ich verstehe, wenn du mich hier nicht mehr ertragen kannst.«

Er schob sie ein wenig von sich. Die großen Augen musterten ihn ängstlich.

»Du wirst nirgends hingehen. Du wirst hierbleiben und versuchen, diese schrecklichen Erlebnisse zu verarbeiten. Ich helfe dir dabei, so gut ich kann.«

Ihre Fingernägel gruben sich in seine Unterarme.

»Du empfindest keine Abscheu vor mir? Du kannst mich noch immer in deiner Nähe ertragen?«

Er antwortete ihr zuerst nicht. Behutsam, aber bestimmt zog er sie an seine Brust.

»Ich weiß nicht, ob du Nähe ertragen kannst. Ich kann es sehr wohl.«

Jacques spürte, wie sie sich in seinen Armen versteifte, doch er hielt sie unerbittlich fest, gab ihr den Halt, den sie so dringend brauchte. Er spürte, wie ein Zittern durch ihren Körper lief und sie wieder weinte. Doch er fühlte auch, wie sich ihre Arme um seine Mitte schlossen.

»Weine, Louisa, weine. Ich bin hier, dir kann niemand etwas zuleide tun. Ich bin bei dir.«

24.

Noch immer war es kein wirklicher Frühling, doch immerhin zeigte sich der April ein wenig milder als die vergangenen Monate. Louisa lächelte, während sie mit ihrem Eimer zu dem kleinen Fluss ging, der nicht weit entfernt hinter dem Haus verlief. Nun gut, »Fluss« war ein wenig anmaßend für das schmale Gewässer, doch er führte klares, sauberes Wasser und durch die Schneeschmelze war er sogar über die Ufer getreten. In tieferen Talsenken lag noch immer Schnee, doch hier, auf der kleinen Lichtung, schien bereits die Sonne. Die ersten Gräser streckten vorsichtig ihre Halme aus dem Boden und Farne reckten ihre zarten, jungen Blattwedel den wärmenden Strahlen entgegen.

Sie war stolz auf die Felljacke, die sie, zugegeben mit Jacques' Hilfe, selbst genäht hatte. Die Kaninchenfelle waren ein Geschenk von Sunk'Pala und das Leder war eine Gabe von Little Deer. Es war unbeschreiblich hart gewesen, die Knochennadeln durch Fell und Leder zu stoßen, und doch war es ihr gelungen.

So wie ihr nun vieles gelang. Gut, einiges ging auch böse daneben, doch Jacques verlor nie die Geduld mit ihr. Immerhin brannte sie ihm nicht mehr beinahe das Haus nieder, sobald sie den Ofen anheizte. Heute schlich sich ein Lächeln auf ihre Lippen, wenn sie an das Chaos dachte, das durch sie entstanden war, damals wäre sie am liebsten im Erdboden versunken.

Sie sah ihm wann immer möglich zu, so konnte sie von ihm lernen, und sie musste eine ganze Menge lernen. Louisa hockte sich an das flache Ufer und ließ ihren Blick über den Bach schweifen. Das kristallklare Wasser sprang regelrecht fröhlich, so als freue es sich ebenso wie sie auf den kommenden Frühling und die Wärme, über die großen Steine direkt neben ihr. Vorsichtig hielt sie die Hand hin und ließ das kalte Nass darüber laufen. So viel zur Wärme, das Wasser war bitterkalt. Um der Wahrheit die Ehre zu geben, ihr Bedarf an Eiswasser war auf längere Zeit gedeckt. Dass Jacques es tatsächlich fast täglich schaffte, sich einen ganzen Kübel davon über den Oberkörper zu kippen, verwunderte sie außerordentlich. Ihn aber schien nichts zu erschüttern. Er lachte nur, wenn sie sich quasi stellvertretend für ihn schüttelte. »Mädchen, das tut gut. Es macht dich stark und du wirst nicht so leicht krank.«

Ihre Antwort, dass ihre Erfahrungen mit kaltem Wasser sicherlich für die nächsten Jahre ausreichen würden, um sie vor Krankheiten zu schützen, fand er ausgesprochen amüsant.

Das laute Krächzen einer großen Krähe rief sie aus ihren Tagträumen zurück in die Gegenwart. Eilig füllte sie den Eimer. Schließlich mussten die Pferde gefüttert werden und mit etwas Glück brachte Jacques Fische zum Abendessen mit. Sie ekelte sich inzwischen kaum mehr vor den glitschigen Dingern und erinnerte sich seufzend an ihre erste Begegnung mit einem frisch gefangenen Fisch. Eine halbe Ewigkeit war nötig gewesen, um das Vieh zu bändigen, das *tote* Vieh, wohlgemerkt. Immer wieder war es ihr aus den Händen geglitten, was Jacques und Sunk'Pala zu sicherlich höchst unfeinen Bemerkungen veranlasste, die sie, dem Gebot der Höflichkeit folgend, allerdings auf Lakota von sich gaben. Zur Strafe musste sie den ersten selbst ausgenommenen und gereinigten Fisch dann auch selber essen. Und eine Strafe war das wirklich, denn so wie sie die bemitleidenswerte Kreatur zugerichtet hatte, wollte kein anderer mehr etwas davon kosten. Mit Todesverachtung widmete sie sich an jenem Tag dem zerrupften Fisch und schwor sich, dass ihr das nie wieder passieren würde.

Nun war »nie«, selbst wenn es nur aus drei Buchstaben bestand, ein großes Wort, was bedeutete, dass noch diverse Bewohner der Flüsse und Seen sie vor größere Probleme stellten, doch heute kostete sie der Gedanke daran nur noch ein Schulterzucken.

Während sie sich erhob, die ledernen Hosen, ebenfalls eine Gabe von Little Deer, glattstrich und sich wie immer aufmerksam umsah, erblickte sie Tatanka, der zwischen den Bäumen auftauchte. Zu sehen, wie der riesige Wolfshund sehr ruhig und entspannt am Boden herumschnupperte, beruhigte sie sofort. Tatanka roch Menschen, lange bevor man sie sehen oder hören konnte. Folglich waren sie alleine. Louisa hob den Eimer an und schickte sich an, zurück zum Haus zu gehen.

»Tatanka, komm, wir gehen nach Hause.«

Noch während das schöne Tier zu ihr aufschloss, um sie dann wie ein wahrer Wolf ständig zu umrunden, wurde sie sich darüber bewusst, mit welcher Selbstverständlichkeit sie Jacques' Heim als »Zuhause« bezeichnete. Wie lange würde er sie noch ertragen? Zwar beteuerte er fortwährend, dass sie ihm nicht zur Last fiele, dass sie bleiben solle, so lang sie das wolle, doch konnte er das auch ernst meinen? Sie hoffte es, sie hoffte es von ganzem Herzen. Sie wollte nicht weg. Hier fand sie Frieden, hier lernte sie, wieder zu lachen, frei zu atmen. Unter Menschen, die eigentlich Fremde waren, fühlte sie sich geborgen. Es war verrückt. Es war nur so wenig Zeit vergangen, seit sie in diesem Land angekommen war und doch waren diese wenigen Monate für sie ein großer Schritt in ein Leben, das sie sich früher niemals hätte vorstellen können.

Vor ihr tauchte das Blockhaus auf, aus dessen Kamin eine dünne Rauchsäule aufstieg. Louisa stellte den Eimer ab und ließ die Szenerie auf sich wirken. Sie stand lange unbeweglich, so lange, bis Tatanka sie leicht anstupste.

»Alles in Ordnung, Tatanka. Ab und an muss ich einfach meine Gedanken neu ordnen.« Sie strich ihm sacht über das weiche, dicke Fell und nahm noch einmal das Bild der Ruhe auf, das sich ihr bot.

Für die Pferde und vor allem für Tanka gab es jetzt einen kleinen, von einem Zaun umgrenzten Bereich, in dem sie sich tagsüber aufhalten konnten, wenn es nicht gar zu kalt war. Heute war solch ein Tag, an dem die Tiere wieder Wärme und frische Luft genießen konnten. Tanka stand eng an Sandy geschmiegt und blickte neugierig umher. Die Sonne ließ ihr Fell golden leuchten und ihre weiße Blesse schimmerte fast silbern. Tatanka war vor dem Haus angekommen, ließ sich nieder, streckte sich und legte dann den Kopf auf die Pfoten, während er ihr erwartungsvoll entgegenblickte. In diesem Moment wurde ihr bewusst, dass sie dies hier tatsächlich gegen nichts mehr eintauschen wollte – nicht einmal gegen Kedleston House.

Nur einer fehlte heute, um die Idylle perfekt zu machen. Hoffentlich kam er rechtzeitig, um nicht durch die Dunkelheit zu müssen. Louisa zog eine schuldbewusste Grimasse. Eigentlich lag ihr mehr daran, dass sie in der Nacht nicht alleine war. Er war immer darum bemüht, hier zu sein, wenn in ihr die Angst wieder hochkam, wenn die Dämonen der Vergangenheit die Hände nach ihr ausstreckten.

Ihre Albträume waren weniger geworden, doch noch immer suchten sie sie heim. Sie fürchtete diese Nächte, wenn raue Hände sie berührten, wenn heiße Münder sich auf ihre Lippen pressten und sie auf die Schmerzen wartete. Fast immer weckte Jacques sie auf. Ruhig, gelassen, mit leisen, tröstenden Worten. Er schien zu spüren, dass sie in diesen Momenten nicht berührt werden wollte, doch seine Worte erreichten ihr Innerstes. Die Wärme, die von ihnen ausging, der Trost, den sie ihr spendeten, die Sicherheit, die sie ihr gaben, waren für sie von unermesslichem Wert.

Sie stellte ihren Eimer ab und ging zurück, um die Pferde in den Stall zu bringen. Sobald die Sonne unterging, würde es kühl werden, zu kühl für das bezaubernde kleine Wesen, das da vertrauensvoll seine weiche Nase in ihren Schoß steckte. Erst nachdem sie Tanka mit ausreichend Streicheleinheiten versorgt, Sandy die helle Mähne gebürstet und die Stute mit frischem Futter versorgt hatte, ging sie ins Haus. Tatanka bekam ein paar Leckerbissen, die vom gestrigen Abend noch übrig waren, und dann kümmerte sie sich um das Brot, das sie backen wollte. Blieb zu hoffen, dass es essbar sein würde. Einen Versuch war es allemal wert.

Jacques blickte mit gerunzelter Stirn zum Himmel. Verflixt, die Ruhe am See und das schöne Wetter hatten ihn die Zeit vergessen lassen. Es würde dunkel sein, ehe er ankam, das war nicht gut. In der Dunkelheit kam die Furcht zurück. Mochte Louisa auch am Tag noch so stark und tapfer sein, die Nacht riss ihre Schutzwälle ein, brachte die Qualen zurück. Eilig verpackte er seinen Fang, der sie sicherlich ein klein wenig trösten würde. Ihre anfängliche Abscheu vor ganz alltäglichen Dingen war verschwunden, worüber er ausnehmend froh war. Fische, egal ob tot oder lebendig, waren ihr lange ein Gräuel gewesen. Ihre Antwort, dass sie diese Tiere nur fertig zubereitet, entgrätet und filetiert in Mehl gewendet und feiner Butter gebraten kannte, erklärte so einiges. Zwar wurde sie noch immer grün um die Nase, wenn er Wild mitbrachte und ausnahm, doch inzwischen konnte sie dabei zusehen, ohne sich zu übergeben. Er verstaute Fang, Angel und sein Gewehr, stieg auf Arrow und drückte ihm die Hacken in die Flanken.

»Vorwärts, mein Großer, beeilen wir uns.«

Der Hengst hatte es selbst recht eilig, in den warmen Stall zurückzukommen, ehe die wenige Wärme des Tages aus seinen Gliedern weichen konnte. Er kannte den Weg zurück, ohne dass Jacques irgendetwas dazu tun musste, und so hing er seinen Gedanken nach, während Arrow sich nach Hause aufmachte.

Es waren Gedanken, die er – und sei es nur aus reinem Selbstschutz – gerne verdrängt hätte, doch das ging nicht mehr. Wenn er ganz ehrlich war, dann ging das schon seit dem Augenblick nicht mehr, in dem Little Deer Louisa zurück in das Zelt seines Vaters gebracht hatte.

Wenn er zuvor nur das kranke, bemitleidenswerte Mädchen in ihr gesehen hatte, so kam er nun nicht mehr umhin, das bildhübsche Wesen zu bemerken, das sich dahinter versteckt hatte. Sie war schlicht bezaubernd. Das dicke braune Haar, das ihr, sobald sie es öffnete und bürstete, wie eine dunkle, schimmernde Flut über die Schultern fiel, die großen, von langen, dunklen Wimpern beschatteten Augen, die funkelten, wenn sie lächelte. Die vollen, samtigen Lippen, die strahlend weißen Zähne, die aus dem schmalen, blassen Gesicht leuchteten. Himmel, sie war eine Schönheit.

Er dachte daran, wie oft er ohne ihr Wissen, nachdem er sie aus einem ihrer Albträume sanft in die Wirklichkeit zurückgeholt hatte, neben ihrem Lager verweilte und ihren Schlaf bewachte. Sie zu betrachten war schön und schrecklich zugleich. Immer wieder rief er sich den Augenblick nach Tankas Geburt ins Gedächtnis, als er sie an sich zog und sie ihre Arme um ihn legte. Ewig hätte er so sitzen können und sie gewährte ihm eine lange Zeit, doch dann löste sie sich aus der Umarmung. Vorsichtig und behutsam, als sei sie sich der kostbaren Nähe selbst bewusst gewesen.

Doch er durfte sich nichts vormachen, ihre schrecklichen Erlebnisse würden noch lange Zeit in ihr nachhallen. Wie sollte sie sich jemals wieder von einem Mann berühren lassen, ohne sofort die dunkelsten und entsetzlichsten Stunden ihres Lebens auferstehen zu lassen? Er wusste es nicht, alles, was er wusste, war, dass er warten konnte. Sie war es wert, Louisa war jede Sekunde, jede Minute, ja jedes Jahr wert, wenn es denn sein musste. Abgesehen davon sollte er eventuell auch noch in Erwägung ziehen, dass sie ihn gar nicht wollte – als Freund ja, doch würde sie zu mehr bereit sein?

Vielleicht sollte er sich tatsächlich mit dem Gedanken anfreunden, dass sie in ihm einen großen Bruder sah, nicht mehr und nicht weniger. Ärgerlich über sich selbst und seine Zweifel, jagte er Arrow durch die gerade hereinbrechende Nacht. Das verdächtige Geräusch neben sich nahm er zu spät wahr, viel zu spät. Es gelang ihm noch, das Gewehr aus der Halterung zu ziehen, doch da hörte er schon den Schuss und wurde rückwärts aus dem Sattel gerissen.

Es duftete verführerisch. Das Brot war ihr gelungen und Louisa war stolz auf sich. Es war ein sehr gutes Gefühl. Schuldbewusst dachte sie an die bösen, verächtlichen Worte, die sie ihrer Mutter an den Kopf geworfen hatte und all das nur, weil die sich – selbst wenn es sicherlich nicht leicht für sie gewesen war – anpasste. Seufzend wickelte Louisa die beiden Brotstangen in dünne Leinentücher und legte sie auf das Regal. Das wäre geschafft. Auch die winzige Küche sah nicht mehr aus, als sei ein Wirbelsturm hindurch gefegt. Die geräucherten Fische vom letzten Fang lagen bereit, um sie entweder zu braten oder über dem Kaminfeuer zu erhitzen.

Still war es, wenn er nicht hier war. Nun gut, still war es auch, wenn er sich im Haus befand und doch – es war eine andere Stille. Seine Gegenwart beruhigte und erdete sie. Es war schön, ihm zuzusehen, wenn er seine Gerätschaften reparierte oder neue anfertigte. Es machte ihr Freude, ihm dabei zu helfen, und er verlor nie die Geduld, selbst wenn sie sich anfangs ab und an ziemlich ungeschickt anstellte.

Immer wieder musste sie seine schönen Hände betrachten. Jacques hatte schmale und doch starke Hände, an deren Oberseite sich kräftige Sehnen abzeichneten. Die Kraft, die in seinen langen, schlanken Fingern steckte, kannte sie mittlerweile nur zu gut. Einen Nagel, von ihr krumm und schief in die Wand geschlagen, zog er nur mit Daumen und Zeigefinger wieder heraus. Als sie sich im Holzhacken versuchte, und das in einem ansehnlichen Haufen winziger bis faseriger Späne zu enden drohte, hatte er ihr die Axt aus den Händen genommen und es ihr immer wieder gezeigt. Es dauerte eine Weile, bis sie sich bewusst wurde, dass sie sich mehr auf das Spiel der Muskeln an seinem Oberkörper konzentrierte, als auf seine erklärenden Worte.

Die Natur und ihre Härte hatten seinen Körper geformt und er war, das musste sie zugeben, ein einzigartiges Meisterwerk geworden. Beim Gedanken an seinen schweißüberströmten Oberkörper wurde ihr mit einem Mal so warm, dass sie ans Fenster trat und nach der dort abgestellten Tasse griff. Ein kleiner Schluck Tee befand sich noch darin; dass er kalt geworden war, kam ihr im Augenblick sehr entgegen. Hastig trank sie.

Es war Nacht geworden, während sie im Haus das Brot gebacken und aufgeräumt hatte. Hier drinnen erhellten das Kaminfeuer und eine Petroleumlampe, zusammen mit zwei dicken Kerzen den Raum – draußen herrschte schier undurchdringliche Schwärze. Immer wieder war sie erstaunt darüber, wie Jacques selbst in mondlosen Nächten problemlos seinen Weg fand. Blieb nur zu hoffen, dass er es auch in dieser Nacht tun würde.

Es war eigentlich an der Zeit, ihre Angst abzulegen, endgültig und für immer. Nicht dass sie es nicht schon versucht hätte, doch so oft sie sich auch sagte, dass ihr keine Gefahr drohe, in den Nächten kam die Erinnerung. Sobald er bei ihr war, konnte sie all das ertragen, dachte nicht mehr daran. Seine Geschichten von der Vergangenheit, von seiner Kindheit, die Erzählungen über seine Mutter waren so fesselnd, so lebendig, dass für ihre dunklen Gedanken keine Zeit mehr blieb. Warum gelang es ihr nicht, in solchen fast schon zärtlichen Worten über ihre Familie zu sprechen, über ihre eigene Vergangenheit? Es war dumm von ihr, einfach unendlich dumm.

Ihr war wahrlich alles ermöglicht worden, was man in ihren Kreisen einem jungen Mädchen ermöglichen konnte. Es war schrecklich ungerecht von ihr, all das zu vergessen und ihr Leben auf die Zeit zu reduzieren, nachdem ihr Vater sie in die Ehe mit Maximilian hatte drängen wollen.

Ihre Mutter Elisabeth, sie war nie eine solch unglaublich starke Frau gewesen wie Sophie. Oder war sie es doch, wenn auch auf ihre ganz eigene Weise? Wenn Jacques über seine Mutter sprach, dann tat er das mit so viel Liebe, dass man fühlen konnte, wie sehr sie ihm fehlte. Ob er wohl jemals auch so über sie sprechen würde? Mit bangem Blick versuchte sie, die Dunkelheit zu durchdringen. War er nicht hier, dann fehlte ihr etwas – es fehlte ein Teil von ihr, der Teil, der ihr Halt und Sicherheit bot.

Je später es wurde, desto nervöser wurde sie. So lange war er noch nie fortgeblieben; er wusste, wie unwohl sie sich dann fühlte. Was sie noch weit mehr beunruhigte als der Umstand, dass Jacques nicht zurückkam, war das Verhalten Tatankas. Das Tier war aufgeregt wie nie zuvor. Immer wieder lief er zur Türe, doch sobald sie öffnete, blieb er im Eingang stehen und bewegte sich keinen Millimeter.

Nachdem sie dieses seltsame Spiel einige Male mit ihm durchexerziert hatte, verstärkte sich ihre Furcht. Tatanka fühlte etwas. Der Hund, oder vielleicht war er ja doch ein Wolf, war von klein auf bei Jacques gewesen. Was, wenn er spürte, dass seinem Herrn etwas zugestoßen war? Panik stieg in ihr auf.

In der Nacht fühlte sie sich so hilflos. Das dort draußen, das war Jacques' Welt, nicht ihre. Oder war sie es doch? In den letzten Wochen war die Umgebung ihr vertrauter geworden. Zum ersten Mal war sie in der Lage gewesen, die Schönheit dieser zu einem großen Teil noch unberührten Landschaft zu erkennen. Nein, sie war hier keine Fremde mehr, warum also sollte sie nicht ihre Jacke überstreifen, in ihre warmen Stiefel schlüpfen und zusammen mit Tatanka nach Jacques suchen?

Es war inzwischen so spät, dass er ihr nicht mehr zürnen konnte, nur weil sie ohne seine Erlaubnis das Haus verließ. Wobei, wenn sie darüber nachdachte, hatte er es nie tatsächlich untersagt. Ihre eigene ständig in ihr schwelende Angst hatte ihr verboten, hinauszugehen.

»Tatanka, was ist los? Ist etwas mit Jacques?« Wie unsinnig! Das Tier würde wohl kaum antworten. Auf seine Weise allerdings tat es das sehr wohl. Er stand jaulend an der Türe und warf ihr immer wieder auffordernde Blicke zu. Sie griff nach der Jacke, die an einem Haken neben der Türe hing. Ihre Hände zitterten, als sie die Lederriemen vor der Brust verknotete und sich den breiten Gürtel um die Hüfte schlang. Als sie in ihre Stiefel schlüpfte, wurde ihr übel. Louisa jedoch schob das Gefühl weit von sich. Etwas stimmte nicht, sie konnte es ebenso fühlen wie Tatanka.

Der kleine Dolch, den Jacques ihr geschenkt hatte, verschwand in dem Schlitz am Gürtel und noch während sie ihn richtig befestigte, sah sie sich suchend um. Zwar hatten Jacques und Sunk'Pala ihr mehrmals gezeigt, wie man mit einem Gewehr umging und schießen konnte sie inzwischen auch leidlich, doch eines zu laden war eine andere Sache. Die Sorge war unbegründet, das Gewehr hing geladen an der Wand und sie nahm es unsicher herunter. Die Waffe war nicht so schwer, wie man hätte denken können, und doch bezweifelte sie, dass sie in einem Notfall gut würde anlegen und zielen können. Ärgerlich über ihre eigene Zauderei schüttelte sie den Kopf. »Louisa, beweg dich, wärest du dort draußen, er wäre längst unterwegs.«

Es kostete sie unbeschreibliche Überwindung, die ersten Schritte zu tun. Tatanka blieb an ihrer Seite, lief stets nur etwa einen oder zwei Meter vor ihr her und wies ihr so den Weg. Es war so stockfinster, dass sie erst fast nichts erkennen konnte, doch mit der Zeit gewöhnten ihre Augen sich an das Dunkel und die Umrisse des Waldes schälten sich aus der Finsternis.

Sie versuchte, tapfer zu sein, konnte es aber nicht verhindern, dass ihr kalter Schweiß den Rücken hinunterlief. Hier draußen, bis auf den großen Hund auf sich gestellt, kam ihr sofort wieder die Nacht, in der sie auch alleine herumgelaufen war, in den Sinn. Das war nicht gut, überhaupt nicht.

Mit zitternden Knien durch den Wald zu laufen war einfach nur dumm, doch gegen das Gefühl anzukämpfen schaffte sie einfach nicht. Die Richtung, in die Tatanka sie führte, kannte sie. Es war der Weg zum See. Mehrmals war sie bereits mit Jacques dort beim Fischen gewesen. Sie kannte auch die Stelle, an der im Dezember des vergangenen Jahres ihr zweites Leben begonnen hatte. Alleine beim Gedanken an diese Tage schauderte es sie.

Plötzlich hielt Tatanka inne und sie wäre um ein Haar über ihn gestolpert. Sie blieb neben ihm stehen und lauschte in die Nacht, doch es waren nicht Geräusche, die ihr den Weg wiesen, es war ein heller Feuerschein in der Finsternis.

Keine Indianer. Hier befand sich kein Lager. Kein einziger Indianer war so unbedacht, ein solch großes Feuer zu machen und damit Soldaten oder anderen herumziehenden Weißen den Weg zu sich zu zeigen. Ihr blieb fast das Herz stehen, während sie sich langsam und vorsichtig weitertastete. Unvermutet stellte sich Tatanka ihr in den Weg, sie verstand sofort, als sie sah, wie er sich anschlich. Die Beine eingeknickt, den Kopf witternd am Boden, schob sich das mächtige Tier langsam vorwärts und sie folgte ihm, so leise sie konnte. Kaum blieb Tatanka liegen und senkte sein Haupt in die Farne vor sich, verkroch sie sich hinter einem Baum. Zwischen den Baumstämmen hindurch konnte man den Lagerplatz und das große Feuer recht gut erkennen. Achtsam spähte sie hinter dem großen Stamm, der ihr Schutz bot, hervor und erstarrte.

Da war Arrow. Sie hätte den imposanten Hengst unter Dutzenden von fremden Pferden erkannt. Hier waren es nur vier. Die anderen waren keine Indianerpferde. Sie waren abgesattelt und standen ein wenig vom Feuer entfernt an Äste gebunden.

Die Stimmen der Männer, in dieser vollkommenen Stille klar und deutlich zu hören, erkannte sie sofort wieder. Es waren dieselben Stimmen, die, als sie ihnen auf ihrem Weg zum Lager begegnet waren, die Wand, die sich schützend vor ihren Geist gestellt hatte, endgültig zum Einsturz gebracht hatten. Und nun waren sie wieder da.

Ihr Gelächter dröhnte in Louisas Ohren und das Gewehr, das sie so fest umklammerte, dass ihre Finger schmerzten, drohte aus den schweißnassen Händen zu gleiten. Sie musste sich setzen, so sehr zitterten ihre Knie, Kälte kroch in ihre Glieder, Kälte, die aus der Angst entstand, die ihr die Kehle zuschnürte.

»Jaro, Mann, was ist denn nun. Wird das noch was mit dem Fisch? Wenn unser neuer Freund hier sich schon so viel Mühe gemacht hat und uns so großzügig versorgt.«

»Ach, halt dein dummes Maul, sei froh, dass ich wenigstens weiß, wie man einen Fisch brät. Du bist ja zu blöd dafür.«

»Immerhin war ich nicht zu blöd, um den Roten vom Pferd zu holen. Ich sag dir, irgendwo hier haust der. Warum würde er sonst mit seinem Fang durch die Gegend reiten?«

»Dann frag ihn doch.«

»Oh, das hab ich. Mehrmals schon, nur kann der Kerl wohl nicht mehr antworten.«

»Warum? Lebt er nicht mehr?«

»Hey, du weiß doch, wenn ich schieße, dann treffe ich auch.«

»Würdet ihr beide jetzt wohl endlich damit aufhören, euch zu benehmen wie die keifenden Weiber? Was habt ihr denn davon, wenn ihr ihn quält? Er ist doch sowieso halbtot.«

»Ach, hat unser Tom schon wieder sein Gewissen im Weg? Mann, Tom, lern doch endlich, dass du so hier draußen nicht überlebst.«

»Das war ja wohl kaum mein Plan. Warum mussten wir denn abhauen? Wer hatte denn zuerst ein riesengroßes Mundwerk und hat dann doch mehr Angst als sonst was gehabt, hä?«

»Vorsicht, Tom, du hattest ja wohl auch deinen Spaß mit der Kleinen.«

»Ja, und? Wäre ich nicht so besoffen gewesen, dann würde sie heute noch leben. War echt nicht notwendig, sie so zuzurichten und dann zu entsorgen.«

»Tom, verdammt noch mal, du hirnloser Idiot! Wie oft habe ich dir schon gesagt, du sollst diese Nacht vergessen? Verflucht sollst du sein, wenn uns wegen deiner Gefühlsduselei noch jemand auf die Schliche kommt.«

»Hat damit nichts zu tun. Ist so eine Sache in mir drin, Mann. Das war 'ne junge Frau, die ihr Leben noch vor sich hatte. Auch wenn sie ein verzogenes, arrogantes und kaltherziges Biest war, ey, so zu sterben hat sie nicht verdient.«

»Liegt jetzt nicht mehr an dir, das zu entscheiden. Der See hat sie nicht mehr hergegeben und damit sind wir aus dem Schneider. Aber wenn dir so viel daran liegt, kannst du ja zurück und dort versuchen, wieder bei dem Sklaventreiber einen Job zu ergattern. Kannst deine Schuld ja abarbeiten, vielleicht wird dein Herzchen dann leichter.«

Jaros grölendes Gelächter hallte durch die Nacht.

Louisa war sich sicher. Es waren Jaro, Tom und der Blonde, der sie zuerst festgehalten und sich dann, so wie die beiden anderen, an ihr vergangen hatte. Ihr Mund war staubtrocken und sie vermochte kaum noch zu atmen. Was hatte der Blonde gesagt? Er habe den Roten vom Pferd geholt. Es konnte nur Jacques sein, Arrow war der lebende Beweis. Sie musste näher heran, koste es, was es wolle.

Schweißüberströmt arbeitete sie sich Zentimeter für Zentimeter auf dem kalten, feuchten Boden vorwärts. Tatanka blieb stets an ihrer Seite. Endlich war sie so nahe, dass sie neben dem Feuer, den Fischen und den Pferden auch die ungewaschenen Körper der Männer riechen konnte. Sie lehnte die Stirn gegen die Rinde des Baumstammes, hinter dem sie nun kauerte. Ein Gewehr mit zwei Schuss und ein zwar scharfer, aber doch kleiner Dolch in ihrem Gürtel. Wenn Jacques dort lag, was sie keine Sekunde bezweifelte, und er noch am Leben war, dann zählte jede Minute. Nur mit Mühe gelang es ihren zitternden Fingern, das Gewehr zu entsichern. Es war Wahnsinn, aber das war egal.

Wenn Jacques sterben würde, dann war das auch ihr Ende.

Sie wunderte sich selbst, dass es ihr gelang, hinter dem Baum hervorzutreten und mit einigermaßen fester Stimme zu sprechen:

»Nehmt die Hände hoch, alle drei.«

Es war der Blonde, der sich, zwar mit erhobenen Händen, aber doch sichtlich wenig beeindruckt, zu ihr umdrehte, während Tom und Jaro sie mit zusammengekniffenen Augen zu erkennen versuchten.

»Ach, ein Weib mit einem Schießeisen. Du hast Mut, hier aufzutauchen, bist wohl wegen ihm hier?« Er deutete mit höhnischem Lächeln zur Seite.

»Ich tue euch nicht den Gefallen und lasse euch auch nur eine Sekunde aus den Augen. Lasst bloß eure Hände oben. Ich warne euch, ich schieße!«

Alleine die Erwähnung der Tatsache, dass Jacques dort lag, ließ Zorn in ihr aufsteigen. Diese miesen, feigen Mörder. Nichts anderes waren sie, dachten sie doch, sie sei tot. Nach ihr sollte ihnen nun auch noch der Mann zum Opfer fallen, der sie zurück ins Leben geholt hatte? Nein! Sie würde das nicht zulassen.

»Jetzt sag mal, Weib, wie stellst du dir das vor? Du hast da ein Gewehr mit zwei Kugeln und so wie du zitterst, jagst du mindestens eine davon in den Boden oder in einen Baumstamm. Im Ernst, am Schluss bist du diejenige, die hier vor uns liegt. Nimm Vernunft an und wir reden.«

»Mit euch rede ich nicht. Ihr steigt jetzt auf eure Pferde und verschwindet. Ich will sehen, dass ihr wegreitet, und solltet ihr es wagen, zurückzukommen, dann werde ich euch erschießen. Ich scherze nicht, glaubt mir das.«

Die Stimme des Blonden klang ziemlich amüsiert, als er ihr antwortete.

»Aber sicher, du Wildtäubchen. Wir gehen dann einfach einmal. Kommt, Jungs, die Kleine macht Ernst, sie jagt uns 'ne Kugel in den Wanst, das wollen wir doch nicht. Los, kommt, auf die Pferde.«

Schweiß stand ihr auf der Stirn und einige Tropfen liefen ihr in die Augen. Louisa blinzelte verzweifelt, um klar sehen zu können. Tatsächlich gingen alle drei langsam und mit noch immer erhobenen Händen in Richtung der angebundenen Pferde.

Dass Jaro schnell und kräftig war, das wusste sie noch zu gut, dass er *so* schnell war, das wusste sie nicht mehr. Mit einem einzigen Satz war er über ihr und schlug ihr das Gewehr aus den Händen.

»Hab ich dich, du kleines rotes Miststück! Glaubst du im Ernst, du kannst es mit Männern aufnehmen?«

Bei dem schrecklichen Deja Vu, das sich ihr hier bot, wurde ihr fast schwarz vor Augen, mit aller Kraft kämpfte sie die aufsteigende Übelkeit nieder.

»Lass mich sofort los, du Bastard!«

»Auch noch frech werden, wie?«

Sie spürte die schallende Ohrfeige und im selben Moment glaubte sie, ihr Trommelfell würde platzen. Doch anstatt vor Angst zu vergehen, bemerkte sie etwas anderes: Wut, eine grenzenlose Wut, die in ihr aufstieg, sich durch ihre Venen fraß und ihre Augen zornig funkeln ließ. Jacques war in Gefahr. Und sie hatte all das nicht überlebt, um nun doch noch zu sterben. Sie würde nicht das hilflose Opfer sein. Nicht noch einmal.

»Frauen schlagen, misshandeln, ja sogar töten! Ihr wollt Männer sein? Dass ich nicht lache.«

»Halt dein freches Mundwerk. Wie kann eine kleine Wilde es wagen, so mit mir zu sprechen? Na warte!«

Louisa spürte, wie sich eine Hand auf ihren Mund presste und wie Jaro sich bewegte, seinen Oberkörper kurz etwas hob, wahrscheinlich um ihre Kleider aufzureißen. Das war ihre Chance. Obwohl sie nur verschwommen sehen konnte und Jaro ihr die Luft abdrückte, waren ihre Sinne hellwach. Mit einer fließenden Bewegung langte sie nach dem gut platzierten Dolch an ihrer Hüfte, bekam ihn zu fassen und stieß ihn, ohne auch nur darüber nachzudenken, was sie tat, in Jaros Bauch.

Sein Schrei gellte durch die Nacht. »Das Dreckstück hat ein Messer.«

Tom und der Blonde sprangen herbei, doch dann sah Louisa den riesigen dunklen Schatten, der über sie und den auf ihr liegenden Jaro hinwegsetzte.

Tatanka war schnell, er war unglaublich stark und tief in seinem Herzen schlummerte das uralte Erbe des Wolfes: Er jagte.

Louisa vernahm einen Schrei, der in ein seltsam gurgelndes Geräusch mündete, das sie sich zuerst nicht erklären konnte. Stöhnend wälzte Jaro sich von ihr herunter und sie sah das viele Blut sofort. Offenbar hatte sie getroffen. Er drückte ächzend seine Hände auf den Bauch, den Blick auf den Dolch gerichtet, den ihre blutigen Finger noch immer umklammerten.

Jaros Stimme hatte viel von ihrer Kraft verloren. »Scheiße Mann, was war das?«

»Ein Wolf, Jaro, das war ein riesiger Wolf, er hat Josh die Kehle aufgerissen.« Toms Stimme war zu einem Flüstern geworden.

»Was ist mit ihm?«

»Was wohl? Er ist tot.«

»Drecksvieh. Hast du kleines Miststück den angeschleppt? Das wird dir leidtun.«

Der Verwundete versuchte, sich aufzurichten, doch er schaffte es nicht mehr. Louisa zog die Beine an und robbte gute zwei Meter von den beiden Männern fort.

»Mir wird es leidtun? Das glaube ich nicht. Wenn ich das richtig sehe, dann verblutest du gerade, oder?«

»Du kleine Indianerhure, dich werde ich lehren, mich zu verhöhnen. Mann, Tom, mach schon, erschieß das Dreckstück.«

Mit Schrecken erkannte Louisa, wie Tom den Revolver hob und auf sie zielte, doch dann begann die Waffe in seiner Hand zu zittern.

»Jaro. Ihre Augen, sieh dir ihre Augen an.«

»Ich scheiß auf die Augen der Braut. Du sollst sie umbringen, du Idiot.«

»Das habe ich doch schon, nun ist sie zurückgekommen.«

Jaro hustete. »Halluzinierst du etwa? Was redest du für einen Blödsinn?« Mühsam wandte er den Kopf und suchte Louisas Blick.

Tapfer sah sie ihrem einstigen Peiniger in die Augen.

»Ach du Scheiße. Das könnte ja tatsächlich Kedlestons Töchterlein sein, das zur Indianerin mutiert ist.« Wieder hustete er, während seine Hände sich auf seinen Bauch pressten, wo sich langsam aber dafür sehr deutlich ein blutiger Fleck abzeichnete. »Das heißt aber nicht, dass wir die kleine Hure nicht wirklich töten können. Tu es, verdammt, du bist der mit dem Revolver in der Hand.«

»Nein.«

»Wie jetzt? Mann, erschieß das Weib, sie bringt uns an den Galgen.«

»Das täte sie zu Recht. Für das, was wir ihr angetan haben, gebührt uns nichts anderes.«

»Du Volltrottel! Warum habe ich dir eigentlich damals geholfen?«Jaros Stimme war schwach und sehr leise geworden.

»Du? Mir geholfen? Ich war sternhagelvoll, komplett fertig und ihr legt mir die Kleine vor die Hände? Ein Mädel, das Tess so ähnlich sieht, als sei sie ihre Schwester? Verdammt, ich wusste doch nicht, was ich tat.«

»Du hast es aber getan. Also bring es jetzt zu Ende, sonst kannst du dir gleich selbst den Strick um den Hals legen, du Verlierer.«

»Eine gute Idee.«

Louisa hörte Toms Stimme wie durch einen rauschenden Wasserfall, so heftig war Jaros Ohrfeige gewesen, doch sie verstand jedes Wort. Ihre Wut verschwand wie Rauch im Wind. Er tat ihr leid, was mochte dieser Mann alles ertragen haben? Doch was meinte er damit, dass das eine gute Idee wäre?

Sie wusste es, in dem Augenblick als der Schuss ertönte. Instinktiv wusste sie, dass nicht sie getroffen war. Hektisch wischte sie sich über die Augen.

Mühsam rappelte sie sich hoch. Tatanka kam drohend näher. Knurrend umrundete er den verletzten Jaro. Von dem drohte keine Gefahr mehr. Sie ging, noch etwas unsicher auf den Beinen, zu Tom, der auf den Boden lag.

Er lebte noch, doch Blut sickerte aus der Kopfwunde und sein Blick war unstet und verschleiert. Er war dem Tode sehr nahe. Seine Lippen bewegten sich.

Sie musste sich bücken, um seine Worte, die nur mehr ein Hauch waren, zu verstehen.

»Bitte, verzeih mir.«

Sie nickte. »Ja, ich verzeihe dir. Es tut mir so leid, was mein Vater dir angetan hat.« Sie nahm seine Hand und drückte sie.

Ein Lächeln erschien auf Toms Lippen. Sie fühlte den schwachen Gegendruck seiner Finger, ehe sie endgültig erschlafften. Louisa schloss ihm die Augen, wissend, dass er nie eine Chance gehabt hatte. Mitleid und Bedauern waren alles, was sie fühlte, als sie auf ihn hinabblickte. Hoffentlich fand er nun endlich seinen Frieden.

Sie ließ seine Hand los und wandte sich suchend um. Tatanka saß vor dem sterbenden Jaro, doch wo war Jacques? Er musste doch hier sein. Sie erhob sich und stolperte in Richtung der Pferde. Beinahe wäre sie über ihn gefallen. Sie hatten ihn gefesselt und ihm einen Knebel in den Mund gesteckt. An seiner Schulter, verdächtig nahe am Herzen, war seine Felljacke blutgetränkt. Er bewegte sich nicht.

Sachte zog sie ihm den Knebel aus dem Mund.

»Jacques, kannst du mich hören?«

Keine Reaktion. Sie nahm ihren Dolch und löste seine Fesseln. Was sollte sie nur tun? Diesen Riesen würde sie niemals bis zu ihrem Haus bringen, wenn er nicht erwachte. Was aber, wenn er …? Nein, das durfte nicht sein.

Zitternd legte sie ihre Hand an seinen Hals. Er war kaum spürbar, doch sein Pulsschlag war da. Zaghaft drehte sie den kräftigen Körper auf die Seite und erschrak ob der Unmengen von Blut. Doch das sagte ihr auch noch etwas anderes. Die Kugel war wieder ausgetreten und da er am Leben war, hatte sie nicht das Herz getroffen. Die riesige Beule an seiner Stirn nahm sie erst wahr, als sie ihm das lange schwarze Haar zur Seite strich. Daher rührte also die tiefe Ohnmacht. Entweder hatten sie ihm einen Gewehrkolben an den Kopf geschlagen oder etwas anderes Schweres.

»Jacques, bitte wach auf. Du musst ins Warme und ich muss deine Wunde versorgen. So wach doch schon auf, bitte.«

Ihre Hand streichelte wie von selbst immer wieder seine kalte Wange.

Als er tief Atem schöpfte, strömte die Erleichterung wie eine warme Welle durch sie hindurch. Sie legte beide Handflächen an sein Gesicht.

»Jacques, ich bin hier. Hörst du mich? Komm doch wieder zu dir, bitte.«

»Ich warte noch ein wenig damit.«

»Wie, du wartest? Warum?« Sie verstand zwar seine geflüsterten Worte, doch keineswegs, was er meinte.

»Na, deine Hände an meinem Gesicht zu spüren, fühlt sich sehr schön an. Ich genieße das noch eine Weile.«

Sie schnaubte in gespielter Verärgerung.

»Ach, während du hier langsam verblutest, oder wie?«

»Jetzt hast du es verstanden.«

»Jacques Demeraux! Nach allem, was ich in den letzten zwei Stunden durchgestanden habe, ist mir nicht nach dummen Scherzen. Du machst jetzt sofort die Augen auf, sonst setze ich mich auf Arrow und du kannst sehen, wie du nach Hause kommst.«

»Welch böse Drohung. Das würdest du doch niemals tun, nicht wahr?«

»Oh doch, und nun beweg dich.«

Nur mit ihrer Hilfe gelang es ihm, sich aufzurichten. Er war so unsicher auf den Beinen, dass er keinen Schritt gehen konnte.

»Lass mich hier stehen, hol Arrow her. Es wäre nicht das erste Mal, dass er mich in solch einem Zustand nach Hause trägt.«

Louisa nickte. »Gut, halt dich hier am Baum fest, dass du nicht wieder zusammensackst.«

Ihr Schädel dröhnte noch immer von Jaros heftigem Schlag, doch das war nebensächlich. Einzig wichtig war nun, ihn aus der Kälte zu bringen und seine Wunde versorgen zu können. Sie löste die Zügel, mit denen die Männer Arrow festgebunden hatten, und brachte ihn neben Jacques zum Stehen.

»Wie willst du da hinauf kommen? Soll ich helfen? Du könntest auf meinen Rücken steigen und dann in den Sattel klettern.«

»Danke für das Angebot, doch Arrow weiß, was zu tun ist, sieh her.«

Tatsächlich ging der große Hengst vor seinem Herrn in die Knie, verbeugte sich wie ein Tänzer und ermöglichte es Jacques, sich – wenn auch mit schmerzverzerrter Miene – auf seinen Rücken zu ziehen.

»Ein kluges Tier. Komm, ich nehme die Zügel und führe euch beide nach Hause.«

»Nein, du steigst bitte vor mir auf.«

»Das ist nicht nötig, ich kann laufen.«

»Du magst laufen können, Mädchen, aber ich spüre, dass ich mich nicht lange hier oben halten kann. Bitte setz dich vor mich, wir müssen uns beeilen.«

Wenn er selbst das sagte, dann war es wohl tatsächlich an der Zeit, sich zu sputen. Sie steckte ihren Dolch wieder in den Gürtel, holte das Gewehr, das durch Jaros Schlag mehrere Meter durch die Luft geschleudert worden war, befestigte es am Sattel, löste die Zügel der anderen Pferde und stieg vor Jacques auf.

»Du kleines Dreckstück willst mich hier tatsächlich alleine verbluten lassen, was?«

Sie verstand seine Worte nur, weil es absolut still war. Er würde nur noch wenige Augenblicke leben. Zumindest nahm sie das an. Sie trieb Arrow ganz nahe an den sterbenden Mann und sah auf ihn hinab.

»Lass mich nachdenken. Ja, ich glaube, das will ich. Aber warte, hörst du das, Jaro? Sobald wir weg sind, wirst du nicht mehr allzu lange allein sein, vertrau mir.«

Schon seit einer Weile erhaschte sie aus weiter Ferne immer wieder das Heulen eines Wolfes. Es machte ihr schon lange keine Angst mehr. Sie wusste, dass, solange Tatanka bei ihr war und sie unverletzt, die Wölfe ihr nicht nahe kämen. Nun hörte wohl auch Jaro die klagenden Töne. Seine Augen weiteten sich angstvoll.

»Erschieß mich wenigstens, du Biest.«

Louisa nahm die Zügel in die Hand, während sie Jacques' Arme spürte, die sich um ihre Hüfte legten.

»Du bist die Kugel nicht wert. Trotz allem hoffe ich, du stirbst schnell.«

25.

Ohne ihn eines weiteren Blickes zu würdigen, drückte sie ihre Schenkel an Arrows Seite. »Lauf, mach rasch.«

Der Hengst schnaubte laut und verfiel in einen schnellen Gang, während Tatanka ihnen vorauslief.

»Geht es denn?«

Ihre Frage galt Jacques, doch sie bekam keine Antwort.

»Jacques, was ist los? Hörst du mich?«

»Mhm, mir ist ziemlich schwindlig. Ich scheine langsam ein wenig blutleer zu sein.« Seine Stimme klang belegt und dumpf.

»Halt dich jetzt richtig gut fest, nimm deine Kraft zusammen, bitte!«

Immerhin schlossen sich seine Arme fester um sie und sie hörte, wie er tief Luft holte.

»Gut, das geht jetzt leider nicht anders.«

Dass der Galopp ihm Schmerzen bereiten konnte, wusste sie; dass ihr fast der Kopf platzte, war nebensächlich, doch diese Gangart war weniger erschütternd als ein leichter Trab – und viel schneller.

Tatsächlich schaffte er es, sich hinter ihr im Sattel zu halten, bis ihr Zuhause vor ihnen auftauchte. Erleichtert atmete Louisa auf. Das wäre geschafft!

»Jacques, wir sind zu Hause. Lass mich los, ich muss absteigen.«

Er reagierte nicht. Wie zwei Eisenklammern lagen seine Arme um ihre Mitte. Nur mit Mühe gelang ihr, sich zu befreien, was allerdings zur Folge hatte, dass er aus dem Sattel glitt.

»Nein, oh nein, das tust du jetzt nicht.«

Sie sprang zu Boden und schob Arrow samt allem, was er trug, in den Stall. Um ihn konnte sie sich später kümmern. Louisa stieß die Türe auf, eilte zurück zu Jacques und versuchte, ihn auf die Beine zu bekommen.

»Steh auf, du bist mir zu schwer. So hilf mir doch ein wenig, bitte.«

Er gab kein Lebenszeichen mehr von sich und ihr wurde sehr kalt unter der warmen Kleidung.

»Das tust du mir aber nun nicht an, das kommt überhaupt nicht in Frage.«

Dass man in Notsituationen ungeahnte Kräfte entwickeln konnte, davon hatte sie bereits gehört. Schließlich war es ihr auch gelungen, den Mut aufzubringen, den drei Verbrechern gegenüberzutreten, also konnte sie nun erst recht stark sein. Mit aller Kraft richtete sie seinen Oberkörper auf, griff unter seinen Armen hindurch und umfasste seinen rechten Unterarm. So umklammerte sie ihn fest und schleppte den mächtigen Körper, Schritt für Schritt, ins Haus. Ihn auf das Bett zu wuchten, war die nächste Herausforderung, doch auch die meisterte sie nach einigen Anläufen. In fliegender Eile zog sie sich ihre eigene von Jaros Blut besudelte Jacke aus und schleuderte die Stiefel von den Füßen.

Nur die Petroleumlampe, die sie immer brennen ließ, spendete etwas Licht. Eilig entzündete sie die Kerzen und lief zum Kamin. Vom Feuer war nur noch ein Häuflein Glut und Asche übrig. Neben dem Kamin stand ein Korb mit den letzten missglückten Ergebnissen ihres Versuches, Holz zu hacken. Nun kamen ihr die trockenen, dünnen Späne gerade recht. Schnell gelang es ihr damit, das Feuer neu anzufachen, und auch der Ofen bullerte binnen weniger Augenblicke kräftig vor sich hin.

Langsam verbreitete sich die Wärme im Raum und nun konnte sie Jacques aus den schmutzigen Kleidern schälen. Dass er vor Schmerz stöhnte, als sie ihm die Jacke auszog, ließ sie lächeln. Gut, er lebte. Das Hemd klebte, vollgesogen mit dunklem, trocknendem Blut, an seinem Körper. Sie musste es ihm ausziehen, wenn sie an die Schusswunde heranwollte und so schob sie es ihm langsam und vorsichtig über den Kopf. Der Stoff klebte auch direkt über der Wunde, die dadurch erneut an den Rändern aufriss und frisches, rotes Blut heraussickerte. Sie warf das Hemd achtlos zu Boden, es war nicht mehr zu gebrauchen.

Louisa war dem Schicksal dankbar dafür, dass sie sich in den letzten Wochen durch ihre anfängliche Ungeschicklichkeit häufiger kleine Verletzungen zugezogen hatte, denn so wusste sie, wo das ganze Verbandszeug war. So schnell sie konnte, suchte sie sich alles zusammen. Vorbereitete Verbände aus sauberem Stoff, den Whiskey, den er zum Desinfizieren von Wunden benutzte, und die heilende Salbe, die er selbst nach einem Rezept Wanbli Wastes herstellte. Es war tatsächlich ein sauberer Durchschuss. Behutsam säuberte sie die Wunden mit heißem Wasser und dann mit dem Alkohol. Kaum lief der Whiskey in die offene Wunde, stöhnte er erneut auf.

»Jacques, hörst du mich? Wach auf, du bist in Sicherheit.«

Ihre eine Hand ruhte auf seinem Brustkorb, die andere presste das getränkte Tuch auf das Einschussloch. Sie fühlte den sanften Druck seiner Hand, die sich auf die ihre legte, mit unendlicher Erleichterung.

Es kostete ihn offenbar viel Mühe, die Augen zu öffnen, und doch tat er es. Sein Blick huschte durch den Raum und blieb an ihr hängen. Sein Lächeln allein war alle Mühen wert gewesen.

»Louisa, wie hast du es geschafft, mich hierher zu bringen?«

Stolz strahlte sie ihn an. »Das hast du mir beigebracht: Niemals aufgeben, dann kann man alles.«

»Hätte nicht gedacht, dass diese Erkenntnis einmal mein Leben rettet. Ich bin dir sehr dankbar.«

Sie spürte, wie Hitze in ihre Wangen schoss, sicherlich war sie flammend rot geworden, doch das war gänzlich unwichtig.

Seine Stimme war schwach und leise, daher musste sie nachfragen, als er lächelnd auf die Wunde blinzelte und etwas Unverständliches murmelte.

»Ich frage, wie viel von dem Whiskey du in mich rein gekippt hast.«

Sie grinste schuldbewusst. »Nun ja, schon etwas. Die Wunde soll ja nicht eitern und sich entzünden, nicht wahr?«

»Ich versprech dir, sie wird gut abheilen. Was sein kann, ist, dass ich Fieber bekomme. Hab keine Angst, das geht vorüber. Du weißt, wo der Weidenrindentee ist? Eine kleine Hand voll auf eine Kanne Wasser. Wenn ich den trinke, sollte es schnell vorbeigehen.«

»Du musst sowieso viel trinken. Du hast jede Menge Blut verloren. Ich frage mich, ob du noch welches in den Adern hast.«

»Muss noch was da sein, sonst würde ich jetzt nicht mit dir reden. Siehst du, nun bin ich es, der Hilfe braucht, und ich bin sehr froh, dass du bei mir bist.«

Sie zog eine Grimasse. »Darüber reden wir, wenn ich die Austrittswunde behandelt habe. Dreh dich bitte auf die Seite, warte, ich helfe dir.«

Mit seiner Hilfe drehte sie ihn zur Wand und behandelte seinen Rücken genauso wie seine Brust. Das heiße Wasser ertrug er klaglos, den Alkohol kommentierte er mit einer sehr rüden Bemerkung, die sie damenhaft überhörte. Endlich konnte sie die Salbe auftragen und ihn verbinden, wozu er sich kurz aufrichten musste. Dies gelang ihm nur mit zusammengepressten Lippen und geschlossenen Augen. Dass er noch starke Schmerzen hatte, war deutlich ersichtlich.

»Jacques, die Schmerzen lassen bald nach. Das verspreche ich dir.«

»Hm, es sind nicht nur die in der Brust, ich habe das Gefühl, mir platzt gleich der Schädel. Das muss ein Gewehrkolben gewesen sein, so wie es sich anfühlt. Ich habe kein Laudanum, nur eine Rezeptur von meinem Vater. Es ist das kleine Fläschchen oben hinter den Verbänden.«

Sie suchte und fand das Gewünschte und hielt es ihm an die Lippen. »Ich weiß nicht, wie viel du davon brauchst.«

Er nippte ein paar Mal daran und sank dann zurück auf das Kissen. »Nur einen kleinen Schluck, das genügt. Man hat sehr seltsame Träume von dem Zeug, wundere dich nicht und hab keine Furcht. Auf diese Mixtur schläft man wie ein Toter. Du gehst nicht fort, nicht wahr?« Schon fielen ihm immer wieder die Augen zu.

Sie schüttelte fast schon verärgert den Kopf. »Wie kannst du das nur denken?« Viel leiser fügte sie den nächsten Satz hinzu. »Dazu bist du mir viel zu wichtig geworden.«

Sie sah noch, dass er nach diesen Worten versuchte, die Augen noch einmal zu öffnen, doch die Medizin seines Vaters war stärker als er. Seine Hand aber fand sehr wohl noch die Kraft, die ihre fest zu umfassen.

Erst nach einer kleinen Weile brachte sie es übers Herz, sich loszumachen. Denn noch war ihre Arbeit nicht gänzlich getan. Da lag er vor ihr, mit blankem Oberkörper, aber die Füße noch immer in den schmutzigen Stiefeln. Sie zog sie ihm von den Füßen und blickte zweifelnd auf seine Hose. Nein, das ging dann doch zu weit. Es bedurfte einer weiteren Anstrengung, ihn unter die Decke und das Fell zu bugsieren, doch nach einer gefühlten Ewigkeit lag er endlich warm eingepackt vor ihr. Sacht strich sie ihm das lange Haar aus dem Gesicht und behandelte die inzwischen blau unterlaufene Beule an seiner Stirn mit der kühlenden Salbe. Schließlich erhob sie sich wieder, räumte alles ordentlich auf, setzte erneut Wasser für den von ihm gewünschten Tee auf und erst dann lief sie in den Stall und kümmerte sich endlich um Arrow. Der stand seelenruhig an seinem Platz und widmete sich genüsslich seinem Heu, das er sich kurzerhand selbst aus dem großen Heusack zog.

Louisa schüttelte tadelnd den Kopf. »Tut man das?«

Der unschuldige Blick aus riesigen Pferdeaugen ließ sie auflachen. »Ja, schon gut, du hast ja recht.«

Eilig sattelte sie ihn ab, striegelte sein Fell, bis es glänzte, tränkte alle drei Pferde, verriegelte nach einer letzten Streicheleinheit den Stall und eilte zurück zum Haus. Vor der Türe hielt sie kurz inne und schöpfte Atem. Die kalte Nachtluft tat gut, ein kurzer Blick rundum und sie zog sich ihr Hemd aus und tat das, was sonst Jacques zu tun pflegte. Allerdings schöpfte sie sich das Wasser mit dem großen Becher, der dort stand, über den Körper. Sich den Eimer überzuschütten brachte sie dann doch nicht fertig. Sie wusch sich gründlich das Gesicht, um auch wirklich nirgends mehr das Blut dieses Unmenschen an sich zu haben. Das Wissen, dass ihre Peiniger tot waren, erleichterte sie zwar, doch noch immer klangen Toms verzweifelte Worte in ihren Ohren wider. Sie konnte ihn nicht hassen, nicht nach dem, was er gesagt und getan hatte. Seine Hand zu halten, als er starb, war richtig gewesen.

Louisa griff nach ihrem Hemd und ging wieder zurück ins Haus. Nur sehr wenig von Jaros Blut war durch die Jacke gedrungen, sie würde das Kleidungsstück einfach sauber waschen. Inzwischen war der Tee fertig und sie stellte ihn auf den Ofen, sodass er warm blieb. Sie schälte sich aus ihrer Hose, zog ein frisches Hemd an, trank etwas Wasser und legte einige neue Holzscheite auf das Feuer im Kamin. Tatanka legte sich direkt vor die Türe, so, als wolle er ihr sagen, dass alles in Ordnung sei und ihr nichts geschehen könne.Sie prüfte erneut Jacques' Verband, deckte ihn fest zu und legte sich dann endlich auch auf ihr Lager.

Sie musste eingeschlafen sein, ehe ihr Kopf das Kissen berührte, denn Jacques' Stöhnen holte sie aus dem Tiefschlaf. Es dauerte eine Weile, ehe sie sich orientierte und wieder wusste, was geschehen war. Dann aber war sie sofort auf den Beinen. Draußen war es hell, sie musste also Stunden geschlafen haben.

Jacques' Prophezeiung war eingetroffen. Er fieberte heftig. Seine Stirn glühte, der ganze Mann war glühend heiß. Fell und Decke hatte er von sich gestoßen. Rasch holte sie den Tee und setzte sich an seine Seite. Tatsächlich schaffte sie es, ihm den Weidenrindentee einzuflößen, doch so schnell konnte der nun auch wieder nicht wirken.

Kalte Wickel, das alte Hausrezept ihrer einstigen Zofe, kamen ihr in den Sinn. Tücher waren rasch gefunden und das Wasser in dem Eimer vor dem Haus war eisig kalt. Sie breitete ihm die Tücher über die Brust und umwickelte damit seine Arme. Es war ihr unmöglich, dabei nicht wieder einmal zu bemerken, wie muskulös und sehnig diese Arme waren. Die Muskeln zeichneten sich unter der dunklen Haut ab, als habe sie ein Künstler modelliert. Vorsichtig strichen ihre Finger über seine Oberarme.

»Louisa, bist du denn verrückt geworden?«, schalt sie sich selbst. Da lag er fiebernd vor ihr und ihr schossen solch wirre Gedanken durch den Kopf. Fast schämte sie sich, aber nur fast. Es war wirklich schön, ihn zu betrachten. Er war einfach perfekt.

»Und damit das so bleibt, sorgst du dummes Huhn nun dafür, dass das Fieber sinkt.« Seufzend machte sie sich daran, die bereits von der Wärme trocknenden Umschläge zu wechseln. Dies tat sie während der nächsten Stunden zahllose Male und so wurde es Nachmittag, ehe sie endlich dazu kam, ein wenig Atem zu schöpfen. Ohne ihn aus den Augen zu lassen, kochte sie Salbeitee für sich selbst, aß ein wenig Brot und fütterte Tatanka, der sich daraufhin erst einmal aus dem Staub machte. Immerhin sank das Fieber, er glühte nicht mehr ganz so wie am Morgen. Nachdem sie ihm erneut die Wickel aufgelegt und ihn dann zumindest mit der Decke wieder zugedeckt hatte, stellte sie fest, dass es an der Zeit war, Wasser zu holen. Wie der Brunnen neben dem Haus funktionierte, wusste sie nicht, nur, dass er im Winter gefroren war. Also blieb nur, zum Bach zu laufen. Selten war sie so schnell gewesen wie heute und das mit gleich zwei großen, schweren Eimern, doch ihre Sorge um Jacques war einfach zu groß.

Er schlief noch immer, als sie zurückkam, nun allerdings war die Hitze in seinem Körper Kälte gewichen. Kalter Schweiß stand auf seiner Stirn.

»Nicht auch das noch.« Es war noch etwa die Hälfte des warmen Tees übrig, doch war das jetzt das richtige Mittel? Zaudernd und unentschlossen stand sie am Fenster. Zu guter Letzt entschied sie sich für frischen Salbeitee mit Ahornhonig. Sie entfernte die letzten Umschläge, zog das wärmende Fell wieder über ihn und flößte ihm den Tee ein, so gut sie konnte. Doch auch fast eine Stunde später zitterte er noch immer so heftig, dass seine Zähne klapperten.

Mit dem Fieber konnte sie umgehen, diese Kälte machte ihr Angst.

Das Feuer im Kamin brannte, ebenso glühte der Ofen beinahe, so kräftig heizte sie ihn an. Was sollte sie denn nur tun?

Es war eigentlich eine ganz logische Entscheidung und kaum dachte sie ruhig darüber nach, erschien sie ihr vollkommen vernünftig. Louisa entledigte sich ihrer Hose und schlüpfte zu dem Schlafenden unter die Decke. Falls sie gedacht hatte, es würde sie Überwindung kosten, ihn zu berühren, so sah sie sich im Irrtum. Eng rückte sie an ihn heran und legte ihm, vorsichtig auf den Verband achtend, ihren Arm über den breiten Brustkorb. Er fühlte sich wirklich eisig an und sie hoffte, dass sie das Richtige tat.

Langsam, ganz langsam kehrte ein wenig Wärme in ihn zurück. Louisa schlang ihren Arm noch etwas fester um ihn und kämpfte gegen die aufsteigende Müdigkeit. Doch das warme Bett, seine beruhigende Nähe und die Anstrengungen der letzten Stunden ließen sie binnen weniger Minuten erneut tief und fest einschlafen.

Es musste ein Fiebertraum sein, eine andere Erklärung gab es nicht. Er schloss die Augen und öffnete sie wieder. Doch, sie war noch da. Direkt neben ihm in seinem Bett, ihr Arm ruhte auf seiner Brust und sie schlief mit einem Lächeln auf den Lippen. Was würde er in diesem Augenblick nicht alles darum geben, ihren Traum zu kennen. Etwas beschäftigte ihn schon die ganze Zeit, etwas, das sie gesagt hatte, ehe er eingeschlafen war, nachdem sie ihm die Medizin gegeben hatte. Ja, er erinnerte sich wieder: »Dazu bist du mir viel zu wichtig geworden.«

Sie nun, diese Worte noch im Gedächtnis, neben sich liegen zu sehen, war – Verletzung hin, Schmerzen her – fast ein wenig zu viel für ihn. Er wagte nicht, sich zu bewegen. Sie durfte nicht erwachen. Er wollte diesen magischen Moment noch ein wenig auskosten, denn sobald sie wach wurde, war er vorüber, dessen war er sich vollkommen sicher.

Wahrscheinlich war auf das Fieber der Schüttelfrost gefolgt und ihr einziges Ziel war es gewesen, ihn zu wärmen. Dass sie die Kraft aufbrachte, ihm dazu so nahe zu sein, erstaunte ihn sehr. Berührung und Nähe ließ sie so gut wie nie zu. Ein flüchtiges Streicheln am Arm, ihr rasch über das Haar zu fahren, ja, aber dies hier?

Er zermarterte sich sein Gehirn auf der Suche nach einer Antwort, was dort im Wald wohl geschehen sein mochte. Als er zu sich gekommen war, waren zwei der Angreifer tot gewesen und einer hatte verblutend auf dem Waldboden gelegen. Wie hatte sie das geschafft? Als er darüber nachsann, fand er nur eine Erklärung, es mussten die Männer gewesen sein, die sie auch so böse zugerichtet hatten. Schließlich waren sie es auch gewesen, die auf dem Weg ins Lager dafür sorgten, dass sie begann, sich wieder zu erinnern.

Den Mut aufzubringen, diesen Kerlen gegenüberzutreten, nach allem, was sie ihr angetan hatten, war schlicht bewundernswert.

»Du bist mir wichtig …« Sollte er ihr so wichtig sein, dass sie ihr eigenes Leben für ihn aufs Spiel setzte? Sehr langsam und bedacht drehte er ihr das Gesicht zu. Ihr langes, weiches Haar lag an seiner Schulter und er spürte ihren warmen Atem an seinem Hals. Ob sie jemals erfahren würde, wie schön es war, ihre Nähe zu spüren?

Sie bewegte sich leicht, eine Haarsträhne fiel ihr in die Stirn und kitzelte sie ganz offensichtlich am Nasenrücken. Es sah einfach bezaubernd aus, wie sie ihre süße Nase krauste. Als sie die Augen aufschlug, begegnete sie seinem Blick.

Jacques. Er lag neben ihr und noch immer ruhte ihr Arm über seiner Brust. Sie wartete auf die Panik, wappnete sich gegen das Erschrecken, doch da war nichts, gar nichts, abgesehen von der grenzenlosen Erleichterung, ihn mit wachem, klarem Blick und offenbar guter Dinge neben sich zu sehen.

»Guten Morgen, wie geht es dir?«

Es dauerte etwas, ehe er antwortete, und dann klang seine Stimme seltsam verhalten.

»Es geht mir gut und so, wie ich das sehe, habe ich das einzig und allein dir zu verdanken.«

»Siehst du, nun hatte es doch einen Sinn, dass du mich aus dem See gefischt hast.«

»Fängst du schon wieder damit an?«

»Nein, das sollte ein Scherz sein.« Louisas Augen weiteten sich erschrocken, als sie ihren eigenen Magen so laut knurren hörte, dass man Angst bekommen konnte. Sie sah, wie er die Stirn runzelte.

»Mich rettest du und selbst bist du nahe am Hungertod oder wie darf ich das verstehen?«

»Nun ja, ich wollte dich nicht alleine lassen, falls dein Zustand sich verschlimmert hätte.«

»Mhm, die Räucherkammer und der Ofen sind ja auch meilenweit entfernt. Na komm, lass mich aufstehen, ich mache dir etwas zu essen.«

Sie setzte eine ernste Miene auf, zumindest hoffte sie, dass ihr das gelang. »Nichts da. Du bleibst schön liegen. Ich werde Frühstück für uns machen.« Vorsichtig zog sie ihren Arm zurück, um nicht an den Verband zu kommen, und rollte sich aus dem Bett. Rasch fachte sie das Feuer im Ofen an, holte das von ihr gebackene Brot, dazu etwas Schinken und einen geräucherten Fisch. Der Kaffee gelang ihr inzwischen fast schon perfekt und es duftete verführerisch. Der Tisch war schnell gedeckt und so stand sie schon wenig später wieder neben seinem Bett.

»Willst du wirklich aufstehen? Ich bringe es dir auch ans Bett.«

»Lass mir doch bitte den letzten Rest meiner Würde. Natürlich stehe ich auf, fehlt nur noch, dass du mich fütterst.«

»Warte einen Moment, ich glaube mich an deine Worte zu erinnern. Du sagtest ...«

»Schon gut, schon gut. Ihr Frauen habt ein bemerkenswertes Gedächtnis, aber ich möchte wirklich aufstehen.«

Mit triumphierendem Lächeln reichte sie ihm die Hand und half ihm auf.

»Louisa, willst du mir erzählen, was dort im Wald geschehen ist? Ich könnte mich ohrfeigen, dass du dich wegen meiner Unachtsamkeit in Gefahr gebracht hast.«

Sie spülte den letzten Bissen Brot und Schinken mit dem heißen Kaffee hinunter und musterte ihn dann lächelnd.

»Erstens glaube ich kaum, dass das deine Schuld gewesen ist, denn ich nehme an, sie haben dir einfach eine Falle gestellt. Wahrscheinlich haben sie dich beobachtet und dir dort aufgelauert. Sie sprachen auch davon, dass du sicher irgendwo in der Umgebung leben musst, daher denke ich, sie haben nach dir gesucht. Zweitens war ich so gezwungen, mich meinen Ängsten endgültig zu stellen. Es war an der Zeit und es war gut so. Nun kann ich mit diesem Teil meines Lebens abschließen. Glaube mir, darüber bin ich sehr froh.«

Louisa erzählte ihm die ganze Geschichte und freute sich über sein Staunen und die bewundernden Blicke. Kaum war sie am Ende angelangt, stöhnte er erschrocken auf. »Louisa, das war Wahnsinn. Du könntest tot sein.«

»Bin ich aber nicht und du auch nicht, also ist doch alles in bester Ordnung.«

Jacques lehnte sich in seinem Stuhl zurück, was ihn schmerzvoll das Gesicht verziehen ließ. »Du bist unfassbar tapfer. Meinen allergrößten Respekt, junge Lady.«

»Vielen Dank.« Sie lächelte ihn erfreut an. »Doch nun sollte die junge Lady etwas ganz anderes tun.« Sie schnupperte mit gerümpfter Nase an sich herum. »Ich muss mich dringend waschen. Ich stinke.«

Am nächsten Morgen kitzelte die Sonne sie in ihrem Felllager vor dem Kamin wach. Eilig erhob sie sich, nur um Jacques bereits wach auf einem der Stühle sitzen zu sehen.

»Sekunde, du sollst dich doch schonen. Ich habe ja verstanden, dass bei euch Wunden rasch heilen und ihr Schmerzen klaglos ertragt, aber binnen so kurzer Zeit?« Eilig sprang sie auf, um ihm etwas zu essen und Tee zuzubereiten. Tee war nun offenbar schon nicht mehr nach seinem Gusto, denn er bat mit herzzerreißendem Augenaufschlag um Kaffee.

»Nun gut, wenn du denkst, dass du schon wieder zum Alltag übergehen kannst.«

»Glaub mir, das kann ich. Möchtest du denn gerne deine Eiswasserwäsche heute ausfallen lassen?« Sein breites Grinsen war beinahe schon frech. »Warte, wenn ich das richtig sehe, dann scheint da draußen die Sonne. Lass mich nachsehen, ob es einigermaßen warm ist, wenn ja, dann habe ich eine kleine Überraschung für dich.« Während er sich erhob und mit vorsichtigen, sehr langsamen Schritten ins Freie trat, räumte sie in aller Eile den Tisch ab und wusch die Teller und die Becher aus. Als er zurückkam, war sie bereits fertig.

»Es ist wirklich warm, nun gut, für die Jahreszeit warm, aber ich denke, wir können es wagen. Gib mir nur kurz Zeit, ein frisches Hemd anzuziehen, dann können wir los.«

»Los? Wohin?«

»Neugieriges Wesen, das du bist. Warte doch einfach ab. Zieh dir deine Hose an, nimm eines der großen Tücher und ein Stück Seife und dann komm mit mir.«

Seufzend fügte sie sich, nicht ohne mit grimmiger Genugtuung zu bemerken, dass er in eines seiner vorne zu schnürenden Lederhemden schlüpfte. Er schaffte es noch nicht, die Arme über den Kopf zu heben, und helfen lassen wollte der Sturkopf sich auch nicht. Selbst Schuld! Flink schlüpfte sie in Hose und Stiefel, fasste das Hemd mit einem Gürtel zusammen und stand dann erwartungsvoll neben ihm.

»Nun bin ich aber gespannt.«

»Abwarten.«

Er stapfte vor ihr her in den Wald, um einiges langsamer als sonst, aber schon wieder sehr entschlossen. Es dauerte nicht lange und sie kamen über einen kleinen Pfad, der bergauf führte, an eine versteckte Lichtung, die sie niemals entdeckt hätte, wäre er nicht urplötzlich seitwärts in die hohen Büsche verschwunden. Nun stand sie staunend an einer etwa zwanzig Meter hohen Felswand, an der ein kleiner Wasserfall herab plätscherte und am Fuße des Felsens in einem klaren Teich mündete. Junger hellgrüner Farn wuchs an den Ufern und die Strahlen der Sonne tauchten das Ganze in helles, glitzerndes Licht.

»Das ist ja wundervoll hier.«

»Ja, das ist es. Es ist ein magischer Ort für die Lakota, ein Kraftplatz. Hier kannst du nicht nur zur Ruhe kommen, sondern auch wirklich wieder Kraft schöpfen. Ich komme im Frühling und Sommer oft hierher, auch im Herbst, solange die Wassertemperatur einigermaßen erträglich ist.«

Sie folgte seinem Blick und endlich verstand sie. »Ich soll mich unter dem Wasserfall waschen? Möchtest du, dass ich erfriere?«

»Du wirst nicht erfrieren. Du wirst dich wie neugeboren fühlen, glaub mir. Es mag sich im ersten Augenblick schrecklich kalt anfühlen, doch dieses Wasser reinigt nicht nur den Körper. Und dann scheint auch noch die Sonne. Nachher wird dir umso wärmer sein. Wage es, wenn jemand den Mut dazu hat, dann du.«

Es war verlockend. Endlich wieder einmal richtig sauber sein, alles von sich abspülen zu können, und urplötzlich begriff sie, wovon Jacques sprach. Da war nur noch ein winziges Problem.

»Ich kann mich doch hier nicht nackt unter einen Wasserfall stellen?«

Er zuckte nur die Schultern. »Und warum nicht?«

»Wenn jemand kommt?«

»Wird Tatanka ihn töten.«

Erst jetzt erspähte sie den mächtigen dunklen Schatten, der durch die Büsche streifte.

»Und du?«

»Ich drehe mich um, ich schwöre dir, nicht hinzusehen. Leg dein Tuch bereit und ich drehe mich erst zu dir, wenn du wieder angezogen bist. Mein Ehrenwort.«

Sie lächelte ihn an. »Ich vertraue dir, das weißt du.«

Tatsächlich wandte er sich ab und setzte sich mit dem Rücken zu ihr auf einen Stein.

Eilig entledigte sie sich ihrer wenigen Kleidung. Es stimmte, die Sonne schien heute von einem strahlend blauen Himmel und wärmte bereits angenehm. Zaghaft steckte sie einen Zeh in den Teich. Es war furchtbar kalt und trotzdem hatte sie das Gefühl, als müsse sie unter den Wasserfall, unter allen Umständen. Sie griff sich ihre Seife und tapste über den steinigen Untergrund, bis sie vor dem spritzenden, gluckernden Wasser stand. Tief holte sie Luft, um dann mit einem spitzen Schrei unter die herabstürzenden Fluten zu tauchen. Au, au, au, das eiskalte Wasser stach wie Nadeln in ihre Haut und doch war es nicht unangenehm.

Um sie herum durchbrachen die Sonnenstrahlen das Wasser und alles glänzte und glitzerte. Sie trat einen Schritt beiseite und seifte sich mit vor Kälte fast gefühllosen Fingern kräftig ein. Sich dann erneut dem Eiswasser auszusetzen, war schon leichter als zuvor, und je länger sie es aushielt, desto mehr fühlte sie, wie der letzte Rest an Dunkelheit ihren Körper verließ. Sie blieb unter dem Wasserfall, solange sie es eben aushielt, erst dann trat sie prustend und bibbernd wieder hinaus in den Teich. Alles um sie war hell und fröhlich.

Gut, sie fror erbärmlich, doch das war nicht wichtig.

Wichtig war, dass sie sich so frei fühlte wie niemals zuvor.

Sie schlang die Arme um ihren nassen, aber sauberen Körper und wandte sich zu Jacques um. Tatanka lag nun zu seinen Füßen und er kraulte dem Tier den Hals, während er mit hoch erhobenem Kopf in den blauen Himmel blickte. Sie benötigte zwei Anläufe, vermutlich wegen ihrer blau gefrorenen Lippen, doch dann schaffte sie es: »Jacques!«

26.

»Bist du schon fertig, Mädchen? Kann ich mich wieder umdrehen?«

»Du kannst dich wieder umdrehen.«

Verflixt, es hatte ihn ganz schön erwischt. Die Schmerzen waren ziemlich heftig, aber Louisa war eine gute Heilerin gewesen, nichts eiterte, nichts war entzündet. Die Wunde zog einfach schrecklich, ein normaler Heilungsprozess. Langsam drehte er sich zu ihr um und erstarrte. Sie war nicht angekleidet, lediglich das Tuch verdeckte ihre weiblichen Formen mehr schlecht als recht. Seine Fingernägel gruben sich in seine Handballen.

»Louisa, bitte, tu das nicht mit mir. Auch meine Selbstbeherrschung hat ihre Grenzen.«

Ihr Lächeln war herzlich, strahlend, sichtlich frei von Angst.

»Ich war tapfer und es hat sehr gutgetan. Nun bist du an der Reihe. Ab mit dir unter das kalte Wasser, nun spül du dir die Dämonen fort, die dir auf dem Herzen liegen und dir Trauer und Schmerz bescheren.«

»Aber ich kann doch nicht …«

»Oh doch, wenn ich kann, dann du erst recht. Hinein mit dir, jetzt sofort. Nimm den Verband ab, es blutet schon seit gestern nicht mehr. Die Wunde nimmt davon keinen Schaden, das kalte Wasser tut ihr gut. Na los.«

Diesem Lächeln konnte er sich nicht widersetzen, selbst wenn er es gewollt hätte. Ohne den Blick von ihr zu lösen, zog er sein Lederhemd aus und schlüpfte aus den Stiefeln. Sie stand auf einem Stein direkt am Ufer. Die Sonne ließ ihr Haar golden aufleuchten und einen winzigen Augenblick befürchtete er, dass sie wie eine Gestalt aus einem von Sophies Märchen einfach wieder verschwinden würde. Doch das tat sie nicht. Sie stand dort und blickte ihn auffordernd an.

»Nun was ist? Worauf wartest du?«

»Dreh dich um.«

Sie kicherte. »Nun wirst du aber eigen, doch ich will nicht so sein.«

In einer eleganten, fließenden Bewegung drehte sie sich um, was ihm einen kurzen Blick auf ihre runden Pobacken gewährte. Rasch schlüpfte er aus seiner Hose. Nun war es dringend an der Zeit, sich dem eisigen Wasser auszusetzen. Den Schmerz in seiner Brust ignorierend, lief er an ihr vorbei und stellte sich, ohne mit der Wimper zu zucken, unter das auf ihn herabprasselnde Wasser.

Ja, es tat so gut wie immer, eine wahre Wohltat. Ausgiebig wusch er sich den Schweiß vom Körper und ließ sich das Wasser über das Gesicht laufen. Seine Trauer um Sophie, seine Angst versagt zu haben – alles wurde kleiner, unbedeutender.

Allerdings war da noch etwas anderes. Er musste ja auch wieder aus dem Wasser hinaus und im Augenblick war er splitternackt. Langsam trat er einen Schritt zurück und sah sich nach ihr um. Sie hatte sich lediglich ihr dünnes Hemd übergestreift und stand, das Tuch in den Händen, wartend am Ufer in der Sonne.

»Komm her.«

Er glaubte, sich verhört zu haben. »Wie bitte?«

»Ich sagte: Komm her. Du hast schon richtig verstanden.«

»Louisa, ich …«

»Jacques, du holst dir den Tod, wirst du jetzt wohl zu mir kommen?«

Langsam, sehr langsam, um sie nur ja nicht zu erschrecken, ging er auf sie zu. Als er ans Ufer trat, legte sie ihm das Tuch um die Schultern und trocknete ihn wie selbstverständlich ab. Er wagte kaum, zu atmen. Endlich schlang sie ihm das Tuch um die Hüften und steckte es vorne fest.

»Hast du denn keine Angst mehr vor mir, ich meine, ach, du weißt doch, wovon ich spreche.«

Sie legte ihren Zeigefinger an seine Lippen.

»Sei still, sag einfach nichts, hör mir nur zu. Ich hatte nie Angst vor dir. Gut, im ersten Moment vielleicht, aber das mag man mir verzeihen. Doch seither warst nicht du es, dessen Berührung ich fürchtete, es war tief in mir, es war die Angst vor unerträglichen Schmerzen, die Angst vor einer Art von Berührung, die keine Frau, kein Mädchen jemals sollte ertragen müssen. Dank dir, dank deiner Geduld und deiner Hilfe, ist diese Angst nun weg. Ich kann nicht sagen, ob sie wiederkommen wird; doch sie wird es nicht, wenn ich *dich* ansehe. Jacques, das Gefühl in diesem kurzen Augenblick dort im Wald, als ich dachte, du seist tot, war unerträglich. Ich möchte das nie wieder spüren müssen.« Sie legte ihre Hände auf seine Hüften. »Daher, wenn du mich magst, mich auch nur ein klein wenig willst, wenn du mich ertragen kannst, wenn du glaubst, dass ich deiner wert sei, dann …«

Sein Herz schlug so laut und heftig, dass er sich sicher war, sie müsse es hören.

»Louisa, ich mag dich seit der Sekunde, in der du halbtot in meinen Armen gelegen hast. Ich mochte dich vom ersten Moment an. Doch seit dem Augenblick, als Little Deer dich zurück in unser Zelt brachte, bin ich absolut und vollkommen verrückt nach dir.«

»Und du hast nie etwas gesagt?«

»Nein, wie sollte ich denn? Nach allem, was du ertragen musstest? Wie sollte ich mich dir nähern? Ich wollte, dass deine Seele Heilung findet, dass der Schmerz in dir aufhört.«

»Du hast immer nur an mich gedacht, niemals an dich selbst.«

Er streichelte ihr sacht übers Haar. »Du bist mir eben auch wichtig.«

»Das hast du gehört?«

»Ja, und es hat mich sehr glücklich gemacht. Ich möchte dich nicht erschrecken.«

»Das kannst du gar nicht mehr, dank deiner hat die Welt um mich ihren Schrecken verloren.«

Er wollte antworten, doch sie schüttelte nur den Kopf, hob ihre Hände, legte sie an seine Wangen und zog seinen Kopf langsam, aber bestimmt zu sich hinab.

»Louisa, bist du …«

»Sei still.«

Sie schmeckte nach Wald, nach Frühling und ein wenig nach Seife. Ihre Lippen waren warm und zärtlich, zögernd wie seine auch, unsicher und tastend, jedoch neugierig. Er legte seine Arme um sie, hielt sie, sah ihr in die strahlenden Augen. Es hieß nun für ihn, den schmalen Grat zu finden, um sie nicht zu verschrecken und ihr dennoch zu zeigen, wie sehr er sie begehrte. Sein Arm hielt sie, während er mit der anderen Hand in ihr dichtes, volles Haar griff und sein Mund erneut den ihren suchte.

Sanft küsste er sie auf die Wangen, dann ihre geschlossenen Augen, ihre süße Nase, um zurückzukehren zu diesen vollen, weichen Lippen. Vorsichtig, fragend umspielte seine Zungenspitze ihren Mund, bat liebevoll und geduldig um Einlass und sie gewährte ihn ihm. Ihre Arme schlangen sich fest um seinen Hals und er fühlte, wie sich ihr warmer Körper an ihn schmiegte. Ohne sie loszulassen, entknotete er das Tuch und breitete es auf den weichen Waldboden. Langsam und vorsichtig legte er sie auf das Bett aus Farnen, duftenden jungen Gräsern und Blüten.

»Ist alles gut?«

Ihr Lachen war eine Herausforderung. »Es ist mehr als gut.«

Ihre Hand zog seinen Kopf zu sich herunter und sie erwiderte seinen Kuss mit zunehmender Leidenschaft. Immer noch voller Furcht, ihr weh zu tun, alte seelische Wunden aufzureißen, war er darauf bedacht, behutsam vorzugehen. Sehr sachte streichelte er ihre Schenkel, ihren Bauch, küsste sie immer wieder. Nur mit der Zungenspitze neckte er ihre Brustwarzen, die sich ihm auf den vollen, kleinen Brüsten entgegenstreckten. Sein Zeigefinger glitt darüber, nicht mehr als die Berührung eines vorbeifliegenden Schmetterlings, um dann langsam und mit Bedacht über ihren Bauch hinabzugleiten und sehr, sehr behutsam die feuchten Locken zwischen ihren Beinen zu liebkosen, langsam, nur sehr langsam tiefer einzudringen, stets darauf achtend keine zu schnelle Bewegung zu machen, keinen Schmerz zu verursachen. Er legte seine Lippen an ihr Ohr.

»Du bist kostbar, alles an dir ist kostbar, du bist mein Juwel, ich möchte, dass du das weißt.«

Ihr leises Stöhnen ließ ihn zittern.

Während seine Hand sie weiter sanft und zärtlich liebkoste, küsste er ihre Brüste, saugte leicht, fast fragend an ihren Brustwarzen. Die Hitze zwischen ihren Beinen ermutigte ihn.

Er legte sich nicht mit seinem ganzen Gewicht auf sie, er zog ihr linkes Bein unter sich und schob seine rechte Hand unter ihre Hüfte. Langsam zog er sie an sich, bis sie sein Glied an ihrem Bein spüren musste. Aufmerksam beobachtete er sie, doch da war kein Zucken, keine Furcht, also glitt er langsam an ihr nach oben.

Ihr ganzer Körper sehnte sich danach, ihn zu spüren, und doch war da tief in ihr, gut verborgen, in einem geheimen Winkel, diese leise Stimme, die ihr zuflüsterte: Es wird wehtun, du weißt, dass es sehr wehtut.

Dann spürte sie, wie er in sie eindrang.

Da war kein Schmerz, da war nichts außer Hitze und einer Sehnsucht, die sie schier wahnsinnig machte. Mit beiden Händen fasste sie in sein langes, glattes Haar und zog ihn zu sich. Nie wieder würde sie ihn loslassen.

»Bist du erkältet?« Schon zum zweiten Mal musste sie heftig niesen, was zwar entzückend aussah, ihn aber doch auch aufhorchen ließ. Schließlich sollte sie ja nicht krank werden.

Sie lachte nur. »Unsinn, es ist doch angenehm warm, so verweichlicht bin ich nicht mehr. Irgendetwas ist in der Luft, etwas, das meine Nase kitzelt und mich andauernd niesen lässt.« Ihr Blick wanderte hoch in den stahlblauen Himmel, die Luft warm und angenehm, überall Blütenstaub und Blütenblätter.

Jacques lächelte. »Du willst mir sagen, du verträgst den Frühling nicht?«

»Oh doch, den vertrage ich sehr wohl. Wirklich, die Wärme ist herrlich.« Louisa streckte sich, und während sie sich eine störende Haarsträhne aus der Stirn wischte, krempelte sie sich die Ärmel ihrer Bluse nach oben. »Und nun hör damit auf, dir andauernd Sorgen zu machen. Es geht mir gut, wirklich.«

Jacques zog es vor, nicht mehr zu antworten. Wenn ihre Stimme diesen Ton annahm, dann war es an der Zeit, lieber zu schweigen. Doch es war gut so. Sie schien langsam, Schritt für Schritt, wieder zu den positiven Seiten ihres alten Ich zurückzufinden. Eine davon war mit absoluter Sicherheit ein sehr starker Wille. Wie er sie so dort stehen sah, den Zuber mit der Wäsche vor sich, die sie rasch und gekonnt schrubbte und dann spülte, als habe sie noch nie in ihrem Leben etwas anderes getan, konnte er nicht anders, er musste sie bewundern.

Louisa erzählte inzwischen frei und ohne bitteren Ton in der Stimme von ihrer Vergangenheit. Die höhere Tochter, die es gewöhnt war, dass ganze Scharen von Dienern sich um ihr Wohlergehen kümmerten, schleppte soeben den Korb mit der sauberen Wäsche zu einem Seil, das er auf ihre Anweisung zwischen dem Haus und einem Baum gespannt hatte.

»Fertig. Wie weit bist du mit deiner Angelrute?«

»Auch fertig. Wenn du willst, können wir auch die Speere mitnehmen. Bei großen Fischen geht das rasch und sogar recht einfach.«

Sie war nicht überzeugt. »Ich und etwas treffen? Erinnerst du dich an die letzte Bogenschießübung? Ich bin sehr froh, dass die Bäume mir meine Eskapaden nicht verübeln können.«

Er grinste. »Wieso? Zweimal hast du doch den großen Baum getroffen.«

»Schon, aber da habe ich auf die kleinen nebenan gezielt.«

»Oh.«

»Ja, das ist allerdings ein wenig ‚oh‘, nicht wahr?«

Eilig verschnürte er seine Angel und ging auf sie zu. Von diesem fröhlichen, herzlichen Lächeln würde er wohl niemals genug bekommen. »Komm her, du Göttin der Jagd. Lass dich trösten. Du weißt doch, dass aller Anfang schwer ist.«

Louisa kniff fragend die Augen zusammen. »Einen Augenblick. Machst du dich etwa über mich lustig?«

Todernst schüttelte er den Kopf. »Das würde ich niemals wagen.«

»Dann ist es ja gut. Abgesehen davon bist du der charmanteste Lügner, der mir jemals untergekommen ist.« Sie stellte sich auf die Zehenspitzen und küsste ihn zärtlich auf den Mund.

Seufzend löste er sich von ihr. »Und so etwas muss man sich als Krieger von einem Weib sagen lassen.«

»Musst du, und nun lass uns die Pferde satteln. Wenn wir heute Abend etwas zu essen wollen, dann sollten wir los, nicht wahr?«

»Könntest du denn nicht aus dem Gemüse, das wir noch haben, einen Eintopf kochen?«

Ihr Lächeln war eine Herausforderung. »Ich könnte wohl, nur mag ich nicht. Du hast mir frischen Fisch versprochen. Also, darf ich bitten?«

Ja, so liebte er sie. Frech, selbstbewusst, schlagfertig und mit diesem Ausdruck auf dem Gesicht, der ihn zu einem willenlosen Werkzeug in ihren Händen werden ließ, nun, *annähernd* willenlos. Mit einem breiten, zufriedenen Grinsen auf seinen Zügen trabte er zum Pferch, holte die Pferde und sattelte Arrow und Sandy, während Louisa Eimer, Zuber und Seife aufräumte, ihrer beider Jacken brachte und dazu noch einen kleinen Korb mit einer Flasche Wein, etwas Brot und Schinken.

Ihr Blick wanderte über die Angelausrüstung, die er gerade an Arrows Sattel festzurrte. »Haben wir alles?«

»Dank deiner sind wir komplett ausgestattet. Du hast an alles gedacht.« Er sah, wie sie sich über das Lob freute. Es tat ihr offensichtlich gut. »Du hast recht, meine kluge Frau, lass uns losreiten, um des Abends nicht Hungers zu sterben.«

»Na siehst du, es geht doch.«

Ihren Humor fand sie ebenfalls langsam wieder.

Das weiche Lederhemd, das sie zu den Reithosen trug, war unglaublich angenehm auf der Haut. Mittlerweile war das Leder ihr lieber als die teils grobe Baumwolle. Ihr Haar hatte sie heute nur zu einem lockeren Pferdeschwanz gebunden. Es wuchs wieder, nachdem Little Deer doch eine ganze Menge hatte abschneiden müssen. Inzwischen reichte es, wenn sie es offen trug, wieder bis weit über die Schultern.

Little Deer war es auch gewesen, die bei Sunk'Palas letztem Besuch die herrlichen Wildlederstiefel für sie geschickt hatte. An den Füßen kräftiges, am Unterschenkel weiches Leder, mit breiten Lederbändern bis kurz unter den Knien zu schnüren. Sie liebte diese Stiefel. Wenn sie an ihre Schnürstiefelchen aus England zurückdachte, musste sie schmunzeln. Damit durch die Wälder zu streifen wäre ausgesprochen beschwerlich geworden. Als sie aus dem Wald hinaus auf eine Lichtung ritten, zügelte sie Sandy und betrachtete mit vor Staunen offenem Mund die wundervolle Landschaft.

»Louisa, was ist?«

»Nichts, ich staune nur immer wieder über die Schönheit der Natur.«

Jacques brachte Arrow neben ihr zum Stehen. »Du erstaunst mich. Als du in New York angekommen bist, musstest du doch zwangsweise eine ganz schön lange Reise unternehmen, um nach Chicago zu kommen. Hast du denn nicht auch damals schon die Landschaften gesehen?«

Sie zog eine schuldbewusste Grimasse. »Um der Wahrheit Genüge zu tun, habe ich damals nichts wahrgenommen. Ich kam hier an, mit dem Gefühl, ab sofort eine Gefangene zu sein. Eine Gefangene in einem wilden, fremden Land. So fühlte ich mich. Ich wollte gar nichts sehen, ich wollte keinen Gefallen finden an einem Land, das mir – nach meinem Empfinden – aufgezwungen wurde. Während wir mit der Kutsche unterwegs waren, starrte ich stumpf vor mich hin oder zankte mich mit meiner armen Mutter. Ansonsten schmiedete ich ständig neue Pläne, wie ich schnellstmöglich wieder zurück nach Hause kommen könnte, um sie dann bald wieder zu verwerfen, da einer unmöglicher erschien als der andere.«

Jacques schwieg eine Weile, ehe er ihr antwortete. »Ist das nicht seltsam? Da kommst du in einem neuen, fremden Land an, dir wird sofort alles an Zivilisation geboten, die das Land aufbringen kann, und doch fühlst du dich als Gefangene der Wildnis. Und nun lebst du tatsächlich in der Wildnis. Sehnst du dich denn nicht nach dem Luxus, den du aufgeben musstest?«

Sie musste nicht lange über ihre Antwort nachdenken.

»Nein, mir fehlt überhaupt nichts. Mich gefunden zu haben, und zwar wirklich *mich,* Louisa, ist mehr wert als aller Luxus der Welt. Bei dir sein zu können macht dieses neue Leben für mich perfekt.«

»Das ist schön zu hören. Lass uns weiter reiten.«

Wieder schmunzelte sie. Inzwischen kannte sie Jacques gut genug, um diesen ganz speziellen Ton in seiner Stimme heraushören zu können. In manchen Situationen verbot es der stolze Krieger in ihm, seine Gefühle allzu offen zu zeigen. Ihr war durchaus bewusst, dass er mit dem kurzen, hingeworfenen Satz lediglich seine Rührung zu verbergen suchte, und sie wusste auch, wann sie dies besser schweigend akzeptierte.

Eine halbe Stunde später erreichten sie das Ufer des Flusses, den Teil, kurz bevor er in den See mündete. Das Gewässer war hier voll von großen Fischen, die sich recht einfach fangen ließen. Sie stiegen ab, banden die Pferde fest und mit mittlerweile routinierten Handgriffen bereitete sie ihre Angel vor. Jacques hingegen griff sich seinen langen, schlanken Speer und ließ seinen Blick suchend über die Wasseroberfläche gleiten.

Louisa warf ihre Angel aus, setzte sich auf einen Stein am Ufer und reckte das Kinn in die wärmenden Sonnenstrahlen. Erst ein leises Platschen veranlasste sie, ihre Aufmerksamkeit wieder auf das zu lenken, was Jacques gerade tat. Er stand auf einem flachen Stein, etwa zwei Meter vom Ufer entfernt, mitten im Wasser. An der Spitze seines Speers zappelte bereits eine Forelle, ein recht ansehnliches Exemplar. Mit überlegenem Lächeln zupfte er das Tier herunter und warf es in ihre Richtung. Louisa verdrehte in gespielter Verzweiflung die Augen. Es bedurfte keiner Worte, sie wusste, was sie zu tun hatte. Rasch suchte sie sich ein größeres, kantiges Stück Holz und tötete den verzweifelt zappelnden Fisch mit einem gezielten Schlag hinter die Kiemen. Das tat sie in der nächsten Stunde noch fünf Mal, zwei eigene und drei, die Jacques mit seinem Speer fing.

Wie er so dort im Fluss in der Sonne stand, hochkonzentriert, den Körper bis auf die letzte Sehne angespannt, den Speerarm zum Wurf erhoben, konnte sie den Blick kaum von ihm wenden. Er war einfach vollkommen, noch nie zuvor hatte sie so viel Anmut und Schönheit bei einem Mann gesehen. Gut, Sunk'Pala stand ihm auch hier nur wenig nach, doch der war ernster, finsterer als Jacques.

Es dauerte eine Weile, ehe es ihr endlich dämmerte, was das war, das sie da fühlte, das ihr durch und durch ging, das ihr die kleinen Härchen auf den Armen zu Berge stehen ließ und das dieses warme Gefühl durch ihren Körper jagte und ihr das Herz fast schon schmerzlich zusammenzog. So oft war sie in ihrem früheren Leben damit beschäftigt gewesen, sich auszumalen, wie es sich wohl anfühlen musste und nun war es da, einfach so. Mitten in der Wildnis, weitab von all dem, das sie sich einst ausgemalt hatte, und es fühlte sich tausend Mal besser an, als sie es sich jemals erträumt hatte: Liebe.

27.

Träumst du?«

Seine Stimme riss sie aus ihren Gedanken.

»Ja, und es geht die ganze Zeit fast nur um eines.«

Sein Lächeln war ausgesprochen vielsagend. »Darf ich es wissen?«

»Nein.«

Ehe sie es sich versah, klatschte ihr ein weiterer zappelnder, patschnasser Fisch in den Schoß. »Wirklich nicht?«

»Jetzt ganz gewiss nicht mehr. Das ist nicht nett.« Louisa versuchte angestrengt, ernst zu bleiben, doch es misslang ihr vollkommen. »Ihr Männer benehmt euch ab und an wie Kinder, weißt du das?«

Er warf seinen Speer schwungvoll in ihre Richtung, sodass er etwa einen Meter neben ihr im Boden steckenblieb und sprang dann, geschickt wie eine Katze, mit drei eleganten Sätzen über einige Steine zurück ans Ufer.

»Sei ehrlich, Louisa, das mögt ihr doch an Männern, das Kind in uns.« Er beugte sich über sie, ohne ihre Antwort abzuwarten, hob ihr Kinn ein wenig an und küsste sie sanft. Sein langes, weiches Haar streifte ihren Oberarm und ihre Wangen. Sie griff in diese dicke, dunkle Haarflut und hielt ihn fest.

»Angesichts deiner Frechheit würde ich wirklich gerne etwas anderes sagen, doch mir fällt einfach nichts Passendes ein, daher muss ich wohl oder übel bei der Wahrheit bleiben. Ja, ich mag es. Ich suche die ganze Zeit nach etwas an dir, das ich nicht ausstehen kann, irgendeinen Fehler, der mir endgültig beweist, dass du nicht vollkommen bist. Ich gebe mir wirklich Mühe, nur finde ich nichts.«

Seine Augen musterten sie mit unerklärlichem Blick. »Dann hast du nicht gründlich gesucht. Ich bin alles andere als vollkommen. Andererseits muss ich eingestehen, dass es sich ausgesprochen gut anfühlt, so etwas zu hören.«

»Das ist mir egal. Genügt dir das? Alles, was in der Vergangenheit liegt, ist nicht mehr wichtig. Mein altes Leben ist nicht mehr wichtig.

Mein Verhalten hat mich fast das Leben gekostet und das hinter mir zu lassen fällt mir wirklich sehr leicht.«

»Mein Verhalten hat andere das Leben gekostet.«

Sie nahm sein Gesicht in beide Hände und schüttelte mit Nachdruck den Kopf. Louisa kannte die Geschichte, er hatte sie ihr erzählt. Nicht erzählt hatte er ihr, dass er sich alles selbst anlastete. Das wiederum wusste sie von Sunk'Pala, der das ganz anders sah. Und wenn sie es sich recht überlegte, dann war dem auch so. Nur musste Jacques das endlich akzeptieren. Allerdings wusste sie aus eigener Erfahrung, dass es dauerte, bis man sich mit der Vergangenheit aussöhnen konnte.

»Es war nicht deine Schuld, wie oft willst du das noch hören? Wie oft soll man dir das noch sagen? Sie hätten euer Lager so oder so gefunden, daran besteht nicht der geringste Zweifel. Das wissen Wanbli Waste und Sunk'Pala und alle anderen – nur du willst es nicht verstehen. Du hast getan, was du konntest, du hättest sie nicht retten können. Mich aber hast du gerettet, ohne darüber nachzudenken, in welche Gefahr du dich damit begibst.«

Er machte den Mund auf, um etwas zu entgegnen, doch sie wehrte bestimmt ab. »Nein, hör einfach nur zu. Eine Weiße, die mehr tot als lebendig ist, in dein Haus zu holen, war äußerst mutig. Hätte irgendjemand mich bei dir gefunden, glaub mir, du wärest wohl nicht einmal mehr zu einer Erklärung fähig gewesen. Du hast dein Leben aufs Spiel gesetzt, um meines zu retten. Genauso gut hättest du mich dort einfach der Natur überlassen können.«

»Kannst du mir sagen, wie ich das mit meinem Gewissen vereinbaren sollte?«

»Siehst du, das meine ich. Gewissen, Nächstenliebe, Pflichtbewusstsein, all das hast du. Nun ja, damit bin ich wieder am selben Punkt angelangt: Du bist vollkommen.«

Vollkommen? Er? Und dann noch dieser Blick. Ob sie sich auch nur im Entferntesten ausmalen konnte, was sie in ihm auslöste, sobald sie ihn so ansah? Seit sie sich vor über vier Wochen dort am Wasserfall das erste Mal geliebt hatten, trat sie ihm vertrauensvoll und gänzlich unbefangen gegenüber, doch in ihm schwelte noch immer die Furcht, etwas falsch zu machen, in ihr alte Wunden aufzureißen. Bei diesem Blick aber war es mit der Zurückhaltung doch sehr schwer. Er griff nach ihren Händen, erhob sich und zog sie mit sich nach oben.

»Du weißt, was du mit mir anstellst, wenn du mich auf diese Weise ansiehst?«

Sie runzelte nachdenklich die Stirn. »Du denkst darüber nach, was ich für ein enervierendes Geschöpf bin und wie du mich schnell wieder loswerden kannst?«

»Etwas in der Art.« Er zog sie an sich und seine Lippen suchten ihren Mund.

Sie war gänzlich unerfahren, was Liebe anbelangte, einmal ganz davon abgesehen, dass die Vergewaltigung sie mit Angst und Abscheu erfüllte. Langsam aber wurde sie mutiger, das merkte er mit jedem Tag, mit jeder Berührung.

»Sieh mich an.« Jacques legte den Zeigefinger unter ihr Kinn und hob es ein wenig an.

Der Aufforderung folgte sie nur allzu gerne. Mit jedem Tag, der ins Land ging, lernte sie seine sanften Liebkosungen mehr zu schätzen, und mit jedem Tag sehnte sie sich mehr danach. Seine Hände waren das sanfteste und zärtlichste, das man sich wünschen konnte, und seine schlanken, kräftigen Finger vermochten Dinge mit ihr zu tun, von denen sie noch nicht einmal in ihren wildesten Fantasien zu träumen gewagt hatte.

Bei all dem spürte sie, dass er sich noch immer zurücknahm, dass er vorsichtig war, sich nur langsam voran wagte, immer darauf bedacht, dass sie sich gut fühlte, dass sie nicht an Dinge erinnert würde, die sie und ihre Seele so sehr verletzt hatten.

Sie spürte, wie sich seine Arme um ihre Mitte legten und er sie leicht hochhob. Jacques trug sie zu einem knorrigen Baum, dessen untere Äste, ihrer Rinde entledigt, silbrig im Sonnenlicht schimmerten. Sanft setzte er sie auf einem der dicken Äste ab. Als er seinen Kopf hob und ihr in die Augen blickte, sah sie, dass sie brannten, diese Augen, die sie Zeit und Ort vergessen ließen, die bewirkten, dass es nur noch sie beide gab.

Er küsste sie, zuerst zärtlich, fragend, dann, als sie ihn ihre Zustimmung wissen ließ, fordernder, leidenschaftlicher. Seine Hände glitten unter ihr ledernes Hemd, tasteten sich über ihre Rippen, suchten und fanden ihre Brust. Sein Daumen umkreiste die harte Brustwarze, während seine Zunge ihren Mund erforschte, ihr leises Stöhnen war ihm offenbar Aufforderung genug.

Geschickt streifte er ihr das Hemd ab und bog ihren Oberkörper leicht nach hinten, während sich seine Lippen über ihren Brustkorb küssten, um sich schließlich fest um ihre Brustwarzen zu schließen. Jacques' Rechte schob sich über den Bund ihrer Hose zu ihrem Po, während seine Linke sie weiter festhielt.

Ihre Hände umfassten seinen Hals, doch sie wollte ihn fühlen, nicht den Stoff seines Hemdes, nein, seine warme, straffe Haut. Mit flinken Fingern löste sie die Schnürung und streifte es ihm vom Körper. Sie schlang ihre Beine um seine Hüften, umfasste ihn und streichelte seinen Rücken. Sanft ließ sie ihre Finger an seiner Wirbelsäule hinab gleiten, zog dann ihre Hände nach vorne, schob ihn ein klein wenig zurück um ihn ansehen zu können. Sein Blick war pures Verlangen, sein Lächeln eine eindeutige Bitte, doch noch versagte sie es ihm, lachte nur leise, als sie sich über sein Schlüsselbein zu seiner muskulösen Brust küsste. Ihre Lippen suchten und fanden seine Brustwarzen. Warum sollte das, was ihr solche Wonne bereitete, nicht auch ihm gefallen? Sanft saugte sie an ihnen, schloss sacht ihre Zähne darum und knabberte sehr vorsichtig daran. Sein Stöhnen war Antwort genug auf ihre Frage. Seine Hände gruben sich in ihre Oberschenkel. Sie ließ ihre Zunge darüber gleiten, immer wieder, so lange, bis er zitterte. Die Bänder an seiner Hose waren für sie kein Hindernis mehr.

»Was tust du? Bist du dir sicher? Hier? Hast du keine Angst?« Seine Stimme klang seltsam gepresst und sie kannte die Antwort, die er sich erhoffte.

»Fühlt es sich für dich so an, als verspürte ich Furcht?«

»Eigentlich nicht.«

Langsam, Stück für Stück, Zentimeter für Zentimeter zog und schob sie seine engen ledernen Beinkleider nach unten. Sie fühlte seine flinken Finger, als er ihren Gürtel öffnete, sie kurz anhob und ihre Hose einfach an ihren Beinen hinabfallen ließ. Nackt wie sie war, zog er sie an sich, streichelte ihren Rücken, küsste sie so leidenschaftlich, dass sie spüren konnte, wie sich Hitze in ihrem Bauch aufbaute, langsam tiefer wanderte, um schließlich in ihrem Schoß zu glühen. Fordernd umschloss sie ihn erneut mit ihren Beinen, grub ihre Hände in seine harten Schultern und warf den Kopf zurück. »Jacques, bitte.«

Sein leises Lachen an ihrem Ohr war Versprechen und Folter zugleich. Leicht, ganz zart, biss er in ihren Hals, seine Rechte umfasste mit festem Griff ihre Brust.

Endlich zog er sie mit sanftem Ruck nach vorne und sie fühlte, wie er in sie eindrang. Er bewegte sich langsam, vorsichtig und doch so, dass sie das Gefühl hatte, in Flammen zu stehen. Mit jedem sachten Stoß, mit jeder seiner wohlüberlegten Bewegungen, trieb er sie mehr und mehr in den Wahnsinn. Sein heißer Körper presste sich an ihren und sie umschloss ihn, in dem festen Willen, endgültig eins mit ihm zu werden, diese alles verzehrende Hitze nie mehr missen zu müssen. Hier, mitten in der Natur, weit weg von allem, was einst ihr Leben ausgemacht hatte, während dieser einzigartige Mann sie liebte, fühlte sie sich unendlich glücklich.

Als sein Atem noch schneller wurde und er sie zu einem Höhepunkt trieb, den sie in dieser Urgewalt nicht erwartet hatte, gruben sich ihre Fingernägel in seine Haut und sie vermochte nicht mehr, ihren Schrei zu unterdrücken. Nur einen Augenblick später spürte sie, wie er in ihr zuckte, laut aufstöhnte, um schließlich sein Gesicht an ihrer Halsbeuge zu vergraben. Schwer atmend hielten sie sich eng umschlungen, sich des anderen bewusst, die Kostbarkeit des Augenblickes genießend, unwillig, die Wärme aufzugeben, die von ihren Körpern ausging. Es war Jacques, der sich sacht von ihr löste.

»Cante mitawa.«

Sie wusste nicht, was die geflüsterten Worte bedeuteten.

»Mein geliebtes Herz.« Er lachte leise. »Das klingt etwas, wie soll ich sagen, *mächtig*. Und doch drückt es genau das aus, was du für mich bist.« Jacques reichte ihr lächelnd ihre Kleider, ehe er sich wieder seine Hose überstreifte.

Sie beobachtete ihn, während sie sich rasch wieder ankleidete, dem warmen Prickeln in ihrem Unterkörper nachspürend. Gerade richtete er sich auf, warf sein Haar zurück und schloss die Schnüre an seinem Hemd.

Die Worte, von denen sie geglaubt hatte, sie würde sie niemals aussprechen können, kamen ihr leicht und selbstverständlich über die Lippen.

»Jacques?«

»Ja, Louisa?«

»Ich liebe dich.«

Es waren nur Worte. Drei kleine Worte. Jedes für sich eher unbedeutend. Doch zusammen ausgesprochen und noch dazu aus ihrem Munde kommend, bedeuteten sie die Welt für ihn. Liebevoll strich er ihr die Haarsträhnen, die sich aus ihrem Zopf stahlen, aus dem erhitzten Gesicht.

»Ist das wahr? Bist du dir wirklich sicher? Du weißt, was das für mich bedeutet, du weißt, wie glücklich du mich damit machst?«

Sie zuckte nur die Schultern. »Jacques, ich habe lange gedacht, ich würde diese Worte nie über die Lippen bringen. Bei dir aber ist es vollkommen natürlich, es ist, als habe alles genau so kommen müssen.

Er war vollauf damit beschäftigt, das Gefühlschaos in seinem Innern in den Griff zu bekommen. Antworten konnte er in diesem Moment nicht. Was er konnte, war, sie in die Arme zu nehmen und einfach nur festzuhalten. Erst einige Minuten später vermochte er zu antworten.

»Ich liebe dich auch, Louisa. Lange wollte ich es mir nicht eingestehen, da ich dachte, das mit uns könne keine Zukunft haben, doch ich scheine mich geirrt zu haben. Das heißt, ich hoffe, mich geirrt zu haben. Kannst du dir denn wirklich auf Dauer ein Leben hier draußen vorstellen? Fernab von all dem, was dir einst lieb und teuer war?«

Sie lächelte, als sie den Blick zu ihm hob. »Lieb und teuer? Seit ich hier bin, seit ich dich und deine Familie kenne, seit ich die unbeschreibliche Schönheit dieser Natur erlebe, weiß ich doch erst, was diese beiden Worte bedeuten. Damit will ich sagen: Ja! Ja, ich kann mir ein Leben hier vorstellen.«

»Du bist dir sicher, dass du das meistern wirst?«

»Solange du bei mir bist, kann ich alles schaffen.«

Ganz fest umschloss er sie. »Dann ist alles gut, denn ich bin bei dir.«

Eine Stunde später lagen sie, wieder voll bekleidet, nebeneinander im Gras, nur wenige Meter vom Ufer des Sees entfernt, angenehm müde vom Wein und satt vom mitgebrachten Essen. Die Sonne stand bereits tief und der Horizont, von dem sich im Hintergrund die Bergkette abhob, verfärbte sich goldorange, während der Himmel über ihnen von rosafarbenen Bändern überzogen war.

»Ich muss schon sagen, Jacques Demeraux, deine Aufmerksamkeit und dein unfehlbares Gehör scheinen dich gerade gewaltig im Stich zu lassen.«

Obwohl die Stimme einen deutlich amüsierten Klang aufwies, erschrak sie doch enorm. Jacques aber reagierte vollkommen gelassen.

»Maroque, mein alter Freund, ich höre dich seit etwa zehn Minuten. Ihr und eure beschlagenen Pferde. Glaubst du im Ernst, ich höre das nicht? Unsere Nachrichtentrommeln könnten nicht lauter sein.«

»Lügner!«

»Beweise es.«

Louisa richtete sich rasch auf, um den Neuankömmling sehen zu können. Alleine der Umstand, dass Jacques nach ihrer Hand griff und diese beruhigend drückte, sorgte schon dafür, dass sie sich umgehend wieder entspannte. Aus Jacques' Erzählungen kannte sie den eigenwilligen Franzosen bereits. Ihn zu sehen jedoch war ein Erlebnis für sich.

Ein wenig kleiner nur als Jacques, war er in eine sehr fantasievolle rote Uniformjacke und ein weißes Rüschenhemd gekleidet, seine Beine steckten in schwarzen Reithosen, seine Füße in hohen, blank polierten Reitstiefeln. Über der roten Jacke prangte eine ärmellose Fellweste, und um seine Mitte ein doppelter Patronengurt, in dem zwei Pistolen steckten. Sein Gesicht, um mehrere Töne dunkler als das von Jacques, war anders, als sie es von einem Schwarzen erwartet hätte. Wieder einmal sah sie sich von Vorurteilen und falschen Erzählungen getäuscht. Maroque war ein ausgesprochen hübscher Kerl.

Riesige, fast schwarze, von langen Wimpern umfasste Augen, ein ausgesprochen schöner Mund, aus dem Zähne blitzten, die weißer waren als alles, was sie bisher gesehen hatte und dazu ein jungenhaftes Grinsen, das ihn ihr sofort sympathisch machte. Louisa wusste von Jacques, dass auch Maroques Mutter Französin war, sein Vater war mit einer hochrangigen Delegation aus Marokko nach Frankreich gekommen, um sich dort ausgerechnet in seine Mutter zu verlieben. Sein Entschluss, in Frankreich zu verweilen, war ihm nicht gut bekommen: Er erkrankte an der spanischen Grippe und starb, als Maroque gerade einmal zwei Jahre alt war. Seine Mutter heiratete dann, etwas zu schnell, einen französischen Tuchhändler, der Frau und das ob seiner Hautfarbe wenig geliebte Kind mit nach Amerika nahm.

Als Maroque sechzehn Jahre alt war, machte er sich, der Beleidigungen und der körperlichen Züchtigungen seines Stiefvaters überdrüssig, mitten in der Nacht davon, um nie mehr nach Hause zurückzukehren. Mit achtzehn heuerte er auf einem Schiff an und reiste nach Frankreich, nur um festzustellen, dass ihn das Leben dort einengte. Sieben Jahre fuhr er auf Handelsschiffen über die Weltmeere, sparte seine Heuer und kaufte sich davon, zurück in Amerika, einen Anteil an einem ausgesprochen profitablen Bordell.

Ab und an sah er dort nach dem Rechten, meist aber zog er rastlos durch das Land, um auf solch einem Ausflug auf Sophie zu treffen, die er seither anbetete und deren Tod auch für ihn ein herber Schlag gewesen war. Er verarbeitete den Tod Sophies, indem er dabei half, ihre Söhne vor dem Abgrund von Hass und Trauer zu bewahren.

Und nun stand er hier vor ihr und grinste sie freundlich an. Lange schwarze Locken kringelten sich um sein schmales Gesicht und auf seinem Kopf trug er eine dieser seltsamen französischen Kappen, allerdings aus Fell genäht.

Louisa entschied, den Paradiesvogel zu mögen.

»Ich will ja nun nicht über die Maßen neugierig erscheinen, aber möchtest du mir die bezaubernde junge Dame nicht vorstellen?«

»Nein, neugierig warst du wirklich noch nie.« Jacques' Tonfall klang nicht sehr ernst. »Aber ich will deine Neugierde stillen. Dies, mein lieber Freund, ist Louisa. Louisa, ich denke du ahnst, wen du hier vor dir hast.«

»Ja, ich glaube schon. Es freut mich, Sie kennenzulernen, Monsieur Maroque.«

»Oh, Madame, eine Dame mit Stil. Ich bin entzückt.« Er fasste nach ihrer Hand, führte sie mit einer leichten Verbeugung an seine Lippen und hauchte einen Kuss darauf.

Sie sah, wie Jacques die Augen verdrehte. »Gewöhn dich besser daran. So ist er andauernd.«

Maroque richtete sich wieder zu seiner vollen Größe auf, schenkte ihr ein strahlendes Lächeln und konstatierte: »Er meint damit, ich bin stets charmant und ein Kavalier alter Schule.«

»Das meinte er ganz sicher nicht«, grinste Jacques, »Doch es wird Zeit, nach Hause zu reiten. Sehe ich es richtig, dass ich nicht umhinkomme, dir für heute unsere Gastfreundschaft anzubieten?«

»Ich nehme diese herzliche Einladung dankend an. Es bräche mir ja schier das Herz, das abzulehnen.«

»Maroque?«

»Ja, mein lieber Freund?«

»Halt den Mund.«

»Avec plaisir, mon ami.« Er drehte sich schwungvoll zu ihr um, bot ihr seinen Arm und meinte schmunzelnd: »Ma chère, ich darf doch bitten«.

Lachend hakte sie sich bei ihm unter. »Merci, Monsieur. Je suis enchantée.«

Maroque war ein exzellenter Koch, besser noch als Jacques. Was er aus den Fischen zauberte, dazu aus ein paar Kräutern, die er in Windeseile aus dem Wald geholt und mit Kartoffeln verarbeitet hatte, suchte seinesgleichen.

Sie war selbst überrascht, wie leicht es ihr mittlerweile fiel, ihre Geschichte zu erzählen, die er natürlich erfahren wollte. Als sie zum Ende kam, war das Lächeln von seinen Zügen verschwunden.

»Louisa, was haben Sie erduldet! Darf ich sagen, wie sehr ich Sie dafür bewundere, mit welcher Stärke Sie das meistern?«

»Vielen Dank, doch ich hatte sehr liebevolle und geduldige Hilfe.« Sie griff nach Jacques' Hand und drückte sie zärtlich.

Maroque nickte nachdenklich. »Ja, Sie können von Glück sagen, dass Sie an ihn geraten sind. Es gibt ganz andere Exemplare unserer Gattung hier draußen. Und Sie wollen wirklich hierbleiben? Eine junge Lady aus Devonshire, hier im Seenland, am Fuß der Berge?«

Sie nickte lächelnd. »Ja, das will und werde ich. Falls Jacques nicht irgendwann meiner überdrüssig wird und mich in die Wüste schickt.«

Das Lächeln war auf das Gesicht des Franzosen zurückgekehrt, als er sich über den Tisch beugte und ihr die Hand auf den Arm legte. »Sollte das jemals geschehen, lassen Sie es mich wissen, ma chère, ich habe ein großes Herz.«

»Träum weiter, alter Freund. Ich lasse sie nie wieder los.«

Maroque seufzte theatralisch. »So etwas habe ich schon befürchtet.« Er füllte sein Weinglas erneut und sah sich nachdenklich im Haus um. »Nun aber einmal Scherz beiseite, mein Freund. Wir haben immerhin zumindest annähernd Sommer, was hältst du davon, nun, da ich schon einmal hier bin, wenn wir für diese bezaubernde junge Dame das Haus etwas vergrößern? Für dich alleine mag es ja angehen, aber wenn ihr euch dafür entschieden habt, zusammenzuleben, wäre es sinnvoll, die Zeit zu nutzen und hier für etwas mehr Platz zu sorgen.«

Jacques war nicht sehr begeistert von dem Plan. »Wenn wir hier Wände einreißen und neu aufbauen und alles umräumen, ist das für Louisa wenig zuträglich. Sie braucht noch immer Ruhe.«

Ein breites Grinsen huschte über Maroques Züge. »Es ist ja nur so ein Gedanke, aber warum bringst du sie nicht in der Zeit zu deinem Vater und zu Little Deer? Es ist warm, das Lager ist herrlich gelegen, wie ich weiß, da ich sie noch vorgestern besuchte, und wenn es um das Heilen von kranken Seelen geht, ist dein Vater ja wohl unerreicht. Louisa, Sie mögen Wanbli Waste doch?«

Sie nickte zögerlich. Auf der einen Seite behagte es ihr nicht besonders, von Jacques fortzumüssen, doch andererseits tat es ihm sicher gut, einmal eine Weile mit seinem alten Freund zu verbringen. Davon abgesehen wusste sie, tief in ihrem Inneren, dass Maroque mit seiner Vermutung richtig lag. Jacques' Vater und die Gespräche mit ihm taten ihr jedes Mal sehr gut. Auch das Leben in den Tipis schreckte sie nicht. Little Deer würde sich freuen.

Louisa wusste sehr wohl, wie einsam die Frau war. Nach dem Verlust ihrer gesamten Familie war sie, trotz aller Unterstützung, die sie im Dorf erfuhr, doch allein.

»Ja, sie mag Vater, aber ich denke nicht, dass sie alleine dortbleiben möchte.« Jacques musterte sie sehr besorgt.

Sie holte tief Atem, ehe sie fest antwortete. »Mach dir keine Sorgen. Ich gehe gerne dorthin, ich mag die Menschen und ich mag deinen Vater, ja sogar deinen Bruder. Maroque hat sicher recht, wenn er sagt, dass ich dort ebenso gut zur Ruhe kommen kann. Du wirst mir jede Stunde fehlen, doch so kann ich mir selbst beweisen, dass ich es kann.«

Jacques zog sie auf seinen Schoß und blickte ihr tief in die Augen. »Gut, aber solltest du mich brauchen, dann bin ich sofort bei dir, in Ordnung?«

Seine Sorge rührte sie. »Ja, ich weiß. Aber ich denke, ich bin dort sehr gut aufgehoben.«

Maroque klatschte erfreut in die Hände. »Sehr gut. Dann bringen wir Sie doch gleich morgen hin, desto schneller können wir mit dem Umbau beginnen.«

Jacques brummelte Unverständliches in seinen nicht vorhandenen Bart.

Es ließ sie lächeln. Mit beiden Händen umfasste sie sein Gesicht und küsste ihn. »Ich komme ja wieder.«

»Das will ich aber auch hoffen.«

28.

Wer hätte das je gedacht? Sie selbst wohl am allerwenigsten. Es war bereits Ende Juli und seit gut acht Wochen lebte sie nun bei den Lakota, zufriedener, in sich ruhender und selbstbewusster, als sie es jemals in ihrem Leben gewesen war.

Jacques kam sie zum Glück regelmäßig besuchen und berichtete freudestrahlend vom Voranschreiten des Umbaus. Es war wohl doch Größeres, das er und Maroque dort vorhatten. So sehr sie alle hier lieben gelernt hatte, ohne ihn zu sein war schwer, daher waren seine Besuche mit das Wichtigste für sie.

Doch auch die langen Gespräche mit Wanbli Waste reinigten ihren Geist, zeigten ihr so viele Dinge, denen sie nie Beachtung geschenkt, geschweige denn, die sie für wichtig erachtet hatte. Er zeigte ihr, wie man mit Hilfe der Natur heilen konnte und wie man Tränke und Salben bereitete. Jacques' Vater aber lehrte sie vor allem eines: Mensch zu sein. Er unterstützte ihre wachsende Liebe zur Natur und lehrte sie, im Einklang mit ihr zu leben.

Little Deer zeigte ihr, wie man Schmuck herstellte, wie man den Ahornbäumen ihren kostbaren Saft entlockte und wie man Lebensmittel haltbar machen konnte. Gemeinsam nähten sie als Überraschung für Jacques eine neue Felljacke, nachdem die alte den Überfall der drei Banditen nicht überlebt hatte. Auf ihren eigenen Wunsch hin half die geschickte Frau ihr dabei, eine mit Perlen und Knochenstäbchen verzierte Weste aus weichem Wildleder für Sunk'Pala zu nähen, die sie ihm an seinem Geburtstag strahlend überreichte.

Der überaus stolze, stets eher sarkastische Krieger reagierte überrascht und erfreut zugleich. Bei einem langen Spaziergang am Ufer des Flusses, aus dem er sie noch vor einigen Monaten gerettet hatte, erzählte sie ihm, dass dies der Versuch sei, ihre Dankbarkeit auszudrücken. Nicht nur für die Rettung vor dem Ertrinken, sondern für seine Erzählungen von seinem Volk und dass er ihr immer – ohne sie selbst in irgendeiner Form anzugreifen – die Wahrheit sagte.

»Du bedankst dich dafür, dass ich dein Volk beleidige und ihnen nicht eben selten die Pest an den Hals wünsche?«

»Nein, ich bedanke mich dafür, dass ich so endlich einmal sehen kann, wie es wirklich auf dieser Welt aussieht. Sicher wäre es leichter, wüsste ich es nicht, doch es wäre auch falsch. Ich will nicht mehr in einer Welt leben, die von anderen für mich zurecht geschoben und geredet wird. Ich will wissen, was wirklich geschieht, auch wenn es nicht schön ist. Dafür danke ich dir.«

Sunk'Pala wandte sich ihr zu und musterte sie lange, ohne ein Wort zu sagen. Dann erschien, was sehr selten geschah, ein Lächeln auf seinen Lippen. »Frau, wenn du dich so verändern konntest und mit so viel Kraft um dein neues Leben kämpfst, dann ist mit den Weißen vielleicht doch noch nicht alles verloren.«

Sie seufzte tief, ehe sie antwortete. »Darauf würde ich mein Leben jetzt eher nicht verwetten.«

»Das weiß ich, aber trotzdem gibst du mir Hoffnung.«

Schweigend und doch in dem Wissen, dass man sich gegenseitig verstand und respektierte, gingen sie langsam weiter.

Eine Woche später kamen Jacques und Maroque ins Lager, um sie nach Hause zu holen. Der Abschied von den Lakota fiel ihr schwerer als erwartet. Little Deer umarmte sie lange und hielt sie so fest, als wolle sie sie gar nicht mehr gehen lassen.

Die Tränen flossen allerdings erst, als Wanbli Waste sie in die Arme schloss und sich mit den Worten »Leb wohl, meine Tochter. Ich bin sehr stolz auf dich. Du wirst uns fehlen« von ihr verabschiedete. Dass der weise, kluge Mann sie als Tochter bezeichnete, war für sie eine große Ehre. Dass er auch noch vor allen anderen bekundete, stolz auf sie zu sein, bedeutete ihr unendlich viel, machte sie stärker als jemals zuvor. Was hätte sie darum gegeben, wäre dies nur ein einziges Mal überzeugend aus dem Mund ihres Vaters gekommen.

Der kräftige Hieb in die Seite, verbunden mit den Worten »Pass auf dich auf, kleine Schwester. Keine wagemutigen Aktionen oder Schwimmversuche!«, zu dem Sunk'Pala sich hinreißen ließ, kam für seine Verhältnisse fast schon einer Liebkosung gleich. Lachend und noch immer unter Tränen knuffte sie zurück.

»Im Notfall kann ich ja wieder auf dich zurückgreifen.«

Es war früher Morgen, als sie aufbrachen und sie schwieg ebenso beharrlich zu Jacques' Frage, was denn in dem großen Paket sei, wie auch er auf ihre neugierigen Fragen zu dem umgebauten Blockhaus keine Antwort gab.

»Warte doch einfach ab, sonst ist die ganze Überraschung verdorben.«

Schmollend ritt sie eine Weile neben den beiden ausnehmend gut gelaunten Männern her, bis sie es nicht mehr aushielt. Jacques so nah zu wissen, ihn wieder bei sich zu haben, war so schön, dass sie es nicht schaffte, verärgert zu sein. Dazu war sie viel zu glücklich. Sie drückte Sandy die Fersen in die Flanken und brachte sie an Arrows Seite.

»Hey, Fremder!«

Überrascht wandte Jacques ihr sein Gesicht zu. Sie streckte die Hand aus, griff nach dem Revers seiner Lederjacke, zog ihn zu sich herüber und küsste ihn.

»Hatte ich schon erwähnt, dass ich dich liebe?«

»Mon dieu, nun geht das wieder los. Leute, ich reite voraus. Das hält ja der stärkste Franzose nicht aus.« Grinsend galoppierte Maroque davon.

Jacques schmunzelte erfreut. »Nun ja, ist eine Weile her, aber ich erinnere mich finster.«

»Dir gebe ich gleich was von finster. Du hast mir gefehlt, Jacques Demeraux.«

»Du mir auch, Louisa Kedleston, mehr als du erahnen kannst.«

»Siehst du, das wollte ich hören. War doch ganz leicht.«

»Ziemlich frech, junge Dame.«

»Ach komm, du magst das doch.«

»Sei dir da nicht so sicher.« Er zog sie kurzerhand zu sich auf Arrows Rücken. Sein langer Kuss war zärtlich und liebevoll und ließ erahnen, was auf sie wartete, sobald sie alleine waren.

Sie schlang ihre Arme um seinen Hals und biss ihn leicht in sein mit einer kleinen Feder und einem silbernen Ring geschmücktes Ohrläppchen. »Ich bin mir sicherer denn je.«

Erst am späten Nachmittag erreichten sie den schmalen Weg, der zu ihrem Zuhause führte. Als sie den Wald verließen und die kleine Lichtung erreichten, blieb ihr vor Staunen der Mund offen stehen. Was die beiden Männer in den gut zwei Monaten erbaut hatten, konnte sich sehen lassen.

Das Haus war fast doppelt so groß wie zuvor. Unter Maroques Anleitung war eine Seitenwand entfernt und die drei anderen Wände mit langen, kräftigen Baumstämmen um etwa vier Meter verlängert worden. Das Dach zog sich nun ebenfalls über das ganze Haus und erschien Louisa höher als zuvor. An der Frontseite des Hauses gab es nun eine schmale, mit sauber geschliffenen Brettern befestigte Veranda. Rechts neben der Türe war ein weiteres Fenster eingelassen worden, um mehr Licht ins Innere zu lassen. In dem Moment, als Louisa ihr neues Heim betrat, erkannte sie auch, warum es höher war. Die Männer hatten eine Holzdecke eingezogen, über der sich eine Kammer mit einem schmalen Bett, einem Stuhl und einem Tisch befand.

Unten hingegen war das Bett verschwunden und an seiner Stelle stand nun eine breite, mit zahlreichen Decken und Fellen belegte Holzbank. Zu ihrer großen Freude gab es nun ein eigenes Schlafzimmer, das sich in dem neu gebauten Teil befand. Jacques war es gelungen, in der Zeit, in der sie weg war, ein großes, wunderschönes Bett aus altem Treibholz zu bauen, das am See angeschwemmt worden war. Maroque war mehrmals ins Dorf geritten und hatte seinen Charme bei einigen der Damen spielen lassen. Das Ergebnis war ein weiß-rot-grün gestreifter, wirklich schöner Vorhang.

»Wäre es nach Jacques gegangen, würde dort ein Büffelfell prangen.« Der Franzose rümpfte die Nase. »Nichts gegen Urtümlichkeit, doch das wäre des Guten zu viel gewesen.«

»Dafür wäre es warm und ließe auch keine Zugluft herein.« Jacques schien sich noch nicht mit dem dünnen, luftigen Gewebe anfreunden zu können. »Ich bin ja schon froh, dass ich die Felle wenigstens auf den Boden legen durfte.«

»Dort gehören sie ja auch hin.«

»Ruhe, sofort, alle beide!« Sie stemmte die Arme in die Seiten und musterte die beiden Bauherren streng. »Darf ich auch einmal etwas dazu sagen?«

Jacques zuckte nur die Achseln. »Sehr gerne.«

»Gut! Ich bin überwältigt. Ihr habt Unglaubliches geleistet und das in der kurzen Zeit. Es ist wunderschön geworden. Der Vorhang sieht sehr hübsch aus, vielen Dank für deine Mühen, Maroque. Auch die Felle sind herrlich und alles zusammen ist ein Traum.«

»Freut mich, dass es dir gefällt, du sollst dich hier ja wohl fühlen.« Jacques zog sie in seine Arme und küsste sie auf ihr vom Ritt zerzaustes Haar.

»Oh, wisst ihr, eigentlich wollte ich euch ja sagen, dass ich gerne statt in einem Haus in einem Tipi wohnen würde, aber das überzeugt mich dann doch.« Sie drehte den Kopf, so dass sie in Jacques' lachendes Gesicht blicken konnte.

»Da sind wir aber froh, das alles hier wieder abzureißen, würde mir doch tatsächlich schwerfallen.«

»Untersteh dich!« Louisa stellte sich auf die Zehenspitzen und küsste ihn liebevoll auf die Nase. »Ich liebe es.«

Der Abend wurde lang und fröhlich und Louisa fühlte sich in dem umgebauten Haus ausgesprochen wohl. Der Umstand, dass sie nun mit dem Schlafraum, in den Jacques sogar einen großen Spiegel gehängt hatte, auch ein wenig Privatsphäre genießen konnte, tat ihr sehr gut. Das Zimmer, aus dem zuvor das ganze Haus bestanden hatte, wirkte nun regelrecht großzügig. Noch während sie dies dachte, musste sie schmunzeln. Wo war denn ihre Vorliebe für riesige, edle Herrenhäuser abgeblieben? Irgendwo auf dem Weg von der verzogenen Tochter zur erwachsenen Frau, wie sie vermutete. Gegen Mitternacht drohten ihr die Augen zuzufallen und Jacques schickte den wohl niemals müde werdenden Franzosen kurzerhand in die Kammer unter dem Dach.

»Zeit ins Bett zu gehen, auch für dich, mein Freund. Wenn wir morgen ins Dorf wollen, sollten wir ausgeschlafen sein.«

Maroque seufzte herzzerreißend. »Gut, so will ich mich zurückziehen, in meine einsame Kammer, fernab von jeder menschlichen Wärme.«

Louisa dachte noch über den letzten Satz von Jacques nach. »Ihr wollt ins Dorf? Dann bin ich morgen den Tag über alleine?«

Jacques zog sie von ihrem Stuhl hoch und legte den Arm um sie. »Nein, meine Liebe, du begleitest uns. Du hast deine Angst längst hinter dir gelassen. Es wird Zeit, dass du wieder unter Leute kommst.«

Sie wand sich ein wenig. »Ich war unter Menschen und es war sehr schön.«

»Ich präzisiere das ein wenig: unter *deine* Leute.«

Schmollend schob Louisa die Unterlippe nach vorne. »Du bringst da etwas ganz gehörig durcheinander. Ihr seid meine Leute.«

Er lächelte auf sie herunter. »Das zu hören erfreut mein Herz und doch musst du dich irgendwann auch wieder deiner Welt stellen. Sorge dich nicht, nur eine kleine Weile, dann kannst du wieder zurück. Außerdem sind wir bei dir. Es gibt einen neuen Laden dort mit Stoffen und die Frau des Bäckers weiß mittlerweile, wie sehr du deutschen Apfelkuchen liebst. Sie wird sich freuen, dich endlich einmal zu sehen.«

Langsam begann ihr der Gedanke doch zu gefallen. Die Erzählungen über die Menschen in der kleinen Siedlung zeugten durchweg von deren freundlichem und hilfsbereitem Wesen. Vielleicht würde sie den Ausflug ja doch genießen. Minuten später kuschelte sie sich zufrieden in Jacques' Arme.

»Das habe ich wirklich sehr vermisst.«

Schon im Halbschlaf hörte sie seine amüsierte Stimme an ihrem Ohr.

»Du glaubst gar nicht, wie sehr ich dich vermisst habe, Maroque war ein miserabler Ersatz.«

29.

Die freundliche deutsche Bäckersfrau im Dorf überschlug sich schier vor Freude, endlich die Frau von Herrn Demeraux kennenzulernen. Sie verwöhnte Louisa mit Kuchen, Keksen und gekühlter Milch.

Gemeinsam mit Maroque erstand Louisa weißen Stoff, um sich eine Bluse daraus zu schneidern und im Kolonialwarenladen fand sich eine Reithose für sie. Eigentlich war sie für einen Mann, doch Louisa ignorierte freundlich lächelnd das doch etwas indignierte Gesicht der Verkäuferin. Die Zeit der Reitkleider war für sie endgültig vorüber. Das Strahlen kehrte in dem Moment auf die Züge der Frau zurück, als sie mit ihren Einkäufen fortfuhren und ihre Vorräte aufstockten.

Niemand stellte allzu neugierige Fragen, lediglich seit wann sie in Amerika sei, ob sie die Stadt nicht vermissen würde und ob sie denn keine Furcht empfinden würde hier draußen. Louisas höflicher Hinweis, dass Jacques, ihr Verlobter, denn so viel an gesellschaftlichen Regeln musste doch gewahrt bleiben, ihr nicht von der Seite weichen würde, genügte, um die Zweifler zum Schweigen zu bringen.

Die Feuerprobe war bestanden und Louisa war ausgesprochen stolz und zufrieden.

Am Tag darauf rüstete Maroque zum Aufbruch.

Louisa legte das Tuch, mit dem sie die Teller abtrocknete, beiseite. »Du verlässt uns?«

Der Franzose lächelte sie freundlich an. »Aber ja, mon amour, es wird Zeit, euch einmal wieder ein wenig Ruhe zu gönnen. Außerdem muss ich endlich wieder in meinem, öhm, *Geschäft* nach dem Rechten sehen.«

Jetzt wurde Louisa hellhörig. Sie war sich zwar ein wenig unsicher, ob sie fragen sollte, doch wen sonst bitten, wenn nicht den charmanten und tatsächlich diskreten Franzosen.

»Maroque, bedeutet das, dass du nach Chicago reitest?«

»Oui, Louisa, das bedeutet es. Soll ich dir etwas besorgen?«

Sie wehrte sofort ab. »Nein, nein, vielen Dank, das ist lieb, doch ich habe hier alles. Mir geht es um etwas ganz anderes.« Sie wusste nicht recht, wie sie es ausdrücken sollte. »Meine Familie wollte ich eigentlich nie wiedersehen. Doch da ist noch meine kleine Schwester. Diana ist ein zartes, empfindsames Wesen. Mit der Art und Weise, wie ich mich in der Zeit, ehe mein Vater mich hinauswarf, betrug, habe ich ihr großen Kummer bereitet. Wenn ich daran zurückdenke, dann bereue ich es wirklich zutiefst.« Nachdenklich betrachtete sie ihre vom Spülen geröteten Hände. »Worauf ich eigentlich hinauswill ist, dass ich dich bitten würde, ein wenig die Ohren offenzuhalten, ob du etwas über eine Diana Kedleston aufschnappen kannst. Ich möchte einfach wissen, ob es ihr gut geht, nicht mehr und nicht weniger.«

Maroque hob nur eine Augenbraue. »Verlasst Euch auf mich, Madame. Ich bin Euer Auge und Ohr in Chicago.«

»Oh, Maroque, kannst du einmal ernst bleiben?«

Der Franzose griff nach ihrer Hand und hielt sie fest. »Louisa, ich bin sehr ernst in diesem Fall. Ich verspreche dir, dass ich mich umhören werde. Sollte ich etwas erfahren, werde ich persönlich kommen und es dich wissen lassen. Ist das so in deinem Sinne?«

Sie nickte erleichtert. »Ja, du tust mir damit wirklich einen sehr, sehr großen Gefallen. Zu wissen, dass mit ihr alles in Ordnung ist, wäre mir eine große Erleichterung.«

Das Versprechen des Franzosen machte ihr das Herz tatsächlich leichter, denn die Ungewissheit in Bezug auf das Schicksal Dianas nagte doch immer wieder an ihr.

Der Oktober näherte sich bereits seinem Ende. Zahlreiche ausgesprochen schöne Biberfelle, dazu Fuchsfelle, einige von ihm in sehr sorgfältiger Arbeit hergestellte Hocker, Stühle und eine Riesenmenge geräucherter Fische gewährten ihnen für die nächste Zeit finanzielle Sicherheit. Im Ort bekam Jacques dafür stets einen sehr fairen Preis.

Durch Louisa war das Leben zu ihm zurückgekehrt, mehr denn je war er der Meinung, dass es das Schicksal genau so und nicht anders geplant und eingefädelt hatte, wenn auch zugegebenermaßen auf eine recht grausame Art und Weise. Louisa war in ihrem Leben angekommen, in einem Leben, das sie so sicherlich nie erwartet hatte.

Jacques brachte Arrow zum Stehen und genoss den Anblick, der sich ihm bot. Louisa stand, nur mit einer Hose aus Wildleder und einem kurzärmligen Hemd bekleidet, im Pferch bei den Pferden. Den kühlen Herbstwind schien sie nicht zu spüren. Mit vor Anstrengung roten Wangen striegelte sie Tanka, deren Fell in der untergehenden Abendsonne glänzte. Nach einer Weile legte sie die Bürste beiseite und streichelte der kleinen Stute zärtlich über die Nüstern, worauf diese sich bedankte, indem sie zutraulich ihren Kopf an Louisas Brust drückte. Die beiden boten ein Bild der Harmonie und des Friedens.

Es war Jacques fast ein wenig unheimlich, denn zu viel Glück, so war zumindest seine ureigene Meinung, bekam irgendwann einen Dämpfer, so war der Lauf der Dinge. Eigentlich wollte er daran aber jetzt gerade am allerwenigsten denken. Tatanka verriet seinen Herrn durch sein lautes erfreutes Jaulen.

Louisa hob den Kopf und als sie ihn sah, erschien sofort ein strahlendes Lächeln auf ihrem Gesicht. Wie konnte eine Frau nur so unbeschreiblich schön sein?

»Warst du erfolgreich? Es hat zumindest den Anschein, du siehst sehr zufrieden aus.« Neugierig blickte sie ihm entgegen.

Jacques sprang vom Pferd und kam langsam auf sie zu. »Wenn ich zufrieden aussehe, dann vor allem wegen dir. Tanka entwickelt sich prächtig, du musst stolz auf die Kleine sein.«

Sie warf einen Blick zurück auf das Fohlen, das sich wirklich sehr gut machte. »Das bin ich auch. Sie ist wundervoll. Die Nacht ihrer Geburt werde ich wohl nie vergessen, das kleine Wesen und dann noch die Überraschung, dass du sie mir geschenkt hast, haben viel in mir bewegt.«

Er band Arrow am Pferch fest und legte liebevoll den Arm um sie. »Alles hat sich gefunden, wie du siehst, meint das Schicksal es nicht ganz so übel mit uns beiden, wie es zuerst den Anschein hatte. Niemals hätte ich es für möglich gehalten, dass der gewaltsame Tod meiner Mutter und dann dich dort zu finden alles Teil eines großen Planes war.«

Louisa seufzte leise. »Oh ja, eines Planes, der mein Leben durcheinandergeworfen hat, um es dann umso schöner und besser wieder zusammenzufügen.«

Plötzlich fiel ihr siedendheiß etwas ein. »Oh, ich muss rasch ins Haus, bitte entschuldige mich.« Zum Donnerwetter noch eins. Warum war sie immer so zerstreut? In fliegender Eile öffnete sie den Ofen und zog das Brot heraus. Eben noch rechtzeitig, das ging noch gerade so als knusprig durch. Verflixt, war das heiß. Das dünne Tuch, mit dem sie die Klappe aufmachte, taugte eindeutig nicht dazu, wirklich vor der Hitze zu schützen. Mit einer schmerzlichen Grimasse tunkte sie ihre pulsierende Rechte in die Schüssel mit dem kalten Wasser. Und ausgerechnet so fand sie Jacques.

»Oh, Liebling, hast du dich verbrannt?«

Stirnrunzelnd antwortete sie ihm. »Mhm, immerhin hast du nicht gesagt ‚wieder verbrannt'. Dafür bin ich dir doch recht dankbar.«

Sie sah genau, dass er sich das Lachen verbeißen musste, konnte es ihm aber auch schlecht verübeln.

»Liebes, das ist doch keine Tragödie. Darf ich dich daran erinnern, dass du noch vor einem Jahr nicht einmal einen Gedanken darauf verschwendet hast, wo dein Brot herkommt? Heute kannst du backen und das ausnehmend gut, möchte ich behaupten. Du kannst kochen, nähen, du nimmst ohne mit der Wimper zu zucken Fische aus, ganz davon abgesehen, dass du beneidenswert erfolgreich bist, wenn es ums Angeln geht. Du reitest wie eine Lakota, du kümmerst dich um die Tiere und du verarbeitest sogar Leder, was nun wahrlich nicht einfach ist. Also zerbrich dir nicht den Kopf über eine verbrannte Hand, sonst erzähle ich dir einmal von den Verletzungen, die *ich* mir bei solchen Gelegenheiten zugezogen habe. Glaub mir, das hat mit ruhmreichen Narben überhaupt nichts zu tun.«Erneut schaffte er es binnen weniger Augenblicke, die in ihr aufsteigenden Selbstzweifel zu zerstreuen und den Stolz über das Erreichte wieder wachsen zu lassen.

Er nahm sie in die Arme und drückte sie fest an sich. »Lila winyan niwa'ste na wounspe ota luha."

»Ich bin eine gute Frau?«

»Sehr gut, aber ein Wort fehlt noch.«

Sie dachte angestrengt nach. »Oh, und klug?«

»Na siehst du, es geht doch wunderbar. Lila tanyan Lakota iye ca nu'kan iyokipi mayalo."

»Du findest, ich spreche gut Lakota und das macht dich glücklich?«

»Ja, genau. Siehst du, wie gut du bist? Nimm deine Zweifel beiseite, du hast sie nicht nötig. Du bist eine kluge, schöne und stolze Frau.« Er schwieg eine Weile, ehe er weitersprach. »Vor allem aber bist du meine Frau.« Er schob sie ein wenig von sich. »Louisa, ich möchte das wirklich. Ich weiß nicht, wie es aussieht, wenn du nach euren Gesetzen heiraten möchtest, doch hier haben wir andere Bräuche.«

Sie wagte kaum, ihn anzusehen. Als er fortfuhr zu sprechen, klopfte ihr das Herz bis zum Hals.

»Sieh mich an, Louisa. Denk darüber nach, bitte. Ich will dich nicht überfallen und ich will auch nicht, dass du dich überrumpelt fühlst, aber ich bitte dich, es zumindest in Erwägung zu ziehen.«

Oh weh, da missdeutete er ihren gesenkten Blick aber ganz gehörig. Es war eindeutig an der Zeit, ihn anzusehen.

»Jacques, was genau möchtest du mich fragen?«

Er war wohl etwas verwirrt, denn sein Blick war ein klein wenig ratlos.

»Nun ja, das ist wahrscheinlich nicht der allerromantischste Augenblick, aber ich bin nun einmal sehr spontan und der Gedanke spukt mir schon seit Monaten durch den Kopf.«

»Jacques!?«

»Oh ja, entschuldige bitte. Ich wollte dich fragen, ob du dir vorstellen könntest, meine Frau zu werden? Mein Vater und unser Dorfältester können uns verheiraten, aber wenn es dir noch zu früh ist, wenn du …«

»Jacques, wirst du mir bitte zuhören?«

Er hielt sofort in seinem Redefluss inne und blickte sie erschrocken an.

»Verzeih, ich …«

»Ich verzeihe.« Sie lächelte ihn aufmunternd an. »Aber abgesehen davon wäre ich dankbar, wenn ich auch etwas sagen dürfte.«

»Natürlich, verzeih …«

»Hörst du jetzt sofort damit auf, mich andauernd um Verzeihung zu bitten?«

»Äh, ja …«

»Sei einfach still. Ja! Tausend Mal ja! Jacques, ich liebe dich. Natürlich will ich deine Frau werden.«

»Ich wollte dich doch nur nicht unter … Augenblick, sagtest du gerade, dass du meine Frau werden willst?«

»Na endlich. Das hat aber gedauert, bis das bei dir ankam. Ja! Was denkst du denn?«

Er hob sie so unvermittelt hoch, dass sie ihre Hand, die sie noch immer in das kalte Wasser hielt, haltsuchend in seinen Nacken legte.

»Deine Hand ist nass und eiskalt.«

»Damit wirst du leben müssen, wenn du mich durch die Luft wirbelst. Außerdem trocknet das wieder, ich bin die mit den Schmerzen, erinnerst du dich?«

Jacques stellte sie sachte zurück auf den Boden. »Ich erinnere mich.« Sehr sanft nahm er ihre Hand, betrachtete sie und küsste sie in die Handfläche. »Tut es noch sehr weh?«

»Schon viel besser, kein Wunder, wenn du mich so verwöhnst.«

»Das nennst du verwöhnen? So wie es aussieht, muss ich dringend an mir arbeiten. Pass mal sehr gut auf, ich zeige dir, was ich unter ‚verwöhnen' verstehe.«

Ein erschrockenes Quieken entfuhr ihr, als erneut der Boden unter ihren Füßen verschwand und Jacques sie auf die Arme nahm.

»Wollten wir nicht zu Abend essen?«

»Nein, das wollten wir ganz sicher nicht, mein Hunger geht in eine gänzlich andere Richtung.«

Längst war die Sonne untergegangen und die Dunkelheit bemächtigte sich des Landes. Irgendwo heulten Wölfe und statt der roten Abendsonne leuchtete nun der silberne Mond in ihr Schlafzimmer und zauberte schimmernde Schatten auf Louisas Haar. Sehr behutsam, um sie nicht zu wecken, streichelte er ihren Nacken. Er wusste nicht mehr, wie viele Stunden sie sich geliebt hatten, ganz sicher aber wusste er, dass Louisa ein Quell der Überraschungen war. Ihre Unerfahrenheit und anfängliches Zögern waren Neugier gewichen. Sie zu lieben war das Wunderbarste, das er jemals erlebt hatte. So schnell sie lernte, in ihrem neuen Leben zurechtzukommen, so schnell lernte sie die Freuden der Liebe. Er musste sich nicht mehr zurücknehmen, nicht mehr behutsam und vorsichtig sein, sie wollte ihn und sie zeigte es ihm auch. Alleine bei diesem Gedanken schoss Hitze durch seinen Körper und als spürte sie es, öffnete sie träge die Augen.

»Du bist wach?«

»Ich sehe dich an.«

»Und, bist du zufrieden mit dem, was du erblickst?«

»Zufrieden? Machst du Scherze? Ich bin – auch wenn ich dieses Wort sehr selten in den Mund nehme – überglücklich.«

Louisa stützte sich mit den Ellbogen auf seiner Brust ab und musterte ihn eingehend. »Das ist schön zu hören. Doch zu viel der Beteuerungen können ab und an den Zauber des Augenblicks ein wenig stören. Daher ziehe ich es vor, dir meine Gefühle zu zeigen.«

Er spürte, wie ihre Hand über seinen Bauch glitt, langsam, forschend, suchend.

»Louisa, ich …«

Sie zog eine bedauernde Grimasse, ihre Stimme klang amüsiert. »Jacques, du redest eindeutig zu viel.«

Noch ehe er darauf reagieren konnte, verschloss sie seinen Mund mit einem langen, sehr liebevollen Kuss. Gleichzeitig spürte er ihre Hand, die gefunden hatte, wonach sie suchte. Sie war geschickt, sehr geschickt. Er konnte das lustvolle Stöhnen nicht unterdrücken und seine Hände gruben sich in ihr langes, dichtes Haar. Sie beugte sich vor, küsste ihn erneut, um sich dann, sich aus seiner Umklammerung befreiend, in einer flinken Bewegung auf ihn zu setzen. Langsam und zärtlich ließ sie ihre Finger über den empfindlichsten Teil seines Körpers gleiten. Sein Glied pochte und war so hart wie Stein, doch noch dachte sie nicht daran, ihn von dieser süßen Qual zu erlösen.

Wieder und wieder bewegte sie ihre flinken Finger darüber, solange, bis er stöhnend nach ihren Hüften griff und seine Finger in ihre Haut krallte. Da endlich huschte ein wissendes Lächeln über ihre Lippen, sie richtete sich ein klein wenig auf, sah ihm in die Augen und ließ sich auf ihn hinuntersinken. Ihre Hitze zu fühlen, zu spüren, wie sie sich langsam und aufreizend auf ihm bewegte, zu sehen, wie sie den Kopf zurückwarf, sich zurückbeugte und dann ihre Hände in seine Oberschenkel grub, war das Unglaublichste, das er jemals gefühlt hatte.

Ihre gleichmäßigen Bewegungen wurden schneller, um dann kurz innezuhalten. Er hörte ihr leises, glückliches Lachen, als er ungehalten protestierte, ehe sie damit fortfuhr, ihn in den Wahnsinn zu treiben. Doch ganz und gar wollte er ihr das nun doch nicht überlassen. War doch schließlich er derjenige mit der Erfahrung, selbst wenn er sich dessen nicht mehr so sicher war. Seine Rechte löste sich von ihren Hüften, sein Daumen glitt vorsichtig zwischen die dunklen Locken in ihrem Schoß.

»Jacques!«

Seine Antwort bestand aus einem leisen Lachen. Er konnte ihren Höhepunkt spüren, noch ehe sie aufstöhnte und auch er endlich seine nur mühsam aufrecht erhaltene Zurückhaltung aufgab.

Sie lag auf ihm, schweißnass, ihre Arme fest um ihn geschlungen. Er zog die Decken und das Fell über ihre erhitzten Körper.

»Hast du es warm, Canté?«

»Mir geht es bestens. Ich habe es warm, du bist besser als jedes Kaminfeuer.«

»Vielen Dank. Wir sollten nun aber wirklich schlafen. Es ist bereits nach Mitternacht, sonst ist der morgige Tag möglicherweise ein sehr müder Tag.«

Sie lachte nur. »Das ist alles einerlei. Nichts kann mir mein Glück zerstören, solange du bei mir bist.«

Louisa musste eingeschlafen sein, Sekunden nachdem sie ihren Kopf auf seine Brust gebettet hatte. Irgendwann übermannte der Schlaf auch ihn und so dauerte es, als er wieder erwachte, trotz seines scharfen Gehörs einen kurzen Moment, ehe er begriff, was er vernahm.

Draußen graute bereits der Morgen und er hörte, wie offenbar in gestrecktem Galopp ein Reiter heranpreschte. Da schien jemand es sehr eilig zu haben. Solche Eile bedeutete nie etwas Gutes. Mit einem seltsam unruhigen Gefühl im Bauch erhob er sich und trat ans Fenster.

30.

Louisa war zwar kurz erwacht, doch Jacques deckte sie nur zu und flüsterte, sie solle sich noch einmal umdrehen. Nervös fuhr er in seine Hose und lief auf bloßen Füßen nach draußen. Auf dem Weg zur Türe griff er nach seinem Gewehr, man konnte ja nie wissen, wer dort Einlass begehrte. Er öffnete, als der Besucher gerade erneut die Hand hob, um kräftig zu klopfen.

»Maroque, was in aller Welt tust du hier? Und das zu dieser Stunde?«

Das sonst so fröhliche Gesicht des Franzosen war ernster, als es ihm lieb war.

»Was ist geschehen?«

Maroque betrat auf leisen Sohlen das Haus. »Ist Louisa wach?«

»Nein, noch schläft sie. Hat dein Besuch mit ihr zu tun?«

Der Freund kratzte sich über die unrasierten Wangen. »Das kann man so sagen. Bitte weck sie auf. Ich habe schlechte Nachrichten.«

Eigentlich hätte er es wissen müssen. Louisas Gehör war fast genauso fein wie sein eigenes. Sie stand hinter ihm, ehe er sich umwenden konnte.

»Maroque, bitte sprich. Was ist los?«

Der Waldläufer holte tief Luft, ehe er in der ledernen Tasche an seiner Schulter kramte. »Warte, ich habe es gleich.« Endlich zog er eine zusammengefaltete Zeitung aus dem Beutel, öffnete sie, suchte etwas und hielt sie ihr dann zögerlich entgegen.

»Bitte nicht erschrecken, Louisa. Es ist deine Schwester.«

»Diana?« Mit einem spitzen Schrei war sie neben Maroque und riss ihm die Blätter aus den Händen. »Wo?«

»Diese Seite, oben rechts. Dein Vater heißt doch Frank Kedleston, nicht wahr?«

Louisa nickte nur abwesend. Ihr Blick ruhte wie gebannt auf dem Artikel und auf dem im schwachen Licht des Morgens undeutlichen Bild, das darunter prangte.

Er hätte ihr gerne geholfen, doch dazu musste er erfahren, was geschehen war. »Louisa, sprich mit uns. Was ist passiert?«

Ihre Antwort war ein wütender Schrei, der in haltloses Schluchzen überging. »Dieser herzlose Bastard!«

Sein Blick eilte hilfesuchend zu Maroque.

»Ihr Vater ist einer der neuen ‚Barone' Chicagos. Er hat es mit diversen Geschäften und Geschäftsideen, die er gemeinsam mit seinem Bruder umsetzt, zu einem richtig großen Vermögen gebracht. Ich kann mir nur vorstellen, dass die jüngere Tochter damit irgendwie nicht klargekommen ist. Wie auch immer, auf jeden Fall steht dort, dass sie – so munkelt man – versucht habe, sich das Leben zu nehmen. Um sie nicht auch noch zu verlieren, hat er sie in ein Hospital für Geisteskranke eingewiesen.«

»Um sie nicht auch noch zu verlieren!« Louisa spie die Worte regelrecht aus. Sie strich die Zeitung glatt, setzte sich an den Tisch, entzündete eine Kerze, um besser lesen zu können, und las ihnen vor.

»Frank Kedleston, angesehener Geschäftsmann Chicagos, ist derzeit zutiefst betrübt ob der jüngsten Ereignisse. Nachdem bereits in den Weihnachtstagen des letzten Jahres seine älteste Tochter Louisa spurlos verschwand und er sie, nachdem man ihren Koffer am Ufer des Michigansees fand, schweren Herzens für tot erklären ließ, erkrankte nun seine jüngere Tochter Diana schwer. Unbestätigten Berichten zufolge, versuchte Diana Kedleston, sich vor einigen Tagen das Leben zu nehmen. ‚Ich werde nicht noch ein Kind verlieren, das kann ich versichern. Ich werde alles tun, um Diana in Sicherheit zu wissen', erklärte Frank Kedleston auf Anfrage unseres Reporters. Gerüchte, die besagen, dass er immer wieder mit seiner Tochter in Auseinandersetzungen ob seiner an manchen Stellen als übermäßig hart angesehen Geschäftsmethoden geriet, weist Mr. Kedleston energisch zurück. ‚Meine Familie hatte zu keiner Zeit etwas an der Art und Weise, wie ich meine Geschäfte führe, auszusetzen. Hier handelt es sich um reine Verleumdungen. Mir ist nur wichtig, dass Diana nun geholfen wird.'«

Louisas Finger krallten sich um die Tischkante. »Ich kann mir nur zu gut vorstellen, was geschehen ist. Diana war immer die Sanfte, die Liebevolle von uns. Wenn ich bedenke, warum man mich vergewaltigt hat, wenn ich mir die Worte der Männer ins Gedächtnis rufe und nun dies hier lesen muss, dann weiß ich, dass Diana an der Gier unseres Vaters zerbrochen sein muss.«

Er war entsetzt. Sollte tatsächlich nun auch die Jüngere unter den ruchlosen Methoden des Vaters zu leiden haben? Das konnte und durfte er nicht zulassen.

»Maroque, kennst du dieses Hospital? Gibt es eine Möglichkeit, dort hinein zu gelangen?«

»Vergiss das sofort wieder. Das Haus ist besser bewacht als eine Bank. Soweit ich es in Erfahrung bringen konnte, stecken dort all die Familien ihre Sorgenfälle hinein, die einen Skandal vermeiden wollen. Das bedeutet, ist man erst da drin, gerät man ganz langsam, aber sicher in Vergessenheit. Das lassen sich die Betroffenen eine Menge kosten. Ohne ein von Frank Kedleston unterzeichnetes Dokument, das besagt, dass man die Kranke freigeben solle, haben wir keine Möglichkeit zu handeln.«

»Dann gehe ich zu meinem Vater. Das lasse ich nicht zu. Nicht auch noch Diana, das wird ihm nicht gelingen.« Louisa sprang auf und wollte ins Schlafzimmer, wohl um sich sofort anzukleiden.

»Nein, Liebes, wir dürfen nichts überstürzen. Das, was du vorhast, ist sicher richtig, doch es muss vernünftig geplant sein.« Er fasste sie fest bei den Schultern und bugsierte sie auf den Stuhl zurück. »Zuerst trinken wir jetzt einen starken Kaffee und essen etwas. Wenn wir vor Entkräftung auf dem Weg zu deinem Vater zusammenbrechen, ist niemandem geholfen.«

»Wir?«

Er schüttelte lächelnd den Kopf. »Natürlich *wir*. Was denkst du denn? Glaubst du, wir lassen dich alleine in die Höhle des Löwen? Mir graut zwar davor, in diese schreckliche Stadt zu müssen, aber hier haben wir keine andere Wahl.«

Der starke Kaffee, den Jacques braute, half ihr ein wenig dabei, wieder einen klaren Gedanken zu fassen. Zu ihrer eigenen Überraschung schaffte sie es auch, vernünftig zu essen. Jacques lag ja auch nicht falsch damit, dass das, was sie hier planten, wohlüberlegt sein müsste. Während sie sich Blaubeermus auf das Brot strich und Ahornsirup in den Kaffee goss, sah sie immer wieder Dianas blasses Gesicht vor sich. Wie konnte er nur? Nur zu gut vermochte sie sich sein despotisches Auftreten vorzustellen und wie die empfindsame Diana darunter litt.

Maroque und Jacques besprachen bereits, was man tun konnte.

»Louisa, glaubst du, dass Diana mit dir kommen würde? Denkst du, dass sie ein Leben hier überhaupt in Betracht ziehen könnte?« Jacques schien sich nicht sicher, wie ihre Schwester einzuschätzen war.

Unwillkürlich musste sie lachen. »Du fragst mich, ob ‚die schwarze Diana' sich an das Leben hier gewöhnen könnte? Allerdings; wer, wenn nicht meine abenteuerlustige, wildromantische kleine Schwester könnte ein Leben hier draußen lieben?«

»Die schwarze Diana?« Maroque sah ein klein wenig verunsichert aus.

»Aber natürlich, die Königin der Freibeuter. Glaubt mir, sie würde all dies hier lieben.«

Jacques zuckte mit den Schultern. »Dann lass sie uns holen. Denken wir doch einmal in Ruhe nach. In England verlor dein Vater durch sein eigenes Versagen sein Vermögen und sein Ansehen. Nun hat er es, trotz aller Widrigkeiten, erneut geschafft zu Reichtum und offenbar einem herausragenden Platz in der Gesellschaft Chicagos zu kommen. Das ist unser Argument, um ihn in die Knie zu zwingen.«

Sie verstand nur die Hälfte von dem, was er erzählte.

»Jacques, wie soll uns das helfen? Du kennst meinen Vater …«. Noch während sie sprach, dämmerte ihr langsam, was er andeutete. »Jetzt verstehe ich. Ich lief ja nicht freiwillig davon, so wie er es darstellt. Er warf mich, wenn auch nicht ganz grundlos, aus seinem Haus. Du hast recht, indem wir ihm damit drohen, sein Bild des vom Schicksal gebeutelten Mannes, der trotz aller Widrigkeiten nie aufgab, zu zerstören, läuft er Gefahr, dass jedermann erfährt, dass er es zu verantworten hat, was mit mir geschah.«

»Siehst du, wenn man darüber nachdenkt, ist es doch eigentlich ganz leicht.« Jacques lächelte sie zufrieden an. »Wenn dann noch ans Licht käme, dass er für den Zustand deiner Schwester die Verantwortung trägt, wäre es vorbei mit Glanz und Gloria.«

Schweigend trank sie ihren Kaffee aus und schluckte den letzten Bissen ihres Brotes hinunter. Nachdenklich sah sie aus dem Fenster. »Wann?«

Jacques streichelte beruhigend ihren Rücken. »Morgen oder übermorgen, wir müssen das gut vorbereiten. Auf einen Tag darf es nicht ankommen. Uns darf kein Fehler unterlaufen.«

Sie stimmte zu. »Ja, das darf auf gar keinen Fall geschehen, denn dann wäre Diana verloren.«

Jacques und Maroque standen gleichzeitig auf.

»Maroque, du weißt, was zu tun ist?«

Der Franzose nickte ernst. »Ja, ich beeile mich.« Er griff nach seinem Gewehr, das er an den Türpfosten gelehnt hatte, und stupste Louisa aufmunternd in die Rippen. »Keine Angst, Chérie, wir schaffen das.«

Er war verschwunden, ehe sie ihm antworten konnte. »Wohin geht er?«

»Lass dich überraschen. Komm, wir suchen dir vernünftige Kleidung. Du kannst ja nicht als Squaw vor deinen Vater treten.«

Nur langsam drangen seine Worte in ihr Bewusstsein. Ja, vor ihren Vater treten. Das, was sie eigentlich niemals mehr tun wollte, war nun unabdingbar. Allerdings würde das für Frank Kedleston ein Tag sein, den er niemals vergessen würde. Nein, sie plante keinen großen Auftritt. Sie würde einfach nur als die Frau zu ihm gehen, die sie heute war. Selbstbewusst, stark und stolz. Die verwöhnte, selbstherrliche, egoistische Louisa gab es nicht mehr. Jacques irrte sich. Sie konnte sehr wohl als Squaw zu ihrem Vater gehen.

Sehr langsam und gründlich räumte sie das Zimmer auf.

»Louisa, ist alles in Ordnung?«

»Ja, ich beginne nur, mich darauf vorzubereiten, den Mann zu treffen, auf dessen Wohlwollen, dessen Liebe und Verständnis ich so lange Zeit verzweifelt hoffte. Je länger ich darüber nachdenke, desto mehr freue ich mich darauf.«

Jacques verstand offenbar nicht ganz.

»Du freust dich darauf?«

»Ja, aber nicht, weil ich ihn wiedersehen werde, nein, weil ich heute die Frau bin, die hier vor dir steht. Ich freue mich darauf, ihm zu zeigen, wer ich geworden bin.«

Jetzt lächelte er, kam auf sie zu und nahm sie in den Arm. »Das ist meine wundervolle Frau. Ich bin sehr stolz auf dich.«

Louisa wusste offenbar, was sie tat. Sie durchwühlte sorgsam ihre Kleidertruhe und fand genau, was sie suchte. Die dunkelbraune, hüftlange Wildlederjacke, die sie zusammen mit Little Deer genäht und mit türkisen Steinchen verziert hatte, dazu der fast bodenlange Rock aus braunem Stoff, den sie in langen Tagen mit Mrs. Wenger geschneidert hatte, ihre neuen ledernen, mit breiten Bändern gebundenen Winterstiefel und der wunderbare, breite, mit Knochenröhrchen verzierte Wildledergürtel, ein Geschenk Sunk'Palas. Die selbstgenähte, hochgeschlossene weiße Bluse rundete das Bild perfekt ab. Ihr Haar wollte sie zu einem Zopf im Nacken zusammenfassen.

»Wie sehe ich aus?«

»Du siehst wunderschön aus, außerdem siehst du wie eine Frau aus, die genau weiß, was sie will.«

Sie schmunzelte nur. »Punkt eins ist mir gar nicht so wichtig, auch wenn ich mich natürlich freue. Punkt zwei aber liegt mir sehr am Herzen.«

Es wurde Nacht, ohne dass Maroque wieder auftauchte. Sorgen machte er sich nicht um den Franzosen, eher um Louisa, die immer wieder nervös aus dem Fenster sah. »Wohin hast du ihn geschickt? Was soll er tun?«

Er schüttelte nachsichtig den Kopf. »Ganz ruhig bleiben, Canté. Hab Geduld.«

Am frühen Morgen des nächsten Tages hörte er sie kommen. Halb bekleidet trat er hinaus in den kalten Herbstmorgen. Wanbli Waste, Sunk'Pala und Maroque sprangen von ihren Pferden.

»Guten Morgen, mein Sohn. Das, was Maroque uns berichtete, war nicht sehr erfreulich. Wir helfen gerne, sofern wir können. Das bedeutet also, wir werden nach Chicago reiten?«

Er nickte. »Ja, das heißt es. Aber nur, wenn ihr auch wirklich wollt.«

Sunk'Pala richtete sich zu seiner vollen Größe auf, grinste und ließ die Knochen in seinen Schultern knacken. »Ich wollte noch nie etwas anderes tun.«

Sie trat ins Freie und musterte überrascht die vier Männer. Schließlich begriff sie. »Ihr kommt mit uns? Ihr alle?«

Sunk'Pala kam auf sie zu, stieß ihr spielerisch die Faust in die Rippen und flüsterte ihr ins Ohr: »Glaubst du, ich lasse mir das entgehen?«

Erst jetzt fiel ihr die Kleidung der Indianer auf. Erstaunt klappte ihr die Kinnlade nach unten. Beide trugen dunkelbraune, lange Lederjacken, die aussahen, als seien es Uniformen. Goldene Knöpfe an den Ärmeln, den Aufschlägen und am Revers verstärkten diesen Eindruck noch. Ihre Beine steckten in ledernen Reithosen und kniehohen Lederstiefeln. Ganz besonders faszinierten sie aber die weißen Hemden im französischen Stil, die aus den Jacken lugten. Die beiden Lakota sahen unglaublich imponierend und gut aus.

»Darf ich sagen, dass ich sehr beeindruckt bin?« So richtig wusste sie nicht, wie sie ihrer Begeisterung Ausdruck geben sollte. Das übernahm Sunk'Pala gleich selbst.

»Das darfst du, kleine Schwester. Meine Mutter hat diese Dinge vor längerer Zeit, als Maroque mal wieder eine seiner seltenen Reisen nach Frankreich antrat, in Auftrag gegeben. Sie meinte, wir sähen darin blendend aus. Sieh doch mal hin, da kommt Jacques.«

Ihr war überhaupt nicht aufgefallen, dass Jacques im Haus verschwunden war und nun voll bekleidet zurückkam. Er trug exakt die gleichen Kleidungsstücke wie sein Vater und sein Bruder. Wanbli Waste schmunzelte ob ihrer Verblüffung.

»Kind, wir wollen den *Wasicu* auch einmal ein klein wenig Respekt abnötigen. Das ist schwer genug, seltsamerweise legen sie großen Wert auf Äußerlichkeiten. Nun, auch damit können wir, wenn wir wollen, dienen, wie du siehst.«

Erleichterung machte sich in ihr breit. Mit den drei Lakota und dem verrückten Franzosen an ihrer Seite konnte eigentlich nichts mehr schief gehen. Sogar Maroque sah nicht ganz so bunt aus wie sonst. Seinen roten Uniformrock hatte er gegen eine schwarze Lederjacke eingetauscht und die Fellkappe gegen einen schwarzen Hut, der französisches Flair in die Wildnis brachte.

»Sehr elegant, Maroque. Äußerst stilvoll.«

Der Franzose grinste sie breit an, tippte an die Krempe des Hutes und verbeugte sich leicht. »À votre service, Madame.«

Jacques' Hand an ihrem Arm bedeutet ihr, dass es Zeit wurde. »Lass uns aufbrechen, Canté. Jeden Tag, den wir später kommen, ist deine Schwester in diesem Hospital gefangen.«

»Du hast recht, brechen wir auf.«

Sunk'Pala war bereits mit dem Aufsatteln von Sandy und Arrow fertig und führte die beiden Pferde vor.

»Na dann, ab nach Chicago. Beeilen wir uns, desto schneller sind wir aus diesem Geschwür, das sie Stadt nennen, wieder weg.«

Allesamt bestiegen sie ihre Pferde, und betrachtete Louisa ihre Begleiter, dann fühlte sie Stolz und Freude. Ihre Familie. Sie war nicht mehr alleine, sie würde es auch nie mehr sein.

31.

Die Nacht verbrachten sie in einem kleinen, sauberen Gasthaus, dessen Besitzer Maroque bereits kannte. Nach einem Frühstück, von dem Louisa fast keinen Bissen hinunterbekam, obwohl es sehr lecker duftete, machten sie sich gegen neun Uhr morgens auf den Weg. Die Herberge befand sich etwa fünf Meilen vor Chicago. Man konnte die Stadt riechen. Zumindest konnte sie das nun. Nachdem sie fast ein Jahr lang die reine Luft in den Wäldern hatte atmen dürfen, stank Chicago.

Rauchschwaden waberten über einem Stadtteil, an den sie sich nicht erinnern konnte. Langgezogene Hallen reihten sich aneinander und man konnte nur erahnen, dass es sich um neue Fabrikgebäude handeln musste. Was immer dort verarbeitet wurde, stank buchstäblich zum Himmel.

Sunk'Pala rümpfte angewidert die Nase. »Also ehrlich, und das nennt ihr Zivilisation?«

Sie zuckte entschuldigend die Achseln. »Sie wissen es nicht besser.«

Es dauerte eine Weile, ehe sie es schafften, sich durch das Gewirr am Rand der Stadt zu arbeiten, und so war es bereits Nachmittag, ehe sie den Stadtteil erreichten, in dem sich das Haus der Kedlestons befand. Dank Maroque, der sich in Chicago gut auskannte, fanden sie rasch die richtige Straße. Ein seltsam beklemmendes Gefühl bemächtigte sich ihrer, als sie wieder in die Straße blickte, die sie in finsterer Nacht hatte verlassen müssen. Die warme Hand, die ihre umfasste und drückte, gab ihr in Sekundenschnelle ihre Kraft zurück.

»Danke, Jacques.«

»Nichts zu danken. Ich kann mir nur annähernd vorstellen, wie du dich fühlen musst.«

Als sie, von neugierigen Blicken der Passanten begleitet, vor dem Haus abstiegen, waren alle Angst und Aufregung plötzlich verschwunden. Es zählte nur noch, so schnell als möglich zu Diana zu kommen. Maroque blieb auf der Straße zurück und hielt die Pferde fest. Lässig gegen den Zaun gelehnt, war es ihm denkbar egal, dass die Tiere den schmalen Gehweg blockierten.

Louisa stieg, gefolgt von den drei Lakota, die Stufen zum Eingang hoch. Nur noch einmal tief durchatmen, dann zog sie an der Glocke. Es dauerte eine Weile, ehe sich im Innern des Hauses endlich etwas bewegte. Ein ihr fremdes Dienstmädchen öffnete die Türe und sah sie erschrocken an.

»Sie wünschen?«

»Mein Name ist Louisa Kedleston und ich möchte zu meinem Vater.«

Das Mädchen runzelte nachdenklich die Stirn. »Aber die Familie Kedleston wohnt doch nicht mehr hier. Die sind vor über vier Monaten weggezogen.«

Louisa wurde kalt. »Und wohin sind sie gezogen? Wo leben sie nun, doch noch in Chicago, hoffe ich?«

Erst jetzt erblickte das Mädchen Jacques und die anderen. Sie wurde etwas blass um die Nase, spähte aber doch neugierig hinter Louisa.

»Das weiß ich nicht, Miss. Ich müsste die Herrschaft fragen.«

»Dann tu das bitte, wer ist denn deine Herrschaft?«

Die Frage erübrigte sich, als eine ihr wohlbekannte, warme Stimme erklang.

»Linnie, was gibt es denn, wer ist denn da?«

Das Mädchen wandte sich um und rief nach hinten. »Miss Louisa Kedleston, Sir.«

Die Kleine kam nicht mehr dazu, beiseitezugehen, als die Türe auch schon ganz aufgerissen wurde und ein gänzlich aufgelöster Malcolm McLeary im Türrahmen erschien. Vollkommen fassungslos musterte er sie. Zuerst erkannte er sie wohl nicht, doch dann erschien ein Lächeln auf seinem Gesicht.

»Louisa, du bist es wirklich? Du wurdest offiziell für tot erklärt, weißt du das? Wie kann das sein?«

»Ja, Malcolm, ich bin es wirklich und irgendwie hat das schon seine Richtigkeit. Die Louisa, die du kanntest, die gibt es nicht mehr.«

Nervös strich er sich seine dunkle Haartolle aus der Stirn. »Ich weiß nicht, was ich sagen soll. Wie ich sehe, kommst du nicht alleine?«

»Nein, ich bin nicht alleine.« Sie wandte sich halb um und gab den Blick auf ihre Begleiter frei. »Darf ich dir Jacques und Sunk'Pala Demeraux vorstellen? Und dieser Herr hier ist Wanbli Waste, der Vater der beiden.«

Malcolm war vom Anblick der drei Indianer eindeutig überfordert. Doch er reagierte so, wie sie es von ihm erwartete. »Bitte verzeihen Sie meine Unhöflichkeit. So kommen Sie doch herein. Gehen wir in den Salon. Ich muss mich wirklich entschuldigen, doch eine Totgeglaubte lebendiger denn je vor mir zu sehen, muss dann doch erst einmal verarbeitet werden.«

Louisa musste der Weg in den Salon nicht gewiesen werden, sie kannte das Haus.

Kaum hatten alle sich gesetzt, überfiel sie Malcolm mit Fragen.

»Malcolm, bitte vergib mir, doch ich bin sehr in Sorge um Diana. Mir ist zu Ohren gekommen, dass sie ... in ein Hospital gebracht wurde. Nun komme ich hierher, was mir wahrlich nicht leichtgefallen ist, und finde statt meiner Eltern dich. Malcolm, bitte, was ist hier geschehen?«

»Sofort, liebe Louisa, zuerst möchte ich fragen, ob ich dir und deinen Begleitern etwas anbieten kann. Dann will ich dir all deine Fragen beantworten.«

Jacques wehrte ab, Wanbli Waste und Sunk'Pala erhielten jeder eine große Tasse warmen Tee.

Malcolm setzte sich ihr gegenüber und suchte sichtlich nach den richtigen Worten.

»Wo soll ich nur anfangen. Am besten damit, dass kurz nachdem du spurlos verschwunden warst, nichts mehr so war wie zuvor. Deine Schwester kapselte sich von allen ab, nur mit unserer Familie sprach sie noch. Dein Vater wurde nicht müde zu erzählen, du hättest bei Nacht und Nebel heimlich das Haus verlassen, um auf eigene Faust zurück nach England zu gelangen.« Er musterte sie eingehend. »Ich nehme an, das entspricht nicht ganz der Wahrheit.«

»Richtig, doch das erzähle ich dir gerne später. Bitte, fahr fort.«

»Verzeih. Nachdem dein Vater dich im Januar für tot erklären ließ, als man deinen Koffer am Ufer des Sees fand, brach für Diana eine Welt zusammen. Nur mit äußerster Mühe gelang es deiner und meiner Mutter, sie zu beruhigen. Doch dann ging ein seltsamer Wandel mit ihr vor. Sie wurde ruhiger, erklärte, sie sei sich sicher, dass du leben würdest. Ihre genauen Worte waren: ‚Meine Schwester lebt, sie ertrinkt nicht einfach in einem See, nicht meine Louisa'. Ich denke, diese Hoffnung hat sie am Leben gehalten. Mit der Zeit nahm dieses Leben wieder seinen Lauf, mit einem Unterschied. Meine Eltern, so erzürnt sie auch über dein Verhalten gewesen waren, konnten nicht begreifen, dass dein Vater dich so schnell aufgab. Mein Vater versuchte, ihn dazu zu bewegen, weitere Suchtrupps loszuschicken. Schließlich hatte man deinen Leichnam nie gefunden. Ich weiß nun auch, warum.« Malcolm trank einen großen Schluck Tee, ehe er fortfuhr.

»Mein Vater war auch schon seit einiger Zeit nicht mehr damit einverstanden, wie die Kedleston-Brüder ihre Arbeiter behandelten. Du erinnerst dich, dass Vater sich stets sehr fair gegenüber seinen Untergebenen verhielt? Nun, langer Rede kurzer Sinn, mein Vater beschloss, dass sich die Wege der Firma Kedleston und der McLearys trennen mussten. Er baute seine eigenen Geschäfte weiter aus und schränkte den Kontakt zu deinem Vater weitestgehend ein. Nur unsere Mütter sehen sich heute noch ab und an. Als dein Onkel sich ein herrschaftliches Anwesen außerhalb der Stadt kaufte, zog dein Vater in dessen Stadtvilla. Mutter gefiel euer Haus schon immer und da Vaters Geschäfte gut liefen, erwarb er es für uns. Jetzt gerade sind sie alle unterwegs zu Freunden. Ich bin nur hier, weil ich mich am Morgen nicht wohlfühlte. Ach was, ich gestehe, ich kann diese Gesellschaften nicht ausstehen. Nun weißt du alles, bis auf den Grund für Dianas Erkrankung.«

»Malcolm, aber genau das ist mir so wichtig.«

»Das denke ich mir, doch hier hat dein Vater ganze Arbeit geleistet. Er hat sie regelrecht eingesperrt. Alles, was ich weiß, ist das, was deine Mutter im Vertrauen der meinen erzählte.«

»Im Vertrauen?«

Malcolm schmunzelte. »Ertappt, ich habe nun mal gute Ohren. Diana ist ein kluges Mädchen. Sie hörte die Dienstboten miteinander tuscheln und fragte geradeheraus, was los sei. Nach einigen Zögern und weil sie darauf bestand, erzählten sie ihr von den Zuständen in den Fabriken deines Onkels und deines Vaters. Sie erfuhr von Ausbeutung, von schweren Verletzungen der Arbeiter, da man an Sicherheitsmaßnahmen Geld einsparte, von Krankheiten und einigem anderem. Diana stellte euren Vater zur Rede, immer und immer wieder. Eines Tages passierte dann etwas sehr Schlimmes, einer der Arbeiter verlor sein Leben. Man verlangte von ihm, in Doppelschicht zu arbeiten. Er war zu müde, um die nötige Vorsicht walten zu lassen, und fiel in einen Kessel mit kochendem Wasser.

An diesem Abend nannte Diana ihren Vater einen Mörder, daraufhin schlug er sie. Dies wohl so heftig, dass man nach einem Arzt schicken musste. Auf Anordnung deines Vaters gab der ihr irgendwelche beruhigenden Medikamente. Nach diesem Vorfall hörte Diana auf zu sprechen. Sie sagte kein Wort mehr. Aus der Erzählung deiner Mutter weiß ich, dass das deinen Vater nur noch wütender machte. Als er sie erneut ohrfeigte, griff Diana nach einer schweren Skulptur auf seinem Schreibtisch, warf sie durch das geschlossene Fenster und wollte hinterherspringen. Noch in derselben Nacht ließ er sie einweisen.«

Während Malcolm erzählte, hatte Louisa ihre Hände vor Zorn so fest ineinander verkrampft, dass ihre Fingernägel sich tief in ihre Handballen gruben.

»Dieser Mistkerl!«

Malcolm nickte. »Ich würde dir gerne widersprechen, doch leider trifft es das ziemlich genau.«

Sie erhob sich und lief unruhig im Zimmer auf und ab. Was der Freund berichtete, erschütterte sie zutiefst. Wie konnte man ein so liebes und zartes Wesen wie Diana so sehr quälen, wie konnte man sie gar schlagen?

Doch nun musste sie ein für alle Mal etwas anderes aus der Welt schaffen, das ihr auf dem Herzen lag.

»Malcolm, ich danke dir für deine Offenheit. Auch dafür, dass du uns hier so freundlich empfangen hast. Gerade du hättest allen Grund gehabt, mir die Türe zu weisen. Mein Betragen dir gegenüber war ungeheuerlich. Ich bereue es ehrlich und kann dich dafür nur aus tiefstem Herzen um Verzeihung bitten.«

Alleine schon sein aufrichtiges Lächeln beruhigte sie. »Louisa, erstens weist man jemandem, der gerade von den Toten auferstanden ist, nicht die Türe. Außerdem habe ich im Nachhinein einiges über das erfahren, was geschehen war, ehe ihr in dieses Land gekommen seid. Ich bin dir nicht mehr böse. Doch auch wenn ich mir sicher bin, dass du am liebsten sofort zu deinem Vater möchtest, bitte ich dich doch inständig, mir kurz zu berichten, was mit dir passiert ist.«

Sie war es ihm schuldig, das wusste sie. Also setzte sie sich wieder und erzählte so knapp und so ehrlich wie möglich, was ihr seit jenem verhängnisvollen Winterabend zugestoßen war. Sie berichtete von ihrem neuen Leben und dem Glück, das sie verspürte. Als sie endete, griff sie nach Jacques' Hand und warf Wanbli Waste und Sunk'Pala ebenfalls einen liebevollen Blick zu.

»Und hier, lieber Malcolm, siehst du die drei Männer, die mir dieses neue Leben geschenkt haben.«

Noch etwas blass ob der schrecklichen Geschichte, die er soeben erfahren hatte, jedoch schon wieder gefasster erhob Malcolm sich und trat der Reihe nach auf die drei Lakota zu.

»Darf ich Ihnen allen meinen Dank und meinen tiefsten Respekt für Ihr Tun aussprechen?« Schmunzelnd drehte er sich zu Louisa um, ehe er, an Jacques gewandt, fortfuhr. »Und meine Hochachtung dafür, was für eine geradezu unglaublich wunderbare Frau Sie aus dem – bitte verzeih mir – verwöhnten Mädchen gemacht haben.«

Louisa zog eine nachdenkliche Grimasse. »Da gibt es nichts zu verzeihen, Malcolm, ich war schlicht und ergreifend ein Biest.«

Malcolm trat auf sie zu, ergriff sie bei den Schultern und schüttelte sie leicht. »Übertreibe es nicht. Irgendwo in dem Mädchen von damals steckte schon die Frau von heute. Es bedurfte nur des richtigen Mannes, um sie zum Vorschein zu bringen.«

»Und seiner geradezu legendären Geduld.« Louisa erhob sich und küsste Jacques zärtlich auf die Wange. Danach aber wurde sie sofort wieder sehr ernst. »Es wird spät. Ich möchte unbedingt heute noch Diana aus diesem Gefängnis holen, denn nichts anderes ist es. Du sagst, sie wohnen nun im Palais meines Onkels? Ich weiß, wo das ist. Wir sollten aufbrechen.«

Sofort war Malcolm auf den Beinen. »Ich begleite euch, vielleicht kann ich vermitteln.«

Louisa wehrte sofort ab. »Das ist unglaublich lieb von dir, Malcolm, doch dies ist eine Familiensache, ich möchte nicht, dass du mit hineingezogen wirst. Ich kenne meinen Vater, sähe er dich und müsste befürchten, dass ein neuer Skandal aufkommen könnte, würde das alles nur noch schwerer machen.«

»Wahrscheinlich hast du recht. Tust du mir jedoch einen Gefallen? Sobald ihr alles erledigt habt, sobald alles ein gutes Ende gefunden hat, worauf ich fest hoffe, bitte, lass mir eine Nachricht zukommen.«

»Das verspreche ich.« Louisa umarmte den alten Freund fest und herzlich.

Sie verabschiedeten sich von Malcolm, gingen hinaus auf die Straße und bestiegen ihre Pferde. Jacques sah, wie Louisa dem jungen Mann freundlich zuwinkte. Es war gut, dass sie eine weitere Last losgeworden war, die ihr auf der Seele gelegen hatte. Zu wissen, dass er ihr nicht mehr gram war, schien sie sehr zu erleichtern.

»Geht es dir gut? Ist alles in Ordnung? Du bist so still.«

»Ja, alles ist gut. Ich versuche einfach nur, mich bestmöglich für das Treffen mit meinem Vater zu wappnen. Sobald du ihn siehst, wirst du verstehen, warum. Er hat nichts von der Freundlichkeit und Menschlichkeit der McLearys.«Aufgrund der fortgeschrittenen Jahreszeit dämmerte es bereits, als sie in die Straße einbogen. Die Häuser hier waren noch edler und herrschaftlicher als das, in dem die Kedlestons zuvor gelebt hatten. Jacques allerdings war wenig beeindruckt. In solch riesigen Steinpalästen zu wohnen, mochten sie auch noch so exquisit sein, konnte er sich nicht vorstellen. Hier führten riesige Auffahren zu prachtvollen Villen, Kutschen standen in den Einfahrten und Mauern schützten die Anwesen.

Nein, das könnte wohl nie seine Welt werden. Allerdings gab es auch wenige Gründe, um sich darüber Gedanken zu machen. Diese Frage würde sich ihm niemals stellen.

Um ein Haar wäre Arrow in Sandy hineingelaufen, wenn der Hengst nicht so klug gewesen wäre, um von selbst stehenzubleiben.

»Hier ist es.« Louisa zeigte auf eine Villa, zu der eine breite, geschwungene Auffahrt führte. Ein wenig höher gelegen zeigte sich das Haus in seiner ganzen herrschaftlichen Pracht. Es mutete fast ein wenig wie die französischen Schlösser an, die Sophie ihm in ihren Erzählungen über ihre alte Heimat beschrieben hatte. Zwei Stockwerke hoch, zogen sich, ausgehend von einem Mittelbau, zwei lange Flügel über das weitläufige Grundstück. Selbst in der Dämmerung leuchtete das Mauerwerk in strahlendem Weiß. Aus einigen Fenstern schimmerte warmes Licht und vor dem Eingang standen zwei große Kutschen. Das sah nach Gästen im Hause Kedleston aus.

»Deine Eltern haben wohl Besuch.« Jacques deutete auf die beiden Kutschen, bei denen die Pferde angespannt waren. »Oder lasst ihr eure Pferde über Nacht im Geschirr?«

»Nein, tun wir nicht. Doch das trifft sich gut. Wenn Gäste anwesend sein sollten, dann will Vater sicher nicht, dass ich allzu laut und deutlich verkünde, was mir auf der Seele liegt.«

Sunk'Palas Augenbraue zuckte amüsiert nach oben. »Schwesterchen, das klingt nach einem sehr vernünftigen Argument.«

Er legte ihr aufmunternd die Hand auf die Schulter. »Na dann.« Jacques konnte fühlen, wie sie tief Luft holte.

»Ja, dann werde ich einmal versuchen, alles richtig zu machen.«

32.

Sie griff die Zügel fester, warf einen Blick zurück auf ihre Begleiter und musste unwillkürlich lächeln, als sie die grimmigen Mienen sah. Gut so! Gleich vier unerschütterliche Felsen in der Brandung zu haben, war ein sehr gutes Gefühl. Als sie die Auffahrt hoch ritten, öffnete sich bereits das große Portal. Zwei Bedienstete traten heraus und blickten ihnen mit unfreundlicher Miene entgegen.

»Was wollt ihr hier? Ihr habt hier nichts verloren.«

Louisa zügelte ohne ein Wort zu sagen ihre Stute, sprang ab und reichte Maroque lächelnd die Zügel. »Hältst du sie bitte kurz? Ich möchte den beiden Herren gerne erklären, was ich hier zu suchen habe.«

Der Franzose griff mit breitem Grinsen nach den Zügeln. »Avec plaisir, Chérie.«

Nachdem sie nun so nah waren, wich die Überheblichkeit in den Mienen der Diener und schiere Fassungslosigkeit über das Bild, das sich ihnen bot, machte sich breit. Louisa sah es mit Genugtuung. Sie schritt, langsam ihre Handschuhe von den Fingern streifend, die Stufen hinauf.

»Sie werden verzeihen, doch ich habe hier sehr wohl etwas verloren. Etwas, das ich mir heute zurückzuholen gedenke.«

Ein Blick in die Gesichter der beiden Männer zeigte ihr, dass sie keine Ahnung hatten, wer ihnen hier gegenüberstand. Auch die eindrucksvollen Männer hinter ihr verfehlten offensichtlich ihre Wirkung nicht. So klang die nächste Warnung bereits etwas unsicherer.

»Sie sind nicht eingeladen, wir müssen Sie bitten zu gehen.«

Louisa schüttelte nachsichtig den Kopf. »Aber nein, das werden wir ganz sicher nicht. Dazu war unsere Anreise etwas zu beschwerlich.« Sie hob den Kopf und sah den Dienern fest in die Augen. Ihr Ton veränderte sich, wurde noch ein wenig kühler, distanzierter.

»Meldet meinem Vater, dass seine Tochter ihn zu sehen wünscht. Sofort!«

»Das kann nicht stimmen. Die ältere Tochter der Herrschaft ist verstorben und die jüngere erkrankt. Wer sind Sie denn dann bitte?«

»Ich bin die Verstorbene. Und als solche habe ich, wie Sie wohl nachvollziehen können, wenig Zeit für Erklärungen. Daher führen Sie mich nun sofort zu meinem Vater. Und angesichts dieses seltsamen Ausdruckes auf Ihrer beider Mienen darf ich versichern, dass meine Begleiter bei mir bleiben werden. Sie werden *nicht* hier warten, verstanden? Und nun darf ich bitten!«

Sie machte eine auffordernde Geste, betrat bereits die mit Marmor ausgelegte Fläche vor dem Portal und ließ den verdutzten Bediensteten keine andere Möglichkeit, als ihr zu folgen. Sie aufzuhalten wagten sie offensichtlich nicht. Mit eiligem Schritt durchquerte Louisa die ihr noch wohlbekannte Halle. Das umhereilende Personal hielt in dem, was es gerade zu tun im Begriff war, inne und starrte staunend auf die seltsame Szenerie. Louisa wusste, wo sich der große Salon befand, und steuerte zielstrebig darauf zu. Einer der Diener setzte zu einem schnellen Spurt an, um vor ihr an der Türe zu sein, riss diese ein wenig ungestüm auf und trat ein. Die Stimme, die sie daraufhin vernahm, hätte ihr noch vor einem Jahr allen Mut geraubt. Heute stieg nur Zorn in ihr auf.

»Was soll das? Was ist das für ein Betragen? Was kann so wichtig sein, dass es nicht warten kann?«

Ehe der Diener antworten konnte, schubste sie ihn leicht zur Seite und betrat den Raum.

»Ich, Vater. Ich bin so wichtig, dass ich nicht warten kann.«

Frank Kedleston, bereits im Aufstehen begriffen, fiel kreidebleich zurück in seinen Sessel. Sein Mund öffnete sich, als wollte er sprechen, doch kein Ton war zu hören. Fünf ihr unbekannte Menschen saßen, ihre Gläser in den Händen, über den weitläufigen Salon verteilt. Auf dem Sofa neben dem Kamin entdeckte sie ihre Mutter. Elisabeth Kedleston war, ebenso wie ihr Gatte, weiß wie ein Laken. Ihre weitere Reaktion jedoch unterschied sich grundlegend von der ihres Mannes. Ihre linke Hand krallte sich in das Leder des edlen Möbelstücks, während ihrer Rechten das Champagnerglas entglitt und mit lautem Klirren auf dem Boden zerschellte. Sie blickte entgeistert auf ihre totgeglaubte Tochter, ihre Lippen öffneten sich und ein einziges, geflüstertes Wort durchdrang die gespenstische Stille.

»Louisa.«

Dann sprang Elisabeth auf.

»Louisa!« Dieses Mal schrie sie den Namen in den Raum, stürzte auf ihr Kind zu, starrte sie einen Augenblick vollkommen fassungslos an, um sie dann weinend in die Arme zu schließen.

»Ein Wunder, das ist ein Wunder. Oh mein Gott, du hast mir mein Kind zurückgegeben!«

Louisa legte die Arme um ihre Mutter, strich ihr tröstend über den Rücken und ließ sie weinen. Sie konnte nur ein erahnen, wie sie sich fühlen musste. Die Frau, die sich stets im Griff hatte, die stets ihre Gefühle verbarg, schluchzte haltlos an ihrer Schulter.

Über ihre Mutter hinweg musterte Louisa die Anwesenden. Ratlosigkeit, Unmut, Fassungslosigkeit waren wohl die vorrangigen Reaktionen auf ihr Erscheinen. Ihr Vater saß noch immer in seinem Sessel und sah sie an, als sei sie ein Geist.

»Mama, bitte beruhige dich doch. Es ist doch alles gut. Bitte.«

Sanft streichelte sie weiter den Rücken ihrer in einem Weinkrampf gefangenen Mutter. Endlich erhob sich auch ihr Vater.

»Welch ein Auftritt, du bist es also wirklich?«

Louisa runzelte ärgerlich die Stirn. »Welch geradezu überschwänglich liebenswerte Begrüßung deiner von den Toten zurückgekehrten Tochter. Seltsam, warum nur habe ich nichts anderes erwartet?«

»Verwundert es dich? Angesichts der Tatsache, dass wir fast ein Jahr lang in dem Glauben lebten, du seist tot? Nichts, kein Lebenszeichen, kein Wort, hast du eine Vorstellung davon, wie wir gelitten haben? Nun tauchst du hier auf, in diesem seltsamen Aufzug, in Begleitung von Indianern. Du solltest mich gut genug kennen, um zu wissen, dass diese … Menschen … hier nicht willkommen sind.«

Louisa seufzte tief, schob ihre Mutter behutsam ein wenig von sich und drehte sich zu ihrem Vater um. Sie lächelte ihn freundlich an. »Siehst du, Vater, damit haben wir bereits das erste Problem so kurz nach meiner Auferstehung.« Ehe er antworten konnte, was er sichtlich gerne getan hätte, hob sie energisch die Hand und brachte ihn so zum Schweigen.

»Das Problem ist, dass, wenn diese Männer, die übrigens deiner doch sicherlich kostbaren Tochter das Leben gerettet haben, hier nicht willkommen sind, ich es auch nicht bin. Denn ich bin nun eine der ihren, oh ja, ich sehe an deinen Augen, dass du deine Begeisterung darüber kaum in Schach zu halten vermagst.«

Frank Kedlestons Stimme war eisig wie immer. »Wenn diese Männer dein Leben gerettet haben, so sollen sie entlohnt werden. Doch dann bitte ich darum, dass sie das Haus verlassen.«

Louisa musterte ihren Vater fast schon amüsiert.

»Du verstehst nicht, Vater. Wenn sie gehen, gehe ich auch. Einmal ganz abgesehen davon, dass ich das, sobald ich habe, was ich will, sowieso tun werde. Glaubst du denn allen Ernstes, dass ich auch nur eine Nacht mit dir unter einem Dach verbringe?«

Das Gesicht ihres Vaters rötete sich vor Zorn. »Wie kannst du es wagen?«

In großen Schritten lief er auf sie zu, doch er kam nicht weit. Jacques und Sunk'Pala traten jeder zwei Schritte nach vorne und standen damit direkt neben ihr. Frank Kedleston hielt verunsichert inne.

»Sie werden Ihre Tochter nicht anrühren. Ich warne Sie.« Jacques' tiefe Stimme verfehlte ihre Wirkung nicht.

»Was glauben Sie, wer Sie sind?«

Louisa antwortete an Jacques' Stelle. »Das, lieber Vater, ist der Mann, der mich zurück ins Leben holte, als ich sterbend im eisigen Wasser des Michigansees trieb. Dort, wohin die Menschen mich warfen, deren Existenz und deren Leben du zuvor vernichtet hattest, woraufhin sie mich über Stunden vergewaltigten und schlugen. Soll ich noch etwas weiter ausholen, verehrter Vater?«

Sie legte den Arm um ihre Mutter und wandte sich an die Gäste, denen nunmehr die Sensationsgier ins Gesicht geschrieben stand.

»Meine Damen, meine Herren, bitte verzeihen Sie, doch ich werde Ihnen nun meine geliebten Eltern kurz entführen. Dies ist eindeutig eine Familienangelegenheit, die keinen Aufschub duldet.« Sie wandte sich an ihren Vater.

»Wie kannst du …«

Beim zweiten Mal klang ihre Stimme um einiges schärfer. »Vater, das war keine Bitte. Das war eine Anweisung. Du folgst mir und meinen Begleitern in dein Büro. Sofort!«

Sichtlich überrascht starrte Frank Kedleston auf seine energische Tochter.

Die zog nur die Augenbrauen hoch und deutete zum Ausgang. »Darf ich nun bitten? Unsere Zeit ist begrenzt.«

Ohne ein weiteres Wort rauschte ihr Vater mit hochrotem Kopf an ihr vorbei aus dem Raum. Noch immer ihre Mutter ihm Arm suchte sie Jacques' Blick.

»Weißt du nun, was ich meinte?«

Der seufzte nur. »Allerdings, ein bemerkenswert liebenswerter Zeitgenosse.«

Sunk'Pala sah das ganz entspannt. »Lasst ihn uns mitnehmen, ein Winter in der Wildnis und sein Hochmut schmilzt dahin wie Eis in der Sonne, das schwöre ich euch.«

Sein Vater schüttelte sich, ehe er Frank folgte. »Vielen Dank, ich lege keinen gesteigerten Wert auf die Gesellschaft dieses Mannes.

Louisa suchte den Blick ihrer Mutter. »Komm mit, Mama, das geht uns alle an.«

Schweigend folgte Elisabeth ihrer Tochter und den drei Indianern in das Arbeitszimmer ihres Mannes.Louisa wartete, bis alle in dem mit edlem, dunklem Holz getäfelten Raum waren, dann schloss sie schwungvoll die Türe. Ihr Blick suchte den zornigen des Vaters.

»Hör auf damit, Vater. Hör einfach auf. Du kannst mich nicht mehr beeindrucken. Und ehe du nun auf Vergangenes zurückkommst, womit ich durchaus rechne, dann darf ich dir zuvorkommen. Ja! Ja, ich habe Fehler gemacht. Und nochmals ja, ich hatte nur mein eigenes Wohl im Sinn. Doch ich darf dir aus vollem Herzen versichern, dass ich dafür eine harte Strafe erdulden musste und ferner darf ich versichern, dass ich mein Betragen gegenüber ganz speziellen Menschen wie Malcolm McLeary tief bedauere. Das aber habe ich ihm bereits selbst erklären können und ihn um Verzeihung gebeten, die er gerne gewährte. Nun aber stehe ich hier vor dir. Dein Handeln war zu einem Teil verständlich, doch die Art, in der es sich letztendlich zutrug, war nicht angemessen. Und doch bin ich dir dankbar.« Louisa musste lächeln, ob der verständnislosen Miene ihres Vaters. »Ja, tatsächlich. Mir wurde Gewalt angetan, ich wurde zum Sterben in die Fluten geworfen und doch muss das Schicksal es genau so gewollt haben.« Sie trat einen Schritt beiseite und ergriff Jacques' Hand. »Dieser Mann hier hat mich nicht nur aus dem Wasser gefischt, nein, er hat mir ein neues Leben geschenkt. Ein sinnvolles, freies Leben, das mich so vieles lehrte. Die alte Louisa ist tot. Daran gibt es nichts mehr zu ändern. Ich aber lebe und ich bin unendlich dankbar dafür. Ich wage es kaum zu sagen, doch ich bin wirklich glücklich.«

»Das klingt tatsächlich nicht nach meiner Tochter. Darf ich daraus schließen, dass du von nun an vernünftig sein wirst?«

Sie ahnte, worauf er hinauswollte.

»Nein, Vater, da ich dich kenne, ist mir wohl bewusst, was du denkst. Ich werde, sobald ich dieses Haus verlasse, nicht mehr hierher zurückkehren. Mein neues Ich verträgt sich nicht mehr mit Marmorhallen und edlen Champagnergläsern und das ist gut so. Ich bin aus einem anderen Grund hier …«

Seine Züge verhärteten sich sofort. »Du willst Geld. Natürlich, mein Töchterchen will mein Geld, um ihre Indianerfreunde durchzufüttern. Du solltest mich besser kennen, ich …«

Dieses Mal war sie es, die ihm ins Wort fiel. »Oh, ich kenne dich durch und durch, geliebter Vater. Dein freundliches, aufopferndes Wesen, deine Gier nach Macht und Anerkennung, deine liebenswerte Art, deiner Familie deine Vorstellungen aufzuzwingen. Du stehst hier und beleidigst meine Freunde? Du beschämst mich vor dem Mann, den ich liebe?«

Die Gesichtszüge ihres Vaters entglitten bei dieser Aussage nunmehr gänzlich. Sie bemerkte es mit großer Genugtuung.

»Behalt dein Geld, wir brauchen es nicht. Dein Geld würde mir die Luft zum Atmen abschnüren, so wie allein deine Gegenwart es früher so oft tat. Ich will etwas anderes. Du hast mich beinahe in den Tod getrieben, du wirst dies nun nicht auch noch bei Diana tun.«

Langsam ging sie auf ihren Vater zu, der daraufhin, sichtlich verunsichert von der Entschiedenheit, mit der Louisa auftrat, den Schreibtisch umrundete und sich in seinen wuchtigen, ledernen Sessel fallen ließ.

»Du wirst schon wieder unverschämter, als dir zusteht. Ich habe nur Dianas Wohl im Auge.«

»Das glaube ich dir aufs Wort, Vater.« Hohn troff aus ihrer Stimme. »Sie in eine Einrichtung für Geisteskranke abzuschieben. Wie konntest du nur?« Sie straffte ihre Schultern und holte tief Luft. »Du, lieber Vater, wirst nun sofort, hier auf der Stelle, ein Dokument aufsetzen und unterzeichnen, das mich berechtigt, meine Schwester noch heute Nacht dort herauszuholen. Wir werden Diana mit uns nehmen.«

Frank Kedleston legte laut lachend beide Handflächen auf die Sandelholzplatte des eindrucksvollen Schreibtisches. »Mit dir nehmen? Louisa, du musst den Verstand verloren haben. Wie kommst du auf den abwegigen Gedanken, dass ich dir gestatte, deine Schwester mit zu den Wilden zu nehmen?«

Sie wollte ihm auf diese Unverfrorenheit gerade zornig entgegnen, als ihre Mutter ihr zuvorkam. Elisabeth hatte bis zu diesem Augenblick wortlos und blass wie der leibhaftige Tod zwischen Sunk'Pala und Wanbli Waste gestanden, doch nun trat sie nach vorne und war mit nur wenigen großen Schritten am Schreibtisch ihres Mannes angelangt. Ihre Handflächen krachten mit einer Kraft und Lautstärke auf die Tischplatte, dass Louisa zusammenzuckte.

»Hör auf, Frank! Hör jetzt sofort damit auf. Unsere Tochter kommt nach fast einem Jahr zu uns zurück, lebendig, gesund und glücklich. Sie hat überlebt, was sicherlich Zahllose das Leben gekostet hätte. Und sie überlebte wegen dieser Männer. Du wirst sie nicht noch ein weiteres Mal beleidigen. Ich warne dich, Frank.«

»Elisabeth, wie kannst du es wagen …«

»Du vermagst dir ja gar nicht vorzustellen, was ich alles wage, wenn es um das Wohl und das Leben meiner Kinder geht. Unterschätze mich nicht fortwährend, Frank. Du könntest ansonsten eine höchst unliebsame Überraschung erleben. Tagelang habe ich verzweifelt auf dich eingeredet, doch deine Entscheidung, Diana in diesem Haus zu verstecken, war unumstößlich. Deine eigene Tochter, die einfach nur todunglücklich, verwirrt und hilflos vor deinen Machenschaften kapitulierte.« Elisabeth richtete sich kerzengerade auf. »Du verfasst nun sofort dieses Schriftstück und händigst es Louisa aus.«

Ein zynisches Lächeln erschien auf Frank Kedlestons Zügen. »Und wenn ich das nicht tun möchte?«

Elisabeth wandte sich um und musterte Jacques und Sunk'Pala aufmerksam.

»In diesem Fall, mein Lieber, werde ich mich umgehend ankleiden, um mit den Herren und Louisa zu Diana zu fahren, um dort persönlich dafür zu sorgen, dass man meine Tochter entlässt und in die Obhut ihrer älteren Schwester übergibt.« Sie lächelte ein wenig versonnen, ehe sie fortfuhr. »Glaube mir, ich werde für einen Skandal sorgen, den die

Chicagoer Gesellschaft lange nicht vergessen wird.« Lächelnd wandte sie sich an die Lakota.

»Bitte verzeihen Sie, doch ich habe Ihre Namen nicht verstanden. Louisa, bitte stelle mir doch die Herren vor.«

Nur zu gerne machte sie ihre Mutter der Reihe nach mit Jacques, Sunk'Pala und Wanbli Waste bekannt. Sie kämpfte mit der Rührung, als Elisabeth Jacques spontan umarmte.

»Ich danke Ihnen von ganzem Herzen dafür, dass Sie mir mein Kind zurückgegeben haben.«

Jacques grinste. »Es war und ist mir eine Freude.«

»Vater, du hast gehört, was Mutter sagte? Würdest du nun bitte endlich dieses Dokument fertigstellen? Unsere Zeit ist begrenzt und ich möchte Diana auf dem schnellsten Weg von hier fortbringen.«

Da er noch immer deutlich unwillig wirkte, beschloss sie, seiner Entscheidungsfreude ein klein wenig nachzuhelfen.

»Was, denkst du, geschähe, wenn meine traurige Geschichte an die Öffentlichkeit käme? Wie würde sich das wohl auf deine gesellschaftliche Stellung auswirken? Stell dir vor, deine von dir verstoßene Tochter lebt nun ein Leben abseits jeder Zivilisation, vergessen, von allen verlassen. Oh Gott, welch ein Skandal.«

»Darüber reden *wir* dann auch noch mal.«

Jacques' geknurrte Worte ließen ein Lachen ihre Kehle hochsteigen und sie schaffte es nur mit Mühe, ernst zu bleiben.

Es war Elisabeth, die letztendlich die entscheidenden Worte sprach. »Frank, du tust nun auf der Stelle, worum wir dich gebeten haben. Verweigerst du es, werde ich dich verlassen. Ich meine das sehr ernst.«

»Das werdet ihr bereuen. Ich warne euch, sollte all dies in irgendeiner Weise auf mich zurückfallen, dann werdet ihr alle die Konsequenzen tragen.«

Louisa musterte nachdenklich zuerst die Lakota, dann ihre Mutter, wandte sich danach ihrem Vater zu, schenkte ihm ein strahlendes Lächeln und erklärte sehr leise, doch dafür umso bestimmter: »Ich denke, lieber Vater, mit dieser Drohung können wir alle leben.« Sie legte die Hände auf den Schreibtisch und fixierte ihn. »Und nun schreib!«

Umständlich und mit vor Wut mahlenden Kiefern zog Frank Kedleston einen Briefbogen aus der Schublade seines Sekretärs, griff nach Feder und Tinte und schrieb in großen, schwungvollen Lettern das von Frau und Tochter Gewünschte. Kaum fertig, faltete er das Dokument zusammen und reichte es Louisa. »Nun zufrieden?«

»Allerdings, ich danke dir, Vater. Wir werden uns nun zurückziehen, und sollte das dein Begehr sein, wirst du mich ab sofort nie wiedersehen müssen.«

»Dafür, dass ich so fühle, hast ganz alleine du selbst gesorgt. Und nun muss ich vor allem deine Begleiter auffordern, mein Haus zu verlassen.«

Elisabeths Stimme klang schneidend. »Dein Haus? Vergisst du da nicht eine Kleinigkeit, geliebter Gatte? Dies ist noch immer *unser* Haus. Und wenn Louisa und die Herren noch bleiben möchten, so sind sie *mir* herzlich willkommen.«

Jacques schüttelte den Kopf. »Wir danken Ihnen, liebe Elisabeth, doch wir haben es nun wirklich sehr eilig. Ich bin sicher, dass Louisa darauf brennt, ihre Schwester zu sehen und zu holen.«

Elisabeth nickte sichtlich enttäuscht. »Ich geleite Sie hinaus.«

Er beobachtete, wie sie sich schweigend bei Louisa unterhakte, woraufhin die beiden Frauen, ohne Frank Kedleston auch nur eines Blickes zu würdigen, den Raum verließen. Sie folgten ihnen in die Halle und zum Eingangsportal, an dem Elisabeth innehielt und sich ihnen allen zuwandte.

»Wenn ihr an dem Hospital ankommt, seid darauf gefasst, dass euch trotz des Schreibens Widerstand entgegenschlägt. Frank zahlt monatlich ein kleines Vermögen dafür, dass die ‚Geisteskrankheit' seiner Jüngsten verborgen bleibt. Ich kann mir vorstellen, dass man eine solche sichere Geldquelle nicht einfach so ziehen lässt.« Ihr Blick huschte kurz durch die Halle, als wolle sie sich versichern, dass niemand sie hören könne. »Nehmt keine Rücksicht auf seinen ach so unbefleckten Ruf.« Sie deutete auf die Gewehre, die Sunk'Pala und Wanbli Waste schon die ganze Zeit in Händen hielten. »Sollte es nötig sein, setzt sie ein. Diana muss dort herausgeholt werden, koste es, was es wolle. Ich selbst habe dazu nicht die Kraft, auch wüsste ich nicht, wohin, denn hierher bräuchte ich dann nicht zurückzukehren.«

Jacques legte ihr beruhigend seine Hand auf die Schulter. »Elisabeth, ich verspreche Ihnen, dass Ihre Tochter noch in dieser Nacht frei sein wird. Und ich möchte Ihnen noch etwas versichern. Vom heutigen Tage an haben Sie jederzeit auch noch ein weiteres Zuhause – das, in dem Ihre beiden Töchter leben werden.«

Sie griff nach seiner Hand und drückte sie. »Danke, Jacques. Sie können sich nicht vorstellen, wie viel mir das bedeutet.«

»Meine Lieben, ich will ja nicht drängeln, aber es wird fortwährend später und wir wollten doch heute noch etwas Entfernung zwischen uns und die Stadt bringen.«

Sunk'Pala sprach die Wahrheit, das wusste sie, und doch fiel der Abschied von ihrer Mutter schwerer als angenommen.

Louisa umarmte sie lange und herzlich. Sie zeigte auf Maroque. »Unser lieber Freund hier wird dir, wenn du das wünscht, gerne eine Nachricht zukommen lassen, damit du sicher sein kannst, dass es Diana gut geht.«

Ihre Mutter umfasste mit beiden Händen ihr Gesicht. »Ich will wissen, dass es euch beiden gut geht.« An Maroque gewandt fuhr sie fort. »Am späten Vormittag ist Frank fast immer in der Fabrik. Ein guter Zeitpunkt also.«

»Sehr gerne, Madame.« Maroque verbeugte sich, soweit er das auf dem Rücken seines Pferdes konnte.

»Wünsche uns Glück, Mama.« Ein letztes Mal drückte sie ihre Mutter an sich, dann stieg sie auf Sandy.

Mehrmals drehte sie sich um, ehe sie den großen Torbogen passierten und die hohe, schlanke Gestalt Elisabeths hinter der Mauer verschwand.

»Sei nicht traurig, du wirst sie irgendwann wiedersehen. Jetzt aber müssen wir uns beeilen. Deine Mutter spricht sicher die Wahrheit, wir sollten das so rasch wie möglich hinter uns bringen.«

33.

Es war ein weiter Weg, der den bangen Gedanken in ihrem Herzen nur noch mehr Zeit gab, um sich schreckliche Szenarien zurechtzulegen. Obwohl sie das wichtige Schreiben wohlverstaut in ihrer Jacke wusste, war sie unruhig. Zu unruhig! Die letzten Worte ihrer Mutter klangen noch in ihr nach. Sicherlich war deren Sorge nicht unbegründet. Es fühlte sich ein wenig bedrohlich an. Ein Gefühl, das sich verstärkte, als sie das Gebäude erreichten.

Am Stadtrand von Chicago gelegen verbarg es sich hinter einer hohen grauen Mauer. Zu ihrem Glück stand das Portal vorne offen, am zweiten, das man von außen nicht sehen konnte, drohten sie jedoch bereits zu scheitern. Von dem monströsen, schmiedeeisernen Tor aus konnte man das Haus gut überblicken. Es ähnelte in jeder Weise einem Gefängnis. Dunkle Mauern erhoben sich über drei Stockwerke und selbst im Dunkeln konnte man, zumindest an den Fenstern, aus denen Licht fiel, erkennen, dass sie vergittert waren.

Bäume und Sträucher verwehrten dem Besucher den Blick auf das ganze Gebäude. Louisa suchte fieberhaft nach einer Glocke oder einer anderen Möglichkeit, auf sich aufmerksam zu machen. Über das Tor zu klettern brächte ihr gar nichts, insbesondere da sie Hundegebell im Hintergrund vernahm. Erst nach längerer Suche fand sie die große Glocke und betätigte sie.

Es dauerte eine gefühlte Ewigkeit, ehe endlich eine kleine, rundliche Gestalt im Eingang erschien und sich sehr gemächlich auf den Weg zu ihnen machte.

Der Mann, dessen Kopf nur noch von einem grauen Haarkranz geschmückt wurde, war fast ebenso breit wie hoch und schien nicht sehr erbaut darüber, in die kalte Nacht hinaus zu müssen.

»Was wollen Sie?« Nein, er war ganz sicher nicht glücklich über ihr Erscheinen.

»Mein Name ist Louisa Kedleston. Ich muss sofort zu dem Leiter dieser Einrichtung.«

Der Mann schüttelte gelangweilt den Kopf. »Der Doktor ist um diese Zeit nicht mehr da.«

Sie sog hörbar die Luft ein. »Ich habe wenig Zeit, meine Bitte war recht deutlich. Eine Institution wie diese muss stets unter Aufsicht stehen. Ich wünsche, zu dem gebracht zu werden, der derzeit hier die Entscheidungsvollmacht innehat.«

Wohl ob ihres Tones und der Entschlossenheit, die sie an den Tag legte, schlich sich Unsicherheit in die Stimme des Mannes. »Das wäre Doktor Woulton. Aber ich weiß nicht, ob ich Sie jetzt noch zu ihm vorlassen kann.«

Louisa wurde langsam wütend. Sie fühlte kein Verlangen nach weiteren Diskussionen mit einem Bediensteten. »Das weiß ich dafür umso besser. Sie bringen mich und meine Begleiter nun auf der Stelle zu diesem Doktor Woulton. Sagen Sie ihm, es geht um Diana Kedleston. Und nun lassen Sie uns endlich ein.«

»Da müssen Sie leider etwas warten Miss. Dazu müssen wir erst die Hunde einfangen.«

Sie beglückwünschte sich nachträglich zu der Entscheidung, nicht über den Zaun zu klettern. Der Mann stieß einen Pfiff auf, woraufhin mehrere Gestalten aus dem Haus eilten und die Tiere riefen. Vier riesige Hunde wurden eingefangen und von den Männern in eine Hütte auf dem Rasen gesperrt. Erst dann öffnete der Mann die Pforte.

»Bindet die Pferde dort neben dem Eingang an. Wenn sie uns die Auffahrt verdrecken, dann räumt ihr das gefälligst weg.«

Wutschnaubend wandte sich Louisa zu dem Kerl um.

»Wenn Sie mit meinem Mann sprechen, dann wäre es sehr freundlich, wenn Sie einen höflicheren Umgangston an den Tag legen würden. Und wo ist nun Doktor Woulton?«

»Immer langsam, Miss. Sie sind hier in einem Hospital. Vergessen Sie das nicht. Himmel, haben Sie's aber eilig. Dann kommen Sie eben mit. Hier entlang.«

Er führte sie durch menschenleere, lange Gänge. Lediglich einmal huschte ein mit einem weißen Kittel bekleideter Mann über den Flur, dann waren sie wieder alleine.

»Wo sind denn die Menschen, die hier arbeiten?« Louisa war halb erstaunt, halb beunruhigt. Es war zwar bereits Abend, doch so unheimlich war ihre Vorstellung von diesem Haus dann doch nicht gewesen.

»Die sind alle schon weg. Nur noch die Nachtschicht und die Wärter sind da. Hier gibt's um fünf Uhr nachmittags Essen, dann werden die schwereren Fälle gebadet.«

Louisa zuckte zusammen. In London war ihr ein Gerücht über derartige Anstalten zu Ohren gekommen. Menschen, die sich zur Wehr setzten oder unruhig waren, wurden, so erzählte man sich hinter vorgehaltener Hand, in Wannen voll heißen Wassers gesteckt und dort festgehalten, bis sie so matt und erschöpft waren, dass man sie zurück in ihre Betten legen und sie dort problemlos fixieren konnte. Ihr wurde übel. Was musste Diana hier alles erdulden?

»So, hier wären wir. Ich melde Sie dem Doktor. Sagen Sie, Miss, können die ..., können Ihre Begleiter nicht draußen bleiben?«

Louisa hob den Kopf und reckte gebieterisch ihr Kinn nach vorne. Diese überhebliche Bewegung beherrschte sie noch sehr gut und hier war sie eindeutig angebracht.

»Nein, das können sie nicht. Diese Männer sorgen für meine persönliche Sicherheit.«

»Na, wenn Sie meinen, Miss. Begeistert wird der Doktor nicht sein.«

»Mir liegt nicht daran, ihn zu begeistern, das darf ich Ihnen versichern und nun, bitte.« Auffordernd wies sie zur Türe.

Etwas überrumpelt von ihrem doch sehr überzeugenden Auftreten, klopfte er kräftig.

»Herein, was gibt es denn?«

»Verzeihung, Herr Doktor, doch hier ist eine Miss Kedleston, es geht um ihre Schwester, Miss Diana Kedleston.«

»Gut, dann lassen Sie Miss Kedleston doch eintreten.«

Doktor Woulton saß hinter einem vergleichsweise kargen Schreibtisch und blickte ihr mit einer Mischung aus Neugier und Überheblichkeit entgegen. Als er die Indianer und Maroque erblickte, gefror das Lächeln auf seinen Lippen.

»Miss Kedleston, darf ich dies als eine Art Überfall werten oder wie sonst muss ich mir diesen Auftritt erklären?«

Ihre Stimme gehorchte ihr perfekt, obwohl sich in ihr eine enorme Unruhe ausbreitete. »Nein, so würde ich das nicht sehen, Doktor Woulton. Die Herren sind lediglich zu meinem Schutz und meiner

Unterstützung anwesend. Ich komme direkt von meinem Vater und dies mit einer einfachen Bitte.«

Sie fischte das Schreiben aus ihrer Jacke und reichte es ihm über die Tischplatte hinweg. »Dieses Schriftstück fordert Sie dazu auf, meine jüngere Schwester Diana in meine Obhut zu übergeben. Dies bitte auf dem schnellsten Wege.«

Deutlich überrascht musterte sie der Doktor. »Sagten Sie, Ihre jüngere Schwester? Soweit mir bekannt ist, hat Miss Kedleston keine Geschwister mehr. Ihre einzige Schwester ertrank wohl letzten Winter bei einem bedauernswerten Unfall.«

Sie zog eine genervte Grimasse. »Die Geschichte hörte ich heute schon mehrmals. Wie Sie sehen, konnte ich schwimmen. Ich lebe und derzeit ist mein einziger Wunsch, meine kleine Schwester wieder in die Arme zu schließen.«

Schweigend las Doktor Woulton das Schreiben ihres Vaters. Schließlich ließ er es mit ungnädig gerunzelter Stirn sinken.

»So leicht, wie Sie sich das vorstellen, Miss, wird das aber nicht.«

»Darf ich fragen, weshalb?«

Er hob theatralisch die Arme. »Na hören Sie einmal, wie können Sie das fragen? Dies ist ein Hospital. Hier kann man nicht bei Nacht und Nebel einfach so die Insassen herausholen.« Sichtlich verärgert legte er das Schreiben vor sich. »Dazu bedarf es einer Anmeldung.«

»Hiermit habe ich mich angemeldet. Wir haben eine weite Reise auf uns genommen, als ich vom Schicksal meiner Schwester erfuhr. Ich werde mich nun nicht mit irgendwelchen herbeigezauberten Regularien vertrösten lassen.«

»Miss, wer sagt mir denn, dass das Dokument echt ist? Vielleicht hat es ja gar nicht Mr. Kedleston unterzeichnet, vielleicht ist all dies ein wirrer Plan, um eine Freundin vermeintlich zu retten?« Er lehnte sich entspannt in seinem Sessel zurück. »Denn wenn Sie ihre Schwester sind, sollten Sie doch wissen, dass Diana große Probleme hat. Sie kann nicht so einfach abgeholt werden.«

Sich die Kälte in ihrem Innern, verbunden mit dem Zorn, der in ihr aufwallte, nicht anmerken zu lassen, grenzte an eine Meisterleistung. Sie legte ihre Hände auf den Schreibtisch, so wie vorhin ihre Mutter, und beugte sich ein wenig zu ihm hinüber.

»Meine Mutter deutete bereits an, dass es Ihnen sehr schwerfallen wird, sich von Diana zu trennen. Mir ist bekannt, dass mein Vater es sich eine Menge Geld kosten lässt, um seine Tochter hier im Verborgenen zu halten. Nur weiß ich besser Bescheid, als Sie es für möglich halten. Ich kenne meine sanfte, empfindsame Schwester seit ihrer Geburt und damit eindeutig wesentlich länger als Sie. Hier in diesem Dokument steht eine klare Anweisung. Übergeben Sie mir meine Schwester! Jetzt auf der Stelle.«

»Das werde ich ganz sicher nicht tun. Im Gegenteil, ich fordere Sie hiermit auf, dieses Haus zu verlassen. Ich werde morgen Ihren Anspruch und die Echtheit dieses Schreibens überprüfen lassen. Kommen Sie morgen Nachmittag noch einmal vorbei. Doch ich kann Ihnen schon heute versichern, dass es mir aus medizinischen Gründen kaum möglich sein wird, Ihnen Ihre Schwester zu übergeben.«

Sie sah aus dem Augenwinkel, dass Sunk'Pala sein Gewehr hob, doch ehe sie reagieren konnte, erklang eine deutlich amüsierte Stimme.

»Wusste ich es doch, dass ich das Gesicht kenne. Auch die Stimme kam mir doch direkt bekannt vor. Na, das ist ja eine Überraschung: Der Mann mit den ausgefallensten Wünschen, die jemals in meinem Haus geäußert wurden.«

Maroque stieß sich von der Rückwand des Zimmers ab und schlenderte sehr entspannt nach vorne. »Herr Doktor, ist es nicht schön, dass wir uns hier wieder treffen?«

Es war nicht schön, überhaupt nicht, dessen war Maroque sich durchaus bewusst. Sandrine war für drei Wochen ein Komplettausfall gewesen, nachdem Woulton sie mit auf das Zimmer genommen hatte. Dieser Drecksack hatte, seine seltsamen Vorlieben auslebend, die Kleine dermaßen zugerichtet, dass es mehrmals eines Arztes bedurfte, um sie wieder gesund zu bekommen.

Er stellte sich an den Schreibtisch, stützte sich auf den Lauf seines Gewehres und lächelte den Doktor sehr kühl an. »Die Welt ist klein. Und Ihre Perversionen habe ich noch bestens im Gedächtnis und Sandrine sicherlich ebenfalls. Ach Herr Doktor, das ist nun aber wirklich sehr dumm. Was glauben Sie, wie Ihre zum Teil sicher hochkarätigen Patienten darauf reagieren würden, müssten sie erfahren, dass sie das Schicksal ihrer Lieben in die Hände eines ... wie soll ich es nur ausdrücken ...«

Maroque kam nicht dazu, den Satz zu vollenden.

»Schon gut, schon gut. Was soll dies nun werden? Eine billige Erpressung?« Doktor Woulton umklammerte mit hochrotem Kopf die Armlehnen seines Sessels. Maroque hob sehr langsam und mit Bedacht sein Gewehr und zielte auf die Stirn des Mannes.

»Darf ich ehrlich sein? Eigentlich würde ich dich Ratte jetzt gerade verdammt gerne erschießen. Dass ich das nicht tue, hast du einzig und alleine dem Umstand zu verdanken, dass meine liebe Freundin hier dich gerade höflich um etwas gebeten hat. Wenn du ihrem Wunsch nun umgehend nachkommst, könnte ich eventuell Gnade vor Recht ergehen lassen.«

Er wusste, dass er gewonnen hatte, als er die Schweißtröpfchen auf der Stirn des Doktors erblickte.

»Wird es nun bald? Unsere Geduld ist ziemlich erschöpft.«

Louisas verwirrten Blick und die unausgesprochene Frage beantwortete er nur mit einem: »Später.«

Woulton erhob sich ächzend und trat hinter seinem Schreibtisch hervor. Er war mittelgroß und eher dürr. Sein schütteres hellbraunes Haar klebte ihm mittlerweile an der Stirn. Maroque fragte sich allen Ernstes, wie es dieser Hampelmann geschafft hatte, Sandrine dermaßen zuzurichten. Zumindest hoffte er, dass sie ihm ein wenig Widerstand hatte leisten können.

Wütend fixierte er Woulton. »Seltsam, wie schnell sich die Vorzeichen ändern können, nicht wahr? Und nun bring uns zu Diana, und zwar schnell.«

Er konnte nicht anders, zumindest kurz in den Rücken musste er ihm den Gewehrlauf nun doch stoßen.

»So läuft nun doch alles auf eine infame Erpressung hinaus?«

Maroque stieß gleich noch einmal zu. »So würde ich es nicht sagen. Es ist ein fairer Austausch: mein Schweigen gegen Miss Kedleston.«

Während sie hinter Woulton her durch die Gänge eilten, beugte er sich zu Louisa hinunter. »Dein Vater wählt die Menschen, in deren Obhut er deine Schwester gibt, mit bedenklich wenig Sorgfalt aus, das wollte ich nur einmal bemerkt haben.«

Louisa runzelte nur ärgerlich die Stirn. »Hast du etwas anderes erwartet? Du hast ihn doch heute erlebt.«

Er seufzte. »Nein, eigentlich nicht.«

Woulton hielt an und steckte einen Schlüssel in das Schloss der Türe neben ihnen. »Hier ist es. Aber ich warne Sie. Das Mädchen braucht Medikamente. Sie kann ohne Beruhigungsmittel nicht schlafen oder den Tag überstehen.«

»Das lassen Sie mal unsere Sorge sein.« Wanbli Waste schob den Arzt kurzerhand beiseite und betrat gemeinsam mit Louisa das dunkle Krankenzimmer.

Sie fürchtete sich vor dem, was hier auf sie warten würde. Was mochte dieser Scharlatan ihrer Schwester angetan haben? Maroques Andeutungen waren nicht sehr ermutigend gewesen. Woulton dachte nicht daran, weiter in das Zimmer zu gehen. Steif blieb er neben der Türe stehen, wo Sunk'Pala ihn mit deutlich sichtbarem Misstrauen beobachtete.

Nur eine winzige Nachtlampe spendete ein wenig Licht. Sachte drehte sie die Flamme ein wenig höher und ließ ihren Blick durch den karg möblierten Raum schweifen. Was sie sah, entsetzte sie. Ein eisernes Bett, ein kleiner, viereckiger Holztisch, zwei Stühle aus dunklem Holz, ein hoher, schmaler Schrank, ein Gestell mit einer Waschschüssel darauf, ein hässlicher graugelber Teppich und Vorhänge in einem undefinierbaren Braunton. Auf dem Bett erkannte sie Dianas zusammengekauerte Gestalt.

Leise trat sie an die Schlafende heran. Als sie ihr das wirre blonde Haar aus der Stirn strich, zuckte sie erschrocken zurück. Schwarze Schatten lagen unter den Augen ihrer Schwester. Die Wangenknochen traten in dem schmalen weißen Gesicht so stark hervor, dass ihre Züge an eine Maske erinnerten. Sie war dünn, so schrecklich dünn, ihre Ärmchen erinnerten an die eines kleinen Kindes. Bebend vor Zorn fuhr sie herum.

»Was haben Sie mit meiner Schwester gemacht? Sie sieht aus, als sei sie dem Tod näher als dem Leben. Haben Sie denn überhaupt kein Gewissen? Und Sie schimpfen sich Doktor?«

Woulton zuckte nur die Achseln. »Ich sagte doch, dass Ihre Schwester schwer krank ist. Sie verweigert die Nahrung. Wenn Sie sie mit sich nehmen, kann das ihr Ende bedeuten.«

»Wenn ich mich nicht sehr zurückhalte, dann bedeutet das hier gleich Ihr Ende, Sie Mistkerl.« Louisa bebte vor Zorn.

Mit sorgenvollem Blick beobachtete sie, wie Wanbli Waste Diana sehr vorsichtig und sorgsam untersuchte.

»Wie geht es ihr?«

Der Schamane verzog das Gesicht. »Es geht ihr nicht gut. Doch das liegt daran, dass sie unterernährt ist und so, wie sich ihre Haut anfühlt, seit Ewigkeiten auch kaum mehr etwas getrunken hat. Wenn dazu dann noch starke Medikamente kommen, ist das eine sehr gefährliche Mischung. Sie haben ihr, wie ich denke, ein Schlafmittel gegeben. Auf leeren Magen wirkt das um ein Vielfaches stärker. Wir werden die Kleine kaum wach bekommen.« Er sah sich suchend um, doch bis auf einen dünnen seidenen Morgenmantel fanden sich keine Kleidungsstücke.

»Jacques, sieh in den Schrank. Sie wird ihr Leben hier doch wohl nicht nur im Nachtkleid gefristet haben.«

Louisa beobachtete, während sie die heiße Stirn ihrer kleinen Schwester streichelte, wie Jacques an den Schrank trat. Doch der war verschlossen.

»Wo ist der Schlüssel?«, herrschte er den selbstgefällig grinsenden Woulton an.

»Den hat die Pflegerin, doch die ist um diese Zeit nicht im Haus.«

Jacques zuckte die Schultern. »Pech für den Schrank.«

Sie sah, wie er sein Jagdmesser zog, es in den Spalt zwischen den Schranktüren rammte und den Schrank kurzerhand aufbrach. Darin lagen eine kleine Tasche, ein Kleid, Unterkleider, Strümpfe und Schuhe. Jacques stopfte alles in die Tasche und drückte sie ihr in die Hand.

»Wir nehmen das Mädel mit und verschwinden von hier. Ich ersticke hier drin.«

Wanbli Waste wickelte Diana sorgsam in die Wolldecke, die über ihrem Bett lag und wollte sie gerade hochnehmen, als Louisa etwas einfiel. Ihr Blick wanderte zu Sunk'Pala und dann zurück zu ihrer Schwester.

»Sunk'Pala, könntest du sie bitte tragen?«

»Gerne, aber warum nicht Vater?«

Sie lächelte. »Falls sie aufwacht, wird sie glauben zu träumen und ich habe das Gefühl, du wirst in diesen Traum passen. Ich erkläre dir das später.«

»Ich? Im Traum einer Weißen? Na, auf die Erklärung bin ich aber gespannt.« Grinsend lud sich der Lakota das Mädchen auf die Arme. »Bei

Wakan Tanka, das Mädel wiegt ja gar nichts. Das kann nicht gesund sein. Zeit, dass sie hier rauskommt.«

Louisa beobachtete, wie Wanbli Waste hinter Woulton aus dem Zimmer ging, gefolgt von Jacques und Maroque. Sunk'Pala mit ihrer Schwester in den Armen folgte als Nächster. Sie warf einen letzten, traurigen Blick auf den trostlosen Raum, der das Gefängnis ihrer Schwester gewesen war.

»Diana, es tut mir so unendlich leid.« Eilig lief sie hinter den anderen her.

Was dann geschah, ging so schnell, dass sie es später kaum mehr nachvollziehen konnte. Auf der Mitte des langen Flures, an dessen beiden Seiten sich die Krankenzimmer befanden, war ein Gitter angebracht, in dem eine große Türe war, die bei ihrem Hinweg offen gestanden hatte. Das tat sie auch jetzt, doch dahinter erkannte sie deutlich den Umriss eines Menschen. Wer mochte das sein? Ihre Frage erübrigte sich, als Woulton zu einem Spurt ansetzte, den sie dem Mann kaum zugetraut hätte, durch die noch offene Tür sprang und brüllte: »Anthony, verschließ die Tür!«

Ein bullig wirkender Kerl tat einen großen Schritt nach vorne und warf die Türe direkt vor Maroque und Jacques zu. Maroque schrie zornig auf, doch das schien Woulton nun nicht mehr zu beeindrucken.

»Na komm, du Irrer, erschieß mich! Dann haben wir einen Grund euch alle auszulöschen!« Breit grinsend trat Woulton an das Gitter.

Ein fataler Fehler!

Sie kannte Jacques Reaktionsfähigkeit, doch dass er so schnell war, das hatte nicht einmal sie geahnt. Im Bruchteil einer Sekunde rammte Jacques dem Doktor sein langes, breites Jagdmesser in den Oberarm, drehte es um und zog Woulton damit direkt an das Gitter. Der Mann schrie vor Schmerzen, doch das war Jacques vollkommen egal.

Seine Stimme war sehr leise und doch überaus deutlich. »Du öffnest sofort diese Tür wieder, ansonsten schneide ich dir jede einzelne Sehne deines Armes in kleine, handliche Stücke. Hast du das verstanden?«

Woulton heulte auf, als Jacques das Messer leicht nach oben ruckte.

»Schon gut, du Wahnsinniger. Anthony, öffne die Tür.«

»Aber Sir, Sie sagten doch ...«

»Egal, was ich sagte, mach sie einfach auf.«

Anthony, sichtlich noch nicht gewillt, kampflos aufzugeben, zog mit lauerndem Blick die Türe auf. Sollte er sich gefragt haben, ob er die Flucht der Eindringlinge nicht doch noch vereiteln könne, so erübrigte sich dieses Problem durch einen gezielten Schlag von Maroques Gewehrkolben an Anthonys Schläfe. Während er zu Boden sank, zog Jacques sein Messer aus Wooltons Arm, der mit schmerzverzerrter Miene seine Hand darauf presste.

Mit unergründlichem Blick auf den Doktor reinigte Jacques seine Waffe an dessen Kittel.

»Das hättest du dir ersparen können, du Schwachkopf.«

»Können wir dann weiter? Ich möchte die Kleine hier gerne in einem warmen Raum und in einem anständigen Bett wissen.« Sunk'Pala schob sich mit Diana an ihr vorbei und endlich erwachte Louisa aus ihrer Schockstarre. Rasch folgte sie Jacques und Maroque, während Wanbli Waste sich hinter ihr hielt, wahrscheinlich, um einen erneuten Versuch Wooltons zu unterbinden. Der jedoch war zu sehr mit sich selbst beschäftigt. Blut rann aus seiner Armwunde auf den Boden und bildete bereits eine ansehnliche Pfütze zu seinen Füßen.

»Das werdet ihr mir büßen!«

Maroque, schon fast am Ausgang angekommen, stoppte abrupt ab.

»Wohl kaum.« Er hob sein Gewehr und Wooltons Augen quollen schier über, als er in den Lauf der Waffe blickte. »Du ziehst jetzt deinen blutigen Kittel aus, dann sorgst du dafür, dass wir hier unbehelligt rauskommen. Pfeif deine Wachleute mit den Hunden zurück.« Die Waffe ruckte beunruhigend nach oben. »Sofort!«

Erst jetzt begriff sie, dass ihre Aktion doch mehr Aufsehen erregt hatte, als erhofft. Durch die offene Türe vernahm sie wildes Hundegebell und aufgeregtes Rufen.

»Woolton, dein Leben hängt in diesem Moment an einem seidenen Faden. Verspiel es nicht.« Maroques Worte waren eindeutig.

Das begriff wohl auch endlich der Doktor. Dass er es nicht überleben würde, wenn Maroque und die Indianer das Feuer eröffneten, dessen musste er sich bewusst sein. Tatsächlich streifte er mit schmerzverzerrter Miene den Kittel ab, hob seinen Arm und presste ihn sich vor die Brust. Dann trat er durch die Eingangstüre.

»Haltet die Hunde zurück. Hier gab es nur einen Unfall und ein sehr unangenehmes Missverständnis. Lasst die Leute durch das Tor.«

Sie dachte nicht lange nach. Dianas Tasche vor sich, sprang sie regelrecht in den Sattel, sah, wie Sunk'Pala mit der bewusstlosen Diana und Jacques bereits losritten. Maroque und Wanbli Waste waren direkt hinter ihr. Eilig, ohne sich umzusehen, jagten sie ihre Pferde aus dem Grundstück hinaus, die dunkle, menschenleere Straße entlang und hielten erst an, als sie mindestens eine Meile zwischen sich und diesen grauenhaften Ort gebracht hatten.

Es war nach Mitternacht, als sie das Gasthaus erreichten, in dem sie auch bei ihrer Ankunft übernachtet hatten. Maroque sprang vom Pferd und nahm Sunk'Pala behutsam Diana aus den Armen.

»Wie geht es ihr?«

»Ich weiß es nicht, sie ist einmal kurz zu sich gekommen, sah mich an, dann hat sie gelächelt, den Namen ‚Miguel' geflüstert und ist wieder eingeschlafen.«

»Dann ist mein Plan gut gewesen. Miguel war einer der Matrosen auf der Überfahrt von England hierher. Ich glaube, Diana hat sich in ihn verliebt. Du siehst ihm ein wenig ähnlich und in der Nacht und in ihrem Zustand konnte sie unmöglich erkennen, dass du es nicht bist.« Louisa war erleichtert.

Sunk'Pala lächelte. »Aha, Miguel also. Na was soll's, wenn es ihr die Sache leichter macht. Los, bringen wir sie nach oben.«

In den schönen, sauberen Gasträumen waren Kaminfeuer entfacht worden und Maroque sorgte dafür, dass ihnen warme Mahlzeiten gebracht wurden. Für Diana orderte Wanbli Waste Tee und weiches Brot mit etwas Brühe.

Der Franzose hatte Diana in eines der Betten gelegt, sie warm zugedeckt und Louisa, die nicht von ihrer Seite wich, schon einmal eine Tasse heißen Tee gebracht.

Voller Sorge betrachtete sie ihre Schwester. Diana sah so zerbrechlich aus, wie sie dort in dem großen Bett lag. Wie hatte sie die Jüngere nur alleine lassen können? Immer wieder streichelte sie die blonden, wirren Locken und die eingefallenen Wangen.

»Mach dir keine Vorwürfe. Zuerst musstest du gesund werden und du musstest dorthin kommen, wo du heute bist. Früher wärst du nicht fähig gewesen, ihr zu helfen und für sie da zu sein.«

Müde legte sie ihre Stirn an seine. »Jacques, kannst du nun auch noch Gedanken lesen?«

Er lachte leise auf. »Aber das weißt du doch. Komm, versuchen wir, ihr etwas Flüssigkeit einzuflößen. Mein Vater sagt, dass das Gift der Medikamente aus ihrem Körper muss. Dazu muss sie trinken. Ich halte sie, du versuchst dein Glück.«

»Diana, Liebes, bitte wach auf. Ich bin es, Louisa. So wach doch bitte auf.«

Es dauerte eine gefühlte Ewigkeit, ehe Diana sich endlich regte.

»Diana, ich bin hier. Ich bin am Leben. Hörst du mich, meine Kleine, ich bin bei dir.«

Es bereitete ihr sichtlich Mühe, die Augen zu öffnen, doch immerhin versuchte sie es.

»Du musst trinken, Diana. Hier, bitte trink.« Louisa setzte ihr die Tasse an die Lippen, während Jacques sie im Rücken stützte. Und tatsächlich, nach zwei Anläufen gelang es ihnen und Diana trank die ganze Tasse leer und gleich noch eine zweite und etwas von der Brühe. Danach bettete Jacques sie zurück in die Kissen.

»Wir sollten nicht gleich zu viel verlangen. Immerhin hat sie getrunken. Lassen wir sie schlafen.«

Er erhob sich, streckte die langen Beine und gähnte.

»Mein Vater schlug vor, dass du und die Kleine heute hier schlafen und wir nebenan. Wenn sie dann erwacht, hat sie ihre Schwester bei sich. Was denkst du?«

Louisa nickte. Sie war inzwischen so müde, dass sie kaum mehr einen klaren Gedanken zu fassen vermochte. Sie wusste nur eines: Diana war bei ihnen und sie war in Sicherheit. Nur das zählte. Sie entließ, jeder Müdigkeit trotzend, Jacques erst nach einem langen, zärtlichen Kuss, wusch sich rasch das Gesicht, kleidete sich aus und schlüpfte zu Diana unter die Decke.

»Diana, hörst du mich? Hab keine Angst mehr, ich bin bei dir.«

Ganz fest umschlang sie die schmalen Schultern und schmiegte sich an die kleine Schwester.

»Louisa, bist du das wirklich? Du lebst? Ist das keiner meiner vielen Träume? Wo bin ich und wie komme ich hierher?« Die Stimme war leise, fragend, und doch voller Hoffnung.Louisa war sofort hellwach und blickte aus kürzester Entfernung in die großen blauen Augen ihrer Schwester.

»Diana, Liebes! Du bist wach?«

»Ja, zumindest hoffe ich das. Denn nachdem man dich für tot erklärt hat und mir alle immer wieder versicherten, dass du das auch seist, war ich nicht sicher, ob ich nicht doch wieder nur einen dieser verwirrenden Träume habe.«

Sie nahm Diana in die Arme und drückte sie an sich. »Du träumst nicht, oder fühlt sich das für dich so an?«

Ein leises Lachen antwortete ihr. »Nein, vor allem, da du mich so fest drückst, dass ich kaum atmen kann. Louisa, ich habe schrecklichen Durst, kann ich bitte etwas zu trinken haben?«

Sofort sprang sie aus dem Bett, füllte einen Becher mit Wasser und brachte ihn ihr.

Diana trank in tiefen Zügen den ganzen Becher leer. Sie stellte ihn sorgsam neben dem Bett ab und musterte ihre Schwester fragend. »Ich habe immer gewusst, dass du mich nicht im Stich lassen wirst. Ich wusste, dass du nicht tot sein konntest. Erzählst du mir, was mit dir geschehen ist? Du siehst anders aus. Glücklich, ja, das ist es, du siehst glücklich aus. Bitte erzähl, ich muss es wissen.«

Das Kaminfeuer war irgendwann in der Nacht ausgegangen und ehe sie zurück zu Diana ins Bett schlüpfte, entfachte sie es mit wenigen geübten Handgriffen neu.

»Louisa, du konntest doch nie Feuer machen.«

Sie musterte ihre Schwester lange und liebevoll. »Rücke ein Stück, ich sehe schon, da gibt es eine Menge zu erzählen.«

Erst über zwei Stunden später, als sie ihr die ganze Geschichte in allen Einzelheiten erzählt und alle Fragen beantwortet hatte, stand Louisa auf, wusch sich und kleidete sich an.

Sie schloss gerade die letzten Häkchen ihrer Bluse, als es leise klopfte und Jacques seinen Kopf durch die Türe steckte.

»Wie geht es meiner kleinen Schwägerin? Ist alles in Ordnung bei euch?«

Sie bedachte ihn mit einem strahlenden Lächeln und warf Diana einen fragenden Blick zu.

»Darf Jacques hereinkommen?«

Die Kleine nickte mit vor Aufregung geröteten Wangen und blickte neugierig zur Türe. Nicht nur Jacques betrat mit erfreutem Lächeln den Raum, hinter ihm erschienen Wanbli Waste, Sunk'Pala und der breit grinsende Franzose. »Nun, wie geht es der Patientin?« Wanbli Waste setzte sich wie selbstverständlich auf das Bett und betrachtete Diana freundlich.

Die ließ ihren Blick über die vier Männer schweifen, ehe sie gehorsam antwortete. »Ich denke, es geht mir gut. Müde, erschöpft, auch Kopfschmerzen, aber das ist nicht schlimm. Louisa hat mir alles erzählt. Ihre eigene Geschichte, aber auch wie Sie mir letzte Nacht beigestanden haben. Ich möchte mich dafür von ganzem Herzen bedanken.«

Sunk'Pala trat nach vorne, musterte Diana mit schief gelegtem Kopf und grinste sie dann zufrieden an.

»Gerne geschehen. Langsam wird es in dieser Familie zur Gewohnheit, weißen Frauen das Leben zu retten. Aber im Ernst. Mein Magen knurrt. Wie ist das bei dir? Kommst du mit hinunter zum Frühstück, falls du dich mit deiner neuen Familie überhaupt sehen lassen willst?«

Louisa konnte sich das Lächeln nicht verkneifen, als Diana Sunk'Pala bat, doch etwas näherzukommen.

Der Lakota beugte sich ahnungslos zu dem Mädchen hinab, das ihm die Arme um den Hals warf und ihn festhielt.

»Bei allen guten Geistern, womit habe ich das denn verdient?«

Seufzend ließ Diana ihn wieder los.

»Das mache ich jetzt der Reihe nach bei euch allen. Einfach nur dafür, dass es euch gibt.«

Louisa legte ihre Arme um Jacques' Mitte und blickte zufrieden zu ihm auf.

»Sehr gut. So wie ich das sehe, ist die ‚Schwarze Diana' zurück.«

Die gänzlich verständnislosen Blicke waren beinahe schon rührend. Sie küsste Jacques liebevoll auf die Wange.

»Wisst ihr was? Geht doch schon vor und esst, ich helfe Diana beim Ankleiden und komme mit ihr nach.«

»Danke, damit kann ich etwas anfangen.« Sunk'Pala war sehr schnell verschwunden, gefolgt von einem feixenden Maroque und einem zufrieden lächelnden Wanbli Waste.

Jacques küsste Louisa liebevoll, warf der grinsenden Diana einen entschuldigenden Blick zu und zog dann die Türe hinter sich ins Schloss.

Louisa wandte sich zu ihrer kleinen Schwester um.

»Na komm, meine Kleine, steh auf. Du bist noch schwach, du musst etwas essen. Ich möchte rasch aufbrechen.« Sie streichelte Diana zärtlich über die Locken. »Dort draußen wartet ein Leben, das du unbedingt so schnell wie möglich kennenlernen solltest.«

Langsam und noch sehr vorsichtig, jedoch sichtlich entschlossen, krabbelte ihre Schwester aus dem Bett.

»Kannst du mir dann bitte sagen, worauf wir noch warten?«

Epilog

Sehr behutsam faltete er die Zeitung zusammen und steckte sie in seinen Seesack.

»Na, Junge, war das nun endlich das, worauf du so sehnlich gewartet hast?«

Er lächelte versonnen vor sich hin. »Ja, das war es. Leider nicht ganz so wie erhofft, aber immerhin.«

Der alte Mann legte das Tau, das er gerade zusammenrollte, auf den Haufen zu den anderen.

»Das heißt also, dass du die nächste Fahrt nicht mehr mit uns machst?«

»Nein, der Käptn weiß das auch schon.«

»Schade, warst fleißig, mit dir konnte man gut arbeiten.«

Er schulterte sein Gepäck und grinste den Alten freundlich an.

»Du verstehst doch, dass ich gehen muss, oder?«

Der alte Mann seufzte tief. »Sicher versteh ich das. Mann, ich wünschte, ich wär auch noch mal so jung. Los, mach schon, verschwinde. Du kannst es doch kaum erwarten.«

»Mach's gut, Sam. Und lass dich nicht über Bord spülen.«

»Werd nicht frech, du Lümmel.«

Langsam und nachdenklich schritt er über die Gangway zum Hafen. Seine aufgesparte Heuer erlaubte ihm die Fahrt mit der Postkutsche bis zur Anlegestelle der Fähre. Von dort aus ging es über den Kanal sehr schnell. Chicago würde er bald erreicht haben. Endlich erwies sich wenigstens etwas, wozu die Mönche ihn gezwungen hatten, als sinnvoll. Dass er den Artikel in der Zeitung hatte lesen können, war gut, dass er ihn überhaupt gefunden hatte, grenzte an ein Wunder. Jetzt würde er auch sie finden.

Der Skandal um die gewaltsame Befreiung der Fabrikantentochter Diana Kedleston schlug hohe Wellen. Dass ihre tot geglaubte Schwester Louisa sie zusammen mit drei Lakota und einem stadtbekannten schwarzen Bordellbesitzer mit dem seltsamen Namen Maroque aus diesem Hospital geholt hatte, verwunderte ihn. Je schneller er war, desto rascher würde er mehr über diese merkwürdige Geschichte erfahren.

Diesen Maroque zu finden würde einfach sein, er hatte schon ganz andere gefunden.

Ein Lächeln zog über sein Gesicht und nach einem letzten Blick zurück auf das große Schiff beschleunigte Miguel seine Schritte, wissend, dass alles sich nun zum Guten wenden würde.

Ende

Danke, Thanks, Merci, Pilamayaye

Dafür, dass es dieses Buch gibt, danke ich vor allem meinem Verleger Jürgen Eglseer und seinem Amrun Verlag. Er hat an das Buch geglaubt und mir damit die Möglichkeit gegeben, eines meiner absoluten »Herzensbücher« zu schreiben.

Ein weiteres »Danke« an meine unermüdliche Agentin Alisha Bionda und ihre Agentur Ashera, die mir nun seit vielen Jahren zur Seite steht und mir zur Freundin und wichtigen Beraterin wurde.

Bei meiner Lektorin Simona Turini möchte ich mich ebenso herzlich bedanken. Die Zusammenarbeit mit ihr war sehr konstruktiv und hat Spaß gemacht. Das Ergebnis ist verflixt gut geworden!

Wopila Tanka an meinen lieben Seelen-Freund und Lakota Harlan Eagle Bear, der mir – nicht zum ersten Mal in meinem Leben - mit zahlreichen Ratschlägen zur Seite stand.

Ein ganz besonderes Dankeschön geht an meine Familie, ohne deren Unterstützung und Geduld ich mir meine diversen Träume wohl kaum erfüllen könnte.

JOSH & EMMA: SOUNDTRACK EINER LIEBE

Als Emma den Popstar Joshua kennenlernt, steht ihr gesamtes Leben plötzlich Kopf. Schnell merkt sie, dass die Liebe zwei Seiten hat - eine wunderschöne und eine schmerzvolle.

Gefangen zwischen Blitzlichtgewitter und Privatleben kämpfen die beiden für eine gemeinsame Zukunft. Doch ist im Alltag eines Stars Platz für die große Liebe?

Das großartige Romandebüt von Sina Müller!

Taschenbuch
ca. 330 Seiten, 12,90 €
ISBN 978-3944729657

Auch als E-Book erhöltlich

Erhältlich im Verlagsshop auf amrun-verlag.de, bei Amazon oder überall im Buchhandel.

SUMMER SYMPHONY

Zeitreisen ins Mittelalter sind erst der Anfang …
Vom heutigen Wien direkt zu den Wikingern und wieder zurück – Diesen Zeitsprung macht Luise Fink, als sie die Musik der finnischen Band Lumiukko zum ersten Mal hört. Und jedes Mal wieder, bis es ihr zu bunt wird und sie der Sache auf den Grund geht. Den Sommer über folgt sie den Musikern von Festival zu Festival und kommt ihnen gefährlich nah, aber das Rätselhafte bleibt: Wieso sehen die Cello-Rocker von heute den Männern von vor 1000 Jahren so ähnlich? Wer steckt hinter den Sabotageakten, die sich zu häufen beginnen? Kann man Zeitreisen steuern? Roadmovie und Historischer Roman, Festivaltagebuch und Geheimbundkrimi, verrücktes Abenteuer und übermütige Liebeserklärung an die Macht der Musik – **ein Trip mit Sex, Zeitreisen und Rock'n'Roll von Claudia Rapp**.